M000249632

# 叛 教 者

施 瑋 著

DIXIE W PUBLISHING CORPORATION  U.S.A.

《叛教者》　　　施瑋　著

封面設計：　　莊倩

責任編輯：　　夏嫭

封面圖：施瑋宣紙彩墨《救贖》

Renegades　Copyright @ 2016 by Rachel Shi

Published by
Dixie W Publishing Corporation
Montgomery, Alabama, U.S.A.
Website: http://www.dixiewpublishing.com

本書由美國 Dixie W Publishing Corporation 出版

▪有版權▪

Printed in the United States of America
9 8 7 6 5 4 3 2 1
First Printing: June 2016
本書 2016 年 6 月在美國第一次印刷

Library of Congress Control Number:　2016945061

美國國會圖書館編目號碼：　　2016945061

ISBN-13:　978-1-68372-012-6

ISBN-10:　1-68372-012-1

## 作者簡介

　　施瑋：詩人、作家、畫家。祖籍中國蘇州。曾在北京魯迅文學院、復旦大學中文系學習。1996 年底移居美國，獲《聖經》文學研究博士學位。華人基督徒文學藝術者協會主席。

　　八十年代開始在《人民文學》《詩刊》《中國作家》《人民日報》《國際日報》等海內外報刊發表詩歌小說、隨筆評論五百萬字。作品入選多部選集，獲世界華文著述獎小說第一名等文學獎項。出版作品十五部。在美國中國舉辦多次靈性藝術個人詩畫展，畫作多次參展、發表並被收藏。主編《胡適文集》、《靈性文學》等叢書。與音樂家合作歌劇、交響詩、合唱組歌等。

# 目　錄

一群教徒的心靈路程.................................................... ix

從上面看世界.......................................................... xi

對永恆信仰的呼應...................................................... xiv


序.................................................................... 1

**第一部　　揭發者**

英雄................................................................. 3

少女................................................................. 9

聖女................................................................. 28

塵女................................................................. 51

**第二部　　獻身者**

金陵的月光........................................................... 100

江南梅雨季........................................................... 125

文德裡風波 . . . . . . . . . . . . . . . . . . . . . . . . . . . . . . . . . . . . . . . . . 144

獄中的愛恨 . . . . . . . . . . . . . . . . . . . . . . . . . . . . . . . . . . . . . . . . . 192


第三部　跟隨者

張家父子 . . . . . . . . . . . . . . . . . . . . . . . . . . . . . . . . . . . . . . . . . . . 219

才子的生死 . . . . . . . . . . . . . . . . . . . . . . . . . . . . . . . . . . . . . . . . . 257

殉道者的血 . . . . . . . . . . . . . . . . . . . . . . . . . . . . . . . . . . . . . . . . . 285


第四部　擘餅者 . . . . . . . . . . . . . . . . . . . . . . . . . . . . . . . . . . . . . 315


施瑋出版作品 . . . . . . . . . . . . . . . . . . . . . . . . . . . . . . . . . . . . . . 358

# 一群教徒的心靈路程

施瑋是個心胸寬廣、視野遠大、有信仰、有執著精神的靈性作家。《世家美眷》已見端倪，《叛教者》就更顯張揚。前者是寫蘇州陸氏家族百年的興衰史，而後者卻是寫一個基督教信徒群叛教和皈依的百年苦難歷程。都有漫長的歷史變遷，都展現了家國社會各色人等的世態炎涼和眾生相，並且更多呈現了一個豐富的女性世界。這兩部書也可說是情投意合的姐妹篇。

宗教題材的長篇小說，特別是寫基督教題材的，在中國當代文學中實屬罕見，這也可說是填補了文學創作中的一個空白。以唯物論、無神論為主流的社會，再加上基督教的西方文化色彩，要寫這方面的內容，難度很大，往往可能涉及到不少敏感的問題，忌諱的事情。也許是海外作家的單純執著，施瑋竟大膽坦率地寫下來了。她以忠於現實的精神，無所顧忌地，真實地，再現了近百年中國基督徒們的生活境況；寫了他們經歷的軍閥戰亂、抗日戰爭、國內戰爭，以及新中國建國後的種種政治運動；表現了他們從篤信到叛教，再到皈依的心靈路程，刻畫了一批基督教信徒們的生動形象。

這個基督教信徒群的"群主"叫李夜聲，信徒們可以對他"從崇拜到震驚、到憤怒"，指認他是"導致信仰崩潰和人生逆轉"的罪魁禍首——叛教者。然而，事實上，他畢竟還是位有誠信，敢擔當的，甘受屈辱，勇於自我犧牲的，盡職盡責的好長老。在這群信徒中，還不乏具有個性鮮明、栩栩如生的人物典型：如單純、執著、倔強的徐聞音，軟弱、摯愛、善良的李如是，還有耿直剛烈的黃愚志，老成持重的于華恩。還有，那被政治漩渦捲入而不能自拔，下場悲慘的"風趣而開朗的大帥哥"吳一丹；還有聰明能幹，才華橫溢的諸如任崇心、康慕靈、張茂良……

小說的一大成就，就是為當代的文學殿堂，增添了一幅濃墨重彩、斑斕多姿的宗教人物的長軸畫卷。

小說引進的西諺曰："人一思想，上帝就會發笑。"在《叛教者》中，我似乎聽到了上帝的笑聲。"若將我扔進那個絞肉機般的時代，我最大的可能就是成為一個叛教者。"這好像就是那笑聲的餘韻。從中，我們也許還能得到一點某種啟示吧。

是為序。


寫於 2016 年 6 月 12 日中國南昌


公仲，教授，著名評論家。中國世界華文文學學會名譽副會長、中國小說學會名譽副會長。獨著與主編《中國當代文學史新編》《世界華文學概要》《世界著名華文女作家傳》《文學評論闡釋》等著作。

# 從上面看世界

2015 年 8 月 26 日，施瑋來信，告訴我《叛教者》終於寫完了，三十二萬字。

那一天，我久久望著窗外，敲鍵盤的手指有些顫抖，幾乎都無法回信。因為我知道，這部小說讓她經受了怎樣巨大的痛苦，或者說都超過了她所能承受的痛苦。

記得施瑋在 2005 年完成《紅牆白玉蘭》之後，一直沒有勇氣再寫長篇。但是她被《叛教者》的故事感召，她如果不寫，內心無法平安。我曾經鼓勵她：這部作品才是你真正的文學使命，因為只有你可以寫！

如今，她終於完成了。很想擁抱她，並不僅僅是為了祝賀，而是充滿了心痛的感謝。感謝她為當代中國文學完成了一部"補天"之作，補了那段歷史留給我們的一個黑洞！我甚至相信，這是一部傳世之作，一旦問世，將會是海外華文文壇的重磅，也將會引起世界的矚目。相信很多的國家都願意來翻譯出版，由此看到中國當代基督徒的命運！

我這樣寫回信給她：

小說讀完了，怎一個"好"字！這是一部石破驚天之書，而且是中國當代，或者說是中國文學史上第一部全面揭開基督徒殘酷命運的長篇力作！所謂"叛教者"，並不是他們，而是那個碾碎了無數生命的歷史滾滾車輪！

施瑋在回信中告訴我：是上帝的聲音叫她完成這部書，讓她克服了自己的軟弱。在完成寫作的過程中，她才深切感受到這部書正是她心中一直夢想要寫的東西，那些真實的材料，真實的人物就活在她的面前。在查考歷史事件和寫作的過程中，痛苦的心靈掙扎真是難以言說。

讀《叛教者》的時候，我會想起當代文壇的很多里程碑之作。想起了陳忠實寫《白鹿原》，那些人物每天圍繞著他不散。想起了嚴歌苓的《陸犯焉識》，那是歷史被切開的一個橫斷面。也讓我想起了《繁花》，那是上海的市井開出的塵花。但是眼前的《叛教者》，寫的卻是一個從來沒有人寫過的絲絲見血的靈魂世界！

上海，這個雄雞版圖上曾經與世界密切接觸的前沿陣地，中西文化的交匯與交融在宗教的領域裡得到了最充分的體現。上海的教堂，教會學校，曾經滋養了這座偉大的城市。多少人在基督的愛裡，看見了自己的罪，傾聽著福音的教誨。這不僅僅是上海人的故事，也是東方遇見西方的故事！

回首共和國成長的歷史，在所謂社會主義的改造中，宗教的改造尤其慘烈。小說《叛教者》主要表現的，正是 1955 年到 1956 年在上海進行的宗教肅反運動，在反帝愛國運動的大背景中，如何大面積地逮捕"反革命集團"，書中所描寫的幾位主人公在政治風暴的摧殘下愚忠又悲慘的命運令人無限唏噓。

小說分為四部曲：《叛教者》《獻身者》《跟隨者》《擘餅者》。前三部的故事彼此分離又相互關聯。情節中充滿了誘騙下互相"交代"的恐懼，包括屈打成招，更有互相揭發私德的殘忍。最後一部《擘餅者》，則以一切矛盾的焦點——李夜聲，這個神秘人物的自述來揭示外部事件底下的心靈軌跡。

小說中的人物，在"認罪"的恐懼中掙扎、扭曲，因為"批判"已成為基督徒頭上的刀光劍影，所有的罪都要與"反帝"結合在一起。其中最讓人撕心裂肺的是寫那些基督徒在監獄裡的故事，在那樣一個絞肉機般的時代，多少人為了愛自己的神而死去，從而深刻地揭示了宗教與政治的之間的強弱關係。

面對《叛教者》，我們會想到人性是有罪的，因為人有軟弱，在政治面前，在金錢面前，在愛情面前，在宗教信仰面前。作為一個靈魂真誠的作家，常常想要拷問歷史的真相。那麼，這個世界有真相嗎？有！但是我們很難看到，因為要回到歷史，回到人性，回到事件與心靈的變遷過程中！所以，在《叛教者》中，作者能夠寫出這些真相實在是太難了，因為這是神性與人性的爭戰。

深深地為《叛教者》中的人物感慨，不是因為那些故事，而是因為那些原本純潔的生命。作者要拷問的並不限於人性的優劣，而是靈魂的存在。喜歡施瑋的語言，她筆下流動的不是情節，而是那種向死而生的情緒，很有些村上春樹的氣質，美得有些冷，還有些淒厲，那深藏的隱喻宛然若詩。這樣的故事，這樣的文字，也只有她可以寫！

小說的格局分佈得非常好，既獨立成篇，又暗脈相通。一般的作者寫到後來會有些鬆懈，但是《叛教者》卻正相反，作者越寫到後來越驚心動魄，越力透紙背。第三部的故事更淒厲險惡，情節推動力更大。第四部在神學思想和人性剖析上，更是內斂而深沉。這是來自靈魂裡的力量，相信是靈的光芒在導引她、照耀她！

當然，在藝術的氛圍上，還可以寫得更舒緩、更有氣韻，人物背景的交代也可更充分，作者的情緒如果再隱藏得深一些，客觀上則更具有撕心裂肺的力量。但無論如何，《叛教者》已成為施瑋創作中最能體現"靈性文學"宗旨的經典代表之作。她的小說一直是獨特的"這一個"，沒有任何的小說家與她的筆力相像。她的小說是從"上面"看世界的，所以她看人間的目光既是悲憫，也是哲學！

施瑋在一次訪談中這樣說：我覺得，寫作首先是一個靈魂需要發聲，而不是身體需要發聲，甚至不是思想需要發聲。靈魂發出聲音，對另外一個靈魂，或者甚至是對空茫的宇宙說話。所謂"靈性文學"彰顯出來的是住在人裡面的"靈"的屬性與光輝。

作為當代美華文壇上一位重要的作家，早年的施瑋以詩為業，移民美國後竟然讀完了神學博士。她近年來所創作的幾部長篇小說部部驚心，同時還是當代畫壇的翹楚！我們曾經多次在深夜中長談，探討生命的價值追求，穿越了溫飽、再跨過愛情，最終將走向靈魂的信仰！

最記得她對我說：親愛的，謝謝你！我要對文學拼命。

寫於 2016 年 6 月 10 日美國休斯頓

陳瑞琳，美籍華人作家，海外著名文學評論家。國際新移民華文作家筆會會長，中國多所大學客座教授。著有《橫看成嶺側成峰——北美新移民文學散論》《海外星星數不清—陳瑞琳文學評論選》等，編著《當代海外作家精品選讀》《一代飛鴻——北美中國大陸新移民作家短篇小說精選述評》等。

# 對永恆信仰的呼應

　　基督教的核心問題，是關於人的本質、人的處境以及人的歸宿的問題，而這也是文學關注的焦點。基督教的根本精神，通過基督教文學這種方式，部分地獲得了對人類終極關切和終極追求的融入。基督教文學的本質乃是對永恆信仰的呼應。

　　1941 年，老舍在《靈的文學與佛教》一文中曾指出：西洋文學"到了但丁以後，文人眼光放開了，不但談人世間事，而且談到人世間以外的'靈魂'，上說天堂，下說地獄，寫作的範圍擴大了。這一點，對歐洲文化，實在是個最大的貢獻，因為說到'靈魂'，自然使人知所恐懼，知所希求。從中世紀一直到今日，西洋文學都離不開靈的生活，這靈的文學就成了歐洲文藝強有力的傳統"。

　　老舍所說西方"靈的文學"，顯然是指基督教文化背景下產生的基督教文學。的確，因為有了基督教文化的滋養，西方文學自中世紀以後，一直呈現出強有力的靈性品格，這期間湧現了一批書寫人類靈性層面種種情狀的大書：中世紀最典型的代表《神曲》；17 世紀清教徒文學中的《天路歷程》《失樂園》；18 世紀啟蒙主義文學中的《浮士德》；19 世紀美國浪漫主義文學的代表作《紅字》；現實主義文學的巨著《復活》《罪與罰》；20 世紀現代派詩歌的里程碑之作《荒原》以及挖掘人類靈性幽暗深處的《蝮蛇結》等，都深刻而精彩地揭示了人類的屬靈層面，這其中既有痛苦與掙扎，也有警醒與奮進。正是這些偉大的作品，讓我們穿越了人類的物質層面，看到了人之為人的本質所在。

　　對照西方文學中靈性文學的強有力的傳統，老舍在《靈的文學與佛教》一文中也曾指出："反觀中國的文學，專談人與人的關係，沒有一部和《神曲》類似的作品，縱或有一二部涉及靈的生活，但也不深刻。"他在文章中還談到道教、儒家並未給中國帶來 "靈的生活"、 "靈的文學"，就連佛教在中國 "已宣傳了將近二千年，但未能把靈的生活推動到社會去，送入到人民的腦海去"。老舍還說： "就我研究文學的經驗看來，中國確實找不出一部有 '靈魂' 的偉大傑作，誠屬一大缺憾！"

曾經受洗作基督徒的老舍雖然在文章中沒有提及基督教對中國文學的影響，但即使對基督教作一考察，這個結論也算是站得住腳的。時至今日，雖然從數量上來看，中國的基督教文學作品已不止一兩部，但 "人民缺乏靈的文學的滋養" 的狀況還很嚴重， "偉大傑作" 似乎也談不上。

但是，客觀地說，在 20 世紀上半葉的中國文學中，隨著基督教在中國的傳播日益廣泛深入，中國基督教文學湧現出了一批自覺的實踐者，以其創作拓展了中國現代文學的表現空間，提升了中國現代文學的靈性品格，為豐富中國文學的精神內涵做出了積極思考，成為中國現代文學一股不容忽視的支流。這其中，既包括冰心、許地山、老舍這些已經成名的文學大家，也包括一些並未廣為人知的作家。比如以《女鐸》月刊等基督新教刊物為平臺，出現了一批年輕的基督教文學寫作者。另外，伴隨著 "公教文學運動" 的發展，天主教也出現了一批基督教文學寫作者，這其中既有像蘇雪林、張秀亞這樣的著名作家，也有周信華、司鐸等在內的一批新秀作家。當我坐在安靜的圖書館內，翻閱著那些近百年前發黃脆弱的基督教文學報刊時，我的心裡有許多的感動。大多數創作者的名字都是陌生的，很多作品也算不上成熟，難以真正進入文學史，但他們作為拓荒者的腳步不應被今天的基督教文學創作者們忘記。

1949 年之後，大陸及港臺的基督教文學創作雖然不如 1949 年之前興盛，但仍出現了以北村等為代表的執著的基督教文學寫作者，在消解意義的普遍寫作境況中，試圖以一種屬靈的良心寫作，表達對人類靈魂處境的正視以及精神出路的探尋。在港臺地區特別是 20 世紀 70 年代以後，出版了一大批基督教文學作品，如 "道生百合文庫"、 "道生人人叢書"、 "文宣社文藝叢書"、 "基文青年叢書" 等系列叢書，從而表現出對基督教文學有意識的宣導和積極的推動。

近年來，以施瑋為代表的當代海外華文作家的漢語靈性文學寫作，也逐漸成為一股引人注目的力量。施瑋在進行基督教文學創作之前，已經有了很堅實的寫作基礎和經驗。當她自覺地將寫作眼光由日光之下轉為日光之上後，表現出了充沛的創作激情，連續出版多部小說和詩集，並獲得了不俗的反響。

當代中國基督教文學作品大都圍繞個體生命對信仰的體悟展開，帶著個人的體溫，活潑生動。但就屬靈的深度和厚度而言，多少有些不足。可以說，中國基督教文學長期處在一種有山無峰的局面，一直在期待一部真正有衝擊力的大作，一部展示靈性張力的大作，一部帶有鮮明的中國本土化色彩的大作。

在這樣的期待中，我讀到了施瑋的近作《叛教者》。《叛教者》著眼於中國基督教歷史上的重大事件，以難得的勇氣直面一個糾結了很多年的複雜問題，為我們呈現出一幕幕驚心動魄的往事。因為這往事並不如煙，所以她的書寫，對於我們思考中國當下的教會問題，仍然有著寶貴的借鑒價值。在與施瑋的談話中，她曾經提出：這部作品涉及到地方教會兩大問題。一個是偶像崇拜，一個是將教會當事業做大。遮掩教會領袖的問題以致釀成大錯，是前一個問題的要害；而為了保住教會與世界妥協，則是後一個問題的關鍵。讀者將在這部小說中，看到施瑋透過一個歷史事件對當下教會的反思與啟發。

作為作家的施瑋，在寫作的預備期，表現出學者的嚴謹作風。她花了十幾年的時間，以上窮碧落下黃泉的精神，海內海外，大江南北，到處搜求資料。所以這部長篇小說，是建立在堅實的求真基礎上的，充滿了栩栩如生的歷史現場感。但她也為此付出了極大的身心代價，因為這些真實是如此的沉重。或許對於中國近現代教會歷史，沒有其他事件有如此大的糾結密度。要言說一個說不得的話題，本身就是一種自我折磨。正如她在"序"中所說："它們迅速胡亂地糾結著生長，在我身心有限的空間裡，長成了一大團荊棘，一大團燃著火卻燒不壞的荊棘。我懷揣著它，像一個過了產期的孕婦，焦躁地在大洋兩岸飛來飛去，不得安寧。那火，即便是在夜晚，也燒得我在夢和失眠之間來回衝撞。"但這種難產般的痛苦，恰恰也說明了寫作物件的價值。

巨大的靈性危機和面對危機的情狀各異的人性展現，為中國基督教文學創作提供了璀璨的機遇。我一直認為，這樣的題材是百年難得一遇的。所以在第一次聽到施瑋說起創作意圖時，便極力鼓動她。在寫作過程中，我們也多次郵件往來交流看法。這樣的一個題材，沉寂了幾十年，一直在等待一個將它孕育並生產出來的作者。從這個意義上來說，施瑋成就了這個題材，這個題材也成就了施瑋。

中國基督教文學有山無峰的局面，大概要因為這部作品而改變了。這不僅得益于題材的卓越，也得益于施瑋的寫作才華和神學素養。施瑋首先是個詩人，這保證了這部作品語言的品味。那些閃爍在重大事件以及對重大事件思考間隙中的富有詩意的語言，猶如暗夜中的星星，讓人在不經意間眼前一亮。該事件牽扯到眾多人物和線索，能夠將其一一安頓，顯示出施瑋非凡的駕馭能力。而她這些年來的神學訓練以及在教會中的切身服事體驗，讓她在處理這一信仰事件時，能夠絲絲入扣。甚至她本人的江南生活經驗和情調，也似乎是為這部小說人、事、物的鋪陳預備的。我不得不說，這個重大題材最終由她來處理，是上帝的安排。她以飽滿的熱情和火熱的心腸回應了這一安排，儘管最終完成後身心俱疲，但一切勞苦都是值得的。增刪數次，三易其稿，今天呈現給讀者的是一個大的驚喜。

一個寫作者，一生中遭遇到一個富礦般的寫作事件，並竭盡全力完成它，無疑是幸福的。藉助這部作品，施瑋實現了自身創作的突破，形成了屬於她本人的創作高峰。我相信，這也是中國基督教文學的一個創作高峰。作為這部作品一個先睹為快的讀者，一個中國基督教文學的研究者，我衷心地祝賀施瑋。

2016 年 6 月 5 日 于耶魯大學

劉麗霞，教授，耶魯訪問學者，比較文學、基督教文學與中外文學史研究者。主持多項國家社科研究專案，例如 "中國教會大學期刊文學現象研究" "近代來華傳教士與中國文學研究" 等。著有《中國基督教文學的歷史存在》《艾汶河畔的天鵝——莎士比亞傳》等著作。參編《現代中國文學史》《中外文學名作欣賞》《外國文學史》（西方卷）等大學教材，並獲獎。

# 序

冬季是洛杉磯的雨季。但今年，雨一直沒能落得下來。

植物和人，都等著……空氣和地，也等著……

這種潮濕的日子是危險的，特別是對於一個懷揣著各種往昔和故事的人。


十多年來，在不同的國家，不同的城市，不同的季節，不同的情景中，這些人的生命片段以各種形式，或暴力，或潛行，闖進了我的裡面。

進來時，有的帶來了尖銳的刺痛，甚至撕裂；但也有的，如故鄉石板路、天井裡、臺階邊的苔蘚，給我一個曖昧的眼神，輕輕柔柔，不經意地坐下了……

我也本能地排斥過這些異物，但它們當時是細小的，產生的刺痛與撕裂，局部而短暫，理所當然的坐姿也隱約而模糊。於是，我的排斥也模糊起來，甚至有點欲拒還迎的嫌疑。

它們進來了就不肯出去……好在它們大多互不相干，四零八散地在記憶的各個角落裡待著，我也就大度地讓這些異物留在了體內。

有一段時間，我感覺不到它們了。直到今年夏天，我在一個研討會上遇到了一個本應擦肩而過的人，但他卻按動了那枚血色的紅寶石按鈕，打開了那個“潘朵拉”的盒子。從那盒子裡跑出來的故事和人，還有那些撩開死亡腥臭的黑幕，直瞪著我的秘密，都讓我無法承負。

在對峙的過程中，它們發出了不同頻率的哨音，這些不同頻率的哨音正一個個喚醒，或準確地說是讓那些隱身的片段顯形。我驚慌地發現，不知從何時起，它們已經不再細小而零散地各自呆著，而是根須相連。

就像人們常說的，人不能去體檢，一旦發現自己的病，那病就會迅速膨脹，極快地漲破你、吞噬你。

1

接下來的秋天就是這樣！

那些片段變得很清楚，甚至是清晰到觸目驚心，那些片段裡的哀嚎、撕裂、甚至自殘的血，都變得喧囂起來。並且要命的是它們彼此撕打著，又連接著，它們不肯再被孤立地囚在各處，它們集體越獄了！

我唯一自保的方式，就是把它們生出來。自然生產，或是動刀子剖腹產。

它們迅速胡亂地糾結著生長，在我身心有限的空間裡，長成了一大團荊棘，一大團燃著火卻燒不壞的荊棘。我懷揣著它，像一個過了產期的孕婦，焦躁地在大洋兩岸飛來飛去，不得安寧。那火，即便是在夜晚，也燒得我在夢和失眠之間來回衝撞。

在這份折騰中，荊棘的刺把我裡面傷得襤褸，但我難產。

寫了大半輩子的我寫不出這本小說，我生不出這團荊棘，它們卡在那裡。一方面這些片段裡的情緒和秘密都真實而巨大，但另一方面這些片段裡的人都面目不清。我在它們面前越來越渺小，我的邏輯、我的智慧、我的信仰、我的神學、我的人生閱歷和辨識力，都在這團燃著火的荊棘面前，越來越渺小，並且迅疾地渙散著。

無力架構這些故事和秘密，甚至也無力定義這其中的人和情緒，更無力填補其中的斷裂。這些斷裂如天塹般讓我恐懼，因為我筆下的人物將是不合邏輯的一群人，是拒絕被定義、被判斷的一群人。

但他們佔有了我，佔有了我的情感和我的體驗。我決定，其實也是不得不，將這些片段寫出來，即便是粗糙的、血肉模糊的、像是採石廠的生坯般，我也要把它們寫出來，以便救我自己脫離他們，重新開始生活。

對了，你們該問我他們是些什麼人呢？我真是講不清楚！他們每個人身上都有許多寫著稱號的木牌，有別人釘上去的，也有他們自己釘的，我找到了一個他們中大部分人共有的稱號：

# ——叛教者——

# 第一部　揭發者

後來我才知道徐聞音作為叛教者是很有名的。

在那個人的那次事件中，她是打響第一槍的第一個揭發者。而且至今認定自己當年的揭發只是講了真話。

## 英雄

**1**

我去採訪徐聞音時完全不知道她曾經，甚至現在仍是許多老人心中的叛教者。

美國這個注重隱私的移民國家，太多人有著太多的與此刻毫不相干的曾經，那些曾經好像一個個不相干的生命，被埋在不同的時間墓穴中，沒有標誌更沒有墓碑。通常只有到追思禮拜上，那些墓穴裡的生命才會走出來，或多或少地在人間集體亮個相，但大多也只是在某張投影照片裡，隱隱約約地拋下個虛偽的笑臉、冷漠的眼神。

每個第一代移民都是至少活過兩三輩子的人，也都是天生的演員，入戲，出戲，再入戲……

我作為《INTERNATIONAL DAILY NEWS》的記者去採訪徐聞音時，她是一個在美國行醫多年，此刻卻惹上官司的醫師。她在休斯頓的十八歲以下少年兒童神經精神科門診很有名，這個有名不僅僅是因為其很高的治癒率，更是因為她被稱為"禱告醫師"。

雖然美國被稱為以基督教立國的國家，教堂的數量和功效相當於中國的居民委員會，據說至今還有 80%左右的人號稱自己信上帝。但在這個國家中，總統可以有禱告會，學校、醫院卻不可以公開禱告；總統和法官要按手在《聖經》上宣誓就職，政府工作人員卻不便在辦公室自己的電腦桌上貼宗教或信仰的格言。

在美國，醫生是不允許為病人禱告的，至少是在未徵得病人同意之前，不允許為病人按手禱告。有些病人家長不願意接受徐醫師這種禱告的方法，就轉去了別的診所。

徐聞音醫師的診所在休斯頓已經開了二十年。二十年來，她一個不漏地向未成年人的家長提出為孩子禱告的要求，其中也有不是基督徒或天主教徒的家長，但無一例外地表示願意請她在醫治的過程中為孩子禱告。就在她因為自己身體的緣故要關閉診所退休時，一個剛剛經過治療，症狀已經明顯好轉的孩子的父親將她告上了法庭。

那孩子是個患有自閉症的美麗的混血女孩，孩子的母親是個美國白人，父親是英籍巴基斯坦人。這男人長年在巴基斯坦和美國之間作貿易，他本人沒有宗教信仰，之前也不反對妻子號稱自己是基督徒，事實上他較真的性格還常常督促她應該主日去教堂。但這次，或許是因為近年海關防恐的檢查讓他越來越感到被侵犯？或許是因為回到家裡看到日漸走出自閉的女兒，並沒有撲進自己的懷抱，反而像是妻女二人都離開了他的保護……

他覺得是那個"禱告醫師"用法術般的禱告奪走了她們，用禱告"侵犯"了他的家，他的私人領地。他放下遠在歐洲和東亞的生意，守在家裡，想重新建構他的王國。他開始懷念女兒垂著頭呆坐在自己懷裡的溫暖，甚至懷念妻子的眼淚和抱怨。

但是，他失敗了。

她們母女倆的禱告是喜樂的，是平安的，是自足的……他被無形地排斥在外。母女倆當然不希望他這個最親的人被孤立在外，她們努力地想與他分享一個不同的天地，然而在他聽來卻全是一些莫名其妙、玄而又玄的感覺，並且這些感覺之間無法以邏輯推進、連接，唯一他能明白的就是那個名字，一個被稱作"禱告醫師"的中國女人——徐聞音。在這個西方長大的巴基斯坦男人心裡，中國女人是神秘的，一個禱告很靈的中國女人，又是個精神科醫生，在他混亂憤怒的心中幾乎等同於東方的女巫。最後這個一度也曾感激欣喜的男人，氣急敗壞地找到律師把徐聞音醫師告上了法庭。

本來這事件並不大，還沒等到開庭，他已經在妻子女兒面前表示撤訴了。但這件官司卻在媒體上鋪天蓋地地炸開了，反對種族歧視的團體、保護兒童的團體、女權主義、宗教人士，還有各種莫名其妙的政治勢力和宗派，都激動地在這個案子裡找到了他們的發言點，媒體更是聞風而動⋯⋯

一時間，這個案子中的原告與被告都成了旋風中的核心，同樣茫然無措地面對著這個鬧得沸沸揚揚的局面。

一週前主編就讓我去採訪了，但又出了校園槍殺案，偏偏主角也是個亞裔。等我交了這個稿子準備再去休斯頓時，卻聽說英籍男人已經頂住各方遊說，撤訴了。

但遊行的還在遊行，支持的和反對的都沒打算偃旗息鼓，媒體上仍是連篇累牘、文詞激烈。由徐醫師的病者家屬們組成的後援團，已經收集了上百人的簽名，原打算上呈法庭的，現在官司已經不存在了，就只能將這塊簽了名的大大的白布掛在診所門口。

診所的門始終關著，關於徐醫師癌症晚期的病況不脛而走，加上病童家屬在電視裡聲淚俱下的感恩，一時間，徐聞音這位"禱告醫師"成了愛和信仰的英雄。

於是，當我走向這位宗教英雄時，我懷裡揣著的是兩份稿約，一篇是給本報社的新聞事件稿，一篇是一個基督教媒體邀約的人物專訪。


## 2

給我開門的是一個西裔女孩，兩條中式麻花辮垂在雙肩。等我自報姓名後，她朝我燦爛一笑，然後側身向後一指，輕聲地用還算能聽懂的中文說：她在後院⋯⋯午休。

我笑著肯定地向她點點頭，用眼神向她表示了我對她中文的讚賞，就放輕步子跟著她穿過前面的客廳和開放式廚房，走向後花園。

徐聞音的家陳設簡單，傢俱不多，客廳放了一張雙人沙發和一張單人沙發，灰白的牆壁，沙發並不配套，都是淡褐色布藝的，雙人的色深些是熱帶花卉，另一個是細小的格紋。淡橘色的長毛地毯半舊了，只有單人沙發上的那只靠墊顯然是新的，鮮亮的橘紅，精緻的織紋，像是整個屋子裡的一個不安定分子。

廚房右邊的家庭內廳有點零亂，只放了一個布面木質搖椅，四周散落著大大小小的書堆、雜誌和資料。搖椅的木扶手上漆已經磨掉了，露出了木質的本色，布面原本可能是一種鮮亮的孔雀藍，或是湖藍、群青，現在已經模糊得難以辨認了，像一個穿了藍布舊棉袍的書生，半臥半坐在故書堆裡。

這就是歲月吧？一切都很美，是一種歎息的美。

我緩緩穿過它們時，已經沒了記者那種一探究竟的勁頭。

她就坐在那裡，一張曲線舒適安寧的藤質搖椅。並沒有放在葡萄藤架下，而是挪開了點，讓搖椅上的人完全裸在並不熱辣的陽光下。

她的臉有點發白發灰，顏色接近廳裡的牆壁，不過卻被太陽抹上了微暖的光澤。年逾七十的她，臉上和手背上的皮膚雖已鬆馳，但皺紋並不密集，仍很細膩，就像是一件陳舊的，但質地很好的絲綢袍子，隨隨便便地搭在了一個"靈魂"上。

這個"靈魂"看見我就立時變回了"肉體"。

徐聞音熱情地歡迎我，因為之前通電話時，她已經從我的口音裡認出了上海老鄉。

徐醫生，我今天是帶著兩個任務來採訪你的。

哦？還有兩個任務啊？

她笑了，甚至是帶著點頑皮地笑看著我。在她的微笑中，我突然意識到自己一本正經的嚴肅和這個暖暖的午日極不相稱，於是，也不由地鬆下了嘴角和雙肩，笑了。當上海小姑娘所特有的，裹著撒嬌的羞澀從我臉上掠過時，徐聞音的目光呆了一呆。

一個是為我們報社採訪這次官司的事。聽說對方已經撤訴了？不過媒體上還鬧著，我想請你說說你的想法。

這有什麼可說的？我是個醫生，當然是以醫好病人為目標。而我又是個基督徒，禱告是我認為非常重要也有效的一種醫療方式，但就像要使用別的任何醫療方式一樣，我都是要經過病者和他的監護人同意的。這次，只是病童的母親沒有事先與父親商量而造成的誤會。

不過，這種同意並沒有簽檔吧？

有的，我的診所與別處不同，來就醫時填的表裡有願不願意接受禱告這個選項。

哦！那他告也告不贏的，難怪他撤訴。

也不是，官司這種事誰說得清，何況這類觸及宗教、民族的事，加上又是兒童，法官和陪審團的判決未必傾向於我。他不告，是因為看到女兒實實在在地是好了。我也勸他們一家不要長期分居兩地了，女兒現在對父親需要一個重新認識、重建親密關係的過程。

徐醫生……

叫我徐阿姨就好。孩子們都這樣叫……呵呵，我不太能接受奶奶的稱呼，雖然我的年齡幾乎可以當太奶奶了。

徐聞音的臉上很自然地呈現出一個上海女子特有的笑意，一絲頑皮、一絲任性、一絲驕傲。雖然這與她的年齡不合適，卻自然得讓人生不出一點懷疑來。

好的，我叫你徐阿姨。徐阿姨，你一直是一個人？

我有個兒子，他在紐約。

他常回來看你嗎？

他。徐聞音遲疑了一下，雙目中熄了剛才的光芒，淡淡地說。他不來看我。

……我愣在那裡，想問為什麼，卻又開不出口。

你想問為什麼我的親生兒子不來看我吧？因為對於他來說，我應該一頁翻過去，而我做不到。

翻過去？

哦，就是把我的一生翻過去，當作沒活過……基督徒每一天都是新造的人，每一天都可以算是重新活過，可以忘記背後，可以讓昨天全部消失，可以……但……我是誰呢？昨天真得可以消失掉？回頭，它清清楚楚地在那。不回頭？……

徐聞音好像忘記了我的存在，目光飄飄地漫越過我右側的臉頰、耳廓，彌散開去。她側身緩慢地走回躺椅，陽光下，我清楚地看見她太陽穴上急速顫動的淡青紫色的血管。那個西裔女孩正好端了藥和水進來，她抱歉地笑笑，指了指托盤裡的藥，示意我這現象是服藥的緣故。

我正不知該繼續，還是暫退，坐在躺椅上的她卻像是一下子回到了現實中，她看著我笑了笑，抬手示意我坐下。

坐啊，其實是該翻過去了，人生就是一直往前的。不過人老了，近的事記不得，遠的事倒會想起來，就像是昨天剛發生的……

說到這裡她不禁像是打了個寒顫，下意識地拉了拉披肩。我卻並未在意而是興沖沖地說：

徐阿姨，那正好，有個基督教媒體讓我來採訪你的一生，你是三代基督徒吧？經過了中國歷史中那麼多風風雨雨，現在又在美國這塊越來越世俗化的土地上為主做美好的見證。徐阿姨，報上都說了，你是愛和信仰的英雄，是勇士！徐阿姨，去年我剛成為基督徒，嗯，還是個屬靈的小嬰兒。但我太佩服你了，我要把你的一生都寫出來……

徐聞音突然側頭看著我，目光中充滿了奇怪的恐懼和痛苦。

把我的一生都寫出來？

她似乎是在問我，但更像是在自問。她奇怪的目光看著我，穿過我，空空地盯在我後腦勺的上方。

你會失望的！而且也沒有一家基督教媒體會刊登你的這篇稿子。

為什麼？

7

因為我不是什麼信仰英雄。直到死，我的額上都會有三個字……

哪三個字？

叛教者

你？你軟弱跌倒過？

不止。

背叛過你的信仰？

是。

但你一定悔改了！

是。

那這一頁就翻過去了。只要我們認自己的罪，主就赦免我們，不再紀念我們的過犯了。

但我翻不過去。因為那一頁被故意忽略了，有些事實被故意模糊了，所以我反倒是翻不過去了。一筆帳是一筆帳，主赦免是清清楚楚的，我也想清清楚楚地厘清有關那個人那件事，但當年的同工、當年的知情人，都不願回憶，甚至整個地方教會都不願揭開那個疤蓋清理裡面並未癒合的傷。

什麼人？什麼事？

我的好奇心剛冒頭，就被我自己壓了回去。

徐阿姨，愛能遮蓋一切。也許還是不要去計算人的過犯了！

我兒子、我母親、過去的朋友……所有人都是這麼說的。甚至為了這種所謂的"愛"，躲避我這個"追究"的人，說我是放不下仇恨……

徐聞音坐在躺椅上，激動地豎起了身子，眼睛痛苦地死死盯在自己的雙膝上。

其實，其實我沒有仇恨，要說有恨，最多也就是恨自己。我已經走到了生命的終點，我得對我這一生有個交代啊，我一遍遍地回憶著那些日子，那個人的那件事整個改變了我的人生，甚至改變了幾萬個人的人生，現在卻硬生生地遮起來，不能想！不能說！不能追求真相！每個知情的人都主動地"翻過這一頁"。那麼，我該怎麼解釋我的人生，怎麼解釋我的信仰？怎麼解釋我的，我的背叛？難道我這輩子是瘋了？在毫無理性的幻覺中……

徐聞音自顧自地快速說著，說得氣喘起來，西裔女孩將茶遞給她，她喝了一口，平靜了一下，抬頭望著我說。

你真想寫我？寫真實的那個人？那件事？寫真實的我？

她突然用乞求的目光熱切地看著我。

你寫吧，即便發表不了你也寫吧！我雖然理不清楚，更查不明白。說實話，我不知道"真相"。但我可以把我知道的和這幾年收集到的都真真實實地告訴你。……我不想帶著它們進墳墓。

徐阿姨你……

沒什麼。我知道自己的時間不多了，也就兩三個月，甚至更短。是胃癌晚期，並且已經擴散轉移到了淋巴。有教會的人說我是條懷恨的瘋狗，癌症是神對我的懲罰……

不，不會的，基督徒怎麼會這麼說話！……

沒關係，換個位置，也許我也會這樣看我。但我知道不是這樣！是天父看我太累了……

### 3

我應邀在徐聞音醫師家住了下來，每天除了聽她斷斷續續，有時前後顛倒地述說往事，更多的時間就是看那些堆在內廳和書房裡的材料。材料中有一大部分是她寫給別人的信，懇求、爭辯、述冤、怒斥，她用各種方式希望知情者說出真相。

我讀著……讀著……我看到了一個憤怒而疲憊的女唐吉訶德。

真相？這世間有真相嗎？

追求真相和隱瞞真相的人，似乎都是為了愛，又都傷害著自己或他人。

# 少女

### 1

徐聞音最早是跟著祖母去哈同路文德里聚會處的，那時她還是個孩子，對文德里的印象，就是滿屋子慈眉善目的大小"祖母"們。不過，她們在屋子裡都很嚴肅，和平時街上弄堂裡遇到時全不一樣。一到哈同路，她們就會打開手袋裡的《聖經》包，拿出夾在《聖經》裡的小而薄的黑線網帽，戴在頭頂上，有的還斜別了個黑絲髮夾。

她們的衣服也是黑灰的多，唯有各式低調暗花的手袋們，透出一點上海女人的韻味。那上面綴著不同的絲線鉤邊，這就成了小聞音辨別張家姆媽和李家奶奶的依據。

但很快，這個極乖巧的小囡囡，便發現在這裡是不需要辨認誰是誰的，奶奶們彼此稱呼"老姊妹"，對她這個幾歲的丫頭也稱"小姊妹"。文德里當時真沒給她留下什麼更多的回憶，在一片蕭穆的灰黑中，唯一的顏色就是兒童主日學裡的手工了。

　　文德里的王孃孃是小小聞音心中最了不起的人物，不僅孩子們都喜歡她，聞音發現教會裡的大人們，還有自己的祖母，對王孃孃也是極為尊敬。聞音聽說了她許多的故事，很傳奇，據說她是官小姐，很大很大的官家小姐，但她卻離開家，自己跑出來了，成了一個全國都很有名的傳道人。但每到禮拜日，她卻在文德里弄堂隔壁借了間房子，帶領主日兒童聚會，稱為"訓蒙組"，這讓孩子們都覺得特別自豪，一個個像大人般認真聽講。

　　可惜那時聞音還太小，不喜歡聽道理，只喜歡做手工。不過，彩色的紙頭圖片貼來貼去，她也就明白了基督教的一些重要的詞彙和《聖經》故事。日子就隨著這一件件美麗的手工，被帶出哈同路，被帶回家，被掛在牆上，然後因為繼母的反對，又被放入貯物盒裡。積著，積著，她就長大了。

　　聞音三歲時，勤儉又勤奮的母親就與出手闊綽的花花太少離了婚，獨自遠赴美國去留洋了。她和聞音的祖母及六個姑姑都是哈同路的好姊妹，而聞音的父親是個老派與新派的混合體，說他信他也不信，說他不信他似乎又信。不過，家裡的女人們都信了，且信得那麼嚴謹肅穆，這反倒讓他覺得這信仰無趣得很，甚至可笑。

　　直到離了婚，又娶了個弄堂做派，和他一樣愛虛頭愛面子的女人，他反倒踏實地在家呆得住了。又連續生了兩個男孩，花花太少就突然規範起來。母親和六個姐姐妹妹都為家中這唯一的男人高興，以為他是浪子回頭，一個勁地要帶他去文德里，他卻不肯去，只是讓她們帶聞音去。

　　不料，聞音七歲那年，一個女人領著個兩歲的女孩登了他家的門。無論徐公子如何指天發誓這個女孩絕對不是自己的種，母親和妻子卻都不信他。兩個互不遜色的弄堂女人吵了幾場，又全場武戲地演了一回，終是正主兒占了上風。那個野路子來的女人就落荒逃了，卻丟下個拖著一頭黃毛細髮的小女孩。祖母不想管，離開了兒子的家，她對徐家唯一的公子徹底死了心，帶著聞音在六個女兒家裡輪流住。

　　她們一走，父親也走了，獨自搭船去了德國，讀醫學博士，把兩個兒子和這個不知有沒有徐家血脈的私生女扔給了剛剛大獲全勝的正主兒。那女人大哭大鬧到船開了，鼻涕眼淚抹抹乾淨，倒是獨個兒把家撐了起來。除了每月一次來找祖母拿錢時，面子上地哭講一回，其餘的時間倒是不來煩她們。她自己把小日子過得挺滋潤，喝茶聽戲搓麻將看電影一樣也沒少，難得的是倒也不虐待那個黃毛丫頭，只是不理她，當她是個會吃飯的骨排凳。

**2**

　　祖母的六個女兒都很孝順，對母親和侄女很好。按說換著人家住總是新鮮的，小孩子應該開心，但小聞音還是覺得沒意思，因為住到哪家生活都差不多。

一樣的一日三餐的禱告，一樣的晨更和夜禱，一樣是又讀又背那本厚厚的黑皮硬殼書，一樣是溫柔平靜的"原則"面孔，一樣是沒有家長里短的飯桌。聞音在六個姑姑家輪流住了幾年，都沒聽見一句高聲，也沒有什麼新奇事情可聽。不僅僅是弄堂裡親戚中的蜚短流長聽不到，連上海灘的新聞，乃至全國的抗日風雲，也是一絲刮不進來，偶爾聽到槍炮聲倒讓人懷疑是炮仗了。

但漸漸地，家裡人少了。

這段時間聞音一直住在二姑母家，二姑母長得極瘦，線條都是刻板板的，她的臉上除了嚴肅還是嚴肅，不喜也不憂。二姑母家裡的表哥表姐都跟著姑夫去了重慶，她沒有走。姑夫也只勸了一二句，其實全家竟沒有人覺得她需要避一避。因為看著二姑母你就會覺得無論什麼事，即使是戰爭，也就像是月曆牌上的灰，日子一到，翻頁過去就沒了，甚至是撣都不用去撣的。

外面世界再怎麼鬧，二姑母和祖母都是安之若素的，生活紋絲不動。剛上初一的聞音卻越來越厭煩這種沒有變化的日子，她興奮著每天路上看見的情景，只是苦於回到家沒人可以說。正在這時，留洋的母親和父親都回來了，他們從不同的國家相隔僅一二個月，分別回到了上海。

母親是先回來的，她來過二姑母家，沒有遇到聞音，也就沒再來，說是加入了紅十字會的救護團，很忙。等父親回來後，有一天，母親就約了父親一起到二姑母家要談談聞音升學的事。聞音打了個招呼就上了樓，卻沒進房，坐在樓梯上豎著耳朵聽。二姑母和祖母都避進了廚房，想讓他們好好談談。父親和母親都很漂亮很摩登，兩個人客客氣氣地也不吵架，也不翻舊帳，只是冷冰冰地搭著話。

那天，二姑母切了薄薄的七八片紅腸，又做了香香濃濃的一大鍋羅宋湯，羅宋湯是用俄式的大銀湯盆盛了端出去的。銀湯盆雕了花，特別美，但也特別難清理，擦亮它不是件容易的事。這只銀湯盆通常是不用的，只有過年才會用，小年夜前就開始擦家裡大大小小的銀餐具，這只銀湯盤都是聞音擦的，祖母說她手小眼尖最適合擦亮上面凹凸的雕花。昨晚祖母陪著聞音睡了，那就應該是二姑母自己連夜擦出來的，但她端著升騰著香氣和熱氣的銀湯盤走進餐廳時，臉上的線條並沒有變化，甚至沒說話也沒看她弟弟和之前的弟媳。

她在八仙桌的一邊坐下來，右邊是她的兩個孩子，左邊是祖母，對面是聞音的父母親，聞音被叫進來，因為不肯面對著父母坐下，就沒在二姑母身旁空著的位子坐下，站在了祖母身邊。那天是二姑母做的謝飯禱告，溫暖而美好，刻板的二姑母禱告的時候卻是另一個人，你若閉著眼睛聽，再睜開眼睛看見她，是難以相信剛才詩一般溫柔的禱告會來自於這樣一個人的。

禱告到一半時聞音就離開了，她溜出飯廳時略蹲了蹲身子回頭看一眼，透過本色細麻桌布邊上寬寬的蕾絲，她看見父親和母親各自挪到了長凳的兩邊，中間幾乎空出了一個位置，小小少女就絕決地上了樓，臉上豎起二姑母般的線條來。

過了一會，祖母推門進來，手裡端了個漆盤。上面有兩個藍花細瓷小碗，一個盛著羅宋湯，另一個是大半碗白米飯，上面蓋著青菜，還有三片鮮潤的紅腸。聞音倒也就不傷心了，胃口蠻好地吃起來。

那是徐聞音記得的父母最後一次見面，母親為女兒決定了人生，上最好的學府，考醫科。父親並無異意。母親臨走時拉了拉聞音的手，笑容是隱約的，眼神是飄移的。之後的多年中，聞音總是有意無意地琢磨著母親最後的面容，總想從那裡面找出點酸酸軟軟的眷戀或是無奈，但都沒有。她琢磨的次數太多了，以至於把她最後留給她的面容想得有點模糊了，只好擱置下來，不敢再隨便去想。

初三，徐聞音進了上海聖公會所辦的聖瑪利亞女中，那是上海兩所最著名的教會女中之一。每天上午十時有課間禮拜，由校長和師生輪流主持，聞音也主持過一次。有一次女中的師生一起去參加校外的一個聚會，有個在上海很有名的牧師來講道。他雙目發光，邊講邊唱，全部女中的學生和老師都跟著他的手勢，心潮起伏。聞音更是激動得雙頰緋紅，全身發抖。那天，她想，這才是宗教，這才是讓人願意為之奉獻的信仰啊！

於是，徐聞音不再跟祖母姑母去哈同路了，她興奮地覺得自己這次是找到了真正的信仰，她慶倖自己飛離了那個黑線鉤織的文德里。聞音和三姑母六姑母家的表兄妹們都去了上海鴻德堂做禮拜，那裡有大學生團契，有唱詩班。雖然聞音還在上高中，但她特別喜歡和他們在一起。

一九四五年夏，抗戰勝利了。歡呼聲還沒落定，國共已經開戰，並很快發展成全國性的內戰。原本在一起志同道合的年輕人，關係漸漸變得隱晦曲折起來。聞音一方面因為生活在基督徒家庭，對人事的複雜不甚瞭解，另一方面也是年齡尚小，就仍一腔熱血地憂國憂民著，直到連續發生了兩件事。


**3**

聞音和祖母已經搬回了父親家，父親在上海開了個私人診所，作為一個獲得德國博士學位的華人醫生，在上海灘是相當吃得開的。花花太少原本身上那些講吃講喝虛頭風光的毛病，都成了留洋大博士徐醫生的派頭。徐大少爺仍是吃不得苦，診所是不肯開大的，於是一時間，聞音父親的小診所在上海灘名頭反倒是格外地響了。

這也是上海人的毛病，不管怎樣，不容易去的地方總是要夾扁了腦袋進去的，因為這一進去，就是"少數"人的階層了。

男人還是那個男人，老毛病全都在身上，身上還是多多少少有腥味兒，但弄堂出身的老婆卻天天奉他為神明，腥味也不是腥味了，成了風雅。

祖母眼裡，兒子卻還是那個不成器的兒子，他若不走進文德里，自己這顆懸著的心是斷斷放不下來的，因為再壞也罷再好也罷，終歸，他進不了天堂。老太太天天看著兒子就在心裡為他禱告，又想著不好總擺一張愁苦的臉，於是就躲在自己屋裡加緊禱告，一時間倒是管不了孫女聞音了。唉，畢竟時世紛亂，戰爭年代命都是暫時的，何況別的？

聞音這些天一回家扔了書包就往外跑，忙著和一班年輕人一起排文明戲。舊曆年初他們成立了這個業餘話劇團，當時年輕人都熱衷於演戲諷政或辦報遊行。話劇團裡女生少男生多，聞音開朗活潑，幾個男生都圍著她，但只有團長吳一丹與她總是保持著距離。吳一丹當時是上海的進步藝人，雖然只是個不太出名的演員，年紀也剛過二十，但畢竟是專業演員，又被特別邀請來當團長兼導演，於是在這群年輕人心目中就有了絕對的權威。

吳一丹白淨的臉上架著副褪色的舊金絲邊眼鏡，鏡片是薄薄的淡茶色，總是含著琢磨和考察的意味，定睛在聞音身上。聞音因為父母離婚，父親再娶且又生了兩個弟弟，故而從小就本能地想討好父親。她比一般女孩都要乖，心思更玲瓏，也就更敏感。現在遇到了這個年齡大了七八歲，又是有著絕對權威的吳導演，就特別地想好好表現，總希望自己的努力能讓這兩片茶色玻璃後的眼睛，露出滿意的神情。但她越是表現，那茶色玻璃後面的陰雲卻越黯越濃。

在這雙審視的目光下，聞音越來越緊張，越來越失去自信。雖然演男主角的廖英君一直在用肯定的目光和積極的配合來鼓勵她，吳一丹也沒開口責備過她，但她還是被吳一丹審視的目光、微皺的眉頭壓垮了。她自己要求不演愛國青年的女主角，而接演了反面角色——國民黨接收大員的不關心政治也不愛國的大小姐。

吳一丹其實是一個風趣而開朗的大帥哥，講話極有號召力和煽動性，不僅是女生們為他瘋狂，男生們也極崇拜他。可是，每當他的臉偶爾轉向聞音時，聞音總感到一瞬間他笑容的消失，或者說，她總是能夠看到那一瞬間，在他慣性的笑容背後的那張臉，一張沒有表情，蒼白而嚴肅的面孔。每當她細細地反覆回憶這張面孔時，她甚至能感覺到一種忿恨與審判。他恨自己什麼？他憑什麼來審判她？聞音覺得很委屈，但她敬虔的信徒祖母和姑姑們從小教育她的是自省自檢自我認罪，而非直言爭辯，並且她能質問他什麼？

### 4

話劇的首演終於到了，徐榮安特別開心。將女兒送進著名的教會女中是前妻的決定，也是當時上海灘上流社會的通例，雖然他自己的經濟能力最多才不過是個中產偏上。但他也一直擔心女兒會像自己母親和姐妹們一樣，成了文德里式的教徒。

徐榮安是個特別要面子的人，信點教是有面子的事，但信多了，信得太真了就沒面子了。這其中分寸的把握，其實只有上海灘上流圈裡的人心知肚明，講是講不清也講不得的。近年見女兒不去文德里了，他心中暗喜，又見女兒關心政治還演文明戲，就更喜歡了，這兩樣在當時的上海灘可都是時髦的事！

首演是義演，所有的收入都會送給窮學生。徐榮安拿了不少錢來支持這場義演，訂了前面五排的坐位，送出去五六十張戲票，邀請他結識的達官貴人太太小姐們去看戲，自己也早早地在愛多亞路的"俄藝劇場"第一排正中間坐定。之前因為女兒沒能演女一號讓他感覺有點美中不足，前兩天看了彩排，發現戲裡革命的女主角從頭到尾都是一套白衣黑布裙，而女兒演的這個不愛國專愛打扮的接收大員小姐，卻大有展示衣裙的空間。於是第二天就給女兒破天荒地買了幾件旗袍和洋裝，算好了一幕一套。在這件事上，他太太的熱情高漲一點不遜色於他，這讓他更是得意，覺得自己治家有方，能把個弄堂女人調教得識大體、講面子、不小氣。

原本徐聞音見繼母破天荒地肯為自己花錢，心裡驚疑著倒也舒心，自己總算在這個家裡被如此地重視了一回，甚而幾乎要為父親和繼母心疼起錢來了。但那天從學校回來，正遇見繼母和她的一幫弄堂閨蜜們在家裡打牌，她通常是不會把她這幫閨蜜約到家裡來的。徐聞音見了不由地就皺了眉頭，這幫姹紫嫣紅、嘰嘰喳喳的女人們，讓她的家突然四壁消失，成了弄堂，以至於她覺得需要趕緊躲進自己的小屋裡。

但她從小受的家教讓她不能悄悄遛上樓，她只好在客堂間門外微聲模糊地問了繼母客人好，正想迅速上樓，繼母卻一下叫住了她。她又親熱地過來擁住她，把她拉到那群女人中間，從上到下，從她上的學校到演的戲，一件件誇過來。最後落到了要緊處，繼母拿來一件件為她置的行頭，擺在麻將桌上讓閨蜜們摸看品評，得意地聽她們羨慕她嫁得如此人家，又誇她這個繼母做得如此了不起……

待到那女人要她一件件試給大家看時，徐聞音終於沒了"家教"。她雙臂筆筆直地垂貼在身體兩側，突然地堅硬起來，讓繼母來拉她的手像是寒冬裡摸著了冷鐵，一下子放開了，似乎晚一點都會被粘掉層皮。然後，見她還是不甘心，聞音便轉來盯住她，她眼睛裡其實沒放進去什麼表情，那女人卻看見了一派凜然，這種凜然是她所陌生的，但也是她所莫名其妙羨慕又敬畏的，於是便噤了聲，看著聞音上樓，回頭訕訕地說：大小姐脾氣，面薄。

女人們這才緩過神來，嘻笑著，忽略了剛才的尷尬。

## 5

那場首演，徐聞音的風頭遠遠在女主角之上，一來她本身演技就好又極認真，二來時尚衣裙一套又一套，且合景合情地完全襯出了她的美。不過戲卻有點變了味，這個不關心民族存亡，不問政治不問世事的小姐，並不像她貪婪的接收大員父親般讓人憎恨，反倒演成了一派天真嬌憨樣。連在側幕看著的吳一丹也有一瞬，眼裡放了光，心裡動了情，暗歎她實在是美麗純真。

聞音上下臺間，甚至就是在臺上，眼睛的餘光也一直時不時地掃過吳一丹，當她看見了自己期待已久的肯定後，戲就演得更好了，整個人都在臺上綻放著。不過，謝幕時前五排的歡聲雷動，特別是政界要員送來的大花籃，讓茶色玻璃鏡片後的目光突然凝固成了黑夜。

散場後，聞音沒有跟父親去吃宵夜，也沒跟六姑母回家。祖母姑姑們是不願來這種場合的，不過這次也讓最年輕的六姑母做了代表，算是給足了她首次登臺的面子。六姑母來了，自然也帶來絮絮叨叨的說教，什麼要遠離世俗啊，謹守己心啊，切勿驕傲浮燥啊，等等。聞音微笑著聽，心不在焉地答應，好言推託著讓六姑母先走了。她不住地想捕捉那茶色玻璃鏡片後的目光，她期待著裡面的讚賞。可是，吳一丹莫名其妙地忙著，進進出出地和每一個人打招呼，和每一個演員握手，卻就是不讓她捉住自己的目光。直到最後，她站在劇院門口等著他出來，他的目光不得不對著她時，那裡面只是兩孔深深的漆黑。

吳老師，我演得……聞音不甘心，但她又問不出那個"好"字。

你，你實在太出色了！

那兩孔漆黑中射出的是冷冷的嘲諷，這藍火焰般的箭頭後面，卻拖著混雜紛亂，糾纏著各種毛色的羽毛，像是兩道帶著焦污濁臭的濃煙。

徐聞音本能地躲避了一下眼神，正好遇到吳一丹斜後方的廖英君，不由地一跌，她驚慌的目光像是跌進了後者的安定中。

你簡直成了讓人羨慕的主角……

可是，我，我努力了，我是按照角色演的。

聞音倔強地低著頭，頂住壓在她白皙纖細後頸上的審判，她的聲音雖然仍是細小的，卻用一種平靜來表達了不滿與反抗。

頸背的壓力突然撤去，吳一丹收回了他的目光，他從她身邊走過去時，扔下一句殘酷的話。

是，你演得很好！出色的本色演員。

愛多亞路在夜色裡泛著平平靜靜的光，聞音沒有抬頭也知道今夜月亮是好的。

一星二星暗紅色的燈，不知從哪個樓頂倒映下來，像是夜海裡的漁船。再看，暗紅的燈就密了起來，星星點點地佈滿了愛多亞寬寬的路面，像是浮在漆黑的水面上。聞音突然就極疲憊，像是一條魚面對著層層密佈的天羅地網，絕望地停止了遊動。她抱著雙肩蹲下來，將頭埋在環抱的臂間哭了起來。

廖英君一直跟在她身後，見她蹲下，他就站在旁邊，也不貼近。

廖英君是大學者廖一天的兒子，他是上海聖約翰大學醫學院的高才生。姐姐廖文君比他大了十九歲，是廖一天前妻的女兒。她一生都不曾稱呼比她僅大十歲的廖太太為母親，但她是個極柔順、安靜的女兒，她對繼母的孝順一點不比親女兒少。廖文君的後半生都是與繼母同住的，她倆都是安安靜靜的美人，住在茂名路的一幢小洋樓裡，形同姊妹。最後也是廖文君為她繼母送的終，那時弟弟廖英君在香港卻不能回來。

廖文君少女時代曾是上海著名的教會學校——中西女中的校花，畢業後卻沒有留在上海，而是去了位於南京的金陵女子神學院，並在那裡認識了對她一生影響甚巨的老師李如是。之後，南京軍事政變，她隨著李如是回到上海，卻沒有回家，而是住進了文德里，並在那裡參與了地方教會在上海的第一次擘餅聚會。

當有一天，從小帶大她的祖母，終於走進文德里時，她們祖孫才擁抱、相泣，祖母竟然完全不知道孫女就是在上海名聲漸盛的聚會處的發起同工之一，這時的廖文君已經與中西女中的校花判若二人。她只隨祖母回家住了一周，就又回到了文德里。

弟弟廖英君出生在美國，廖一天攜妻在美國耶魯大學訪學時生下了他，十四歲才回到上海，他隨父母去聖公會聚會。他是簡單而明朗的，信仰對於他也是簡單而明朗的，沒有一絲皺褶。

　　廖家姐弟並不常見面，彼此無論是生活習慣，還是思想觀念都不一樣，雖然有著同樣的基督教信仰，卻也難以對話。即便有時全家在一起禱告或查經，敬虔的祖母與姐姐也總是讓他感到莫名的自慚和羞愧，哪怕只是一個謝飯禱告，也好像能定他的罪。定他什麼罪呢？他想想應該沒有，再想想，就多了。不敬虔？不能攻克己身，叫身服我？心思裡"世界"沒死？感覺中"肉體"沒亡？……

　　廖英君的父母一定也有這種感覺，因為每次祖母帶著姐姐來過後，他們都會沉悶一陣，然後似乎是三人一起長長地吐出口氣後，家，才活了過來。

## 6

　　徐聞音站起來時，廖英君跨前了一步，兩人的影子倒映在泛著月光的馬路上，很登對，很好看，他們看著這雙影兒，詫異地發現自己實際上比心裡感覺到的還要年輕得多。那年徐聞音十六歲，廖英君十九歲。

　　他們並肩向前走去，暗紅燈影形成的天羅地網都被英君的一雙細長筆直的腿剪碎了。紅影血絲般一縷縷細碎地散開，散入黑沉沉的水裡。

　　為什麼他這樣對我？

　　聽說他是共產黨。

　　共產黨？你怎麼知道？

　　他一來就和我談過，沒明著說，暗示的。……他和許多人談過。

　　那他為什麼沒來和我談，我不反感共產黨，他們挺好的，真抗日，不貪污。為什麼不找我？

　　因為你爸吧？我聽說他跟別的團員講要離你遠點，說你父親政治關係太複雜。

　　我爸有什麼政治關係？他根本不懂什麼政治！他連報紙都很少看。

　　你爸認識那麼多人，你看今天前幾排坐的，許多都是我們這個戲罵的人。還有國民黨政要送來花藍，你……你想，也難怪他生氣。

　　那些都是我爸的病人，共產黨、國民黨不是都會生病嗎？這和政治有什麼關係？再說，我們排這個戲不就是要讓他們知道而反省自己嗎？他們看著，還有雅量鼓掌，再說，也沒像我們想的那樣，會把我們抓起來，送進監獄什麼的……這麼看，我爸這些關係不也是保護了大家？

　　唉，我也說不清。聽說吳導和幾個團員把準備進看守所的小包裹都準備好了，一直放在後臺呢。

　　他們真就那麼想進監獄？才剛剛首演，排了那麼久，難道只打算演一場？

　　廖英君借著月光偷偷看了眼身邊素衣的聞音，望著她清澈的眸子像是兩顆遙遠的星星，美麗卻彷徨，十九歲的他有生以來第一次想張開雙臂保護點什麼。

聞音，我倆都是基督徒。其實，《聖經》上說我們在地上過的都是客旅的人生，連我們這個人，這個肉體也不過是帳篷，何況政治，又何況別人對我們的論斷呢？別管這些了，這個黨那個派的，還不是打來打去，罵來罵去，我們也弄不清⋯⋯還是好好信主、傳福音、救靈魂吧！救靈魂才是最重要的，其它都會過去的。

那你怎麼還來？你不是 公會 的嗎？

我？⋯⋯廖英君看著空茫茫的街道，志氣滿滿的心裡也不由地飄來一絲空茫感，但他揮了揮手，趕走了這縷雲影，堅定地說：基督徒理當追求公義！只是⋯⋯最近許多事讓我發現這世上確實沒有公義，社會遠比我們青年看到的複雜，人性是壞到極處的。

廖英君不由地想到這些日子父親客廳裡的各種客人們，想到他偶爾有意無意中聽到的高談與低語，心不由地沉了又沉。

可我們是活生生的，我們還年輕，躲進小樓成一統？

聞音說著，目光掃到街景，發現他們正走到哈同路口，這個路口她太熟悉了，雖然有幾年不來，但她的目光沿著這路口轉進去，似乎就看到了文德里的那扇門，看到了那些蒙著黑絲線網帽的花白頭髮，聽到了那節奏優美卻過於平穩的讚美詩。那裡是溫暖的，是安全的，聖潔的⋯⋯但自己想回去嗎？自己的青春剛開始，就算過完了？

我不想回去！她不由地脫口而出。

啊？

沒等廖英君問她什麼意思，她就急急地用最堅定的語氣說。

民族興亡，匹夫有責。我可以不愛自己，但我是青年，青年怎麼能不愛國？

她往哈同路方向上瞥了一眼，這一眼她自己也說不清是鄙夷？是斷絕？還是不捨？仿佛為了拋開什麼，她在夜風裡使勁把兩條垂在胸前的麻花辮甩到身後，轉身對著廖英君說。不管怎樣，我是要愛國的！

我，我又沒說不愛國⋯⋯愛國和愛神並不矛盾啊。我們明天去上海青年會吧，那裡都是和我們一樣的信主的年輕人，他們為窮學生捐寒衣，幫助那些東北流亡過來，一時又回不去的人。他們還把自己和家中不用的東西拿出來義賣，捐給紅十字會。神就是愛，《聖經》教導我們的也是愛，國家也不是一個空概念，也是一個個人組成的，我們用愛人的方法愛國不是很好嗎？也，也免得去碰⋯⋯

他們聊著，開始為明天激動起來。

那晚，他倆很快樂地分開了，徐聞音的快樂是為了對愛國的憧憬，而廖英君的快樂卻是為了對愛情的憧憬。

## 7

雖然有了兩個女人分別為他生下的二兒一女，但徐榮安的心始終在大女兒聞音身上，可是她與他之間總是隔著。她的禮貌、她的乖順、她的節制、甚至是她在他面前總是低垂的眉目，都輕輕鬆鬆地就讓他失去了擁抱她的勇氣。當然，這裡面必然還有母親、前妻和姐姐妹妹們，但他一絲一毫也不想去想她們。他是個極孝順的兒子，他是個很不錯的哥哥或弟弟，他甚至也做成了一個好父親，一個成功的男人，但她們，包括他的前妻，對這些是既不肯定也不否定，擱在那裡，像是放在閣樓上的一件用不著又不能少的舊傢俱。

徐榮安知道她們要什麼，可他就是不願去文德里，他覺得正是文德里讓他失去了她們。

徐榮安從"俄藝劇場"回來時滿面春光，他覺得剛才臺上的女兒太美了，太有才了，太給他撐面子了。汽車經過哈同路口時，他第一次沒了壓抑感，他不再覺得自己是遲早要灰頭土臉回去的"浪子"了，至少，女兒聞音和他一起在"外面"。

後座的老婆聲音幽幽地說，格次真花了不少錢，儂弄得好像只有一個女兒。

儂懂吗？上海灘最要緊的就是面子！儂拿得出手？女兒幫阿拉撐檯面還不好？小家子氣！

徐榮安在這個女人面前是可以大聲大氣的。母親、姐妹和前妻，她們都不用靠他，她卻是只能靠他的。她們都有個文德里，她是什麼都沒有的。講起來，她也是有的，她有著上海弄堂裡的精明和風情，八面玲瓏又實惠好用，但這一切又好像什麼都不算，她仍是個沒有主心骨的女人，男人就是她的主心骨。於是，不管這女人的市俗、無知有多麼讓徐榮安面上無光、心裡鄙夷，他卻離不開她。人常常離得開一個讓自己仰視的人，卻往往離不開一個可以讓自己心裡鄙視一下的人。男人娶老婆尤其是如此。

徐榮安在樓下客廳裡等了很久，女兒還沒有回來。女人知道他在等女兒，心中生出不服氣來，卻聰明地不想在他興頭上發作，安排兩個兒子去睡。猶豫了一陣，還是哄了那個不是她生的小女兒去睡，只是故意哄的聲音大些，又毫無必要地拎著她到樓下倒了杯牛奶，從丈夫面前來回走了一下。他卻只是低頭看報，只當她們透明。

徐聞音回來時父親聽到了院子鐵門的聲音，又聽到聞音和留門的馮媽輕聲一兩句對話裡也是透著歡快，於是便生了更多的期待，準備來好好誇誇女兒，也被她好好地謝謝。不過，聞音進了房門，見到他卻是一愣，隨即和往常一樣低順了眉眼，說聲，爸爸好，還沒睡？

他覺得很失望，但仍勉力誇獎今晚的演出，她雖口上謝謝爸爸的破費，但卻避著，好像不願多談。她的母親是他始終弄不清的女人，她如今也是個弄不清的，徐榮安望著女兒上樓的背影，突然發現女兒大了，背影越來越像她的母親。他歎了口氣，又呆坐了一會，直到夜色不知不覺中滲進來的多了，染黯了落地燈重重疊疊的白皺紗罩。

## 8

徐聞音參加了上海的基督教女青年會，這個起源于英美的國際性組織，十九世紀傳入中國，是一個具有基督教性質的社會服務團體。

青年會裡的人都非常熱情積極，讓聞音感到她們實在是熱血的，是和文德里完全不同的。第一次去她就被牆上貼的照片和介紹激動了，看到青年會之前在禁種禁賣鴉片，平民教育，和天足運動等事件中轟轟烈烈的場景，她真是覺得自己生不逢時。

不過女青年會的姐姐們卻熱烈地對她說，現在內戰爆發，正是可以積極投入反內戰、爭民主，報效國家的好時機。青年會也正好可以改變之前因非基運動的反對基督教浪潮而轉入內在靈修、遠離社會的低沉期，重新大張旗鼓地進行各種活動，跟上時代的節拍。聞音聽著，年輕的心躍躍欲試，她喜歡這種熱血沸騰的、轟轟烈烈的、讓人羨慕的信仰。

很快，熱情而多才多藝的她就得到了一批和她同樣年輕、同樣愛神又愛國的新朋友。她越來越少讀《聖經》和禱告，她覺得愛神就是應該表現在愛國和愛人上面。祖母和姑母們都說不過她，是啊，誰能說愛國不對呢？只是祖母靜靜地問了她一句：

儂忙七忙八，真格都是為了愛國？我看儂是想出風頭！

出不出風頭，反正我幫了有需要的人。這個時光，你們天天在文德里禱告就有用了？耶穌還說將一杯水給小弟兄喝，就是給他喝了！

祖母和姑母們不說什麼了，還給了她不少東西去義賣，後來也幫著做手工和點心，但她們還是去文德里，甚至聞音覺得她們眉眼裡離自己也遠了不少。十七歲的少女聞音覺得她們真是老了！老人的信仰和年輕人的信仰也是無法相同的吧？

那是戰爭的年代，八年抗戰耗幹了上海灘，學生們捐來的東西實在有限，義賣不出多少錢。聞音心裡不由地想，這點錢還不如向爸爸要，但向爸爸要，豈不是否定了自己人生的意義？

終於，她想出了一個好點子，她和女青年會中幾個有錢人家的小姐一起，辦了個愛國咖啡茶座。自製一些小手工和小點心，又發動各人的家長和家長的親戚朋友來喝咖啡，並參加義賣活動。愛國咖啡茶座就設在上海國際禮拜堂門口，往來的大多是上海有錢有名頭的人，義賣活動一下子就火了，甚至上了幾家不大不小的報紙頭條。

徐聞音教會的牧師，還有國際禮拜堂的牧師，都很興奮，不惜譽美之詞地誇她們幾個，以至徐榮安都隨女兒去了趟鴻德堂，還捐了一筆不多也不少的錢。這些天祖母住在六姑母家，聞音想著六姑母家的表弟表妹一定會把這些事告訴祖母姑母們，於是就心急急地等她們來誇她，卻不見動靜。

這天，聞音看到又一家報紙醒目地登了她們愛國咖啡茶座，標題還特別提到了教會，"教會女學生，愛國辦茶座"，聞音看著報紙熱淚盈眶，她第一次覺得自己是為主爭了光，歸了榮耀給神。

那天正是主日，她拿著報紙興沖沖地跑去文德里，她要拿去給祖母她們看。她想，必定是六姑家的表弟表妹年紀小，沒說清。這次徐聞音跑近文德里時，心中一點壓力都沒有，甚至這段時間因自己既不禱告，也疏忽讀經所生出的罪疚感，也杳無一痕了。她的心中充滿了明亮，看著剛剛結束主日崇拜的文德里走出來的姆媽阿婆們，心裡格外地親，她覺得她們是過時了，文德里是需要她的……可是，可是，外面更需要自己。

徐聞音看見了祖母和幾個姑母，六姑母也在。她興沖沖地跑上去，壓了壓心中的得意，她知道她們最不喜歡的就是得意的樣子，她們從小就告誡她：驕傲是人最要緊的大罪！她雖不太覺得驕傲有多可怕，但她知道一個有教養的女孩，最最要緊的就是輕浮不得，心裡即便得意也是斷斷不能任其浮上臉面的。

徐聞音規規矩矩地走過去，背過路人的目光，一邊把報紙遞給祖母看，一邊說：實在要謝謝祖母姑母們，你們捐了好多東西，你們做的點心也是最受歡迎的……

祖母看了一眼，就把報紙還給她，平平靜靜地微笑著說：這段時間我不在家，你有晨更和讀經嗎？

哦……最近，最近有點忙！徐聞音吱唔著卻不敢撒謊，但心裡生出了濃濃的失落與不滿。低聲補上了一句：也是為榮耀主名忙哦，又不是在玩……

六姑母見她委屈，忙來摟了她的肩說：是呀，小妹小弟回來都說，他們牧師可誇音音了，說是她們為教會為神得了榮耀……

　　二姑母皺了皺眉，冷冷地說：神不缺榮耀的。一臉福氣的三姑母忙拉了她的手，又走過來，把胖胖的身體擋在二姐前面說：總歸是好的，總歸是好的！囡囡上報紙了，多少了不起呢！又不是做壞事體……

　　祖母接過話，仍是微笑著，甚而微笑裡的暖度升了些，看著聞音，用兩隻散落了些許老年斑、微胖綿軟的手握住她，把她的十根漸漸涼了的手指卷起來捂在掌心。

　　阿音乖囡，為天父爸爸做事是好的，阿拉活著就是要討天父爸爸的歡喜。不過啊，還是要好好讀《聖經》，那是天父爸爸寫給儂的信，讀了才能真正知道他歡喜儂做什麼。

　　聞音抽出手指，不以為然地說：上帝總是喜歡人有愛的，愛人愛國總是沒錯的。

　　好，好，沒錯！沒錯！阿婆姑母帶你去吃生煎饅頭？

　　今天我禁食禱告，我就不去了。二姑母說著和她們道了別。六姑母說要給孩子做飯，也要走，祖母看了眼有點悶悶的聞音，就讓六姑母把孩子帶上一起去吃。六姑母就答應了，說小弟最喜歡吃生煎饅頭，小囡倒是愛咖哩粉絲湯的。

　　聞音臉上的陰雲散了，跟著她們開開心心地一起走，其實心裡卻訕訕地仍是有點不暢快。


## 9

　　那年暑假，十八歲生日還沒到的徐聞音，當上了上海基督教中學生夏令會的主席。活動辦得很成功，有近百人參加，其中全程都參與的就有好幾十個中學生，幾天的夏令會，節目一個接一個，讓人目不暇接。徐聞音第一次覺得自己這麼地被人需要，也被神需要。但當她興奮地告訴祖母和二姑母，活動多麼熱鬧，來的人多麼感動時，她們卻仍是語調平靜地說：

　　感動好。不過，還是要講清楚福音和耶穌的，否則感動了，也不知道是為什麼感動，感動和信耶穌是兩回事。

　　聞音聽了當然不服氣，只是回頭想想自己也不記得這次夏令會講了什麼道，也記不得大家對哪條道理有回應……不過，大家肯定是很感動的，她自己也激動地哭了好幾回。

　　這幫十幾歲的孩子們都相信，這是個神的靈大大做工的時代，他們這年輕的一代是被神揀選，振興中華民族，開創新文化的一代精兵。使命感和榮耀感塞滿了他們年輕的心臟，雖然他們沒有一個人腦子裡清楚要做什麼。他們其實看不清這個世代，更看不清這個民族，甚至也看不清自己。但沒關係，他們覺得不需要看清！亞伯拉罕離開本地本族走出去的時侯，不是也不知道要往哪去嗎？

他們覺得，只要清楚神揀選了他們就行了。

夏令會後，基督女青年會的人就開始對徐聞音，和那幾位辦愛國咖啡茶座的女生冷淡起來。失去了一直有的認可與讚賞，這幾個有錢人家的，從小讀教會學校的天真小姐們就迷茫了。哭了幾回，本來是會漸漸散去的，卻沒想到愛國咖啡茶座越來越火了，來的人越來越多。不用他們搞活動，就有人來借她們的場地辦生日會，公司小慶典，和各種愛國義賣。時尚點的小開和文藝男女也喜歡來這裡聚一聚。這個不大的場地，因著國際禮拜堂，因著教會女中的學生，因著愛國……等等眾多的時髦因素，竟然成了個時髦的小派對場所。

不過，女青年會的朋友再也沒來過，徐聞音終於在這片陌生的繁華面前崩潰了。那天下午，她主動去找一直很欣賞她的女青年會王幹事，推開她門時，她意外地看到了吳一丹。他們立刻停止了談話，故意平靜地敷衍著她，他們之間顯然有秘密，並且以這種方式讓徐聞音知道自己是外人。

徐聞音轉身跑出來，站在路口想來想去，就這麼走了她不甘心，但再衝回去問她又沒勇氣。過了約十分鐘，吳一丹也走了出來，遠遠看見她，就遲疑地放慢了腳步。她卻固執地看著他的臉，好像是把所有的憤怒和委屈都要壓在他眼鏡上，要壓碎那兩片茶色玻璃。

吳一丹的茶色玻璃鏡片完好無損。

他輕輕鬆鬆地走過來，聳了聳肩，就抖掉了徐聞音用盡全力壓上去的憤怒。他經過她身邊時看了她一眼，他對她好像有著某種權力，她不由自主地轉過身來，跟著他向前走去。他放慢了腳步，示意她可以並肩而行，但她只跨前了一步還是略略後一點走在他的左側。

他們這麼並肩走著，一個是淡藍的棉布衫裙，外加白色針織開衫，另一個是細白棉麻的衣褲，披了件米色的薄西裝。在夏末初秋的上海馬路上像一個年輕的老師和他的學生，完全不引人注意。

聞音心裡閃過廖英君說的話，吳一丹有可能是地下共產黨員，不禁四周看看，倒像是這麼一走，多少就參與了他那神秘又神聖的愛國事業了。再想想，她又沮喪起來。她真是不明白，他和他的黨為什麼就不信任她呢？

吳一丹並未回頭看她，卻好像全不費力地就能聽見她心裡的話。他一邊向前走一邊說：

你想愛國，很好！但要真愛國！

我當然是真愛國！我演戲、義賣、捐錢、辦夏令會……

重要的是動機！

動機？徐聞音愣在那裡，心裡想到祖母也這麼質疑她，心氣一下子就泄了，她真不能保證自己做這一切時沒有別的心思。

吳一丹聽她沒回音，以為她不懂，又繼續說：

重要的不是你做了什麼，重要的也不是你心裡是不是真愛國，重要的是你站在哪個立場愛國！

哪個立場？這次她是真的糊塗了。

我，我是青年，當然要愛國。

你懂什麼是愛國嗎？吳一丹站住，回頭看著她，繼續說。

愛國不是個空洞的理念，也不是個中性的詞，愛國首先要看你愛的是大多數勞動人民的國，還是少數剝削階級的國？誰代表國家？當然是大多數的國民。你想想，你是站在大多數民眾這邊來愛國的嗎？

吳一丹回頭又走，見徐聞音沒有跟上來，只得又停下來，回頭對她說：

你好好想想吧！路在你腳下，你自己選擇。人不能選擇出身，但可以選擇立場。我這是最後一次見你，說這些是為你惋惜，也不怕你去對什麼人說。以後好自為之吧！我也希望你年紀輕輕的，真愛國才好，否則你的人生是沒有前途的。

他說完也沒等她回復，就轉身徑直地走遠了。

初秋的街景是生機勃勃的，灰白的馬路也被繁密的綠和初泛的淡金色，燻得起了紅暈。吳一丹一直走遠的背影融進了路盡頭的霞紅中，又融不盡，成了一個小小的，不代表任何個體的背影。徐聞音愣愣地看著，這幅圖景仿佛就是青春，就是理想，就是美好的前途，她是想跟上去的，但她不知道如何走進去，甚至她內心敏感地意識到，當她要跨步走進去時，這一切就會真成了一幅畫，一幅畫在石牆上的畫，而不再是一條可以走的路。

因為她不在大多數民眾那一邊，於是她的“愛國”就不是真愛國？這等於就是說，她是沒有愛國權力的，因為她不是上海千萬弄堂裡，不，應該加上棚戶區，加上江北窮人……裡的一個。但自己不也是有國家的嗎？再有錢的人不也一樣有國家嗎？……

吳一丹的話像一個石砌的迷宮，讓徐聞音怎麼也走不出來。幾天後，她漸漸聽到一個傳聞，說她有可能是國民黨派到基督教青年會中的間諜。這個傳聞不知來處，她也就無從去辯訴，不過藉著這個傳聞她才隱約知道，原來那時的上海男女青年會其實是掩護共產黨地下活動的重要場所。

十八歲生日時，徐聞音拒絕了父親要為她開的盛大派對，一個人在房間裡禱告。她突然發現自己其實從來就不是個基督徒，因為她從來沒有過自己要對上帝爸爸說的話，也從來沒有想要一個另外的世界。

那個晚上，她向自己承認這個世界太複雜了，人太複雜了，政治太複雜了，連"愛國"也太複雜了。她覺得吳一丹說的是對的，大多數人的國才是國，而大多數人是窮人，但她不知道如何站在窮人的角度愛國，因為她其實並不瞭解他們，也許這就是說她不瞭解這個國？也許……

那晚，她突然覺得上帝那個遙遠的，甚至是隔著文德里，隔著黑絲線網帽的"天國"要更容易瞭解些，至少在那裡，人就是人，都是上帝的子民，沒有這些複雜的無形的各種身份和間隔。她想，天國應該是開開心心唱歌的地方，雖然也許和文德里一樣有點單調和無聊。

**10**

徐聞音隨著祖母和姑母們回到了文德里。

那段時間教會每晚都有特會，因為那個人回到了上海文德里。對於徐聞音來說，那個人是極崇高也極神秘的，祖母和姑母們常常會說到他，每次說到他時並不提他的全名，只稱"李弟兄"，甚至是只稱"弟兄"。雖然她們口中只是稱他為"弟兄"，但那神情卻分明地讓聞音知道，他不是個簡簡單單的"弟兄"，而是個神一樣的人物。她們無論是在查考《聖經》，還是日常的生活中，每每說話總習慣地用"弟兄說"來開頭，"弟兄說"仿佛就是一切的終極真理和標準，而她們說這話時，臉上總會閃現出戀愛中少女的光澤，聲調也輕柔蕭穆起來。

之前徐聞音應該是見過他的，但她並沒有什麼印象，六年前在祖母姑母們隻言片語的竊竊私語中，她依稀知道他因為辦一個製藥廠，被認為是愛世界愛金錢，而被文德里的長老們停止了服事，離開上海回老家福建了。那人離開後，有不少熟悉的面孔也不見了，王孃孃當時也離開了。那段時間裡，祖母和姑母們雖壓低了聲音卻仍然讓聞音感受到了暗沉沉的壓力，她們為了那個人傷心流淚並彼此爭吵攻擊。

那時她才十二歲，完全理解不了，重要的是也沒人想讓她瞭解，整個文德里都因著這事灰黯黯地，卻避而不談，仿佛那事那人是個禁區。王孃孃的離開，讓一直被她帶領的這批少男少女們突然覺得自己長大了。徐聞音也到了反叛的年齡，不過她外表總是乖順的，心裡卻忍不住讓一些想法越出了正常軌道。

她覺得活在世界上為何不愛世界呢？用著錢卻又為何談錢色變？那人的離開又不是耶穌離開，祖母姑母們何必如此緊張？她們像是耶穌升天後的門徒們，聚在馬可樓上，日日夜夜地禁食禱告……

那時，她覺得自己長大了，可以獨立思考了，於是，她就趁著她們顧不上她，藉口住讀聖瑪麗亞女中而離開了文德里。

六年，她在外面轉了一圈又回來了，而那個人也回來了。

那天她跟著極為興奮的祖母姑母們走進特會，八十一歲高齡的祖母，急切地邁著她的一雙小腳，穿著低調的料子卻很好的灰藍色旗袍一路走在前面，眉眼習慣性地低垂著，嘴角卻情不自禁地揚起來，嘴裡喃喃自語道：復興了！文德里復興了！

聚會還沒開始，一路上遇見的人都喜氣洋洋地互相打著招呼，他們口中說著頻率高而又簡單的幾句話：

太好了！
感謝主！
弟兄回來了！
大復興了！
……

聞音這次卻全無反感，因為文德里此刻已經是她的家了，再無另一個世界可去，或想去。她對那個人起初是好奇的，極想看看清楚他究竟長什麼樣，是不是有著和上海話不一樣的福州口音？但就在從哈同路拐到文德里弄堂這短短的路上，在祖母們和姑姑孃孃們三言二語的對話中，她已經感覺到了自己對那人的好奇仿佛是成了一種輕浮，是不被允許的。然後，她們走進加排了許多椅子的聚會的廳裡，在一排排低著頭、閉著眼，卻嘴角眼稍激動顫抖的女人中間尋找空位，這種好奇就成了對神聖的褻瀆了。

那個人的回來，讓文德里活了，湧來不少和自己一樣的年輕人，這讓聞音也興奮起來，她懷著完全不同的心情走進聚會場，她暗暗地期待著那個人點燃文德里，也點燃自己。

臺上一個剛讀大學的小弟兄王得勝在教大家唱詩歌，他的嗓門特別大，節奏平淡的傳統西洋詩歌被他一唱，完全換了個樣子，不再像是老和尚念經般讓人想睡覺，而是一個字一個字地鏗鏘有力，像是從他心裡衝出來的。徐聞音在台下跟著唱，真覺得這首西方人寫的聖詩不僅像是王得勝自己寫的，也像是她自己寫的，字字句句都是從心底裡沖出來，衝出來時還帶出了熱熱的眼淚。

……

多少平安我們坐失，多少痛苦冤枉受。
都是因為未將萬事，帶到耶穌座前求。
我們有無試探引誘，有無難過苦關頭。
決不應當因此灰心，仍當到主座前求。
……

我們是否軟弱多愁，千斤重擔壓肩頭。
主仍做我避難處所，奔向耶穌座前求。
你若正逢友叛親離，好向耶穌座前求。
到他懷中他必保護，有他安慰便無憂。
……

那天，那個人的每句話都像是從天上來的，具有著神聖的權威，和奇異的震動人心的力量。那個高大的白色人影發著讓人甚至不能仰視的光，偏在檯子的一邊。沒有高聲，沒有大的動作，卻成了自然而然的中心，一圈圈一波波地震盪出一種聞音完全陌生的能力，這能力讓每一個聽的人都被激起一種獻身的慾望。

徐聞音哭得跪倒在地上，她感到一種獻不出去的委屈，又夾雜著無所可獻的絕望。回想這些日子她雖然一直在聚會，在積極地為上帝做各種的工作，在愛人愛國，在渴望做一個有用的人……但她忙了一大通後，卻沒能愛成功，沒有什麼被她真正愛進心裡去，沒有一個人，也沒有國家，他們都在她以外拒絕她，也旁觀著她的折騰。

而她卻像《聖經》中的浪子一樣，揮霍掉了自己的一切，最後還是以一個乞丐的樣子回到了文德里，回到了耶穌座前。更讓她痛哭的是，當她現在回到耶穌座前來承認一個浪子的失敗時，她頂在頭上的羞恥反而消失了，沒有求告的卑微感，沒有一絲她覺得乞丐該有的感覺。

這種出乎意外的平安讓她有點恍惚……

聞音的眼前又浮現出吳一丹茶色玻璃後的眼睛，那種旁觀的譏諷，那種懷疑的審視，在此刻這層陌生卻溫暖的平安背後，盯住她，不肯放過她。

你想愛國，很好！但要真愛國！你懂什麼是愛國嗎？

他的話和他的眼神都讓她感到自己這個養在教會學校的溫室花朵，是不配愛國的，也不配來愛偉大的工農……

徐聞音久久地哭著，躲在保護牆般的“平安”裡面哭泣。她恨自己為什麼要愛這個世界，而且這種愛是圖回報的，她可憐地盼望著這個世界的接納和讚美。她已經十八歲了，她是個聰明的女孩，她清清楚楚地看著這個世界上的虛偽和弱肉強食，她清清楚楚地看著偉大理想中的卑劣私情，大愛中的仇恨，但卻直到此刻仍渴望著被這樣的世界，這樣的人認可、讚賞。

她哭倒在耶穌座前，卻知道自己這個浪子是要不到世界才不得不回家的，她第一次顧不上裝扮好一個禱告的模樣來禱告，她忘記了從小就學會的那些優美的禱告詞，她向耶穌承認自己的心思與世界相交，甚至是諂媚於世界，卻仍得不著。她用最犀利，甚至是惡毒的話來揭發自己……

耶穌卻一言不發，他的手和她祖母的手一同，靜靜地放在她背上，隨著她哭泣的肩背起伏，久久。

27

......
到他懷中他必保護，有他安慰便無憂。

......
祖母蒼老的歌聲輕輕地回蕩著，滲入聞音的靈魂，將一種不能被奪去的安寧密密地鋪在了她靈魂的底部。

這句歌詞後來成了老祖母留給她的最珍貴的遺產，只是這個遺產總是被壓在她生命的箱底，不到傾家蕩產，她總不能看見它，也總想不到要用它。

# 聖女

### 1

那年夏天上海特別熱，身上總是粘乎乎地，就算是抹在身上的花露水也有了可疑的味道和髒兮兮的感覺。

那幾天，徐聞音陸續三次做了同一個夢，夢裡她在一條清冽的溪河裡洗沐游水，兩岸綠草如茵，翠竹青山，沒有一個人。她從水裡站起來時，身上盔甲般的泥塊紛紛脫離，從水中起來的自己赤裸而純美，天上有一道光射下來，似乎又給她沖了道陽光浴……

起初對這個美麗的夢，她並不在意，一是想著天熱所至，二是依稀自己過去也做過類似的夢。第三次從這個夢中醒來的時候，是在二姑母家，一個主日的下午。她隨她們從文德里回來後，竟迷迷糊糊地睡著了。幾位姑母還有教會裡的其他幾個姊妹，正在一邊禱告一邊唱下周受浸儀式中要唱的詩歌，也許是怕吵醒了聞音，她們在樓下唱，琴聲和歌聲都不大。剛從夢中醒來的聞音，起初恍惚以為歌聲也是在夢裡的，但歌聲卻在她耳邊心裡越來越大，讓她真正地醒過來。

......
*已經死了，已經葬了，*
*從今以後我完全了了。*
*已經死了，已經葬了，*
*從今以後我完全了了。*
......

聞音雖然是醒了，身子卻不想動，或者是忘了動。她的身子仍是綿軟地斜躺在窗邊的竹質美人榻上，心卻獨自清醒並敏銳，像是突然張開了許多隻眼睛、許多隻耳朵。深棕色的百頁窗，一片片垂著，卻沒閉緊，樓下弄堂裡賣豆腐的竹梆聲，喚小囡回家，邀閨蜜逛馬路，約麻將搭子入局，先生們交換著"新聞"，太太們嘀咕著家裡的男人和公婆……所有這一切該聽見和不該聽見的聲音，都那麼"真實"地穿過歌聲飄上來，又沉下去。

已經死了！我死了嗎？已經葬了！我葬了嗎？

聞音努力不去注意湖面上浮起又沉下的死魚、枯葉，回過頭來，把心中張開的眼睛和耳朵都對準了自己。想想自己這兩年的各種"宗教"和"愛國"的積極、神聖活動，想著外人的回應，也更想著自己裡面的自愛、自傲與自憐……我死了嗎？如何死得了？我葬了嗎？又如何葬得了？

那茶色玻璃鏡片後審視的目光，和湖面上死魚的眼睛疊在一起，盯住了她……但又盯不牢了，虛浮浮地飄上去，起初還在頭頂上，然後就邊緣模糊起來，再就要散不散地失了力量。

聞音卻流下了淚，她的淚越流越多，她第一次不是為別人和外界的回應而委屈掉淚，她第一次為自己心裡對這些回應如此敏感、在乎，為自己心思意念中的世俗和罪性如此活躍而落淚……

我為什麼沒有去受浸？

這個自問像是一道閃電劈開了她的悲傷。

作為從小就在教會長大的小女孩聞音，作為忙於團契、基督教青年會活動的少女聞音，誰也沒有認真地和她談談受洗的事。

只有受洗，歸入基督的死和埋葬，一個人才有可能重新活過，心思意念中的罪才能全部清清楚楚地埋葬掉…… 残缺的罪的起因与罪的完成

那一刻她以為受洗就是一切。她像是個突然發現生命大奧秘的人，一躍而起，衝下樓，沖入姑母她們中間。

我要受浸！

那天晚上，聞音沒有回父親的家，八十多歲高齡的祖母像聞音小時候一樣，摟著她在平臺上納涼看月亮。

她問，祖母，你為什麼一直沒有要我受浸呢？

你過去不是一直吵著要離開文德里嗎？而且也真的走了呀。

那之前呢？

之前你還小，再說我問過你，你沒要啊。

祖母微垂著頭，背著光，白頭髮就被融成了一團亮，亮中的臉卻是淡淡的白，非常柔和平靜，歲月仿佛與她無關。聞音想這就是一個與世界無關的人吧？

是嗎？聞音低聲自語，又像是歎息。她不記得小時候的事情了。

也許吧。祖母，那你可以強迫我的，我小時候不是很聽你的話嗎？

這是大事，是你跟天父爸爸的事，祖母是不好替你決定的。祖母笑了，她笑的時候，本色棉麻的舊衣褲也微揚起松松的衣紋皺折笑著。

聞音在她的笑容中，心鬆下來，就有了女孩兒慣有的嬌憨，嗔怪道：儂看啊，差點來不及。轉了一大圈⋯⋯

怎麼會？他不誤事的。囡啊，不要驚動、不要叫醒我所親愛的，等他自己情願。你不是讀過《雅歌》嗎？上帝是要等人自己情願的，愛是不好強迫的，一點點強迫都不美了⋯⋯

不要驚動、不要叫醒我所親愛的，等他自己情願⋯⋯

那晚，聞音在月光下聽老祖母講舊約裡的《雅歌》，在她斷續平緩的語調中，她感受到祖母是個徹底被愛著的女人，雖然她的丈夫早逝，雖然她的兒子並不能懂她的心，雖然⋯⋯

老祖母那晚說了許多話，但好像並不是對聞音說的，而是自言自語，或是對她心裡的耶穌說的。正在初嘗朦朧愛情的徐聞音，只能旁觀著，羨慕著這個不需要男人，也能沉浸於信仰如沉浸於熱戀的老婦人。

這一幕一直深刻在聞音心中，是她心底最深的羨慕，也成為她生命中幾個特定時期的憤怒之源。因為她一生都無法抵達那種愛的滿足，在人，在神，都無法抵達。

## 2

文德里那次的受浸禮是在初秋，一百多個人一起受浸。江南秋老虎的熱少了許多粘濕，好像是濕嗒嗒的柴終於乾了，勃勃燃旺著，文德里那次的受浸禮也充滿了秋老虎般的火力。會堂坐滿了人，大家一起來觀看這一百多個人一起埋葬一起新生。

火焰乎乎地在人心裡靈裡燒旺著，卻不喧鬧，亮得耀眼的目光在一片嚴肅的面孔上，海鷗般飛翔鳴叫。人們只能借用盡全力地唱短歌，來舒解裡面壓不住的興奮。

已經死了，已經葬了，
從今以後我完全了了。
已經死了，已經葬了，
從今以後我完全了了。
⋯⋯

廖英君這天也來到文德里，他姐姐廖文君也來參加這次浸禮，同來的還有她形影不離的閨蜜趙心潔。她已經聽弟弟說了聞音，心裡很喜歡這個透明得讓人一覽無餘的女孩子。

　　廖文君和趙心潔是跟著她們的屬靈母親李姐來的。李姐在教會裡很受尊重，連那個人也稱她為姐。她負責教會的福音書房，幾乎所有的文字，包括李弟兄的許多講章和重要文章書籍大多經過她的編輯整理，也可以說這個被稱為教會女狀元的李姐，其實也是聚會處的文膽。她的故事一本書都寫不完，不僅是她個人大起大伏讓人唏噓的命運，還有她和李弟兄之間的分分合合的張力，這一切暫時不表，留待之後慢慢從頭道來吧。

　　廖文君和趙心潔在金陵女子神學院時就是李如是的學生，之後也一直跟著她。作為博學且嚴謹的李如是的得意弟子，廖文君的學識和人品自然也是女中之鳳，然而她卻始終如同一條淡灰的影子，藏身在李姐的光芒中。

　　這些年，趙心潔不常來上海，廖文君也搬離了文德里。今天她穿了一身略寬鬆的淡藍灰的旗袍，下面是灰白的長統棉襪，旗袍的袖子長到了手背，下擺的開叉很低，領子嚴密地高聳著，顯得她的脖子纖長。她雖然已到中年，卻顯得很年輕，梳了髮髻，濃厚的頭髮讓髮髻豐滿到有點沉重，她大多數時間低垂著頭，沉重的髮髻就壓在纖長柔美的脖子上，讓看著她的人也不由地感受到那份重量。

　　認識她們的人當然很多，卻有意無意地避開著，避不開的會和她們打招呼。也有的人遲疑著，仍主動走過來和她們打招呼，但沒有人坐下來與她們多聊。人們避開的主要是趙心潔，但心潔卻坦坦然然地微笑著，甚至眼睛裡依然是年輕、活潑的光芒。而陪著她的廖文君，坐在那裡卻呈現出一種待審的柔弱，美得讓人心動，讓人自責。

　　李姐起初是不願意她們這麼遠遠坐著的，她要她們一步不離地跟著她。但她所到之處都是熱烈的中心，雖然這熱烈為了迎合她的低調而有了沉靜的表像，但仍像是旋風的中心。趙心潔雖然不明白廖文君為何要遠遠躲開“熱烈”與“中心”，但這也是她一貫的作風，此刻卻正合了她趙心潔的意。她知道自己的明亮中有著硬撐的虛火，遠遠待在角落自然就撐得輕鬆些。

　　李如是見她們倆人不願走過來，也就不忍心大聲把她們叫過來，只能遠遠地接受了廖文君目光中的請求，她想廖文君這樣是為趙心潔，但她卻不忍心去看心潔。雖然她只比她們大了十多歲，她看她們的目光卻是完全慈母式的，甚至是祖母式的。只是讓人不解的是那憐惜中的無奈與自責，那隱忍的淚與嚴肅堅強的李如是，和正在講的《得勝的生活》完全不吻合的，不過，也沒幾個人能察覺到這隱藏得極深的淚。


　　雖然沒有一個正式的說明，但廖英君和徐聞音已經開始戀愛了。

　　按照教會的教導，男女戀愛是要和父母或教會的負責弟兄說明的，讓屬靈長輩為自己禱告。但他倆分屬公會和地方教會，這事就有點不便。公會是西方傳教士來建立的，在神學和管理上都比較有歷史的傳承性，比較開放也比較社會化，它自然有它的優越感。地方教會是完全本土的，其優越感卻更甚，認為其它宗派的基督徒都不屬靈，向罪、向世界、向自己"死"得不完全，"死"得不透。甚至有的地方教會的信徒認為，其他教會的信徒是否得救都成問題。

聞音試著和最柔和的祖母說起過英君，祖母卻也不解地問：他是廖文君的弟弟啊？好好的小孩怎麼去了公會呢？

聞音也是去過公會的，當她回到文德里後，她也深深感到這裡的教導更純粹、更絕對，是真正地愛主，真正地恨惡罪，真正地要想讓自己的"老生命"死透頂。漸漸地，聞音也覺得廖英君只有來文德里，他們的未來才有前途。

但每次談到這事，廖英君卻總是沉默，聞音隱約地感到廖英君不肯來文德里與他姐姐廖文君有關。她也向祖母、姑母打聽過廖文君，從她們的回答中她實在看不出有什麼不妥，但她就是本能地感到廖英君的姐姐身上藏著一個秘密，而這個秘密英君是知道的，卻絕對不會對自己說。

這次難得廖文君能來上海，徐聞音的心思和目光就一直沒離開她。

......

不知為什麼，徐聞音對往事中的許多細節都記憶猶新，但卻無法清楚記得自己從水裡受浸後起來的心情了，有什麼特別的感覺嗎？夢境中的那一幕好像覆蓋了現實中的受浸。

她只記得當時廖英君問她的話：怎麼樣？有什麼感覺？

她答道：我覺得自己有得勝的感覺！

這個感覺應該是真實的，但幾年後，乃至一生中，她都不斷地懷疑自己這個感覺真的是自己的嗎？因為那些日子，李弟兄，就是那個人，正在講"得勝的生活"。當後來徐聞音徹底否認了那個人後，她覺得必須肅清，至少也要分清，哪些是從聖靈而來的感動，哪些是從那個人而來的感動。

但她分不清。

## 3

美國聖公會在上海創辦的聖瑪利亞女中淵源可追溯到一八五一年，原先是在虹口監師路和百老匯路口的聖公會救主堂後面，稱為文紀女塾，是一所帶有慈善性質的小學。到了一九二三年，就遷到了白利南路（長寧路），新校舍占地面積六萬四千平方米，由於學費昂貴，已經不再是慈善性質的學校，而成了是一所貴族教會女校。

與衛理公會創辦的中西女中齊名的聖瑪利亞女中，特色在英文、家政和音樂舞蹈上。功課很緊，七十分才算及格。培養出來的女學生具有上流社會淑女的風範，諳熟社交禮儀，通曉英文，有文學藝術素養。民國著名的女作家張愛玲就是這個女中畢業的。

即便在學校裡，這些女中學生也大多衣著講究，打扮入時，而基督教信仰也不過是這些時尚新派淑女的裝扮罷了。徐聞音在她們中間原本就算是樸素的，受洗後的她又格外地樸素、沉靜起來，留起兩條素淨的辮子，不苟言笑地整日低著頭進進出出。她不再積極參加學校裡的團契，也不再去女青年會，甚至也很少和女同學們說說笑笑。她覺得她們講的東西全是世俗，全是世界，充滿了私慾和輕浮的罪。

每個週末，她都趕回二姑母家，和祖母她們一起去文德里，參加週六晚的交通聚會和主日上午的造就聚會。即便主日傍晚回到了學校，當晚她也要趕到聚會處在聖瑪利亞女中附近的一個聚會點，去參加擘餅聚會。一方面她覺得只有這樣才稱得上虔誠，另一方面她也確實覺得與學校裡這些世俗的"基督徒"女學生們無話可談。

教會學校的女學生雖然大都會參加禮拜，卻不曾受洗，甚至把禮拜堂當成了淑女衣著舉止的展示廳。聞音覺得和她們哪怕是聊上一兩句，都讓她有從天上被拉到地上來的污濁感，都會讓她感到煩躁不安。

聖瑪利亞女中非常注重英文，徐聞音的英語口語說得不算好，但她特別喜歡看英文小說，《飄》、《簡愛》、《雙城記》等等，甚至是法國羅曼羅蘭的《約翰克利斯朵夫》。小說中的世界和人物，承載了她青春的夢想和激情。受浸後，她卻覺得再也不該碰小說了，這些小說豈不是每每引發自己為世界上的事物著迷，甚至寢食難安？小說豈不是以虛幻的故事，勾起並激化了自己裡面的七情六慾？甚至電影、話劇等等，她和文德里一些差不多年齡的年輕信徒們，都全部不再看、不再想了。

在這個"戒文學癮"的過程中，她真實地感受到了死的痛，她難捨，她流淚，但她相信這種死的感覺正是重生的必須，是敬虔的必須。在這個過程中，大小姐徐聞音嘗到了悲壯，讓她略感疑惑的是這種感覺竟然和辦愛國咖啡室的時候相似，但她是斷斷不肯讓這屬靈的事與那屬世的事相提並論的，她只是很滿意地發現自己是個樂於犧牲的人。

但當她終於"戒"掉了，高興地去向祖母和廖英君說時，他倆的反應卻是極平淡地、不置可否地聽著。甚至從她和他的眉眼裡，她看出了他們的質疑。廖英君是公會的人，徐聞音還可以理解，但祖母這個文德里資深的基督徒怎麼會不明白"死"的重要呢？怎麼會如此反應？

聞音心裡難過極了，直到有一天六姑母過生日，飯後幾個表兄妹們商量著一起去看新上演就轟動上海灘的電影《一江春水向東流》。六姑母也笑著

33

說：聽說電影不錯，白楊、上官雲珠都演得好極了，你們幾個去看吧，我請客。

聞音當時心裡很驚異，見幾個姑母竟然都沒有開口制止，心裡竟然生出大大的義怒來，她當即嚴肅地沉了臉說：

我是不去的，好的壞的，電影總是不會讓我更愛主的，倒是讓我為一些虛假的人和事動了私情私慾，甚至越好的電影倒是毀壞力越大。

她見大家都愣住了，也覺得自己有點太直接了，竟讓六姑母下不來台。六姑母一直都是最寵她的，雖然她現在覺得那個“寵”也是不屬靈的，但情面還是要講的。於是她停了停，抹去臉上的秋霜，努力放出暖和些的笑來說：

不過，這也就是對我自己的，不是說大家都不要去看電影，主要是我這人從小就愛看小說、電影，心裡雜念多得很，情緒意念都特別容易受誘惑。總歸是要比別人更小心點的……

二姑母和三姑母聽了馬上一連聲地誇她，特別是家裡最屬靈，平日也最不誇人的二姑母，一把抱她在懷裡，感歎地禱告說：啊呀，上帝啊！儂真是聽禱告啊，小囡囡現在格樣好了。囡囡啊，儂媽媽曉得了真要心裡開心了。

那天幾個表兄妹們自然也沒能去看電影。而徐聞音被這麼一番肯定，心裡熨貼了許多，想想祖母，她真是老了。

### 4

徐聞音和廖英君的戀愛還在談著，但其實她並沒有什麼時間可以給他。他看著她的巨變，按理性和靈性來說是高興的，但，在一個青年的直覺裡，他卻感到怪怪的。

約她去看話劇看電影自然是不可能的，那天，他倆難得約在聖約翰大學旁邊的中山公園賞秋。中山公園原來稱作兆豐花園，幾年前汪精衛政權時改名為中山公園，抗戰勝利了卻沒人想著要改回來，也許是沒來得及，也許是中山這個國父的名字，總之它就一直叫中山公園了。

公園的大門在白利南路和愚園路的路口，聞音走來也不遠，過去他倆常約在這裡見面，近期卻不曾來過。現在是秋天，公園裡最有名的牡丹園是沒什麼看頭的，沒了碩大繁華的花朵，葉子也稀落了，一片片寬大的葉兒，黃不黃綠不綠地塌下來，沒了昔日的氣焰。即便是潑辣些、賤生些的月季們，開倒是開著，也談不上燦爛。

他倆一徑地走下去，聞音一直興高采烈地說著教會和團契的事，廖英君今天卻總想聊聊他倆自己的事，或者聊聊這些景致……雖說秋景是蕭索的，不過卻是多情的。可他幾次側頭看聞音，她臉上映著的，卻好像全是秋高氣爽的天，半點看不到地上的景致，更沒有他眼中的殘葉和努力開著的月季……

在她面前，還在上大學的廖英君竟然覺得自己暮氣了。

等到他們走到那棵最有名的梧桐樹前時，那漫天漫地的金黃才把兩個人的心思和目光震到了一處。這棵有著八十高齡的大懸鈴木，據說是從義大利運來的，一八六六年由過去的園主，兆豐洋行的大班，地產商霍格種下。上海法租界最多的就是梧桐樹，因為在法租界故而就被稱為法國梧桐了，其實這樹的學名叫「英桐」。上海的梧桐樹雖然多，中山公園這一棵卻是最大最高的，樹冠大得滿天滿地地不講道理了。

深秋的這一刻，金黃的落葉好像是地上鋪不下了，擁擠得空中、樹上，甚至天上也全都是。人剛走近些，就感覺要被這金燦燦的喜悅捲進去，若一頭鑽了進去，倒發現裡面是空的，並沒有窒息感。金色的葉子像是一團團喜悅的氣流，進出於你的呼吸、你的思想、和你的語言。

廖英君突然間有了些迷茫的沮喪，從什麼時候開始，年輕輕的自己就沒了這種滿天滿地、熱烈無畏的喜悅了？面前這棵樹真就像是徐聞音的「新生」，自己卻走不進去，熱烈到「不正常」的信仰究竟該質疑，還是該羨慕呢？自己是在質疑還是在羨慕？

廖英君不由地想到了姐姐文君，幾年前，在自己比聞音還年少的時候，就旁觀了姐姐的這種熱烈。僅僅只是幾年，姐姐還是聖女的模樣，自己卻感受著，也跟隨著她裡面的火焰一同熄了。他姐弟倆從沒有談過這事，他知道她是不會承認這種熄滅的。

這天不是節假日，加上世道不太平，金黃巨大的樹冠下沒有人，無人來賞秋，或有經過的也只是像在火車上看風景般無意停下，更無意進入。廖英君和徐聞音靠著樹幹坐下，極為粗大光滑的樹幹幾乎像是大理石了，又好在沒有石頭的冰冷。少女聞音有一瞬間是忘了做聖女的，她快樂地把金燦燦的葉子向空中揚起，他就又看見了過去那個演話劇的小女孩。

那天，廖英君忍不住被自己的嘴唇拽著撲向了聞音。雖然僅僅是數秒鐘後，他的理性又把自己的身體和嘴唇拉了回來，但聞音卻已經被他嚇得呆住了。她愣愣地看著他，其實，他也愣愣地看著她，兩個人眼裡的驚惶和恐懼是相同的。於是他們迅速地分開，各自回了學校的宿舍。

廖英君在自己床上呆坐到天黑透了，才忐忑地想起來，自己甚至沒有來得及，或說是根本沒想起來說聲對不起……

徐聞音對廖英君感到很失望，但更大的失望卻是對著自己的！那片金色氣流中的吻，那個撲向她的青年，在她心裡化成了撲向她的魔鬼，是污濁的世界。但她卻感受到了自己內心很自然的迎合，她不得不承認《聖經》上記載說魔鬼是最美的天使看來是對的。她禁食了五天，來讓自己抵禦金色氣流中的衝擊和迷惑，也來為那個被撒旦利用控制的青年禱告。三天后，聞音靠著虛弱終於擺脫了那一遍遍撲過來的吻。

這些天對於廖英君來說也是前所未有的，他對自己的失望程度甚至比徐聞音更甚。大學生活當然讓他比她要成熟多了，但徐聞音的臉頻繁出現在白日和夜間，而他不再像過去那樣充滿安寧的欣賞與愛，而是煩躁地想觸摸到她。並且他心裡似乎伸出只撒旦的手來，拉著他的目光從她臉上住下移。他在這種掙扎中忍不住想到這些年姐姐偶爾被他捕捉到的空洞卻又複雜的表情，還有她眼睛裡隱隱燃燒的絕望……

廖英君那些日子比以往任何時候都更加花時間讀經禱告。一天清晨，他在小樹林的水邊禱告時，他哭了。他跑到水邊，一遍遍地用人工修的"溪水"洗自己的臉，淚沒有止住，臉也沒法洗乾淨。他突然想到那個人，突然發現其實自己是恨他的，是不原諒他的，是審判他的……但這一刻他無語了，他的無語並不是因為理性了，反而是因為體驗了。

徐聞音與廖英君彼此不約而同地避開了一段時間，一方面是因為梧桐樹下的那一刻，另一方面是徐聞音最近的注意力都在同寢室的李依萍身上。

李依萍也是出生於基督教家庭，她是個真正的美人，但與一般美人不同的是她並不知道自己是個美人，這反倒讓她的美自然且無侵害性。李依萍是上海灘一個大買辦的女兒，她的母親是這人的第四房姨太太，西化了的上海新派人物已經不興有姨太太了，所以她母親——這個姨太太是沒有正式名份的，她們母女單獨住了小公館。

大買辦帶著這個比自己小了近二十歲的女人出入各種場合時，介紹她是他的"女朋友"，這是一個摩登的稱呼。李依萍原本作為他的老來得子，該十分得寵，但可惜是個女孩兒，摩登的買辦內心卻仍是中國的，心裡有意無意地忽略了這個女兒繼續盼子，最後真的被他盼著了，兒子就成了他的命。不過，將來害他這條命的也就是這個命根子，當然這是後話，暫不去說它。

## 5

這天，徐聞音回到寢室，見室內無人，心裡不由地一陣高興，於是她拿來床上放著的粉色系拼花布的手工墊子，跪在地上開始讀《聖經》。這種跪著讀《聖經》的方法她小時候就見過，長大後，特別是離開文德里以後，就對此很不以為然，覺得太誇張太形式化了。但當她最近也學著這樣做時，無論她的目的如何，效果實在是令她暗暗吃驚。

　　她發現身體上的跪姿讓自己的心裡多了一份敬畏與領受，當她再讀《聖經》上這些從小讀到大的故事時，故事不再是故事，教導也不再是教導，而成了一句句天上爸爸語重心長的叮嚀。有時，他的話甚至是幽默的，是妙趣橫生的，每一句都是一個新的天地，都有著簡單、直接，卻寓意深長的智慧。

　　但她也知道跪著讀經的樣子實在是有點誇張，無法讓人理解，所以她一般都會避出去。其實寢室裡通常也只有李依萍一個人，另外兩個人大多數時間都不在，一個是常常住在家裡的千金大小姐，另一個是花蝴蝶般的女校交際花。

　　聞音總是在清晨或傍晚去校外的小樹林裡跪著讀經，有時也會去稍遠一點的中山公園，跑幾步或是快走幾步，又是鍛煉，又是走禱。但戶外畢竟漸冷了，秋天又多風，加上近來中山公園是絕對不敢再去的……

　　那天，聞音跪著，時而讀經，時而沉思默禱，時而微笑，甚至笑出聲來，完全忘了時間。天漸漸黑下來，晚餐的時間早已經過了，她沉浸在讀經中。其實，還有一個人沉浸在讀她中，她們都忘記了時間。

　　那天李依萍並沒有出去，她身上來了"大姨媽"，有點低燒，就靜靜地躺在上舖。乳白色的蚊帳垂著，女校裡的大家閨秀不用那種薄如蟬翼的透明蚊帳，而是用一種棉麻的蚊帳。把臉貼近了，從裡面能看見外面，從外面卻看不見裡面。

　　聞音的禱告聲吵醒了她，她透過蚊帳的細孔看下去，被她那種很私人化的舉動驚住了，倒好像這不是她們共有的寢室，而像是自己在偷窺別人的密室。她一時間又不好就這麼出現，只想著等一等，她或者走了，或者結束了，再說，她也總得去吃飯的。

　　沒想到她這麼看著看著，卻被深深地吸引住了。宗教在她心裡，在她的家裡，始終就是一個時髦的事，一個上流社會必備的教養。禱告、讀經，和彈鋼琴、得體穿衣說話一樣，是上海灘洋派的大家閨秀必需的每日功課。不過，禱告通常也就是謝飯，讀經也就是禮拜六一家坐在鋼琴邊，唱完聖詩後聽爸爸讀的。從爸爸的臉上她看得出，這一刻是他最滿意的，甚至也是小公館和這個沒有名份的家存在的最重要的原因之一。

　　但今天，看著徐聞音讀經禱告，她突然羨慕起來，因為好像真的有一位可觸可摸的神在徐聞音面前，甚至是可以和她對話的。雖然李依萍自己看不見也聽不見，但她真切地感覺到這屋裡此刻不是兩個人，而是三個。那第三個，就是她一直信著，卻一直沒有感覺到，也沒有期待感覺到的神。這對於她來說實在是太震驚了，那兩三個小時中，她想起了許多聽過的道理，這些道理突然就從牆上書上走了出來，從格言和修養的殼裡裂出來，活潑潑地立在她面前，挑釁地看著她。它們不再是神秘的，但這種真實竟然比神秘更讓她既興奮又害怕。

她終於忍不住地出了蚊帳，下了床。

那天，她倆都沒想起來要吃飯，她倆擠在徐聞音的床上談主耶穌，談神的事。晚上熄燈後，她們仍停不下來，直到舍監來巡夜，在外面警告地咳了一聲，她們噤了聲，卻忍不住地對看著微笑。待到巡夜的走遠後，她們又興致勃勃地聊個不停……

之後的一週幾乎天天如此，她們同進同出，一起跪著讀經，一起黑燈瞎火地聊耶穌。那一週裡，她們甚至很樂意擠在一張小床上，兩張興奮發光的少女面孔，那麼近地互相點燃著，然後燒成一片。

那些天徐聞音幾乎完全忘了廖英君，也忘了那金黃中的尷尬。她的心思全在李依萍身上。李依萍成了徐聞音第一個帶到文德里的新人，她第一次答應主日要去的時候，聞音興奮得一夜沒睡好，早上起來又怕她不來了，後悔自己昨晚不該回家，應該今早一起從學校來那就萬無一失了。她早早地就去等在哈同路口，臉紅撲撲地像是在等戀人，以至祖母以為她是在等廖英君。

一個月後，李依萍也在文德里受浸了。那天，她第一次見到廖英君。

廖英君是受聞音之邀來文德里觀浸禮的，這讓他和聞音都想起了不久前聞音的受洗儀式。徐聞音認為一切的過錯都錯在他是在公會中的，是個馬馬虎虎的信徒，因此她越來越積極地要說服他轉到文德里來聚會。他沒說行，也沒說不行，只是說不用太急。

主就快來了，死就要死透，就是要向神絕對，這不對嗎？倒應該和世界和罪纏纏綿綿、難分難捨？

徐聞音義正辭嚴的兩句反問，廖英君就無語了。想著自己潛意識裡對愛情的渴望，對她的期待確實是和"世俗"纏纏綿綿的，是有著這個世界的審美的……

她又開始和他約會了，但不是兩個人，而是還有李依萍，她提議他們三人成立個查經禱告小組。一來是出於文德里人對那個人的普遍崇拜與景仰，一來也是為了想儘快吸引廖英君轉到聚會處來。於是，小組聚會中查《聖經》的時間，遠沒有她倆向他分享那個人的講道和文章的時間多。其實，那個人並不常來文德里講道，他是極為神秘的，聚會處的人，也許除了少數的幾個，基本上都不清楚他在哪。大家也不敢打聽他的行程，總要等到哪個城市的聚會處傳來復興的消息，才知道他去過那裡了。

雖然廖英君在理性上也完全承認那個人對經文的講解，特別是對人罪性的剖析講得很深刻。甚至，他不得不在心裡承認，即便他聽不進去，偶爾聽到的那個人的話還是點點滴滴深刻地影響了他。但他仍是無法生出同樣的崇拜來。 *拜偶像？*

他還是決定不去文德里聚會，雖然他的戀人和他唯一的姐姐都希望他去文德里聚會，好像只有去了文德里，才是進了末世的方舟。他對她們這種愚昧的感性的女人想法不以為然，認為這完全不符合神學思想。

但他不肯去文德里聚會的真正原因卻是要與那個人保持一定的距離，他的吸引力太大了，甚至是致命的，是可以達到洗腦程度的。不是嗎？姐姐廖文君和文德里的人們，甚至還有全中國聽他講道、看他書的人，還有剛剛去文德里沒幾天的，聰明而有文化的新青年徐聞音……這些人的狀態都讓他本能地想保持在這巨大的旋渦外面，保持一份旁觀者的冷靜。

*"天人合一"不是聖經的教导.*

## 6

一九四八年的春天，內戰已經到了第二年。上海這個大後方，言論上是動盪的，生活上卻是平靜的。百樂舞廳的霓虹燈仍舊以熱情的妖媚，掩飾著無聊和疲倦；細細的高跟鞋，高開叉的綢緞旗袍，仍舊妙曼地飄移著，仿佛踩在雲上、飄在夢裡。男人們抽著雪茄，談著作為背景的戰事，炫耀著斂財的聰明、投機的魄力；哐當哐當的有軌電車仍穿行在商行和小販間。

哈同路文德里卻仿佛是一個不屬於這世界的地方，這裡正如火如荼地展開著"更新奉獻"的活動。到五月，李弟兄在全國同工聚會中的一篇講道，讓這個活動改名為更直接的三個字"交出來"。教會號召會眾全然交出自己的生命和家庭，交出自己的事業和金錢。

在上海灘這樣一個講究實際、精於交易的地方，文德里發生的一切是讓人無法理解的，事實上，在之後有關舊上海的描述中，甚至沒有一筆提到過這些人這些事。然而，他們都是真實地存在過。

那段時間裡，有些人離開了"瘋狂"的文德里，但卻有更多人，更多青年湧進了文德里。文德里住著的負責弟兄和同工的五幢房子，都開放成了聚會場所，每個客廳裡都坐滿了人，甚至樓梯上，門外的弄堂裡也坐得擁擠不堪，長板凳一直排到弄堂裡的大垃圾箱邊上。

因為文德里的上海聚會處中知識份子和富商多，信徒們奉獻了大量的現鈔、銀元、金條，還有存單，鑽石戒指等，僅為蓋新的大會所就奉獻了約值一百多根"大條"，每根大條約合十兩黃金。那些天，弟兄姊妹也都把家裡的東西往教會搬，有腳踏車、縫紉機、電唱機、皮大衣、手錶等等，彈子台都搬來了。為此，教會成立了管理財物和處理財物的小組。也有經濟不富裕的老弟兄老姊妹，把養生的錢和家中的日用品也拿來了，負責弟兄們就要他們拿回去，有的人卻反而不高興了，覺得這是阻礙了他們蒙上帝的祝福。

李弟兄自己在一次全國長老同工的聚會中，交出了他所經辦的生化藥廠由教會管理，他甚至徵得全家同意，將父母在福州的蓋的房產也交了出來。

之前，徐聞音也曾聽說過關于生化藥廠的各種風言風語，她自己雖然完全不瞭解前前後後的情況，但對於一個天天講全人奉獻，講向世界死的，聖人般的李弟兄，卻開著生化廠，一邊講道一邊忙生意，她和不少人一樣總覺得心裡彆扭。當聽到有人誇李弟兄合上帳本就能下樓來講道，並且充滿恩膏和能力，她是一耳也不願聽進去，恨不得把聽到的話都從耳朵裡，從心裡挖出來，挖個乾淨。每當她懷著崇敬的心聽他講道時，她絲毫不願想起那個"生話"廠。

後來，徐聞音和許多沒有資格參加那次聚會的弟兄姊妹們，都聽說了在那個聚會中發生的事。從來不為自己辯解，不作說明的李弟兄在那次會上輕聲慢語，一句一句地說：

我開生化廠是出於不得已，我好像一個寡婦帶著孩子改嫁，因為同工的孩子都長大了，要學費上學。……有些同工們因缺乏營養，病的病了，去世的去世了，我心中非常的難過。還有，每次買會所都是老寡婦老姊妹們拿出錢來，而教會原本是有責任照顧她們的。於是，我對主說，下次買會所，我拿出錢來……

他的話音未落，下面的長老同工們已經哭成了一片。關於他去開生化廠，有著各種傳言和定罪，幾年前上海聚會處的幾位帶領同工開會決定停止他在教會中的講道，他一人孤單地回老家去養病，他都一言未做解釋。雖然，如耶穌般在剪羊毛人手下默然無聲是他一貫的原則，也是他的神學領受，但因為他的不解釋，同工中間的隔閡一直還是有形無形地存在著。而他只是沉默，沒有想到，他選擇今天說了這幾句話。

他是平平靜靜說的，坐在下面的人卻無法平平靜靜地聽。

那時文德里教會不再局限於在上海上流社會和中產階級中傳福音，他們正積極地推動在工廠窮工人中傳福音，江北的教會和全國其它各地的教會更是有許多貧窮的人。地方教會不是公會，沒有西方總會的支持，沒有人給傳道人和同工們發工資，那些完全放下生計，為傳福音奔走的人生活上遇到了各種各樣的困難，有的甚至到了極度的窘困。特別是上海以外各地的聚會處的傳道同工們，甚至基本生活都無以為繼。 教會要養傳道人

與此同時，上海教會中卻不乏大金融家、大買辦、大資本家，他們不是完全沒有想到過這些人的需要，只是以"神會看顧他的僕人"為一片"屬靈"的葉子，有意識或無意識地擋住了自己良心的眼睛。現在聽到了那個人這幾

句平平常常的話，真如同遭了雷擊，那片葉子就碎了。

"我的弟兄們，若有人說自己有信心，卻沒有行為，有什麼益處呢？這信心能救他嗎？ 若是弟兄或是姐妹，赤身露體，又缺了日用的飲食；你們中間有人對他們說：平平安安的去吧！願你們穿得暖，吃得飽。卻不給他們身體所需用的，這有什麼益處呢？"

那天，李弟兄並沒有講這段經文，這段熟悉的卻又是陌生的經文卻突然從碎了的葉子後面射出來，深深地縶在了人的心裡，特別是那些有能力幫助，卻袖著手旁觀的人。

那段時間悔改認罪的人很多，文德里像是被聖靈的水和火洗了一遍。雖然教會要求只變賣生活有餘的，交給教會統一用於對貧困信徒的幫補、建會堂和福音移民。但還是有不少信徒變賣了所有，把自己也交給教會，要求離開上海，參加福音移民。

其實，福音移民早在一九四零年就有了，但都是在上海以外的鄉村。比較大的兩次，一次是一九四零年，浙江蕭山的弟兄姊妹為了逃避坍江之災，而集體移民到江西去。另一次是一九四二年，山東煙臺的許多失業的信徒，在教會的組織下移民到西北，他們都是到新的地方落腳後，一邊務農一邊傳福音。但這還都是被動因素較大的移民，這次在上海，隨著"交出來"運動，奉獻出自己的事業和全部家產的信徒，開始主動地為了傳福音而要離開上海，移居貧窮的內地。

### 7

那段時間，教會裡辦了好幾次婚禮，他們大多是為了福音而結婚的。因此，婚禮上並沒有什麼浪漫的戀情可以介紹。其中有一對新人是廖英君他們熟悉的，新娘是震旦的才女崔美涓，她是一個富商的獨生女，和李依萍、徐聞音他們都是一個青年團契的。新郎王得勝原來在浙江的聚會處，也常來文德里聚會，一九四零年他帶領一些信徒移民去了江西，成了江西聚會處的李弟兄之一。

他作為第一批獻身福音移民的青年，這次回到上海，在文德里的年輕人中引起了很大的波動，仰慕他的上海小姊妹絕不在少數，而他自己也認為將她們帶到江西去是讓她們的信仰真正落到實處的一個契機。崔美涓是仰慕王得勝的年輕姐妹中的一個，起初她實在是入不了王得勝的眼，她是美的，但美得太嬌了；她是有才的，但這些才華去了江西幾乎是無用的，甚而就成了一個大大的包袱。

最後促成這樁婚姻的還是為了"福音"的緣故，為了教會，王得勝決定選擇這位有才的嬌美人。因為江西教會中的同工大多是從浙江過去的農民和小生意人，所以教會的文字工作一直開展不起來，無論是寫報告、製作福音單張、整理講章等等，江西教會都急需一個類似上海的李姐這樣的才女。

徐聞音、廖英君、李依萍都參加了婚禮。但讓聞音沒有想到的是崔美涓並沒有請她做伴娘，而是請了李依萍，更讓她心裡憤憤不平的是王得勝請了廖英君當他的伴郎。於是在這個婚禮上，徐聞音就失去了置身其中的激動，而是旁觀著。

婚禮在教會剛剛買下來的南陽路大洋樓的客廳裡進行，但卻完全辜負了這幢西式的漂亮房子，婚禮的形式好像是一次教會中的聚會，沒有茶點糖果、沒有鮮花，沒有音樂，甚至也沒有交換信物。新郎新娘都沒有打扮，也沒穿禮服，除了坐在第一排正中間外，幾乎沒有任何特別之處。

大家都安靜地聽一位長老的祝福，其實就是一篇福音移民的動員性講道，最後祝福的禱告雖只有幾句，卻奇妙地傳遞著一種悲壯的確定感。大家心裡都知道這場婚禮的意義，等於是一次差派崔美涓的差派禮，而她要去的地方對於一個上海女孩來說是艱苦的，她要做的事對於一個學中國語言文學的才女來說是瑣碎的，日復一日看不出成果的。每個人都在心中為他們禱告著，也在心中體會著這份神聖的獻祭感。

但崔美涓對這一切卻毫無感覺，雖然她也保持著與整個會場一樣的嚴肅，但她的眉眼間抑不住地流出幸福和喜悅，她覺得這一刻是人生最完美的頂峰，愛情與信仰讓這個婚禮充滿了神聖的雙重獻身。自己好像不是嫁給了這個嗓門很大，相貌平平，但熱情踏實的男人，而是嫁給了林中的蘋果樹、荊棘中的百合花般的救主耶穌。

那天，婚禮結束前，王得勝帶頭唱起了李弟兄的一首詩歌。他過去常在教會帶詩歌，不僅嗓門大，而且唱得動情，許多仰慕他的姊妹大多是因為聽他唱聖詩。王得勝那天一段段地把《主愛長闊高深》這首聖詩唱下去，越來越多的人從第二段、第三段就合了進來，一直唱到大家都流下了淚。

徐聞音也在流淚的那一刻，心就無法再旁觀了。他們一起流著淚，唱這首不屬於這個世界的歌：

　　主愛長闊高深，實在不能推測；
　　不然像我這樣罪人，怎能滿被恩澤。

　　我主出了重價，買我回來歸他；
　　我今願意背十字架，一路忠心效法。

我今撇下一切，為要得著基督；
生也死也，想都不屑。有何使我回顧？

親友、愛好、金銀，於我夫複何用？
恩主為我變作苦貧，我今為主亦窮。

我愛我的救主，我求他的稱是；
為他之故安逸變苦，利益變為損失！

你是我的安慰，我的恩主耶穌！
除你之外，在天何歸？在地何所愛慕！

艱苦、反對、飄零，我今一起不理；
只求我主用你愛情，繞我靈、魂、身體。

主啊，我今求你，施恩來引導我，
立在我旁，常加我力，平安從此經過。

撒旦、世俗、肉體，時常試探欺凌；
你若不加小子能力，恐將貽羞你名！

現今時候不多，使我不要下沉；
你一再來，我即唱說：哈利路亞！阿們！

當他們走出南陽路聚會處的大門時，這個不太平的世界仍舊這麼攤在他們面前，商場、路人、賣報的小童，走出轎車的貂皮大衣、弄堂巷口的睡衣女、銀行外的乞丐……所有的細節都冷漠地攤開來，帶著副吊兒郎當的挑釁的眼色。

在這動盪的世界中，即將福音移民去江西的崔美涓們不知道前路，留在上海的徐聞音們也不知道前路，文德里的人掌握不了明天，馬路上的人也是掌握不了明天的……真是世人的智慧一同歸為無有了。

哈利路亞！阿們！……哈利路亞！阿們！……

徐聞音在心裡重複地唱著最後這句話，就聽到李依萍說：不管怎麼樣，我們都要唱哈利路亞的！我覺得只有在讚美神的時候，我這個神的女兒才能有確據，才能心口相合地說"阿們"！

眾水之上，他坐著為王！我真羨慕他們，我們畢業了也去江西吧？不，要走得更遠，去新疆。

廖英君說著，握緊了一下聞音的手，她這才發現他們三個人的手一直沒放開。不知道他是否也這麼握緊了一下李依萍的手？這念頭只是輕輕地一閃就無蹤了。她嗔怨道：我早就說要去的，你還勸我要讀完大學，幹嘛要等讀完書呢？福音移民要的是心，又不是學歷。要像你說的等拿到醫生執照，那還早著呢！福音到時早傳遍中國了。

……

他們三人唱著、說著、走著……好像長江入海口的一股清藍色，沖進了濁黃色的海。

### 8

入秋，戰事仿佛突然就近了，上海物價飛漲，投機囤貨的商人們更是加大了動盪的幅度。雖然社會上人心惶惶，蕭索蒼涼，絕望感隨著秋風秋雨一陣緊似一陣，但教會裡卻是火焰越燒越高，熱氣騰騰。

這個週末徐聞音沒有回二姑母家，而是回到了父親家，父親很高興她回來，吩咐加菜。女人應著，高聲叫傭人王媽去街口切兩斤紅腸來，又喊著去買兩條新鮮活魚，大小姐最愛吃魚了。陪他們父女倆上了幾級樓梯，她又像是想起什麼事來，回頭碎步竄下去，竄到廚房見王媽提了竹籃還沒走，便放慢了腳步走過去，一邊親手去泡茶一邊輕描淡寫地說，紅腸半根就好了，魚只要新鮮，小一點倒更有味道。

王媽自作聰明地接口說，這個我曉得的，又不是新人了。

女人反倒陰了臉，轉身端了茶上去。這些年，女人跟著男人也算是見了些世面，有意無意地就要有些講究了，想著也有個大上海有錢人家太太的派頭，只是心裡還是心疼錢，偏這王媽真是個江北佬，直繃繃地不繞彎。

父女倆進了書房，書房不大，卻又添了不少傢俱。一張有點俗氣的描金沙發，占了窗前最亮的地方，原先這裡放著母親的書桌，後來也一直是聞音做作業的地方。屋子正中又放了張墨綠呢子檯面的麻將桌，父親的書桌移後了騰出地方，紅木書桌把個大骨架縮在一角，好像是羞愧自己無用卻占著地兒。桌子上面堆滿了報紙，也不知有沒有人看過，但絕沒有一塊地可以讓人伏案的。

聞音回家是想和父親商量高中畢業後不讀上海醫學院，而要去福音移民，至少要去內地讀醫學院。去內地讀醫學院是她想出來的父親有可能接受的方式，也可以算是自己的福音移民方式。

沒想到父親也正想和她商量，是否要讀上海醫學院，但他給她的選擇不是上海和內地，而是上海或臺灣。繼母正好端了茶進屋，她在旁插話說：上海總歸是其他地方比不了的，跑到臺灣這個鄉下地方我是不高興去嘀，何況小妹那麼年輕，在上海灘還有多少風光？！至少也容易嫁到好人家。

徐榮安惱怒地打斷了她的話：你不想去，自己呆在這好了，幾個孩子我是要帶走的！我不知道上海好啊？但以後的上海還是現在的上海嗎？以後的中國都不知道是什麼顏色呢？

什麼顏色啊？紅的白的與我們有什麼關係？是人都要生病的！你就是被你那些高官朋友嚇的。他們當然是要躲，要麼是有太多財產，要麼是國民黨的要員，要麼，要麼還有的手上沾了人家的血，不躲？身家性命也難保。你是什麼呀，一個醫生而已，湊什麼熱鬧，跑到那種小島上去……

徐榮安心裡也不得不承認這婦人說得也有道理，但從來就沒有什麼政治嗅覺的花花徐大少這次卻心裡忐忑，總覺得前途莫測，還是避避的好。他向女人揮揮手說：就算去看看好了，總是留一條路的好。你們若不去，我先去安排一下診所的事，也幫聞音聯繫一下大學。

誰說我要去臺灣了？我不去臺灣，也不留上海！……

哎喲，你要去美國還是歐洲？那要趕緊準備的哦，上海這錢是越來越不值金，像一捆捆草紙了……

繼母急急地說著，心裡開始疼惜家裡的金條了，但一來留洋是上海有錢人家公子小姐似乎必需的，二來作為繼母總是不便開口阻攔，再想想聞音若去留洋，祖母姑母少不了資助的，何況也是給自己的寶貝兒子開條路……

也就是一瞬間，這女人已經七七八八轉了好幾圈，回頭來一聽，聞音正激情澎湃地和父親說著教會中發生的事。談到信仰，談到自己要去內地，去為四萬萬同胞的靈魂奉獻時，她青春的面孔是那樣地燦爛。這種燦爛讓她繼母愣在了那裡，心裡竟莫名其妙地生出了一兩秒鐘的羨慕，這種燦爛是不屬於她的，她也不能理解，從時間上來說也只是在她心裡一掠而過，但卻像一把鋒利的飛刀，在不覺中劃下了一道深深的刻痕。幾年後，當徐聞音在中國大陸叛離基督教時，她的繼母卻在臺灣信了基督教。

女兒的熱情在父親眼裡卻是瘋癲，這種瘋癲他認為是文德里的通病，她那邊越說越熱，他這邊心裡越來越涼。文德里是一個讓人不正常、發瘋的地方，但凡一個人走近了就會捲進去，再也出不來，他的母親、他的姐姐妹妹們，他的妻子都是這樣，如今，這個女兒也算是完了。他後悔這些日子沒有看緊她，甚至後悔不該當這個孝子，而應該早早地斷開女兒與祖母的聯繫，更不能讓她常去住在姑母們家裡……

那天，徐榮安氣憤加上絕望，冷冷地走開了，一言不發。晚上，失眠的他再想女兒的事，有點質疑自己的絕望真的都是因為女兒嗎？她畢竟至今都是他的驕傲，念著貴族教會女校，樸素純潔，從不惹事……雖然他也知道局勢是他絕望情緒的主要因素，但他越想女兒的好，也就越歎息文德里真是害了她。他決心要想一切辦法來阻止女兒去內地，但他也知道自己越反對，她就會更堅決。他決定明天就去和母親好好談談，只有老太太能改變聞音的想法。

**9**

那次談話後，年底，徐榮安就真的去了臺灣，搬家自然是一大通的爭吵與折騰，真的好像是失了場火。

那年冬天依舊是冷的，濕濕地冰冷著，又不肯像北方那樣在山上水裡大塊大塊地凍起來，反倒是濕冷冷地鑽進人袖管裡、頭髮裡、呼吸裡、毛孔裡，沒完沒了地鑽進鑽出。弄得每個人都像是敞著大門，甚至是敞著身子的，沒了安全感。

徐榮安沒能帶走女兒聞音，老婆和另幾個小的孩子卻都跟了去。當然，老婆是一路地哭著委屈著，冤得好像是被賣去金山當豬仔。可若叫她不去，她又不肯，想來一小半是出於愛，另一大半倒是不能丟了這張長期飯票。上海女人鬧總歸是要鬧的，不過心裡是實際得了不得，斷不會真得丟了心裡的盤算。

診所退了租，家裡的房子還留著。徐榮安是為了留給母親和女兒住，而女人是想著留個後路，於是這次兩人難得地意見一致。

徐聞音最後能夠留在上海，主要是因為入秋後祖母的身體就一直不好，天一日日地涼下去，她的身子愈發地沉了，早早晚晚地昏睡，醒了總是念叨孫女聞音。老母親這個樣子，孝子徐榮安當然不能帶女兒走了，聞音也顧不上和父親吵去內地上大學的事，總是盼著他和那個家裡的人趕緊都走掉，自己就自由了。再說現在也只能呆在上海，她是最愛祖母的，這時如何能走？

終於等到父親和那個女人帶著一群弟妹和七箱八籠，還有一屋子的吵鬧出了門，上了車，聞音仍是神經緊張地跟著。汽車在弄堂口要拐出去的時候，徐榮安從反光鏡裡看著站在那裡的女兒，心裡一陣酸軟，他想著她終究是個女孩子，終究是捨不得這個家的，便嘀咕著說還是不應該留下女兒一個人。女人已經收了悲淒，一旁冷冷地說：不要自作多情了，我們走了她未必不高興。正在女兒身上找回她母親影子的徐榮安突然提高了聲音發狠地喊了句：她是替我盡孝！

女人不再吭聲了。他卻突然失落下來，心裡知道這個女兒和她的母親一樣，是不需要自己的。他把眼光收回來，催促司機快點開。

聞音並不知道自己父親這一起一落的心思，她不放心地盯著汽車消失後，站了一會，又乾脆跑到弄堂口去看了一下，這才安心地回家。弄堂還是那個弄堂，卻似乎一下子清靜寬敞了許多。

父親一家走了沒多久，祖母的病時好時壞地漸漸倒算是正常了，畢竟人老了，只要過了冬天，開春暖和起來自然就會好的，徐聞音的心也就放下了不少。三姑母的兩個孩子一個去了美國，一個去了臺灣，三姑母和祖母就一起搬來他哥哥的房子住，這裡條件好，暖和。二姑母也搬了來，她和三姑母一起搬進來倒也是一種平衡，一個瘦一個胖；一個話不多總板著臉，一個總是微笑著話卻太多；一個讓聞音感受到信仰的力量，一個讓她感受到無限的寬容。不過，她倆雖截然相反，卻從不吵架，其實文德里的人幾乎都是不吵架的，特別是姊妹們。


## 10

教會書房開始大量地集中出版了很多屬靈書籍，聞音他們一般年輕人都非常湧躍，出一本看一本，趕著看完了，週末大家見面時就七嘴八舌地分享心得。他們很興奮，也覺得很稀奇，這些屬靈書籍，過去想想都覺得枯燥無味，根本沒有興趣翻開，現在一打開，一讀進去，竟然是一個那麼奇妙的天地，句句都帶著甘甜的智慧。那些日子，他們在校園的角落或是宿舍中，捧著這些封面樸素、印刷簡陋的書籍癡讀，並不讓人感覺特別，因為還有許多青年學生手上捧的也是這種樣子的書，臉上的表情也和他們一樣激動。只是一些為了永恆的天上的國，一些為了即將來臨的新中國。

那段時間，教會的禱告會和講道的主題，都是圍繞著“絕對”和“受苦”的心志。這種主題似乎特別適合那時的年輕一代，徐聞音在這些聚會中總是激動得微微顫抖，每當這時若廖英君不在身邊，她就會感到非常可惜，總是聚會一結束就要衝去找他，和他分享聽到和感受到的點點滴滴。但常常不是她一個人，而是和李依萍一起去。

這段時間，祖母有姑母們照看著，聞音的心就完全放下了。她特別享受的就是現在每次回到家，聽見的都不再是吵鬧聲和弟妹的哭喊，而是極和諧的讚美詩歌聲。她最愛聽瘦瘦的二姑母和胖胖的三姑母的合聲，有時她倆並不在一個屋裡，一個在廚房，一個在客廳或是臥室，她們也能一應一合地唱到一起去，真是說不出的美。

那時教會已經搬到了南陽路，教會組織了許多特會，造就的、佈道的，還有各種各樣為了特會開的禱告會等等，仿佛是在與時間或是與戰局賽跑……

　　寒假中，徐聞音和李依萍仍是天天見面，她們一起參加了李弟兄在錫珍女中召集的，為期一週的讀《聖經》聚會。他一共講了二十八種讀《聖經》的方法，聽的會眾鴉雀無聲，不要說是一根針掉到地上，就是風把誰的頭髮吹拂起幾縷，都會感到羞窘，生怕驚擾了神聖的靈的相聚。

　　那麼多人坐在一起，卻仿佛每一個人都在獨自傾聽，每一個人都在屏住呼吸，看那個人如同神人一般為自己打開一條條通向神的通道，為自己一張張揭開《聖經》句子上蒙著的絹帕。或者也可以說，他們每一個人似乎都獨自在自己的黑暗中，經歷著那個人從他們的眼前揭開一層層黑布的過程。

　　光，一點一點，心驚肉跳地透進來……

　　這場聚會是憑通知牌入場的，廖英君不是聚會處的人，雖然來過多次，但也不是骨幹同工，當然沒能參加。聞音和李依萍就天天把學到的向他再講一遍。一周的聚會結束後，他們三個仍是意猶未盡，就在各個大學團契中跑來跑去，不肯漏掉一場聚會。即便在往來的路上，他們或者熱烈地交談，或者各自捧著油墨未乾的新出版的李弟兄的書狂讀。

　　年輕的心燃燒著，李弟兄說的話仿佛是一根根帶著火的柴，不斷地投入到他們心中的火堆裡，劈裡啪啦地炸裂著。徐聞音見廖英君也開始著迷地聽那個人的道，看那個人的書，心裡就與他更是親近了許多，莫名其妙地有著一種幸福感。那梧桐樹下的一幕早就被她用厚厚的白簾子遮了起來，就像她在家裡窗上掛的簾子一樣。繼母曾多次叨叨說這厚白布簾子不像樣，一點光都不透，她說為了睡得好，其實是想遮住弄堂裡的那個"世界"。

　　祖母和三姑母住過來後，也問過她關於窗簾的事，她實話實說了，心裡暗自以為這也是一種"絕對"，祖母的眉間皺紋深了些，目光有點擔憂地看著她，隨後又恢復了平靜說：弄堂裡也不就是世界，再說遮起來它也還是在，不當它是世界它也就不是了。聞音聽著不太明白，但她過了幾天倒是拿下了那簾子。不過，反正她基本上不在家，雖然是在假期中，徐聞音仍是每天在外面忙到半夜才回家。祖母和姑母們知道她是去參加各種聚會，不擔心反倒是高興，慶倖這一代中有如此敬虔的孩子，也就不枉費了她們多年的禱告。

　　除了走路，徐聞音、李依萍、廖英君他們三個主要是坐電車。電車開得很慢，咣當咣當地沿著軌道滑行在上海幾條主要的馬路上。報童喊著號外兜售新聞，有的還竄上竄下地把報紙遞給電車上的人。那是個動盪的日月，三大戰役後，節節勝利的解放軍已經逼近長江。車廂裡的人神色匆匆，車窗外的人行色匆匆，人們開不開口都一樣在慌亂地議論著戰事和上海的前景。而他們三個卻只是低著頭讀《聖經》，好像周圍的一切與他們無關，上海與他們無關，中國也與他們無關。

他們常坐過了站，也不著急，只是等車來了再坐回來，還是一樣地低頭讀《聖經》，心像是被“安寧”的膏油封住了，聽不見也看不見，更感覺不到外面的世界。那時，他們感覺是幸福的，他們相信這就是“在地若天”的屬靈境界。不過，幾年後，直到幾十年後，徐聞音都將在對這段時間的懷念與懷疑中度過……

## 11

聚會處在文德里時，聖靈的火焰仿佛是向內燃燒的，燒在每一個人的生命裡面，甚至是燒在靈的密室中。那時，弄堂裡和弄堂外是兩個世界，人只要一走進文德里的弄堂，就仿佛走進了聖殿的外院，心自然而然地就肅穆了，等走進會堂，便像是進入了神的殿，感覺到腳下就是聖地，恨不得要脫下腳上的鞋子。但弄堂外的世界和世上的人卻與他們有關又無關，文德里仿佛是園中的井、封閉的泉。

但從四八年到四九年，聚會處搬到了新置的地產南陽路，那時會堂還沒有建好，大家在巨大的蘆席棚中聚會，靈裡的火焰卻不經意地爆開了，點燃了南陽路，一直燒向整個上海灘。也許是因為戰事？因為生死？因為前路不明的政權交替？相信自己靈魂已經得救，上了耶穌這條末世方舟的人們，仿佛是在一瞬間看到了大上海浮游著的靈魂。人總是因著眼見的而想起那眼不見的。

上海聚會處教會舉辦了幾次福音大遊行，前面舉著白色的大橫幅，後面參加遊行的弟兄姊妹大都穿著白布做的福音背心，上面寫著“耶穌愛你”、“人人都有一死”、“天國近了，要悔改信福音”等等標語。還舉著各種畫著福音漫畫的大紙牌和小旗子，又把新買來的大小銅鼓、喇叭和擴音器等都帶上了，鑼鼓喧天地邊走邊唱。

成千上萬的市民擁在弄堂口，店舖前觀看，洋派些的有閑階層也在陽臺上端了杯茶或咖啡來閑看，也或有從樓上的窗子裡探出頭張望的。雖然是在洋派的上海，中國教堂最多的城市裡，看熱鬧的人中至少也有一大半是完全不明白他們在做什麼的，不知道耶穌，也不明白福音，只是旁觀著這一大隊的白幅白衣，仿佛是送喪的，倒也合了那時的心境。

最引路人注意的是隊伍中的兩個胖弟兄，這兩人都是上海大醫院的醫生，醫術好，又特別愛主。平日，徐聞音他們幾個學醫或準備學醫的年輕人就以他倆為楷模，現在看著他們的行頭，又是樂又是佩服。兩人中的一個穿著白大褂，在白衣上貼滿了五顏六色的聖靈結出的九種果子：“仁愛、喜樂、和平、忍耐、恩慈、良善、信實、溫柔、節制”。而走在他身邊的另一個人則穿了件黑大褂，上面用白色的字寫了許多罪的名字。

　　遊行的隊伍從西康路轉到南京西路，然後朝著外灘方向走，一直走到外灘白渡橋邊的小花園。若在平日，上海人即便再西化，也還是要覺得不吉利。而此刻這時局，無論是貧民還是達官貴人，無論是閣子間裡睡眼朦朧的舞小姐，還是陽臺上端著半杯黑咖啡的貴太太，心裡都一同唏噓著，感歎不要說人人都有一死，只怕這先是在給上海灘的繁華送終呢。

　　可惜這麼轟轟烈烈的傳福音方式收效卻並不大，因為那時的上海人好像已經顧不上靈魂了，面對解放軍即將渡江南下的局面，各自忐忑著財產和身家性命。上海人一向是實際的，靈魂對於大多數上海人來說是屬於洋派的高雅東西，這類東西是屬於吃飽喝足後的奢侈品，現在格辰光誰有心思關注宗教？反倒是這段時間的遊行讓許多弄不清也懶得弄清內容的民眾，以為是在反對解放上海的示威遊行。再加上，遊行組織者因為怕沿路受警員的干預，就托人和警察局事先打好了招呼，這些情況到了解放後，在肅清反革命運動中，就成了參加遊行者身上的罪名：參加反動的“白衣遊行”。

　　一九四九年初，解放軍佔領了北平、天津，全國的政局和戰局都發生了急劇的變化。

　　在一次青年聚會中，那個人用《約翰福音》十二章中耶穌的話教導說：光在你們中間還有不多的時候，應當趁著有光行走，免得黑暗臨到你們；那在黑暗裡行走的，不知道往何處去。你們應當趁著有光，信從這光，使你們成為光明之子。又說：學校就是你們的事奉工廠，讀書不是為了讀書而是為了事奉主，並且事奉主也不是在將來而是在今天。

　　那天，那個人仍然是穿著一件黑色的薄呢袍子，袍子的衣料顯然很好，順滑地從他高大的身架上面垂下來。他臉上的線條也是柔和中庸的，甚至坐著的姿式也一樣放鬆，透著一種中國式的不張揚的瀟灑。不過他的話卻讓每一個年輕人都感受到了一份緊迫，似乎事奉神、傳福音的機會不多了，這種感受與上海灘的末日感混在了一起。

　　最近這些日子，這個神秘的，常常難見蹤跡的李弟兄，卻頻繁地與大學生團契的年輕人在一起，專門為他們開各種培訓和培靈特會。這讓年輕的基督徒們立時感受到了使命，他們一邊懷著感恩的心聆聽他口中的每句話，一邊心裡被奇妙地充滿了，激動地渴望被天父使用，甚至是為信仰殉道。

　　寒假結束後，徐聞音和李依萍回到了學校。聖瑪利亞教會女校剛開學不久，女學生們就開始一個一個地悄然離開，起初並不被注意。隨後，學校和女生們儘量回避談這事。再以後，退學隨父母離開的女學生越來越多了，各種議論就一下子決了堤，肆意氾濫起來。

剛近四月，柳枝兒還沒有綠定。據校方說暑假要提前放，女孩子們突然有了種生離死別的情緒，要好的，不要好的，都在紛紛互留著手頭上擁有的各種聯繫方式，但她們誰也不知道漫長的暑假後自己還會回到學校嗎？也不知道自己跟著父母會去哪裡？她們及她們那些有錢有勢的家長們，在這個動盪的年代誰也無法確保聯絡地址的有效期。

可是，正因為這樣，這些平日驕傲的，特別在意西化的個性自由和隱私權的上海灘洋派大小姐們，竟一反常態地和里弄女人一樣，渴望結夥抱團，渴望有許許多多的聯繫讓她們像八爪魚般抓住上海，這個熟悉的地方。

女校外面的世界更是早就亂成了一團，上海灘仿佛是一條巨大的沉船，有錢有權的人們急著逃離，逃不掉的和放手不了廠子店鋪的，就只能抱著僥倖的心理把沉船想成一個島，希望改朝換代能夠止步於自家的門外。

當然，上海也有許多不滿意舊政府的人，盼著欣欣向榮的新中國。還有更多的低層百姓，城市貧農、棚戶區的工人，他們盼著上海也來一次打土豪分田地，鼓足了幹勁準備沖進那些深藏在梧桐樹蔭中的洋房裡去。

五月，上海解放了。

十月，新中國成立。

# 塵女

## 1

聖約翰大學是在中國辦學時間最長的一所教會學校，被稱為"東方哈佛"。創建於一八七九年的聖約翰書院，是由美國聖公會上海主教施約瑟，將原來的兩所聖公會學校（培雅書院、度恩書院）合併而成的。辦學初期設西學、國學和神學三門，用官話和上海方言授課，一八八一年開始成為中國首所全英語授課的學校。五年後，第一個實行全英語教學的年輕老師卜舫濟牧師成了校長，並長達五十二年。

到一九零五年，聖約翰書院正式在美國首都華盛頓註冊，成為獲得美國政府認可的在華教會學校聖約翰大學。有文學院、理學院、醫學院、神學院以及一所附屬預科學校。學校初具規模，擁有了一座禮拜堂（聖約翰座堂）、一座以創辦人名字命名的教學樓"懷施堂"，和另一座用庚子賠款所建起來的"思顏堂"，思顏堂是為了紀念學校的第二任校長顏永京牧師。後來發展為擁有五個學院、十六個系的綜合性的著名教會大學。

一九三七年抗日戰爭爆發後，聖約翰大學曾將學校遷入公共租界，與滬江大學、東吳大學、之江大學、金陵女子文理學院五校組成上海聯合基督教大學。四零年遷回原校址，就在中山公園附近。

聖約翰大學從三六年開始招收女生，四九年秋，徐聞音入讀聖約翰大學醫學院的醫預科。那時，在聖約翰大學讀書的廖英君已經臨近畢業。中山公園就在旁邊，此刻的梧桐樹應該已經又是一個金色的旋渦，旋進去天和地，但他倆沒有再走進去。

徐聞音伏在床上禱告時，有時會閃過一抹金色，每次她都會被嚇一跳。但她很滿意現在與廖英君的正常關係，覺得這才是愛情，而那抹金色是極危險的，久而久之，那抹金色竟然露出了刀鋒般的寒光。她也曾悄悄察看他，但從他的臉上看進去，好像他從未被那抹金色困擾過，甚至看不到那個秋天梧桐的影子。不過，他也從來沒有再約她在中山公園見面。秋風漸冷，他們也寧願徜徉在蘇州河邊。

第二年，廖英君畢業了，但他並沒有在上海開診所，而是常常去內地參加各種為了傳福音而做的巡迴醫治工作，他的心不在醫病救人，卻在傳道上，醫學僅僅成了他養生和傳教的工具。他每次回到上海與徐聞音相聚時，談的不是他在各處醫的病人，而是那些病了的靈魂。

他計畫要等聞音畢業後，一起去香港或美國讀神學院。徐聞音心裡卻仍傾向於去內地的福音移民，去美國讀神學院似乎並不符合聚會處的教導，雖然李弟兄自己也不止一次去過歐美，但她覺得去美國讀神學院實在算不上一條艱辛受死的十字架道路。在聚會處會眾的心裡，西方公會是個不屬靈的，空有宗教的外殼，缺失敬虔追求的生命。那年年底，聖約翰大學正式宣佈與美國聖公會脫離關係，西方傳教士、公會牧師們紛紛被迫離開中國時，徐聞音心裡並沒有任何波動。

沒等徐聞音從著名的聖約翰大學醫科畢業，這所著名的教會學校就拆分了。五二年在全國高校的院系調整中，一方面因為當時新中國的教育政策是模仿蘇聯，大量削減綜合性大學，改辦專科學院，綜合性大學的相關學科合併重組；另一方面因為新中國的宗教政策也開始與西方帝國主義劃清界線，原有的教會學校大多都被拆分了。

聖約翰大學被拆散併入了上海的華東師範大學、復旦大學、同濟大學、上海財政經濟學院、華東政法學院、上海第二醫學院等多所高校。其中徐聞音就讀的聖約翰醫學院與震旦大學醫學院、同德醫學院合併，成立了上海第二醫學院（後改名為上海第二醫科大學，現為上海交通大學醫學院）。

隨著大學的分拆和重組，各大學中原有的學生團契都被打散了，而同時，教會學校的學生也就分散進入了上海各個大學。作為土生土長的聚會處地方教會，因為沒有西方公會的背景在當時並未受到波及，他們開始積極地加強學生工作，青年學生信耶穌的人數明顯增加。五二年聖約翰大學、震旦和同德三所私立院校的醫學院合併後，暑期中三所學校的學生基督徒們就開始在一起聚會了。

入讀聖約翰大學文學院的李依萍被併入了復旦大學，她參加復旦新建的學生團契，平時越來越少機會和徐聞音在一起，只有廖英君在上海的日子，他們三個才會聚在一起。雖然李依萍也是在南陽路地方教會聚會，但她卻支持廖英君去美國讀神學。徐聞音不以為然地笑她說，她不是支持他去美國讀神學，而是支持廖英君的任何一個決定，毫無主見。

李依萍一時語塞，想想她說的也沒錯，雖然自己沒有這樣想，但事實上這些年，廖英君的任何一個決定她都很自然地覺得正確。只是，閨蜜聞音才應該是如此無條件支持的人，她卻反而常常與他意見相左。男人不應該是女人的頭嗎？作為未婚夫的廖英君理應是聞音的頭。那麼自己的"頭"在哪呢？有近乎"完美"的廖英君放在那裡，李依萍就覺得實在是尋不出一個可以加入他們的青年來。

他們三個常常約在哈同路的那家咖啡館見面，教會早就從文德里搬到了南陽路，雖然這家咖啡館離兩處都很近，但每次約到這裡，總讓他們覺得有一份不言的對文德里的留戀。不知為什麼，對文德里的留戀竟成了他們友誼和信仰的標誌。

那間咖啡館不大，外牆貼著紅磚裝飾的牆面，裡面是米色暗金花牆紙，金色已經黯成了咖啡，牆紙的花型卻更立體了，好像是抹去了輕浮的成熟女子，隔了重重疊疊繁複的窗簾，安全地冷眼旁觀著外面變化的世界。

與大門對角線的屋角，那個四人沙發座是他們常坐的，桌上有盞老式的銅檯燈，燈罩是幾塊彩色玻璃拼嵌的，粗糙地仿著蒂凡尼檯燈的樣子。五彩的不夠透明的厚玻璃將燈光壓向斜下方，李依萍總是靜靜地待在檯燈後面，將臉安全地放在光圈外看著徐聞音和廖英君之間的爭論與共鳴。他倆時不時就會轉頭問她的意見，那時她就將眼光滑到燈罩上，不置可否地沉默一會微笑一會，說一二句或不說。其實她早就發現他們並不在意她的回答，他們問她的時候只不過是交響樂中的一個音樂休止符，音樂還會繼續。

這兩個人身上的激情她都沒有，那盞仿製的蒂凡尼檯燈的燈罩，總會讓她想到一個家、一間臥房。她覺得自己實在是再平庸不過的一個標標準准的小女人，一間有著盞蒂凡尼檯燈的臥室，和這個時代，和她的信仰是何等地格格不入啊。

## 2

一九五五年六月底徐聞音結束了在醫院的實習，畢業班的學生並沒有馬上被分配工作，而是在七月初返校後就立刻參加了肅反學習。五月開始的"肅清胡風反革命集團"運動首選是針對文化教育界，因此高校就成了運動的重點。上海第二醫學院的二百多名畢業生全體集中留宿學習達數月之久，有問題但不太嚴重的被"繼續幫助"，問題嚴重的則留校隔離審查。

這次肅反可以算是新中國第一次向文字開刀，運動一開始就是針對文藝界的，但和之後的所有運動一樣，基督徒都是陪綁的。雖然中國基督徒既不關心政治也缺乏關心政治的能力，但他們因為屬於異類，因為基督教天然地似乎與西方帝國主義有關，所以幾乎成了各種運動中充數的階級敵人，並且在平反中也屬尷尬的"邊緣人"。

上海第二醫學院中的基督徒，不管是骨幹分子還是連主日都不常聚會的掛名基督徒，都被一視同仁地"重點幫助"著。除了必須交代家庭出身、階級立場之外，更重要的是要交代各人所屬的教會、參加的學生團契，還要事無巨細地交代所知道的校內基督徒情況和活動。

那段時間，為了保護自己也是為了保護彼此，校園內的年輕基督徒們彼此都不說話，甚至儘量避免碰面，他們又出不了校門，回不了家，當然更無法去參加校外教會的聚會，每一個人都像是關在自己的囚室中。

這時的他們是格外需要神的，平時他們在忙碌中天天提醒自己，要進入與神獨自相處的密室，但卻沒什麼時間。偶爾獨自去和神打個照面，甚至不用仔細感受，他們就能確認他就在那裡，就在他們心靈的密室裡隨時等著自己。然而現在，他們一個個被迫獨自進入了自己的密室，卻發現那裡面的神是模模糊糊的，是一種忽而聚成形、忽而散成氣的，不確定的存在，甚至有不少人發現密室裡空無一人，神沒了。

那段日子是漫長的，其間李依萍來找過聞音一次，其實那次她倆沒敢說什麼，或者說也不知道該說什麼，李依萍只是驚怕地壓低了聲音哭，徐聞音只是直著脖頸坐在一邊。她原本也是怕的，並且和李依萍一樣對社會和政治因完全無知而感到惶恐和委屈。但李依萍一哭她就堅強了起來，甚至忘了自己的軟弱，心中生出對她的不屑來，徐聞音覺得自己是可以為這個信仰死的。

她對李依萍也是對自己說：不要動情，七情六慾都是罪！要"死著"面對世界、面對一切，你就剛強了。

李依萍在徐聞音面前哭完，心裡就安定了，她對她一直有一份依賴。她記住了這句話，她走了。李依萍並不知道這是最後一次自己可以依賴聞音。

那次見面讓徐聞音和李依萍都受到了額外的注意，她們分別被要求向上級彙報見面的所有情況，因為兩人分別屬於不同的大學，被懷疑是學校與學校之間的基督徒組織串聯。

兩邊的領導分別對她們說：對方已經全部都交代了，你怎麼還藏著掖著躲躲閃閃？兩個年輕的女孩並不懂這只是一種審訊常用的方式，而是信以為真了。李依萍的哭泣和徐聞音的那句話都被交代了，再問就沒有了，但領導不會相信僅此而已，好在僅此也已經夠定罪了。

七月底，對徐聞音的"幫助"就升級了，她被隔離審查，不僅不能越出校門一步，還有一個政工幹部專門來負責她的"案子"。無論白天黑夜，她都要隨時準備被找去談話。學校還指派了一個共青團員的女生，形影不離地"陪伴"她，同時睡，同時起，連上廁所或去洗澡都必定跟著，不過，上級不允許她們之間說話。

帶著這麼個影子，在宿舍樓上上下下，在校園裡走來走去，學生們開始看著自然是指指點點，風言風語。徐聞音心裡卻出奇地平靜，她不在乎別人的懷疑和鄙視，也對偶爾傳來的憐憫同情的眼神無動於衷。

起初，她心裡還希望能與同為基督徒的弟兄姊妹們眼神相遇一下，哪怕只有幾秒種，或者只是交錯一瞬，她都希盼著能從中取得一份力量和熱度。但他們大多避開她，也有幾位不避開的，甚至有個別想用目光來堅固她的，她又避開了他們，她特意地繞開走，以免"眼目傳神"牽連到對方，也免得自己多一份要交待的事。

九月的一天，大表兄突然來學校找到她。他當然不可能直接找到她，而是經過了審查組的領導，由那個負責她"案子"的人帶到她面前的。那人和那個女共青團員一左一右地站在他們身邊，大表兄顯然很緊張，雙手插在淡灰條紋的褲兜裡。她雖然看不見他細長蒼白的手指，但從輕微卻高頻波動的灰條紋上就感到了他的恐懼和戰慄。大表兄比她大了十五六歲，從小到大，她都覺得他像大山一樣穩健可靠，此刻見到了他的慌張，心裡反倒有絲嬌憨的得意，面容上卻更是從容得近乎冰冷了。

大表兄說：祖母走了。昨晚。他不安地抬頭看了看她，又補充說：走得很平安。

徐聞音面上毫無表情，心裡卻打了個趔趄，隨手抓來一根拐杖——就是李弟兄的一句話"一切都不動心"。她掛著這根拐杖站住，突然就覺得祖母

面對一切都要有的又是神的回應

55

是一個與自己不相干的人了。她不要動心，若只動頭腦，一個基督徒的死豈不是好得無比？是息了地上的勞苦去天堂耶穌那裡，何況這個老人已經八十九歲了。

當那個負責她"案子"的人對她說，經校方研究只能放她三天假時，她拉住了氣憤的大表兄，平平靜靜地回答說：三天夠了。


## 3

徐聞音跟大表兄回家，那個女共青團員也奉命跟著，只是她還識相，遠遠跟著不靠近，臉上也是沒表情，雙手不自然地在側邊、背後、前面移動著，頭也側來側去看著路的兩邊，儘量不去看前面走著的人。想來她也是不習慣這份差事，尷尬得很。

路上，聞音對表兄說，明天辦喪事禮拜，後天就安葬。大表兄很詫異她的冷靜，更是接受不了這個速度，但他沒有說什麼，只是腳步略遲疑了一下，從聞音的右前半步到了右後半步。聞音似乎是聽到了他沒說出口的話，她一邊筆筆直地走，一邊微低了低頭，像是自言自語，又像是對他說。

我只能出來三天。

其實還有後半句——總是要送她入土為安的。她卻吞下了沒說，因為這半句話裡就有了綿軟的情感，有了情感就有了缺口，她現在是不能有缺口的，也就是說她現在是不能有情感的。

到弄堂口時，大表兄讓她自己先回家，說幾個姑母已經都來了，明天要辦喪事禮拜，他需要去通知安排一下。

他一走，聞音的腳步就膠住了，弄堂裡湧來好多熟悉的氣味、聲音、物什，還有舊照片般的人。有祖母，有爸爸，也有那個女人和那幾個與自己同父異母的弟妹。

弄堂口煙紙店的王姆媽探出半個身子來，喚她：音囡囡啊，阿婆走了哦，儂爸爸是老孝順的，但又回不來。唉！不要難過哦。要啥，王姆媽幫儂準備。

聞音急急地回了聲謝謝，扭頭就走。一來是後面跟著個人，多說兩句倒給王姆媽惹麻煩；二來王姆媽的話就像千百隻向她堤壩爬過來的螞蟻，讓她害怕。

剛到門口，屋門就從裡面打開了，低低的哭聲像沼澤地升起來的霧，濃濃地壓低了，但同時又遠隔著，有種不真實。聞音被一個姑母抱在懷裡，她乾澀的雙眼和臉頰有點厭煩那衣襟上的濕潤，但她也不便掙開。之後，又是一個差不多的懷抱，又是一個……

不知為什麼，她盯著看了又看，也還是分不清是哪幾個姑母，一樓客堂間原本不算太大，現在擠了那麼多人，卻反倒更空曠了。每個人都遠遠地站著，她看不清她們的臉，也聽不清她們在說什麼。她沒有回應她們的任何一個問題，也沒有回應她們的悲傷，她覺得自己的心像是懸在高高的寒冷的上空，極為清醒地看著這團濕漉漉的悲哀。

為什麼要悲哀呢？死了，就歇了地上的勞苦。就好了。

推開祖母睡的臥房，胖胖的三姑母守在床邊，不自覺地拿手掖了一遍又一遍的被子。二姑母挺著剪紙般的身板，臉微仰著，向了窗外，雙手合在胸前像是在禱告，不過眼沒閉，嘴也沒動。

她倆和年紀最輕的六姑母是與聞音相處最多的，六姑母隨兩個孩子去了美國，祖母最後這病的幾年都是二姑母和三姑母照顧的。聞音反手帶上門後，她是想著自己可以哭一哭的，但卻沒有眼淚，連鼻子都冰冰硬硬地沒有一點酸軟。

祖母穿著月白色軟緞的新的內衣褲，一件寬身寬袖的絳紅底寶藍團花的絲絨旗袍搭掛在一邊的架子上。聞音知道這件是祖母最喜歡的衣服，幾年前大表兄結婚時做的，然後就一直壓在箱底。每年開春，祖母總要翻出來晾一晾，順著絲絨的紋理刷刷平。聞音有時會隨口問一聲：旗袍那麼好看怎麼不穿？

祖母笑著在身上比劃說，那麼鮮亮，平時怎麼好穿？這樣說的時候，她的眼睛是亮亮地，盯著聞音，似乎在等她的攛掇。聞音卻沒吭聲。這些年她極力穿得樸素，這樣的花色自己也不會穿上身。雖然上海人穿衣是流行越老越俏的，但那也是世界上的流行，祖母這樣的老基督徒也許真不該穿得太俏了。

此刻再看著這衣服，她心裡不由地有些悵然，心中後悔沒讓祖母生前再穿一次。

三姑母見她盯著旗袍看，就說，是在等你回來一起給老姆媽穿衣服呢！穿好就要趁著下班前讓殯儀館的來接走……

二姑母回頭走過來，插言道，殯儀館是要給姆媽淨身、化妝，穿壽衣的。現在穿什麼也都要換掉……

但我們總是要讓姆媽漂漂亮亮出這個門的……這是她最歡喜的衣服。

二姑母聽了，沒再說什麼，她們三個人一起給老人穿上這件明亮的旗袍。老人過去大半天了，身上卻是軟軟的，一點也沒硬。徐聞音握著她雪白綿軟的手，心想這一定是神的美意，接走了從小養大我的祖母，我也就沒有牽掛了，可以安安心心地去坐牢。

外面的風並不大，卻吹開了一道窗縫，一股乾乾淨淨清涼涼的風，擦過聞音的臉頰，吹在床上祖母的身上。聞音像是看見一隻無形的手，替祖母撫順了絲絨旗袍的紋理，祖母的臉似乎在這微微飄過的風中生動起來，似乎在問她：囡，涼伐？

聞音怔怔地對著這風，這祖母，和這句問話，不敢動一動心思，仿佛任何一根神經的解凍都會融化整個世界。已經入秋，聞音仍一直穿著夏天的陰丹士林的細格藍布旗袍，她是有意在培養自己抗凍的能力，想著要把夾袍和棉袍都留到監裡穿，那裡想必是極陰濕寒冷的。

那天三姑母陪著姆媽坐殯儀館的車走了，聞音卻沒有跟去。她有點怕這個漫長的夜晚更怕現在呆坐著想些什麼。家裡也確實還有很多事要做，要準備喪事禮拜的詩歌、紙花，點心、回禮等等。姑母和表兄妹們大多斷斷續續地哭泣或流淚，連平日硬挺得像個苦行修士的二姑母也紅了眼睛。但徐聞音這個祖母最用心思也是最親的孫女卻面色平靜，她有條不紊地快速高效地做著每一件事，這讓親人們雖然不好說什麼，卻也覺得怪怪的。

事情做到夜裡十點多，就沒什麼要做的了，又挨了挨，二姑母見她不肯去睡，就陪著。她坐在那裡，低著頭禱告，間或抬頭看她一眼，其實也沒有一定要和聞音說什麼，聞音卻覺得有一種等著她哭訴的壓力。

但她是不能開口的，雖然那個共青團女生跟她回來後確認是祖母過世了，她就完成任務走了，看她走時輕鬆歡快的背影，想必也是覺得被"放風"了，估計未必就徑直回學校彙報，倒是有可能去逛街會朋友或是回家。聞音被隔離的日子，她其實也等於是被隔離了，若一個是因為反動，那另一個卻是因為進步，不過結果是一樣的。

徐聞音不能開口向人哭訴的原因是為了堅強，她心裡有太多的委屈，也開始有了疑惑，只怕一開口就收不住，哭不倒長城反倒把自己哭倒了。堅強是需要從裡到外凍得透硬的，最好是硬硬的一塊鐵，連一個氣泡都不能有。若再被親人們陪哭一番，同情幾句，那她就從裡面軟了，以後再硬也就是個酒心巧克力，經不起一碰。

何況，祖母已經走了……

祖母走了，讓徐聞音覺得自己成了個孤兒，雖然她的父親母親都還在，但她還是覺得自己從此是孤零零一個人在這個客旅的世上了，目前的形勢讓她直接跳過自憐，而硬冷起來。

她以為這就是成熟，卻不知道這是急凍起來的生煎饅頭，真要熟起來香起來，還需要解凍，軟了，放在煎鍋裡，下面生了火，身下加了油，又澆上兩道冷水……最後，底下結一片煎得脆硬的疤，面上佈滿了麻子皺折，且擠在一大群裡，並無突出的樣子，這才成了人吃不膩的美味。

不過，對於剛二十出頭的姑娘來說，生活與生命的真相是會慢慢展開的。

徐聞音藉口要去殯儀館看看明天大殮的會堂安排好了沒有，逃出了擁塞著濕漉漉熱乎乎的悲哀的家。她沒有叫黃包車，在弄堂裡、馬路上乾冷的秋風裡疾走，一直走到讓滲入體內和心裡的濕氣熱氣全部被夜風吸走，心才漸漸平靜下來。她跳上一輛電車去了膠州路的萬國殯儀館。


## 4

一切都是素白的，白布、白紗、白花點綴著大客廳裡的講臺和排好的木椅，牆上用粉藍和乳白的康乃馨圍著祖母的照片，兩旁的挽聯竟然用了絳紅的綢帶，想來是因為祖母是八十九歲的高齡，是白喜。聞音看著相片不由地想，若真相信有永生，相信有天堂，基督徒辭世豈不都應該算白喜事？

她一個勁地這樣想，似乎是在為她自己泛紅發炎的心一遍遍抹油膏，以免痛一層層浮上來，一圈圈擴散開來。就這樣，她把自己保持在一種聖潔、昂然的麻木中，不覺得痛，更不覺得應該痛。她甚至希望自己喜樂起來，她以為這時她是懂了耶穌說的那句話：人到我這裡來，若不愛我勝過愛自己的父母、妻子、兒女、弟兄、姐妹，和自己的性命，就不能作我的門徒。這裡"愛我勝過愛……"原文是有"恨"的意思的。

徐聞音以為自己的十字架就是自己這個充滿溫濕的家，和自己裡面同樣溫濕的情感，她是斷斷不想成為"上海女人"的，面對著祖母的遺像，她裡面對"絕對"、"獻身"的渴望格外地清晰，幾乎是狠狠地漲開來，撐住了自己的身體和情緒。

聞音。

她木木地轉過身來，廖文君竟然就站在她面前，離著有三四步，並沒逼到跟前來。自從多年前她受洗時見過她一面後，這些年她們雖然都在一個教會聚會，但從沒有機會交談。這個比廖英君大了十九歲的老姐，也從來沒有請弟弟和她一起聊聊或吃個飯。

但徐聞音對她卻並不陌生，她不知為何一直被她吸引著，看聚會處福音書房出版的書和報刊簡訊等，甚至每一頁傳單，雖然上面都沒有廖文君的名字，但她知道這些大多經過她的翻譯編校甚至修改。她總是記得見到她第一次的樣子，那件寬鬆的半舊的藍灰旗袍，罩住了一半手背的袖子，嚴密高聳的領子，眼觀鼻鼻觀口口問心的端莊，沉靜無語淺淡的表情，這一切在徐聞音心裡幾乎成了聖女的典範。

文君微笑地看了她一眼，那微笑中含著一絲若有若無的苦意，和溫度適宜的理解。隨後她就轉身走了幾步，坐回到側後角落裡的木椅上。徐聞音也隨著她走過去，一邊想起自己進來時那邊是好像有個人影兒，只是淺淡得可以忽略不計。

等聞音在身邊坐定，廖文君略遲疑了一下，伸過手來，將手掌覆蓋在聞音的手背上。聞音沒有想到看似絕了俗塵，甚至沒有溫度的廖文君，卻有著一雙溫暖且綿軟的手，她的掌心熱卻不濕，是一種燙燙的乾燥。被她這麼一握，聞音似乎就無法懸在寒冷的高空了……

他讓我來看看你。

文君見她只是低著頭無語，便又說。

他知道你在學校的事，但一時趕不回來。這兩天正想著怎麼能見到你，沒想到老姆媽又走了……唉！不過，走了也是好的。

徐聞音怕她再說到廖英君，她知道自己出來三天后回去是要交代每一句話的，她低著頭搖了搖，她也就明白了。

她倆無語地坐一會，聞音很自然地伏在了她的膝上，許久，像是睡著了。然後，文君感覺到自己的膝蓋都濕了。文君沒有說勸慰的話，甚至沒有動一下撫在聞音背上的手掌，她的眼淚也靜靜地在心裡流，卻流不出來，只留著空空的兩個眼洞對著前方。

三年前，那個人坐上去東北的火車後就消失了，至今沒有人知道他被關在哪裡。這些年她很少見到他，甚至不知道他是哪天離開上海的，但他提著箱子的高大身影，和那列喘著粗氣駛出月臺的火車卻將她從刻意的沉睡中驚醒，一刀刀刻在她心裡。

後來，她聽說了他的被捕，有人說是在上海被捕後押往東北，也有人說是在火車上出示逮捕令的。她早就知道他會被捕，只是她沒有想到他是因生化藥廠的經濟財務而被捕。她和知道此事的人一樣，相信這不過是政府的一個藉口，只是她又暗自希望這是真的，因為若真是經濟犯罪，應該有回來的一天吧？

廖文君一直以來，不清楚自己是恨他的，還是愛他的？一九四二年後的這十多年中，她無法再崇拜他，但也無法鄙視他，恨他或愛他的念頭都讓她感覺不潔和污濁。她沒有像趙心潔那樣離開侍奉，隱居起來，她在心裡把自己想像成一隻待宰的羔羊，她像被剪去毛的羊一樣默默無聲地承受著羞恥。她只能這樣想，但這想法是不能說的，若說出來就更是她的羞恥了……她知道自己不能恨他，更不能愛他。

他就這麼消失了，她暗示常去各地傳道的弟弟幫她打聽他的下落，但同時，她開始越來越懼怕聽到消息，甚至更懼怕有一天再面對那個人……

　　徐聞音當晚回家時，感覺身後跟了人，壓在背脊上的目光雖然總是輕輕一壓就彈開，然後又是一次次短暫的輕壓，甚至是蜻蜓點水般的一閃，卻有著一份讓她不安的熟悉。但她回頭看了兩次，什麼都沒看見，只有空蕩蕩的馬路。電車已經沒有了，雖然她甩開兩根不粗的辮子，想著反正準備坐監牢了還有什麼可怕的，但還是跨上了一輛人力車，並下意識地拉起了棚子。拉車的漢子很賣力，聞音卻並不希望他跑得那麼快。

　　黃包車輕鬆地穿過一段段被昏黃的路燈截斷了的黑暗，聞音突然想起頭些年，自己和李依萍擠在一輛車上，夜裡回學校，也不說話，每到路燈下就翻開《聖經》看一句，然後就在下一段的黑路裡背記著。當然，也有的時候，是和廖英君，一前一後坐在兩輛車上，也是一樣的看和背，只是就有了一點點的不專心……

　　這樣想著，她不由地笑了一笑，拂去了前一陣子見過李依萍後的猜疑，想念起他倆來……這麼想一想，淚就要出來，她把臉略略探出黃包車的棚子，讓秋天乾爽的夜風把眼眶吹得乾乾地，甚至吹到隱隱刺痛起來，心就平靜了。

　　第二天的大殮，祖母已經淨了身，臉上化著淡妝，安詳地睡著，顯得年輕了很多。她穿著九層的正式壽衣，有七個領口，領口下身上蓋著一條純白真絲的綢薄被，頭髮也是雪白的，整整齊齊地攏在腦後。只有綢被上繡著的一個大大的紅十字，在一片潔白中讓人觸目驚心。

　　聞音反反復複地把眼睛看過去，掉開，又看過去，總覺得這個躺著的老人有點陌生，她希望下一眼望過去時，她能恢復祖母的樣子……再看了看，她就死了心，把眼睛望向白花花的屋頂。

　　祖母早就走了，並不躺在這裡……

　　那天來了許多親友和教會裡的弟兄姐妹，大家都知道徐聞音正在被隔離審查，為了她也是為了自己，沒有人來和她說話，都只是把關切的、鼓勵的、或是同病相憐的、哀愁的神眼送過來給她。她也沉默著，她理解他們，她也不覺得自己需要他們來和她說什麼，甚至這些眼神也沒有必要的。或見有一二個向她走過來的，她反倒主動地避開了。

　　全場，徐聞音穿的孝最重，因為她是祖母最愛的，也是因為她替父親這個祖母唯一的兒子帶孝。但全場表情最平靜的也是徐聞音，她的沉默人們是能理解的，但她毫不感傷的冷靜，讓這些被信仰泡得軟軟的人們感覺有點刺心。

　　從膠州路殯儀館開往郊外公墓的路上，汽車按聞音的要求繞道經過了靜安公園，這裡原來是外國公墓，祖母年輕時認識的一個傳教士就葬在這裡，她常常來看她，卻從來沒有向聞音說起過那個傳教士的故事。聞音跟祖母來過幾次，她們常常只買一小束花，放到墓地上，然後就坐在那片草地上看天。坐在那裡總會讓人忘記是在上海，天空和草地，還有稀疏的新抽芽的樹，都是乾乾淨淨的。祖母每次都會唱一首很古老的讚美詩，可惜聞音從來沒有注意聽裡面的歌詞。

五三年，墓園改成了活人的公園。汽車路過那裡時，聞音在心中對祖母說：阿婆，我曉得儂一直都歡喜這裡，但葬哪都是一樣的，我曉得儂今朝是要睡在耶穌懷裡的……

墓園的安葬儀式結束時，人們道著別散了。徐聞音又感受到了那種熟悉的壓力，那個共青團員的女學生也來了，遠遠地看著她，但她知道這份壓力並不來自於她。即將離開墓地的時候，她找到了壓力的來源，一輛停在公墓園陵外的黑色小車。後車窗的玻璃都遮著深褐色的喬其紗，但她感覺就是在這深褐色窗簾的背後，有一雙盯著她的眼睛。

徐聞音沒有馬上上姑母的車離開，而是站住，向著那遮著簾子的車窗，恨恨地，有點挑釁地瞪著她年輕的杏眼。那車就啟動，開走了。

不知道是不是出於恍惚，她似乎看見了兩片早已沉入記憶深處的茶色鏡片。

**5**

徐聞音再次面對茶色鏡片後的那雙眼睛，是在肅反審訊室裡。

徐聞音的嚴重政治問題當然不會是別的，而是與她的信仰有關。但幹部卻對她說，他們並不干涉她的信仰，只需要她詳細寫出有關上海基督徒聚會處的一切活動。其實徐聞音知道的並不多，她四七年才回到聚會處並受洗，主要參與的都是青年學生基督徒的活動，但幹部要她事無巨細一點一滴都要交代清楚。起初，她是抵觸的，無論審訊的人用多麼嚴厲的語言威脅她，她都堅持一個字也不說也不寫。

壓力越來越大，她從每天被"談話"一次，到越來越多的時間坐在審訊室內。當她獨自坐在審訊室裡，面對著四周的白牆和桌上的白紙時，她越來越感到困惑。神在哪裡呢？她努力在心中默默地禱告，仍是一片空白，甚至無法在意念中想出一個禱告的對象。這和平時完全不一樣……

過去，她一禱告，就能感覺到主耶穌坐在她的面前，或者就能感覺到天父真實的懷抱……但現在，禱告從她裡面拼力地射出來，無論是噴湧，還是時斷時續地滴淌，或是生疼地擠出來，它們都像霧一般迅速地散在空氣裡，她面對的仍然是空白。這時她才發覺過去的感覺是那麼不可靠，她一邊後悔自己一直像吃奶的孩子般，依靠著膚淺的感覺，一邊卻也埋怨神在這麼關鍵的時候拋下了自己。

徐聞音也努力地去回憶自己背的《聖經》經文，想用理性為自己構架一個信仰的支撐，但每一句經文都"穿"著年長弟兄姊妹的解讀，擠在各種各樣的教會場景裡，她無法撇開一場又一場的復興會和"屬靈"運動，來認識這些熟記在心裡的句子。使用自己的理性來獨立認識這些經文，對她來說陌生又艱難，她發現自己真的已經成了一個"不動心思"，也"不用思想"，甚至"沒有感知"的人。充塞在她心裡和記憶中的，都是那個人說的和寫的，只有在那個人的語境裡她才有辦法理解神和信仰。

最後一次聽他講道，是在五一年八九月間，他一共講了三次，徐聞音聽了前二次，那個人講了他自己思想的轉變，說到"超政治"的錯誤性……但徐聞音一反常態的是始終不願去仔細回憶研讀他說的這些話，因為這些模模糊糊的話，讓她在聚會處形成的簡單信仰框架有一種被銹蝕的可能。

但四年後的現在，她卻被外在的質問壓著，被自我感覺中的空白拒絕著，只能又回到那人的話中來認識世界和信仰，這是她所熟悉的，也已經成了一種習慣。那個人最後的這些講話裡，解答了信仰、政治、立場等等問題，這些都是徐聞音此刻面對的，但不知為什麼她從聽到這些起，心裡就懼怕它們。她在審訊室裡寧願一個人對著白紙想像著坐監、殉道，也不想回憶那些話。

但不管她想不想，有一個人將那些話帶到了她的面前。

一本小冊子被放在了她面前的桌上，沒有任何裝飾的封面上寫著四個字《我的轉變》帶來這本小冊子的人是個舊識，吳一丹。

吳一丹穿著淺灰的深灰色列寧裝，三七開的頭髮比過去更是梳得一絲不亂，只是沒上髮蠟了，略略蓬鬆著顯得自然而年輕。算來他也只是剛過三十，但在徐聞音的印象中吳一丹比僅小他兩歲的廖英君成熟多了。

他的兩頰更深地凹陷下去，突出著蒼白的顴骨，薄而乾的嘴唇總是緊抿著。一道深色的陰影被蒼白泛藍的唇反襯出來，格外引人注意，反倒讓人會極為期待這道深影開啟時說出的話。

吳一丹的眉眼分得很開，眼簾上有兩抹緋紅，微斜著漫過太陽穴，融進兩鬢。這緋紅是文藝的，卻與他整個臉上的蒼白相背，與他刀削般的輪廓形成了一種張力，這張力成就了吳一丹作為男人的魅力，複雜而陰鬱，並在極鎮定中潛藏著神經質的脆弱。

徐聞音抬頭看見他時，驚訝地發現那茶鏡後的細長眼睛裡充滿了兄長般，甚至是父親般的關愛與憐惜，這是她過去從不曾在吳一丹臉上看到過的，她甚至不記得自己看清過這雙茶色玻璃鏡片後面的眼睛。始終像塊石頭般壓在她心底深處的是他的眼神，而不是他的眼睛。那一刻，她確定祖母葬禮時墓園門口的車裡坐著的正是這個人。

你是共產黨。

徐聞音說話的語氣並不是問話，她不由地回到了四七年，仿佛這八年都一掠而過了，她和她對面的這個男人仍是站在夏末初秋的馬路上。

一直都是。

茶色玻璃後面的眼睛是誠懇的，甚至是迫切的。

八年前你說你愛國，現在你還能這樣說嗎？他問。

八年，仿佛是一個圈，徐聞音覺得自己又轉回了原點。我愛國嗎？我站在什麼立場愛國？八年前，她對第一個問題的回答是肯定的，我當然愛國，青年當然應該愛國。當時，讓她迷失的是"立場"，她無法站在"大多數勞動人民"的立場上，因為她從生下來似乎就不屬於"大多數勞動人民"。

現在，徐聞音對第一個問題也困惑起來。我愛國嗎？

她呆坐著，吳一丹也不催她回答，而是靜靜地走了出去。

我愛國嗎？我怎麼會愛國呢？我連我的家人，我的祖母都不愛，怎麼會愛國呢？徐聞音眼前出現了那道厚厚的布窗簾，她討厭窗簾外的弄堂，卑視弄堂裡家長里短的女人們，但這些就是"人民"啊！我愛她們？我瞭解她們？我能站在她們的立場愛國？

……
我已轉身背向俗世，
和它一切的歡娛；
我已心向更美的事，
就是天上的儲蓄；
……

這歌在心裡輕輕地升起來，徐聞音一時間感受著甜蜜也感受著痛苦的困惑。副歌反反復複地在她心中唱了一遍又一遍：

遠遠丟背後，
遠遠丟背後，
我已越過分別界線，
世界已丟在背後。

遠遠丟背後，
遠遠丟背後，
……

世界已經遠遠地丟在背後，我怎麼能夠愛國呢？徐聞音想起五零年抗美援朝時，自己不是為祖國的勝利而禱告，卻是為不要有人死亡而禱告。教會也讓大家不要參與捐槍炮子彈，而是只捐醫藥和棉衣棉鞋。但不打死敵人，國家怎麼能勝利呢？她清楚地記得，那些天弄堂裡常常開會、通知遊行，平常吵嘴說閒話罵孩子的女人們都在熱切地談論著朝鮮戰場。而在她們家裡，戰爭兩個字都不被提起，祖母、姑母們每天仍是禱告、讀經、再禱告、讀經……而自己也曾不止一次地在屋裡想，即便戰爭打到樓下，也是"一切不動心"的……

我愛國嗎？耶穌說他的國不建立在地上，那麼基督徒的國也不在地上，我愛國嗎……

吳一丹再進來時，手裡端了一杯水，一隻極乾淨的玻璃杯，讓徐聞音心裡產生了一絲親切感，肅反審查以來，他們常常不給她水喝，即便她要時他們給她了，也從來沒有一次是乾淨的玻璃杯，都是大大的搪瓷缸子，外面還算是新，裡面卻總有著各不相同的深淺茶痕汙跡。她並不怕吃苦也不怕沒飯吃沒水喝，但此刻，一隻乾淨的玻璃杯讓她突然就想家了。

你們李弟兄不是說了嗎？你不能說你相信了耶穌，就沒有政治的觀點。超政治是不可能的。

吳一丹見徐聞音只是低著頭，他嘴角溢開一絲篤定的微笑，十拿九穩地放鬆了臉上的線條，用一種循循善誘的卻不乏嚴厲的語調緩緩地說：

你是反帝的基督徒呢？或是反人民的基督徒呢？你到底是那一種的基督徒呢？今天人民的問題，不是你是不是基督徒，他們老早知道你是基督徒，問題是你的政治觀點是什麼？你是帝國主義的基督徒呢，或者你是反帝的基督徒？總得劃出界限來，表明出一個立場來……聞音，這些是我說的嗎？

不是。

徐聞音聽著他一句句緩慢吐出的詰問，這些竟一字不差都是李弟兄的話，她不僅聽他親口說過，也不止一次地看過它們呈現為白紙黑字，就是面前桌上的這本《我的轉變》。

她並不驚詫於他的記憶力，她驚詫的是自己，她以為自己根本看不懂，也根本不記得的句子，竟然一句句都記在心裡。

此刻，心中的記憶替吳一丹繼續背下去：

今天人民對我們的要求，就是盼望我們能夠站在人民的立場上，意思說，以人民立場來和宗教結合。今天所有的問題是到底你所結合的政治立場是什麼立場……

原本抽象的"階級立場"此刻變得具像了，如兩軍對壘的戰壕越來越清晰地逼近，聞音睜大了心裡的眼睛，仿佛是從宗教這個方舟頂上放出來的鴿子，飛了一圈，卻找不到落腳地。我的立場是什麼？她求救般地在心中向耶穌禱告，十字架上的耶穌卻只是沉默著，在他張開的懷抱裡沒有立場沒有階級。這個曾經讓她可以投靠，可以在裡面找到一切，也可以安息的懷抱，今天似乎也成了一片大洪水剛剛退去的濕地，讓"立場"的問題無處落腳。

那晚，徐聞音失眠了。她就像找不到正確答案的好學生，開始沮喪並懷疑自己。

### 6

秋一天天地老著，消瘦了豐腴的燦爛，裸出時光瘦骨嶙峋的本質。日子，成了不下堂的糟糠，伸出指結突出、粗糙蠟黃的手，忙碌著忙碌著，冬天就來了。

吳一丹來過後，徐聞音仍是每天被帶去審訊，耗的時間更多，卻沒有人來和她談話。審訊她的人只是指指桌上，有時加一句：自己好好想想。就走了。

一段段長長的時間裡，她就面對著桌上的白紙和《我的轉變》，為了抵禦白紙，抵禦"交代"，也是為了尋找答案，她開始反反復複地看那本書《我的轉變》。徐聞音開始在內心中也希望自己有一個轉變，希望有一個在信仰裡、在良心裡，都是說得過去的轉變。

她想家了，她越來越想不通為什麼自己這樣一個年輕人，何必為一個抽象的並無實質意義的"立場"問題在這裡浪費青春呢？她想要一個"轉變"，但她決不想要一個"叛變"。

那個人的《我的轉變》，原本讀著語意模糊的文字，現在，徐聞音讀起來越來越清楚了，她甚至驚慌地感到那個人是用這篇文字定了他自己的罪，也定了基督徒聚會處的罪。

……

我今天不是要在這裡批評，乃是要認罪。

"批評"是一個世界上的詞，比基督教信仰中反對的"論斷"更多了一份血氣，甚至多了點暴力和硝煙，而"認罪"卻是基督徒們熟悉的，徐聞音抓住了這份熟悉，讓自己的心平靜下來，平靜在一種哪怕是脆弱的安全裡。

……

你們知道在這三十年中，我們完全傳宗教，不摸任何其他的事。我們好像對於所有的事，都不感興趣，只感覺宗教的事有興趣。今天呢，好像三十年功夫中所有的一切都起了搖動。

……

是的，搖動。徐聞音的目光跌下來，跌在自己的雙膝上，它們像瀕死的蝴蝶般顫動著，卻飛不起來。搖動？搖動！那個人的這兩個字坦然地面對著她，她感受到裡面男性的無畏，甚至是無所謂。而自己又豈止是搖動，但直到此刻，她第一次放下聳著的雙肩，軟下僵直的脊背，可以在他的“搖動”中承認自己的“搖動”。

一旦承認，她裡面的“搖動”就洩了洪，她的淚洶湧地泄出眼眶，帶著無數個疑問，瀑布被墜到膝蓋上，淹沒了那雙蝴蝶掙扎的翅膀。

……

我覺得我自己以往不對。以往我的態度是我們信主的人是超政治的。今天我要對你們說，這是不可能的。在我們的腦子裡是超的，但是在事實上是不超的。說出來也好，不說出來也好，我們總有一個政治觀點，如果不是反帝，就是反人民。

……

我是反帝的？聞音想著家裡的生活習慣，想著父母的留學背景，想著母親從小讀給她聽的英文《聖經》故事，想著聖馬利亞女校中的一切，想著無論是《聖經》還是那些屬靈書籍幾乎都是西文翻譯過來的，想著……我怎麼可能是反帝的？教會又怎麼可能是反帝的？徐聞音搜腸刮肚地想，也想不出在過去的教會教導裡曾有過一丁點的關於“反帝”的概念。

那麼，那麼……她驚恐地想到，如果沒有另一個立場和觀點，我們豈不就是反人民的？但我怎麼會反人民呢？反人民這個詞好像嚴重起來就是“恨”人民了，但基督教信仰是只有“愛”而沒有“恨”的。

小冊子裡的話仿佛就在回答她：

政治的問題，如果從宗教的角度來看，就不清楚。我們站在政治的立場上，人民的立場上，就完全清楚。

我以往還有一個錯誤，我以為有兩個立場：一個是宗教的立場，一個是人民的立場。但事實是只有一個立場，沒有兩個立場。從政治的眼光來看，只有人民的立場，絕對不承認有政治的立場和宗教的立場的對立。從政治的眼光來看，我不過是一個人民，相信基督而已，或者他是一個人民，不相信基督而已。在這裡有一個人相信基督，有一個人不相信基督，大家都是人民，不過有的有信仰，有的沒有信仰而已。並不是有一個人民的立場，再有一個宗教的立場，只有一個立場，就是人民的立場。今天我覺得作人民很簡單，作基督徒也很簡單，我們就是站在人民的立場上作基督徒。

……

站在人民的立場上作基督徒！徐聞音似乎明白了，又似乎糊塗了。看來李弟兄已經把作不作人民，放到了作不作基督徒之上了，先是人民與帝國主義的劃分，然後才是人民中是否是基督徒的劃分。這樣想著她開始釋懷了，畢竟天國離得遠，人的國就在當下。活在人的國裡嚮往天國是容易的，而活在天國置身于人的國就難了，這才會有愛不愛國、愛哪個國的問題；這才會讓她在天翻地覆的革命大變革中，仿佛被隔離在宗教裡，與外界青年人的熱烈與激情無關……

徐聞音回憶起八年前自己還是少女時，火熱地演劇、義賣……這一切都從自己回到文德里而改變了，自從回到文德里，自己似乎與這個世界就沒了關係。她是嚴格按李弟兄和負責弟兄姊妹教導的，一切不可動心，不可用思想。她成為了一個順服而安靜的人，一個向自己死也向世界死的人。但現在，教導自己不動心、不動思想的人卻承認錯了，卻要她來思想“立場”……

她不由地想到了那顆紅星，那顆高高地豎在中蘇友好大廈塔尖上的，紅艷艷發光的五角星。她去南陽路聚會時總要路過那裡，無論是白天還是晚上，她都低著頭不敢看它。特別是晚上，那顆閃亮的紅星在她心裡仿佛就象徵著這個世界，充滿了世俗的誘惑，偶爾映入她的眼簾都讓她心裡不安自責，仿佛是心犯了淫亂的罪……

徐聞音在煎熬中，她幾乎在心裡已經懷疑甚至定罪自己的以往了，但她在白紙上仍然沒寫一個字。

那天，監視她的女共青團員來叫她跟著走，卻沒有走到常去的審訊的教室，而是帶她走向了校門。校門口停了一輛轎車，女生示意她走過去。聞音想，自己那麼長時間一字不交代，也許這就是要被帶到監獄去了，她後悔沒有帶上自己準備好的那個小包。

她走近的時候，見後車門微微打開了一道縫，她努力平靜著自己，那一刻她很高興，不用再想“立場”問題了，她甚至渴望簡簡單單轟轟烈烈的殉道。她拉開門，跨進去，後座沒有人。

前排座也只有一個人，他沒有回頭也沒有說話，車啟動了。

聞音過了一會才定下心來，再看前面這個人，僅從座椅上方露出的後腦殼和雙肩硬朗的線條，她就認出了他。她沒有想到會是他來送自己進監獄。上一次面對他的背影時，他是越走越遠地消失在初秋的夕陽中，當時他留給她的話：我也希望你年紀輕輕的，真愛國才好，否則你的人生是沒有前途的。

此刻，這個背影卻像是夾著冬天的冰雪粒子壓過來。

我的人生是沒有前途的！

徐聞音這樣想時是悲哀自憐的，但她並不後悔沒有揭發交代。雖然這些日子她理性上已經開始覺得教會以往的教導沒有站在人民的立場，也就可以說是反革命的不愛國的，但她在感情上卻無法背叛教會中的每一個人，無法背叛她的神。這位神近來是不見了，但她無法否認他曾經給過她的最真實的相伴與愛，他曾經是存在的……

## 7

汽車緩緩地向前開著，似乎並不急著要去哪裡。

吳一丹沒有回頭，他用一種盡可能溫和關愛的聲音說：拉開窗簾。

徐聞音聽話地拉開了後窗上的深色喬其紗窗簾。

你很久沒有出來了吧？其實應該說是你從來就沒有機會好好看看我們的新中國，看看這個人民當家做主的新上海吧？

徐聞音沉默著，她想到自己確實沒有好好看過這個新上海，她一直活在她的宗教裡，她相信在世上只是客旅，那麼對於一個視自己的肉體為臨時帳棚的人，舊上海與新上海有什麼區別呢？世上事總是在變化著，與我又有何干係？不過，今天有了個"人民立場"的問題，"人民立場"像一個錐子，一下子戳破了她宗教的隔離層，"人民立場"讓一切原本似乎與她無關的事都與她有關了。

汽車不急不緩地在上海的大小馬路上行駛著，不得不說，這是一個欣欣向榮的，清潔的上海。街上沒了地痞流氓，大大小小的商店敞著門，沒有一家是關閉的。不知吳一丹是不是故意的，轎車還專門拐進了幾條大家閨秀、良家少婦們儘量避開的小路。

那些弄堂口的陽光，明晃晃地照著曬太陽的老人和孩子，並不見半敞著旗袍領或穿著睡衣、睡眼惺忪的女人。閣樓的窗子大都關著，即便打開了，也不見探出一兩個可疑的鳥窩般卷髮的腦袋。徐聞音想起三四月開春的時候，是好像看見過一個報導，說是有九百多個改造好的妓女參軍了，離開上海去新疆給建設兵團的戰士當媳婦了。

……

汽車經過外白渡橋，從中山東路到北京東路，順滑地繞了個圈，馳入英領館背後的林蔭道上。越過基督教女青年會大門時，車似乎停了一停，猶豫了一下，卻沒有駛進去，而是向前開了幾米，靠路邊停下來。吳一丹下了車，很紳士地回身為聞音打開車門，聞音疑惑地走下車。

怎麼帶我來這裡？她問。

今天我只是帶你逛逛上海，突然想起這裡，就開過來了，這裡不是很安靜嗎？

嗯。聞音對這一刻的氣氛有點不適應，她離開這個男人向前走去。

吳一丹緩步跟了上來。那你以為我要帶你去哪？

　　我以為……聞音遲疑了一下，迎著夾帶了寒風的陽光深深地吸了口氣，故意冷靜地說出那兩個字：監獄。

　　吳一丹幾個大步跨前來，並行著，呵呵一笑：

　　我說你啊，就是心態不對！怎麼會以敵對的心態來看肅反呢？政治和宗教並不是矛盾的，政府管的是你的政治立場，並不干涉你的信仰，我們是保護信仰的。你還年輕，單純，政府只是讓你講明你所知道的事，這也是向政府交心嘛，你相信政府，人民政府就相信你，你就站到人民中間來了，這不是很好嗎？

　　吳一丹見她不說話，就很自然地伸手攬住了她的肩，帶她在路邊的長椅上坐下。徐聞音本能地一縮身子，吳一丹也不尷尬，只是將手臂移到了長椅的椅背上，側臉來對著她。

　　聞音，我們從來沒有好好談過。其實真是應該早點就好好談談，早點！八年前，我們初次認識時就該好好談！唉，這都怪我，其實我特別欣賞你，也……也喜歡你，但卻反而對你特別嚴厲。若是早點和你好好談，以你當時對革命對民族的熱心，你是可以成為一個積極有為的革命青年的……

　　徐聞音眉間鼻樑下泛上一陣陣微麻的酸軟，她想到與吳一丹的初識，想到自己當初是如何地盼望得到他的欣賞，想到自己一次次想求他聽自己的解釋，甚至是想讓他滿意，但……他們就是在這條路上最後分手的。

　　就是在這條路上，你說是最後一次見我，你說，路在你腳下，你自己選擇。

　　徐聞音也轉過頭來，她看了吳一丹一眼，感覺兩個人坐得太近了，便移開了些。

　　是的。我說，人不能選擇出身，但可以選擇立場。但我今天後悔了，其實是沒有選擇的。我當時若不是讓你自己選擇，而是告訴你只有一條生路……甚至，若是我當時就強迫你跟我走，走革命的路，那就好了！你會跟我走嗎？

　　我？

　　徐聞音沒有想到他會說這樣的話，她突然心裡很亂，我當時會跟他走嗎？如果他強迫我……

　　她驚慌地站起身來。吳一丹卻一下拉住了她的手。她沒有想到他看似蒼白冰涼的手，竟然是熾熱滾燙的。

　　她一時呆呆地站著，望著路盡頭蒼茫茫的天。初冬淡灰的天已不知不覺地深了遠了，雖然蒼涼蕭索，卻有一種誘人的空曠。她突然想飛上去，飛成這冬季天空中的一隻鳥……她沒有掙開被拉著的手，他卻鬆開了。

　　他倆一起回到車上，仿佛剛才的一切都不曾發生，仿佛他們沒有下過車，沒有說過話，沒有拉過手……什麼都沒有。他的聲音還是溫和的，徐聞音卻不甘心那聲音裡的平靜與距離了。

　　車回到學校時，他停下車，回頭說：

　　基督徒不應該是個坦蕩蕩的人嗎？耶穌不也說，是就說是，不是就說不是嗎？既然無私就該無畏，為何不敢坦蕩蕩地寫出你所知道的一切呢？

　　他見她低著頭不看自己，平滑雪白的眉心皺了起來，心裡閃過一絲不忍，但他還是接著說：

　　我相信你不是個壞人，沒有什麼密不告人的陰謀。既然你相信你的年長弟兄姊妹們，那你要替他們隱瞞什麼呢？還是，你根本不相信他們是好人，不相信教會裡做的事是可以見光的？……我不想說服你什麼，我只是遺憾當年沒有替你做選擇，我，也許我是應該當你兄長的……

　　吳一丹在自己溫柔的語氣中顫慄起來，當徐聞音打開車門走出去時，他渾身都是軟的，無法行動。他知道自己說的話並非假的，甚至可以說這種讓他自己也陌生的語氣，正洩露了他心裡的聲音。但正因為這樣，這個三十剛出頭的，極具文藝氣質的革命者才感到極為痛苦。因為他心裡真實的感情，甚至可以說是愛情，正在主動地參與一個陰謀。

　　徐聞音回到宿舍，屋裡一個人都沒有，心裡思忖著吳一丹最後的話。自己光明磊落，自己的信仰更是光明磊落，教會也是光明磊落的，何況《聖經》上也說我們要相交在光中，那些要隱藏的事豈不是違背《聖經》嗎？

　　這樣想著，她當晚就開始寫材料了，她儘量如實地寫，絕不添油加醋，即便寫到一些她現在感到不太對頭的地方，她也努力只是記錄事實，而不論斷，不批判。她沒有想到的是原來自己知道那麼多，材料越寫越多，白天寫，晚上也寫。她大都是在宿舍裡寫，每次去審訊室都只是去交寫好的材料，工作人員再也沒有要求她待在那個屋子裡，連那個監視她的女孩好像也不再總是跟著她了。

　　徐聞音心想，也許他們真的只是希望瞭解情況，希望基督徒們藉著交代而敞開自己，讓政府和人民可以信任他們，真正像李弟兄說的那樣站在"人民立場"上作基督徒。

　　她寫了那麼多材料交上去，負責她案子的幹部卻一次也沒有和她談材料裡的內容，好像他們並不在意她寫什麼，只是要一個交代的態度。

　　這中間，吳一丹來過一次，他接她去附近的蘭心戲院看了場曹禺編劇、趙丹導演的《雷雨》，並沒有再和她談有關立場和宗教的事，他像兄長一樣領著她吃了頓晚飯，然後看話劇，然後送她回學校。

起初徐聞音感到有點彆扭，她想起了最近幾乎都忘了的廖英君，他應該是自己的男友吧？那麼，自己怎麼能和這個吳一丹一起吃飯、看話劇呢？她因自己心裡的輕鬆甚至是隱隱的喜悅而不安，她希望他們倆之間是審訊與被審訊者的關係。但他一句也沒提她寫的材料，不過，他也沒有再拉她的手，或是說什麼略含曖昧的話。

那晚，徐聞音獨自一人躺在床上，望著宿舍窗外遙遠的月亮，想著也許可以把吳一丹當作一個大哥哥，畢竟他是個老朋友，畢竟他的身份是可以保護自己的。那天她禱告神，希望廖英君快點回上海吧！

## 8

那次之後吳一丹就消失了，他和他那輛遮著窗簾的黑色小車都沒有再出現。兩周後的一天，負責徐聞音案子的幹部把她帶到了江西路的上海宗教事務處去，從他對她的態度上，徐聞音感覺自己已經離開了原本的"立場"，雖然還沒能真正進入人民的立場，也至少是站在門口了。

她並不能很清楚地界定原來的立場，但這些日子裡，政府和吳一丹至少讓她清楚了人民的立場，這其中也有《我的轉變》的作用。她也清楚跨入那道門，真正進入人民的立場還需要什麼，那就是"批判"。

基督徒不可"論斷"又怎可"批判"呢？何況那個人、那個人的教會就是她的信仰，至少是她與神之間的通道和紐帶，甚至也是她的生活。她徐聞音和那個人和聚會處和神似乎全綁在了一起，她能否定、批判這一切嗎？這些天裡，徐聞音已經決心不批判，她在心裡重新將自己武裝起來，她要捍衛神，捍衛那個人和聚會處，當然這也是捍衛自己。

一個小時後，沒有人對她施刑，她就崩潰了。

徐聞音只是被帶進一間很大的會議室，長長的會議桌靠窗的那頭堆滿了材料，材料雖然多，卻整理得井然有序。牆邊有一排鐵質書架，上面一排排列著貼了標籤的資料夾。那個已經與徐聞音相當熟悉並且態度很好的幹部，示意她在會議桌靠門的這頭坐下，然後說。

這些日子你的表現很不錯，其實政府什麼都知道，我們不是要你交代什麼，而是看你是否向人民敞開、坦蕩。現在你信任政府，政府也信任你，今天我們就把一些我們掌握的材料給你看一下，讓你知道你們這些人受的蒙蔽是何等地大。

接著，他從桌子的那頭或是書架上，抽出一個又一個資料夾，拿過來給她看。有那個人和他弟弟間的親筆通信，有許多筆錄的供詞，有劃著紅圈的生化廠的帳單等等，主要都是證明那個人的政治反動和經濟犯罪。

　　徐聞音只是坐在那裡，心裡一動不動，這些天她自己也想過他的和他所帶領的教會的"反動"：他們的禱告都是不支持打仗的，無論是解放軍要打過長江的時候，還是抗美援朝；他們的教導都是視世界為糞土的，從不鼓勵年輕人積極參與社會、要求進步；他們的組織策劃是一切為了教會的，五零年土改時，教會發動全國的信徒簽名，要求政府保留教會在福建鼓嶺的土地……但這一切，若從信仰的角度看卻也可算是沒錯。

　　雖然李弟兄自己現在也在《我的轉變》中寫，只有帝國主義立場和人民立場，沒有超越政治的宗教立場，但徐聞音不想去判斷，她覺得自己弄不清這些，所以可以不判斷。他們今天讓她看這些反而引起了她心中的抵觸……

　　那個宗教處的幹部見她一言不發，態度也是冷冰冰地不合作，他卻不生氣也沒有像過去那樣喝斥威嚇她，只是問她什麼感受。她淡淡地說，我不懂政治，也不懂經濟，我知道的都寫了出來。

　　他笑了笑，伸手挪開了這些材料，在她面前放下幾張手寫的筆錄，還有一條條電影膠片，然後轉身去房間一角的櫃子裡找什麼。

　　徐聞音的眼睛很自然地掃到了面前放在最上面的那張紙。字體很像那個人的，只是沒有了平日的瀟灑與刀刻般的力量，有點歪斜。上面是那個人供訴了自己私生活的淫亂，對於修女般生活著的她來說，這些句子的意思和場景是她不敢想的。她本能地努力讓那些字只是停留在紙上，維持著毫無意義的字型，她拒絕它們連成一句句話，一個個場景進入自己的理解。但可惜的是，這裡面有一個名字是她回避不了的--——廖文君。

　　不知何時，那人已經回到了她的身邊，他把一小條電影膠片放在一片架起的玻璃板上，下面安了只電燈泡，啪一聲，燈光就刺眼地射出來，從下面射在玻璃板上。帶點深褐色的黑膠片突然透亮清晰起來，上面是一個女人的裸體。底片一條一條被那人慢條斯理地放上玻璃，照亮，緩緩移動……

　　這，這是她，廖文君。

　　不知為什麼，徐聞音就認定這底片上模糊不清的女人體，是廖文君而不是同樣名字出現在紙上的趙心潔。也許這只是因為她心中只有廖文君這個人吧。

　　徐聞音不想再看，她想馬上站起來走出這間房子，但她站不起來，她的眼睛也離不開這些在她面前黑著又亮了，亮著又黑了的底片。剛才那個人的親筆供詞一字字都連在一起，變成一幅幅場景，在她面前炸開。然後，翻滾成洪水般的泥石流，湧過來……湧過來……但卻一直不能如她所願地埋她沒頂，她的兩隻眼睛孤零零地被綁了高高豎起的木柱上，在寒冷的風裡，乾澀地看著這些字和這個裸體。

徐聞音在那間會議室裡待了很久,大約有三四個小時,她不記得自己看了很多材料,還是沒看什麼。窗外的天色暗了黑了,那個肅反幹部進來替她打開電燈時,她驚醒過來,一聲不吭地走出門去。

他把她送回去,一路上他用很溫和的語氣一直在對她說什麼,她卻聽不見,她覺得他的聲音輕得像蚊子叫,她聚集了所有的力量讓自己不說話也不流淚。

當晚,她並沒有失眠,她也許是太累了,也許是要快快逃進睡眠中去,她來不及清潔就和衣躺在床上睡著了。但惡夢塞滿了她的睡眠,在夢中,那個裸體的女人成了她自己,那些淫穢的場景都變成了她的經歷⋯⋯

天還未亮時,她醒了,望著窗外漆黑的夜空,她從來不知道夜可以這麼黑,她感到自己的身體是那麼不乾淨。

浴室夜裡是不開門的,徐聞音跑到廁所,用冰涼的水不斷地搓洗著自己的身體,但怎麼也洗不乾淨⋯⋯

很多年後,徐聞音仍然認為那一天是自己精神上被強暴,被奪去處女貞操的日子,但她這種感覺從不曾得到任何一個人的理解。

徐聞音肺炎進了醫院。

吳一丹來看過她,廖英君也趕回了上海,來醫院看她,但她對他倆都極冷淡。特別是對廖英君,她甚至無法看他的臉,他的眼睛中藏了雙他姐姐的木然的眼神,他的笑容裡也溢著他姐姐的苦澀。

徐聞音對他倆都不理睬的另一個重要原因是,她覺得他們都救不了自己,她就像是站在了懸崖頂上,有一股巨風的吸力將要把她捲進去。這時,只有那位近來都不太理睬她的神能夠救她。

她像抓一根救命稻草般地抓住了禱告,但上帝仍是沉默,即便她有時似乎真得感受到了他的同在,他對於她的呼求卻不回應。

上帝沉默著。

上帝是可以選擇沉默的,或顯明或隱藏都是他的權力,人卻不能順服。越是愛上帝的人,越是以為自己對上帝擁有了不允許他沉默的權力。但上帝有時卻堅定地,甚至有點冷酷地選擇了沉默,任憑血氣的愛崩潰⋯⋯

上帝的沉默讓徐聞音憤怒,當然,她不敢向神憤怒,於是她的憤怒對準了那個原本常常代表神站在她面前,如今又將她陷入對神憤怒的大罪中的李弟兄身上。當她病癒能夠起床後,她寫了一篇對他的控訴,她把它交給了吳一丹。她很感謝他的是,他沒有表揚她,也沒有說任何一句相關的話。他只是不經意地把那兩頁折好的紙放入列寧裝的口袋,問她要不要帶她出去吃點東西。

她說不必了，她想出院回家。她不知道對自己的審查算不算已經結束，但他毫不猶豫地說可以，然後替她辦了出院手續，開車送她回家。

家裡空無一人，祖母去世後，姑母搬回了自己的家。徐聞音在客廳裡坐了一會，吳一丹陪她坐著，她想讓他離開，她急切地渴望一個人呆著，但她開不了口。吳一丹似乎感覺到了，他環顧了一下四周說，家裡什麼都沒有，我去給你買點吃的來。

徐聞音儘量保持著冷漠的聲音說，不用，反正還要回學校，審查還沒完呢。

吳一丹也沒回聲，只是出了門，反手又將門關好。

徐聞音沖上樓，進了臥室，不知何時，也不知是祖母還是姑母，把她過去喜歡的厚白布窗簾又掛上了，屋裡黑黑的。她把門關上時碰著了自己的腳後跟，鑽心地疼，疼得刺骨刺心，她一步也不能動，順著門板滑下去坐在地上，號啕痛哭起來。

那一刻，她才真感到祖母離開她了，一切就都離開她了，包括她送給她的禮物——耶穌。

## 9

與一九五五年九月抓捕天主教上海教區的龔品梅主教及神父教友共一百八十三人的事件相比，一九五六年一月二十九號逮捕的上海聚會處的主要同工和長老的人數不算多，但這一事件引起的震驚是極大的。

如果說天主教是因為要忠於羅馬教廷而成了帝國主義走狗，那麼基督教中的聚會處系統，恰恰是從神學到組織都屬於土生土長的中國教會，但這兩者的領袖們都同樣在反帝愛國運動中被定為反革命集團。

二十九號大逮捕的第二天下午，在天蟾舞臺召開了二千五百餘人的宣告批判大會，幾天後在南陽路教會中又召開了四千人的控訴會，但讓上海的基督徒們，特別是聚會處的人無法忘記，甚至改變了他們人生的，卻是隨後在南京西路銅仁路口舉辦的，李夜聲反革命集團罪證展覽會。銅仁路就是之前的哈同路，是聚會處原址文德里所在的那條路，所以展覽會址就選在聚會處的新址和舊址之間，想來是為了便於聚會處的信徒和附近的居民都去看，肅清李夜聲的影響吧，政府一共組織了一萬三千多人來參觀這個展覽會。

無論是在天蟾舞臺的批判大會，還是在南陽路教會的控訴大會，徐聞音都被安排發言，她的控訴是憤怒的，極為憤怒。她覺得自己上當受騙，被害成了一個對什麼都無動於衷，死板板的修女。台下那片她所熟悉的眼睛中卻沒有一絲同情。

　　她看到了幾個姑母，她們看著她長大，也知道她的一切，但她們的目光或者是冰冷的審判，或者像陌生人般移開。

　　人們的拒絕與否認更激起了徐聞音的憤怒，直到她看見隨著一個又一個人的揭發和控訴，特別是教會中的主要同工和生化廠裡的負責同工的揭發，讓台下的一整塊大而堅厚的冰裂開了，人們的眼神開始驚慌地四處逃竄。徐聞音反而安靜下來，有個細小的聲音在問她：你對誰憤怒？

　　天蟾舞臺批判大會的第二天，廖英君來到聞音的家裡。那天下了一點雨，他的手上握著一張當天的解放日報，報紙卷著，兩頭濕了，手握的地方也濕了。

　　他黑沉著臉，但卻透著無奈與疲憊。他把報紙攤開在聞音面前，袖子上的雨水在細麻的淡咖啡色的桌布上滴了兩滴，立時就暈開了，沿著縱橫的紋路伸出一隻只細細的深色的腳，像兩隻爬蟲。

　　報紙上登著徐聞音的控訴文章，還有她的照片。照片裡的她臉上緊繃，黑黃黑黃的憤怒，薄薄的兩片深墨的唇半張著……他倆一起看著照片裡的她，看著這半張的嘴。

　　她感到陌生，他卻感到恐懼。她因陌生而冷漠，他卻因恐懼而軟弱了。

　　他喘著氣，垂了頭，在桌邊椅子上坐下。她為他端來一杯水，然後說：

　　政府沒有逼我，我是自願上臺的。但我沒有說假話，也沒揭發別的人，那個人是自作自受。他，他就不是個人！騙子！流氓！

　　廖英君仍是低著頭，好像對她的指控並不感到驚奇。

　　你，你不知道！他……我看見那些膠片了，他和……

　　廖英君突然打斷了她的話。不必說了！他有他的主，審判在神不在人！

　　徐聞音驚訝地望著他，突然開始懷疑他是不是早就知道這一切？早就知道他姐姐……

　　你知道？

　　……

　　你知道卻不告訴我？還和我一起去看他的書，聽他講道？這樣的人也配教導別人？你？還有你……

　　徐聞音想說，你和你姐姐還有那些原來就知道的人竟然可以沉默，竟然可以讓他上講臺？不，她突然想起，那個人是從來不站在講臺上講道的，他總是在講臺的一側，搬張椅子坐下，緩緩而道，像是隨意的交談，但坐在下面聽的人卻鴉雀無聲地聆聽著。她突然想到下面坐著聽道的人，那些與他同工的，那些為他整理書稿、謄寫、翻譯的人，有多少人或多或少對他的私事早有耳聞？

徐聞音這一刻覺得聚會處是個極荒誕的地方。

知道與不知道有多少區別？我不能算是知道真相，最多只是耳聞加上猜測。聞音，你也曉得我曾經一直不肯去你們教會，也不聽他的道，不看他的書，但後來發現損失的是自己。

有什麼損失？聽了看了有什麼用？那一切都是虛假的，他讓我們不愛世界，讓我們聖潔，棄絕私慾……他自己呢？

聞音，我也這樣想過。但又一想，上帝可以借驢子說話，阻攔人偏行己路。那麼我們要緊的是判斷說話的人，還是領受上帝的警戒？他口中的話，讓我們不愛世界，讓我們棄絕私慾，追求聖潔，這對我們都是有益的。我接受他講道中的許多亮光，得到屬靈的滋養，但不代表我崇拜這個人。

你當然說的輕鬆，你不是聚會處的，只是過客、看客，得著一點對你有益的就行。而我呢？我無法將他與他說的話分開！我無法想像我們幾千個，甚至全國幾萬個追求“絕對”，交出一切，追求聖潔的基督徒，天天幾乎是敬虔地聽著讀著這樣一個人說的虛偽的話。

追求絕對是向神絕對，交出一切也是交給上帝使用，又不是向一個人或一個教會？那是你們自己的問題。

廖英君的聲音和語氣因著正確而凜然起來。基督信仰豈不是最反對個人崇拜？

這份正確此刻卻無法讓徐聞音得著釋放，反而讓她感受到了完全的否定。於是，從政府來的否定、從教會來的否定、從他來的否定，和從她自己而來的否定，像四堵牆般死死地困住了她。

那我問你，上帝在哪？上帝為何不阻攔，不管教他？上帝就只能用這麼一個污穢的器皿？那些由他帶領的聚會中的感動來自哪？來自聖靈？聖靈怎麼能藉著謊言來感動人？他一邊將罪與悔改講得那麼透，那麼有亮光，一邊卻活在罪的光景中，我問你，他的那些亮光是上帝的啟示嗎？《聖經》上不是說罪使人與神隔絕嗎？這一切的教導和他巨大的恩賜是來自上帝？還是來自人的聰明？怎麼才能把他、和上帝、和我的信仰分開？我問你，我受洗的感動，我聽道的感動，我唱詩時的感動，哪一樣與他無關？這些感動是真是假……

徐聞音的憤怒噴湧著一串串的問號，這些反詰的問號其實不是問號而是驚嘆號，與其說是被她扔向對面的廖英君，不如說是被她一刀刀扎向自己，紮得自己遍體鱗傷，扎得自己滿心的窟窿。

那天，他倆談得很不愉快。

在廖英君看來，徐聞音與那個人私德的傳聞毫不相干，至少她不是直接受害者，甚至間接都算不上，而她竟然如此憤怒，如此理直氣壯地論斷、審判、揭發。不管她有多少失望軟弱，難道就可以在外邦人面前控告自己的弟兄，自己的教會？昨天徐聞音和其他幾位上臺控訴後，散會時不少人悄悄地說他們是猶大。廖英君是陪姐姐來的，因為聚會處的人必須參加，姐姐廖文君始終一言未發，回家後也沒有說聞音一個字。

從昨天到剛才，他雖然震驚，但還一直覺得聞音是受不了蕭反的恐嚇，那麼長日子的隔離審訊，對一個二十出頭的弱女子來說是可怕的，他相信聞音是被逼發言的。於是，廖英君抱著溫柔的戀人的心思而來，他以為她會躲在他懷裡哭泣，會不知所措地求上帝赦免……他打算無論別人說什麼，自己都要原諒、憐憫她，並且一直愛她、陪伴她。

但現在看來，她不需要這些。

他面對著她理直氣壯的憤怒，突然心裡生出一種冷冰冰的尖銳來。她難道不是以憤怒來掩飾自己賣主的猶大行為？

當廖英君最後走出徐聞音的家門時，來時的愛意和決心都已蕩然無存。他甚至覺得自己也不乾淨了，他敏感地意識到，自己在和她的爭辯中，一樣開始論斷、掩飾，並本能地不惜傷害別人來保護自己。

雨已經停了，天空卻仍是黃不黃藍不藍地。弄堂並沒有被雨水沖得乾淨，反而被雨水泡開了一攤攤原本乾了的汙跡，東一塊西一塊地連起來，渾染在一處，顯出了人生污濁尷尬的本色。

廖英君的步子越來越快，最後他飛跑起來，逃出了這條污穢的雨巷。污水點子卻在他的逃跑中，以同樣的速度，像餓極了的蠅群般，撲向他身後。

### 10

銅仁路的罪證展覽會徐聞音被要求去看，她不需要看那些罪證，這些東西已經刻在她的腦子裡，想抹都抹不掉，她只是默默地走了一圈就出來了。但這一圈走得卻實在不容易，她是從一大片驚慌絕望的眼神中擠出來的，那些眼神碰著她時，有的像是看不見她般地刺穿過去，有的卻似毒蚊子般惡狠狠地叮住她，好像她是巫婆，變出來這些污穢、可怕的"罪證"。

展覽會的物證分成六個部分，有關李夜聲軍事和政治性指控的物證和筆供；李夜聲等人通知各地基督徒聚會處為保留鼓嶺土地，要求信徒簽名的通知書，以及全國七百多個聚會處數萬信徒的簽名名單，這是破壞土改的罪證；有福音遊行的照片，被稱為反共的"白衣遊行"；有"交出來"運動中信徒上交的清單和物證；有李夜聲收受海外錢財的親筆供詞，這不僅證明了他在財物上的貪污，也證明了聚會處並不是一個與帝國主義無關的中國本土教會。

最讓人震驚的還是據說是他自拍的猥褻影片，和一架可攜式的電影放映機，以及五十三本淫穢書籍。

展覽會中貼了一張他的筆供，字寫得歪歪扭扭，完全不似平日瀟灑堅挺的字體。筆供中，他承認自己生活荒唐，多次嫖妓，其中五人還是處女，還說自己與一白俄妓女長期保持關係，並且給予人民幣一千元。圍著這張紙看的人中大多並不相信，或者認為屈打成招，或者乾脆認為這根本就不是他寫的，因為這字跡並不像，但展館中工作人員卻稱這是李夜聲在病中所寫。大家並沒有糾纏這是不是他寫的，因為下面的供述讓熟悉的弟兄姊妹一下子呆住了。

筆供中稱他污辱了兩位女同工，並寫出了這兩位的名字，她倆都是參加聚會處在上海第一次擘餅聚會的創會同工，深得大家的尊敬。政府沒有抹去那兩個人的名字，只是貼了一張小紙條蓋住了，紙條當然是被人掀開了，她們的名字很快地傳遍了展覽會，又傳遍了上海教會和教會外。知道或不知道她們的人都來看這張筆供，掀開的小紙條粘上和揭開的次數多了，被無數根手指頭沾黑，終於無所謂地敞開著，斜著肩搭拉下來，像是陰雨天弄堂裡某個閣樓上，一扇破舊得關不上的窗子。

模糊難辨的膠片，兩個無法再遮上無花果樹葉的名字⋯⋯

縱使展覽場中每天湧進再多的人，縱使有的人來看了數遍，每一次都有人沖出門去，甚至剛走到馬路對面就踡縮著蹲在地上嚎哭，但會場裡卻是死一般的寂靜。有天昏地暗的暈厥，有淚流滿面的痙攣，有全身發抖的僵立，也有痛心疾首的憤怒，和堅拒不信的旁觀⋯⋯但沒有人發出聲來。只有擴音機裡一遍又一遍重複播放著李如是和王慕真的錄音，她倆哭著承認自己是披著宗教外衣的反革命，自己是李夜聲反革命集團的幫兇。

她倆是聚會處僅次於李夜聲的靈魂人物，許多同工都是從孩童時期就受王慕真的教導，更多的人認識那個人的教導是借助於李如是的文字。如今，被捕八天后她們的錄音，讓認識她們的人怎麼也無法否認，她們自己已經認了的罪。他們都知道這兩位姊妹絕對不是貪生怕死的人，她倆是抱著殉道的決心等著被捕的，但是八天后她們已經承認自己和李夜聲等帶領的團隊，是披著宗教外衣的反革命。似乎只有一個可能的解釋，那就是他們確實是反革命，他們以往以信仰的名義在教會發動的所有運動都是為了反革命，是站在人民立場對立面的。

徐聞音從展覽會中擠出來，她心中的痛並沒有因為有了同悲的人而緩解，她心中的冷靜卻讓她無法像這些初次看見的人一樣毫無顧忌地大悲或大恨。當她走出展覽會時，寒冷的空氣沖進她的思想與身體，她只是感到無奈無力，曾經有的大悲大恨都不能充滿她支撐她，她像個洩了氣的皮球。

但她知道這不是末日，這成不了末日，雖然她心中希望這就是末日。一切都還要繼續，她這個洩了氣的皮球仍在社會的球場上，仍要被不斷地踢來踢去，鼓足勁地彈躍著，配合著，活下去。至於能不能被踢進門框，她已經不在意了。

一場又一場控訴會陸續召開；一個又一個教會中的核心人物，甚至是李夜聲的親姐姐，思想轉變過來，站到了人民的一邊；一件又一件更重要的罪證被揭發出來⋯⋯徐聞音作為揭發者的身份和揭發的內容早已經不再重要了。在大大小小的會議中，揭發者越來越多，卻沒有一個人站起來質疑並反駁政府羅列的罪證，雖然有些罪證明顯是不準確的。與其說是迫於當時政治環境的淫威，不如說是因著心中的崩潰。

整個基督徒聚會處對李夜聲的背叛與過去對他的崇拜一樣，勢如破竹、狀若洩洪，讓人不可理解。這其中，對眾人的各種問題，李夜聲的妻子，一個如今不愛說話的前燕京大學的校花，只說了一句：將來在天上還有更高的審判。這句話可以讓人向不同的方向演繹理解，但卻成了洪水中一個不動的標記，雖不能達到中流砥柱，卻鯁在人們評判的咽喉中，拔不出來也咽不下去。

六月二十一號下午，上海市高級人民法院開庭對李夜聲反革命案件進行了公開審理，李夜聲以一貫的作風，沉默不作解釋。庭上播放了反革命分子李如是、王慕真等人的口供錄音，證明李夜聲是反革命集團首犯。他聽了錄音，仍是無語。他只在審判的最後說，我的罪是深重的。

對於法庭來說，這就可以作為他的認罪了，但對於在座的想最終聽一聽他親口給個說法的信徒們來說，這句話也等於什麼都沒說，因為每一個基督徒都認為自己是罪人，所有的人都是罪人，使徒保羅就說過自己是罪人中的罪魁，所以在教會裡說自己是罪魁，是大罪人，有時竟然是一種含著屬靈優越感的回答。

徐聞音在這句模棱兩可的話面前憤怒，她寧願聽到他的反駁、否認，或者他就該比她和弟兄姊妹們更崩潰，總之，他不能在這樣一個審判他的法庭上，繼續和過去一樣，用這樣一句屬靈正確的話。

法院在量刑時只採納了檢查院起訴書中的一小部分指控，其中沒有提及真正造成許多人崩潰以及大半個世紀爭論的姦淫罪名，最後判處李夜聲有期徒刑十五年。公審兩天后，在主日上午的聚會中，新的三位長老宣佈了教會革除李夜聲的決定，並將宣佈革除的文章分發到全國各地的聚會處。這三個長老中為首的是康慕靈。

李夜聲生活道德問題並沒有成為政府的定罪依據，但卻成了教會中一個極大的問題。因為在大多數信徒心裡，他組織的所謂反共祈禱、將人員調派各地包括臺灣，都屬於教會中的事工安排，那時新政權還沒有成立，根本談不上反政府。而那一百多個去臺灣的年輕弟兄姊妹也都是自願的。破壞土改那是他為了保住教會財產，至於生化藥廠的帳務，雖然好像是有問題，但這在一九四二年就引發過風波，之後質疑的同工都道歉了。他們中不少人更願意相信他是為了教會為了同工們。

唯一過不去的就是他的生活問題，李夜聲自己過去和現在都承認了私德不好，他們也就無法完全否認。但一部分人認為這是一二十年前的事了，不應追究。另一部分人認為他始終沒有向教會認罪，並且一直保留著裸體影片，還一直在金錢和生活上與那兩個女同工有聯繫，這只能說明他確實從不曾真正悔改、棄絕罪。教會中雖不敢為此起正面衝突，卻各在心裡積了怨恨。

徐聞音憑藉著第一個揭發者的身份，沒有被政府忘記。她成了教會愛國主義學習委員會的起著實際作用的秘書，並去北京參加三自愛國委員會的會議。她獲得了分配到上海新華醫院工作的機會，這不要說是一個父親在臺灣的基督教徒，就是一個人民子弟也是夢想而難得的。因著這些好處，徐聞音這個"小猶大"的罪名自然是在許多人的心裡坐實了。

其他揭發者有的和她一樣得著了好處，有的仍或早或遲地進了監獄。兩年後，一九五八年，李如是和王慕真同樣以反革命罪被判處十五年徒刑，刑期竟然與李夜聲相同，最後他們三人都死在了獄中。

徐聞音頂著猶大的名聲，在教會中繼續積極服事了兩年，但說不清這是出於信仰的慣性，還是為要證明自己的信仰。兩年後，一九五八年，南陽路聚會處的房子被要求獻給國家支援社會主義建設，原有的聚會被併入在陝西北路懷恩堂的聯合禮拜。只有積極帶領聚會處加入國家三自教會的康慕靈被允許參與講道，其他的教會傳道人、負責弟兄等被安排到工廠參加勞動。

南陽路聚會處被政府佔用後，先是被改為新成會堂。一九六七年，新成會堂又被改建為靜安體育館。原聚會處院中的一座三層小洋樓住進了許多戶居民，後來又被美容院、餐廳佔用。這是後話，暫且不提。

這兩年中，徐聞音雖然一直在教會中，可是她一直背對著上帝，她不想看見他，不想和他說話。當她漸漸感到自己真得要離開上帝時，她才開始恐慌起來，最後兩個月她迫切地禱告著，雖然她完全感覺不到神了，但她還是求他來向自己顯明。

上帝卻依然沉默。

她對主說，你若再不向我顯明你自己的真實，我就要走了。她這麼說著，仍是依依不捨，畢竟離開上帝，離開教會，她就真是一無所有了。父親去了臺灣，母親去了美國，祖母去了天國，姑母們或有幾個留在上海的，也都視她為敵。只有她過去最看不上，最不屬靈，最愛世界的六姑母有時來看她，但連她也是拿著憐憫的眼神來看她。

徐聞音的心越來越涼，她認為若自己過去的"屬靈"經歷是真實的，那麼帶給她這些經歷的那個人就不可能生活失德。但反之，若他的失德是真的，那自己過去的經歷，對神的感覺就都不是真的了。

為此，當教會學習委員會要派人去關心探望廖文君時，她雖不敢去面對她，但還是積極要求去了。最後決定由張茂良和徐聞音兩位代表教會，也是代表政府的學委會去向廖文君瞭解情況。這次探訪十分重要，因為趙心潔已經去了美國，李如是在監獄中，只有廖文君這個當事人目前是自由之身，她雖然早就不住文德里了，但就住在上海的家裡。

在徐聞音和張茂良心中，都是極尊重廖姐的，她的文筆極好，又是文德里創會的"老"人，卻總是不多言，安靜地做事助人。常常在醫院裡、病床邊，見到她美麗、柔弱的身影。她總是用她有點蒼白的手指握著哭泣的大人或孩子，無聲地陪伴著，或只是說一句：耶穌知道的……天上阿爸知道的，會幫儂格！

此刻，廖文君坐在她自己的書房裡，眼睛看著視窗的一盆蘭花，兩隻手疊放在膝上。

聞音看著，心就酸軟了，好像有點哀其不幸，甚至想去握住這雙她曾傾慕過的，曾經顯得格外聖潔的手。但廖文君的眼中沒有淚，她的樣子雖然老了，卻仍不減一絲美好，就那麼一塵不染地坐著，不幸的灰塵似乎一粒也落不到她的身上。聞音覺得自己的"哀"也無處可落了，彈回來激出些恨其不爭的"恨"來……

你明知道李夜聲和趙心潔……

那時，不知道。

他說他玷污了你？

那時他病剛好。有次我去無錫了，他打電話給我，說要來看我。他果真就開了部汽車來，接我走了……

他供認說是他強行……你為何不揭發？這不是你的錯，你為何替他隱瞞這麼多年？

那次我是不願意，是他主動……但我心裡是喜歡他，是我自己犯罪。

那影片裡的是……你？還是趙心潔？

……

為什麼要拍？做了淫穢的事，還要留下來？

他說，因為喜歡我……他說以後見面的機會不多，留作紀念。

廖文君回去頭來，眼睛看著問他話的張茂良，又似乎沒有看他，一雙線條疲倦卻柔美的眼睛裡滿了懊悔，但在懊悔中卻隱隱地藏著絲絲縷縷的幸福。

後來，我總是不定心，我多次要他毀掉。他也答應了。……沒想到，留到了現在。

這是他的無恥！是貪戀罪！徐聞音恨恨地插了一句。

為此，他這些年一直不敢擘餅紀念主的，每次要開特會時，或有重要服事，他總會寫信來向我認罪。

認罪？那些信呢？

都，都燒了！

真的燒了？你，捨得？張茂良問出這句話時，他自己突然覺得自己很卑劣，他開始後悔這次來查問此事。他感覺到了廖文君身邊弟弟英君憤怒的眼神。

我當時就沒留。廖文君的語氣竟然是平和的，沒有一點憤怒，也沒有理應有的羞慚，她只是靜靜地陳述著。我們以後再沒有那樣過，我相信他是悔改的，很深的悔改，不管別人怎麼說，我相信主的赦免……

在她整個敘述過程中，徐聞音都無法集中精力，她一直兩眼盯住廖文君看，只是因為她不敢讓目光和她身後的廖英君接觸。雖然她不看他，卻能感覺到他的憤怒，他的不屑，他的冰冷。

她突然厲聲反問道，悔改了？那為什麼不毀掉這些膠片？

他……廖文君的眼睛裡竟然閃過一絲柔情。

捨不得？捨不得罪！紀念罪！你為什麼不揭發？還是你也捨不得？

廖文君低下了頭。

張茂良聽著和自己剛才相似的、咄咄逼人的問話，從徐聞音口中出來，反而格外地刺耳刺心，忙打斷了她的問話說。廖姐是受害者，她能這樣坦誠地說出真相，就是真正與反革命分子決裂，就是相信人民政府。

……

他倆走出了那幢公寓，直到離開，她也沒有看廖英君一眼。

後來，又有教會新上任的長老等其他同工去向廖文君核實，她都直言不諱，但她一句也不肯定那個人的罪，也不肯在報上或批判會上公開控告他。因此，政府不再需要她。而同時她卻被教會裡維護李夜聲的人看為出賣弟兄的控告者，甚至有傳言說她是中共的地下工作者，是專門潛伏在教會中來引誘弟兄的。最後上海聚會處以廖文君沒有主動揭發李弟兄的性侵事件，造成教會蒙虧損為由，停止了她的服事和擘餅，而另一位傳聞被污的女同工趙心潔早就離開上海聚會處了。

廖文君就這樣成了一個被棄的人，獨自在那幢公寓裡活到了一百零一歲，她一生沒有結婚，沒有孩子，沒有離開上海，沒有再去任何一家熟悉的教會聚會，大多數時間她獨自讀經禱告。

她弟弟廖英君五八年離開了上海，聽說去了大西北，與他同去的還有五六個上海各教會中的年輕弟兄姊妹，其中就有李依萍。

一年後，徐聞音聽說廖英君和李依萍成了家。同年底，徐聞音也結婚了，她的丈夫是吳一丹。


## 11

吳一丹作為上海地下工作者，解放後很不對口地被安排在上海宗教局，五五年肅反運動初期他被調到肅反委員會。五七年整風反右運動中，大批的知識份子、文藝界人士被戴上了右派帽子，其中不少是肅反中的積極分子。吳一丹卻因著多年地下工作者的素養，在運動中敏銳、少言，不僅一次次化險為夷，而且扶搖直上。五九年他已經升任上海宣傳部的一名副部長，雖然副部長有好幾個，但他是最年輕的一位。

金榜題名時，洞房花燭夜。

吳一丹娶徐聞音的那個晚上，他喝醉了。藉著醉，他就可以不去看她的眼睛，他怕聞音會問他一連串的問題。

成功說服徐聞音成為第一個揭發者，打開缺口，徹底瓦解在全國範圍內組織嚴密且龐大的聚會處，公審定罪李夜聲反革命集團案，這個震驚全國的大事件絕對是他升遷的一大原因。

在這過程中他不得不承認是誘騙，至少是利用了徐聞音，但他問心無愧的是早在剛認識少女聞音時，他就喜歡上了她。因為喜歡她，所以痛恨她不能和他一起站在人民的立場中，痛恨她不是他的同志，不是一條戰壕裡的戰友。這一切只是在這個新婚之夜中吳一丹對往昔的分析，在此之前，他一絲一毫也不肯向自己承認他對她的喜歡竟是從那時就開始了。

其實吳一丹喝不喝醉，徐聞音都不會去問他的。她也沒有想到會嫁給他，但從見他第一面時，她就像是總想討好父親般，想討好他，想得到他的認可。

窗上厚厚的白布簾子早就拿掉了，換上了粉紅細格的薄布簾，四邊綴著白色絲線鉤的花邊。她回頭望了眼床上醉臥的丈夫，撩開窗簾望著弄堂上的這道綴著星星的夜空。她現在是終於和他站在一個立場了，終於和政府、人民站在一個立場了。然而，好多好多的人和事都被隔在了另一邊，他們越來越遠，遠得仿佛是這些不斷變小的星星。

洞房花燭夜之後，他的老領導找他談話，責備他沒有向上級請示就娶了背景複雜的宗教信徒。他竭立爭辯說徐聞音是肅反的功臣，是站到人民立場中的愛國青年，況且她現在已經不信基督教了。老領導沒再說什麼，只是失望地看了他一眼。

吳一丹並沒有受到處分，也沒有別人來找他談話，他仍然當著他的副部長，但卻好像被打入了另冊，只有些無關痛癢的事讓他去做，再也沒了升遷的風聲。幾年後他被調到了上影廠當黨委副書記。

吳一丹並沒有因為事業的不順而怨恨徐聞音，但卻因為今天的她不再是過去的她而一下子失去了對她的愛慕。她的舉手投足不再像修女般地肅穆，不再抿著蒼白的唇無辜地看這個世界。她的一切都落了地，現在她是所在醫院的工作標兵，對政治形勢、人情世故都有一套自己的看法。她看他的眼神不再有討好和懼怕，不再有小兔子般的驚慌，不再有聖女般的堅硬和冰冷。她現在是柔軟的，有溫度的，就像千千萬萬個女人一樣。

他仿佛是第一次看見她的臉和五官，除去了那道少女和聖女的光環後，她的五官是平常的，甚至因著兩頰健康的緋紅而有點俗。他記得她的兩頰是蒼白的，如今人民的立場和革命的激情竟然改變了她的蒼白。他很詫異，自己竟然為了這麼個普普通通的女人丟了大好前途。更讓他不解和尷尬的是，當她終於成為他所在的人民陣營裡的一員後，自己為何反倒不喜歡了。難道自己的情愛審美竟然是帝國主義立場的，是舊上海的？

不論他喜不喜歡她，她懷上了他的孩子。

她成了孕婦，這讓吳一丹可以理所當然地對她相敬如賓了。他越來越不常在家，她卻並不在意。徐聞音也沒有想到，自己一旦肚子裡有了孩子，心就一下子有了歸處，整個緊繃的精神和身體都落到了實處。她從知道懷孕的那一刻起就極為嗜睡，每天大部分時間都沉浸在睡眠中，把社會主義建設、革命覺悟、階級鬥爭都忘記了，甚至是宗教、文學、美麗也都丟開了，仿佛整個世界只有這肚子裡的孩子是真實的，她在這個真實中休養身心，癒合傷口，脫落痂疤。

胖胖的三姑母知道她懷孕後來過幾次，燉了雞湯給她送來，每次都不見她丈夫，難免問一聲。

徐聞音卻仍是一臉幸福，她的手摸著越來越大的肚子，不在意地說，他工作忙。

三姑母仍是嘮叨。女人懷小人，男人不好一直在外面的，工作再忙下班了也要回來。

回來做啥？我還要弄飯給他吃，倒是麻煩。

那，那，伊總要回來睏覺吧？三姑母問得有點忐忑，不過不問又是不放心。

有時回來睏，有時在辦公室。他說辦公室有休息的地方，有床。再說，一隻床睡，我還怕他壓著寶寶。這個床有點小了。

徐聞音用手拍了拍床沿，這是只乳白色的橡木床，四角和床頭還雕了精細卻不誇張的玫瑰花，塗了淡淡粉紅。這張床是聞音的心愛，是她母親買給她的，一個人睡實在是太大，但兩個人睡最多也就是正好。父親臥房裡的紅木大床和幾件貴重的家俬他們走時都當出去了，結婚時才想起是不是要贖回來，跑去一看發現當鋪都不知去向了。

三姑母那天走得很晚，摸摸這整整那，磨磨蹭蹭了半天，見天色實在是夜了，才一邊下樓去，一邊說。音囡囡啊，儂要聰明點，男人是要看牢的，一定要讓他回家睏的。懷小人的時候，男人容易搞花樣的。

三姑母，看你說的。他可是革命幹部，是党的人。你以為是舊上海的小開啊？

徐聞音有點不高興，她覺得姑母真是一點都沒進步。

不管怎麼說，他也不是信主的，是外面的人，不可靠的。

信主的就可靠？……更加不乾淨！

徐聞音說這話時是想起了那個人的那些事，不過她覺得那些離她有點遠了，不想再生氣。

你……上帝會審判的！

三姑母低聲地說了這麼一句，沒再看她一眼，就一步一格儘量快地移動著她胖胖的身軀下樓走了。當門咚地一聲關上後，徐聞音心裡才緩緩地回蕩起她最後的這句話，上帝會審判的！

審判誰？怎麼審判？我也要被審判嗎？我做的……有什麼不對？她拉開了窗簾，弄堂裡空無一人，弄堂口三姑母胖胖的身影一轉彎也不見了。肚裡的孩子輕輕一動，一陣帶著睡意的幸福感從子宮裡升上來，麻醉了她的頭腦。

第二年三月徐聞音生下了一個兒子。

丈夫吳一丹很高興，但就在孩子滿月的那天，徐聞音提出要與他離婚。

在妻子懷孕的那段日子裡，吳一丹有了一個情人，那人是上影廠的演員，比他小了近二十歲。她才十八歲，崇拜他又害怕他，氣質很像過去的徐聞音，單純而熱情，矜持而羞澀。吳一丹並沒有想離開徐聞音，不僅僅是因為她肚子裡的兒子。現在的徐聞音雖然失去了讓他心動的氣質，卻是一個帶得出去的夫人，大醫院的醫生，先進工作者。更何況他總覺得自己的青春歲月，自己的得與失，都繫於這個女人，離開她就好像是丟了自己。

兒子出生後，吳一丹就儘量疏遠小情人，但那女孩卻是真正愛上了他，一直纏著他，他又無法對她做出什麼絕情的事來。兒子滿月的那天，吳一丹決心與她攤牌，讓她死了這條心。

下班後，他們在上影廠他的辦公室見面。和往常一樣她一進來就反手鎖上了門，他卻走過去打開了鎖。他的辦公室是一個套間，外間是辦公和會客的，裡間是休息的，有張單人床，還有個衛生間。這裡就是他倆常常幽會的地方。女孩很自然地進了裡間，他也只好跟進去。

他低著頭鼓足一口氣說了所有的話。他很詫異女孩沒有大哭大叫地打斷他，當他抬頭看她時，他看見了一張無法言說的，令人心痛的，極美麗的淚臉。那雙眼睛大睜著，無辜地、驚慌地對著他。他後來曾反覆想過這雙眼睛，他相信無論是哪個男人，這一刻都只能將她抱入懷中。

他們做愛了，瘋狂地做愛！他一邊與她做愛，甚至一邊心裡還在下決心這一定是最後一次。這種決心讓他有份壯士斷腕的悲情，好像他自己成了一個犧牲者。於是，那晚的做愛是他與她之間最理直氣壯的一次做愛。

但這一切卻有個旁觀者，這個旁觀者就是他的妻子徐聞音。

徐聞音抱著兒子來找吳一丹，因為她想雖然滿月酒不辦了，一家三口總要在外面吃一頓慶祝一下。她推開了虛掩的大門，她聽到了聲音。她推開了又一扇門，她就看到了一切。她沒有看到落幕，就走了，當她抱著孩子一路走回去的時候，她相信這是來自上帝的懲罰。

五年前，徐聞音的人生與信仰因為幾截模糊的裸體影片，和一行字跡可疑的淫亂口供而改變。四年後，她卻親眼目睹了自己丈夫與另一個女子淫亂的實景。但她發現自己的悲痛與震驚遠不如四年前那樣巨大，當她目睹了這一切之後，她反倒平靜了，男人不過都是如此，女人也是，都不過是個罪人！

徐聞音一路走回去的時候想到吳一丹的並不多，不知為何她反而可以踏踏實實地想自己了，細細地清清楚楚地分析著自己這幾年來的行為和動機。

那天回到家裡後，她把孩子放在床上，忍不住摸摸他踢在外面的小腳，有點涼。她彎下身來，將那只粉紅色的小腳趾含在嘴裡。淚，這才緩緩地，沉重地流下來。

主啊，我是一個罪人……

徐聞音和吳一丹離婚的時候是平靜的，這種平靜反而讓吳一丹無法反駁。

他們第二天就辦了離婚手續，吳一丹很感謝徐聞音的是她還算念夫妻之恩，沒有告發他。徐聞音並非是念舊情沒有告發他，而是她再也不想當一個揭發者了。雖然因著廖文君的話，她相信李夜聲的失德，雖然她自認並沒有一句控訴之詞是謊言，但她不想再控訴誰了，這些人這些事與她何干？她卻為此失去了一切。

徐聞音離婚的當晚，三姑母來抱走了孩子，說是讓她好好休息。她臨走時，猶豫地提出要不要一起禱告，徐聞音拒絕了。

那晚，她跪了下來，大大地為祖母的離去而傷心，她覺得若她沒有走，她就和上帝之間斷不了，而她走了，她和這位神似乎就沒了血緣。

## 12

第二年，母親作為海外歸僑回到了上海，被暫時安排在統戰部作些週邊的工作。

三年前，反右運動開始不久，大學教授的三姑父只是見了幾張大字報，還沒等鬥到他就跳了樓。他這樣自絕於人民的畏罪自殺，將三姑母扔進了危境，但一向溫和柔弱的三姑母，卻因著這份安靜的柔弱，讓鬥她的人很快失去了興趣。他們的孩子都早就去了外地，於是抄了她的家，把他們家的房子分給好幾家住，留下閣樓給三姑母後就不再理睬這個右派寡婦了。

閣樓裡塞滿了處理不了的舊物，諾大的一個家所有的往昔都擠在這個閣樓裡，讓三姑母的身子和心都被擠得透不過氣來，她的身體越來越差，心卻像死了般無聲無息地讓她不必顧及了。徐聞音離婚後，就讓三姑母搬來陪她一起住。

徐聞音父親留下的房子理應早就被收掉的，但先是因為吳一丹，現在是因為從國外回來的母親，竟然被保留了下來。母親回來後，一屋子三個女人，二姑母也常來，這裡又恢復了人氣。

剛剛學步的兒子徐宏英是全家的寶貝，他的存在讓這四個女人幾乎都不去談有可能破壞祥和氣氛的話題。但母親和姑母們眼睛裡的意思聞音看得很清楚，她知道她們悄悄為她禱告，她知道她們最大的心願就是讓她能重新回到上帝的懷抱。不過，她覺得現在這樣很好，她不想再冒這個險了，不想再那麼認真地信任何東西，不想再有什麼束縛自己。

一次，母親在她屋裡與她一同吃夜宵，和她說到人生的意義。她淡淡地回了句，其實沒有意義也挺好的。母親便沉默了。

事實上，沒有意義只是在理論上挺好的，在實際生活中她覺得自己的激情已經消失殆盡，做什麼事都提不起勁頭來。雖然她仍努力地工作，當個好醫生；雖然她努力地照顧好孩子，當個好媽媽。但她沒有真正的激情來做這些，只能是勉力地做，做得累極了。

徐聞音在疲憊的日復一日相同的生活中開始想念激情，也許是因為現實環境中宗教已經成了迷信，教堂都關了門，基督教在當時的中國已經仿佛被抹去了，所以徐聞音的想念就越過了那段"聖女"的日子，直接回到了抗日演劇的時代，而那種革命激情正好與此刻的中國相匹配。

一九六六年文化大革命一開始，徐聞音就積極地回應號召，認為破四舊是對的！舊思想、舊文化、舊風俗、舊習慣不掃除怎麼行？她覺得自己這一生的曲折都是因為舊東西，若不是這個舊家庭，自己就會天然地站在人民立場上；若不是這個舊宗教，若不是文德里，自己就會一直是個進步青年，一直有片明朗朗的天……

徐聞音參加了醫院的一個造反隊，她覺得自己似乎活過來了，她做的第一件事就是把家裡牆上的字畫，書架上的舊書都收集起來交給組織。當她看著醫院院子裡的那堆大火時，她想到了《聖經》，按說《聖經》絕對是本四舊的書，是本該燒的書，家裡原本早就不該藏著它了，但她知道家裡藏著不止一本《聖經》，也知道這是母親和姑母們看為比生命更寶貝的"上帝的話"。但作為革命戰士，紅色造反派成員，她必須把它們交出來，燒掉。

徐聞音那天回家去拿《聖經》，一路上看見不少燒四舊的火堆，還有一車車的線裝書、卷軸等散亂地堆在拉圾車上運往造紙廠。這些過去寶貝得不得了的東西都要被燒掉，被打成紙漿，變成一張張白紙。

徐聞音一路走著一路忐忑不安，猶豫不定。她一會兒感到一種釋放的快感，仿佛自己的人生也能隨著四舊般被打成紙漿，變成白紙，過去寫在人生中的字也好，印在記憶中的畫面也好，美的醜的都一同被抹掉，變成白紙。但下一分鐘，她就不由地想到那本《聖經》，想到文德里，想到和廖英君、李依萍一起的日子，想到祖母握著她小小的手，想到……她又無法一下子抹去這其中實實在在的溫情。

那晚，她回到家，母親和兩個姑母都不在，她樓上樓下翻了一遍，《聖經》全都沒了，最後她從床下拖出一個小小的木箱，打開，裡面有本兒童圖畫本的《聖經故事》，封面上四角裝飾著粉紅的百合花和天藍底上的雲朵，在一片嫩綠的草地上，耶穌抱著一個小孩，旁邊還有三個孩子圍著，耶穌好像在講故事。

那晚，徐聞音抱著這本圖畫本的《聖經故事》哭了。

沒過幾天，徐聞音所在的造反隊頭子就找她談話，說是另外一派造反隊要抓她的歷史問題來攻擊、整垮我們。造反派頭子說自己原來並不知道她的情況……徐聞音沒等他多說，就表示自己會退出這個造反隊，以免戰友們受攻擊。

那個造反派臉色一下子好了，冠冕堂皇地說了一大堆，表示革命隊伍是歡迎能改造好的反動派子女的，即便她過去有什麼問題，那也是上當受騙的，何況在肅反中她的表現是立了功的，等等。

徐聞音知道自己的家庭問題、宗教問題、歷史問題，都已經又被翻出來查了個底朝天。她走出辦公室，在醫院大樓裡，從走廊裡懸掛的大字報中迂迴穿行，覺得命運和她開了個殘酷的玩笑。

她突然想到祖母，想到自己還是小小女孩時，每年六七月梅雨季節一結束，或者是中間只要出幾天大大的太陽，祖母就在二樓平臺上撐起一根根竹杆。竹杆上都是五顏六色綾羅綢緞的中式服裝，也有父母從國外帶回來的西裝和大衣等，那時，她也是迂迴曲折地穿行在其中，一心想著長大。現在她是多麼懷念童年，"若不回到小孩子模樣，斷不能進天國"，自己如何能回得去呢？

徐聞音離開了造反隊，甚至下定決心離開政治，離開讓她心跳激動的"革命激情"。但政治與革命會忘記她嗎？事實上，文化大革命"掃四舊"的革命鐵掃帚，掃到了每一個家、每一個人，掃到了每個人的靈魂深處。

她們家遇到了一次又一次，不同名稱不同派系不同單位的造反隊的抄家和批鬥，兩個姑母都年事已高，但也逃不脫挨鬥。母親這位海外歸來的醫學專家，更是一身集了多重挨批的元素，她被要求站在小板凳上，身上掛了七八塊牌子，紙牌上寫著她的各種罪名：帝國主義間諜、反動學術權威、迷信傳播者……最為可笑的一項罪名是臺灣反革命分子的妻子。

母親沒有為其它罪名申辯，但就是一再提出她與在臺灣的前夫早在解放前就離婚了，但這個申辯毫無用處，革命群眾和組織上都認定她是假離婚、真潛伏的特務。

母親和姑母們白天挨鬥，晚上卻比過去更長時間地關在樓下的一間臥室裡。徐聞音知道她們是在禱告，她覺得她們實在是被洗腦到了冥頑不化的地步，事情到了這一步，還相信那個什麼事都不做的神？

但同時，她也不得不承認自己有點羨慕她們，不是羨慕有個神來救了她們，求神的她們挨的鬥，比她這個不要神的人多多了。她是羨慕她們能睡得著，羨慕她們像羊羔般柔順安靜，以至風暴都從她們外面滑過，進不到她們心裡去。

這些日子徐聞音的心恐懼極了，每天都覺得要大禍臨頭，六歲的兒子被送去幼稚園全托，有時禮拜六下午會接回家來睡一覺，若知道這個週末也要挨鬥就不接回來了，她不願意他太早看見這個"世界"。

讓徐聞音最覺得委屈的，是她所在的醫院最後把她定為"李夜聲反革命集團分子"，完全不管她是第一個揭發者，僅僅因為醫院需要有份量的反革命分子以供批鬥。

不過，很快她也就不覺得委屈了，因為她聽說吳一丹也被電影廠打倒了，並且被扣上了特務的帽子，而他年輕的單純的演員妻子立刻就與他劃清了界線，並且徹徹底底地揭發他，最後將他送進了監獄。

這個一直要求她站到人民立場中來的革命者，最後被革命人民一腳踢到了反革命立場。他們倆最後算是站到了同一個立場，雖然都不是自願的。

她覺得他們之間的恩怨就此結束了。她心中一直有的，對他的討好，對革命的討好，對人民的討好，都結束了！

一九七四年，徐聞音再次結婚。

雖然她還沒有回歸信仰，但這次她有意無意地找了一個號稱自己是基督徒的男人結婚了。他比她小兩歲，是個工程師。因為他在郊區工作，而徐聞音醫院的工作很忙，週末也常需要加班，因此他們就沒有安置新房，每次都是他來城裡住在她們家。

起初，母親和姑母們覺得這個女婿是基督徒很高興，就悄悄地試探著邀他一起禱告，但遭到他很粗暴的拒絕，好像她們要害他。她們也沒生氣，想也許他剛進入這個家，對她們還沒有信任，以後慢慢再說吧。

這個男人每週回來都很不高興，母親和姑母們想著不要影響他們小夫妻，總是儘量躲出去，即便在家中也大多待在屋裡。但他仍是情緒激動，時悲時喜反復無常，找任何一點小事就動手打罵聞音，這讓母親和姑母們忍無可忍。

男人並不高聲，常常是在屋裡悶著聲打，聞音是要面子的，也是從不發出一點聲音。母親和姑母躲在樓下的後屋裡，禱告著卻也無法靜心，樓上沉悶的震動讓她們感到驚恐和無助。她們怎麼也想不通會有這樣一個人進入這個家，他看上去是文弱的、書生氣的、是一個自稱為基督徒的男人。在他沉重激烈的喘氣聲中，她們仿佛感到樓上這個男人已經變異了，成了一個怪獸⋯⋯

嫂嫂，一定要報警的！格樣子要出人命！二姑母仍舊一直稱她為嫂嫂。

唉！報警？格人也是作孽了。告了他，他就要坐牢了。總歸還是弟兄⋯⋯

弟兄？一定是被鬼附了，這樣打人的⋯⋯

　　三姑母說著就要衝出去，母親拉住了她說，聞音會保護自己的，鬧出去大家都不好。她，她也是要吃吃苦頭了……她這麼說著，眼裡卻流下淚來。

　　二姑母走去打開了房門，探頭往樓上看，突然看見那男人沖下樓來，嚇得她忙關了門，靠在門上喘了一口氣，就聽得大門咣一聲碰上了。

　　她們三個這才走出來，望著空空的客堂間發愣。二姑母回過神來說，格男人也是真真地怪，那樣子倒像是自己被打了，委屈得不行，一臉油水光光地，不知是汗是淚。

　　我想，他這樣真是不太正常，是不是……

　　母親沒有把心裡的那個疑惑說出來，話截了一半，就逕自上樓了。

　　樓上女兒的屋門是敞著的，聞音靠在窗邊，一動不動。屋裡也是靜止無聲的，打翻的凳子，扔在地上的鏡框和枕頭，枕頭上插著的瑞士水果刀……這些好像原本就該這麼放置的，又像是散場了的劇院後臺。

　　母親向女兒走近了幾步，才發現她的額頭頂上，從濃密的頭髮裡流下一道細細的血，被濃髮阻擋著，流得很慢。聞音卻像是一點沒感覺到，只是側頭看著窗外，看著弄堂裡。母親忙轉身從門後櫃子裡拿個小藥箱，拿了酒精棉和紗布。

　　她幫女兒擦洗頭上傷口時，順著她的目光，看見了弄堂底蜷著身子蹲在大垃圾箱邊上的那個男人，他倒像頭受傷受驚的流浪狗……

　　囡，儂看伊是有毛病了吧？

　　嗯！

　　那哪能辦？送醫院去？

　　現在格樣亂，啥人管？弄得不好，阿拉同伊才要吃苦頭……

　　……

　　母親和聞音都是學醫的，她倆雖沒明說，但都判斷這個男人是得了躁鬱症。


　　聞音雖然被這個男人折磨得憔悴不堪，心裡卻極同情他。她知道他在單位裡也一直因為信基督的原因被鬥，雖然他已經表明自己不信了，卻沒有人相信他，或者說廠裡的工人們不願另外再揪鬥一個人。這也算是一份殘存的"善良"，但這"善良"對於他和他們這個小家卻是極殘酷的、致命的。

　　這個男人終於徹底瘋了，一種他自認為，也表現得十分清醒的瘋狂。

　　他開始蓄意要謀殺妻子和她的孩子，他甚至也想殺掉這屋子裡的另外三個老人。他一心覺得自己是她們的英雄，他要用自己的勇氣將她們和他自己都帶離這個醜惡的世界，進入天堂。

　　他這些天常常藉口看病回到城中的家裡，他不再打罵妻子，而是表現得極為紳士，甚至像一個甜蜜的情人，一個虔誠的信徒。他不停地向她們描述著天國的美好，兩頰奇異地燃燒著紅暈。徐聞音和母親、姑母們都感覺到了危險，她們只能藏起家中所有的刀和利器。聞音還是不願意離婚，更不願意報告他所在的單位。認識她並愛她的人只能為她禱告，但他們，包括她的母親卻都不敢要求她跪下來禱告。

徐聞音知道她們在為她禱告，到了這步田地，她早就無路可走，裡子面子都沒有了，性命也都有可能沒有。她其實不是不想自己跪下來禱告，而是跪不下來，她不知道真來到上帝面前會如何，她怕一跪下來，往昔的一切就會泥石流般淹沒她⋯⋯

讓她心裡刺痛的是母親和姑母們也都不敢和她談上帝的事，不來要求她一起禱告。若她們要求，她也不知道自己是否會答應。但她們不要求，她就感受到了她們心裡與她的距離，甚至她們對她，對這個親生女兒、親姪女是不信任的、害怕的⋯⋯

一九七六年十月，文化大革命結束了，人們歡呼雀躍地上街遊行。

一九七九年改革開放，中國恢復了信仰自由，母親和幾個姑母開始忙碌起來，她們忙著串門找過去的老弟兄老姊妹，一家家地去聯絡。每到週末，她們家的樓下又有了悄悄舉行的擘餅聚會。雖然大家還是小心翼翼地，甚至有點躲躲藏藏，但那股壓抑著的興奮像一種甜蜜清新的酵般，迅速地、無形地擴大著。

但這一切都與徐聞音無關，她不想看到他們疑慮懼怕的眼神，每到週末她就找個藉口避出去。母親和姑母們明知她是在找藉口，卻似乎也是鬆了口氣，她被排斥在這一切的歡樂之外。

丈夫已經被送進了上海精神病醫院，前夫吳一丹死在了勞改農場，聽說是活活餓死的。她領回了他的骨灰，但拒絕去領他平反後發還的工資。她心裡並不恨他，經歷了那麼多事後，她只記住了他對她的愛，反而已經忘記了與廖英君的感情。她和第二個丈夫沒有生孩子，仍然帶著吳一丹的孩子，住在她父親的屋子裡。

第二年秋，廖英君和李依萍回到了上海，他們見了面，就在中山公園。他倆的臉都顯得比徐聞音蒼老，黑瘦，眼角嘴角都有了皺紋。特別是李依萍兩頰紅紅的，已經是個標準的西北婦女了。

但他們一說起話來，時光就仿佛回到了從前，仍是那麼充滿激情，年輕，單純，喜樂，那種似乎可以看得見摸得著的盼望和愛，明亮地從他們裡面滿溢出來。

徐聞音呆呆地望著，她無法把這樣的聲音和他倆話中講述的一切聯繫起來。大西北的風雪，勞改營的非人待遇，生不如死的羞辱，失去健康和生育能力的悲傷……似乎一切都與他們無關，即便在他們身上留下了破損，也不曾在他們心上留下痕跡。

那天，他們三個在金黃的大梧桐樹下相擁而泣，他倆向聞音道歉，說當年不該丟下她離開。他們說這個道歉一直在他們心裡折磨了他們許多年，他們甚至承認起初的那些年他們也認為她是賣主求榮，他們對她不抱任何希望。但是，二十多年來，上帝讓他們看見了自己的軟弱，也就看清了自己的"自義"……

徐聞音只是哭，她一句話也說不出來。她覺得他倆是如同先知但以理那樣的勇士，在火窯中跳舞，經過火卻沒有煙火味。而自己呢？

父啊，我能不能是你從火中抽出的一根柴呢？

二十多年後，徐聞音終於回到了上帝的面前，在這棵一點都沒有改變的梧桐樹下，在這金黃的巨大的旋風中，她終於面對了她的神。

只是這一句話，所有的辛酸就全部湧上來。她再也不能站著、旁觀著，判定誰對誰錯，甚至也無法再向神辯駁或討一個說法。她只是一個勁地哭，讓所有積鬱在心中的都融化成了淚水，流出體外。

三個多月後，還沒過春節，徐聞音的母親就回了天家。臨終前，聞音流著淚，用一首聚會處的詩歌為母親送終。她唱的時候淚流不止，心中仿佛也是在為祖母唱的。母親在女兒的讚美詩中鬆開了臉上和心上的皺折，微笑著，歇了地上的勞苦。


一九八一年冬，徐聞音離開上海，帶著兒子來到美國，與分別了三十年的，現在獨自住在美國的父親團聚。臨走時她去療養院看望了丈夫，他已經不認識她了，她對他說自己不會離婚的，會一直寄錢來，她要他好好養病，他只是乖乖地點著頭，看著她。她的眼睛就濕了，他那無助的卻又是信任的眼神，讓她覺得自己好像有兩個兒子。

走出醫院，徐聞音決心要重新開始，雖然那一年她五十一歲了。

當她坐上飛機時，她忐忑地禱告。天父，我回來了，回來得太晚了，但我求你為我這根火中抽出的柴，脫去襤褸，披上白衣。

徐聞音其實無法相信上帝真得能完全赦免她，但她也只有這一條路了。

### 13

我前後在徐醫師家借住了兩段時間，不僅聽了她過去的故事，也聽了她許多來美國後的故事。

美國的新移民環境，讓年過半百的徐聞音只能全然信靠上帝。來到美國的第二個月，她就找到了一個做家傭的工作，照顧三個月大的嬰兒，還要做家務。嬰兒她是帶過的，家務卻極不善長，尤其不會做飯。好在主婦是個香港人，男主人是印度人，口味本身就差得遠，她也就號稱做的是上海菜，其實是邊學邊做。

等她學會煲粥，也能做咖哩時，右膝蓋卻跌傷了，傷得挺嚴重，只能辭了這份她這個年齡的移民"最適合"的工作。這時有個基督教的書房需要個翻譯，錢很少，但有地方住。徐聞音就邊做翻譯邊上補習班，每天只睡五個小時。

她上補習班是為了要考兩個重大的醫學考試，一個醫生的同等學歷考，一個醫師執照。對於她這樣一個沒有在美國讀過醫學院的外國人，要想在這裡當西醫醫生，實在是有點異想天開。許多年輕的中國醫生移民來了都在這兩個考試面前怯步，轉而去學習並考了中醫執照。

我問她，那時怎麼會有那麼大的信心？會相信上帝一定為她行神跡？

我沒好意思問出口的是，她和上帝的關係有那麼好嗎？她憑什麼得著這個她背叛了二十多年的神的特殊寵愛？

徐聞音卻似乎聽到了我沒問出口的話。她淡淡地笑著，望向往昔的眼睛裡浮出隱隱的淚光。

其實我沒有什麼信心，我也不敢奢望神跡，只是我已經無路可走，才回到了他的面前。既然回來了，就是靠他的。反正我自己也是盡力了……也不是沒想過會靠不上，甚至也還是會有羞恥的感覺……但既然回頭來信這位神，就只能硬著頭皮，帶著本相來信了。人，有的時候是被逼出來的，我和神現在的關係也是被逼出來的……

被逼出來？被誰？

環境、命運、或者，也可以說是神自己。前半輩子的命運和社會革命的大環境，逼得我無法體體面面地在一個宗教裡"信"著，下半輩子就只能這麼赤露敞開地站在神面前，來試著和他產生直接的關係。

直接的關係……

我被這五個字抓住，禁不住想自己和上帝的關係，是體體面面的宗教式的？還是血肉撕裂的結合？

但我嘴裡的問話仍是帶了記者的口氣。

你為什麼一定要做醫生？

我沒學過別的。

　　你當時，對神有試探的心嗎？如果他不幫你當醫生，你還會信他嗎？

　　試探？徐聞音吃驚地看了我一眼，但瞬即就平靜了，她低下眼睛看著地毯上的一個光斑說。也許有吧？也許是想看看他對我怎麼樣，是不是真得像《聖經》裡那個浪子的父親，能擁抱我，也能用他的袍子為我遮羞……甚至還讓我戴上他印章的戒子……

　　她起身走到窗前，看著外面一地金黃的落葉，背對著我說。其實基督徒中有多少人是能夠完全相信這個故事的？更何況是親身體驗……我是幸運的，我體驗到了。

　　她續了杯中的水，又坐在我面前，看著我的眼睛對我說，主憐憫了我，因為他知道我和別人不一樣，我實在是需要親身體驗這赦免，才能踏踏實實地過下半輩子。那年我考過了，我選擇了當兒科心理醫生。

　　那如果主沒有應許你的禱告，沒能如你的願呢？你還會信嗎？還是自我奮鬥？

　　她看著我笑了起來。我其實已經沒有自我了，我自己的生命實在是醜得像毛毛蟲，不僅是指年老體衰，更是精神和道德的光環也被剝奪殆盡。但神的奧秘真是奇妙莫測，他似乎是喜愛這貌似醜陋的毛毛蟲，因為他讓毛毛蟲在離世的一霎那，化為美麗的蝴蝶。我想我是只能信上帝的，今生的一切我都無法重新活過。但只要信他，主會讓我在空中與他相遇時，瞬間改變，成為他的樣式，那是人初造時的模樣。那就……不在乎這一生我活得如何了。這是最美的，也是終極的赦免吧！

　　她看了眼茫然的我，臉上泛起一層酸澀的幸福。

　　只有我這種從污泥裡爬出來的人，才會真真體驗和期待赦免。

　　住在她家的日子，和以後我們的通信通話中，徐聞音都更喜歡談發生在她後一半人生中的神跡和恩典。她每年都會寄來她的年終感恩信。她關了診所後，過了兩年，搬去和兒子兒媳住了。她信中越來越多談到她與兒子和媳婦之間的家庭瑣事，她會一邊歎息自己是"二十年媳婦後，又二十年媳婦"，一邊樂滋滋地說自己開始喜歡上了烹飪，甚至查著 google 學做中西菜。當然，她更多談的是她的小孫女。

　　她說她不方便出門，現在唯一能為主做的事就是代禱了。她在信中寫道：

　　以前我在教會中，常聽到有人答應別人說，好，好，我為你禱告。我也不止一次地這樣說過，可是常常說了轉身就忘了。待到下次見面，心中就有愧。如今年老了，很少外出，神就吸引我以禱告來事奉祂。神的恩典浩大，賜我愛慕禱告和代禱。我甚至像一個做買賣的人，逢到有人需要代禱，就好像有"生意"上門一樣地高興。我對人說"好，好，我為你禱告"時，說得很喜樂，不再是應付。因為若是沒有代禱，又不能去教會服事，我豈非"失業"，成為神家裡東逛西逛的無業遊民了嗎？

......

一年又一年，讀著她的信，我漸漸無法再把這個普普通通的幸福老人，與我採訪過的那個徐聞音聯繫起來了。死神和她自己也似乎都忘記了她的癌症，我有時想起來，驚訝這個神跡，卻不敢提醒她，一是不禮貌，二好像是我怕驚醒了死神。

徐聞音並不喜歡講過去的事，我卻仍時不時地要問一二句，不好意思多問時，我就去查資料。她其實是希望我寫寫她現在充滿恩典的日子，但我卻被那些經火的歲月緊緊抓住了。經過火，會被燒掉，即使倖存，也難免火燎之氣、煙熏之色，但這就是真實，還有什麼比真實更美呢？

在聽和寫徐聞音的故事時，我越來越對聚會處的"文膽"、"女狀元"李如是感到好奇，作為一個同樣熱愛思想，熱愛文字的女人，我無法理解她的人生，於是我去找了很多資料，去看了許多她編的雜誌和書。她自己寫的文章留下的並不多，她仿佛將自己完全融化在了那個人的思想和文字裡了。

她的愚忠，她的決裂，她的和好，她的背叛，都同樣地讓我感到迷惑。何況，那兩位據說是遭到那個人污辱的女同工，都是她一直帶在身邊，親如女兒的學生、同工......她是如何平息憤怒的？或者，她是如何壓抑自己的憤怒繼續與他同工的？為什麼？她被捕八天后，承認自己是披著宗教外衣的反革命，那錄音是在什麼情況下錄的？這是否意味著她背叛了自己的信仰？在監獄最後的日子裡，癱瘓的她如何看待自己的人生，又如何面對她的上帝？

正是這所有的不解，讓我漸漸走進了她的生命......

# 第二部 獻身者

生長于貧寒家庭的李如是，畢業自武昌第一女子師範大學，一九一七年成為南京女子師範學校的校監。當時在該校任音樂教師的，就是中國教會史中著名的"暗室之后"蔡蘇娟。二十七歲的音樂老師帶領二百名女學生中的七十二名歸信了耶穌基督，這讓學生家長強烈不滿，引起滬寧一帶報刊媒體的關注。

當時二十三歲的李如是在上海《申報》上看到這條消息，曾以手擊案喊道，就是全世界都轉向基督教，唯有我永不信。她出任校監的主要職責就是要將學校非基督化，她到校不久，蔡蘇娟辭職離校。

瘦小睿智的才女李如是以最為嚴厲的手段，對待女子師範學校的七十二名基督徒學生，燒毀了從她們宿舍中搜出的三十七本《聖經》，但這些女學生們卻迫切地為這個不苟言笑，臉上線條如刀刻一般的年輕女校監禱告。

第二年，李如是因著蔡蘇娟的誼母——美北長老會的女傳教士瑪麗小姐，而接受福音，歸信了基督。之後，飽讀詩書、文才過人的她不僅擔任了著名的教會刊物《靈光報》的主編，並任教於賈院長主持的金陵女子神學院，成為一個全時間事奉的女傳道人。

李如是一生的主要同工就是她曾經逼迫過的基督徒學生，王慕真、廖文君、趙心潔。

這四位才女二位死於獄中，二位沉沒於"人言"中，她們或成為史實之痛，或隨歲月悄逝，或瘋癲孤絕，或沉默終老，無不與那個人有關。

她們與他的初遇就在一九二四年的南京。

# 金陵的月光

**1**

南京市中心地帶的大鑼銀巷掩在蔥蘢的樹蔭下，石板路縫隙中探出的一叢叢嫩綠，被女學生的布鞋底子踩得顏色漸深了，春之萌動終於老成了寧靜。不過，若是靜靜地站住，吸一口古城巷子裡濕漉漉的氣息，你仍會感受到一種強勁的暗流湧動。

這裡是金陵女子神學院的所在地，一幢二層小樓是《靈光報》的編輯部，樓下是會客廳和編輯部，編輯部不過是間不大的屋子，裡面照例堆滿了書刊和紙稿。進門處有個臉盆架子，一隻白底淡紫花紋的搪瓷臉盆，一塊淡黃有點透明的肥皂。在當時，這些東西並不是普通人家常見的，加上架子上搭著的一塊同樣白底紫花的毛巾，就顯出了主人低調中的不俗與精緻來。

在這裡工作的三位女士就是李如是和她的兩個女學生，廖文君和趙心潔。她們三人就住在樓上，樓上有三間房，一間李如是住，廖文君和趙心潔兩人共一間臥房，還有一間是客房。

李如是站在客房的窗邊，她回頭又一遍仔細看了看這間不大的屋子，屋子裡一切都收拾好了。床上鋪了略厚的褥子，灰白細格的全棉床單還是瑪麗送她的，棉被是在江北鄉下特製加長的。

她的眼睛停在門邊的衣帽架上，想著他的長衫掛上去會拖到哪裡，不由地嘴角露出一絲慈憐的笑意。他的個子真是高！

從二十五歲獻身做傳道人起，李如是把自己嫁給了耶穌，立志守獨身。這對於聰慧睿智、才學品德過人，同時又性格嚴謹的她來說並不難，世上的男子並沒有能進入她心裡的。

一九二二年底，應海軍軍官王君的邀請，李如是去福州開復興佈道會。瘦小個子的她站在講臺上靈力十足，她的信心和智慧的言語，讓她仿佛成了一個巨大的發光體，使人注意不到她肉體小小的存在。

那時的福州已經有了第一個擘餅紀念主耶穌的聚會，就在王君的家裡。起初只有四個人，就是王君和他的太太，還有李述先和他的母親。後來又增加了幾個年輕人，這些人就成了李如是復興佈道會的同工。

這些年輕人被李如是的講道點燃了，她並沒有用高深的學問來講解《聖經》，而是用充滿智慧的激情講述著救主耶穌。救恩的道理被清清楚楚、明明白白地剖開，發著光，帶著能力，那麼直接地衝出來，扎進聽道者的心裡。他們仿佛突然雲開霧散般看見了主，得著了救恩的確據，於是興奮地到街頭邀人來聚會，就像是《聖經》裡耶穌有關天國盛宴的比喻。國王的宴席已經備好，來客卻不多，於是就派僕人到街上拉人來赴宴，哪怕是瞎子、瘸子或乞丐。

其實，這個世界，誰又不是心靈的瞎子，行動的瘸子？誰又不是愛與生命的乞丐呢？一個月中，聽道受感動的人達到幾百個，許多男女學生認罪悔改，福州城被大大地震動了。

春節前夕，李如是離開了福州，聖靈的火卻繼續燃燒著，聚會的人數越來越多。於是，王君、李述先等人就租用了倉山十二間排的一個二層小樓房開始聚會，起初的名稱採用了“基督徒會堂”。李述先那段時間就和同學住在裡面，他們的臥室在二樓。一樓進門是個不大的小客廳，再向裡就是一個過道和廚房，客廳和過道相連可以坐不少人，靠一側邊的木樓梯上常常也會坐著來聚會的人。

只有步行十幾分鐘的路程，就是李家豪華的住宅，李述先卻不願回去，寧願住在這個狹小的房子裡，每天步行去三一學院上學和放學回來時，他都一路盡力向人傳福音。

福州之行回來後，對火熱的復興情景李如是講述的並不多，她向廖文君和趙心潔講得最多的是那個人——李述先。

二十一歲的李述先當時還是三一學院的學生，他的個子很高，典型的中國人面孔，橢圓的臉上顯出中庸的線條，一雙略長的單眼皮微微有點浮腫，似乎在有意遮掩過於深邃的目光。二十一歲的他看起來實在是太過成熟了，過於寬大的額頭讓他青春的頭髮顯得不夠濃密，額頭下極為端正挺直的鼻子加上一對福建人的厚唇，使得原本中庸的臉型透出了掩飾不了的執拗。

李如是在這位比自己小九歲的人身上，看到了忠厚中的棱角和犀利的鋒芒。她和他談話並不多，但他偶爾說的幾句話都被她有意無意地記在了心裡，並反復思想。他的話是不合傳統的，仿佛有棱有角的大石塊，在溪流中一會兒卡住了滾不動，一會兒急速地撞向前去。但他的話誠懇而認真，認真得可以嚇醒那些慣性中昏昏欲睡的人，或是已經睡了多時的人。嚇醒了，就楞在這話面前，像是面對著刀尖。只是若能再醒些，平靜了驚恐，就會感歎這刀鋒般智慧的靈光了，可惜的是許多人沒能再醒些，於是就只能停留在驚恐和憤怒中。

李如是這位錦心繡腸的女才子，對智慧是何等地敏銳，從第一次見到李述先起，這個年輕人若有所思的雙眸就吸引了她，她感到他是不會隨便接受任何一句未經他自己思考過的話的。在他還略顯粗糙，甚至有點奇異的陳述中，她看到了他對《聖經》，對屬靈的事，有一種非同尋常的，超越知性的認識。

在其後的日子中，每當她思想他的話，她就能感到他仿佛能伸手摸到這位看不見的神，這種感覺讓她開始不滿足於過去習慣了的讀經和靈修的方式。雖然，李如是的帶領者賈玉銘以靈修學著稱，她自己也在禱告上狠下過功夫，還寫了一本極具震撼力的《祈禱的發源》，但自從見了李述先，她就開始有了一絲對自己的猶豫。

讓李如是如此欣賞的李述先卻並未能得到福州同道中人的欣賞。從斷斷續續傳來的消息中，李如是得知福州復興不久，那群熱烈愛主的年輕人就有了磨擦。

李述先對主是極熱心的，他組織這些"受教育的"少年人和青年學生，在學校放假的時候，去一個個村鎮找人交談、傳福音。他們在冷清、荒廢的村鎮教堂裡席地而臥，一邊安排二十四小時輪流守望的"不停的禱告"，一邊穿過大街小巷，請村裡人來參加福音聚會。

但他對不公平卻是不能忍耐的。就在這班年輕人服事的最高潮，有十八個青年學生在河裡受洗，公開見證他們與基督的聯合，但隨後他們幾個主要的帶領者之間的矛盾卻也公開化了。那段時間，聽說李述先常去他的屬靈母親、傳教士和受恩處鳴不平，和受恩卻不支持他，反而嚴厲地要他順服。

雖然這幾個年輕的帶領者之間有爭議有磨擦，但福音的火仍燃得很旺。

到了第二年，因是否要按立牧師的事，李述先與年長於他的王君等人又起了爭執，甚至彼此無法交談。那時，福州城裡掀起了反基督教的熱潮，西方公會的差會系統希望學生們的傳福音、做見證不要那麼強烈、高調，他們希望恢復過去的平和，開始插手想來平衡和管理由學生們自發形成的"基督徒會堂"。

西方差會當然首先看中了王君和另一位退役的海軍軍官，他們覺得這種受過西式高等教育的青年才俊，理當"納入"差會的體制中來服事上帝。

李述先堅決反對他們自己建立的教會受西方差會的影響，加上他又一直反對隨從西方教會留下的傳統，而要將每一項傳統都與《聖經》來核對，丟棄他自己認為不準確、不合乎《聖經》的教訓和實行，而恢復他認為準確的、合乎《聖經》的。特別是他反對西方公會的宗派，堅持一個地方只有一個教會，不分宗派……這一切不僅讓西方差會的宣教士們頭疼，也讓尊重西方教會傳統路線的王君等人無法繼續與他同工。

好在這時賈玉銘牧師向李述先發出了邀請，邀請他來南京任《靈光報》的編輯助理。這其中當然有著主編李如是的努力，但她也一直在擔心這個反對公會的年輕人會不會接受這個邀請，畢竟《靈光報》、賈牧師和自己都屬於西方教會的差會系統。

## 2

他會來嗎？

從門外進來的是趙心潔，跟在她身後的是廖文君，這兩個人的性格、長相都是截然不同的。

十六歲的趙心潔長著一對像是畫上去的濃濃的劍眉，雙眉下的眼睛又亮又圓。紅潤的嘴唇可愛地微微上翹，像極了無錫的水蜜桃，只是這只水蜜桃從來就沒有安靜的時候，不是唱就是笑，嘰嘰喳喳地說話，嘰嘰喳喳地禱告。

趙心潔是南京一個官宦人家的小姐，是家裡的獨生女，即便信了耶穌，老爺太太也沒捨得管教過她。於是，她便像是長不大的孩子般一味地天真善良著。即便是嚴屬的李如是，面對這個學生，心裡也會生出一片明亮來，想想耶穌說人若不回到小孩子模樣就不能進天國，這實在是真的。

李如是甚至覺得趙心潔這樣的好女孩兒，是可以讓"聰明"和"成熟"羞愧的，她是徹徹底底地一片光明，心思裡沒有一點影子，天國裡應該都是這樣的人才好吧？

而另一個學生廖文君卻是個林黛玉似的人物。雖然穿著上白下黑的學生服，或是素淨的寬身旗袍，感覺還是像從古畫裡走出來的人。她只比趙心潔大兩歲，但眉眼間卻似有似無地總帶了一絲憂慮，甚至是一絲怯弱。可是與她相處久了，就會發現這個弱女子內心中有著一種她自己也許都不知道的堅韌，是易彎卻難折的。但即便如此，李如是仍是格外地心疼她，總想護著她。

會吧！應該這兩天就會到。李如是回答著，心裡突然有了種很肯定的感覺。

我們下午去碼頭接接看吧？下午有船從馬尾來呢！趙心潔歡快的提議說。

哪就那麼巧啊，再說，賈院長會派人去接的。廖文君側靠在門框上，微低著頭說。

今天正好天晴嘛，南京的梅雨天實在是要悶死人的，正好去江邊散散心啊！李姐，你說好不好嗎？

趙心潔撒嬌地跑過去拉起了李如是的手，她的頭伸向窗外，急切地看著，好像是要看看那個人會不會突然從弄堂口走進來。

呵，你那麼急著見他？李如是一邊向門外走，一邊開玩笑地說。你自己去接吧，看你能不能認得出來。

趙心潔一邊跟著她下樓，一邊說。我就是自己一個人去也一定能認出他來，這一年，聽你說他的事，耳朵都聽出繭子了，我倒覺得早就認識了他似的。再說，他不是特別高嗎？

難道一條船幾百個客人倒沒幾個是高個的？這麼巴巴地趕了去，又不知道哪班船……總是……廖文君落後了幾步跟著她們，嘴裡嘀咕著，卻還是頓了頓，把"有點奇怪"四個字吞了下去。

她們三人鎖了門走到巷子裡時，趙心潔嘴裡哼唱起一首歌來。

主愛長闊高深，實在不能推測；
不然像我這樣罪人，怎能滿被恩澤。

我主出了重價，買我回來歸他；
我今願意背十字架，一路忠心效法。

我今撇下一切，為要得著基督；
生也死也想都不屑，有何使我回顧？

親友、慾好、金銀，於我夫複何用？
恩主為我變作苦貧，我今為主亦窮。

我愛我的救主，我求他的稱是；
為他之故安逸變苦，利益變為損失！
……

這首歌寫得真好，我怎麼沒聽過，在我們的詩歌本裡嗎？

廖文君被歌詞中極誠懇的"絕對"所震動，心裡不由地湧出同感一靈的激動來，心想這麼好的讚美詩是誰寫的？又是哪一位譯的？自己幫助賈院長整理過公會的讚美詩，這首歌的曲調有點熟，但這麼好的歌詞怎麼會沒有印象呢？

這是中國人寫的詞！趙心潔停下了歌聲，故意只說了半句。李如是也沒有搭腔，她的心也不由地沉浸在歌中。

中國人寫的？誰啊？

呵呵，就是你要去接的人啊！

哦，真感人……是那個人信主時寫得吧？聽說他信主挺不容易的呢，難怪對主的救恩那麼有感情。廖文君心裡也不由地對見到那個人充滿了期待，她希望能聽他講講他所認識的救恩。

你錯了！我聽說這不是他信主時寫的，而是前年他決心為主放下過去對一個小姐的愛戀而寫的。趙心潔毫不掩飾自己的得意，她這一年中已經通過各種途徑打聽到了那個人種種的事情。

……

廖文君聽了，卻沒有如趙心潔期望的那樣繼續問下去，趙心潔就只好自己繼續講。

沒想到吧？這是一首情歌……

這哪算什麼情歌，這是一首捨下一切跟隨耶穌的靈歌。李如是糾正道，她轉過頭去時不由地皺了皺眉，只是趙心潔並未注意到。

就算不是情歌，也可見那個人是個多情的。你看他對他喜歡的女子有多深情啊！他若不是視她為至寶，不是覺得放棄這段感情就如同放棄整個世界，他怎麼能因此寫出這樣的詞？

……

她們三人都沒有再多說話。趙心潔繼續哼唱著，李如是和廖文君繼續聽著。歌聲濕濕地涼涼地滲入她倆的心裡，“我主出了重價，買我回來歸他；我今願意背十字架，一路忠心效法。”這句話仿佛脫離了那個人，從她們自己的心裡一點點地發出芽來，迅速地長大，脹痛了她們的心，心酸酸地百感交集。

### 3

船剛過鎮江，船上的旅客早已經不耐煩了多日水上的航行，特別是底艙的人，早早地就有人扛了大包小包，來到一側的甲板上等著下船。船上的服務員就吆喝著趕他們進艙，說這樣擠在一邊，船不平衡，危險。但並沒人理睬這種警告，這些人中許多是跑單幫做小生意的人，常年都是在這條水路上跑的，知道這船翻不了。

李述先一邊向船尾的甲板上走，一邊想著自己倒是不急，船上的日子讓他難得地可以靜一靜，想點東西、寫點東西。其實更重要的是靜一靜，獨自一人時，他才好默默地傷感一番，獨自在主面前的傷懷有時是一種極有效的療傷，但對他來說，這種療傷一方面極為需要，一方面卻極為奢侈。

四年前，四月末的一個晚上，李述先無法忘懷那個夜晚，好像那個夜晚是獨屬於神和他的。就在那個晚上，他獨自在自己的小屋裡接受了耶穌基督，並真正將自己全然獻給他。那個夜晚，在那間屋子裡，耶穌真實得可見可聽可以觸摸，他也第一次體會一種像女孩子嫁人般的委身。那一天是特別的，他以為從此以後的信仰都應該是這般甜蜜的、感性的、全然的、輕省的，也是只關係到自己與神之間的。

但從第二天開始似乎就不是這樣的，每一天都無法預料，每一天都是新的經驗。他的生命像是突然進入了一個壓縮器，啟示、恩賜、見的人、遇的事、能力與紛爭、火熱與冷淡，一切的一切都是那麼濃縮地擠壓著他。但他還是竭力保持著自己裡面的空寂，他需要在空寂中感受自己的真實，也感受上帝的真實。他覺得心裡面是不能擁擠的，心裡面若擁擠了，甚至是只要多一二個人影，或是多一點自己的心思，就難以聽到上帝的聲音了。

但內心的寧靜和空曠，對於一個處在各種張力中的二十出頭的年輕人來說，是何等難啊！

李述先望著向東流逝的一江春水，望著兩岸緩緩倒退、變小、消失的風景，想到三一書院幾個最要好的同伴都有著各種心思。起初一起擘餅，常常以此來紀念耶穌基督的破碎，也表明同為肢體的幾位，如今卻恨不得讓他離開。連三一書院的校長，一個資深的宣教士也覺得他的腦子有問題，是個會惹麻煩，會造成分裂的人。

但自己所思所想所堅持的不是很簡單嗎？既然我們都是信上帝，那我們要遵行的不就是上帝的話《聖經》嗎？為什麼要遵行一些《聖經》上沒有，甚至與《聖經》相悖的傳統呢？《聖經》中描述的教會並沒有按立"牧師"一職，也反對分各種派別，說我們都是受洗歸入基督耶穌的，為什麼現在一個城市就有分門別類的各種教會，掛了各種宗派的牌子？這些西方基督教會的傳統就不應該回到《聖經》被質疑和矯正？ 教會的差異

從同伴和老師的眼裡，他都看得出他們覺得他的執著是一種驕傲和狂妄，他是誰呢？不只是一個最小的小子嗎？他憑什麼質疑上千年的西方教會傳統？中國人聽的福音不就是西方各差會的宣教士帶來的嗎？中國教會不也是西方各宗派的公會來辦的嗎？他，這樣一個土生土長的，二十歲的，真正重生僅四年的小基督徒有什麼資格質疑呢？

一個從艙裡剛剛衝出來的有些年紀的婦女，挽著大包小包，腰上繡了十字花的絳紅色帶子繫著一個虎頭虎腦的小男孩，小男孩大約只有一歲多，估計是孫兒。他們幾乎要撞上他，他忙讓開，還是遭了婦人的白眼，身後一個商人又用力地推開他。

李述先真不知道他們在急什麼，一來船還沒靠岸，二來自己站的地方根本沒有上岸的口。這些人衝來撞去地，好像唯一的用處就是提醒他是個礙事的多餘的人。他退到後甲板一角，在裝著救生用品的黃色鐵箱和甲板欄杆間，找到一個礙不著任何人的小空間立定了，繼續著自己如江水般的混沌湧動的心思……

自己怎麼會成了個惹麻煩、鬧分裂的呢？自己分明要的就是簡單，真理不應該是最簡單的嗎？耶穌不是教導，是就說是，不是就說不是嗎？

　　但就連自己多次在屬靈母親和受恩小姐面前訴訴委屈，讓她評評理，都被她嚴辭責備自己不順服。還說，在主裡，年幼的應該順服年長的。他發洩自己的情緒說，如果年紀小的對，年紀大的錯，難道小的還要順服嗎？她卻只是笑了笑，說，你最好按照他的話去做。

　　可是後來發生一件事，他覺得完全是那個年長的對錯不分，便再次去向和教士抗議時，她卻更嚴屬地，甚至有點不耐煩地對他說：

　　難道你到了如今這個節骨眼，還是沒有認識基督的生命嗎？還不明白十字架的意義嗎？這幾個月你不停地說你自己對，說你弟兄錯，但是你覺得你那種講話的態度很"對"嗎？你覺得來向我一次又一次控訴你的弟兄很"對"嗎？你的對錯分辨也許是正確的，但你靈裡面的感覺呢？你靈裡面就沒有反對自己這種行為？還是你根本不在乎心裡的來自基督生命的直覺，不在乎聖靈的提醒，而一味論對錯？

　　她的話是不講"道理"的，卻碰到了他心裡的痛處。他也知道自己一再爭辯時，心裡口裡是有了血氣，但這血氣不正是她和他們逼出來的？在他們以"正確"的屬靈態度指出他的血氣時，為什麼他們不肯面對一個爭論的事件本身呢？

　　他和她之間的明亮漸漸蒙上陰影，他覺得她是為了一個正確的態度而放棄真理。難道信仰就不要論對錯？真理使人得自由。為什麼信仰的人不能勇敢地進入上帝話語建立的真理之自由，反而要遵行人的教會"傳統"，進入人的體系？這其中所存的自保自利之心豈不是違背新教信仰？

　　為何人不能堅持自己從上帝而來的領受，等待上帝的歸正？而要人云亦云地，在錯誤的地位上合一？一個同工的群體一定要思想統一嗎？每個人對上帝的領受能完全一樣嗎？可是……事實上，自己又似乎確實造成了這群同伴的不合……

　　李述先和所有二十出頭的年輕人一樣，極為珍惜友情，特別是這些受洗歸入同一個基督生命，又一同被福音點燃的年輕同伴們。起初他只是單純地想把上帝給自己的啟示分享給他們，後來他只是想和他們一起把不同的觀點帶到上帝的話語——《聖經》面前，來一一核實。但沒有人願意和他來講道理，他們，同輩或是師長，都只是一味地斥責他不順服。好像道理是無所謂的，合一和順服才是重要的……沒有人理解自己，雖然身邊有許多人，卻好像沒有一個知道自己心的……

　　李述先抬起頭，讓微濕的酸澀的雙眼迎向風，也迎向江面薄霧中迷朦的太陽。

　　……

你是我的安慰，我的恩主耶穌！
除你之外，在天何歸？在地何所愛慕！

艱苦、反對、飄零，我今一起不理；
只求我主用你愛情，繞我靈、魂、身體。

主啊，我今求你，施恩來引導我，
立在我旁，常加我力，平安從此經過。

撒旦、世俗、肉體，時常試探欺凌；
你若不加小子能力，恐將貽羞你名！

現今時候不多，使我不要下沉；
你一再來，我即唱說：哈利路亞！阿們！
……

現今時候不多，使我不要下沉；你一再來，我即唱說：哈利路亞！阿們……李述先在心中反反復複地吟唱著這最後的一句，他覺得自己的心思和靈魂都在止不住地被下沉的力量牽引著，也誘惑著。

哦，主啊，你使我不要下沉！

他看著船尾的江水被犁開又瞬間合攏，看著渾濁的水面下半明半暗的旋渦，它們似乎不算大，卻旋向極深的幽暗中。但，但這幽暗，此刻對於他卻有著溫柔的麻醉，他仿佛看見了她的臉，童年的玩伴惠雯。從童年娃娃般的她，到少女美麗的她，他從來沒有見過如此聰慧又美麗的女子。這些年，薛家不時從天津返回福州，再次相遇，讓正值青春的李述先心中大大地被激動了，他這才發現自己是那麼地愛慕她。

可是，雖然張伯父是個牧師，張惠雯卻完全不像一個牧師家的女孩兒。她非常愛慕時尚，對穿著打扮的熱情讓李述先很不理解，她世俗品味的摩登和她天然的美麗一起，在他心中形成了欣賞她的阻隔，甚至是痛苦。他不敢或是不想看她，但即使不看她，她的美麗也在他的心中，就像此刻在江水下旋渦的深處。

不僅是打扮，張惠雯對世俗的成功，也有著極大的理想和野心，這些理想和野心李述先是熟悉的。四年中，他經歷了種種的不易，終於放下了這條世界上的追求之路，放下了自己的執著與打算，走上全然交托給上帝，以另一種眼光看人生的道路。當他真正看清世俗的成功是何等虛幻無益時，卻突然面對了她，這個自己心愛的，一心想和她共度一生的女子，正義無反顧地走在這條路上，而且顯然走得很快、很順、很興奮。也就是說，他倆不會越

108

走越近，只會越走越遠。

那天，他晨更時，讀到《詩篇》七十三篇"除你以外，在地上我也沒有所愛慕的"，一個聲音突然問他，除我以外，你在地上真的無所愛慕嗎？他驚慌地抬頭，涼濕的晨霧中小樹林裡一片靜默，但每棵樹，甚至是不遠處的那個小木椿子，還有近處地上可見的小草、枯葉，全都靜悄悄地拿眼睛看著他，等待他的回答。

他閉上了眼睛，心裡浮起的聲音也是一樣，除我以外，你在地上真的無所愛慕嗎？他知道自己有所愛慕的。人對自己的認識是極淺的，是需要上帝一步步把我們逼到真實中去的，李述先在地上愛慕的其實還有不少，但那時的他心裡只有惠雯，他也知道這一刻，上帝是向他要這個所愛。

他卻說，主啊，你要我為你做什麼都行，去偏僻蠻荒的地方傳福音，甚至就是去死我也願意。

主說，現在我就要你放下這個著迷的渴慕。

他便沉默了。

於是主的聲音就從晨霧中，從晨霧深處的客西馬尼園傳來，聲音裡甚至能嗅得著血的腥味。

你愛我比這更深嗎？

那天，他就像被復活後的耶穌三次問"你愛我比這些更深嗎"的彼得，終於敵不過耶穌的呼喚，號啕痛哭著在心裡割斷了情絲。二十一歲的李述先寫下了這首歌：

主愛長闊高深，實在不能推測；
不然像我這樣罪人，怎能滿被恩澤。
……
我今撇下一切，為要得著基督；
生也死也想都不屑，有何使我回顧？
……
你是我的安慰，我的恩主耶穌！
除你之外，在天何歸？在地何所愛慕！
……

在心思中脫離了自己的戀慕後，他是輕鬆的，但這輕鬆中總有著一份填不滿也抹不去的寂寞……

而這愛情的寂寞與被同伴孤立甚至棄絕的寂寞一起，擠壓著他、淹沒著他，也幾乎要消融掉他。有時他會對自己說，寂寞正可以為自己與上帝獨處造間密室，但更多時候，他在這個密室中，一邊被動地嘗到了甜蜜，一邊仍不由自主地渴望著同路人。

船速減慢，可能是快要到岸了，船尾的水浪反聚過來，又很快地蕩盪開，迅速地遠去……船後，不能完全平復的江水在老了的春光中嚴嚴地抑制著波動，江鷗卻自由地鳴叫著起伏縱橫地飛翔。

兩岸的景致早已有了市鎮的面目，人聲卻還沒有從岸上傳來。船過棲霞，也沒有聽見鐘聲。其實，大白天，人是聽不到鐘聲的。

南京近了。


## 4

南京下關一帶是混雜的，小商小販乞丐們佔據了路的兩邊，把馬路擠成了一條巷子，即便是巷子，也非平直清爽，而是彎彎曲曲地像一段丟失在井市里的昆音。旅客、商販、乞丐，紛紛在路上竄來竄去，就算在馬路正中走著，也不奇怪，因為實在是路中和路邊的差別有限。

唯有不時開過的一輛汽車，在喇叭的炮火中，如坦克般履出一條平路來，不過，很快就被回流的人流抹去了路的痕跡。

廖文君一邊閃避著從不同方向撞來的人和物，一邊有點後悔來這裡。出生于姑蘇深院的她，雖在繁華都市上海長大，卻同樣是躲在梧桐樹蔭的法租界裡。獨自離開奶奶來到南京後，也來過下關碼頭，卻從來沒有走出過小轎車。

廖文君一邊慌亂地避著人，一邊努力在尷尬中保持著幽靜的儀態，但等她抬眼看了眼跑在前面的趙心潔時，就不由地放鬆了，並淺淺地笑起來。

活潑的趙心潔同樣出生於官宦人家，估計平時也沒機會到這樣的地方來，但她卻並不在意撞上身來的各種人。她快樂地笑著，向一個個泥塑般的面孔點頭，完全不在乎污髒的行李或貨擔蹭髒身上粉色的衣裙。她像個第一次玩泥巴的孩子般，一會兒扶起被她無意踢倒的乞丐要錢的破鐵罐，一會兒看著被小男孩故意蹭上鼻涕的裙擺大笑，一會兒又吵著要吃碗鴨血粉絲湯。

李如是只是笑望著自己這個過於天真活潑的女學生，見她已經坐到鴨血粉絲湯的攤子前了，就輕聲提醒了一句，別要鴨血了。

對對，我不要鴨血，但鴨腸、香菜你是要多多放的哦！

趙心潔向那個胖阿婆嚷著。

也許是她的笑容實在是可愛，那胖阿婆給她盛了非常貨真價實的一碗，她又拿了胡椒粉的小鐵罐來用力地灑了幾回，這才香香地呼哧呼哧吃起來。她又招呼廖文君和李老師也來上一碗，她倆都拒絕了。

她們正看著她吃，神學院收發室的校工卻跑了來。

啊呀！李老師，你可真是通神的人啊，你怎麼就知道李弟兄今天船會到呢？

李如是雖然覺得他說這話怪怪的，倒沒有表示什麼，只是不動聲色地微笑著等他喘勻了氣走近來。見他手上拿著張紙，就問，福州來的電報？

是啊，不知是誰收了這電報，放在收發室裡耽擱了，今天被我整理信件時看到。一看啊，就是今天船要到，急著找賈院長，他人不在。去"靈光報"找你們，你們也不在，幸好碰到買菜回來的老阿娘，她說你們已經來碼頭了。這不，我就氣喘吁吁地趕過來，還好，還來得及！馬尾過來的船還沒到呢。

趙心潔放下碗回頭就嚷，就你在收發室，電報來了除了你還有誰會收？還不就是你耽誤了？

姑娘你可不能這麼說，我，我也不是二十四小時守在那裡的……

校工的臉上有點尷尬，輕聲嘀咕辯解著。

李如是忙介面道，沒關係，神是不會誤事的！謝謝你跑了來，你先回去吧，有沒有叫車的錢啊？這個你拿著。她把幾張零散的紙票塞到他手裡。

謝謝！謝謝李老師！校工一邊謝一邊返身快速地跑走了。

他怎麼不叫車呢？趙心潔一邊抽出手絹擦著油亮亮的嘴唇，一邊疑惑地問。

聽說他鄉下的妹妹來投奔他，還帶了個沒爸的孩子，孩子又病著……

李如是的臉上是慈愛的，她側頭望了一眼這個心急的學生，笑容中略含了一絲責備。

那一定是他總往家裡跑，耽誤了電報……

趙心潔噘了一下嘴，隨即也覺得自己這樣想實在沒有愛心，便臉上帶了羞愧微低了低頭。

廖文君看在眼裡，想這丫頭今天接人實在是太心急。不過，這一年中不僅聽李姐講，又從各處聽到他的事，特別是他的歌，自己其實也和心潔一樣，急著看看他是個怎樣的人。

李述先還站在甲板上等著下船，就一眼看見了李如是。身材極為嬌小的她，站在人群中是那樣地與眾不同，他仿佛又看見了她的眼睛，她的眼神和她的整個人都散發出一種聖潔、嚴肅的寧靜，這種氣質和自己屬靈母親和受恩小姐非常像。一種溫暖而踏實的感覺從心裡迅速地溢開，他慶倖自己這次決定來南京是對的。

他收到賈院長的邀請後，曾再三猶豫，一方面自己現在正處在混亂的情況下，另一方面也考慮到了他們公會的背景，但聖靈給他的感動是要來學習編務出版等文字事工，於是他就回應邀請，儘快起程了。

　　碼頭上混雜的人群中站著李如是和另外兩個年輕的姑娘，整個世界仿佛不能絲毫打擾她們的寧靜，她們站在那裡，冰清玉潔，真像是這個世界不配有的人。這兩位應該是她的學生或同工吧？顯然都是大家閨秀。他看著她們，不由地心中閃過惠雯的身影，他也不知道為什麼，自己就是喜歡這類有學問的洋派的大家閨秀，而他自己卻是一個要做窮傳道的人。

　　見到李述先實實在在地站在面前後，趙心潔和廖文君兩個姑娘的感覺是不一樣的。李述先比她倆其實也只大了幾歲，但他卻顯得很老成，個子很高，長相卻有點平庸。這與趙心潔心中那個傳奇人物真是有著不小的距離，她以為二十出頭的三一學院的風雲人物，應該是個充滿青春朝氣的，魁梧偉岸的，新派的年輕人。

　　卻沒想到他高雖是高，比常人高出一個頭來，卻極瘦長，穿著藍布夾長衫，面容甚至略有病態。過厚的嘴唇包住福州人特有的外突的門牙，一幅敦厚的樣子，這與她常見的瀟灑健淡的新派有識之士大相徑庭，甚至就是他的長衫，穿得也不如家裡訪客中幾位舊派的才俊。

　　廖文君原本就沒有在心裡預想他的樣子，乍一見面，看見的竟就只有他的眼睛，甚至也不是眼睛，而是眼睛裡的那股若隱若現的靈與思。有一瞬的時間，她幾乎迷失在那眼神中了，待到回過神來，突然就似乎是懂了他，懂了他也就懂了那些讓她窒息的歌詞。

　　她們三個帶李述先回到大鋼銀巷，剛剛安頓好，賈院長就派人送了幾本書來，又說當晚做東要請李述先吃飯，並特別囑咐讓廖、趙兩位也跟著李如是一起去作陪。

　　飯桌上，李述先講了一個連李如是本人也不知道的“相識前奏”。

　　前年底，當李如是所乘的輪船即將抵達馬尾港口時，弟兄們就要李述先作為代表去馬尾迎接她，並陪她一起搭小船從馬尾到福州來。起初他不願意，一來是他覺得有許多大事需要辦；二來也是覺得實在不必浪費精力在這種迎來送往的小事上。他們卻笑稱，既然他倆都姓李，正好一路上他可以認個屬靈的姐姐，李述先對此很不以為然。

　　但就在船到馬尾的前夜，他作了一個夢，那夢非常清楚，以至於後來真發生時，一切的人和景，事件中的話和動作都像是重演了一遍。

　　夢中他去接她，兩人在輪船上相遇，她的樣子被他看得真真切切，醒了以後想想，也一點模糊不了。當時他還沒見過她，甚至也沒見過照片或聽別人描述過她的樣貌，對於這位金陵城裡出名的女才子，幾位在一起聚會的年輕人有興趣談的當然是她的文字和佈道的恩膏與能力，就連見過她，聽過她講道，這次又邀請她來福州的王君也從沒有提及過她的樣貌。

　　李述先瞪著窗外的月亮，愣愣地想了一回，思想著這個夢是不是來自聖靈，難道上帝要藉著這個夢讓他去馬尾接她？

　　等他再度睡著時，他又夢到了她。這次夢裡見到的是自己送她離開福州去馬尾換大輪船回南京，在小輪船上，她送給他一個不太大的淡藍和淡紫線格子的布包，打開一看竟然是一包大洋。她對他說這是為了他開展文字事工用的，他就當她面數了那些大洋，並特意地記住了那個數字。

　　第二天天一亮，沒等幾位弟兄再勸，他就爽快地答應去接。當天上午他有考試，他以最快的速度做完了考卷，就奔出校院到了碼頭。當他趕到馬尾後，一切就如同夢的再現。在船上看到她的第一秒，他就驚呆了，她與夢中見到的她竟然一模一樣，不僅樣貌，連氣質和聲音都是一樣的。

　　為了看看下半截的夢是否會應驗，李姐走的時候，他極力爭取要送她。這時卻不容易了，因為她在福州佈道所帶起來的屬靈復興，因為她睿智、深刻、而又充滿激情的教導，太多人希望送她了。但這次李述先堅持自己接來的也要由自己送走才行，為了這事甚至讓邀請李如是來福州的王君微微沉了臉，但他還是讓李述先作代表去送她了。

　　從福州到馬尾的水路不算太長，那一次李述先卻覺得特別長，夢裡她是在這艘小輪船上給自己那個包裹的。他倒並不是在意那筆款子，而是很好奇這究竟是不是上帝給他的異夢呢？若是，就一定還會絲毫不差地實現，而且若是，就不單單是讓他接送她那麼簡單了。

　　眼看小船就要靠近停在馬尾港口的大輪船時，李如是果然拿出了一個布包，包袱皮的格紋和顏色與夢裡看見的一模一樣，只是他不便於立即打開來數一數。李如是安安靜靜地說，這款子是為你文字工作用的。那情景和她的話都與夢中一模一樣。

　　輪船一開走，李述先就迫不及待地打開包裹來數數裡面的銀元，果然不錯，數目與夢裡也完全一樣。

　　……

　　李述先剛說完，快人快語的趙心潔搶著說，哇，這麼神奇啊！這次來之前有沒有異夢啊？有沒有夢見我和文君長什麼樣子？

　　十八歲的廖文君頓時羞紅了臉，心裡暗暗責怪趙心潔口無遮攔，藉口去看看外面有沒有下雨避了出去。趙心潔卻完全沒有任何不妥的感覺，仍睜著一雙天真無邪又有點頑皮的大眼睛盯著李述先。

　　二十一歲的年輕人反倒被她看得有點尷尬了，厚嘴唇微微開啟著，半笑不笑地吐出兩個憨厚的字，沒有。他說沒有時倒好像對趙心潔有一絲抱歉，雖然他很清楚異夢只能來自聖靈，而且是不會隨意常做的，也不能隨隨便便

113

對待，但面對這個無邪的女子，他還是有份普通的年輕人的自然反應。

沒有就沒有唄，呵呵，異夢又不是你想做就做的。

李述先沒想到趙心潔反而這麼一說，頓時更覺尷尬了。

賈院長和李如是並沒在意他倆的對話，反倒各自把這事記在了心上，心想著以後倒是要留意看看上帝要做些什麼。但他倆誰也無法想到，在之後的三十年中，李述先和李如是相互成全了對方，演繹了一段標榜史冊的輝煌；之後，又相互成了對方的拆毀，並留下心靈中極深的傷痛。

### 5

李述先這次來南京住的時間並不長，這期間他與大他九歲的李如是朝夕相處，情同姐弟。李述先心中對李如是極為欽佩，她不僅性格安靜，為人正直，沒有結過婚卻溢出一份母性。

而這種母性與李述先自己的母親卻完全不同，他自己的母親也是有學識並且愛主的，但她總是風風火火地要把自己的學識和熱心發揮出來，她似乎沒有一刻不在發出聲音，無論是在教會裡，還是在社會上，甚至是在政治和革命的風雲裡，都有她的聲音和身影⋯⋯李如是的才華和學識在自己的母親之上，但她卻是極安靜的，她似乎不做什麼。雖然她是聲名遠播的《靈光報》的主編，但當他住在這裡後，他發現她每天只是安靜地靈修、讀書、處理編務，幾乎不出門，也不常見有訪客來。

但當他與她談起許多對教會和信仰的看法時，卻發現她不僅思考得深，而且邏輯嚴密又靈動，最為難得的是他倆在許多問題上的看法是那麼地一致，並且因為她天然地考慮問題周全縝密，給了他不少的幫助。他甚至覺得自己對她有了一種知己間的依賴，這種依賴更是因為得到李如是在文字編輯和生活料理上的幫助而加深了。

一晃數月過去，福州方面一封封來信催他回去，他倒是不在乎是否在三一學校畢業，但卻為王君要去上海接受了宣道會守真堂的美國傳教士按立成為牧師的事，決定馬上趕回福州。他堅定地認為，中國教會應該以使徒時代的教會為榜樣，嚴格按照《聖經》中的真理來建造，而不應該背上西方教會的宗派包袱。

臨行的前一個晚上，李如是和廖文君說要帶他看看南京的夜景，李述先卻說不用雇車了，就隨便走走。

六朝古都金陵實在是美麗的，傍晚的細雨像是把房子和馬路都抹上了香油，麵攤子、餛飩攤子，還有炸臭豆腐和賣鬆糕的，各有各不同的香味。只是也不搶戲，淡淡地、遠遠地、互相融合著、謙謙虛虛地發出自己的香味。

油亮亮的地面，沒有任何一大塊高調地裸在月光下，總披著或密或疏的枝葉的影子，像極了江南美人的嬌羞。月光下的飛簷、窗臺上的花，還有露出一鱗半爪的白壁……在斑駁的夜色中，閃現，或流星般滑過。

這讓二十一歲的李述先不禁生了感慨，覺得自己的內心深處竟也如這夜色般，總有些不能明白的情緒像狐影、像絲弦，像流星……只是它們真得能一閃而過嗎？還是不動聲色地隱身在看似純淨的夜色中？

這樣想著，他又定了定神，再看這些幽靜的美，遺憾自己怎麼就已經不能單單純純地賞景了？李述先內心是多情的，甚至是有點文藝的，只不過他一直不知道拿這份文藝的情緒怎麼辦……

今晚月光真好！

仿佛是要斬斷自己危險的遐想，李述先抬頭看著月亮，感歎了一聲。

李如是和廖文君並沒有回應這個其實也不需要回應的感歎，但她倆不約而同地有點悵然。

李述先收回望月的目光，這才發現他們不知不覺竟然已經走到了玄武湖邊。見她們沒回聲，想是她們走累了，便在湖邊的一塊石頭上坐下說，累了吧？歇歇。

前面有個亭子，裡面有石凳的，而且那邊能看到古城牆。

文君輕聲說了句，卻只等在一邊，待他倆向那邊移步了，她才如影兒般地悄然隨行。

在亭子裡的石凳上坐下，三人就都很自然地沉默了。月光被亭子一遮，不能再直接淋在他們頭上了，卻從亭頂花邊似的八條邊簷上霧簾般地瀉下來，好像是江南雨中撐著的一把傘，傘邊流下的雨水，時而是一顆顆一條條的晶亮，時而卻如煙霧般飄來飄去。

李述先透過煙霧狀的月色看出去，又掠過鏡面般的湖面，對岸古城牆起伏的黑影讓他突然想念起福州。福州城也有城牆，城牆總是在暗夜裡凸顯出來，讓看見它的人感覺到一份安全，就像守更者的竹梆聲，也總是在暗夜裡讓醒著的人聽見。

李如是的目光卻停在了湖面上，停在湖面上，就感覺到了湖水的波動。月光造成的鏡子，早已在人不經意間龜裂了。這鱗皮般的微波突然讓她心中一驚，竟然覺得像是藏身於黑暗水面下的一隻巨型怪獸的背脊。待她再想看時，水面上月色的反光卻又眩目地連成了一片，拒絕她的探究。

廖文君的目光卻並沒有走出這個亭子，她的目光安安靜靜地停在面前的石桌上，石桌的桌面並不平滑，粗糙的紋理間有些灰土，她本能地想伸手把桌面拂淨，但她找不到可用的布或紙。好在亭子邊的桂花樹將影子投了進來，

115

在桌面上劃著詩意的線條。

離桂花飄香的日子還很遙遠，她卻悠然地坐在他倆身後的影子裡，聞到了桂樹枝影帶來的香氣。

那天晚上，李述先向李如是說起了他的母親祝平安。

## 6

李述先始終覺得婚姻是個迷。在他那個基督教的家庭裡，他所看到的婚姻與《聖經》中所說的婚姻截然不同。

李述先的父親李修靈是一個謙和而又老派的書生，這個牧師的兒子小時候讀的是一間外國傳教士來辦的基督教小學，接著卻又學了儒家經典去趕朝廷的科舉之考。福州是個文舉中心，他和從各省各縣趕來的學子一起初試複試，用斗室中三天寫成的八股文換來了海關的一個小官職。一生就在這官職上兢兢業業，緩緩升遷，養家糊口。

李述先的母親祝平安卻是一個了不起的女人，雖然出生於農村的貧窮人家，最小，且是女孩，又正值大饑荒，卻奇蹟般地避過了被棄等死的命運，賣到城裡的一戶有錢人家裡。原本是要當丫頭的，卻又被一個祝姓的偏房看重，收養了，視若貼心的"小棉襖"。

祝先生因為得了治不好的怪病最後求到教堂裡，病好了全家就信了基督，加入了美以美教會。於是，祝平安那雙纏了一半的蓮花小腳就放開了，同時放開的還有她小小少女的歌喉與夢想。她上了美以美差會辦的女子學校，高中時認識了一個美國回來的年輕女醫師，她竟然是個中國女子。於是她開始一心嚮往去美國學醫。

祝平安終於說服了父親，不顧母親的反對，來到了上海中西女子學校學英文。正當這位聰慧的少女要被大上海熏得沉迷物慾時，余天慈小姐的生命吸引了她。比祝平安大不了幾歲的余天慈是個有著一雙小腳的中國女子，眉清目秀，典型的江浙閨秀。她在去英國學醫的半途中，船泊地中海的時侯，與她的神相遇，上帝呼召她放下前途，回到中國，傳基督的福音給自己的同胞。於是她找到船長，不顧他的發怒堅決要求回國。

受她父親（一位長老會傳道人）所托來關照她的船長，雖然覺得這女孩是發了瘋，但還是安排她轉搭另一艘返程的海輪回到了上海。她以安安靜靜的見證和令人動容的佈道開始了她的服事，也贏得了父親的理解，但她卻不肯被納入長老會，接受差會的薪金。

十八歲的祝平安開始盼望和她一樣放下自己的人生打算，掙脫物慾和情慾的捆綁，靠信心來跟隨上帝。祝平安把母親給她的最貴重的禮物，一隻金戒子拿來送給她，想著這輩子是要和她一樣嫁給耶穌的。余小姐卻婉拒得明明白白，她的態度是平和的，也從未批評過祝平安那世俗的穿戴。這更讓她對余小姐羨慕得很，她開始切切地禱告，一心等著上帝也這麼呼召自己、使用自己。

但有意思的是上帝對她的回應卻是一紙婚書。當大家慶祝已故的，福州一帶首位被按立的公理會牧師的兒子李修靈，與美以美會信主的大商人之女祝平安的婚禮時，人們都盛讚這是上帝天父所配合的美好聖潔的婚姻。而新娘祝平安卻覺得自己的人生就此完了，她恨透了"結婚"兩個字。

等她隨後來到夫家，目睹著言詞和心思都極為厲害的婆婆如何管理七個兒子和五個媳婦時，她的心真正是沉到了海底。雖然年輕夫婦大多數時間獨自住在汕頭這個小小的港口，但隨著一胎二胎都是女兒，婆婆的眼神和妯娌的私語仍是如山般壓在她的頭上。

自從懷上第三個孩子，她就沒有一刻不在向神禱告。給我一個男孩吧，除掉我的恥辱。給我一個男孩吧，我必定將他還給您，一輩子讓他做您的僕人……哦，主啊，你就給我一個男孩吧。

她這樣禱告著，但在禱告的間隙裡卻有一份不甘心溢出來。這不甘中有酸楚，也有對自己的厭恨與無奈。想著自己僅僅幾年前還有的志向，還苦苦求主呼召自己、使用自己。如今，苦苦求的竟只是要一個男孩，除掉自己在夫家的羞恥。唯一似乎與普通婦人不同的是，她還可以向上帝許願說讓兒子將來被上帝使用。

直到她真的這次生下了一個兒子，起名李述先，之後又生了四男二女，前前後後一共為李家生了五男四女九個孩子後，祝平安心中仍是不甘心，自己只能用生孩子的方式來服事上帝。

與溫和謙恭的丈夫不同，祝平安勤快、能幹，卻性子很急。兒女中無論是誰只要犯了她定的規矩，就一定被罰，甚至是不容你辯訴的。家裡的孩子都害怕她，尤其是大兒子李述先。他從小就長得比其他孩子們高出大半個頭，長手長腳，而且時常心不在焉。不是打破了什麼，就是把某個東西碰歪碰倒，母親卻極端地要求整潔，樣樣物什都要擺得規規矩矩，於是挨罵挨揍就是常事了。最讓他一生都受到影響的，就是那種埋在心底的惶恐不安，他總覺得自己會惹她不高興，他不知道下一分鐘有什麼罪名要被扣到頭上。他唯一的自救就是默然不語，因為他知道，只要開口辯白，就會遭到她更厲害的處罰。

李述先六歲時，一家人回到了福州城。九歲時，國民革命爆發，推翻了清王朝，海外歸來的孫文在南京選上了中華民國臨時大總統。隨後因為袁世凱篡位，孫文在南方一些港口城市籌款，組織"二次革命"。李家也捲入了這些政治活動，一來因為孫文是一個基督徒，二來因為他三民主義的愛國主張。

不過，李修靈是內向怯懦的，並不肯在公開場合多講一句話，於是祝平安就成了李家的代表。她顧不得戰亂和流血事件造成的驚恐，周遊四方去演講。她不僅辯才卓越，氣勢懾人，而且因為將女性解放與革命大業混在一起講，既慷慨激昂又感性煽情，引得太太小姐們也和熱衷政治的男人一起，紛紛跟著祝平安，捐出身上的首飾和私房錢。

祝平安就趁勢組織了一個婦女愛國會，自己任總幹事，並藉著自己的交際才幹和感人口才，得著了當地一些有頭有臉的大人物的支持。當她參與組織總統接待會時，發現孫文的私人秘書竟然就是上海中西女校的同班同學，於是她理所當然地陪著她，參加了孫文在南方福建一帶四天行程中每一場大大小小的宴會。

這段時間，讓祝平安感覺好像聽到了上帝的召喚，正在她興奮地感到上帝要使用她時，孫文的第二次革命失敗了，他被迫再度流亡海外。當日本提出二十一條，要吞佔中國山東省時，那一年，袁世凱公然稱帝了。

十四歲的李述先進了聖公會辦的福州三一學院，他已經長成了瘦瘦長長的少年，他的內在其實是像母親的，但他卻格外不滿意母親的風格。於是他和父親一樣沉默寡言，思靜不思動。他對當時校園裡流行的各種來自西洋的團體運動都沒興趣，無論是籃球、排球，還是橄欖球，都看不到他的影子，甚至也極少和男孩子們玩在一起。

一次校門口的小販跑到學校來，抱怨說有學生偷了他的東西，校監問了一遍，男孩們沒一個承認，都說不知道。李述先覺得這很過份，因為他們每個人都知道是誰拿的，而這個學校還是一個基督教學校，每天都要禱告並讀經的。於是，他就說出了那個偷東西學生的名字。後來那個孩子離開了這所學校，他也就成了大家排斥的對象。

更糟的是，拿了省長親自提名、北京頒發的二等愛國勳章的母親，越來越熱衷美譽和地位帶來的社交和娛樂，天天或者就是接待社會名媛來家裡玩牌、打麻將，或者就出去玩。對孩子們仍然是嚴厲的，卻變得耐心不足並有失公平。

就在一九二零年初，寒假接近尾聲時，她又一次錯怪大兒子述先，僅僅為了家中一個值錢的花瓶被打碎了，就狠狠地打了一慣毛手毛腳的大兒子，且逼著要他認罪。這一次，他卻咬著牙，不肯認這個自己不曾幹過的罪，責打和辱罵當然是極大地加重了。

　　隨後很快祝平安就發現自己錯打了兒子，但因著一時忙於應酬，就沒有去處理這事，轉頭待李述先帶著傷痕含著怨恨返校後，她才感到懊悔了。可是懊悔又能怎樣呢，作為一個中國的父母，特別是她這樣的母親，斷無道理去向兒子認錯的。

　　就在那年，余天慈小姐來到了福州，要在美以美會的天安堂裡，主領連續兩周的興奮會。她的到來讓祝平安想起了在上海中西女校時對上帝的熱情，開始佈道的前一晚，她為余小姐設了晚宴，並把平時和她最投緣的小姐太太都邀了來。她慎重地帶著特別崇敬的口氣向她們介紹了余天慈，讓大家都要去聽明天起余小姐在天安堂的講道。

　　第二天，這幫平日閑得無聊的福州城的名媛、太太們來了好多個，她們嘰嘰喳喳地在前兩排坐定了。好一會，才見一直低著頭禱告，並不來招呼她們的余小姐起身站起來。她邁著穿暗色繡花鞋的小腳，堅定地走到臺上，立定了說，上帝這次給她的資訊就是“你吃的日子必定死”。

　　那天她開始講屬靈的“死“就是與上帝的分離、隔絕，周圍的許多人都大大地被感動，第一場講完就有人流淚悔改。但祝平安卻一點都聽不進去，她覺得每一句都是老生常談，她看著身邊太太小姐們不屑的眼神，就巴不得余天慈能講些新鮮的道理，講出些警世格言、人生妙語，來震攝住這幫驕傲的名媛太太們。

　　她這麼心猿意馬著，自己漸漸也煩燥起來，終於，僅僅比她的朋友們多熬了一天，第三天麻將牌桌上就又響起了悅耳的聲音。而在她心中如一個遙遠的夢一般的聖女余小姐，卻成了她們嘴裡的笑料。她坐在那裡打牌，自己也不知道自己是怎麼笑怎麼說的，只是心裡覺得如同死了一樣。

　　兒子李述先正好回家，向她們這邊禮貌地略點了一下頭，就上樓去了。這個兒子雖然在母腹中就被獻給了神，又從小就受過洗，如今卻完全像個不信的人，對屬靈的事一點都不感興趣。但即便是他，她也常常能從小小少年眼裡看見隱含著的不屑，他的不信好像是定了她這個母親的罪。

　　她也為自己對屬靈的事越來越沒胃口而煩惱，越是自責自己的狀況給了兒子不好的榜樣，她就越是容易把對自己的氣發洩在他身上……

　　祝平安突然推倒了面前的麻將，從麻將桌邊站了起來，嚷了一句“我是基督徒！”。

　　大家只是看著她，她們的眼神好像是在問，那又怎麼樣？我們不也是嗎？

　　她看了看她們。確實，這些福州城裡的名媛們、新派摩登的太太們，大多是在教會學堂裡受的西式教育，也都唱過讚美詩、禱告過，她們顯然認為都是和她一樣的“基督徒”。可是，可是，自己心裡卻不想和她們沒分別。

祝平安像是賭氣般仰了仰頭，聲音加高了，口氣卻虛了不少。

人家余小姐大老遠地跑來福州講道，我們……我不去真是有違禮數！

我們也去了呀，但她講來講去就那麼幾句話，誰熬得住？

就是！開場去捧了場，大不了，等結束時再去一下，就算給面子了。

她們七嘴八舌地說著。其中一個和平安特別要好的，見她面上不好看就趕緊說。這樣吧，我們去坐著也添加不了幾個人，不如照樣打我們的麻將，這幾天贏的錢統統不准拿走，聚下來買幾個大大的花籃，結束的那天送去。這樣余小姐也有面子，平安也盡了禮數，我們這些人也算是代表福州盡了地主之誼，你們看這樣好吧？

大家紛紛都誇這個安排好得很，又有面子，又周全，也省了去枯坐著聽道理。祝平安良心裡卻更過不去了，覺得這種打算真是大大地褻瀆了聖女般的余小姐，可是她也知道一時是無法和她們說得清的。

人家余小姐是不要花籃來撐面子的。唉，隨便你們愛怎麼說怎麼做吧，明天你們換個人家打牌吧，我是要去聽道的。

雖然祝平安的語氣有點硬，不過她一向是女丈夫般的人，大家也不在意，嘻笑著調侃了她幾句，就轉頭叫女傭去買夜宵了。

她們的對話被剛上樓的李述先都聽見了，他的臉上掛著一種不以為然的冷笑。雖然他才十七歲，他卻打心眼裡瞧不起母親的信仰，這次也大不過是三分鐘熱度和出風頭的"自義"罷了。


**7**

你就是那次跟伯母去聽余小姐佈道？聽說余小姐佈道非常有能力，早期和西人女傳教士一起在朝鮮醫療傳教，後來回到上海就放棄行醫，專門租了個小會所，成了自由佈道人……

廖文君的兩眼發著光，急急地說著這位心裡欽佩的女佈道家。

你怎麼對她那麼熟悉？李述先問

我……

廖文君沒好意思說，是因為聽說他是在她的佈道會被復興的，故而格外地注意了余天慈……

她略過了起因，簡單地說，我前些日子去上海，和王慕真一起去了江灣余天慈建的《聖經》學校，主日還聽了她講道。我真是很佩服她，像她做的這些事，不要說是一個姊妹，就是中國的男人也沒幾個做得了的。

廖文君說著，臉上卻莫名其妙地覺得有點燒，不由地省察自己那天聽道時心裡有沒有猜想他聽道時的情景，於是忐忑地偷偷抬眼，躲在睫毛的影子裡望了望對面的他。李述先並沒有看她，他的眼睛望出亭子，望著遠方。她覺得他好像是在望著整個世界，望著天下，心裡不由地升起一種帶著崇敬的蕭穆，這種蕭穆讓她心裡乾乾淨淨地平安了。

我這次沒能在上海停一下去看看她，下次來，是要在上海停些日子的。幾年前我到上海跟余天慈小姐學過查經，後來又因為家裡的事去過二次，我覺得上海比較開化，交通也方便，確實是建立全國性傳福音中心的好地方，作為文字事工的發行地，應該也會比南京好吧？

李如是聽著就說，在南京做文字事工，主要是因為有金陵神學院和金陵女子《聖經》學校的資源。而且，賈牧師對文字事工非常重視。

但經濟和組織上依託西方宗派的差會，勢必難以開展中國教會自己的神學研究，教會的建設也會被西方各宗派傳統中不合《聖經》的地方影響。

脫離西方宗派，我們自己研究，又怎能保證就準確呢？

《聖經》就能保證啊！至少我們可以回到神的話中，剔除那些明顯不合《聖經》，或超出《聖經》教導的傳統。例如，洗禮、擘餅這些重要的事上，西方宗派傳統的規定就未必都合乎《聖經》。首先，《聖經》裡也沒有寫有牧師這個職份。其次，耶穌說"你們要去，使萬民作我的門徒，奉父、子、聖靈的名給他們施洗"，這個命令是給所有的基督的門徒的，現在卻只能是按立的牧師才有資格給人施洗。而且《聖經》裡記載的都是浸禮，現在有的宗派教會卻沿襲天主教的點水禮。就在這受洗的事上，豈不是，該遵循的方式倒是丟了，反倒添了《聖經》裡沒有的規定？

更重要的就是擘餅，這是耶穌在最後的晚餐時親自為他的門徒設立的一個儀式，為了來紀念他。《馬太福音》二十六章裡記載說："耶穌拿起餅來，祝福，就擘開，遞給門徒，說：'你們拿著吃，這是我的身體'；又拿起杯來，祝謝了，遞給他們，說：'你們都喝這個；因為這是我立約的血，為多人流出來，使罪得赦。'"

但現在中國教會裡大多數沒有擘餅聚會，擘餅儀式也是只有按立的牧師才可以領。《聖經》上不是明明白白地說耶穌的門徒都要這樣行，來紀念他的死和救贖嗎？我認為按照《聖經》的記載，基督徒都可以，並且應該常常擘餅，不一定要在教堂裡，在家裡，哪怕幾個人也是可以的……

李述先滔滔不絕地講著，聲音雖然並沒太提高，但顯然越講越激動。李如是只是默默地聽著，她知道他在福州就是因為這些觀點與其他幾位同工，以及別的教會有了矛盾。但她此刻並不是因為怕觸動他的傷痛而沉默，她是實實在在地聽進去了，她這段日子也想了很多，特別是在洗禮、擘餅、宗派教會或獨一地方教會這三件事上，她也細細地查考《聖經》。只是因為她自己一直在長老會系統中，雖然有些思考，但總是懷疑自己這種離"軌"的"獨立"思考是否合適？是否具有合理性？是不是自己太狂妄了？

這些日子他們倆也談過許多，李述先也許是考慮到《靈光報》的背景，畢竟他是賈院長請來做編輯助理的，他並沒有鋒芒畢露地直接談這些問題。但今天在這遠離大鋼銀巷的玄武湖邊，似乎因著月光與一切都隔開了，聽他這番直接簡單的話，她就突然對自己的"複雜"羞愧起來。是啊！難道回歸《聖經》，以神的話來考核校正傳統，不是最為正常的事嗎？自己信的是耶穌基督，是《聖經》中的上帝呢？還是長老會的耶穌和上帝呢？

……

見李如是一直沉默著，不回應李述先的講論，廖文君以為她是在忍著不和他爭吵。她深知自己的老師雖然修養極好，溫和而慈愛，但在神學和教會的事上絕對是一個不講情面的人。於是在廖文君看來，大風暴只怕是傾刻就會發生，忙趁著李述先激流般的話剛一停頓，就轉移話題道。

李弟兄，你還沒有告訴我們，你母親去聽余小姐的道了，後來如何了？你也和她一起去了嗎？

哦，沒有。

李述先被她一打斷，先是一愣，馬上感覺到剛才自己是過於激動了，有點不顧她們的感受。他抬頭看了一眼廖文君，她月白的臉上淡淡地，雖然隱在他倆和桂樹的影子裡，卻是一片不著痕跡的溫暖，心裡不由地感歎這個女孩的善解人意。

那次母親是要我一起去聽，我當然不肯跟她去，說實在的她那時太不像個信主的人了，所以我對她推崇的人和事也一律是否定的，就藉口學校有課，趕緊回校了。

後來聽她回來說了那天的事。她一去，余小姐就迎上來問她這兩天去了哪？原本她只是關切地問一句，但母親卻心一慌就撒了個謊，說是病了所以沒來。余小姐就拿眼睛盯住了她說，願上帝親自光照你、醫治你！她凝視了她片刻，這才返身回了講臺。

那天母親說她如坐針氈，"光照""醫治"，余小姐的這句話直接就戳中了她的要害，她也聽不清她在說什麼，就那麼直接地面對著自己被這話照亮的虛假本相。雖然來之前，昨晚就覺得自己的光景如死的一般，但被余小姐這麼當眾揭出來又覺得很沒面子。想想她也未必就知情，不過是自己說病了，她就說醫治罷了，所以好像又怪不得她。可她還是決定不再來了，否則只怕是哪天聖靈感動她看見了自己的光景，在講臺上說出什麼來，畢竟自己也是福州的名人了……

她沒再去？廖文君問。

肯定會繼續去的！上帝做事從來都不只做一半。人舒服著就會不去聽道，越是聽了扎心的道，越是會忍不住地還要去。李如是說。

是的。她想著絕不去了，聖靈卻天天在她心裡動工，催逼著她去，每天她都像是被一隻看不見的手拉進會堂的。然後，終於有一天她聽著聽著就大哭起來。那天，余小姐重新講了一遍耶穌在十字架上為罪人受苦。她一邊講，母親就像是眼睜睜地看見了十字架上的耶穌，離得那麼近，被荊棘冠上的毒刺扎得青紫腫脹的頭就像是近在眼前，粘稠的血都還在緩緩地向下流著。她就受不了了，想想自己是那麼輕慢地對待這個信仰，對待這位替她的罪而死的耶穌，她就大大地懊悔了。後來，她把父親也拉去聽了，可我就是不想去。

為什麼呀？她沒和你講她的得著？文君問。

講了。但我當時心裡真是硬，可能就是因為怨恨她吧……唉，恨就讓人的心剛硬了。父親雖然平常凡事都聽母親的，這次卻也反對她，說別人信主都是喜喜樂樂的，你又不睡又不吃，天天光是流眼淚，這樣子就別信了。於是自己不去，還不讓她再去聽。

若在平時，母親推門就出去了，他是擋不住她的。這次她卻對父親說，你是不知道我裡面的光景有多糟。然後她就向他承認騙過他，挪了不少家用的錢去打牌，還有許多大大小小隱瞞他的事，他倆就都哭了。那次我不在家，後來弟弟告訴我時，我不太相信。說實在的，我覺得母親是太強了，以至父親這樣膽小，事事不出頭。

後來幾天，母親就在會堂裡當翻譯，把余小姐的官話翻譯成福州話，那時我們學校是講福州話的，高中生們大多聽不懂官話。母親一翻譯，學生去得就多了，獨獨我就是不去。那天在家庭禮拜時，母親彈著琴突然就停了，她好像是很掙扎地又去彈，又停下來。然後就突然轉身摟住了我，她哭著說，因著主耶穌，我承認以前在氣頭上錯打了你，都是不對的。

我從沒見過她這樣，一時呆住，也反應不過來。不知怎麼就說出了心裡一直憋著的話，你是錯了！母親。我停了停，又加了一句，這事上，我恨你！我一說完，母親的臉就唰地白下來，白得發青。我自己也嚇著了，覺得腿肚子都要抽筋。她卻沒有發怒，而是誠懇地向兒子請求說，原諒母親吧。

這真是太不容易了，天下哪有父母向子女求原諒的？是上帝的靈在動工。李如是感歎道。

是啊！李述先低下了頭。可是當時我卻把頭轉開了，沒有回答她的懇求。不過我心裡是感動的，我就想基督教信仰應該不是我過去知道的條條框框，必定有什麼特殊的能力，否則母親怎麼會肯做低頭認錯這麼大失顏面的事呢？

第二天，我就主動要求跟母親去聽余小姐講道。

我去了，聽了，沒等聚會結束，上帝就讓我清清楚楚地看見了自己的罪。然後，自然就是悔改和奉獻。唯一和其他一些也去聽道的同學不同的就是，我要麼不信，信了就真信了。悔改就徹徹底底地悔改，奉獻就徹徹底底地奉獻，就許願說要一生服事主，做個傳道人。父親起初還有點不願意，畢竟我是李家的長孫，母親卻很高興，就說當初為了要一個兒子是向上帝許了願的。

真是太好了！廖文君的聲音裡充滿了羨慕，她不由地想到自己早就沒有了母親，父親和家人也都不贊成她奉獻給上帝當傳道人……

……哦，天晚了，李弟兄明天一早要趕輪船的，我們還是回去吧。

李如是一邊說，一邊就轉身走出了亭子。他們三個一邊往回走，一邊都還沉浸在李母祝平安的故事中。三十歲的李如是突然歎了一聲，完全奉獻實在是美的，是有福的，不過，這條路不好走……

二十一歲的李述先卻信心滿滿地說，我也不是隨便說說的，我是仔仔細細想清楚了。人世間的智慧、巧工還不都是浪費在許多無意義的短暫的事上？有什麼是好到不能獻給主的呢？

他們一路走回去的時候，地上都亮閃閃的，微涼的細風格外新鮮，含著一絲絲若有若無的青草或是哪家花園池溏裡的荷葉味。李述先給她倆說了個真實的故事。

在福州老城的漆器街上，有一家舊式店鋪。他跟著母親去過一次後，自己又去過幾次。原因是店裡有四塊極品黃花梨的硬木屏風，有個無名的雕刻老師傅，已經花了六七年的時光在雕這屏風。他看見時，他正開始雕第三扇，精細到極致。濃濃淡淡的金黃的黃花梨木，浮雕成一朵朵逼真的花朵和詩意的雲紋水波，襯在黑漆底層上，美得讓人窒息。老闆說，不論是下雨還是出太陽，不論是過節還是鬧革命了，自從這個人學會了這門手藝，就一直這麼幹著。老闆還說，活沒完，再好也賣不出去，換不來錢。就是給他這麼三餐飯、一塊睡覺的板子，也都是自己貼著的。

後來，李述先再去店裡時，這個師傅眼睛已經開始花了，雖說還能刻，老闆卻怕他刻壞了這寶貴的屏風，換了新人後，就給他一點點錢攆了出去。這人沒有別的手藝，起初還去幫別的傢俱店刻點粗活，終是精力全耗盡了的緣故，視力迅速地退化，精神也很不濟，最後竟然淪為了乞丐。

那次，李述先在余天慈的佈道會上，把自己奉獻給耶穌後，他在街上就看見了那個師傅。他一身破爛地坐在路邊店鋪前要飯，一雙手抖得厲害。他就想，這麼精美的手藝，也就消耗在三塊用來裝飾的木板上，消耗在這個刻薄的老闆手裡，那麼自己把生命中所有的一切獻給上帝，有什麼捨不得的呢？
那晚的月光夢一般地皎潔，他們三個走在這月光中，即便有時月亮隱入了或
稀或密的雲中，在他們的感覺裡，月光卻始終如一地明亮著。

# 江南梅雨季

## 1

李述先走後，李如是一直在思考著他說過的話。她那慣性的神學思考和
信仰良心都大大地受到了震動，而那一年，整個中國都在大震動中。

十月，馮玉祥發動了北京政變，包圍總統府，成立國民軍，廢除帝號，
大清帝國的最後一位皇帝愛新覺羅.溥儀離開了紫禁城。原本這事與李如是她
們真是毫無關係，卻因為馮玉祥號稱"基督將軍"，而引起神學院中不聞世
事的神學生們，也在事件程序中熱烈地議論著。李如是聽著，心裡第一次感
到世界上的動盪也刮進了宗教的帳幕中，她本能地有種抵抗和反感。

那些日子竟然有個清朝遺老的孫女來讀神學院，也有人說她是宮裡出來
的，她的臉很蒼白，文字功底極好。有人把她介紹給李如是，她和她聊了聊，
問她為什麼來讀神學院，那女子一臉的暮氣，說看透了這個世界的虛空。李
如是最後卻沒有留她，只對她說，你要服事的耶穌並不在這個世界以外。

女子走後趙心潔很不理解，覺得老師不該放棄這麼好的人才。她問李如
是，耶穌不是說他的國不屬這世界嗎？

李如是沒說話，她心裡只是直覺地不喜歡這女子身上的厭世。

趙心潔卻仿佛能讀到她的心，又說，厭世有什麼不好？我們不就是要離
開這個世界嗎？耶穌不就是避難所嗎？

廖文君見老師不說話，就反駁心潔說，基督教是入世的，不是出世的。
否則我們就不要活在這個世界上了，更不要傳福音給世人了……

李如是聽著她倆的對話，心裡的清楚下隱著縷茫然，出世、入世、離世、
在世……人的信仰中有可能完全不混雜著原本的文化嗎？人有可能準確明白
上帝的旨意嗎？或者，只是一種半無知地被帶引？

第二年，一九二五年，上海等地的日本紗廠，先後發生了數萬工人舉行
的大規模罷工。五月中旬的一次罷工中，日本資本家開槍打死了一個工人，
並打傷十餘名，被打死的工人是個地下共產黨員。三十日下午萬餘群眾聚集
在英租界南京路老閘巡捕房門首，要求釋放被捕學生，高呼"打倒帝國主義"

等口號。英國巡捕竟開槍射擊，當場打死十三人，重傷數十人，逮捕了一百五十餘人，造成震驚中外的五卅慘案。於是，由共產黨領導的反對帝國主義暴行的運動，即"五卅運動"在上海爆發，並迅速席捲全國。

王慕真從上海來到南京，心驚地說到上海所發生一切，特別是街上民眾對帝國主義的激憤，以至西方差會的一些宣傳士都感到了不安全，有的不再公開活動，也有的暫時回國了。李如是她們對共產黨，及其所領導的反帝國主義運動並沒有什麼認識，甚至也沒覺得有認識的必要。雖然義和團運動和慘絕人性的教難並未過去太久，但她們根深蒂固地自我局限在中國教會中普遍持有的，遠離政治的觀點中自我封閉著。

這次李如是只是感歎了一句，李弟兄想的也許真是上帝的心意，中國教會要脫離對西方公會的依賴，要自己有獨立的教會。

紡織廠的工人當然憤怒資本家開除工人，那可是他們，甚至是他們一家活命的保證。不過，若不是日本人，而是中國人的資本家，工人就不恨他們，不憤怒了？

趙心潔這樣說的時候，覺得自己實在不能同意把帝國主義當作憤恨的對象。"帝國主義"這個詞包括了所有西方來的人，和他們在中國辦的事？

有黑心的日本老闆，開槍的英國巡捕，但也有很好的日本人啊，英國和其他西方國家來華的宣教士，開辦了那麼多醫院、孤兒院、學校等……還有神學院。我想想那些整天和我們在一起的西人宣教士們，就覺得沒法把他們歸入帝國主義。

但如果是在英國本土，英國人抗議遊行，就算是鬧事，警員也不會輕易開槍吧？廖文君說。再說……

廖文君想說，即便是在教會裡面，西人宣教士，西人差會也有一種居高臨下的優越感。只是她在心裡想著卻沒說出口。

李如是卻仿佛聽得見她心裡的聲音。她說。所以，無論如何，李述先說的還是很有道理，中國基督徒應該回到《聖經》上，來建立我們自己的神學，而不是全盤接受西方的教會傳統。

……

即便是在這樣的政治風雲和社會動盪中，基督徒們想的也仍然是他們的靈魂。不關心政治，甚至不關心社會，讓不少基督徒們似乎隔離在了民族性的憤怒之外。

七月，李如是決定受浸洗禮。趙心潔和廖文君也要參加，於是她們三人就托王慕真去請余天慈從上海來南京為她們施洗，但余小姐卻拒絕了。王慕真獨自一人坐船來南京時，她以為李老師會很失望，但她卻沒有。

王慕真沒帶什麼行李,她們四人就從下關碼頭一路緩緩走回去。

七月的南京雖然熱,卻還沒脫淨春天的清涼。傍晚了,太陽不肯快快地掉下去,用最後顯在空中的一片熱脣,吐出橘紅的光澤。這光澤把四個女人素色的棉質和麻質旗袍染了層淡淡的金紅,以至她們的心情也被塗成了這美麗的顏色。

其實,余小姐不來也是主的美意。李如是平日裡嚴肅的面容此刻在淡紅的夕陽中,線條融了,軟軟地浮動著一種極動人的美。我想耶穌是想與我們直接地親近,建立一種特殊的關係。她說著,臉上難得的微笑與此刻的晚霞極為匹配。

可是,找誰來為我們施洗呢?趙心潔焦急地問。

李如是轉回頭來看著她,臉上有一種為母的溫柔與堅定。她說,經上不是記著,耶穌對門徒說:"你們要去,使萬民作我的門徒,奉父、子、聖靈的名給他們施洗。凡我所吩咐你們的,都教訓他們遵守,我就常與你們同在,直到世界的末了。"李弟兄說的對,這是給所有基督徒的使命,既然是給所有門徒的,就不是特別給有什麼頭銜,或是有什麼特別恩賜特別能力的人。也就是說,我們每個人都應該以聖父、聖子、聖靈的名,來為願意接受耶穌生命,成為基督門徒的人施洗。我們這裡有四個人,還不夠嗎?

李如是看著自己這三個學生,也是三個最親密的靈程同行者,她們三個的臉都紅紅的,充滿了一種神聖的光輝。

廖文君忍不住問了一句,真的可以嗎?

王慕真見李如是正看著她,就將一個堅定的眼神送過去,微微點了一個頭。

既然我們要決心脫離宗派,要真真切切地,按照《聖經》裡描述的那樣受浸禮,實實在在地與基督同死同埋同復活,那就最好不摻雜別的。李如是說完就頭也不回地向著遠方的夕陽走去。

那天,她們的步子越走越快,沒有商量就不約而同地走向一個方向,她們心裡都覺得這事是不能等的。當她們快步經過大鑼銀巷,一起走到玄武湖邊的那個亭子時,她們才停下來,互相看著,傳遞著欣喜與激動。

突然,趙心潔笑了起來。

啊呀!我們今天簡直就是女飛毛腿了!這實在是神跡,我們怎麼就能走到這裡了?而且都沒覺得。文君,你看,我連汗都沒出,平時我是最容易出汗的。

文君的手被她拉著去摸她的額頭、後頸。果然,這個有著蘋果般的臉,健康豐滿,最怕熱的心潔,今天竟然沒出汗。不由也歡喜地歎了聲,真是神跡!

就是嘛！慕真姐，你想，就她這麼個林黛玉似的人兒，竟然也能走那麼長的路，而且還沒落在後面，這不是神跡是什麼啊？

心潔頑皮地眨著大眼睛看了文君一眼，調侃道，你說剛才上帝是怎麼幫你的？是不是給你腳下按了兩朵小風雲？還是把你貼在我背上飛過來的？呵呵，我剛才就是覺得背上熱乎乎地。

誰要貼你背上啊！嗯，我想上帝是用一陣清風把我們送到這裡的。

文君一邊應著趙心潔，一邊望著石桌的桌面，想到一年前那個月光明亮的夜晚，想到桌上映著的他的影子和桂枝的影子。她抬頭去看李姐，想看看李姐有沒有想起那一切。李如是的目光和那個晚上一樣，停在湖面上。

我們就在這裡受洗吧。李如是說。

……

那天，她們四個就在亭子裡跪著各自禱告，誰也沒有注意到別人有沒有哭，只知道自己哭得就像那些出嫁的姑娘，不過她們的新郎是披著血衣又披著光芒的，就像此時的天和水。

當她們不約而同抬起頭時，臉上的淚都在瞬息間被夕陽的絹帕抹去了。這四個人一生都忘不了彼此在那一刻的臉，青春而聖潔的光芒，讓她們臉上的五官既清晰又融化。

她們一同走進湖水裡。

四周的桂樹柳樹突然間地茂密起來，靜靜的湖上一隻船一個人都沒有，她們四個人在那一天一同嫁給了耶穌。當她們從水裡站起來時，心中都不由地讚歎浸禮實在是最能讓人體會死而復活的。

天上，美到極致、豔到刺心的太陽，將雲幕擠開一個口子，將最後的光芒久久地投在她們身上，她們就聽到了那句話。

這是我所愛的。

晚上回到大鋼銀巷，她們就想開始擘餅聚會。

李如是將鐵鍋擦了又擦，用水和了二把面，攤了個小小的無酵面餅子。趙心潔去巷口的小店裡買了瓶紅酒，當她拎著酒走出小店時，隔壁桂花鹽水鴨的店老闆就一個勁地勸她把剩下的半隻鴨子斬了帶回去。

趙心潔笑著一個勁地搖頭，心裡開心得說不出話來，她生怕一開口，把這個聖潔的秘密給說了出來。

要關門了，便宜了！趙小姐照顧生意了！

老闆還是不肯放棄。心潔還是只能搖頭，但今晚她是一點點都不想得罪人的，甚至連一個生硬點的動作和心思都做不出來，所以她就沒法甩頭走過去。

一看你今晚就是有喜事，怎麼好光喝酒呢？哎呀，沒帶錢也沒關係的，先拿去，想起來，路過時給我好了。老闆不管她怎麼搖頭，還是把那半隻鴨子斬好了。

心潔最後只好說，我今晚是肯定不能吃這個的，你們一家也是要吃晚飯的，就算我送給你家吃的，大家一起高興！明天，明天我來斬一隻，鈔票一起送你。

那哪裡行，不過趙小姐就是好心，一看就是個福氣的人，上帝會送給你個好女婿的。明天來哦！

趙心潔笑著跑回了報社，想想他說的"女婿"，不由心裡閃過李述先的樣子來。又想李姐她們今天的意思好像就是嫁給耶穌，那應該就是要守獨身了？這樣一想，她明淨的心裡不由罩上了一層雲影。

那天晚上，就在大鑌銀巷《靈光報》報社的樓上，就在李述先住過的那間客房裡，她們四人一起開始了在南京的第一次擘餅聚會。

無酵餅攤得有點厚，李如是想著這是基督耶穌的身體，就輕柔地，極珍惜地去擘，一時卻沒能擘開。她只得用力一擘，餅裂開的微震就從她的指尖、手腕、雙臂，一直電擊般傳到了她的心裡。她心裡的壩就震塌了，心裡的水就流了出來。

王慕真她們三個在用牙咬碎李如是遞過來的餅時，也感受到了這回避不了的碎裂的震動。

擘餅的過程讓她們切身地感受到仿佛是自己的手，是自己的牙齒，破碎了她們心愛的救主耶穌。她們不由地跪在地上。

她們再也不覺得是猶太人釘耶穌在十字架上了；她們再也不覺得那握著鐵錘，將釘子砸入耶穌蒼白手腕的是一千九百多年前的兵丁；她們似乎能看見自己的手，握著各樣此刻浮上心頭的罪，如同長矛般刺向耶穌那赤裸的肋旁……

她們都在哭，心裡卻有著不同的掙扎，但那長矛卻被一種她們控制不了的力量，一寸寸地扎向他，紮進他，這位掛在十字架上的新郎，這替死的、上帝的羔羊。

主啊！原諒我！

四個人幾乎是同時發出了這聲禱告。

那晚，獨立堅強，少女時代就穿男裝，並善騎射的王慕真，感到自己的心好像被上天悄悄換了一個，像是西餐館柔軟的果凍，而且藏著多愁善感的萬千情絲。那夜，外面靜極了，她裡面卻是喧鬧極了，從來沒有那麼多亂竄的情絲，觸動她的悲喜神經，她從起初的感恩，很快進入不安的懼怕。其實，她是一直懼怕這種少女的，或是女人的敏感的。她是決心將自己獻給耶穌，獻給基督教的，一個獻給耶穌的佳偶理當如《雅歌》中描述的那麼多情，但一個獻給傳教的守獨身的女子，多情與柔情豈不都是被魔鬼攻擊的破口？

她一夜輾轉直到窗外的天上的星星，除了啟明星都已隱退時，她才對自己也是對仿佛一直在屋子裡等著的耶穌說，今夜就讓我多情吧！

她睡了，眉頭漸漸展開，那時，還沒有形成抹不淨的川字紋。

天光覆上她身體時，王慕真的嘴角溢開了一個幸福的微笑，仿佛是天上笑臉的倒影。

## 2

一九二六年，李述先病倒了，不停地咳嗽。起初他並不在意，因為那段時間他已經從兄弟分裂，被一起創辦的教會拒之門外的痛苦中，走出來了。他心裡有著許多的計畫，加上南京不斷傳來的好消息和李如是的鼓勵，他覺得靈裡十分興旺，正要大幹一番。

但醫生給他照了 X 光片，確診是嚴重肺結核病。他親耳聽到醫生指點著 X 光片，用英語對旁邊的護士說。可憐的傢伙，你看這裡！記不記得上次那個病例，照片和這張一個樣，人六個月就死了。他們並不知道他是能聽懂英文的。

醫生轉頭對他說，你回家吧，好好修養，吃點營養的東西，你就只能做這些了。應該，應該會好的。

李述先聽得出他最後一句話說得言不由衷，想想外國人實在是連白謊都不會說。他回家時心情極為痛苦，一路走著，熟悉的街景一下子就陌生了，虛虛地退開，遠遠地擺出一副與他無關的樣子。他就像是走在一個與他無關的世界裡，心裡再浮出"回家"兩個字時，含義卻不同了。

主啊，你是要接我回天家了嗎？但我還有這麼多事沒做！

事到如今，無論他想做什麼，上帝現在都是用這病向他說不了。但他心裡並不想在這最後的六個月裡，好吃好喝地等著離開世界，他下決心要把上帝給自己的啟示寫下來。

李述先搭船去了馬尾閩江北岸的羅星塔島，羅星山原本是個江心島，現在已經與閩江北岸相連。羅星山上有座明代建築的樓閣式石塔，稱羅星塔，當地人稱磨心塔，因此這島也被稱作磨心島。

李述先是想要與上帝獨處，全心著書才去那裡的，不過小屋的荒涼與孤寂，讓這個心懷大志卻突然面臨死亡的年輕人一而再地想起了這島的名字"磨心"，終於悲痛地大哭起來。而他的與上帝的"同在"就從這大哭著的抗議開始了……

頭幾天，他一字難著，把自己人生中的每一件事都拿來責問上帝，他覺得這位天父所給他的人生是荒誕而不公平。上帝仿佛是被他問得啞口無言了，起初還似乎微笑地看著他，漸漸地就感覺他嚴肅起來，他的每一句責問都得到了同樣的回問：那又如何？

李述先從早上坐到晚上，從晚上坐到早上，高燒中的腦和心卻越來越冷靜。是的，他給了他懦弱或稱作"事不關己高高掛起"的父親，那又如何？是的，他給了他強勢的母親，那又如何？是的，他給了他啟示和獨特的思考，卻讓他陷在失去友情，不被理解的孤單中，那又如何？是的，他選召也接受了他的全然奉獻，給了他大異象，此刻卻拿去了他的健康，甚至是生命，那又如何？……

難道自己不是認他為主嗎？自己的生命不是由他所願嗎？難道上帝不可以這樣來安排自己的人生，倒要按照他這個自稱僕人的意思？

他望著江對岸的白牙潭，想著過去每次去見和受恩的情形，她說的話，和她靜默時發出的靈的光亮……她就住在荒僻的鄉村白牙潭的那個山坡上，誰會注意到那個小村的小屋裡住著這麼一個人，這麼一顆美麗的靈魂好像被埋在塵土中……李述先多次強烈建議她去大城市，去影響更多的人，去服事更多的人。而她只是笑笑。

……

當羅星島上的朝霞再次映入他心裡時，他站起來，去屋裡的一個角落中拖出個木箱子，翻出三年前寫了大綱和一個開頭的書稿。他將書稿在桌上整理、放好，並握著筆坐在書桌前，他想，也許上帝要他完成的就只是這本書吧？現在，自己要死了，可以一無顧慮地把自己靈裡的體驗、感悟和領受的開啟，一併都傾吐出來，也不必在意別人怎麼看，甚至不必在意對錯和正確與否了。

這部書稿後來成為李述先神學思想和生命體驗的代表作品，雖然只是一個二十多歲的年輕人寫的，卻在全世界的基督教界都深具影響力，但它從第一天開始寫就不順利。三年前他只寫了二章半就停筆了，三年後，他被瀕臨死亡的病狀逼回到這間隱居的屋子開始繼續寫作。但上帝並沒有恩待他，上帝沒有讓他靈力體力都充沛，而是置他於虛弱中，他的寫作一直伴隨著咳嗽與高燒。

遠在南京的李如是通過書信知道，李述先後來搬到了一個弟兄所在的學校，並得到了一間男生宿舍安身，但雖然有弟兄和女宣教士們的輪流照顧看護，他的體重卻還是一直在下降。他在信中說，我天天活在撒旦的吞噬的嘴裡，夜夜被惡夢和冰冷的汗水浸透⋯⋯

李如是和賈院長商量後，再次發出邀請，請李述先來南京養病著書。

李述先回復說，目前身體難以成行，但和受恩小姐常常來看望他，並用主耶穌復活的資訊和能力來說明他有信心得勝。故而，只要身體稍有恢復必會前來南京。

李如是雖然無法瞭解他目前真實的靈性光景，但當她為他禱告時，靈裡也似乎能感受到那種巨大的黑暗，撒旦真是如吼叫的獅子一般。她常常要用極大的力量才能從這種靈境的感應中掙扎出來，因此，她就沒敢將李述先的情形與趙心潔和廖文君分享，只是偶爾和她們一起為他禱告，期待他能儘快來到南京。

五月，體力略有恢復的李述先，帶著他尚未完成的書稿搭輪船來南京。和受恩與福州幫助他的弟兄都不理解，他為何要在身體尚極虛弱的情況下遠行，勸他再等等，等身體完全好了再走。

但李述先心裡急於到南京去，他不能確定自己身體真會好，他想著醫生說的六個月的期限，他覺得只有李如是能夠幫助自己完成此書。即便自己最後完成不了，他也要把這本書和上帝給他的啟示都託付給她。

雖然他和李如是一起的時間並不多，但這位大他九歲的姐姐讓他的身心都產生了一種依賴，以她的文辭造詣加上深厚的靈性經驗，必定能大大地加速這本書的創作。更何況她那種與身俱來的恩慈，還有⋯⋯

李述先急於來南京的心情中，還有份他自己也不願想清楚的盼望，他很想見到李姐的兩個學生，特別是趙心潔。其實，二年前在南京時，他更多欣賞的是廖文君，她安靜得像一朵山谷中的蘭花。但這些時日的疾病，讓他常常在夜半想起趙心潔，甚至在很多個虛弱的，被寒冷的黑暗淹沒的夢裡或是難眠中，他都好像出於本能般地去想她。她圓潤、粉紅的臉，她亮燦燦的眼睛，她純淨清脆的笑聲，都成了他在黑暗的死亡海上浮沉時，要撲上去抓住的稻草⋯⋯

李述先來到南京後，身體時好時壞，但他著書的速度卻進展穩定，當然這主要是因為李如是的幫助。他和她們三個一起擘餅聚會，重新嘗到了靈裡團聚的溫暖，這種溫暖給了他不僅僅是靈的接納，而且還有著來自姊妹的柔和的恩慈。他的身心靈都仿佛在久經顛沛的飄泊後，找到了一個賓至如歸的驛站。雖然他知道這不是家，卻可以躲在這驛站的床上，裹著厚厚的棉被，暫時忘記旅程。

　　這次在南京，李述先沒有住在大鯛銀巷的《靈光報》社，為了飲食起居的方便，李述先住在離大鯛銀巷子不遠，走路大約也就半個小時的趙家公館裡。邀請他的當然不是趙心潔，雖然她是很希望能天天看見他，更希望照顧好他，但她畢竟是個姑娘家。邀請李述先的是她二哥趙心泉，金陵神學院的青年教師，他代表學院邀請李弟兄邊養病邊翻譯英文釋經教材。


　　趙家老家在無錫，趙心潔有兩個哥哥，大哥趙心儒早年留學歐洲，學的是建築，回到南京這座六朝古都後，一時無用武之地，當時他變賣了父親留下的所有田產建了這座趙家花園公館，那陣子母親氣得要尋死，但他卻安慰她說，以後會全部贖回來的。他住進趙公館的第一個晚上，看著完美的一切，對自己說夢就到此為止了。

　　很快，趙心儒憑著一口流利的倫敦腔英語，又粗通意語法語，加上為人誠信和謹慎，成了當時南京城最早的洋買辦，銀行、商貿、工礦，他都有涉獵，兩年就贖回了老家的所有田產。

　　近年，偶有洋人來南京定居，就來請他設計洋樓，他卻不像當年那麼有興趣了。但趙家公館所在地，頤和路和靈隱路的夾角處卻成了洋人們建公館的首選地。這裡鬧中取靜，樹木濃密，仿佛是城中心的一個小小森林，而開車出去幾分鐘就又回到了大都市於是這裡就成了新貴們的寶地。

　　趙心儒自己雖然沒有信基督教，但卻因為在歐洲的經歷，讓他對代表文明的洋教十分崇尚，於是便把比他小得多的二弟和三妹都送進了教會辦的洋學堂。就連他精心設計監工建造的趙公館，外型上都有英國教堂的味道，高高聳起的，無實際用處的屋頂就缺一個十字架了。

　　青灰大石磚的牆面上，成排的窗子都是長方型上加個半圓的弓形，玻璃是當時南京人不常見的五彩鑲拼的。趙心潔最喜歡的就是在閣樓上，透過鑲成圖案的彩色玻璃看外面的太陽，太陽下的樹，樹上的葉子和有時會綻開的花。

　　還有就是春天白白的柳絮，從這裡看就不是白色的了。不過她不太去看那些飄下去，堆在地上的，而只是看被風輕輕托起來，浮在陽光裡的。這恐怕是最能讓心潔安靜下來的地方了。

　　二哥趙心泉高中畢業就讀了金陵神學院，大哥一邊竭力反對，一邊後悔當時不該讓他讀西學。第二年，三妹也高中畢業了，她考進了女子師範學校，這才讓他高興起來。卻沒想到師範學校畢業後，她卻跟著她的李老師進了金陵女子神學院，與二弟成了一條路上的人。

　　更糟的是她幾次三番拒絕去見自己安排介紹的青年才俊，甚至去年被他逼急了說，她已經嫁給了耶穌，要守獨身。這下真是讓趙心儒又添了煩心的事。

　　父親早逝，母親在無錫老家鄉下不肯來南京城裡，囑咐他，長兄為父，要照顧好弟妹。但這兩個弟妹……男怕入錯行，女怕嫁錯郎。他倆倒好，一個根本就沒入在“行”裡，另一個根本就不嫁郎，這讓他的人生再得意似乎也成了枉然。而這個“枉然”中還有一個重要的原因就是他雖然娶了一個極溫柔賢淑的妻子，卻至今無子嗣。

　　雖然妻子、二弟、三妹，還有這幢在金陵城極負盛名的趙家公館，都是趙心儒心中最愛的，卻也成了他心中最煩見到的。於是，他便越來越少回來，一年四季地在上海、天津、北京等大城市跑，倒是也沒聽說有什麼花邊新聞。

　　大嫂是個賢德的大家閨秀，自己不能為夫家添丁，心裡也覺得不安，就與在無錫的婆婆商量著為丈夫納個妾，最好就是家鄉的小戶人家年輕的女孩兒。婆婆當然是高興的，沒想到留過洋，一腦子洋文明的趙心儒卻堅決不同意，還說妻子若逼他納妾，他是可以離婚另娶的，但決不納妾。

　　這麼一說，妻子就算再賢慧也不肯提此事了，婆婆雖然心裡希望寧可停妻再娶也不甘心斷後，但卻說不出口，因為說不出口心裡反倒恨上了媳婦，這兩個同樣善良又賢淑的女人就這麼疏遠了。

　　李述先在趙公館住下後，最常見的就是幫傭的江北人顧媽。趙心泉通常是住學校的，心潔住在大鍋銀巷，趙家大嫂雖然在家卻很少出房門，聽顧媽說，她總是在屋裡寫寫畫畫，或者就是看看書。

　　自從李述先住進了趙公館，趙心潔就不常回來了。其實趙公館很大，有許多間客房。三兄妹的臥室都在二樓，趙心潔常常喜歡在閣樓上，那裡也放了一張公主床，但二樓最邊上她的臥室裡卻仍保留著一切，傢俱窗簾等都還是當年建房子時大哥為這個心愛的小妹佈置的。

　　李述先住的是一樓最裡面的那間，房頂上是個很大的平臺，平臺有兩扇門，一扇通向二樓的家庭功能廳，一扇通向趙心潔的臥室。李述先住的客房是採光最好的房間，朝南的那面牆有個近四米寬的落地窗，你說是門也可以，因為一抬腿就跨出去了。

　　趙心儒曾想乾脆把它改成一扇拉門，三妹心潔卻堅決反對。一來因為窗比門寬多了，採光更好，早起太陽就能裝滿一屋子；二來，“跨窗而出”是一種興致和情趣。再說，整幢房子一樓有了前門和臥房裡的側門，又有會客廳通向花園的後門，也不合適再有門了，何況是客房。

　　窗外是一片開滿太陽花的草地，草地上放著藤桌藤椅，李述先因為得的是肺病，特別需要多曬太陽，眼看夏日將盡，他便儘量多的時間躺在籐椅上看書或構思。說是儘量多的時間，其實卻也沒有什麼時間，他每天的寫作計畫總是完不成，即便寫出來的稿子，重看時也覺得沒能準確表達。靈、魂、體三者既分離又混合的體驗，在分離中尋找有序的聯繫，在混合中辨析細微的分離，這本來就是極難的事，要將這些用文字表達出來就更難了。

　　何況虛弱的身體讓李述先無法較長時間地寫作，也無法較長時間地集中心力完整思考。他只能勉強寫一段，雖然時間不長卻常常已經是一身虛汗，手指冰涼發抖，於是只好去太陽下坐著，等緩過勁來，再進屋寫一段。即便是這麼拼著命，他寫出來的東西仍常常是片段的，要等李如是來時看了，幫他整理文句和結構。

　　他越來越依賴這位李姐，每當看她用筆勾劃修改時，或是聽她指教理順文脈時，他就在心裡極為感謝上帝。因為自己的腦子仿佛只能用一半，而上帝就讓她成了他的另一半腦子，如此清晰，如此邏輯，如此敏銳，而其對語言文句的駕馭能力卻遠勝於他，簡直讓他驚歎。

　　最為奇妙的是，這些思想被她一複述、一寫下來，就仿佛讓他直接地面對了自己裡面最深層的，複雜到模糊，敏銳到脆弱的領悟。有時，他甚至懷疑，這些是自己的思想，還是她的？她仿佛已經將自己的智慧和體驗全部化在了他的裡面。李述先越是依賴李如是，越是開始懼怕失去她的幫助，當這本《屬靈的人》即將完成前四卷時，他切切地向神禱告，希望她能成為自己文字事工的同工。

　　起初，他這樣禱告時，心裡並非完全平安。他也有一絲懷疑，自己是不是太自私了？難道要讓她離開金陵女子《聖經》學校的教職？離開生活和信仰都安定的原宗派教會？離開在全國都有極大聲望的《靈光報》主編一職？離開二次邀請自己，對自己相當慈愛的賈院長？來做他這樣一個二十多歲，剛剛被第一批同伴踢出教會的小弟兄的同工？……

　　但這份不安很快被另一個越來越強的想法覆蓋了，他很確定自己是被上帝特別呼召的一位，上帝將給這個世代的啟示特別地給了他，他的使命和執事就是要將這個上帝的啟示傳遞出來，而文字是唯一影響最大，傳播最廣、表達最完整的方式。也就是說，李如是人生的使命應該就是要幫助自己來達成這個"執事"。否則，又怎麼來解釋目前自己對她的需要，以及他倆靈裡的相通呢？

　　這種想法他沒有和任何一個人說，以他目前事工和身體的狀況，他覺得和任何人說，別人都會覺得自己不僅是狂妄，而且是荒唐。他甚至想，李姐這些日子完全忘我地對自己的幫助，也許並非因為對他思想的極大認同，而是對一個將死之人的憐憫？她認為她在幫助完成的是一本了不起的屬靈著作，是上帝對這個世代教會的啟示？還是一個有才氣卻將死之青年的臨別遺書？

李述先在這些想法中困惑著，雖然並不太影響他的寫作，卻加大了他靈裡面自我控告、自我嘲諷的聲音。這聲音每晚都糾纏著他，讓他懷疑自己真的是得著了上帝特別的啟示嗎？真的是要來服事這個世代的執事嗎？每晚從黑暗中浮出的人生片段和場景，都讓他一次次地在審判和定罪面前崩潰。他知道這些惡，如此污穢的畫面，並不是撒旦魔鬼的欺騙和引誘，而都真實地來自自己裡面，自己就是這麼一個污穢的人。

每個夜晚，李述先堅持著等待太陽升起來的方法，就是那一句彼得的帶著哭腔的無奈的禱告。主啊，你知道！

### 3

那天，李如是、廖文君和趙心潔一起來趙公館看李述先，沒想到他的臉更消瘦蒼白了。頭髮也長起來，披到了眉上。格外高的額頭，因著失了光澤而像一片讓人越不過去的沼澤。桌上堆滿了稿子，地上也散著，有字或無字，或幾行，或半頁。他厚厚的嘴唇也像這稿紙，泛了點黃的白，右下唇有一抹淡淡的墨蹟，顯然是擦過卻沒擦乾淨。

李述先見她們來很興奮，快步迎上去，伸出手來和她們握手，李如是接住了他的手，手背冰冷，手心潮熱滾燙。廖趙兩位卻早已看見了他伸出的手的顫抖，不敢一握，背轉身去。一個假裝去拾地上的稿子，一個去門口大聲喊著吩咐顧媽去買菜。

她們三人心裡都是一沉。想起早上來之前去電話問了醫師，醫師只是歎氣，說了句中文“聽天由命”。李述先激動地向她們說著這兩天正在寫的內容，文君和心潔卻一句都聽不進去。廖文君藉口上次答應大嫂要一起切磋書畫，轉身出門上了二樓，趙心潔也跟了她上樓，但她沒有進大嫂的屋，而是上了三層的閣樓。

趙心潔一進閣樓就跪下了，她從來沒有那麼貼近地感受一個人正走向死亡，父親過逝時她看見了，也傷心了，卻不是這樣貼近地感受著，那樣的生與死是一線之隔的，父親從活著一步就跨到了死裡，並不掙扎。如今這個人卻是這樣地一種死法，從生到死好像是一根黑膠皮傳送帶……趙心潔跟大哥參觀一個德國人工廠時見過這種黑膠皮傳送帶，不停地將貨物向前運送，讓她感到強大而無情。現在，她卻覺得李述先就在時間的傳送帶上，他拼命地反向跑著，她卻似乎能看見他仍是一點點快速地接近著死亡。

高高聳起的閣樓屋頂，四面都是人字形斜斜伸上去的屋脊，趙心潔跪著為樓下的那個男人哭泣，四面的屋脊仿佛是替她伸向天父的禱告的手。這個美麗活潑、無憂無慮的少女在為一個瀕死的青年男子哭泣時，一下子蛻變成了女人。她無比心疼地想著他的才華、他的抱負、他在信仰上的敏銳與絕對。

這樣一個人，上帝啊，你怎麼可以帶走他呢？

她想像著他一邊咳嗽，一邊彎曲著身子，將蒼白的臉俯向桌上零亂的白紙，用同樣顫抖而蒼白的手在紙上寫著、掙扎著。她覺得他的寫作和他在黑夜的夢裡是一樣的，就好像在水裡掙扎著要抓到一根得救的繩子。她隱隱地盼望自己是那根被他抓住的繩子，而不是那支筆，那些字。那些有什麼用呢？如果，如果他死了……

顧媽告訴過她，夜晚從李述先房間裡傳出來的可怕的夢囈和叫喊，她沒有對李如是和廖文君說，她寧願這些像惡獸的牙齒般緊緊咬在自己心上，她不知為什麼十分寶貝這個獨自為他受苦的權利。

樓下，在李述先的房間裡，他正與李如是談著自己的一個新的"看見"，他興奮地說，這個來自上帝啟示的"看見"完全改變了他過去對信仰的某些認知。

我信主之後，特別是一九二零年聽余天慈小姐的講道，重生獻給主以後，就遵從《羅馬書》六章十一節裡的教導：這樣，你們向罪也當看自己是死的；向神在基督耶穌裡，卻當看自己是活的。七八年了，我是實實在在地這麼做的，有時好像是成了，有時又完全沒有。

靈性生命時高時低也是正常的，這是一個相當長的過程，甚至是一輩子的事。李如是插言道，她心疼地看著他，不希望在他身體那麼虛弱的時候，談這種話題。

不對！我發現這不是一個漸進的屬靈的道路，自己沒法修煉，沒法積累自己的努力。事實上，我越看，我裡面的罪就越活躍，我向罪顯然是活的。而那些好像漸漸向罪死了的感覺卻反而虛假得很，像是背過身去不看的自欺。咳，咳……

李述先又開始咳了起來，他揮著手好像是極不耐煩這咳嗽，但他越是急於講下去，就越是咳得厲害。李如是給他杯中續了熱水，一指窗外說，出去談吧，今天太陽好，又沒風。坐下慢慢聊。

他們跨窗而出，走進陽光裡。在籐椅上坐下後，李述先喝了口熱茶才平息了激烈的咳嗽，有點氣喘著繼續說：

我實在信不了我自己是死的，而且我最終發覺自己根本無法死。

說著他臉上流過一縷極為慘澹的自嘲的微笑。

只怕是我這身子死了埋了,我的罪性、罪慾,也還在我靈魂裡活躍地活著呢!

……

李如是聽他這麼說,竟也只能無語。這無語,不僅是為他身體的擔憂和傷痛,也是感歎他說的其實是真的。自己裡面的罪性罪慾雖然不是那麼活躍,但卻絕對沒有死掉,時不時地它就會動一動,讓你感覺到它。

罪,總是勝過我。即便別人看不出,我卻是知道的,上帝也是知道的。所以我就向他問,《聖經》上說"我已經與基督同釘十字架",這句話是什麼意思呢?這樣問的時候,我避不開這個字的,就是"已經"。上帝總是說"你已經",而不是說"你必須",也就是說這個死是已經成為事實了,而不是必須努力去達成的。你說是嗎?

李述先嘴上這麼問著,心裡卻又並沒有問誰,他的目光向前看去,正午的太陽照得整個花園好像要融掉了。

是啊!就像耶穌在十字架上說"成了"兩個字,就是一切他都已經做成了。所以基督教信仰不是個苦修的過程,不是靠人的行為,而是靠"信"。

你說的都不錯,但我一直覺得這並不誠實,我不能對我自己沒"死"這件事置之不理啊?甚至有一陣子,我都認為只有不誠實的人才會說,向罪看自己是死的。因為我看不見這個"死"啊。

他這麼說著又咳了起來,見李如是要開口說什麼,忙伸手做了個手勢擋住她,急急地喝了口水繼續說:

昨晚,我又被我靈魂裡和肉體中活躍的罪糾纏、吞噬,我怎麼也無法看它們是死的。我就掙扎著爬起來,翻到《羅馬書》六章這句來看,你知道發生什麼事嗎?突然,上面一節經文就跳出來,放大在我眼前。第六節經文說:因為知道我們的舊人和他同釘十字架,使罪身滅絕,叫我們不再作罪的奴僕……這裡不是說"已經",而是說"知道"。有了心裡的"知道",才會"看見"這個"已經"。那麼我就跪在這裡問主,我怎麼能"知道"呢?因為通常人都是看見了才知道的。

上帝怎麼說?

李如是的心突然提到了嗓子眼,她隱約聽到屋裡傳來顧媽叫開飯的聲音。她感到兩根無形的手指掐住了鎖骨間的氣管,痛和窒息迅速地彌漫在整個胸部。她發不出聲音,只是用眼睛示意李述先快說下去。

李述先臉上的蒼白卻瞬間變得緋紅,兩頰像是燃燒著火。

起初,我跪著,分明是感到他在我面前,也知道我心裡的急迫,不過他就是不說話。我就跪著不起來,冷得很,我想我是要死在這個夜裡的,但這麼基本的事他若不對我說清楚，那我還傳什麼道，寫什麼書？不過，天還沒亮，有聲雞叫把我從昏昏濛濛中驚醒過來，我就禱告說，主啊，你開我的眼睛吧！然後，我就真看見了，那句經文是白天寫到過的，在《哥林多前書》一章三十節："你們得在基督耶穌裡，是本乎神！"

"但你們得在基督耶穌裡，是本乎神，神又使他成為我們的智慧、公義、聖潔、救贖。"

李如是不由自主地將那句經文完整地背了一遍。

是啊！你說奇妙不奇妙？這些都是我們常念的經文，卻是一點都沒有真的懂，或者好像懂了，也不是徹底實在地"懂"。你想，耶穌的死是千真萬確的一個事實，上帝既然把我放在他裡面了，那一定也就是死了！這下我就真看見，我的肉體與肉體裡的一切都是在基督裡一同死了的。

李述先興奮地站起來在草地上轉著圈子，聽到顧媽又在叫"開飯"，這才發現不遠處花叢裡支了畫架子寫生的廖文君和趙家大嫂，這時也在往屋裡走。廖文君見他看她們，就向他揮手。他也揮著手喊，吃飯了！我今天胃口好極了！

那你現在怎麼解釋你明明感覺到的罪的"活"呢？

李如是卻沉浸在剛才的談話裡，臉色嚴肅地追問。

我就是發現啊，人的魂是受靈或體控制的，讓我感覺到罪性罪慾的活躍，不是在靈掌管下的魂，而是被體主導的魂！這個魂也和肉體一樣，要被治死的。魂是可以被魔鬼利用的。因為那些感覺、情緒等都是屬於魂的，所以是不可靠的，是會被魔鬼用來欺騙我們的。只有靈是屬上帝的，是真實的。

就是說，不要憑感覺，不要憑眼見，而要憑信心！對嗎？

信心就是靈裡的真實，與魂和體的感覺、看、聽都無關……我也是開始這麼想，還沒全想好。我們現在去吃飯吧！呵呵，想想真也是無奈，這個身體總歸還是要像包袱般背著，又無益處，又費時費力費飯食，呵呵……

李述先雖然仍在咳著，他卻像是咳慣了的，並不在意，開心地向著餐廳走去。


**4**

繼一九二五年的五卅慘案之後，共產黨領導的群眾革命運動始終在反帝國主義的大旗下進行著。國民政府內部左右派鬥爭激烈，國共合作岌岌可危。蘇聯顧問和左派試圖借助發動排英、排日的群眾革命，來壯大共產黨的影響，清除右派勢力。

一九二七年一月四日，數十萬中國民眾衝入漢口英國租界，英國軍警被迫撤出租界。一月六日，英國九江租界發生同樣的衝突。英政府號召其他各國，一同增兵上海，以表達維護租界的決心。

蘇聯顧問鮑羅廷在武漢成立了“中國國民黨中央執行委員會暨國民政府委員會臨時聯席會議”，憑藉其掌握的共產黨與國民黨左派勢力，取得政治主導權。以“提高黨權”、“反對軍事獨裁”、“打倒新軍閥”為由，於三月十日，通過了“統一革命勢力”、“統一黨的領導機關案”等反蔣方案，隨即剝奪了在北伐途中的蔣中正的主席職務，將其降為普通委員。

隨後，蔣中正與剛剛回國的汪精衛商討清黨，欲驅逐蘇聯顧問，同共產黨決裂。

三月二十三日，北伐國民革命軍江右軍部隊勢如破竹，大軍直逼南京。張宗昌指揮的直魯軍退入城內，隨即在下關渡江北逃。當晚，未過江的部分直魯軍潰散殘兵在南京城內進行搶劫活動，其中有兩名外國行人及兩座已撤空的外僑住宅遭襲。

當晚，南京城內，槍聲不時劃破寂靜的夜空。在大鐦銀巷《靈光報》樓上，李如是和趙心潔、廖文君正圍聚在一起，跪著切切禱告。祈求上帝能保守金陵百姓的安寧，也保守教會和宣教士們的安全。剛才賈院長派人來過，說兩座遭襲的外僑住宅，其中一座原來就住著一家美國長老會的宣教士，幸好前天剛搬離前往內地。他囑咐她們儆醒禱告，若有異樣，及時撤入神學院大院內，畢竟她們這裡都是姊妹。

但她們心裡卻是平安的，只有一件事掛心，就是李述先此刻正住在頤和路的趙公館，那裡是洋人外僑的集中地，只怕現在成了最危險的地方。她們盼著北伐軍能儘快入城，平定軍閥殘兵的劫掠。

二十四日淩晨，江右軍先頭部隊開入南京城，沿途鳴槍搜索直魯軍的殘兵。月光下的金陵城在槍聲中度過了政權的更替，卻沒有人知道天亮後將是一個怎樣的世界。七時許，國民軍的主力部隊已經順利攻佔了南京城及下關，槍聲猛然平息下來。

僅僅二個小時後，更大的混亂卻開始了。進入南京城的國民革命軍第二軍、第六軍士兵，開始劫掠英、美、日領事署，及許多外國人開的商店，甚至住家。大鐦銀巷也湧入了穿國民軍軍裝的士兵，他們衝入了金陵女子神學院。

當李如是她們三人在二樓視窗，從窗簾縫隙看出去時，她們各自的擔心是不同的。李如是那一刻最為擔心的是賈院長和在南京的教堂和學校，廖文君擔心的卻是李述先，而趙心潔完全被這情形嚇呆了，她不理解北伐軍為何來衝擊學校？

心潔，你二哥能回趙公館去一趟嗎？我擔心李述先……

我，我給二哥打個電話問問。

趙心潔被廖文君一提醒，趕緊打電話給她在金陵神學院的哥哥。電話講了不長時間，趙心潔掛上電話後臉色極為蒼白，一幅世界末日的絕望樣子。

怎麼樣？他能去一趟嗎？廖文君問。

趙心潔只是搖了搖頭。見她倆都帶著疑問急切地盯著她看，她這才勉強深吸了口氣，顫著聲音說：

哥哥說，我還沒打電話他就已經想到了，試過了，但路不通。聽說所有的外國領事館、教堂、學校、商社……甚至是醫院，都遭到了侵襲和洗劫。不僅街上全是兵，他們神學院的每幢樓都被當兵的圍住了，根本出不去。他，他說，外國人的住宅也大多遭襲。

這樣啊？

李如是也大大地擔擾起來，她沒有想到情況竟然會演變成這樣。她不由地喃喃自語道，那，那頤和路一帶肯定是重災區了……

趙心潔突然跪下，嗚嗚地哭了起來。

哥哥說，好多宣教士、教師也被打傷了。聽說，聽說金陵大學的文懷恩，Dr. Williams 被一個士兵當場打，打死了……

那我們怎麼辦？只能在這禱告？

廖文君無奈地跌坐在一張椅子上，她看著窗子，雖然窗子被米色格子布遮住了，她也能想像到窗外的情形。想著在劫掠中的南京城，她就覺得窗簾透過來的陽光不僅不能給她安慰，反而虛假得讓人生恨。

除了禱告，我們現在做不了什麼！李如是說。

怎麼不能做？我們可以去頤和路把李弟兄接出來！我不怕危險！再說，我是個中國人，又是個女孩，他們殺的是外國人。或者你們守在這，我一個人去。

趙心潔說著就跳起來往外跑，被李如是一把抓住。

若這些兵只殺外國人，李述先就不會有危險。

可是，可是他們根本就是一群不講理的亂匪……搶紅了眼、殺紅了眼。我也去，不能就這麼等著。

廖文君也站了起來，想和趙心潔一起去。

既然知道他們搶紅了眼、殺紅了眼，我們去有用嗎？可行嗎？

李如是的聲音仍是冷靜的。

那就等死？或者，或者，等更壞的消息？

……

下午三時，被圍在下關一座小山上的美國領事大衛斯，向停泊在長江上的英國和美國軍艦發出了開火援救的信號。英美軍艦開始炮轟南京。一時之間，六朝古都不是因為戰爭，而是因為軍人如暴民般的大規模搶劫，而陷於炮火。

炮聲響起沒多久，一輛北伐軍的軍車開進了大鋼銀巷。李述先從車裡出來，跑上樓，急切地讓李如是她們趕緊走。原來，李述先與在國民革命軍裡的三弟一直有聯繫。三弟隨四十軍進入南京城後，原本是要等安定下來再與大哥團聚的，沒想到形勢急轉直下，大哥所住的頤和路趙公館一定會成為繼洋人公寓後首先被襲並劫掠的地方，不僅因為趙家是南京最早也是最有名的洋買辦，而且也因著趙公館的出名。他先是派了幾個兵去趙公館守著，後來，城裡越來越亂，死傷事件不斷報來。他便急急忙忙地處理好手上的事，借了輛軍車直衝趙公館。

他到了趙公館卻發現裡面只有大哥李述先一個人，但他卻安定得很，仍在寫稿子。他說前幾天趙家大嫂回了娘家，顧媽昨夜嚇了一夜，早上出去買菜，剛走出門就嚇回來了，說是這一帶家家要被劫，越大越好的公寓越是逃不過，於是她就收拾了一下東西獨自走了。

被三弟推著，李述先收拾稿子放在藤箱裡跟他出來，遠處卻已經傳來了炮聲。

不好！這炮聲的方向是從江上來的，應該是江上的外國軍艦開炮了。我們要快走，晚了只怕出不了南京城。

他們剛剛把東西放上車，就見顧媽跌跌撞撞地從大門外跑進來。

李述先忙上前扶住她。你怎麼又回來了？

跑不掉的！李先生啊，跑不掉的！你看包袱都被搶了，我算是撿了條命回來。反正都是個死，我還不如躲在這裡了。跑不掉的！南京城像個地獄了，大家都在搶啊殺啊⋯⋯

她顯然是驚嚇過度，李述先怎麼勸她隨車一起走，她也不肯，反而一直指著屋頂說，躲在小姐閣樓上最安全，他們把東西搶光了就太平了⋯⋯

李述先隨著她的手指看了眼閣樓彩色玻璃的細長窗子，突然想起趙心潔她們，忙迅速地上了車，讓弟弟去大鋼銀巷接人。

三弟不肯，說雖然路不遠，但那是往回開，城裡亂極了，車會很難開動，何況正在開炮，炮彈不長眼睛的，開著軍車也不安全。

李述先卻堅持，說是不接出她們三個，他也不願離開南京城。

當李如是她們坐上軍車，一路開出城去時，平日美麗的金陵像是被撕裂糟蹋了的女子，無奈而悲哀地裸著傷痕累累的懷，躺在陽光下。任憑著了魔的瘋狂士兵和城市流氓吼叫著，在她玉一般貞潔的胸上跑來跑去，也任憑炮聲隆隆。

趙心潔看著窗外，見一個湖南口音的士兵，手舞著槍支，大聲喊著，打倒帝國主義！有要發洋財的，都隨我來啊！於是，路邊的車夫，路上看熱鬧的小流氓和混混等，上百人跟著他衝向附近一所教會醫院。最為可悲的是，她看見甚至有路邊人家的小市民探著頭看，猶豫著也最後衝出家門加入了搶劫的隊伍。

什麼打倒帝國主義？就是一幫暴民！

打倒帝國主義不過是一句口號，其實就是共產黨和左派的一場陰謀。

李述先的弟弟，穿著軍官服裝的李耀先一邊開車一邊說。

為什麼說是共產黨的陰謀？打砸搶的可是你們國民革命軍啊！你們的頭是蔣中正。

對啊！共產黨就是要大家這樣看，更是要英美這樣看，然後讓蔣主席左右為難。向英美妥協就會被罵成帝國主義走狗，不妥協就被揍，北伐軍若和列強開戰，必遭巨大損失。

這種陰謀論可能嗎？北伐軍不是國共合作的嗎？

李述先皺了眉，覺得三弟作為國民黨軍官，其推斷也未必可信。

合作？合作只是暫時的！大哥啊，你現在是太沒有政治敏感度了。這個兵荒馬亂的時代，你這麼聰明的人真是應該出來幹番大事業，總躲在教堂裡有什麼出息？而且，你看，這教堂也躲不了槍炮吧？

李述先雖然不滿意三弟的說法，但現在畢竟是這個不信主的三弟開了車來救他們，於是就忍了沒說話。其他三人見他不說什麼，當然也都不說什麼了。

……

軍車一路在越來越密集的炮火中開出了南京城，他們一路開向上海，但並不知道英、美軍艦在南京的軍事行動是否也會波及上海，上海會是平安之城嗎？

後來得知，英美軍艦開炮後，江右軍司令程潛一方面制止城內的搶劫，一方面委託紅十字會代表同英美軍艦聯絡，請其停止炮擊。軍艦炮擊持續約一小時後，在下午四時多結束，而全城的搶劫風潮于下午五時左右才逐漸平息。

對於南京事件，國共二黨各有不同說法。

江右軍首領在次日發出的報告中稱，搶劫風潮是殘留城內的“逆軍餘孽”和“地方流氓”在“反動分子的煽動”下幹的。但很快被發現與事實不符，於是承認有"不肖士兵"參與，並指責共產黨是煽動南京事件的幕後主使。當時發生搶劫的第二軍和第六軍的副黨代表兼政治部長都是共產黨員，但主要領導仍是國民黨，故而對此眾說紛紜。

共產黨對南京事件的解釋是：一九二七年三月十四日，日、美、英、法、意等國軍艦炮轟北伐軍業已佔領的南京，死傷兩千多人，造成南京事件。將南京事件視為帝國主義反對中國革命的一樁暴行，而前因後果解釋不詳，也不符合事件的真實。

一九二五年底鮑羅廷曾策動奉系軍閥郭松齡將軍倒戈反對張作霖，僅一月便戰敗。第二年秋，蔣中正就與張作霖開始秘密接觸，最終達成共同驅逐共產國際勢力的協議。因此"南京事件"後不到兩周，張作霖便在四月六日得到了公使團的同意，派遣中國軍警突襲在北京的蘇聯大使館、遠東銀行、中東鐵路辦公處，逮捕了多名共產黨人，並搜出共產國際發來的大量指示、訓令、顛覆材料和武器彈藥。

據當時的報導，其中一份訓令中寫著："必須設定一切辦法，激動國民群眾排斥外國人"，"不惜任何辦法，甚至搶劫及多數慘殺亦可實行"，這就證實了蘇聯全面指揮顛覆中國政府的暴力運動和排外運動。

南京事件激化了國民黨內左右派之間的矛盾，被視為國共分裂的重要前奏之一，而在南京事件中並非只是國共之間的鬥爭，還有蘇共的內部鬥爭在其間的影響。

世事紛紜，史實難明。政治仿佛是一隻巨大的黑罩，罩住了所有的人，有時甚至讓人覺得，無論是人性還是信仰，在政治的黑罩中，都微不足道地渺小⋯⋯但這些黑土裡拱動的小苗，真得能被忽略嗎？

# 文德里風波

**1**

上海租界裡的哈同路是南北走向，南起福煦路，就是現在的延安中路；北至愛文義路，就是現在的北京西路。整條路只有近七百米長，沿路都是住宅區。一九一四年上海公共租界工部局修築此路時，因其東側的猶太富商哈同的愛儷園，而命名此路為哈同路。四三年汪精衛政府接收後改名為銅仁路，但這條不長的"上隻角"的住宅路，在老上海人口裡一直還是被稱為哈同路。

文德里只是一條從哈同路東側拐進去的弄堂，文德里的名字原本是應該如上海數千條繁複的小弄堂一樣，沉沒於模糊的霓虹和薰香中，但卻因著一群瘋狂的，不合時宜地信基督的人，而鑄成了一個記憶。

李如是和她的兩個學生，廖文君、趙心潔，租下了文德里的一幢房子，二十六號。就在這幢房子的一樓客廳裡，李述先帶領了在上海的第一次擘餅聚會，之後研究地方教會歷史的人認為，那就是上海地方教會的開始。不過參與其中的人當時並沒有這樣宣佈，甚至也沒有這個概念他們要成立一個"教會"。

他們只是渴望聚在一起擘餅。

李如是、王慕真她們四個自從在南京第一次擘餅後，就無法停止地依賴著這種體驗，這種體驗是藉著小小的，微不足道的物質：一個自製的無酵麵餅，一隻盛著血紅色葡萄酒的杯子，來達到的無法形容的靈裡的震撼。只要一個有了基督生命的人，真正體驗過一次這餅的破裂和杯的傳遞，他就無法不期待甚至依賴這個儀式。

文德里第一次擘餅聚會前一周，她們一邊清理好剛剛頂下來的房子，一邊預備著自己的心，各自按著心裡的感動進入禁食禱告期。她們彼此不太說話，也不去問對方吃不吃飯，住在別處的王慕真來了，也很自然地融入這種神聖中滲著一絲甜蜜的沉默。李述先這幾天都沒過來，他暫時住在他二弟家裡。

終於等到了擘餅聚會的那天，除了她們四位，還另外有兩個慕李弟兄名而來的姊妹，其中一位是個西人宣教士。等李述先到後，他們七位開始輕聲地唱起了聖詩，雖然他們大多會彈鋼琴，但此刻客廳裡空空地只有四把椅子和一張八仙桌，外加四隻不成套的骨牌凳。

那天，他們唱的是十九世紀蘇格蘭詩人波納的聖詩《求主揀選我道路》（Thy Way Not Mine, O Lord），李述先遞給她們每人一張複印好的歌紙。他們唱了一遍英文後，又唱紙上的中文，她們一唱中文，就有幾位陸續地哭了。

> 求你揀選我道路，我主為我揀選，
> 我無自己的羨慕，我要你的意念，
> 你所命定的前途，無論何等困難，
> 我要甘心地順服，來尋你的喜歡。

> 不問平坦與崎嶇，只要是你揀選，
> 就是我所最心許，別的不合意願；
> 我是不敢自作主，你許我也不要，
> 求主揀選我道路，我要聽你遣調。

求主握著我的手，你知我的軟弱，
否則我只能憂愁，不知如何生活，
你若握住我的手，不問你所揀選，
是何道路與時候，我心都覺甘甜。
……

他們輕輕地唱著，陽光也靜靜地浮在空中，沒有伴奏，她們的聲音就突然單純地浮了起來，在陽光裡相互交錯著，融合著，也彼此傾聽著。

王慕真淚流得最多，以至哽咽著唱不下去，沒有一個人問她為什麼哭，每個人都仿佛沿著這歌聲的水流，回溯著自己的人生，"求主揀選我道路，我主為我揀選，我無自己的羨慕，我要你的意念……"

王慕真是個官宦人家的大小姐，原名叫王亦竹。她的祖父在清朝時官至一品，做過提督和欽差大臣，還曾被派往西歐諸國任公使。她的父親從小隨著祖父周遊列國，後畢業於日本士官學校，但最後他卻棄武從文轉入了政界。

祖父把長孫女王慕真當作長孫來寵來養，不僅不讓家裡給她裹腳，而且讓她進學堂和男孩子們一起受教育，並且學騎射，出門騎馬而不乘轎。這讓王亦竹從小養成了獨立果斷的男孩性格。

她的生母早亡，繼母是一個日本貴族的後裔，性格溫雅，視她如己出。除了督促她學業外，還教她琴棋書畫、女紅烹飪。只是王亦竹即不喜歡讀書也不愛家政，而是隨著當時西風漸進的中國上流社會的小姐一樣，只愛打扮和交際。

為了成為眾人羨慕的"美人"，她甚至夜裡看著自己的"天足"流淚，恨自己母親早逝，祖父和父親把自己當作了男孩來養。她偷偷裹自己的腳，被繼母發現阻止後，就恨繼母不是親生母親所以不讓自己"美"。她自少女時就由父親作主許配了人家，對方是個品學兼優的富家子弟，留學德國回來後成了卓越的機械工程師，他們順理成章地訂了婚。

訂婚後王亦竹就失去了自己的人生方向。看著身邊的少奶奶們，更是覺得祖父和父親讓自己學的一切學問和技能都是白費的，而繼母教自己的大家閨秀的持家本領，最多也就是偶爾一用，弄弄氣氛和情調，哪有富家少奶奶需要自己縫紉和下廚的？於是，她開始學著其他少奶奶的樣子，抽煙、打麻將、應酬。未婚夫很忙，對她這個摩登的未婚妻也很滿意，但卻從來不在意她在想什麼。她就像是他訂下的一件極滿意的傢俱，就等著到了搬進家去的那一天。

王亦竹讀的是西人學校，去讀之前，繼母再三叮囑的就是可以去學學問，但不能信教，她爽快地答應了，覺得繼母真是多慮。學校雖然是宣教士開的，但學校裡的學生信基督的卻很少，再說耶穌這個名字在她們家實在是早就聽說過了，但從沒有一個人信教的。祖父和父親尊儒、禮佛，日籍的母親更是一個虔誠的佛教徒，不過家裡客廳的書架上也有英文版和德文版的《聖經》，只是從來沒有人去動過。

最終王亦竹還是信了教，原因是有一次她聽一個西人女醫師講道時，突然就感到了自己是個罪人。後來她自己在一篇文章裡寫道：原來我好像一個頑童，與眾頑童嬉戲在黑暗污泥的庭院中，忽然地我被放在一間燈火通明的屋子裡，站在一座很大的鏡前，看見自己滿身都染了污穢……

她在那一刻突然覺得需要站起來，好像一站起來就站到了另一個新的世界裡了。但周圍聽道的人都坐著，沒有一個站起來的，大家都是平平常常的表情，她就猶豫了。想著這樣站起來實在是丟臉，好像當眾承認自己全部的隱藏著的罪了；但她若不站起來，又仿佛不是坐在人群裡，而是陷在深深的污穢的淤泥中，氣都快喘不過來了。

她就掙扎著站了起來，一站直，心裡就像是掀掉了塊巨大的石頭，並且有一大股看不見的清泉從頭上澆下來，把她洗得乾乾淨淨。

那天晚上，她在月光下一個人唱著歌，在校園裡走了一圈又一圈，怎麼也想不通自己以前怎麼能那麼無知無覺地活在渾濁的罪中。那晚，她決心要與過去的一切斷開，重新活過。最容易做的一件事就是給自己起個新的名字：王慕真。

她一直沒敢告訴父母，直到暑假回家時，母親發現她祭祖時不肯跪拜，便追問她是不是信了基督教。起初她還低頭想著怎麼撒個謊混過關，但這麼一想她就覺得自己身上好像是被潑了杯污水，忙抬頭承認了。於是，父親大發雷霆，不准她再回學校，他一邊把女兒監鎖在家中，一邊和訂婚了的親家積極商議，要儘快讓他們完婚。

就在婚禮的前夜，王慕真趁大家都在準備婚禮的事，忙成一團，自己悄悄爬出窗外，潛行到後花園的牆邊。先是脫下長裙，拋出牆外，然後越牆而出。當她跨上牆頭時，她回望著燈火通明的大廳裡隱隱約約父母的身影，流下了淚。她覺得自己從來沒有過像信耶穌後那麼愛父母，但卻正是因為信耶穌讓他們對她失望，最後也造成了自己要這樣傷害他們。

當她抱著她的長裙快步奔回學校去時，她淚如雨下，以至多年後她的記憶裡那晚是下著小雨的，而若是查天氣，那晚是個月明之夜。她想著明天父母的尷尬，他們世代為官的王家會顏面掃地，也想著長相英俊儒雅的未婚夫會如何地憎惡她……無論她想到什麼，她的腳步都沒有停下來，她雖然流著淚，但心情卻不受控制地快樂著。她跑著，感謝著自己的這雙"天足"，並由此又想到繼母，她就大聲地向著天禱告說：

天父爸爸啊，你一定要救我父母的靈魂，我一定要與他們在天上做一家人的！

……

窗外弄堂裡突然傳來汽車聲，車停在了門外，接著傳來敲門聲。

進來的是一個男人。


## 2

進來的人叫許聞達，去過長老會，後來又去了內地會，從寧波來上海做生意後就常在各個教會間走來走去，特別熱心聽道和傳福音。

幾年前他曾在余天慈那裡見過李述先，心裡佩服極了！覺得這是一個了不得的年輕人。他聽了那麼多西方宣教士和大牧師的講道，沒有一個人能像這個年輕人這樣，把《聖經》解釋清楚，就像揭開一道厚厚的布，讓經文突然亮了起來。特別是他並不大聲，話語中卻充滿了一種仿佛從天而來的權柄。

他在意的倒不是自己因此對《聖經》中上帝的話更懂了多少，而是這種權柄和光芒，讓他確信這個年輕的李述先必定要成為中國基督教界的重要人物。有了這種權柄和光芒，傳福音還難嗎？辦個大教會還難嗎？所以當他聽說李述先來到了上海，並且今天在文德里有聚會時，就馬上開著他的轎車趕來了。

他進門後，李述先看見了他，只是微微點了一個頭，並沒有向大家介紹。廖文君將自己的椅子騰出來給他坐，然後去角落裡搬來唯一多餘的一張凳子，凳子的一隻腳有點壞了，她坐上去略歪了一下，就移動了坐的重心，然後就平穩了。許聞達看著，對她就非常有好感，覺得這個斯文的女孩實在是個不多見的人。

王慕真他是見過的，但此刻她只是低著頭，流淚並禱告著，直到他坐下，也沒抬眼看他一下。客廳裡的蕭穆讓外向好動的他有點不自在，他甚至無法張口打個招呼或說點什麼。大家繼續唱著歌：

……

我的時候在你手，不論或快或慢，
照你喜悅來劃籌，我無自己喜歡；
你若定我須忍耐，許多日日年年，
我就不願早無礙，不願提早改變。

……

這首聖詩許聞達是熟悉的，他沒有想到他們也唱公會裡唱的歌。他很自然地想到了作者波納的生平。

　　波納出生於愛丁堡，他在愛丁堡神學院讀書時，是神學家查瑪斯的高足。他的家族在十八世紀時，就對蘇格蘭國教有巨大的貢獻和影響力。但波納畢業後，卻被派到一個無人願去的窮鄉僻壤，當地居民粗野不馴。

　　當蘇格蘭國教受政府控制，扼殺了教會的靈性增長和基本的信仰時，查瑪斯和波納帶領了四百多位傳道人脫離國教。他們被迫放棄一切財產和親友，經過了一段艱苦的日子，建立了新的教會。後來，波納不記前仇，和原來逼迫他們的國教修好，和睦相處。波納隨身帶一筆記本，隨時記下靈感和詩句，他一生寫了六百多首詩……

　　許聞達很想如同在別的教會裡一樣，來分享一下他所知道的聖詩的作者，然後說說詩歌給他的感動，但顯然這裡沒有讓他說這些的氛圍。他們中似乎沒有一個人是在唱別人寫的聖詩，他們唱著，仿佛只是在述說自己的心事。

　　主，我餘生的小杯，求你隨意傾注，
　　或是喜樂或傷悲，求你隨意做主。
　　一切痛苦都甘甜，若知是你意思，
　　一切享受成討厭，若非你所恩賜。

　　求你為我做揀選，健康或是疾病，
　　或是笑容或眼淚，美名或是惡名，
　　不論事情大或小，揀選或是不要，
　　不要自己的感覺，只要你的榮耀。
　　……

　　歌有好幾段，漸漸地，許聞達唱著也安靜了下來。然後就唱完了，沒人說什麼，就開始禱告。六個姊妹輪流禱告著，也不是按順時針或逆時針的方向，而是忽兒這個，忽兒那人，此起彼伏地交錯，仿佛是很美的和聲。

　　許聞達聽著禱告，不由地在心裡讚歎，看來跟隨李述先的都是些優秀的人，她們的文詞和靈魂都美極了，並且顯然都是大家閨秀。

　　李述先慎重地擘開餅，遞出去，大家一起吃了。然後，他托起了那只盛了葡萄酒的杯子，杯子是只廣口矮腳的水晶酒杯，是王慕真從家裡拿來的。杯裡的酒鮮紅略深，像極了血。李述先托著它像是自言自語地說：

　　耶穌又拿起杯來，祝謝了，遞給我們說，你們都喝這個，因為這是我立約的血，為多人流出來，使罪得赦。現在讓我們各人自己省察然後吃這餅、喝這杯，因為人吃喝，若不分辨這是主的身體，就是吃喝自己的罪了。

　　他說完，便捧著那杯，沉默了許久。這沉默就把人帶到了一個無形的審判台前，連許聞達也禁不住回想了一下這一個星期自己的心思和言行，然後

149

因為大家還是靜默著，他又省察起自己的上一週、整個月、今年……當水晶杯和一張潔白的手絹遞過來時，他看著杯中的血一般的酒竟然有點不敢喝了。他又在心裡認了一遍自己的過犯，並對上帝說，求你也赦免我一切隱而未顯的罪。然後，才輕輕喝了一口，並用手帕擦了擦嘴唇碰過的杯沿。

那次聚會中，許聞達第一次感受到了自己是個罪人，這種對上帝感到的愧疚是他不熟悉的。一直以來，他都是個積極為上帝做事，向上帝奉獻的人，他從來沒覺得欠過耶穌什麼。他不喜歡這種欠債的感覺，於是當他離開時，他拿出車鑰匙放在桌上，就把外面那台心愛的老爺車捐給教會了。

王慕真她們很感動，李如是卻是淡淡地旁觀著，李述先收下了車鑰匙，但一句謝謝都沒說。不過，許聞達還是很高興，當他走出大門，從他心愛的，如今不再屬於他的車子邊經過時，他抬頭望了望天。他很高興自己向上帝奉獻了他的最愛。他想上帝是會喜悅的，更會大大地賞賜他。《聖經》上不是說人若奉獻什麼給上帝，上帝就會讓他今生就得著百倍嗎？自己在上海的業務剛剛開始，真的很需要上帝幫忙。

主，我餘生的小杯，求你隨意傾注，或是喜樂或傷悲，求你隨意作主……

他在弄堂的陽光中哼唱著，卻漸漸唱不出口來，好像歌裡的字一個個被急凍成了冰球，含在嘴裡，卡在喉嚨裡化不掉。

天真是太冷了，估計要下雪。

許聞達覺得是譯成中文的歌詞不順口，或者是有點突兀，讓他莫名其妙地有點不舒服，他決定以後這首歌還是唱英文的好。這樣一決定，他就輕鬆了，拐到哈同路上時，他招手叫了輛黃包車。快過新年了，接著就是春節，他為自己在這麼忙的商業旺季，還來參加人這麼少的聚會而感動。

太陽，卻突然陰了臉，化成了飛飛揚揚毫無表情的雪，落下來。

### 3

新年剛過，文德里又空出了一幢房子，李述先就頂下（滬語：租下）這房子搬了過來。他的衣物和日用品都很少，傢俱也很簡單，但他從福州的家裡和朋友處，還有上海弟弟家，運來他這些年存放在各處的書籍。這些書堆得屋裡到處都是，於是他就暫時用書砌成了樓上臥室和書房裡的桌子，和放雜物的櫃子。可是，一旦要看某本書，這砌好的"傢俱"就要拆掉。

不久，許聞達就送來了床和書桌等傢俱，另外一個新來聚會的醫師又送來了整面牆的書架。

擘餅和查經聚會的地方就搬到了李弟兄的樓下，因為每週都有聚會，李弟兄解經又很有亮光，所以來聚會的人很快就多了起來。愛主的姊妹們就買來了聚會要用的長板凳，一條上擠擠可以坐四個人。

椅子買好後，不久，在這裡舉行了一次近五十人的聚會，其中有一半人都是從浙江和蘇北來的，這些人原來都在各自所屬的西方宗派的公會教會裡。有的之前看過李述先在福州時辦的不定期的小報《基督徒報》，接受了他的教會觀。認為一個地方就只能有一個教會，就是基督徒聚會的地方，而不應該遵循西方的傳統，分成各個派別的宗派教會，並且由西方差會來決定所有中國教會的事務。於是，他們紛紛從宗派教會裡出來，自行擘餅、查經聚會。

來參加這次會議的也有仍在公會裡，並擔任重要職務的長老和傳道，他們對李述先的觀點是疑慮的，收到邀請信後只是想來聽一聽，以便瞭解了回去彙報。還有幾個卻是來挑毛病的，他們不滿意這個二十多歲的年輕人如此狂妄，竟然敢批評整個新教的傳統，否認西方公會的正統性，他們要來找出他講道中的問題，以便進行反駁。為此，這幾個人竟然租了小舢板，一路划著來到上海。

不管來的人是出於什麼目的，不管他們走進文德里，走進這平平常常的居家小客廳時，是如何地用眼睛和心挑剔著物和人，但最後他們都坐下了。這個瘦高的年輕人相貌平常，聲音和表情都似乎是平淡的，讓人無意中放下了戒備，跟著他的聲音走進他的靈的世界。

他的世界裡靈的流動與悸動都是真實的，好像變慢了節奏，在空中留下運行的弧線，讓人可以細察、思考、體會。他說"世界"，世界就可見可聞可嗅地濃縮在面前；他說天堂，天堂的每束光就似乎都碰著了你的皮膚；他說上帝，每個人就都被願意或不願意地單獨帶到了上帝的面前，在震驚又平靜地狀態中認識這位有位格的神。

等第一次進入文德里的人發現這個年輕人講道的不平常時，他們已經走不出來了。他們甚至無法注意到面前這個講話的人，無法注意到身邊同坐的人，無法注意到這間小客廳裡的任何一件東西。他的聲音像一種隱隱約約的旁白，或說是一根根無形的細細的繩索，捆著他們，穿越物質世界與靈界的通道，進入了靈界的至聖所。

這位有位格的上帝是希伯來舊約《聖經》裡多次描述的，是被他們用理性和神學反復講解的……卻完全不在他們感性認知中。當他們在完全的漆黑中，或是完全的光芒中，感受到他時，上帝的喜怒哀樂如同旋風般略略掃到他們，就一下子讓他們俯伏了。他們這才發現自己對這位信了一生，甚至一直服侍著的神只是風聞，是沒有真看見過，更是缺乏體驗的。

他們在這次特別聚會中被大大地震驚了，也被大大地復興了。第一天聚

151

會剛到午餐休息時間，趙心潔就看到那些新來的人在弄堂口的小店裡買手絹。看著這幾個剛才還一臉審判氣概的大男人，拿著手絹偷偷擦眼淚，她心裡自豪極了，忙跑去和李姐說。

李姐卻仍是淡淡地微笑著，說這是聖靈的工作。她又特別囑咐她不要去告訴李述先，以免影響他在聖靈裡的謙卑與順服。她說，這次會議神要作大工，我們靜觀就好。

不過，跟了她那麼多年的學生趙心潔，還是看出李姐淡然表情中的欽佩。一直以來，她對李述先身上發生的事都是靜默的，甚至是有點誠惶誠恐的心態。她仿佛是藉著李弟兄的一行一言，觀看上帝的作為，揣摩上帝的旨意。活潑的趙心潔雖然也崇拜李弟兄，卻並未視他為天人，在她心裡他是一個既智慧卓越，又有俯身之溫柔的王子。

李述先講道並不大聲，但他所講解的《聖經》經文，讓聽的人覺得就像是第一次聽到和讀到的。他的解經是智慧而感性的，帶著權柄也帶著體溫，好像一聽進去，就實實在在地融到了他們的血肉裡、靈魂中，容不得他們拒絕，甚至容不得他們保持一點點距離或是時間，來想或分析一下。

神在萬世以前，有一個永遠的計劃。神這個計劃，有兩個目的：一是叫萬有顯出基督；二是叫人類像基督，就是有基督的生命和榮耀。神要達到這兩個目的，就遇見兩個難處：一是撒旦的背叛；二是人類的墮落。

宇宙中是個大一。科學告訴我們說，一點灰塵錯亂了它的地位，全宇宙就要紊亂。今天的萬物，雖然顯出神的榮耀，卻不能顯出神的自己。

......

隨著他安安靜靜的講述，聖靈像熱風般在客廳裡快速地流動，又像火一般在他們每個人的頭頂和心裡燃燒，雖然外面正下著冬雨，屋裡卻如盛夏。其實他的話若寫下來，也並不新奇，但他談論上帝和天國的那種確定和敬虔，就讓這個小小的客廳仿佛成了先知以賽亞在異象中進入的聖殿：

當烏西雅王崩的那年，我見主坐在高高的寶座上。他的衣裳垂下，遮滿聖殿。其上有撒拉弗侍立。各有六個翅膀。用兩個翅膀遮臉，兩個翅膀遮腳，兩個翅膀飛翔。

彼此呼喊說，聖哉，聖哉，聖哉，萬軍之耶和華。他的榮光充滿全地。

因呼喊者的聲音，門檻的根基震動，殿堂充滿了煙雲。

在這充滿煙雲的殿中，也有聽卻聽不見，看也看不見的，他們似乎是幸福的，心蒙在宗教安慰的脂油中，愉快而享受地坐在聚會裡。但有更多的人因為走進了至聖所，見到了這個一直渴望見到的上帝，而感到大禍臨頭。他們是一些預嘗了末日審判的人。

以賽亞驚恐的呼喊聲充滿了絕望的懊悔：禍哉，我滅亡了！因我是嘴唇不潔的人，又住在嘴唇不潔的民中。又因我眼見大君王萬軍之耶和華。

此刻坐在煙雲中的人甚至無法像他那樣呼喊，在榮耀和光明中的敬畏是人所陌生的，卻又是人內心本能的渴望。他們開始流淚，仿佛決了堤般將自己的一切傾倒出來，一點都不可惜，因為此刻他們不僅僅是感到自己嘴唇不潔，而是裡面從心思意念到肉體完全的不潔。這一刻，耶穌的呼召"棄絕自己，來跟隨我！"才不再是讓他們捨己的要求，而真正成了一個大赦令，一份無與倫比的恩典。

有一撒拉弗飛到我跟前，手裡拿著紅炭，是用火剪從壇上取下來的。將炭沾我的口，說，看哪，這炭沾了你的嘴。你的罪孽便除掉，你的罪惡就赦免了。

那次的特別聚會中，在文德里的小小客廳和走道裡擠著的人們，都聽見了上帝的聲音。他問，我可以差遣誰呢？誰肯為我們去呢？他們分別各自都回應上帝說，我在這裡，請差遣我。

於是，那次所有參加特別聚會的人，都贊成李述先的不分宗派，一地一個教會的思想，他們將那次聚會中對上帝呼召的回應，落實為各自離開了原先的公會教會，成為李述先的同工。並且，由此開始，不斷有人離開公會來文德里聚會，包括幾個已經被公會按立過的華人牧師。

人們很難分清來自上帝的感動和呼召，與傳達這些的器皿，人又怎麼可能真的能把李述先這類被上帝大用的人僅僅看作傳聲筒般的器皿呢？

然而，公會和宗派教會依然存在著，李述先的理念是對的，只有一個教會，基督的教會。但他的實踐結果是多了一個類別的教會，他們沒有自行解散，也不會真相信可以將所有的宗派教會合併，他們只是堅持了自己對真理的領受。其實，當我們回顧天主教和基督新教的教會史時，就不難看到，所有的宗派都是這樣形成的。不過，上帝對此似乎是允許的。

在上海和江浙一帶，開始有宗派教會的牧師指責李述先"偷羊"、搞分裂，這種指責在客觀上是事實，但若站在一地一教會的神學立場上，文德里只是讓更多的羊離開宗教的羊圈，來到有上帝同在的聚會中。他們自己不稱自己是教會，而稱文德里是聚會的地方"聚會處"。西方宣教士們分成了兩邊，大多數的人開始注意到他，並反對他，甚至認為那些離開公會的人都是背叛者。相對應的就是文德里的人開始認為，在公會中的基督徒是不能得救的。也有一些對上帝極為敬畏、謙卑的宣教士，雖然被挑戰、被反對著，卻持寬容查看的心，要看看上帝會藉這個年輕的中國人做些什麼。

但接下來，李述先卻什麼都不能做，他又病倒了。

那年上海的冬天格外冷，肺病沒有完全痊癒的李述先從南京回到上海後，一邊仍在寫作《屬靈的人》最後一卷，一邊又要忙碌文德里的事，加上這次特別聚會，完全耗盡了他的體力和心力。這次肺病復發，來勢洶洶，他一下子就躺下了，起不了床。

從靈力體力的極致一下子跌下來，身體突然完全地垮下來，在一個毫無生氣的皮囊中互不相干地散開來，七零八落。每一個零部件都各自疼痛著、呼喊著，或是死一般的毫無知覺。但在這一動不能動的身體裡，靈仍活躍地衝撞，不能立刻與身體一樣癱軟下來。

李述先的目光從窗子望出去，上半截是片並不太高的天，冷清的灰藍，略略泛著和自己嘴唇一樣的蒼白。下半截比上半截寬些，是一片屋頂、屋簷連成的人間，其間偶爾有幾小片白牆，牆上偶爾有窗，有一扇小窗的窗臺砌了紅磚的窄窄的花台，裡面是什麼花？他怎麼用勁也看不清。

天雖冷，卻一直沒下雪。深深淺淺的黑屋頂就顯得幹硬，像是一個個黑石棺木。李述先以為總該有些炊煙，或是燒壁爐的煙，卻沒有。他想，也許有吧，只是那熱氣沒能衝出來。就像是此刻的自己，自己這肉體也像極了黑沉沉冷硬的棺材，活潑的靈總是衝不出來……

這些天他心裡又開始無意識地期待趙心潔，期待她明朗的笑容，她卻沒有了。她的眼睛總是紅紅的，看他時裡面有了千言萬語，這就讓他像被燙了一下般避開去。他在心裡對自己說，自己是要死的人了。他雖然這樣說，但目光還是爬過這片黑黑的棺材蓋，去看那個有花壇的小窗戶，他並沒有去想這麼冷的天為什麼還會有花，沒有想那些他看不清的彩色花瓣是真是假……

一天他在陽光中醒來時，竟然看見那扇窗裡有個小女孩，那個女孩有著胖胖的圓臉，他以為自己已經被主接到了天上。

這時門開了，廖文君走進來。李述先含著微笑，愣愣地看著她，有點詫異在天堂見到她，但也覺得自然而然，她就像是他的親人……

文君見他面容更蒼白了，甚至泛青，臉頰上卻是兩朵病態豔麗的紅暈，便走過去摸摸他的額頭，燒得厲害。他們離得那麼近，她突然注意到他的眼神，那麼溫柔，甚至有種迷離……仿佛是要把她也帶入一個燃燒的夢境。

他在她面前始終都是高高在上的，不苟言笑，如同神一般的人物。此刻這眼神，這燒熱的手……她猛地顫慄了一下。她想回避看見他如同隱私般的軟弱，但她又捨不得離開。

你看，那裡有個女孩，是天使吧？

廖文君順著他手指的方向望去，窗口是黑黑的空洞。也許剛才是有個女孩，剛離開吧？

她低頭看他時，他已經又沉沉地昏睡過去。

她雙膝一軟，跪在他的床邊，但她一句禱告的話也想不出來，只是呻吟著……

日子一天天過去，李述先沒有死也沒有起來，他始終在死亡的邊緣徘徊，服侍他的幾個女人都幾乎要崩潰了，他卻似乎適應了這種虛弱，他安安靜靜地躺在死神和上帝的面前，開始學習將生命交托給主。

一天晚上，王慕真來文德里看望李述先，上了樓卻猶豫了，一來是覺得今天時間有點晚了，好像不便來探望一個生病的男子。二來，她也說不清為什麼，當她走進他房門裡，忽然沒了勇氣。她是極想去關愛病中的他，但同時她又極害怕去面對病中的他。她習慣於在心中仰望那個講道時的李述先，習慣有一種距離地來欣賞甚至敬佩他，但若要獨自面對他的病容，面對他因高燒而汗濕的頭髮和衣服……

王慕真在樓梯口依著牆坐在了木板樓梯上，心裡甚至不敢問自己為什麼懼怕，她只是一個勁地禱告，卻並沒有禱告詞。不過，她本能地覺得一個獨身姊妹不適合這樣靠近一個弟兄，不適合這樣看見他的日常……但其實，她也不止一次去探望生病的弟兄，並照顧他們。

正在王慕真努力清理情緒，要決定是離開明天來，還是坦坦然然走進李述先的臥房時，突然看見廖文君端著便盤從李述先房裡出來，她站起來想上前問問他的病情，卻看到她一下子衝進了隔壁的衛生間，並反手關上了門。她在門外，聽著裡面傳來壓抑著的號啕痛哭聲，就愣在了那裡。

許久，門都沒有開，哭聲也沒停，她抬手想敲門，又停住了。

當她走下樓，路過李如是她們家時，想和她說一說，但說什麼呢？說廖文君這樣哭太反常嗎？她們三個和李弟兄的感情非同一般，如今他病到這個地步，難過似乎也是正常的。只怕李如是反而會用探究的目光看自己了……那麼自己的直覺不正常嗎？

她就沒有去見李如是，而是一個人沿著弄堂走出去，不過，她心裡還是想到她們四個都是單身女子，服侍臥床不起的李述先實在也是不方便的。

第二天，王慕真去了杭州，請一個過去認識的，也聽過李述先講道的姓張的傳道人一家搬來上海，與他們一起同工，也好照顧重病的李弟兄。沒想到張恩榮禱告後覺得這是上帝的帶領，就真的全家從杭州搬來了上海，一家人擠進文德里的一間暫借的前樓房子裡，也沒一點怨言，就開始服侍李述先，並且幫他整理屋裡堆積如山的書刊。

靈修、解經類的宗教書刊大多是英文的，有許多是李述先托老師和母親等親朋，找人從國外舊書店買了運回來的，還有一些是他寫信去向外國出版社和教會機構訂購的，還有的就是他從各處搜羅來的。凡是知道有宣教士要回國，他都會千方百計去把別人的書買下來。

張恩榮信耶穌之前是一個在當時很了不起的郵政局局長，他的故事可以自成一本書，就不在這裡說了。他的英文很好，就很仔細地開始編輯整理這些書的目錄並分類。

雖然李弟兄仍是臥床不起，也無法參加聚會，但聚會的人卻仍是越來越多，李如是和王慕真輪流講道、帶聚會。除了和大家一起有擘餅聚會，她們幾個每主日的晚上還是會到李述先的病床邊，與他一起擘餅喝杯。

每一次喝杯，李述先都在流淚，他不停地認罪，不停地求聖靈光照他是否還有什麼隱而未顯的罪。他禱告說，不知道上帝的手為何不離開他，不知道自己有什麼得罪了神的地方……

她們都說不出話，只能陪著流淚，其實淚也不敢全流下來，只能竭力溫柔地沉默著，想用一種愛的靜默來擁抱這個不停地認罪禱告的人。她們實在覺得他是無罪的，他是沒道理這樣被攻擊的，上帝為什麼不醫治他呢？

請求為李述先禱告的信，向全國各地發出去很多，但一點也不見上帝伸手醫治，所有哭泣、禁食的禱告都像是扔進黃浦江的小石子般杳無痕跡。這其中唯一不太哭，也不常去看望他的就是李如是。每次她來看他，她都不會說什麼安慰的話，先是默默地禱告，然後就與他核對《屬靈的人》書稿裡的問題。

李如是把所有的時間都用在幫他整理書稿上，她越整理越覺得李弟兄就算是這一生只寫了這一部書，現在就被主接走，也是值得了。她不對著他哭泣，甚至不想以安慰的眼神來鼓勵他，她覺得來自人的同情和憐憫只會讓他陷入自憐。她好像是在陪著他，甚至是架著他與時間賽跑，那根死亡的紅線已經清晰可見，她覺得與其陪他癱在求醫治的禱告中，不如陪他奮力跑完這“當跑的路”。

不過，有時凌晨，她從書桌前直起腰來時，望著漆黑的夜空，會深深地向主歎息。哦，他二十五歲啊！

這種磨人的日子一直拖到了四月，枝頭萌了綠芽，李述先的屋子裡卻仍是陰濕的。窗簾拉開了，陽光卻進不來，貼在玻璃窗外看著裡面。即便是在無風的日子，打開了窗戶，外面的空氣也不肯進來，裡面的空氣也出不去，好像是被一道生死線隔著，兩下無法往來。

屋裡草藥煎熬的味道和舊書散出的霉味混和著，浮在滿是病菌的空氣裡。每次有聚會，他就竭力地聽那隱隱傳來的歌聲，讚美詩的聲音卻遠得像是與他隔著陰陽兩個世界。

李述先不明白上帝為什麼要讓他困在床上，他希望能走進弟兄姊妹的聚會中去，能走進歌聲中去，就像走進熱哄哄、乾燥的陽光裡。他覺得自己的床仿佛是塊長滿苔蘚的青石，而且是在深深的山谷裡，幽暗的陰濕滲進了他的每一根骨頭。

這些日子，對他來說，唯一的陽光就是趙心潔了。雖然廖文君對他的照顧體貼入微，但她那林黛玉似的身子，憂愁的表情和微紅的眼睛，漸漸地已經與這屋子裡的氣味、纏綿不去的病，燒熱、咳嗽，還有令他懼怕的濕冷都融成了一體，這一切都像沼澤般困住他，並拉著他不停地陷進去。他掙扎著，但毫無果效的禱告，也成了抓不住東西的兩隻手，徒勞而疲憊地在空中揮舞。

只有書稿的進展，和趙心潔的笑是他能夠抓住的，他起初病倒時，趙心潔幾乎快成了文君，但病得久了，她竟然也和自己一樣地坦然了，終於在流淚的同時，有了越來越多的笑容。每次她走進他屋子時，都會帶進來一股室外清新的空氣，是一種涼涼的卻夾著春天青草樹葉氣味的空氣。

趙心潔邀請李述先去無錫老家靜養一段時間，並說已經徵求了母親的意見。一來書稿基本上完成了，二來上海的天氣和文德里的生活條件都不適合養病，而趙家是座大莊園，又坐落在太湖邊，四五月春暖花開實在是個好去處。於是，李如是也十分贊成。

王慕真心裡卻覺得不太好，畢竟李述先是個單身的年輕人，去未出嫁的姑娘家裡養病，這關係似乎有點太私密了？但想想心潔是個長不大的小姑娘，整天嘻嘻哈哈地沒什麼心思，倒是廖文君……這樣一想，又覺得李述先離開一段時間也很好。

趙心潔陪李述先去無錫了，王慕真仔細觀察廖文君見她並無異常，仍是安安靜靜、勤勤懇懇地在教會裡做所有交給她的事，心就放下了，想著之前是自己多心了。

後來見許聞達來得很勤，前前後後地跟著廖文君忙這忙那，顯然是喜歡她。心想許聞達又能幹又愛主，實在不錯，若是文君嫁給他，兩個人就可以一同追求一同服事，豈不是極美的美事。於是，她就找個機會試探著問問文君，她覺得許聞達如何。

沒想到廖文君的反應卻很大，她雙眼直直地瞪著她，雪白的臉上竟顯出羞憤。她沒有讓眼淚溢出眼眶，而是一動不動地過了許久，讓眼淚緩緩地滲回去，然後她的眼神和表情都灰下來，一種絕望的灰。淡淡地說，慕真姐，我守獨身。

雖然嫁給耶穌是美的，我和李姐也決定要嫁給耶穌的。但你還年輕，不必那麼早決定，其實若嫁個好弟兄，一起服事主也很好啊！你是不喜歡許……

廖文君打斷了她的話，急急地說，我誰也不嫁，守獨身。說完她就扭頭走開了。

這以後挺長一段時間，她都避著她。但王慕真想來想去都無法理解她對此事為何會有這麼大的抗拒。她和李如是聊起過，李姐卻不在意。她認為廖文君的性格極柔順，心地清潔，學問和修養都很好，一般男子是配不上的。所以，若是為主守獨身，不被家庭捆住，把一生的才華和精力都獻給主，也未必不是上好的選擇。再說她歲數還小，以後遇著她喜歡的人，估計就變了，現在何必操這個心？

## 4

到了六月，《屬靈的人》書稿終於全部修訂整理完畢，準備印刷了。李述先在無錫顯然是得到了很好的照顧，病情有了好轉，一個月後他卻沒有回上海，而是突然去了福州。趙心潔陪他一起去福州的，但她到福州後沒幾天就回來了，沒回文德里，而是回了無錫老家，說是因為母親病了。

來文德里聚會的人越來越多，王慕真也搬進了文德里。張恩榮頂下了二十八號，他們把二十六號和二十八號的一樓客廳打通了，聚會時人挨人地擠在長板凳上，能坐一百來號。教會的講臺教導是李如是和王慕真在負責，張恩榮管理財務等事務性的事。

李如是和王慕真講道和傳福音的佈道都非常有恩賜，常常被請到各地去領會。但李如是卻從來沒有整理、發表過自己的講章，她完成了《屬靈的人》書稿編輯後，就繼續整理李述先的講章，並開始恢復過去他在福州開始辦的《基督徒》報。她做這一切的時候並沒有想到是為李弟兄而做，甚至沒有太多意識到這些是他的講章。她只是被這些話激動著，像是自己在聆聽上帝的話，那麼絲絲入扣的領受，那麼具體細緻的應用……她整理著這些講章，它們不僅僅是與她自己的思想吻合，更是一種延伸和覆蓋，漸漸地這些講章在她腦中，無形地代替了她的思想。她順著他的靈裡的河流流淌著，快速地消融了自己。

第二年的春天，李述先才回到上海，他的身體仍十分虛弱，但他卻說不用再為他的病禱告了。他說在福州的時候經歷了一些事情，上帝讓他要徹底交托，不要再為得醫治禱告。

僅僅只是一年，李述先卻突然變了，臉上有了一種成熟、內斂的威嚴，好像罩上了一圈神秘又神聖的光圈。他和人說話時的態度甚至比過去還要溫和，更多的是聽，聽你說完了，才說一二句。但他的寡言卻極有智慧，並讓

他是个賜雲天天与罪辰战的普通男人

人不得不細細思想。

這年，他二十六歲。

起初，他雖然仍是每天下午發燒，整夜不能入睡，服侍他的弟兄一夜要為他換幾身內衣，但天一亮，他就掙扎著起來去帶領聚會。他住的是文德里三十四號，到二十八號其實只隔著兩幢房子，但他卻要扶著牆壁歇好多次。

不用聽醫生說什麼，大家都覺得他是活不久的。這麼個將死的人，進了聚會的地方，站也站不住，就在一張早就放好的籐椅上坐下。雖然樹葉都已經綠老了，大家都換了單衣，他穿的卻還是一件厚厚的藍布棉袍。他坐在那裡，瘦得好像是件空棉袍斜搭在籐椅上，陳舊的藍布面子反射不出一絲生動的光。

不過，當他一開口，就從那黯然的籐椅和棉袍方向射出光來，一種遠超過正午太陽的光，箭一般地射進人的骨節和骨縫。這光並不讓人可以舒舒服服地享受，而是萬箭穿心般地射來，讓你躲也躲不開。聽的人就會覺得不僅是自己本能地想躲，而且是自己裡面各樣心思、各種記憶，都像是老鼠見了貓似地四下裡逃竄。那種感受驚心動魄得無法形容，仿佛是經過一場天崩地裂的劫難。

然後突然就醒過來了，你面對的還是那張籐椅。而且，常常只是一張空空的籐椅。就在大家悔改的淚還沒收住，禱告的雙眼還沒睜開時，那個穿著舊棉袍的將死的病人，就一步一步挪著走回去了，仍是幾步就要扶著牆喘上一陣，仍是艱難地沿著一級級木梯爬上樓，用最後一口氣堅持著讓自己倒在床上，而不是地板上。

一天又一天，一週又一週，周而復始。他的講道一次比一次有力，而他的身體卻一天比一天無力，這種反差讓愛他的人慾哭無淚地絕望，而他卻常常講的就是盼望和得勝。那段時間，在文德里聚會的人都因著他的病，經歷著上帝的挑戰：你是因看的見的信？還是因看不見的信？

雖然《聖經》上說：信就是所望之事的實底，是未見之事的確據。耶穌也曾說過：那沒有看見就信的有福了。但是誰能不依靠"看見"呢？"信"是何等的容易，又是何等的難啊！即便是不哭也絕不質疑的李如是，這些日子也覺得自己持守"信"的力量都在迅速地流失，她唯一能做的就是等待，是等待一個醫治的神跡？還是等待他被主接走？她也不敢自問，她越來越感到柔軟的順服，是在這種等待裡唯剩的"信"的方式了。

好像是上帝決心要把他們人的毅志徹底摧毀似的，梅雨季節剛完，太陽還沒在天空坐定，李述先就已經完全起不了床了。起初大家都來看他，一個個都很有信心地為他按手禱告，他卻一天比一天氣若遊絲。他的聽覺弱到一個地步，人若不用嘴湊到他耳邊講話，他就聽不見，但你若大聲講，似乎又能把他震昏過去。

漸漸地，大家都不敢再來看他了。他們聚在李如是家裡為他禁食禱告，但他們不敢來看他，仿佛他的樣子能摧毀他們禱告的信念。

李述先對這一切都很清楚，他的身體越虛弱，心裡反倒越清晰了。有時他簡直以為自己已經死了，是自己的靈魂在看這一切。

李述先並不責怪這些不敢來看望他的信徒，他知道他們對他是愛到了脆弱的地步，他甚至很想告訴他們不必為他禱告。他在福州時就經歷了上帝要他放棄求醫治的禱告。

在那片沙地上，他放下心裡的執著時，就突然明白，對自己祈求的"執著"成了一個鐵夾子，夾住了人與上帝相通的"臍帶"。雖然仍是相連的，雖然甚至是與上帝面對面的，卻是不能明白，也不能與神相通相交。這種時候，人禱告著，卻以執著的禱告封閉了自己。上帝生命的力量、聖靈裡的亮光，都難以進入到你的生命中。這就是為什麼人會一邊禱告著，一邊乾枯甚至發怒；一邊禱告著，一邊卻完全聽不見神的聲音，甚至最後放棄信仰。

夏盡秋來，葉子已經泛黃。李述先在床上躺了三個多月了，他的病沒好，也沒更壞。人們為他將死而有的悲傷、懼怕，以及激烈得像是和上帝爭吵的禱告，都已洩了勁、漏了氣，漸漸平息了。

上帝好像有些日子沒有進來他的臥房了，不過，憑著理性，李述先相信上帝是在這裡的，只是沒有什麼話要對自己說，也沒有用觸碰來讓他感覺到他的存在。他不怪上帝，他覺得只是屬靈的嬰兒才需要上帝讓他隨時摸到、聽到，自己是可以更長時間安靜在超越知覺的信心中的。

但那天晚上，他覺得上帝好像是要來和自己說話了，這種感覺是說不出道理的，就像熱戀中的少女對心愛人的第六感，或說是靈裡的直覺吧。有一種微微的，卻是深長的甜蜜，開始一絲絲滲入他燒熱的身體和意識中……他，要來了！

當張恩榮來向他道晚安時，他輕聲示意他今晚和明天早上都不要來自己這裡，他甚至露出一個甜蜜溫柔的笑容，說，他有話要對我說。

那晚，張恩榮回到自己住的二十八號後，心裡越想越緊張，都沒有去看看已經睡下的兒子和妻子，就獨自進了書房。書房裡有個舊榻，他靠在上面想了一會，又禱告問神，主啊，你是今晚要接走他嗎？

張恩榮以為那個晚上自己會睡不著，但沒想到他睡得又沉又香，醒來時天已經亮了。想著李弟兄不讓自己去他那裡，就一時不知該去哪，洗了把臉去隔壁李如是家，他知道住在那裡的幾個姊妹都很早就起來晨更靈修。

他走出房門時看了眼天空，天是亮了，但卻看不見太陽。弄堂外面的哈同路似乎還沒有完全醒來，無軌電車，一沖頭一沖頭地打著趔趄，蒙頭蒙腦地開著。星星還沒有退得乾淨，在天邊上睜著無神的眼珠。只有賣豆漿的女人，清清爽爽地走進來，不敢高聲吆喝，只是有節奏地輕敲著竹棒。

張恩榮不是個多愁善感的人，他甚至從來沒有注意過弄堂裡和天空上的這些，他和許多有了信仰的人一樣，因為看見了另一個奇妙的世界，就對這個世界沒了興趣，真就仿佛是個地上的寄居者。

當一個小阿姨挎著菜籃子從他身邊急急經過時，他瞥了眼那籃裡綠油油的青菜和嬌嫩鮮豔的韭黃，眼淚就突然湧了出來。他來文德里的這些日子，越來越佩服比自己年輕得多的李述先，他是那麼智慧，雖然學歷不高卻博覽群書，他的敏銳和靈裡的悟性實在是自己和別人無法企及的。他靈性的能力和他身體的虛弱反差是這樣地大，而在這樣的巨大反差中，他卻是絕對地平靜安穩。正是這種超乎尋常的安穩讓張恩榮真正在一個人身上看到了"信"……

他回頭望了眼三十八號二樓的視窗，他甚至不知道那裡面躺著的人是否已經回了天家。他對主說，留下他吧，中國的基督教需要他。我可以去你那裡……最後這半句剛浮上心，就遭到他自己的冷嘲。我豈有資格代替他。

張恩榮心裡憂愁起來，他推開二十六號的門，門是虛掩的。他害怕孤獨似地急急投入了禱告的人群。


自從病倒後，李述先就沒有睡過一夜安穩覺，特別是這三個月，每五分鐘就會醒過來一次，以至最後他也弄不清自己是否睡著過。這晚，他等著上帝和他說話，等著等著，竟然睡著了。

天亮時他才醒過來，還沒等他細細回想一下昨晚是否有什麼異夢，是不是上帝在夢裡和自己說過話，他就真聽到了他的話：你站起來吧！

這話像是一個意念般縈進他心裡，也不大聲，也不強烈，卻很穩定而有權柄。

我怎麼可能起來呢？他不由地在自己裡面四下裡地尋找了一番，半點力氣都沒有，每一根神經，每一塊肌肉，每一根小小的骨頭，都是死一般寂靜地躺在那裡。

主啊，你還是接我去了吧。平平安安地去，不用再血氣地試了。

他這麼禱告時，卻聽到了自己心裡的另一個聲音：站起來，也是要跌下來死的，不如就死在床上吧。

主啊，我已經完成了《屬靈的人》，我的仗打完了，路跑盡了……

161

李述先想著這五年中，自己一直被肺病纏著，像是與死亡賽跑似地寫作，用一個個喘息的機會來拼命完成使命……他突然就自憐了起來。

主啊，釋放僕人去吧！

上帝卻一言不發地看著他，甚至也不肯把"你站起來吧"這句話再重複一遍。他被他看著，就心酸了，為了自己經過這一切，還會自憐而心酸。

死就死吧！……

他順命地抬起胳膊，撐起身子，把腿移到床沿，讓兩腳和小腿垂落下去。當他順命移動時，他才感受到了上帝的力量，他很驚訝，這力量好像是已經潛在他裡面的。

他開始自己拿起枕頭邊的衣服穿，但他的身體卻彷彿是他的敵人，洩憤似地一陣陣出汗，剛剛穿上身的衣服立刻就濕了，像被雨淋過的。

心裡那個聲音又在說：坐起來都那麼難，怎麼可能站起來呢？

這次他卻沒有去回應那個聲音，反而是對上帝大聲地回答說：

你要我起來，我就起來！

他真的就站了起來。可是正在他覺得自己簡直就是個信心的英雄時，上帝卻對他已經達到的"神跡"不以為然，反而繼續要求他，叫他"憑信而行"。其實他心裡是不相信可以"行"的，因為他此刻雖然站著，卻像是站在雲端一般，腳下著不到力，一點感覺不到實實在在的地板，不像是站著，而像是整個人豎著浮飄在那裡。

但他一點也不肯想一下他的"不信"，他知道這時若讓自己的心思想一想這個"不信"，就會一屁股坐在"不信"上，也許就再也站不起來了，而且不僅是"外面的人"站不起來，只怕是"裡面的人"也站不起來了。於是，他用一句問話來向主訴苦，他問上帝，我要走到哪裡去呢？

上帝的答覆很簡單，只有兩個字：下樓。

然後上帝好像一下子就走開了，似乎是先下了樓，在樓梯下等著他。

李述先一邊仍是大聲地喊著說：

你要我起來，我就起來！你要我下樓，我就下樓！……

一邊他不知怎麼就真的走出了門，走到了樓梯口。可是他探頭一看，才發現這窄窄的木樓梯又陡又長，過去自己怎麼就沒注意過這樓梯那麼長那麼陡呢？

上海弄堂裡二三層樓的房子，通常一進門就是個不大的樓梯間。樓梯間後面是一樓的客廳、廚房。前面就是一道窄長的樓梯，黑洞洞地直伸到二樓。若是有三樓，那就一轉彎，然後又是一道窄長的樓梯黑洞洞地直伸到三樓。一樓到二樓的層高一般比較高，樓梯卻仍是一截直通，故而也就格外地長和陡。

平時人走上去都要小心，下樓更是要側了身，斜著腳走，何況現在？李述先想想是不可能走下去的。

這時他聽見樓下有聲音，想也許是張恩榮或他妻子來了？可是上帝卻像是封了他的口，讓他不能喊出聲來了，他只得邁出了第一步。李述先往又陡又黑的樓梯邁下去時，他覺得自己完全無法控制自己的雙腿，他只能用一種赴死的心，想著即便是栽下去死了，也要順服到底。

但他還是向上帝呼求說，主啊，我不能，求你幫助我。

李述先走到了樓底下，他只看了一眼吃驚地張大眼睛瞪著他的張家嫂子，就快快地沖出門去，穿過弄堂，走到李如是的家門前。他敲門，來開門的是張恩榮的小兒子張茂良，他才七八歲。他看到他就開心地笑了，搶在他前面跑進屋裡喊。爸爸，李孃孃，阿爸天父聽禱告，李叔叔病好了。

屋裡大約有七八個人正圍著一圈在禱告，他們並沒有馬上歡呼起來，甚至茂良喊聲落了地，過了一會才有人抬起頭來，看見跟在他身後的李述先，就愣住了。直到李述先在椅子上坐下來，這七八個人仍舊都是睜大了眼睛看著他，上上下下地打量，沒有一個人敢動一下或是發出聲音。

……

李述先簡約地說了一下今天早上發生的事，然後說，從今以後我要因信而活了！過去那個纏綿病榻的人死了，我是全新的！上帝給了我個新名字：李夜聲。

聽他說完了，廖文君的眼淚才開始流了下來，而趙心潔則是歡呼著撲了上去，叫道，這是真的啊？你全好了？太感謝主了！你站起來再走幾步讓我們看看嘛！

李述先，不，是李夜聲，他就大笑著站了起來，在房子裡有力地踱了幾步，甚至跳了幾下。他一邊用力地、歡欣地踱著步，一邊口中說著與信心有關的一個個短句，於其說是詮釋，不如說是宣告，或者更準確地說是在欣喜若狂地陳述。

趙心潔跟著他踱步，跟著他跳，複讀機般重複著他的話……

而廖文君只是緊張地，眼睛一眨不眨地看著他，她覺得他已經不是過去的那個人了，而是上帝用神跡創造的一個傑作，一個閃閃發光的傑作。

王慕真覺得整個房間都在顫動，上帝的同在借著這一神跡讓空氣都要哭泣了。她一句話不能說，甚至不能看他，不能看任何一張歡笑的臉，因為她心裡的歡樂簡直就不能再加一點點了。她的十指飛快地在鋼琴上彈奏著，為自己心裡即將決堤的快樂與感恩洩洪。她大聲地唱起來：

他不誤事，因他是神！他不誤事，他樂施恩！
他不誤事，他已許過！我們有神，還怕誰何？

大家也跟著唱，這是和受恩教士寫的，只有這麼兩句，但大家還是快樂地不斷重複唱著……

突然李夜聲用宏亮的聲音大聲地續唱了新的詞：

他心愛你，知你難處，所以應許他要照顧；
我們的神，充滿憐憫，對待他的無告子民。

我們因信，歡樂唱說，他不誤我，他已許過！
他不誤我，他樂施恩！他不誤我，因他是神！

這是你新填的詞？王慕真一邊仍彈著琴，一邊問，眼睛卻仍是看著跳躍的黑白琴鍵。

是。我剛想到的。今天我就來把這首歌都寫完，算是死而復活的李夜聲第一次發聲吧！

李夜聲快樂地笑起來。大家從來沒有聽見過他這麼大聲地唱歌和歡笑。

之後李如是曾經問他，李夜聲這個名字是那天晚上上帝給他的嗎？他說不是，之前在福州就給了他，聖靈感動他要成為一個在黑夜裡發出喊聲的先知，要喚人儆醒迎接天明。但他的病讓他覺得這個使命是不可能完成的，他似乎總是在死亡的邊緣，大多數的黑夜，他不要說向這個世代呼喊，他連禱告的力量都沒有，只是掙扎在燒熱和虛汗中挨著等天亮。

那天晚上，李如是和她的兩個學生，趙心潔和廖文君，她們三人或在自己的臥室，或在客廳都聽到了三十四號傳來的李夜聲的歌聲。等王慕真探訪教會中一個生病的人家回來時，弄堂裡已經靜了，夜色中卻似乎仍回蕩著喜悅的餘波。她走進客廳，廖文君正在琴旁彈著上午的那首曲子，窗都關緊了，想來是怕吵著鄰居。李如是遞給她一張抄得工整的歌詞，一共有八段。

他寫完了？她問。李如是只是安靜地笑著點點頭。這是你的字……慕真一邊看著歌詞，一邊隨口說了一句，並非問句，因她知道李弟兄的大部分文字都是李姐整理的，只是她心裡想看看李弟兄的手稿。

是李姐聽著李弟兄的歌聲，記下了詞，又把曲譜配上了讓廖姐來彈。趙心潔答著，語氣裡充滿敬佩。

王慕真唱起了新寫的幾段詞來，她們幾個也跟著一起輕聲地唱起來，她們不由地走到窗邊，望著外面的弄堂頂上不大的一條夜空。但那美麗的星星隨著歌中的意境擴展開來，仿佛整個宇宙都展現在了她們的面前。

有何高山你不能鋤，有何深水你不能渡；
我們的神專門處置，人所以為不能的事。

是他使天浮水而起，是他使海分成乾地，
是他使日半空停止，我們的神並無難事！

他使軟沙作海界限，波浪雖狂不能向前；
他是你神，還有什麼，他不能為你成事？
……

## 5

一九三零年底，一位英國客人來訪，李夜聲和張恩榮陪了他十天，此人並不是牧師或神學家，卻讓李夜聲嘗到了難得的友情。那人回英國後，也向人誇讚李夜聲這位僅二十八歲的中國基督徒，他驚訝於他對《聖經》的熟悉度，也讚賞他與生俱來的領袖氣質和才幹。

第二年就有八位基督徒從英國來訪，這些客人屬於西方一個極保守的宗派——兄弟會。他們十分謹慎，與已經在中國發展的西方各種宗派和差會不同，他們甚至在第一個主日表示不能與中國的信徒一起擘餅，說是要禱告、商量，要謹慎地觀察和評估這些中國的基督徒們。

對此，張恩榮等弟兄和幾個姊妹都有點不以為然，但李夜聲卻十分讚賞。他覺得他們的謹慎，讓擘餅這件事從表面的形式進入了實質。既然擘餅聚會的人是一同藉著擘開並食用象徵基督身體的無酵餅，而成為靈裡的一體，那麼豈不是既要省察自己的罪，也不能與有罪的人一同擘餅嗎？否則豈不是干犯了主的身體，也讓自己被污嗎？

但有的人卻說，這樣的察驗不是把自己當做上帝了？誰又能定自己或是別人的罪呢？擘餅喝杯，就是讓基督徒一遍遍地紀念耶穌替罪人死了，並且他已經流出了讓我們得潔淨的血。所以，擘餅喝杯就是讓蒙恩的罪人，一次次地來堅立得救重生的信心。無罪的"完全人"何必需要擘餅喝杯？

兩種想法都有道理，也都有《聖經》經文作為根據，不過，在聚會處是不會有爭吵的，每個人都不由自主地學著李弟兄的樣子，不隨便說出自己心裡想的話。好在英國兄弟會的客人很快察驗放心了。除了虔誠敬拜、順服《聖經》等一般原則之外，兄弟會最在乎的是弟兄要有明顯的權柄，姐妹要溫柔沉靜。他們看到了李夜聲絕對的權威，也看到了王慕真、李如是她們幾個戴在頭上的黑絲線鉤織的網帽，就覺得很好，於是他們拍電報向英國的教會報告這裡的事。

第三個主日，客人們要與上海聚會處的基督徒們一起擘餅聚會，再加上從別處趕來的聚會處的基督徒，現有的長板凳就不夠了。

母親祝平安為了彌補自己對兒子的虧欠，親自歷經千辛萬苦，從福建老家運了二百張木頭椅子來上海，途中一再遇到大霧和海關的阻攔，直到主日的淩晨，椅子終於在文德里的二間已經打通的客廳裡擺好。

晨曦透過沒有拉上簾子的玻璃窗照進來，祝平安默默用抹布細心地擦去椅子上的灰塵，她想著自己一直四處奔波，想著早熟的大兒子，想著自己懷上他之前向主的禱告……

有多久自己沒有回憶過這些了？有多久我們母子僅僅是弟兄姐妹了？祝平安不知道造成現在這種狀況，是自己的原因還是兒子的原因。這樣其實也沒什麼不好，他倆是有話說的，並且信仰一致，事工配搭。還有幾次他們一同去宣教過……

但此刻她卻渴望像個母親般摸摸她的兒子……

她的眼睛有點濕了。

祝平安擦著擦著，有只手遞來一塊搓洗乾淨的抹布，她愣了一下，這才發現自己手上這塊已經很髒了。她抬頭時，廖文君接過她手中的髒抹布轉身走開。

作為母親的祝平安總是忍不住會去注意兒子身邊的女孩，猜想著他會喜歡誰？會有一個怎樣的女子成為自己的兒媳？但她從來不敢過問兒子的婚事，幾年前因為她和丈夫在福建同鄉中為兒子看中了個姑娘，這在當時本是再正常不過的事了，沒想到婚沒訂成，兒子卻因此大大地不滿，甚至與她反目。按說，這事該是她這個母親可以發脾氣的，但自從當年她向兒子道歉過後，這些年，這個人好像並不是從她肚子裡生出來的，她不僅對他沒有什麼權力，反而有點怕他。

她一邊繼續擦椅子，一邊想自己還是最好當他的同工，而不要是母親。這個人似乎是超出了作她兒子的範疇。這次來上海，她也聽了幾次他的講道，她覺得自己越來越無法完全理解他的講論，這種奧秘的講論更進一步地阻擋了她跨向他的步子，一顆為母的心只能停在一個距離以外，關注著這個經過她的身體卻似乎與她無關的人身上……

一個月後，祝平安在離開上海的輪船上，眼睛從碼頭上已經看不清楚的人群，移到江面遠處的天上，她忍不住忐忑地問蒼茫茫的天空。孩子獻給了你就是這樣嗎？她回想著一手養大他的每一幕，少年的述先曾是她最貼心的孩子……

　　一九三三年，李夜聲應邀去英國和美國訪問，大家都擔心他身體是否經得起長途旅行。趙心潔甚至說願意自己買船票陪他去，但大家又都說不妥，要去也應該是一個弟兄陪同。許聞達在一旁開玩笑地說，要陪著去也可以，走之前就辦婚禮吧！同工們其實也覺得李夜聲與趙心潔很合適，而且不僅是趙心潔的心事大家看得明白，即使是李夜聲，他對趙心潔的態度也比對其他人更隨意、親近得多。但大都不便直說，甚至有點怪許聞達的口氣過於輕佻，他們只是拿眼睛看了看李夜聲。李夜聲卻像是沒聽見，轉身去給李如是交代一些報紙編輯的事。趙心潔見他沒有反應，臉上就掛不住了，轉身跑出去。第二天，她向李姐說無錫家裡有事，便獨自回了無錫。

　　李夜聲還是決定獨自去，定了船期，他就開車去南京辦事。回來時卻把在無錫家裡的趙心潔帶回了上海，見他們的神情十分甜蜜，大家一邊歡喜，一邊忍不住悄悄互問，卻沒人敢去問李夜聲。李如是和王慕真私下商量著等李夜聲從英美回來後，是不是該向他提提婚事，否則，大家猜來傳去的，總歸不好。


　　海上的長途旅行讓李夜聲有很多時間休息和閱讀，等船到英國時他的身體和心靈都充滿了在海上吸足的陽光。他便寫信告訴上海的同工，不用擔心，他身體不僅經受得了，反倒是如新生了一般。

　　李夜聲離開上海的日子裡，文德里一切都很好地運行著，來文德里聚會的人越來越多。李如是和趙心潔一直忙著福音書房的事，她們整理了李夜聲的每次講道和分享，又把他當年在福建創辦的不定期小報《基督徒報》定期出刊，還和張恩榮一起開始翻譯一些李弟兄特別喜歡的，西人的靈修和解經的書。廖文君則是幫著王慕真負責起教會的日常探訪和一些瑣事。

　　雖然一切都很好，但文德里的每個人都在等著李弟兄回來。特別是她們幾個，總覺得他不在時，陽光都淡了許多，聚會和各種事工都運行著，有行動，有情緒，卻感受不到活潑生動的靈。李夜聲不在，聖靈似乎就躲進了帳幕中，但她們不會彼此說出這種感受，因為她們都知道上帝的靈理所當然地在聚會中。於是，這種感覺被她們強壓到了心底的深處。

　　李弟兄常有信傳回來，大多是給李如是的，但內容卻是給大家的。每次趙心潔都很緊張地聽李姐念信，卻一次也沒有聽到自己的名字。她失落的表情總是被廖文君看在眼裡，她知道趙心潔喜歡李夜聲，但她記得有一次李夜聲曾對她說，人守獨身很好，可以清心禱告，全心侍奉上帝。

　　廖文君想，李弟兄這樣"屬靈的人"是全然浸在禱告中的，全國各地的弟兄姊妹都需要他，怎麼能被婚姻絆在家裡？更不能因著當一個女子的丈夫，而落到地上來。這些想法她沒和趙心潔說，因為她好像挺有把握地愛著他，自己這麼說豈不多餘，甚至說不定還會被懷疑……

每一個在等待中的人都會嘗到一種不確定的短暫感，那些日子的文德里一切都很好，但核心同工們還是不由自主地傳遞出了這種情緒：等李弟兄回來……

於是，每個人都隱隱地迫切地期待著，他一回來，就會有一個巨大的不同。

終於，李夜聲回來了，但他的情緒卻並不高。因為他在英國時私下去見了別的教派的基督徒，並與他們一同擘餅。這事被極端保守的倫敦弟兄會的人知道了，他們是從來不和別的宗派基督徒聚會的，於是他們就覺得是被自己請來的客人欺騙了。

接下來的時間裡，李夜聲和張恩榮幾個教會的負責弟兄都不停地在與英國那邊通信聯繫，希望他們能理解，但交流卻很不容易，彼此似乎無法溝通。難得的友誼就這麼眼看著要失去。

那段時間，因著一個大家尊重的宣教士的撮合，李夜聲有機會和年輕時代最親密的朋友也是兄長王君，在上海見面了，王君現在已經是全國著名的佈道家。那次見面的還有一位年輕的從美國留學回來的佈道家宋博士，他們相聚很開心，留下了一張氣氛融洽的照片。然而，這次相聚是匆匆的，他們三個人並沒能結成一個美好的團隊，而是走回了各自不同的服事道路。

李夜聲心中極珍惜與王君的友誼，但王君反對他堅持不受薪的傳道工作，更是批評他與差會決裂，另立山頭，會帶來分裂與虧損。李夜聲知道王君是受差會薪水的傳道人，最近有些江北的傳道人離開差會後，不再拿薪水，他們經濟上也遇到了很大的困難，甚至有生病無錢醫治的。

與王君他們分手後，他心裡很亂，一個人從靜安寺沿著南京西路，一路向哈同路走去。街上的行人都是從從容容地走著，無論是西裝還是長衫，上海的男人都已經有了一份洋派頭。他有意無意地看了眼玻璃櫥窗映著的自己的影子，高大的身材套在一件破舊的棉布袍裡，有一份獨立不羈的氣勢，卻更有一份孤獨。街上來來去去的人似乎都與他不在一個世界，甚至是整個世界都避開了他。

往昔的一幕幕都在瞬息間從玻璃上顯影又消失，那些歲月裡的激動和同伴，一點也不肯留下。是上帝選擇讓我孤獨？還是我自己不近人情？

李夜聲離開那片櫥窗繼續向前走，他望著來來去去的人們，真是無法理解路上的人和這世上的人為什麼都可以那麼不在乎地，那麼自然地，和周圍融合。穿差不多的衣服，走同樣的路，甚至言行思想都可以不費力地融入背景。

而自己卻是不能⋯⋯

他想著剛才離開的王君，他是那麼受歡迎，他的一切大家看著都是好的。而那個宋博士，卻又可以如此天馬行空似地無拘無束⋯⋯他倆是兩個極端，自己都有些羨慕，但上帝給自己的使命卻不是可以一個人飛在天上，而是仿佛一個拖家帶口的男人⋯⋯

當他在拐入哈同路口時，街角的電線桿後閃出個乾瘦的女人，向他伸手乞討，他一邊摸著長衫的口袋找零錢，一邊驚奇地發現她的身後竟相繼閃出一串小雞般的孩子。他給了錢，離開那個女人繼續向前走去，離文德里的弄堂口就越來越近了，他突然心酸地想到，自己甚至可以說是一個什麼都沒有，卻有著一群嗷嗷待脯的孩子的寡婦。

他相信自己的領受是從上帝而來的，傳道人應該甘心樂意地把自己交給神，憑著信心仰望從神而來的供應。只有中國的傳道人不再接受西方教會的薪水，教會的建設和神學的思考才能獨立，中國信徒也才能被聖靈感動，而有金錢奉獻的意識。

但雖然他再三重申神的工人由神養活，事實上他卻又無法知道他們的困難和窘境而無動於衷。他曾和李如是聊起過這些，但李姐是個安靜而執著的人，她只是淡淡地說，從神領受的，就在神面前持守！然後便不再說什麼。李夜聲也就只能無言，他心裡又佩服她，但又有點怕她。在她微笑的沉默面前，哪怕是求體恤的心，或是沮喪懷疑的情緒，都成了明晃晃的不潔。

在她面前，他是無法軟弱的。


那些天。李夜聲常常去找趙心潔或是廖文君，有一次他開車帶了她倆去江灣聽余天慈講解《聖經》，回來時就去了他二弟的家。李家二弟李懷先四年前在上海聖約翰大學獲得碩士學位，並留校當了化學系的講師。

那天是李懷先的生日，四個人就去了西菜館吃飯。他們去得早，太陽雖然已經全落下去了，天卻還泛著紅亮的光澤。他們在靠窗的一張桌子四邊坐好，點了菜。李懷先興匆匆地說著他的化學夢想，廖文君雖然不懂，卻斯文地笑著一直點頭，認真地聽他說話。李夜聲一般不太說話，他拿了張當天的英文報紙在看，趙心潔眼睛一眨不眨地看著他。

你還記得小時候和我們一起玩的張家女兒嗎？她現在回到上海了。

李夜聲聽到二弟懷先的話，心裡一緊，瞬間竟仍能滲出痛來。他想起了自己寫的那首歌，他一直以為是徹徹底底地把她放下了，甚至是忘了。

李懷先見他瞪著眼睛看自己，厚厚的嘴唇緊抿著不說話，就知道大哥心裡仍然那麼在意惠雯小姐。他覺得他完全沒有必要這麼假裝忘記，他們當時那麼要好，就連自己都忘不了極為美麗聰明的惠雯小姐，何況是一向鍾情於她的大哥呢？

惠雯小姐是燕京大學的英國文學碩士，現在更美了！

你見過了？

李夜聲一邊一勺勺慢條斯理地喝著端上來的鄉下濃湯，一邊特意輕描淡寫地問了聲。

在惠琴姐家裡聚過一次，惠琴姐還說看你哪天有空，我們一起去看電影呢！

哦，我不看電影。勸你也別看，別坐褻慢人的座位。你怎麼知道坐在那看電影的人，腦子裡想的都是些什麼污穢的東西？

那……主日見吧。上次惠雯和惠琴都說要去文德里聽你講道。

那天的飯除了李懷先，其他三個人都是食不知味，他們匆匆地吃完，然後各自低頭飲著杯中的咖啡，一時均都無語。

焦香、清亮的咖啡，在西餐館點亮的吊燈下，浮著一層夢幻般的光影。沒有人想起來要加奶，只有李懷先呡了一口後，夾了塊小小的方糖丟進去，然後用細小的銀勺輕輕地攪動，發出輕微的撞擊聲，很快，糖就溶了。

### 6

張家姐妹惠琴惠雯來了幾次文德里參加聚會，李夜聲心裡十分感動，因為從小就讓他心儀的惠雯竟然真的轉回頭來要上帝了。

想想當年自己蒙召後最大的憂愁，就是心上人是個愛慕世界的女子，她要一切最好的。最好的學校，最好的學業，最好的衣飾，最好的生活，最好的交際……唯獨不要的就是上帝。

他在她和上帝之間掙扎、稱量了很久，他知道要走上傳道人的道路，伴隨的一定是艱辛貧窮、默默無名。他是無法給她，她所要的"好"的，而她也就成不了他的"好"。最後，他放棄了她。

這些年來，他沒有結婚，甚至因為婚姻的事與母親不和，是不是心裡一直有她？他不敢自問。但就在他決心要忘記她，走一條正常的傳道人的婚姻之路時，她又回來了，並且走進了文德里。

他驚喜，但，也猶豫……畢竟，她仍是上海灘社交界有名的名媛，熱衷於跳舞，穿著時尚……他從文德里人的眼光中，看得出她屬於"異類"。當惠琴姐來對他說，妹妹願意接受洗禮，並問他有沒有考慮娶她時，他知道這是最後一次，也是不容錯過的機會了。

文德里的人，誰也沒有想到李弟兄會娶進出跳舞場的燕京校花張惠雯。

即便幾個親密的老同工曾猜測李弟兄會娶趙心潔時，李如是都覺得不適合。她在內心中理所當然地認為，李夜聲這樣的"屬靈人"，是不應該進入一份俗慾的。婚姻固然是上帝所設立的，人間最親密的美好關係，但無論在現實生活中，還是在舊約《聖經》裡，婚姻中總是充滿了私慾和平庸的糾纏。新約裡蒙了大啟示的保羅曾說：難道我們沒有權柄娶信主的姊妹為妻，帶著一同往來，仿佛其餘的使徒和主的弟兄並磯法一樣嗎？可是他最後卻是獨身的。

李如是很年輕的時候就"看見"了那句經文，"人和妻子既是這樣，倒不如不娶。"於是，就守了獨身，以免因著不必要的煩惱，而讓自己的生命總是在"外院"徘徊。

李夜聲同樣是一個蒙大啟示的人，何況他走的是向內的靈修之路。當李如是為他編輯校對《屬靈的人》一書時，她仿佛看見了他的靈修道路，是危險地，在生死交戰中探入幽暗。

當他剖析自己的心思意念，從《聖經》字面意思的幔子的縫隙處探身進去時，李如是覺得自己好像就是那個握著繩子，守候在帳幕外的人。她用力地聽著裡面行走的動靜，不敢發出聲音，隨時準備拖出因冒犯而被上帝擊殺的祭司。

這樣一個人怎麼可以結婚呢？這樣一個常常進到上帝的奧密之中，與上帝，也與魔鬼面對面的人，需要絕對的清潔來保持敏銳，他怎麼可以開啟性的意識？何況他要娶的是一個如此美麗聰慧，並且熱衷交際的女子。

當年李弟兄為上帝放棄了這個女人，今天是上帝把她又還給他的？與其要娶這樣一個"世界"味道那麼濃的女子為妻，李如是不禁後悔不如早一點撮合他和學生趙心潔結為夫妻。

李如是原本是想用保羅的一句話，來和李夜聲認真談談的，但教會和社會上對這場婚事的反應卻阻攔了她，使她不得不完全站到了李夜聲的一邊。維護他的心，讓她丟開了那些不確定的擔憂。等她獨自再看這句保羅的話時，"我是攻克己身，叫身服我，恐怕我傳福音給別人，自己反被棄絕了。"她自己也覺得太重了！

李夜聲請父母從福州老家趕來上海幫忙處理婚事。祝平安的心裡是惶恐的，之前因為自己為兒子訂了門"不錯的婚事"，最後鬧到母子不和，她深知這個兒子心裡的主意大得很，自己無法對他行使母親的權力。

丈夫李修靈安慰妻子說，這次是兒子述先自己的選擇，不會有問題的。

早在他們家和張家做鄰居時，小惠雯就總是一步不離地跟著述先，辦家家時就小夫小妻地互稱過。當時兩家大人就說好，等他倆長大後就讓他們成對真夫妻，只是後來他倆志向不同，走了不同的道路。如今惠雯也和當年的述先一樣，被復興了，又受了洗，一心要服事上帝，這下不就全都完美了？還擔什麼心呢？

李修靈夫婦倆一到上海，就發現祝平安的惶恐真像是有預感的。

父母已逝的惠琴惠雯姐妹倆一向是跟著姑媽的，姑媽就像是她們的母親。姑媽張氏最看中的就是惠雯，美麗的侄女兒也一向爭氣，不僅人長得美，而且拿到了燕京大學的碩士，在當時，就是男子也極少能達到。原本她要安排她去英國讀博士，但她卻不肯，執意要從北平回到上海來。

她一回到上海，她就有意安排了各種讓她出頭露面的事，大小報紙一報導，侄女惠雯就在極短的時間裡成了上海灘的名媛淑女。可是萬萬沒有想到的是，她竟然要下嫁一個沒出息的窮傳道，要毀了自己不可估量的上流社會的錦繡人生。

張氏甚至懷疑兩姐妹是早就商量好的，要回上海來見這個李夜聲，她更是氣她們完全瞞著她，把她在她們身上投注的心血，一下子就像洗過臉的水般倒掉了。

等張氏仔細查了這個李夜聲後，她就更生氣了！她覺得無論如何不能讓侄女嫁給這個騙子。哥嫂生前也聊起過當年的聰明小男孩，後來聽說他去當了傳道人。現在才知道，他不僅沒混成個大牧師，甚至都不是西方差會按立過的牧師，只能被稱為弟兄。現以他自己建了個教會，但卻沒處去領薪資，而且還是個四處"偷羊"，被正統教會排斥的"野傳道"。他毫無前途可言，且長年纏綿病榻，甚至在私德上也沒有好名聲，據說他的身邊大多是女人，關係也都不一般。

那天，惠雯惠琴來求她時，她點著惠雯的額頭罵她不是被聖靈充滿，而是鬼迷了心竅。惠雯也不說話，只是一個勁地流淚。

惠琴卻帶了氣地說：

姑姆，你不要說得那麼難聽。你不就是嫌他沒錢沒勢嗎？雯妹從小就喜歡他的，看來看去也還是喜歡他。受苦也好，受窮也好，總是她自己去受，你又何必把她心愛的人說成這樣？

我說成這樣？

張氏一下子氣得轉了一圈，用食指和大拇指拎起塊抹布，到壁爐沿子故意抹上些黑灰，拎到她倆跟前，一臉嫌棄地伸向她們。

你看看，你看看。這是塊抹布！你若硬要當它是手絹、頭巾，我也沒有辦法。既然是從小帶大你們的姑媽，我總是要告訴你這是塊抹布的！也要讓你醒醒，看清楚它是髒的。

服事上帝的人比誰都乾淨，比那些你介紹的買辦、公子哥乾淨多了……

惠琴還要說什麼，惠雯卻突然輕聲說，姑姆，我願意跟述先哥一起事奉上帝。

呵呵，你願意？和你一樣願意陪著那個騙子事奉上帝的好女孩有得是！不是你一個，你懂嗎？

……

張氏見她們無語。便接著說：

他那個文德里，獨身的女孩子有得是，哪個不是大戶人家的千金？都說是為上帝守獨身？我看都是迷上了你的述先哥哥吧？聽說他一直就和從南京過來的兩個小姐好，你還要湊上去？

惠雯突然正了色，抬頭冷冷地看著她。

你雖然是我姑媽，也不能無中生有。我的婚事我決定，以後無論如何我都不會後悔的。說完，她轉身向門外走去。

張氏在後面厲聲喊。

你出了這門就別回來，以後也別跑回我這來哭訴。

惠雯一句不回地走出了門，她不是沒聽見姑媽的話，也不是沒聽見那些流言，但她相信述先哥，最重要的是無論如何她都想要嫁給他。

自從她去了北京，起初像是小鳥飛進了大觀園，但隨後，她見的青年才俊、學者高官越多，她越覺得青梅竹馬的述先哥非常人。與社交場上的這些男人相比，他有著一種天賦的權柄，雖然話不多，說出的話卻帶著自天而來的一種光亮，以至於她的聰明一下就顯為愚拙了。

驕傲的才女張惠雯總是在各種高談闊論的歡宴後，獨自想起她的述先哥哥，她越來越覺得只有他，才對她的生命有著一種自然而然的權力。


無論祝平安是一個多麼不同尋常的女人，也無論她和兒子的關係是多麼地不同尋常，到了這個時刻，她必須也只能如平常母親一樣，來出頭管這事了。祝平安決定去求見張惠雯的叔叔，丈夫李修靈卻回避著，不說贊同也不說反對。他像是被一場急霜凍住了腦子，無法對付目前的局勢。

張家這個姑媽當年大家都是見過的，初識時她也還是個姑娘，很有修養的一個女孩子，手裡常常捧著一個精緻的碎花呢子《聖經》包，裡面裝著本一個女宣教士送她的羊皮金邊《聖經》。她一手將哥哥的遺孤惠琴惠雯姐妹倆培養成人，並且成了上海有名的名媛，這讓她的人品和風度更是被大家稱道。但這次她竟然會用交際手段在上海的教會圈掀起這樣一場輿論風暴，實在是讓李修靈目瞪口呆。回頭又見原本只是被動受兒子邀請來參加婚禮的妻子，突然反倒積極起來，主動出頭要管事了，心裡就更是詫異……他想想不禁感歎女人們實在是難以估量的。

等祝平安再問他意見時，他便忐忑地說是不是最好去徵求一下兒子述先的意見。那天晚上，兒子的皮鞋踩響木板樓梯時，不要說是李修靈，就是祝平安也緊張了，她是無法瞭解自己兒子的，生怕這個主意反而惹怒了他。兒子實在是一特立獨行的人，完全不屑於人情規則，想他從福建到上海，每每行出的事都是惹起眾多反對的，他不僅一意孤行，甚至不想解釋。這次會為了個人的婚姻小事而取迂迴之策，要一個張家長輩的同意？

沒等她想完，兒子李述先就已經站在了她的面前。他個子比她高得多，她抬頭看他時，他一臉敦厚的微笑，微笑中卻含著忐忑的不安的詢問。他的這個表情和過去那個高高個子的少年完全一樣，她看著他突然就忍不住想起自己曾經將多少煩躁遷怒與他，心裡就酸了，決定要當一回好母親，不能讓自己這個那麼敦厚老實的優秀兒子被別人欺侮。

媽決定去找張家叔叔，他才真正是張家家族的族長，惠雯的婚事該由他做主，哪裡輪到一個當姑母的女人來說三道四。你，你看這樣好嗎？

李夜聲這些日子為此事實在也是煩心，煩心最重要的一點，其實正是覺得不值得為這些事煩心。越這樣想，就越希望儘快解決。要按他的意思就是馬上結婚就完了，可是一來是惠雯的堅定中還是藏著憂傷，她這樣一個人，總歸不能"私奔"吧？二來文德里聚會處的核心同工們大多也不贊同這婚事，故而也不適合在文德里來辦。一場婚事竟弄得裡外不是人，兩邊都不同意。

若是母親能找張家叔叔出面，自然對社會上是交代得過去了，惠雯也有了娘家人的祝福，面子上總是好過些。張家叔叔出面了，作為妹妹的姑母應該會安靜點吧，她若不是這麼大鬧，文德里的人也會反對得少些，好在他們即便不贊同也不會公開反對，畢竟這是他自己的私事。

李夜聲心裡想了這許多，面上並無反應，只是微笑著說，父母親作主吧！

那天，他離開時，又分別看了眼父親和母親，眉間隱隱有點山川……唉，母親……姑媽……。

張家叔叔很支持惠雯和李述先的婚事，他對李修靈說自己看過他兒子的文章，文句間顯出了與他年齡不相符的睿智。至於妹妹張氏竭力攻擊的那些事，他認為不是一個男人的缺點，一個優秀的男人就是要特立獨行，也自然會贏得女人們的傾心……

174

　　李修靈聽著一言不發，只是微笑，他覺得只要對方同意這婚事，就是此行的目的達到了，而祝平安卻越聽越不滿意，雖然她也見過文德里的那些跟隨她兒子的女子們，特別是廖文君和那個開朗的心潔姑娘，甚至有段時間她也在心裡想像過她倆中誰更適合成為自己的兒媳。但此刻聽張家叔叔這麼說，就不滿意地道：

　　您怎麼相信這種糊塗的昏話？他們是弟兄姊妹，文德里比上海灘任何一個地方都要清清白白。姊妹們個個都是大家閨秀，她們是為耶穌守獨身的，姑媽也是個信主的人，嫌我們述先是個窮傳道，怕惠雯吃苦，這我也不是不能體諒她的苦心。但她這心思是自己也不好意思說，說了也說不響的，於是這樣污蔑起人來，總歸是要到上帝面前去交帳的……她越講越生氣，丈夫輕輕碰了一下她，她這才放緩了口氣說，張家叔叔是明事理的，所以我們要來和你商量這婚事，你總不會信她的這些昏話吧？

　　張家叔叔臉上略有點尷尬，忙說不會不會。他想這祝平安果然名不虛傳，是個女傳道，張嘴都是"正氣"，自己還是別多說了，多言總會錯，畢竟自己也不是教裡的人。

　　那天，餘下來的時間裡兩家長輩很和睦，一起出來去老盛昌吃了夜飯，也叫了惠雯和述先，他倆都沒來，姐姐惠琴倒是來了，見婚事已定，心裡開心得不行，匆匆吃了就告辭，奔回去和妹妹說。那晚姐倆在外灘看了好長時間的燈，夜深了，夜燈也滅掉了些，水面這才靜靜地黑下來，隱隱就有了點過去在福州海邊看漁火的味道。

　　那時，他也總和我一起這麼坐著，海裡的船是看不清的，只看見一點點的燈光。

　　惠雯這麼說時並未解釋，惠琴卻是毫不費事地就猜到，她說的是她們孩童時在福州和李家做鄰居的事，那時小惠雯就是述先的跟屁蟲……

　　嘻，那時大家都還是小孩子，你們倆總是偷偷跑出來……

　　不是偷偷，是你們都覺得夜裡看海沒意思，所以不來。再說，父母也不准，只有幾次……

　　那你們倆說些什麼？不會是那麼小就私定終身吧？

　　胡說！怎麼會？

　　那說什麼？

　　惠雯想了想突然自己笑了起來，回頭看著姐姐。

　　他說的都是伯母打他的事，呵呵……

　　黃浦江上的夜風輕輕一把掠走了這笑聲，送到很高很遠的地方去存著了。

　　得到了張家叔叔，也算是張家族長的支持，李夜聲和張惠雯的婚事總算是可以定下來了，大家心裡的石頭算是放下了。但沒想到的是文德里聚會處這邊卻並不買張家叔叔的帳，反倒是因為他是教外的人，而且有妻有妾，使原本放在心裡和眼神裡的反對發出了聲音來，一時間文德里聚會處上上下下的人都議論紛紛，以至李夜聲最近都不願走進這個比家還要熟悉的地方，這些天他暫時住到了他在上海二弟家裡。

張家姑母認為惠雯是自己一手養大的，自己對她的婚事有絕對的發言權，哥哥是不講道理的強出頭，她心裡恨李家父母竟然不來找自己這個正牌家長談，反而抬出個二哥來用族長的名頭壓她，便生出了更大的不滿和反彈來，連續寫了好多份傳單來發給上海的各個教會。各教會本來就不滿意李夜聲號稱一地一教會，其實是另立山頭成立了聚會處，並且還鼓動他們的會友甚至是傳道人叛離原宗派和公會，去加入文德里的聚會處。現在有了這事，就都開始紛紛指責李夜聲是假敬虔愛主、真愛世界和女人；又說他不顧長輩反對，引誘人家女兒等等，攻擊的言詞十分難聽。

祝平安找到了李如是，希望和她一起去說服張恩榮來當這個婚姻的介紹人，讓這場婚事快快辦完，以便平息如潮的流言。

李如是只能壓下心中的疑慮和不願意，陪她一起來找張恩榮。但萬萬沒想到的是，一向對李弟兄忠心耿耿的張恩榮，這次卻固執地堅持自己的意見，拒絕做媒人。他認為張惠雯愛打扮、出入跳舞場，不配作一個傳道人的妻子。

李夜聲知道後，悶了半天說不出話來，他從李如是她們幾個的眼裡，也看到了從未有過的冷漠。但事到如今他是不能不娶惠雯的，即便是眾叛親離，他也不能負了她。

李夜聲發電報請來了遠在煙臺的，聚會處分會的長老常受宜來當媒人。又請了福州最親密的陸弟兄來當伴郎。為了免得惠雯尷尬，他沒有在文德里舉行婚禮，而是定在那年金秋杭州西子湖邊的大特會後的一天。

但臨到聚會，他和王慕真一起全心投入在禱告和準備講章中，還有各樣的會務使他完全無法想到他的婚禮。

能幹的張惠雯卻因為下了決心，從此做一個李夜聲背後的女人，她就一言不發地等待，把所有的事禱告交托給了上帝。一連十天的特會中，她安安靜靜地坐在下面聽李弟兄解經，完全不像一個即將要當新娘的少女。

她覺得就這樣安安靜靜地坐在人群中聽他講道，安安靜靜地在心裡為他禱告，就是與這個男人最美好的聯合。在心裡用最大的溫柔來注視他、守護他，這就是他們婚姻的幸福。而與此相比，這場婚禮與其說它是流言蜚語中的雪梅，不如視它為吹皺湖水的一陣風。一切都會過去，流言會過去，風會過去，只有這湖一直會在這裡。

　　張惠雯這兩天看著西湖，感慨地想，一切的傳說與故事都與她無關，她只希望，也相信自己是這湖，可以成為他心靈歇息的地方。她向上帝禱告說：我不需要擁有他，我只希望成為陪伴他、愛他最久的那一個。

　　婚禮有很多人參加，四百多位來參加特會的信徒中大部分都留了下來，他們舉行了一個基督教的婚禮，大家一起唱著十年前他為放棄她而寫給上帝的歌：

　　主愛長闊高深，實在不能推測；
　　不然像我這樣罪人，怎能滿被恩澤。
　　……
　　你是我的安慰，我的恩主耶穌！
　　除你之外，在天何歸？在地何所愛慕？

　　艱苦、反對、飄零，我今一起不理；
　　只求我主用你愛情，繞我靈、魂、身體。

　　主阿，我今求你，施恩引導小子，
　　立在我旁，常加我力，平安經過此世。
　　……

　　張惠雯早在北平就聽人唱過這首歌，雖然歌中一句對她的愛慕也沒有，她卻常常唱著就感受到他心中深深的愛慕。也許，就是常常唱這首歌，她才漸漸走進了他的心裡，感受到了這個男人隱藏在心靈深處的愛與浪漫，甚至，也發現了他心靈深處對愛情的敏感和脆弱。她就是這樣，在遠離他以後漸漸懂了他，愛上他的。

　　此刻，聽著三百多人一起唱這首歌，一起唱這首既是獻給上帝，也是獻給她這個平凡女子的情歌，她覺得心上人簡直就如《雅歌》書卷裡描述的那樣：我的良人在男子中，如同蘋果樹在樹林中。我歡歡喜喜坐在他的蔭下，嘗他果子的滋味，覺得甘甜。

　　杭州的婚禮是到婚禮前一天才去請姑媽張氏的，當然也是怕她提前知道了鬧事。那天她沒有去，她一個人在家裡痛痛地哭了一場又一場。她覺得自己的善心熱腸全都被人拋在了路上，等她抹乾眼淚，把頭髮重新梳好後，她決心不善罷甘休。

　　她一口氣寫了李夜聲的各種罪狀，有的是連她自己都知道是道聽塗說、毫無證據的。但她不在乎這些！她要的就是瀉憤；她要讓這個文德里的“神人”“聖人”，從他的神壇上一跟斗跌下來，被人唾棄；她要她的寶貝侄女醒過來，回到自己懷抱……

　　她在文中逼問這個窮傳道人，憑什麼來娶青春淑女張惠雯？他養得起嗎？他有能力寵愛她、滿足她嗎？若要養這麼一個上流社會的淑女，他只能靠外國人的金錢援助！這就是他欺騙了所有的人，他拿了大筆的錢，卻還攻擊公會和西方差會受薪的傳道人……

　　她這篇充滿邪惡攻擊的文章，刊登在了上海大小報紙的廣告頁上，既而又刊登在福州、北京、南京等地的報紙上，一登就是七天。接著，有些平時就恨李夜聲，巴不得排斥他的人，紛紛以此為素材寫了各種漫罵和所謂揭露的文章和漫畫，或者登報，或者印成小單張，在全國的基督徒圈子裡到處亂發。

　　原本只是刮在上海基督教會圈裡的風，這下刮成了上海灘社會性的，甚至是全國範圍的醜聞風暴。誰也沒有想到，木已成舟的婚事不僅沒能熄了這個女人的氣，反倒是讓她瘋了，她已經不能真正安靜下來問一問自己這麼做的目的了，她這是真的愛惠雯嗎？當惠琴一臉怒氣一臉淚地質問她時，她一言不發地仰著頭，感覺到自己裡面的心腸真是像了鐵石。但最後她還是義正詞嚴地說，我是要讓大家看清那個人的真實面目，他是個假先知，是個不負責任的流氓。這是上帝對他、和崇拜他的人的懲罰。

　　那些日子，李夜聲十分沮喪，從浙江回來後，他一直躲在福熙路四明村的新房裡。甚至有幾天藉著身體不適就窩在床上，不肯見人。尤其不肯見文德里的人，包括李如是、王慕真和張恩榮他們幾個最親近的同工。

　　張惠雯卻仍然很安靜，好像這一切是與她無關的，這大大地出乎了眾人的意料，就連她的姐姐和新婚丈夫也不能相信她的冷靜，惠琴常常找各種藉口來看她，她卻只當讀不懂姐姐眼裡的詢問和同情，邀惠琴一起去文德里的福音書房，找李如是要來一些李夜聲寫的和譯的詩歌還有講章，說是願意做些編輯工作。李如是臉上毫無驚訝的表情，好像這一切都是很自然的，雖然她之前也並不贊成李弟兄娶她，現在卻好像完全不知道此刻上海灘的喧鬧，平平靜靜地交待惠雯一些校對和編輯的規範和注意事項。

　　新娘子惠雯回到家後就坐在床邊的書桌前，安靜地校對、編輯。仿佛她與李夜聲不是剛剛有一個令人議論紛紛的婚禮，而是已經結婚十年八年了。李夜聲望著自己新娘美麗文靜的坐姿，心才漸漸平靜下來。

　　一天張惠琴來探訪他們，輕輕推門進來時，李夜聲向她做了個安靜的手勢，她就立在門邊隨著他的目光一起看坐在書桌前的妹妹。惠雯好像是略清瘦了些，俏麗的雙肩線條柔和中卻帶了點成熟的堅毅，她發現妹妹惠雯好像突然從一個驕傲的公主，變成了內斂的女人，這個不經意的背影將知性、女性、母性揉在了一起，不能再用易凋的花來比喻，倒像是金秋的果實。

她從惠雯身上收回目光時，正看見述先的眼神，欣賞中卻滿了不安和憂愁。便故意滿不在乎地大笑著對他說，述先，別管別人怎麼說！反正你的心上人已經被你娶回家了。這不就是你心中最大的心願？你看上帝不是以此來祝福你了嗎？再看看這麼美麗的太太，你還高興不起來？

李夜聲聽她這麼一說，仿佛是被這笑聲震落了眉頭的愁結，也展開了眉眼，心裡卻不由地感歎自己身邊越來越難聽見這麼爽快的笑聲了。他一邊走過去，將已經轉過身來含情望著自己的妻子擁在懷中，一邊想，無論如何，文德里和文德里的人是可以沒有他李夜聲的，因為上帝會負全責，但他，李述先卻不能再失去惠雯，這是上帝還給他的。

那天傍晚，李夜聲去了一趟文德里。走進弄堂前，他在轉角的小店裡買了三兩生煎包子。小店快要關門了，門板已經拿出來放在旁邊，堂吃的小廳裡已經沒人了，煎鍋裡還排著二十幾個生煎包。深秋的夜裡有點涼，又黑得快，看來是生意不好。小店的老闆娘也在文德里聚會，見是李弟兄來買包子，愣在那裡，半張了嘴不知道該說什麼。其實只是因為她家店開在這裡那麼久，從來沒有見李弟兄來買過包子，他給她的印象就是站在或坐在講臺邊上，拿了本黑皮《聖經》娓娓道來的神一般的人物，他講的話都不是馬上能懂的，即便你覺得懂了，也還是要想上十天半月，又或者才明白其實當初聽時並不真懂……

從廚房裡出來的丈夫快速上前，把老婆一把推到後面，手下麻利地用了兩張油紙把三兩生煎包包好，遞給李夜聲，又收了李夜聲遞過來的錢。李夜聲走進弄堂後，老闆娘才仿佛醒過來，恨恨地白了丈夫一眼。李弟兄的錢你也收啊？你真是瘋了吧？

老闆一邊上門板一邊說，你個女人懂什麼！格種時候，我當他是平常客人最讓他稱心了。倒是儂十三點唏唏格要開口問點事體，那伊反倒要尷尬！

我要問啥？儂神經病，外頭的瘋言話你也聽啊？我是完全不聽也不信的，我只信李弟兄的話……

李夜聲走到李如是她們幾個住的樓，站在門口愣了一會。月色清亮，李述先停在窄窄的弄堂裡，高大的身影，背卻有點彎。他好像是藉著月光仔細研究了一下自己的鞋尖，然後從那個門口走過去，進了張恩榮的家。他把油紙包好的生煎包子交給張太太說是帶給小孩子吃的，然後讓張恩榮去把李如是和王慕真兩人喊過來。

她倆來了，神情只是略略有點不自然，但見到他後很快就正了正臉色，問他下一段事工有什麼吩咐？

他沒說什麼特別的安排，有他們在，文德里的一切都有條有緒，他很放心。然後他和他們都沉默著，最近的事他不說，他們也不便問，甚至也不便開口安慰。

我要離開一段時間。他說。

他們只是看著他，仍然沉默著，只是此刻的沉默就有了隱隱的忐忑和動盪。他知道他們不便開口問他什麼，那一瞬，這種習慣了的對他的尊重，讓他有種孤獨無力的感覺。但好在已經開了口，他就決心向這幾個他最信任也最親近的人述說一場。

雖然他心裡像是決堤般地要向他們傾述，而他口裡說出來的話卻是簡單而平靜的語氣。

我很難過，難過得每一個毛孔都在流血。所以，要離開上海一段時間。我會和你們聯繫的。

王慕真想問他接下來聚會處怎麼辦？他們該如何對會眾說？又如何面對其他教會和牧者們的各種質疑？這樣紛擾之中，他怎麼能一走了之呢？但這許多的話卻塞在口中，說不出來。她憋了半天，見張恩榮和李姐都不說話，只好勉強自己開口。

那我們……教會……她的眼睛看著他，他看了她一眼就將眼睛轉向窗外，只是略停，又坦然地轉回來看著他們說，跟隨心裡靈的感動而行吧！

這是李夜聲常說的一句話，今天王慕真聽著卻無處著力，她正想再問問清楚，突然門打開了。

趙心潔和廖文君站在門外，是趙心潔猛力推開了門，但她卻定在那裡，沒有走進來。她臉色蒼白地看著李夜聲，他的臉色本來就發黃地白，抬頭看見她倆後，就白得褪盡了黃，泛出青來。他似乎很怕她說什麼，她最終也沒說出一個字，她被廖文君拉著離開時，最後看他的一眼，怨恨中有著一絲哀求。

門被廖文君反手關上了，屋裡的人都沉默了一會，聽著她們的腳步聲零碎不規則地下了樓梯。上海的木樓梯實在是要命的，分分鐘可以把走在上面的人的心思和身份暴露出來。好在大家似乎約定俗成地不去解讀，否則是可以研究出大學問的，至少也能用《木樓梯》作書名寫出一大串故事來……

木梯上的腳步聲消失後，又停了停，幾個人才不約而同地呼出口氣，仿佛剛才都是存了份擔心，生怕那腳步聲轉回來。雖然都知道趙心潔喜歡李夜聲，但李如是還是覺得學生趙心潔今天太任性了，畢竟他已經結婚了。

李夜聲很不自然地又坐了一會，就離開了。

走出弄堂時，他走進了文德里弄堂口白俄開的汽車修理廠，天色黑盡了，那間小小門面的修理廠竟然沒關門。他買下了裡面剛修好的一輛兩個座位的舊汽車，說回頭把銀票送過來。師傅是認識他的，就讓他把車開走了。

李夜聲開著這輛舊汽車，在夜上海裡溜了一圈，心裡的眼淚就被吹乾了。他深深吸了口含著桂花香的夜風，感激雖已深秋，竟還有晚開的桂花。他一邊開車回家，一邊覺得自己像是得了一對翅膀，他對著馬路前方不規則的天空禱告說，主啊，我還是感謝你！

李夜聲急於離開上海，離開這裡的流言，離開這裡愛他和恨他的人。他回到家裡對新娘說要帶她去昆明度蜜月，車子就在下面，明天就走。見惠雯不響，就又添了半句問話"好嗎？"惠雯只是點點頭，什麼都沒問，就起身來收拾了桌上校對編輯的材料，又去收拾行李。她進進出出間見丈夫愣愣地看著自己，就衝他微微一笑，李夜聲就仿佛看見了那個美麗的兒時玩伴。他也去拿了一些書，和她一起把這些東西都放到了車上。

第二天一大早，他倆就一路開車去了昆明。

李夜聲在昆明時心臟發生了問題，於是就留在那裡休養。

等四個月後他們回來時，風波已漸漸平靜下來，但並沒有完全消失。他覺得文德里聚會處的人看他和她的眼神還是有點異樣，於是就婉拒在主日講道，寧願仍由王慕真和張恩榮等幾個主要同工講道。

但當李如是請他帶領各地聚會處的同工查讀《雅歌》時，他答應了。他定在杭州西湖邊，而不是上海文德里，來講這個系列的資訊。妻子張惠雯是唯一一個由此感受到他的細膩和浪漫的人。

在這兩週中，她白天坐在人群中，聽心愛的男人講解這本《聖經》中最浪漫的如同情詩般的書卷，晚上就細心地整理白天的記錄。那兩週，李夜聲講的《雅歌》的資訊，回上海後就由福音書房出版了，書名為《歌中之歌》。

# 7

李夜聲結婚後不再住在文德里，他對教會中姊妹的限制變得越來越多。李如是、王慕真等這些從一開始就和他一同建立聚會處的姊妹們，都順服了他的教導，儘量讓弟兄們在教會裡"當頭"。文德里設立了十大長老，清一色的弟兄。

王慕真早就放下了佈道的恩賜，現在負責兒童和青少年的教導，因為李夜聲對《聖經》中一段經文的解釋是，女人不能教導男人，只能教導女人和孩子。而有意思的是，他自己的重生得救就是因為和受恩和余天慈這兩個一中一西的女宣教士。並且，之後每次在靈性低落的時候，他都曾去聽余天慈講解《聖經》，也曾去福州找和受恩。

　　甚至，有一次他去找和受恩得到幫助和教導後，反而因著他相信的神學理念,來勸她不要再教導弟兄。那次和受恩只是微笑地看著他，一言不發。她的那個微笑深深地印在了他的腦中，仿佛是一根刺，讓他正確的理念中有一絲隱隱的良心的責備。

　　李如是將全部精力放在福音書房裡，編輯出版李夜聲的所有講道和分享的記錄。李夜聲是中國基督徒中出版著作最多的人，也因著他眾多的著作而成為對西方基督教界影響最大的中國人，但這些作品中僅兩三本是他親手寫的，其它都出自李如是等姊妹對他講道和查經分享的記錄整理。可以說，是她們使他的思想呈現在紙上，從思想到文字之間的邏輯微觀經緯，是姊妹們用靈性和悟性來編織的。

　　也許，李夜聲是明白的，他最看重的幾個人都是姊妹，他也都讓她們做文字事工，其中就有他的太太張惠雯。當她們越來越安靜地在書房和密室中走一條內在生命路線時，李夜聲就越來越和弟兄們一起走向了“外面”。他和幾個恩賜不同但都極有能力的長老同工們一起，將文德里這個小小的單純的基督徒聚會處，運作發展成了全國性的，一個城市一家教會的，中國最大型的獨立教會聯合體。

　　為了與公會有分別，他們宣稱自己是非宗派的，並且不給自己冠上某某教會的名稱，他們只稱為某某城市的基督徒聚會的地方。但他們被外人稱為“地方教會”，並因為他們執行著一套自己的形式和理念，而成了新的宗派，甚至因著他們刻意的偏執的在各種真理和形式上的堅持，可以說他們的宗派性格外地強。

　　聚會處反對按立牧師，因為牧師這個名稱在《聖經》中並無記載，他們只稱李弟兄，但李弟兄的權柄卻遠遠大過了公會的牧師，只是名稱不同。甚至除了李弟兄以外，年長弟兄也成為一種權柄的代名詞。但有一點不同的，也是讓人欽佩的，就是他們不像公會的牧師們那樣依靠固定的薪酬，無論是主動地，還是有點被動地，這些傳道人都不得不學習全然依靠上帝。甚至他們的傳統是不能去向人講自己的經濟需要，而只能私下禱告神，然後靜看耶和華上帝的作為。這使他們常常經歷上帝供應的神跡，但同時也造成了他們對公會牧師們的輕看，認為他們是把牧師當成一個領薪的職業。

　　已經很少有人喊李夜聲的名字了，他們稱他為李弟兄。他在教會中最強調的就是“基督身體”的服事，就是說每個基督徒都是基督身體的一部分，眼睛就當好眼睛，手就當好手，你是耳朵，就不可以去做嘴巴的事。他以這種服事的原則讓每一個人的服事和關注點都集中在，也局限在這個人的恩賜中。

"基督身體"的服事還有一個意思，就是每個人的服事都必須在群體中，不能離開配搭，獨來獨往。在這點上，特別講"基督身體"的李弟兄卻將自己置於其外。也許是這場婚姻的風波吧？李夜聲不再將自己交付給與他同工的"肢體"們，他仿佛在內心縮回到了少年時代，躲回到自我療傷也自我保護的小屋裡，他覺得人是不可能理解他的，他也就無需向別人解釋什麼。

李夜聲的講道和釋經都帶著一種權柄，使人信服，難以質疑。就連一貫嚴謹的李如是也完全折服於他的每句話，以至於他的不商量不解釋，他的獨來獨往，都讓她感到是個"屬靈的人"，是像耶穌一般的行為。

反而是一個當醫生的長老曾私下向她提出了質疑，李弟兄也在"身體"裡嗎？

李如是沒有回答，她其實是不能去想這個問題的。按理說他不是神，他當然應該在身體裡，但他是"基督身體"裡的哪部分呢？她發現自己認識的那個年輕人李述先已經消失了，甚至那個李夜聲也成了"李弟兄"這個稱呼的一個影子，他越來越神秘，他不再像過去那樣常常在文德里，在同工們身邊，而是時常從中國的某地突然傳來他的消息，那消息使他們振奮，卻也使他們清楚李弟兄不屬於他們，不屬於文德里，不屬於上海聚會處。即使李弟兄在上海，他主日也不一定來文德里，即便是對他行蹤最為瞭解的李如是也未必知道他在哪裡，除非他要找她。

近來李夜聲不常來找李如是，卻常有人來找她說李弟兄的事。尤其是從三九年底李弟兄因著母親祝平安的要求，加入其堂兄投資、二弟李懷先任廠長的上海生化藥廠，並當了廠長以後，不理解的弟兄姊妹就紛紛來找李如是。

在大家心裡，李如是如同是李夜聲的屬靈姐姐，他非常尊重她，因此他們覺得他做什麼李姐應該都是知道並贊同的。其實李如是這些年也越來越不瞭解他的行蹤，更不瞭解他心裡真實的想法。但那時，李如是並沒有感到不安，她想像著李弟兄是進入了至聖所的幔子中，是進入了與神同在密雲裡，自己和同工們無法進入，他們仿佛是在山下等著他來傳遞上帝旨意是一群選民。

李弟兄在講道時最願意講"絕對"，常常說，人不能既事奉瑪門（金錢）又事奉上帝。於是，當現在他和家族兄弟一起開廠賺錢，不常在文德里，卻常坐在江西路的董事長辦公室中，這就引起了聽他教導的同工的不滿。更有傳言說他上次去英國，接受了英國弟兄會的很多金錢捐贈，卻沒有全部用在神的教會和中國的同工身上，而是拿了一大部分在德國買製藥的化學原料帶回上海，投資在他二弟的藥廠裡。

李如是只是讓他們相信上帝的帶領，相信李弟兄是受聖靈的引導。她無法去查清事實，也不願去細想，因為若是去問李夜聲，他也一定是沉默不言的。從她認識他以來，只要是遇到人控告他，或是質問他什麼，他從來都是不置一辭，他似乎是用這種態度告訴你，對錯、真假，都不重要，重要的是像基督一樣默默忍受。

有一次一個教會長老問他，什麼是忍耐？他以一貫簡單而有寓意的短句回答說，忍耐就是基督！李如是在一旁聽了，回去禱告上帝來啟示自己，一週後想明白了他的意思，人是不可能有真正忍耐的，忍耐是基督的生命品性，你忍耐了，就顯出了你裡面基督的生命樣式。

但也有外面的人攻擊李夜聲的不解釋，是一種打著"屬靈"幌子的手段，讓逃避和遮掩變得理直氣壯，是用"屬靈"的藉口拒絕"肢體"間彼此的交流和守望。《聖經》上不是也說"我們要相交在光中"？失去教會的監督，帶領者豈不危險？

李如是聽了當然不以為然，因為她明明地看見李夜聲是那麼地認識神，他所講的資訊仿佛就是上帝面對面告訴他的。這樣的人自然是時時與神同在的，人又怎能論斷他？

不過，一年後，隨著越來越多在文德里聚會的長老和弟兄姊妹，被雇進入生化廠工作後，各種不滿意和具體事務中的爭吵，也就越來越多地湧到李如是的面前。

李如是忍耐著，她也曾想向在生化廠工作的，張恩榮的兒子小良子問問具體情況。可又一想，這樣背著李弟兄去瞭解實在不妥，當面向他反映過兩次，他也還是不說什麼，只是拿眼睛安安靜靜地看著她。她覺得再也沒有誰的眼睛，像他那樣忠厚坦然，那樣既深邃又純淨的了，她無法不相信他，甚至覺得再多問一句都是對他的一種背叛。

一九四一年底，日本人擊沉了黃浦江上的英美炮艦，攻入上海，侵入租界，上海一片混亂，來講生化廠是非的人便少了許多。可是等戰事略一平靜，生化廠又生出許多的"話"來，這些話一波波地湧進李如是平靜的書房。

終於她忍無可忍了，但她的怒氣不是向著李夜聲的，而是向著那些來告狀的人。她連續幾天把來的人趕出書房，她的態度驚住了所有的人，因為她一向是文德里最有學問、最嚴謹，也是最謙和的"屬靈大姐"，許多人甚至看她為"屬靈的母親"。他們認為只有她可以來管束李夜聲，可以來處理這些不公平，但誰都沒有想到，李如是反而責怪他們控告弟兄，並因此發怒了。

　　趙心潔和廖文君也很驚訝，這些日子以來，她倆心裡並不同情這些來告狀的人，但卻也並不認為他們都是無事生非，她倆各自都有點想對李姐說，不要那麼全然相信、維護李夜聲，他畢竟也是一個人……但她倆都沒說，她們更沒有彼此討論過一句有關李夜聲的事。

　　每次李如是發怒，廖文君總是趕上去溫柔地解釋著把人送出門，而趙心潔卻憤憤地欲言又止。終於有一天，趙心潔走進李姐的書房，李如是遞給她幾章李夜聲的講道稿。

　　心潔，這是李弟兄新的講章，黃長老速記後整理成了文字。你校對一下，文字修改好了，爭取登在後天出刊的《復興報》上。

　　趙心潔接了過來，一看題目是"基督徒的聖潔生活"，她的嘴角輕蔑地撇了一下，但還是拿過一支筆繼續看著，一邊看，她的臉色卻紅一陣白一陣地，雙眉緊鎖。

　　李如是並沒有注意坐在斜後方單人沙發上校對的她，但突然，她耳朵裡聽到一句輕聲的但刺耳的髒話。這句罵人的話是用無錫方言講的，李如是卻大概知道是罵"騙子"的意思。她一下子愣在那裡，回頭看了眼趙心潔，她穿著淡紫細格的家常旗袍，剪短的直髮垂向一邊，頂上映著旁邊落地燈暖暖的光亮。

　　她手上拿著李夜聲的講章，剛才罵的顯然最有可能就是他，她倒不是因為趙心潔會罵李夜聲驚訝，而是驚訝她這樣一個甜美的大家閨秀，會用那麼又髒又俗的詞來罵他。並且顯然這詞她用得並不熟練，而是為了表達憤怒特意來用的，所以也就罵得特別一字一頓。李如是突然心裡打了一個寒顫，他對她做過什麼，以至於她這麼恨他？

　　你罵的是他？他對你做了什麼？

　　趙心潔臉突然紅了，她站起身，將手中的稿紙扔在地上，轉身要走。李如是卻一把拉住了她。

　　那是四二年上海的一個春夜，一切的完美都因著李如是執意地詢問而被撕破了。

　　那晚，趙心潔說出她與李夜聲早在三一年他去英國前就有了一次性關係，她理所當然地認為他從英國回來後會娶她，他從英國回來後仍然與她一起去了趟無錫，她的母親和哥哥都以為他會是趙家的女婿。

　　那次，他給她拍了許多照片，甚至在獨處一室的私密空間裡，他還給她拍了裸照，這讓她很不好意思，可他卻讓她看了一些從國外帶回來的圖片，並拉著她的手，不捨地說，你太美了，讓我留下你的樣子，以後恐怕是不方便多見的。

趙心潔不明白他的意思，可是他溫柔而略顯憂鬱的目光看著她，就像是一雙強有力的手臂抱緊了她，不僅是她的身體，就連她的思想似乎都無法動彈。被自己崇拜的人看著、愛著、要求著，她無法獨立地思想，她覺得自己已經不存在了。

可是回到上海後，他卻娶了張惠雯。她不知道在無錫時，他是否已經知道張惠雯回到了上海。他後來對她說那時自己不知道，說自己是打算娶她的，可是惠雯的出現讓他相信這是上帝的安排，他甚至對她說，自己不能違背聖靈在心裡的感動，他說張惠雯是上帝安排給他的妻子。

她無話可說，她有時會想起他說的那句話，"以後恐怕是不方便多見的。"她不是沒有懷疑，但她只能將懷疑深埋在心裡，她無法看低他，更無法失去他。她一遍遍地查《聖經》，甚至希望是在舊約時代，自己可以也嫁給他。

作為女人，愛上了李弟兄這樣的人，實在是無法再接受一個平常男人了。她不在乎成為一個隱藏的女人，只要是他的女人。但是作為一個基督徒，她卻倍受煎熬，一方面是《聖經》明明確確寫著"婚姻，人人都當尊重，床也不可污穢；因為苟合行淫的人，神必要審判。"另一方面，又每每看著、聽著他在講堂上講聖潔，剖析罪，講向罪死、向舊人死、向情慾死等等。

她覺得自己仿佛是獨自掙扎在這潭情慾的污泥中，而那個奪取了她貞潔的男人卻一塵不染地，高高在上地，依舊如神一般"聖潔"著。

這幾年中，趙心潔只是儘量避免聽他講有關聖潔的道，怕自己控制不住地大哭出來。但她不願揭發他，對於她，對於文德里，他都是不可倒的。在他結婚的風波中，她看見了他的脆弱，她心痛得顧不上想到自己是個受害者，她不可能讓自己和張氏站在同一邊，她永遠不願意自己成為控告他的人。

可是，今晚，無意中的一句洩憤的詛罵卻被李姐聽見了、抓住了……

看著李如是大發雷霆地把桌上李夜聲的講章全部掃落在地上，並聲稱馬上要召集長老和同工來處理這事時，趙心潔嚇壞了。她怯怯地說，我，我這樣一個普通的小姊妹，這點小事不要給他造成麻煩吧！

這是小事？這是罪！是傳道人犯不得的大罪！他這不是嘴上說一套，實際做一套嗎？

可是，可是若鬧大了，被外面的人知道了，又要攻擊他，而且也會攻擊聚會處。這事比之前的事都大多了，聚會處豈不會垮了……李姐，我想我還是回無錫去，不再見這個人，讓一切都過去吧……

趙心潔說著，突然大哭起來，但她自己也不清楚她是為何而哭。

上帝的教會是個聖潔的地方，任何人都要認罪悔改，何況是一個站在講臺上教導的人？這不是你個人的事，你需要為此事認罪悔改，徹底斷了這關係，他也當如此。人都會犯罪，只要認罪悔改，並遠離這罪，主的寶血就潔淨我們，上帝就赦免我們。這麼清楚的道理，李弟兄難道會不明白？

趙心潔只是流淚，不再說話。

當晚，她躺在床上如同睡在荊棘上，她翻身下床跪在木板地上禱告，可是卻開不出口。她想著李如是說的話，只要認罪悔改，並遠離這罪……他能遠離這罪嗎？我能遠離這罪嗎？我真希望他能遠離這罪嗎？她覺得心臟一陣陣地疼痛，終於離開了禱告的跪姿，也離開了這姿態給自己的壓力。

當她站起來時，她的腦子裡面突然湧進來百十來種如何能嫁給他的"計謀"，甚至是為了與他繼續做愛不惜犧牲自己和別人，不惜放棄信仰的種種念頭。這如潮般湧進來的邪惡、無恥的想法，把她嚇壞了。她知道自己從來沒有這樣想過，這些想法如濃黑的霧迅速地淹沒她，遮蔽了她的天，遮蔽了靈魂中的亮光。

趙心潔沖出房門，但她不敢去找李如是，而是推開了廖文君的門。

那晚她伏在廖文君懷裡說了一夜、哭了一夜，廖文君沒有一句勸詞，只是抱著她，陪她流了一夜的淚。直到十多年後，當她因那件轟動的事，失智瘋了，她都還記得那夜這個溫濕的懷抱。

李如是那晚也是一夜未睡，但她的心意並無猶豫。不論是她當年在南京女子師範學校當校監，因為視基督教為引誘女學生不安分，而搜繳、燒毀《聖經》；還是一旦接受了這個信仰，就義無反顧地全然獻身；無論是她任教金陵女子神學院，成為賈院長的得力助手，《靈光報》的主編；還是她接受了李弟兄的神學觀，受浸洗、擘餅聚會，並最後離開公會系統，成為基督徒聚會處的開創者之一，李如是始終是一個對真理非常絕對的人，黑就是黑，白就是白，言行必與心思相合。

那天晚上，她心裡極為憂傷，她想不通像李弟兄這樣的一個人，怎麼會在道德上犯如此大的罪？自己也是一直守獨身，但完全沒有一絲這方面的念頭。天天親近主、享受主裡深奧難言的甜蜜，怎麼還有時間和興趣去犯兩性之罪？那晚的她，作為一個嫁給耶穌、嫁給信仰的女人，對她極為欣賞敬佩的這個男人感到憤怒，甚至是莫名的噁心。

對於將這事告訴負責弟兄和同工，公開此事，李姐是坦然的。在她想來，對這事，教會理所當然地應該處理，李弟兄應該停止服事，甚至教會除名，直到他公開悔改。✓

第二天一早，李如是讓廖文君在家陪伴趙心潔，自己一個人去了郵電局，她發電報給正在北京的李夜聲，責問他是否與趙心潔有不潔的關係。當天傍晚的時候，她就收到了他的回電，電文僅一行字：

為此事，在神面前我眼淚已哭乾了。

雖然這句電文並沒有直接回答她的責問，但這種語帶雙關的行文說話方式是李夜聲一貫的風格，在瞭解他的李如是看來，這就是李夜聲認了此罪，並表示了懊悔之意。✓

接下來的事她認為就很簡單了，只要負責弟兄同工們開會做出處理決定，然後李弟兄回到上海公開認罪悔改，大家引以為戒就行了。這樣，教會和李弟兄都得以清潔，李弟兄認罪悔改也是個好見證，他的屬靈權柄仍可以被大家認同。✓

然而，當晚她約來幾位主要帶領者聚會商談此事時，一切都變得複雜了。而之後主要長老同工之間激起的暗波，和整個文德里的風波都遠遠超出了她的想像。

那天晚上，王慕真第一個來，她向她說了一遍事情的前後，她的臉頓時一片煞白，她一言未發地僵坐在那裡。李如是知道她和她們三個一樣都是最相信，也最忠誠于李弟兄的，她想她的感受應該是與自己一樣。她沒有再問她什麼，而是倒了杯溫水放在她身旁的茶几上，就走開了。

等長老們都到了，李如是就又說了一遍，有黃愚志和藍志文兩個長老立刻就十分憤怒，大罵李夜聲是個假冒偽善的騙子，張恩榮他們表示希望要聽一聽當事人趙心潔親口作證。李如是起初怕心潔受不了，堅決不同意。沒想到趙心潔在樓上聽到了，竟自己走下樓來。她說了前後的事，不知因為什麼，在她的語氣裡比昨晚更加重了對李夜聲的控告，雖然沒有直接說，但卻讓人覺得這事完全是李夜聲當時主動的，之後也更是因為李夜聲執意不肯斷絕關係。

趙心潔說完就哭著跑回樓上去了，廖文君隨後也悄悄離開了客廳。李如是和其他幾位長老心裡都極為同情趙心潔，因著震驚和失望而無法抑制地，恨那位幾天前還被他們視為屬靈偉人的李弟兄。

一向沉穩低調，很少發言的醫生長老于華恩，卻意外地發了言。他仍是慢條斯理地，但語氣極堅定地說：

《使徒行傳》二十五章十六節裡說，無論什麼人，被告還沒有和原告對質，未得機會分訴所告他的事，就先定他的罪，這不是羅馬人的條例。

他站起來，踱了幾步，突然回身，用並未瞪大的眼睛從他們每個人身上掃過去，然後接著說：

我們要違反神的話，在本人沒能到場的情況下定他的罪嗎？

到場？他現在肯回來嗎？就算他回來，若要與他當面來講，我們沒有一個人能講得過他！

康長老這麼一說，在場的大多數人都紛紛贊同。他們都知道李夜聲的辯才，何況他對《聖經》經文的運用已經到了出神入化的地步。他若站在這裡，那一定是他說什麼是什麼了，就像是他口裡的任何一句話都像是上帝說的話一般。

無論你們怎麼說，世上都有法律，教會就沒規矩？總要等到李弟兄自己的說法，才能定論。

這不是他的說法嗎？！

李如是生氣地將電報紙拍在桌上。

為此事，在神面前我眼淚已哭乾了。這句並不一定是認淫亂之罪吧？張恩榮皺著眉，猶豫而忐忑地說。李弟兄說眼淚哭乾，可能是為自己被誤會？特別是，若是趙姊妹說的不實，他豈不是很傷心，畢竟大家是一起的同工。

怎麼可能？哪個姑娘要這樣來誣告人？何況趙姊妹和我們同工也不是一天二天了，她的人品你不清楚？……

李如是氣得聲音都發顫，她真是沒有想到總是在一起，也知道李夜聲和趙心潔有感情，並且曾反對李夜聲娶張惠雯的張恩榮，此刻會說出這樣的話。他為了什麼？他為了維護李弟兄？難道心潔就不是他的姐妹？

大家正爭論不休、僵持不下時，王慕真從客廳一角的小沙發上站了起來，她神色凝重地走過來，眼睛並不看大家，而是望著地板。大家這才想起來，爭到現在，她竟然還一句話沒說。現在，她的態度最關鍵了。

你們中間誰是沒有罪的，誰就可以先拿石頭打他。

王慕真引用的這句經文，是《聖經》中記載一幫文士和律法師當場抓住了一個行淫的婦人，帶到耶穌面前來，問他是不是該按猶太人的摩西律法，扔石頭來打死她。他們的目的是試探耶穌如何處理猶太律法和當時羅馬法律的矛盾，但這個例子常被人用來表明對待罪人的態度。

王慕真此刻丟出這麼一句經文來，大家一時都不便發聲了，經文裡圍觀的人群聽到耶穌這句話後，因為都知道自己也是個罪人，故而從老到少都離開了，沒有人能定她的罪，也就沒有人敢扔出第一塊石頭。

……在一片沉默中，李如是心裡很矛盾，她並不是想定李夜聲的罪，她巴不得他沒有罪，甚至寧肯自己替他承擔這罪。但她無法就這樣模糊不清地視有罪為無罪，她無法理解這種屬靈姿態下的變通和虛假。她不解地盯著王慕真，王慕真卻不看她。

王慕真知道李如是在看自己，但她卻不能看她，不能面對她那雙犀利而明淨的眼睛，她是禁不起她看的。

王慕真不知道自己為什麼要說這句話，她不願意認為自己是要為李夜聲遮掩，她只是不願面對，不願面對一場對他的審訊，更不能面對他或者會有的認罪。就像她當年無法面對病中的他一樣，她也無法面對罪中的他？何況，誰能說得清呢？真要讓趙心潔和李夜聲對質？真要讓這一群最親密的長老和同工來審訊、判斷、定案……她想著以後的一切，心裡感到一種莫名的懼怕，覺得這個可怕可厭惡的程度甚至超過那末經核實的罪的本身。

李如是見王慕真不看她，心裡怒她竟然用一句《聖經》經文來阻擋聖靈的光照。

但耶穌也說，我也不定你的罪。去吧，從此不要再犯罪了！除了我們這些同工，除了教會，今天誰來向李弟兄傳達耶穌的這句話？他若不悔改，繼續犯罪，神的教會的講臺豈不被污？

李如是用目光將在場的人一個個看過去，有和他意見一樣的就更激動了。不贊成定罪的主要是于華恩長老和王慕真，他倆一個是目光平靜地看著遠方，另一個則盯著地上。

……

那天晚上，一直到深夜，他們最後毫無結果地散去了。

那晚李如是躺在床上，聽著隔壁趙心潔屋裡隱約的抽泣聲，心裡恨王慕真竟然為了李夜聲忍心不念姊妹之情。

而王慕真也是一夜無眠，她覺得李姐這樣做實在是不明智的，大衛不是說，得赦免其過、遮蓋其罪的，這人是有福的！何必追究？何必去揭開一個已經過去多年的……王慕真不敢細想，不論是想趙心潔是不實控告，還是李夜聲真得犯罪，她都無法接受。她覺得最好的辦法不是挖開糞坑，而是多蓋幾層土。

……

又一晚。

又一晚。

爭論始終沒有結果，每個人的心裡卻都插上了一根刺。

堅決要求革除李夜聲的除了李如是，還有許長老和黃愚志長老，他們甚至去于華恩家裡說了一些相當不客氣的話。

在這一週的爭論中，李夜聲不專心傳道，開生化廠的事也被提了出來。也許大家心裡想的更多是他兩性道德上的問題，但方便說出口並爭論的卻是生化藥廠的事。最後他們決定上海聚會處暫停李夜聲的講道服事，講臺的教導暫時由于華恩和王慕真負責。

因為最後決定不公開未經李弟兄親口承認的罪，對外只說是因他不專心傳道而暫停他的服事，這讓李如是覺得違背了《聖經》關於"相交在光中"的訓導，是教會在這罪上有了份。但她還是遵守了長執同工的約定，對外閉口不言，只是憤憤地帶著趙心潔回無錫去住了。

她走後沒有幾天，上海教會的長老和執事們，卻收到了李夜聲請求將他自己除名的來信。信中說：聲受神所托者不多，而今所餘者亦少，自念長此以往，於教會毫無益處。敬請諸弟兄將弟名從簿中除去，以安許多人心，以免貽羞主名。

于華恩收到信後，召集負責弟兄和同工聚會，也請李如是從無錫趕回上海。這次來聚會的人比較多，其中有上海各個聚會點和負責大學學生團契的同工。李如是雖然仍顯出氣憤，卻不肯再一次說明事情的由來，只說了一句：為著青年弟兄姐妹，我不說的好。

因為趙心潔沒有回上海，李如是也不肯說，故而雖然私下有些議論，但會上只談了生化藥廠的事。對於李弟兄要求除名的事，一來上海教會並沒有信徒名冊，只有通訊卡片；二來他也不屬於哪一個地方的教會，而是屬於全國的基督徒聚會處。於是，這事不了了之。

李如是從頭到尾冷冷地旁觀著，她心灰意冷，她沒有想到教會的領袖們，可以用這種似是而非的荒誕藉口，來自欺欺人。

她不能說什麼，但又不能不表示自己的絕對與清潔。在收拾東西，準備搬去無錫時，她將福音書房裡所有李夜聲的書，和整理好的講稿全部扔到了文德里的弄堂中。她扔出去這些以後，面對著不發聲似乎也有回音的空空的房子，悲痛地哭了一場。她發現已經將自己完全投入在這個人的文字中了，扔出去後，她也就沒有了自己。

這場被竭力掩飾的風波給上海地方教會造成了很大的影響，首先是知情的長老、執事紛紛離開文德里，甚至離開上海，各奔東西。執意要革除李夜聲的黃愚志和另一位長老回了老家。離開公會來文德里的牧師兒子、極有講道恩賜的康慕靈去了莫干山休養。連王慕真最後也去了杭州。

當李如是聽說王慕真也離開文德里時，她很想趕去杭州再問問她，這一切是為什麼，她是真的不信？還是不願想？不願信？不能信？但她最後還是沒有去，她覺得自己現在無法面對她，在她倆之間已經不可能沒有李夜聲的影子了，雖然她們早在認識李夜聲之前，就有著師生的情誼。

廖文君在李如是和趙心潔回無錫的當天，就搬去了上海的父母家住，這次李如是從無錫回來，她也沒有回來見她。在這場風波中，誰也沒有精力和空閒去注意到她那些有點反常的舉動。

留在上海的長老只有于華恩和張恩榮，當時正值上海在淪陷之中，物價飛漲，生活艱難。文德里的風波讓會眾對上帝的信心，也隨著對李弟兄的懷

191

疑而失喪，愛主，依靠主的心都冷淡了。大家開始紛紛動腦筋，用各種方法賺錢，試圖用囤積的物資和金條來重建信心失喪後的“安全感”。

于華恩停止了自己的診所，勉力支撐著文德里的聚會處，直到為了不參加日偽的“基督教華東教團”，不遙拜日本天皇，而停止了文德里的公開聚會。他最後一個走出聚會的客廳，反手關上房門時，不由自主地深深歎了一口氣。他一點也不覺得這次的行動表現了他們信仰的絕對，更沒有信仰英雄的感覺，而是終於可以任憑心靈深處的那份深埋的複雜的情緒漸漸浮顯出來。

哈同路上的一切似乎依舊，只是多了幾面太陽旗，天上的太陽卻黯得讓人忽略了。他深深地呼進又吐出，終是無法讓心裡的鬱結消散……

從始至終，李夜聲沒有再回過上海，他從北京去了大後方重慶。他順服上海教會的決定，也拒絕了所有其它城市聚會處的講道邀請。

李夜聲在重慶又開辦了一個新的生化藥廠，並和妻弟一同合開了專營化工原料的峨嵋商行。

李如是聽著傳來的這些消息，心裡漸漸淡了的憤恨中泛起些許的惋惜。

# 獄中的愛恨

### 1

四八年，解放前夕，在王慕真和煙臺長老常受宜的一番勸說下，聚會處的同工重新接受李夜聲為帶領者。李夜聲臨危受命，回到了聚會處的領袖位置。

四九年五月，上海解放。

五零年，上海生化藥廠併入瀋陽的國營東北藥廠，連機器帶原料都賣給了東北藥廠，一些原上海生化廠的員工為了生計考慮，舉家遷往瀋陽。對於上海人來說，離開上海就是發配，離開上海去東北，那也就和去西伯利亞差不多了。當他們在冰天雪地中落戶後，對昔日敬為神的人，越來越生出怨恨。

李夜聲在火車站最後與豪爽的東北藥廠廠長握手告別，高大憨厚的東北男人依依不捨地倒退著上了車，火車終於開動了。東北男子從車窗裡探出身來招呼著李夜聲，早點去瀋陽，他看著月臺上這個上海難得一見的高個子男人，心裡的敬佩逼出來兩眼淚花。他其實也不能明白他說的每句話，但就是覺得他說的每句話都具有權威性……

月臺上的李夜聲看著火車漸遠，長長出了口氣，不禁想著這個人簡直就是天使，讓他終於擺脫了上海生化這個累贅。火車吐出的濃煙很快就消散了，天空還來不及完全放藍，又一趟火車吐著煙霧，鳴叫著進了站。李夜聲感到一身輕鬆，但他繞過賣香煙花生的小販向外走去，心裡卻有份落不到實處的忐忑，不知是良心的責備，還是靈裡的預感，他回頭又望了眼月臺，已經是不同的列車，不同的人群了。他對自己說，多想也無益處，還是交托給主吧。

但讓李如是他們都無法理解的是，僅過了半年，李夜聲就在上海生化的舊址上，全部聘用聚會處的信徒又開設了一間"弟兄藥廠"。他沒有向任何人解釋這事，當李如是和于華恩長老私下委婉地提醒他這些年生化藥廠並不蒙主祝福時，他只是簡單地說這次是分別為聖的，沒有用主外的人。李如是本想再回應說，過去也有一個時期都是用信徒開工廠，辦不好才外請了不信主的管理人員，最後還是辦不好。但她看了眼李夜聲，心想他不可能不記得，那麼"分別為聖"也就只是他的一個說法吧？他心裡這樣決定總是有他的原因。這樣一想，她就不說什麼了，並從此刻意避開了所有這些事，一心只管福音書房的工作了。

李夜聲讓弟兄藥廠的財務，不必再清理已經關閉的上海生化廠的原帳冊，而是續用以便更快地投入正常運做。同時，他又在漢口、天津、香港、上海開設藥廠、印廠、布廠等等。一時之間，各地的聚會處在其他公會教會的一片衰微中，顯得格外壯大紅火，成了人最多、錢也最多的，架構龐大的，獨立的教會系統。

聚會處的會眾們非常自豪，更是視李弟兄為神人。而其他教會的牧師們卻也有人不屑地認為這種運作是遵循世界的法則，依靠金錢的力量，而不是遵從屬靈的原則，依靠上帝。

一九五一年下半年，全國開展了三反五反運動，清查政府官員和資本家。

五二年初，李夜聲囑咐各地教會，要切斷所有的世俗事業。雖然這個囑咐與他近年的教會策略完全相背，況且這個"切斷"也十分不容易。但全國各地的聚會處對李弟兄的屬靈敏銳及政治敏銳度都是絕對崇拜的，他們毫無異議地迅速執行了。

李夜聲的絕對權威這次挽救了聚會處，全國各地大部分的聚會處和主要帶領者，因為與私營工商業脫離得及時，而免於了被捲入三反五反。但他自己卻沒有那麼幸運，又或者，是政府不允許他的"敏銳"得勝，他們盯住了他，而上帝卻旁觀著。

二月，東北藥廠有人檢舉李夜聲"盜竊國家資財"，而此人正是原上海生化廠的高級職員，也是最早將一輛老爺車捐給李弟兄的許聞達。

四月，李夜聲在赴東北的途中被捕入獄。

在這一切事情的發展過程中，李如是為了維護教會，聽從了王慕真和常受宜的勸導，忍辱負重，甚至要求趙心潔和廖文君一同，在恢復李夜聲帶領地位的通告上簽了名，還當眾向他道歉、和好。

之後，她果然發現李夜聲對政治的敏銳和預知能力遠超眾人，雖然不再敬重他的私德，但對他才智的敬佩，再次讓她全力幫助他完成使命。甚至在他被捕後，她預感到自己自由的時間也不多了，幾乎是日夜不眠不休地抓緊時間，整理、出版李夜聲的著作。

在她幾乎完成了所有李夜聲著作的整理，體力和精力也即將耗盡之時，五六年一月，李如是、王慕真、黃愚志、張恩榮等主要同工及長老，在同一個主日的夜晚被捕入獄。

入獄是李如是早有準備的，當她看了政府給她的，一些有關李夜聲在生化廠運作中的違法行為的揭發材料時，並無太多的吃驚。她沒有繼續看那些貼著注釋標籤、劃了紅圈的帳簿，而是將這一切推到一邊，在心裡長長地歎了一口氣。她覺得李夜聲實在不應該介入這些世俗的事業，顯然上帝既沒有給他這個恩賜，也沒有在這方面祝福他。

八年前，李夜聲回到上海聚會處時，曾在同工和負責弟兄擴大會上說，自己開工廠是為了賺錢貼補同工們。對此，李如是是相信的。當他流下眼淚，說自己如同窮寡婦，為了養活孩子而改嫁。改嫁了，孩子們卻反而怪他，不認他時，李如是也流下了淚。正是那一刻強烈的感動，讓她原諒了他在男女問題上的失德，她甚至自己對自己說，他畢竟是男人，他那時只是一時的青春衝動。

知道四二年內情的李如是尚且感動流淚，何況許多不知道內情的人。因著李夜聲這句難得的表白，和更為難得的眼淚，整個會場中許多有錢的信徒們號啕大哭起來。他們在心中自責，是自己塞住了憐憫的心，才造成李弟兄要捲入世俗的事業，來為極度貧困的傳道同工謀衣食。

再以後，全國各地聚會處的會眾紛紛捲入"交出來"的熱潮，許多大資本家、大地主、大銀行家，都全身家地"交"了出來。聚會處一下子成了全國最有錢的教會，上海總會購建了全國最大的南陽路禮拜堂。

然而，這許多的錢，又一次讓李夜聲開始了全盤的運籌，向內地、香港、臺灣、美國差派同工的同時，進行了大規模的置地和開工廠。在這個過程中，心思縝密的李如是不是沒有過一瞬對李夜聲那次流淚的懷疑，但她禁止自己以這樣邪惡、卑鄙的心去揣測弟兄。

　　此刻，她面對著這一堆材料，覺得與其毫無根據地猜測李弟兄的動機，讓這個已經在獄中四年的人來承擔他的失策；不如在上帝面前，自己痛悔沒能憑良心說誠實的話，沒能成為一個忠誠的守望者。不要說像舊約先知那樣警戒上帝所立的君王，甚至連中國古代死諫的忠臣都不如……

　　但自己又能怎麼做呢？若是四八年自己堅決不同意李夜聲出來恢復執事，那就不會有之後聚會處的大復興，就不會在解放前後拯救那麼多的靈魂，特別是青年人，歸向耶穌。如果自己因著他肉體的罪而將他釘死，不肯挪開墓門前的巨石，那他靈裡所得的啟示就無法釋放出來，教會也許就會乾枯……

　　可是靈魂的滋養都要來自這個人的口，這正常嗎？當他被挪去時，為何聚會處仿佛與上帝間的通道就被堵住，斷開了……雖然這是不合《聖經》的，但這卻是真實。這也是當年常受宣拒絕和他們上海的同工辯論事實，而只是一個勁咄咄逼人地追問他們，李弟兄離開後，你的靈是乾枯的？還是滋潤的？是死的還是活的？那時，她和幾位堅決反對李夜聲恢復執事的長老和同工，都不得不承認四二年後，靈是乾枯的，是死的。

　　於是，就在生命大於真實，這樣一個似乎很屬靈的原則下，他們讓真理讓了步，表面上看是讓真理讓步於生命，而事實上他們讓真理讓步於"需要"，既是聚會處團體的需要，更是自己靈性感覺的需要。李如是其實不止一次地自我剖析過，但除去個人靈性的感覺和團體的需要，信仰還剩下什麼呢？一個人能夠真的只是握住那只看不見的釘痕手，獨自走夜路嗎？

　　從四八年到五六年，特別是李夜聲被關進監獄後的這四年中，李如是和王慕真，還有其他的幾位長老，都在有意識地開始學習去摸夜空中那只看不見的手，有時似乎抓住了，有時又似乎抓住的只是自己或別人的手。他們離開李弟兄獨立做出過許多極為重大的決定，甚至一般的會眾都感覺不到李弟兄這些年並沒有和他們在一起。

　　但在他們每一次做決定時，他們都只禱告不交談，甚至大多是各自默默無聲地禱告，避免聲音和眼神洩露自己心底的不安。

　　……

　　連續的審訊在精神上和肉體上，都給已經六十出頭的李如是造成了重創。一生與紙墨為伴的"女狀元"，從來沒有想到，人可以對人進行如此無需審判的，甚至是超越刑法的，創意而又隨意的踐踏與摧殘。

　　她忍受的力量來源，從理性上，是看自己這肉體為已死的，刻意抹殺肉體中轟鳴的疼痛；而從感性上，卻是在潛意識裡與她所敬佩的李夜聲，還有眾同工們，一同受苦的心志，和一同得著天上獎賞的盼望。

　　她自己都不能理解，為什麼這一刻自己心裡情感的依託，比以往任何時候都更倒向李夜聲，仿佛他成了自己心裡可依靠的磐石。

　　第五天，當她被打得一隻眼睛腫到看不見，血跡斑斑地倒在草席上時，她聽到門外一雙皮靴從容地踱進審訊室，走過來，停在她身邊。她無力抬起身來，勉強睜開另一隻充血的眼睛，只看得見一雙精緻的小牛皮鴕色靴和兩個軍褲的褲腳管。

　　然後，一張紙，從她眼前飄下來。那一瞬，她的心突然踩空了般一陣發黑，好像那不是一張紙，而是天。

　　天塌了！

　　紙上用紅筆劃出的是李夜聲對自己私德犯罪的供述，李如是不願去看，也無需確認自己多年前就知道的事，但這歪歪扭扭字跡中的那份"熟悉"，吸引著她，而這"熟悉"最後卻像一柄刺刀，扎進了她的心，紙上的一個名字是她無法逃避的……

　　上海聚會處中，如徐聞音這樣的週邊同工和普通信徒都認為，李夜聲的私德問題負責弟兄和同工至少在四二年就有耳聞，其中李如是應該最清楚，所以她不應該會"震驚"。但事實上，李如是看到"廖文君"三個字後的震驚度，遠大過任何一個人。

　　四二年，趙心潔與李夜聲的事情曝光後，李如是雖然當時並沒有顧得上注意廖文君，但之後，廖文君的反常舉動還是引起了她的疑惑。李如是在此之前就一直隱隱約約地感到文君心裡也是喜歡李夜聲的，甚至，她曾私心裡認為廖文君與李夜聲才是最匹配的。

　　從二四年初識到三四年，開朗活潑的趙心潔越來越明顯地表露了自己的心意，而文靜內向的廖文君就似乎是漸漸深埋了初萌的感情，但誰也沒有想到李夜聲娶的不是她倆中的一個，而是張惠雯。

　　四二年後，趙心潔回了無錫，不常來上海，解放前夕，她同意在恢復李夜聲的聲明上簽字後，就去了美國。廖文君卻一直在地方教會中沒有離開，並且在李夜聲恢復帶領者地位後，接替趙心潔過去在福音書房的工作，幫助李如是完成了李夜聲的全部著作編譯。

　　四二年風波後，李如是心裡總是忐忑慌恐，她曾和廖文君不此一次地談過，詢問她對他是否也有情，每次廖文君總是無言，搖頭。雖然她否認，她還是不止一次地或推心置腹，或嚴詞警告，讓她要和他保持距離。她曾建議她覓夫結婚，遭她堅決拒絕後，就要她保證即便是在心思意念中都不可犯姦淫。而她每次都是靜靜地聽著，低垂了頭，一臉無辜的純潔。

　　可是……

李如是用僅剩的這只能睜得開的眼睛，死死地盯著廖文君的名字時，最縈她心的就是她那一臉無辜的純潔的表情。這張臉仿佛要活活地埋了她。

也許，是為了本能地求生吧，李如是開始在心裡，繼而在嘴裡咒罵李夜聲。

她想著自己最心愛的，如同親生女兒的這兩個學生，趙心潔和廖文君，就不能不仇恨這個男人。從二三年底認識李夜聲到現在，他的天縱之才、啟示性的洞見，他震攝人靈魂的能力，他聖潔而絕對的講道，和他表情不多的忠厚的面容，此刻都在李如是心裡成了一場看不透，散不開，含著毒素的黑霧。

我認識他嗎？他究竟是聖靈充滿的人，還是從邪靈得著異能的人？這些年，我跟隨、服事的還是上帝嗎？

她甚至開始懷疑自從認識李夜聲，不，那時還是李述先，讀他的書，聽他的話……自己和自己的三個學生就已經離開了上帝，她們崇拜的只是李夜聲塑造在她們面前的上帝。當她努力想要去思想在遇見李夜聲之前所認識的上帝時，竟是那麼遙遠，仿佛隔著萬水千山，走不回去了……

神竟成只有李夜声那么大了，好可怕

被捕的第七天，李如是用平靜而空寂的聲音，向審訓的人承認自己是披著宗教外衣的反革命分子。無論別人的揭發與背叛是不是違心的，李如是始終認為她的認罪並不是因肉體被折磨，她至死都堅持自己說的是實話。

那幾天中，她認認真真地回頭看聚會處的同工們跟隨李夜聲所做的事，當時他們都認為是聖靈的帶引，因為在大家的心中，李弟兄就代表著上帝。如今看來卻未必，那麼，李如是就不得不站在一個"客觀"的位置，或說是人民的立場來看這些事了。

借著"屬靈"的"交出來"運動得到大量資金後，由李弟兄做的種種安排，若不是出於聖靈的帶領，那事實上就是與解放的大趨勢相背的。還有發動全國三萬多信徒簽名，為要保住聚會處在鼓嶺的大批房地產，事實上也就成了如政府所說的"破壞土改運動"。

四八年，李夜聲恢復他帶領者的執事後，所做的一系列讓李如是極為佩服的"聰明"舉動，此刻都一件件浮在她腦海中，成了他反革命的鐵證。而她自己正是這一切行動的主要執行者之一。

她無法忘記從四九年到五二年，李夜聲與自己的幾次談話。回想起來，他是變幻莫測的，而當時她卻完全將他的每次變化，都當作上帝的旨意來領受和遵行。

197

......

上海解放前夕，戰火藉著大小報紙和電臺已經迫近上海，李弟兄不贊成卻也沒有反對常長老發動教會的弟兄姐妹禱告：求上帝伸手，阻攔解放軍南下的部隊，讓他們如舊約《出埃及記》中埃及法老的兵馬一樣，沉溺於長江天塹。

那晚信徒和同工們就在不遠的南陽路新會所裡禱告。傍晚，李如是收拾完新印好的書刊，正要走出文德里福音書房時，李夜聲突然來了。

他從結婚後就不常住在文德里，在上海他有和妻子一起住的寓所，還有一大套獨自住的房子，加上生化公司辦公室樓上也有他的臥房。所以很少有人瞭解他的行蹤，即使知道他在上海，也不知道他住在哪裡。

李夜聲的突然出現和突然離開都已經是李如是習慣了的，她問他，是去參加今天的禱告會嗎？

他沒說話，走過去在一排書架前的籐椅上坐定，然後憂心忡忡地皺著眉，來來回回地看著書架上陳列的，不太多也不算少的屬靈書籍和刊物。

來不及了，我們要抓緊！

李如是知道他說的不是聚會時間來不及，但也不知道他指的是什麼，就靜靜地站在那裡等他繼續說下去。

政權易手是大勢所趨，共產黨對宗教的態度始終不明，未來是險峻的。

常長老他們最近都在禱告。李如是說。

禱告能改變一切嗎？

李夜聲轉頭看了她一眼，他的目光從她臉上離開時，她感受到了一份很陌生的茫然。

誰能知道上帝的心意呢？但我看這事是不會改變的，解放軍很快就會進入上海。我們要提早預備。

怎麼預備？我們打算遷去臺灣嗎？你還是先走吧！

我早就讓人去臺灣置了地產，中間出了點問題。不過，已經解決了，常長老會帶人過去的，我哪都不去。全國聚會處四、五萬的信徒，都只能在這裡，我自然是要和大家在一起的。

李弟兄的語氣是平靜的，但細聽卻隱著一份悲壯，也隱著一份無奈。他停了停，又接著說：

我相信，我們可以和新中國的政府達成共識。

你和他們已經有過聯繫了？

李如是知道李夜聲是不會隨便說話的，既然他提到“共識”，那一定就是已經有了某種約定。

……李夜聲沒有回答。

那你為什麼不阻止這幾天的禱告會？常長老和王慕真他們知道嗎？

各有各的預備，看上帝怎麼安排吧！若，若是能以長江為界，軍隊過不來當然更好。

李弟兄說著站了起來，伸手摸了摸書架上的書，回頭對李如是說：

不管怎樣，我們還是抓緊吧。其他的事我都已經安排好了，你這邊最重要的就是加緊出版聚會處門徒培訓和查經資料。列個書目，儘量多地翻譯出版西方的釋經和生命操練的書。這……可以為將來無光的暗夜預留光。

他說著，眉眼間已經聚起了深濃的擔憂。

那晚，他倆一起擬定了要出版和翻譯的書籍名錄，他又一次特別提到他自己寫的第一本書《屬靈的人》不要再版了。當李如是問他為什麼時，他還是那句話，寫得太完全了，會讓人以為人能自己掌握這一切。

那天晚上擬定的書目，直到五二年李夜聲即將去東北時才基本編譯完成。

……

五二年四月，那個春天遲遲不暖，花草和風都猶豫不決地失去了自信。李夜聲又一次突然來到文德里的福音書房，他進來的時候像是夾帶著一股冬天還未褪盡的寒氣。

李如是和廖文君正各自低頭伏案工作，抬頭看到他時，他的面容一如往常的平靜，只是微微有點黯黑，而她倆卻都在心裡不由地打了一個寒噤。

李夜聲在屋裡踱著步，步速比平時略快，屋子就顯得小了。當李如是在獄中回想起這一幕時，她仿佛看到了籠中的困獸。李夜聲突然站定，看也沒有看一眼廖文君泡好放在書桌一角的明前龍井。

出去走走。他說。

她倆一句話沒有問，就跟著他出了書房，坐上停在外面的一輛轎車。

李夜聲那天車開得很快，好像是一轉眼就開到了郊外。

廖文君一直看著窗外。這條路她是熟悉的，這是開往蘇州、無錫、南京的公路。二十五年前，正是這個男人開著車將李姐和趙心潔還有自己，這三個女人帶出戰亂的南京，沿著這條路開進上海，開進文德里……

十五年前，被教會除名的他，悄悄回了上海一次，離開前的一天，他打電話約她出來，然後也是沿著這條路，開出上海……今天……

廖文君望著前排的座位，右邊的李姐因十分瘦小，完全被椅背擋住了，而駕駛座上的李夜聲，寬寬的肩背從椅背上露出一大截，頭幾乎要頂到了車頂。她心裡就突然流了淚，暢暢快快地流。

這些天，她也多多少少地聽到了許多事，知道東北那邊有人揭發他，而揭發他的就是當年送他汽車，也追求過自己的那個男人。他這一去是凶多吉少。廖文君甚至幻想這車裡只有他和自己，她寧願陪著他逃亡，但她只能這麼想一想，她不能說一句話，她覺得自己的生命早就註定了不能說話。

廖文君所想的，李如是當時完全不知道。她的心裡也充滿了離情和憂愁，但她卻堅定地相信上帝在大水之上坐著掌權。李如是雖知他此去甚為兇險，但若神不許可，哪有一件事能臨到神的僕人呢？

不過，她並沒有一絲一毫想到，若是神許可呢？

路邊遠遠地出現一個湖，李夜聲一轉方向盤，開下了公路。他沿著一條小道，將車開到湖邊，沿著湖又開了幾分鐘，有一個亭子。他就停了車，和她倆一起下來。

廖文君走進亭子裡，淚就終於從心裡流出來，流到了臉上。李如是見了，心裡一片空茫，她甚至突然有點希望自己也能如此流淚。

亭子是個古舊破爛的小石亭，裡面沒有石桌，也沒有石凳。他們各自站著，廖文君站在他倆的後面，她仿佛看到了那個石桌，也看到了石桌上桂花樹的影子。雖然此刻天未黑，月亮還事不關己地睡著，太陽冷冷地旁觀……

多年前玄武湖邊的那一幕仿佛突然飄浮回來，只是，缺了趙心潔。

什麼聲音都沒有，甚至沒有一聲鳥叫，或是風……靜得讓她倆感到窒息。

我得罪了神，也得罪了人。

李夜聲說這句話時的語氣不像是對任何人說的，沒有痛悔的顫慄，只是一句簡單的陳述句。

……

## 2

李如是和王慕真被捕十五天后，廖文君被要求去了上海南京西路銅仁路口，參觀李夜聲反革命集團罪證展覽會。

展覽會已經開了五天。廖文君這些天一直住在父母家，父親廖一天去世後，她就搬來陪伴繼母，反而是繼母的親生兒子廖英君近來很少回家，又向她要了鑰匙，常獨自住在奶奶留下的老房子裡。

廖文君原來心臟就有毛病，這幾年更是時好時壞，常隱隱作痛。她已經知道李夜聲的那張自白書上有自己的名字，她甚至沒有和別人一樣，去在乎這頁紙是不是李本人寫的。

這些年來，無時無刻不壓在她心上的羞恥感，此刻卻脫落了。她覺得上帝終於回應了她的禱告，讓這事可以了斷。當私情和行淫的細節都曝露在光下時，她終於被外在的強力帶到了神的面前。

這些年，她一直在教會中服事，但卻無法赤露敞開地，帶著自己破敗的罪的本相到上帝面前。沒有人知道李夜聲和自己的關係，但正因為沒有人知道，就使他們像被困在樹叢後的亞當和夏娃一樣，雖然聽得見上帝的聲音，卻走不出來。

這麼多年，作為幾萬信徒的帶領者，作為一個首先在中國開始擘餅聚會的人，李夜聲一直不肯領餅和杯。他用這個舉動來公示自己是個在罪裡的人，是個無法帶著自己的本相，來領受耶穌寶血潔淨的人。而廖文君卻沒有這個勇氣來做這種公開的表示，因為她知道，聚會處沒有人敢去問李弟兄不領餅杯的緣故，卻一定會追問她，特別是李如是。

她有勇氣說出這一切嗎？若只是她自己，她是樂於認這個罪的，她不願意這個過犯，這段私情，在心裡發酵成窒息生命的瘴氣。但是為了他，她什麼都不能說，她只能是被動地等他的行動。

對李弟兄不領餅杯的事，會眾並不知情，同工們也認為他是為了生化廠的事自責。而知情的幾個長老卻以為他是對趙心潔心有愧意，可趙心潔已經去了美國，他們已經不可能有實質的犯罪，因此大家反而感動於李弟兄律己之嚴。

即便是李如是，這幾年也曾私下感歎李弟兄實在是個“靈裡”認真的人，不肯隨意吃喝自己的罪。廖文君無法像李夜聲一樣活在人群外，她就這麼活在他們中間，聽著種種的議論，卻一聲不能言。

每次李夜聲要帶領特別聚會時，他都會寫信來向她表示認罪。他的認罪仿佛不是為了她，而是為了他自己，但她一絲一毫也不怨恨他。雖然他們間的第一次是他主動，甚至是用了一點強的，但她從來不認為是他強姦了自己。廖文君深知自己是愛他的，她知道自己的身體，甚至靈魂都是多麼願與他合而為一。她起初對他的拒絕，只是為了他的妻子，還有趙心潔。

廖文君從他的字裡行間，每次都真切地看見他的掙扎，這個無比睿智、能力超群的男人，仿佛是匹被鐵鍊纏鎖的天馬，在泥濘與荊棘中掙扎得滿是傷痕和血污。她痛苦地想到這鐵鍊竟然就是自己，或者說是他對她的依戀，她每次收到他的懺悔信，都等於是收到了一封沾著泥也沾著血的“情書”。

她想幫這個在她心中如參孫般的大力神斬斷鐵鍊，她甚至想向李姐說出一切。她很清楚，只有將一切曝露在光中，黑暗的權勢才會消失，他和自己才能得救，但她的性格讓她只能是被動地等待。李夜聲始終沒有向教會公開自己與廖文君的私情和淫亂的罪，因為沒有公開，他倆就仍有許多見面的機會，身心靈就都加倍地受到誘惑和折磨……

現在好了，他進了監獄，他們的事公開了。

當廖文君被帶到銅仁路時，所有的人都在看她，都在竊竊私語。原先曾在文德里聚會的信徒們，大都十分敬重這位話不多，溫柔、善良的姐妹。他們知道她心臟不好，他們覺得她是無法經歷這事的，因為展覽會的內容誇大而污穢，就是那張寫了她名字的紙上，也寫了許多別的讓人無法相信李夜聲做過的醜事。

廖文君沒有暈倒，也沒有崩潰地哭泣。她難得地沒有低垂著頭，而是讓一張月亮般素淨、姣好的臉面對著前方。但她的目光卻什麼都沒看，穿越了一切的人和物，盯著一個未知的地方。

她緩緩地，一步步地，穿過展廳。但她被帶她來的人示意停下，那人讓她看桌上堆集的五十多本"淫穢"書，有的書故意翻開封面，上面有李夜聲的簽名，不過簽名一看就都是新的，筆跡和鋼筆水的顏色一模一樣。

當廖文君走到一架小型電影拍攝機旁，看著一條條底片時，周圍所有的人都屏住了呼吸。他們希望她否認、抗議，他們希望她說這影片裡的人，既不是她，也不是趙心潔，因為李如是已經抓起來了，現在只有她最清楚自己和趙心潔的身體，當然，她應該也清楚他的身體。

廖文君看了一會，就走過去，沒有否認，沒有抗議，她只是走過去，甚至與剛才的步態和神情都一樣。

......
多年後有人問她為何那麼堅強，她說，自己不是堅強，只是不想死在那裡。

她自己也曾一遍遍地回想那天，從展覽會中李夜聲的罪證中"經過"時，從李如是死寂的聲音和王慕真哭泣的聲音中經過時，究竟自己在想什麼？她發現當時自己什麼都沒想，只有一個念頭，就是：心臟不好，我要慢慢走。她發現自己的心，對那一切都沒有看見，也沒有聽見。

後來公安局、宗教局和教會的人，都曾經來找過廖文君，要問她與李夜聲之間的淫亂，她都沒有反抗，而是平靜地，將往事一一述說出來。她甚至沒有開口否認那部裸體影片中的人是自己，雖然那個女人面目模糊，男人也沒有頭部。而她唯一否認的就是李夜聲自己供述的當初強姦了她，她輕聲地說不是強姦，但沒有人在乎這一點。

廖文君承認了與李夜聲的淫亂，她的認罪是在安全環境中，而不是在獄中被逼迫的。於是，她的認罪就仿佛是幫政府的一大堆真假控罪落了實。她的承認也就成了壓倒眾人信念的最後一根稻草。許多想維護李弟兄的人，許多因李弟兄這個"神人"的倒下而失去信仰的人，都把罪責聚到了這個弱女子的"承認"上。

廖文君無法得到人們的原諒，她被許多愛教會愛李弟兄的人憎恨，他們不僅停止了她在教會中服事和擘餅的資格，而且傳說她和趙心潔是地下共產黨員，是被派到教會中來，用美人計打垮李弟兄、打垮聚會處。

李夜聲反革命集團罪證展覽會的最後一天，趙心潔用了各種辦法從美國轉道香港回到了上海。她回來的本意是要與李姐、慕真姐和文君在一起。她去了南陽路，但她們都不在教會，她沒有見到她們卻聽到了種種傳言。她沿著南陽路走向哈同路的文德里，哈同路早就改名為銅仁路了，但文德里教會的人和住在那一帶的老居民依然稱舊路名，在快到哈同路口時她加快了腳步，想略過交叉口的展覽會，先去文德里找教會的同工們，但她沒能越過，那個展覽廳好像一個充滿了吸力的黑洞，把她吸了進去……她聽見了李如是和王慕真的認罪，她看見了廖文君的名字……

那天，趙心潔出了展覽會就去了廖文君住的地方，她自己也不知道為什麼，她所有的羞恥、不理解、震驚、憤恨，竟然都集中地射向了這個與自己同齡，親如姐妹的文君身上。她分不清是因為她騙了她，還是她得了他的愛，或者只是因為這幾個人中只有她在監獄外，可以被她找到……

總之，她找到了她，一言不發，將所有的憤怒和委屈打在了她的臉上。廖文君的嘴角流出了血，她卻不覺得痛，甚至平靜地將一隻斷碎的牙，借了半口血，吞下去。

趙心潔卻像是自己承受了這個大耳光，母狼般地嚎叫著，雙臂護著頭，彎下身子跪在了地上。

趙心潔瘋了。

第二天醒來時，她什麼都不記得。一直燦爛地笑著，鬧著要人帶她出去玩。然而只要一到夜晚，她就開始像受傷的母狼般，令人心驚地哭嚎。

最後，廖文君把她送進了上海西南郊區的精神病院。這個療養院早期是由慈善家陸伯鴻集資建設的，占地約一百畝，原先屬於教會管理，是當時遠東最大、設備最完善的精神科專科醫院。

廖文君安置好趙心潔後，當她離開時，望著趙心潔在草地上向她揮了揮手，就轉身去追逐蝴蝶的身影，不禁心生羨慕。但這羨慕立刻就被這幾夜心驚的哭嚎聲趕走了……

她望著高高的天說，你都看見了！

### 3

　　李如是和王慕真都因李夜聲反革命集團罪被判了十五年，暫時都被關在上海第一看守所中。

　　她們知道外面發生的一切，知道天蟾舞臺二千五百人參加的宣佈罪行、動員揭發的大會；知道公安進駐南陽路聚會處，在他們的"幫助"下，從十多個負責弟兄和同工的控訴，到長老們的"轉變"，各地會眾如迷失的群羊；知道罪證展覽會上的驚恐與崩潰；知道在信徒學習運動中暴發的洩洪般的"清醒"與"揭發"……

　　而這一切仿佛都是從她倆的認罪開始的。

　　她們不想知道這一切，但卻由不得她們。報紙、錄音、書面材料，幾乎是天天隨著刺心的"表揚"推到她們面前。不僅如此，她們還成了獄中"叛教"的模範，被常常要求公開做心得報告，重述自己是如何認清"宗教"的反動與虛假，決心站到人民立場上來的。

　　即便是不需要做報告的日子，她們也不時地能從看守所的高音喇叭裡聽到自己認罪的聲音。在這個聲音中她們不得不"看見"那些被這聲音擊垮的人，不得不面對那些文字中描述的崩潰場面活生生地在自己面前演了一遍又一遍。能幫助她們硬起心腸來面對的，恐怕只有對李夜聲的憤怒和對上帝的憤怒了。但是對神的憤怒終究有點心虛，有點忐忑，有點腳踩在棉花上的不踏實感，於是就把憤怒集中地拋向李夜聲。

　　此刻，這個人終於是個確確實實的人了，怒氣似乎讓她們的眼睛突然被燒亮，也燒去了遮在這個人臉上和身上的層層幃幔，她們就看清了他。她和她對他的看清是不一樣的，但又是一樣的，她倆都發現他其實也並不難看清，也許那雲山霧罩的層層幔子並不存在，只是她們自己眼前有塊帕子。

　　過去，她們是透過他那些智慧的、充滿啟示的、表述神秘的"屬靈"教導，來看這個人，於是就看不清，他仿佛因為置身在真理的後面，而成了真理。此刻，那個宗教的殿，那四面真理的牆，被動地被拆了，眼睛前的帕子也被人揭去，回頭再看這個人，他的一切似乎就從灌木後面走了出來……

　　她和她，還有很多和她們一樣的人，被引導著站在人民的立場，用唯物的、實是求是的、問一個為什麼的眼光，再一次來看這人時，就憤怒了、震驚了！李如是尤其感到痛苦，她無法理解自己這樣一個對《聖經》對基督教對人都有所認識的人，這些年怎麼會一步步走入他的影子中，甚至自覺自願地放棄自己的思考，讓他的啟示和體驗直接來代替……她因著對自己的憤怒和憎惡，終於可以開始理直氣壯地恨神，難道不是神允許自己陷入其中的？難道不是自己對主對信仰狂熱的愛，而導致自己放棄邏輯和判斷的？

神秘体验抽掉了信仰的虛頂.
直路. 真理和生命：基督 ✓　切实的在心中的成
　　　　　　　　　　　　　基督才是老師

……

　　李如是和王慕真各自經歷著這一切，直到判刑二個月後，她倆才第一次在獄中相見。

　　那天放風時，李如是走進院子第一眼就看見了王慕真，她坐在院子裡的一塊磚頭上曬太陽，衣褲都還乾淨。

　　王慕真也看見了李如是，見她仿佛更瘦小了，人輕得只怕是一陣風就能捲起來。她們倆都在對方的額頭上看見了背叛兩個字，這個"看見"是早就預知的，因此她們一直害怕見到對方。兩個人都背叛了，但她們卻無法從對方的背叛中，得著對自己的一點點原諒，反而彼此向對方證明了一點：她們信錯了！

　　信錯了他，甚至也是信錯了這個信仰，若不是為了這個信仰，若不是為了神，她們就不會為他做出這麼多違背良心的事……

　　她倆的眼神呆呆地搭在一起，互相借不著力。她倆在一起三十多年了，這是第一次，沒有了主的同在。上帝真的同在過嗎？她們在理性上已經無法再相信，但她們又無法徹底抹去那些真切的體驗……

　　那天的放風，她倆都提前回了自己的囚房。之後，她們每次放風的時候都會向窗外的院子仔細看看，若是對方正在院子裡，另一個人就寧願放棄難得的曬曬太陽、吹吹風的機會，藉口身體不適，待在囚房中。

　　但是命運，或者說是政府，卻不允許她倆回避對方。幾年後，她們先後被轉到上海第一監獄，被關在同一間囚室內。雖然，在此前的判決書上，她們已經看到自己和對方都沒有因認罪而獲減刑，甚至沒有比她們所揭發的李夜聲少判一天，三個人都獲得了十五年的刑期。但當她們真正在同一間狹小的囚房裡面對面時，仍感到了一股意想不到的寒冰似的絕望，從心底漫溢上來。

　　她們同住在一間囚室裡，但嚴格遵守著獄規，彼此不交談，甚至基本上沒有眼神的接觸。她們希望像陌生人般互不認識，但四十年的同行，讓她倆默契到不用語言無需相視也能無隙相融。這種相融無時無刻不在提醒她們往事，無時無刻不在提醒她們已經被自己背叛並否定了的人生。

　　她和她，要這樣被"一起"困在這狹小的房子中十多年嗎？

　　李如是和王慕真都感到這是極為恐怖、無法忍受的事。於是她們都成了積極表現，積極揭發，積極為政府當獄中典範和說客的人，只是她們從不揭發對方，也力求不涉及往事。

　　因此可供她們揭發的素材變得很少，只有獄中學習小組裡的一些雞毛蒜皮的事。何況大家都在積極表現，相互揭發，以至於她倆的努力一點都不出眾，也無法獲得她們所希望的減刑。直到另一個基督徒被安排住進了她們的囚房。

那時，中國大地已經開始文化大革命了。位於上海市虹口區長陽路 147 號，作為遠東第一大監獄的上海市監獄（五五年六月更名為"上海市提籃橋監獄"），犯人越來越多，幾乎要逼近歷史最高水準。

新住進她們監獄的是兩個女因犯，一個是很有愛心的無神論的共產黨幹部，一個聽說是出了名剛硬的，住過"橡皮牢"房的基督徒 1018 號。"橡皮牢"是獄中之獄，四壁都是橡皮做的，裡面裝了彈簧，以防犯人自殺。以前是專門關精神病犯人的，後來也用來監禁不服改造的犯人。在提籃橋監獄中一提"橡皮牢"都是談虎色變，但同時住過"橡皮牢"的犯人也似乎無形中有了一種讓人仰視的資格。特別是像 1018 這樣為信仰坐監的的政治犯。

1018 從來沒有告訴過她們自己的名字，她們也沒想過問。但面對著她，她倆心裡各自都有一份虛弱。

那個共產黨女幹部極有愛心，但她的愛心只是對著 1018 去的，她對李王兩位視若無睹，甚至目光在不經意中流露出鄙視，但她卻極為努力地勸 1018 改變信仰，放棄基督，轉信馬克思。

她不僅全部負責了監房的大掃除，而且每次都特別將 1018 的床鋪整理得極為乾淨。甚至有一次，1018 用來墊濕馬桶的一塊小木板掉到便桶裡了，她都立刻搶著衝過去，毫不猶豫地伸手撈出來，轉身洗乾淨了交還給愣在那裡的 1018。

那晚，這個共產黨員和 1018 這個死硬派的基督徒，親姐妹般握著手坐在黑黑的屋子裡。她又一片誠意和愛心地勸她放棄信仰，語音裡充滿了憐惜和同情。而她也熱切地向她訴說著自己信靠的，又真又活的上帝，勸她盼望天國。

李如是和王慕真也沒有睡，她們聽著，卻對雙方的話語都毫不動心，因為這一切她們都已經聽了無數遍，也說了無數遍了。共產主義她們看不見，上帝她們現在也看不見了，唯一可以看見的就是這小小因房的四壁，唯一可以預期的就是以叛教者的身份，毫無意義地死在這因室中。無論是她們的奉獻和信仰，還是她們的才華和修養，都在這狹窄的四壁中失去了意義，甚至成為一種殘酷的譏諷。

天泛亮時，她仍是共產黨員，她仍是基督徒。

兩個星期後，那個共產黨女幹部收到了一封家信，她看完後，撕碎，一點一點咀嚼著，吞進肚子裡去。從此，她的臉上失去了熱切的微笑，她也不再有愛心，不再做好事，不再打掃衛生，不再勸 1018 改變信仰。她像一朵花般枯萎下去。

又過了一個月，她收到一個包裹，顯然這是她盼望已久的包裹，她的眼睛裡泛著希望。王慕真無意中發現她藏起了包裹裡的一根針，這在獄中是不允許的，她向李如是報告了這事，那時李如是是這個監室的室長。

但她沒有想到李如是聽後，立刻就站了起來，一邊說，這要趕緊去報告隊長，一邊跑出去。她跑得太急，被門檻絆了一跤，向前撲倒在地。正在這時，1018 和那個共產黨員放風回來，她們看著李如是撲在水泥地上，口鼻流出血，臉上就都不約而同地浮起一層鄙視和幸災樂禍的神情。看著這一切的王慕真卻突然地心酸了，仿佛撲在地上的不是李如是，而是自己。

李如是撲倒在堅硬的水泥地上時，鼻子出了血，門牙也碰斷了，她在一瞬間以為自己會像《聖經》裡記載的叛徒猶大般，撲倒在賣主所得的“血田”裡暴死。但卻沒有，當她爬起來時，看見了 1018 臉上的表情，她覺得這份鄙視和幸災樂禍是自己應得的。她的眼睛直直地望著前方——隊長辦公室的地方，這麼難得的揭發材料讓她對提早出監又生了期望。

李如是甚至沒有用袖子擦一下口鼻中流出的血，故意留著它們，一路小跑地衝向隊長辦公室，一路上她除了“出去”兩字，不敢思想別的任何事情。

女幹部的鄙視僅僅只浮現了幾秒，當她看到屋裡面對房門站著的王慕真時，她就意識到了李如是衝出去是要做什麼，她突然癱坐在地上哭了起來。王慕真無法繼續待在屋裡，她的心像是突然被撕去了一層膜，赤裸裸地露出來，被記憶之風吹刮得生痛。她有點尷尬地從她倆身邊擠過去，出了房門，雖然她覺得今天的李姐真是可憐又可鄙，自己也是如此，但她還是希望這次李姐的告密能成功，她真是老了，需要早點走出監牢。

放風的時間還沒結束，王慕真走到了院子裡，她無奈地抬頭看著天，在灰藍冷清的天上，下意識地尋找著什麼……

李如是向隊長報告了獄友藏針的事，當天隊長就帶人來搜查了那個女幹部的行李，但卻沒有查出那根針。在隊長的大聲訓斥中，她們才知道她被送進這個囚房是專門給她的立功機會。她把寫反動標語的罪責一肩擔了，但她的兒子還是自絕於人民，死了。她的丈夫與她劃清界線，寄來了離婚通知書。

隊長大聲地鼓勵她，說她是極有希望走出監獄的，因為她的兒子死前留下了遺書，承認反動標語是自己寫的，與母親無關。隊長指著李如是對她說：

你看到這些宗教分子的險惡了吧？竟然來誣告你，你要改造她們，和她們進行鬥爭，你還是有機會繼續成為黨的好兒女的，至少你是人民內部矛盾，她們是帝國主義幫兇！

　　李如是當然沒能因這次的揭發立功，她甚至暗自想從來不說話的王慕真為什麼這次要特意把這事來對自己說？她為什麼不直接去告發？她說的是真的嗎？是不是陷害自己？

　　接下來幾天，屋外的獄卒和屋裡的幾個人，都比較注意那個女幹部，尤其是 1018 幾乎是與她形影不離。她避著李如是和王慕真，一直急急地對女幹部勸說著。女幹部卻很平靜，甚至有了輕鬆的表情，飯量也增了，一週後她的臉色竟然有了紅潤的氣色。

　　當大家都事過境遷地重新開始平淡的看不到頭的絕望生活後，一天早晨，她們發現女幹部死在了她的床上。她的死因不明，就被送去法醫處屍檢，發現送她離開監獄也離開人世的正是那根針。

　　1018 和王慕真都被帶去刑訊，王慕真馬上表示，自己發現了她私藏針，並報告了室長李如是，李如是也為她作了證，她倆都沒受一點皮肉之苦地回到了囚室。於是，不用審就可以知道，當初必定是 1018 為女幹部藏起了那根針，並在之後交還給她。

　　1018 為此不僅挨了打，而且加了刑。她回到囚室後，並沒有用以往常有的審判和鄙視的目光來怒目這兩個揭發者，而是默默地面向著牆壁躺在床上。王慕真晚上聽到她在睡夢中哭泣說，主啊，我不知道，不知道她想死。為什麼人要死？……

　　李如是沒有因為被證實當初揭發的是實情而減刑，她去找了幾次隊長，然後也就認命了。從那以後，她不再熱衷去報告了，但她想活著走出監獄的心仍是強烈的。

　　那段時間，來提審她的各種機關很多，她也積極配合。每天早飯後，她就拿了一瓶墨水，一隻大講義夾，一個提包，跟著提審的人去指定的地方寫材料。

　　1018 看著她走出監房門的背影，心裡就充滿了厭惡，她每一次都不由地向神禱告，讓審判臨到，讓李如是像《使徒行傳》裡記載的，欺哄聖靈的亞拿尼亞和他妻子撒非喇一樣，撲倒在地，斷了氣。使她再也不能寫材料，再也不能害人。其實她也知道李如是今天寫什麼也都不是新的了，害不了什麼人，但她還是忍不住地憎恨她，希望上帝的審判臨到。

　　王慕真的心卻因著 1018 信仰的堅強而生出苦毒來，她看著 1018 吃飯前禱告，睡覺前禱告，自己心裡充滿了說不出的委屈與憤怒。其實她心裡更深的是羨慕，但她不能向自己承認這點。

　　1018 是在公會裡聚會的基督徒，自己這些在聚會處聚會追求絕對聖潔、絕對奉獻的人，現在卻成了叛教者。1018 沒有受過殘酷的刑訊，而自己和李如是卻曾被打得沒有一寸好皮膚，更殘酷的是心靈比肉體被撕得更狠更碎……但最終，她們是叛教者，她們只能接受 1018 射來的鄙視的目光。

她們和她一樣被關在這裡，她們比她關的時間還要長，但她們既沒有禱告的心靈避難所，也沒有信仰的慰藉，更沒有在天上得賞、在人間得讚的盼望。她們為主獻出了一切，可如今又因為背棄主，像狗一樣困在這間囚室裡，曾經得著了她們一切的神，卻一次也不曾來眷顧昔日的使女……

每次看到、聽到 1018 在禱告，王慕真都止不住對李夜聲的憤怒，甚至也會燃起對上帝的苦毒。自從上次李如是為了去揭發而被絆倒後，上帝突然好像是從灰冷的天上下來了，她內心無法否認地感受到了他，他實在是她熟悉的。但現在的她卻只能背對上帝，她恨他的不公平。自己難道不是一心愛他獻給他的？他卻讓自己落到了這樣的境地……

王慕真一天天越來越真切地感受著背後的這個上帝，但她卻轉不過身去，她深深體會到了一個罪人，一個有殘疾、有污穢的人，無法走進聖殿的悲涼與絕望。然而，耶穌的救贖不是撕開了幔子嗎？不是能夠潔淨一切嗎？

自己曾經也像 1018 一樣聖潔、堅強，若不是因為李夜聲，自己怎麼會落入這樣的境地？聚會處怎麼會落入這樣的境地？這一切由誰負責？李弟兄自己已經關進了監獄，既然一切的臨到都是出於神，難道不該是神來負責？

誰堅強不是因為他？誰軟弱不是他允許的？誰遇到怎樣的境況不是他的安排？……王慕真這樣想著，她甚至覺得自己的叛教也應該由上帝來負責，因為這個他允許的宗教，無論是聚會處還是公會都出了問題，讓人如何忠誠於這個宗教？抽離這看得見的宗教，自己該如何來信靠這看不見的神呢？

李如是、王慕真和李夜聲這三個曾經靈裡相通的人，有十多年的時間關在同一個監獄裡，但直到入獄十年後的六五年那次控訴李夜聲的大會上才相見。那次獄中大會是要批判兩個人，一個是天主教的上海主教，另一個就是李夜聲。

九號樓的女犯們也都被要求去參加控訴大會，李如是和王慕真都各自事先就被叫去談話了，他們為她倆都寫好了控訴稿，要她們上臺按稿子發言。李如是在監獄裡已經有多次對李夜聲的控訴，王慕真心裡也是恨李夜聲的，所以並沒有太多抵觸的情緒。

但當她倆在女犯中向大禮堂走去時，突然心裡劇烈的顫動起來，畢竟這還是第一次在他面前控訴他，甚至也是入獄後第一次面對面……她們都很想看一眼對方，想從對方的眼中得到一點什麼，但她們誰也沒有敢真的將眼睛望向對方。

那天，參加批鬥大會的犯人大約有四五千人，密密麻麻地坐滿了大禮堂。大會並沒有讓李夜聲上臺，她們也沒有拿眼睛去看臺下，更沒有想找到他……她倆各自結結巴巴地念完了揭發控訴稿，就下了台。

王慕真甚至希望那天李夜聲根本就不在台下。

但從那天起，她心中對李夜聲的恨突然就消失了，那個人似乎與她無關了。但隨著這恨的消失，隨著他這個人的消失，她的支撐似乎就沒了，心裡搖晃得越來越厲害。

王慕真一次次地去報告隊長：1018 在囚室裡禱告；1018 說共產黨人都是猿猴變的……她希望看到 1018 受刑，她想知道是不是真有人能堅持信這個看不見的上帝。或者說，她是希望知道這個神有沒有在這裡，在這個小小的囚房裡。即便這個神不願再要自己，若他真能在 1018 裡面，那麼也算是此刻的神的"臨在"了。她想知道！

但 1018 並沒有因她的揭發而受刑，她實在是太機智了，當隊長責問她為何說"共產黨人都是猿猴變的"時，她坦然地說這是學習無神論材料時學到了，然後她甚至問隊長，你說共產黨人不是猿猴變的，難道和基督徒一樣是上帝創造的？你不是要我改變信仰嗎？

最後，隊長竟然罵了句"頑固不化"就走開了，沒再追究。

有一次 1018 還是因著飯前禱告，而被處罰要倒一層樓的馬桶。每個牢房的頂頭都放著一個小馬桶它是用木板拼造的，外面以鐵條固定。但因為牢房裡陰濕，日久生銹，小馬桶都很臭很髒。這些天王慕真看著 1018 在走廊裡捧著一個個小馬桶去洗，衣服上，甚至頭髮上都沾了污物，心裡卻是難過的。她很想告訴她這次不是自己揭發的，但 1018 沒有給她解釋的機會，她反而是喜樂的，頭仰著，臉上放著光。她看她們的眼神更加居高臨下了，有一份優越感。

信仰堅定的 1018 對李如是和王慕真兩個人毫無愛心，她也不覺得需要對她們有愛心。她和她們一樣使用了揭發的工具，試圖用政府的手來行上帝的審判。她揭發李如是用兩塊舊布補在沒有破的嗶嘰褲子的膝蓋處，欺騙政府，冒充艱苦樸素；她揭發她沒打鈴前就起床，是違反監規，影響別人睡眠……這些讓李如是被小組寫上了"虛偽與老奸巨滑"的意見，使她提前出獄的希望徹底破滅。

1018 鄙視王慕真她們為了一點"困難"就離棄上帝，她相信上帝是不會再愛這種叛徒的。

王慕真的侄女和弟媳從文革開始後就怕受牽連，不再探視她，也不再送東西進來了。她雖然多次寫信懇求，卻都遭到置之不理。當她餓得癱臥在床上，後悔自己獻給上帝，沒有結婚，沒有孩子時，1018 冷冷地說，我也沒有結婚，也沒有孩子，你該後悔的不是這個。王慕真就無語了，她甚至不得不忍住了呻吟，也不敢流淚，羞恥讓她漸漸要柔軟下來的心又漸漸冷硬起來。1018 的存在讓這間牢房像是上帝的審判台，罪人王慕真感覺到了他，卻不敢抬頭看他，更無法轉身撲入他的懷抱了。

有一次，1018 發現王慕真竟然偷吃別人的花生醬，她正在猶豫要不要告發她，就被別人看見，搶先告發了。女囚們從一次次的批判會上都已經知道，王慕真是清朝一品大員的孫女，是官府大小姐，是全國著名的聖女式的佈道家，現在竟然成了小偷，便大大地嘲笑她。

那瓶花生醬的主人，捧著花生醬瓶四處給人看。1018 在旁看著，心想，幸虧大家都知道她已經放棄信仰了，否則主耶穌的名會受到何等大的羞辱啊！

那晚，她見王慕真一夜都呆坐在自己的床鋪上，唇角還沾著一抹花生醬。月光探入囚房，照在她的小半個臉上，臉蒼白而浮腫，像一堆泡了水的石灰。1018 的心不由地抽緊了一下，她突然覺得累了，她不想再恨她們，但她對她們的鄙視卻是根深蒂固的。她覺得自己能夠有的，對這些叛教者最大的愛，就是忽略她們的存在。

## 4

十五年終於到了盡頭。

一個自由的人對時空的理解，與一個被監禁者對時空的理解是完全不同的。

金陵才女，中國基督教界聞名的“女狀元”李如是，從六十二歲到七十七歲，都被關在狹窄的囚室中，而她的心靈更是被關在更狹窄的，一層套一層的囚室中。她在這身體與心靈的雙重不自由中，不能，也不敢思想。她只有一個念頭，就是“出去”。

也許，她以為出去了，才能有自由；有了自由才能看，才能思想，才能重新看清楚也想清楚一切，自己、聚會處、李夜聲，和上帝。

十五年中，她不反抗監獄中的洗腦，有時她是認真在學習，有時只是順應著一種認真學習的慣性。為了“出去”，為了人生能在最後一刻呼吸到自由的空氣，她甚至是願意被洗腦的，願意自己的言行思想都能符合人民的立場與需要。

在潛意識中，李如是把最後的希望都寄託在“出去”，她向學習小組認真地表述說，我就是出去做一天人民也是好的。而在她心裡卻是，哪怕是出去一天，我也能在死前想想清楚。

李如是是否盼望在死前，哪怕是一天的自由中，能重新感受到神？這沒有人知道，連她自己也不知道。她只是在渾渾噩噩難以劃分日、周、月、年的監禁中，拼力保留著一線的殘光：出去！

可惜她不是個好演員，或者說，人民的眼睛是雪亮的。李如是頂著叛教者的稱號，卻仍讓人感受到了她的異類，她仿佛仍是一個被分別出去的人，無法站入人民立場的隊伍中來。

文革開始後，原先還來看她的人不來了，也沒有人再送東西來，素來與她通信的妹妹也沒再來信，甚至也沒有人再來提審她，沒有人要她寫材料。她被無聲無息地拋在那裡，對"出去"的絕望讓她變得遲鈍麻木起來。

她終日地躺在屋子裡，最後竟然忽略了早晚出監室來向領袖像"早請示""晚彙報"，這事被組長報告了隊長，成為她反革命的新罪證。雖然她一句反革命的話也沒說，只是低低地似乎是哀求地自言自語了一句"起不來"。監獄裡的批判大會上，別的熟悉基督教的幹部和囚犯，毫不費力地就為她補充了心理活動，並將她的反革命思想和行為上綱上線。

他們說她的叛教是假的；是要向根本不存在的上帝效愚忠；是在奉行《聖經》裡的教導：不拜別神；是反對偉大領袖毛主席；是在根本上頑固地不肯站在人民立場……

李如是聽著這些批判一言不發，她知道自己是不可能提前出去了，甚至有可能到十五年也出不去了。她更知道，自己不是基督的門徒了，但也不是人民，自己成了一條喪家犬。

但不知道為什麼，當批判會上給她羅列這些罪名時，她心中並沒有一絲委屈。她想，無論如何，在別人眼裡自己最後還是歸了基督耶穌的門下，這讓她感到一種酸楚的溫暖，仿佛這一生轉了一大圈，終於轉回到金陵美好的時光裡。

雖然，她現在已經不知道上帝在哪裡，也不知道自己還有沒有機會去重新遇見他，更不知道他還會不會接納自己污損了的靈魂……

1018 對李如是被當作基督徒來批判很不滿意，她曾提醒組長，李如是早在十四年前就背叛了基督教。組長卻沒有領她的情，反而橫了她一眼，讓她好好想想自己的問題，最後還帶著輕蔑而惡意的譏笑說，我以為你們兩個宗教分子該惺惺相惜呢，你們的《聖經》不是說要"彼此相愛"嗎？

1018 愣在那裡，覺得刺心，但她心裡不服氣，她覺得這是魔鬼的謊言和攻擊。

李如是說站不起來，她就真的站不起來了。小組長根本不相信，她認定她是在裝病。每天早請示、晚彙報時，強悍的小組長就一手抓住李如是的衣領，把她從床上甩下來，並很快地拖出去，扔在主席像下面。

連著有一兩週，小組長拖得越來越得心應手。一來，是李如是原本就身材嬌小，此刻七十多歲的人，已經瘦成了紙片。二來，也是小組長發現了這行動中的快感和成就感，這事讓同樣是囚犯的她顯出了能力和權力。

在眾犯人和監獄幹部的旁觀下，這事竟然成了一個固定的娛樂節目。

制止此事的不是王慕真，卻是 1018。也已經七十歲的王慕真每次都只是低著頭，怕被人看見自己的眼淚，但卻一言不敢發。李如是仍是極愛乾淨，每天晚上王慕真為她換上乾淨衣服時，她眼睛裡的感激是她不敢去看去領受的。

1018 卻終於感到了心痛，她找到隊長說，李如是年紀大了，小組長不應該這樣欺侮她，這是違反監規的！

隊長詫異地看了她一會，點了點頭。之後，小組長就沒有再像拖一條狗般拖李如是出出進進了。

七零年的冬天，重病的李如是被送去醫院，但她沒有死在那裡，有些好轉後又送回到了監獄。

還沒開春，王慕真的臉上就春光浮動、氣象萬千了，因為李如是和王慕真的十五年刑期就要滿了。而一直盼著出去的李如是卻一片死寂，她已經臥床兩年多的身體中，生命的氣息正在迅速地被空氣被時光，一絲絲一縷縷地抽走。她知道自己是走不出這監獄了。

離出獄僅一週的時候，李如是開始拒絕吃喝。

誰來勸她，她都只有一句話：我知道死期。除此之外就再沒有別的話了，她的眼睛不看人，只是直直地盯著天花板，有人就說她是瘋了。

監獄裡的領導非常生氣，隊長把王慕真和 1018 叫去，要她們無論如何都要撬開李如是的嘴，把食物餵進去。隊長嚴肅地對她倆說，她這是自絕於人民，我們絕不能讓她死在獄中，這是政治！

李如是緊眠著嘴唇不肯吃喝。王慕真知道她是為了死時沒有污物泄出體外，李姐到了這一步仍那麼在乎乾淨、體面，這讓曾是她的學生、同工、姊妹、獄友的王慕真不禁唏噓，她甚至暗暗向久無來往的神禱告，求他看在往日的情份上，成全李姐，讓她死得乾乾淨淨吧。

隊長見王慕真和 1018 下不了手，無法餵進食去，就讓小組長和另一個女囚來餵。她們撬開她的嘴其實並不難，因為這個將死的人已經沒有力氣來捍衛她的願望了。但這個七十七歲老人的牙齒卻經不起強硬塞入的鐵匙，斷牙和血和食物一起被塞進喉嚨。

李如是在那一刻甚至希望自己就此被噎死，但流入她口中的水將食物順暢地送入了她的胃裡。十五年來，李如是強迫自己心如死水，強行把所有的感覺封在水泥的墻裡，卻在人生這最後的時刻，被巨大的無奈和羞辱刺穿了。

那天夜裡，李如是感覺到四肢正一點點消失，整個身體也在一點點消失，但腹中的那團污濁卻不僅消失不了，反而脹著氣左衝右突地要泄出體外。她調聚了所有殘存的意識竭力控制著。

她寧願這團污濁就這麼藏在自己裡面，隨自己一同離開人世，甚至她寧願懷著這團污濁下到地獄。她無法想像，自己這樣一個人，經歷了這一切後，名字上冠著"叛教者"，身體還要死在一堆污穢裡……

但生命的本質也許就是難以掌控吧？

這團膨脹的污濁還是洩洪般沖出了她的身體。其實它們並不太多，但李如是卻感覺自己是整個人都浸泡在自己的屎糞中。當這污濁終於泄出體外後，當她所有的尊嚴都被這麼撕裂後，她心裡卻突然有了出人意外的寧靜，像是金陵夏天空曠的夜空。

她的手指似乎恢復了感覺，甚至動了動，撫摸著床單上的污物。一切都曝露了，自己的身體也仿佛是亞當夏娃用來遮羞的無花果樹葉，枯了，碎了，被涼風吹散了……

李如是的心一下子清亮起來，她感到了那份十五年中一直嚮往著的"自由"，她自由地很自然地向自己裡面望去。

意念的目光仿佛一條熟悉海洋的深海魚，快速地游下去，穿越黑黑的海水，游到了他的跟前，那個熟悉的存在。

他，像沉船般，原封不動地在那裡。

他，懷抱著往昔的一切，溫柔地看著她，就在那裡。

主啊，我是多麼污穢！

李如是經過十五年後的這句禱告，隨著兩行溫熱的淚，流出來。

他在，他在！……

李如是張大了嘴，興奮地想說出這兩個字，但她的嘴裡並沒有發出任何聲音。

隔壁床的 1018 不知是聞到了異味，還是感覺到了這無聲的大喊，她從床上起來。還沒到晚上，天卻陰著，屋裡黑黑的。她打開電燈，當看到李如是身下和手上的糞便時，她厭惡地皺了眉。

她向前走了兩步，卻看見李如是眼睛裡並沒有悔恨和死亡，反而有一種莫名其妙的喜悅與釋然，甚至還有她自己最熟悉也最珍惜的感恩。這些美好的情感，怎麼可以出現在這個背叛信仰的人眼中？怎麼能與這個乾枯、衰殘、污穢的身體相合？

1018 的心裡生出憤怒，這"義憤"阻攔了她的愛和同情，她看著她，說，這就是神的審判，你悔改吧！現在還來得及，否則你必在地獄中切齒哀哭。

李如是目光中的神情卻沒有變，仍是充滿了盼望，好像她此刻看見的不是地獄而是天堂，好像她是不需要悔改的。

1018 轉身離開，去報告隊長，她覺得還是讓不信的人來為不信的人收屍吧，《舊約》上不是也說觸摸死人是沾染不潔嗎？何況是這樣一個污穢的人。

1018 到隊長辦公室報告時，王慕真在裡面，隊長正在和她談話。她聽她說了兩句就知道情況不妙，來不及和隊長打個招呼就衝出門，向她們的囚室跑去。

王慕真撲向李姐時，李姐已經沒有呼吸了。她不能相信地將手在她臉上摸了又摸，在鼻孔前試了又試，才不得不對自己說，她真得走了。

李姐，你怎麼能這個時候走？留，留下我一個人。

這十多年來，她倆同在一個監房，卻極少說話，她甚至知道無論是她還是她，其實都希望不要看見對方，不要成為對方後半生的見證人。但這十幾年，她們卻比以往任何時候都更緊密地被困在一個狹窄的方格中。

她發現她是睜著眼睛的，她沒敢看她的眼睛，她想她是死不瞑目。

她倒了溫水來，一邊低著頭為她擦洗身子，換上乾淨的床單和內衣，又去她的行李中翻出一件淡灰底、銀絲織紋、白緞滾邊的舊式上衣，和一條灰黑色的綢布長裙。這是她行李中唯一的裙子，薄薄的布料折疊成了小小的一卷，她在獄中從來沒有見她穿過。為李如是穿上舊衣時，王慕真才發現她已經消瘦到了什麼程度。

她一邊做這一切，一邊輕輕地對她說著：

你安安心心地去吧，無論去哪裡，總是一個結束。你閉眼吧！

……結束了，也就放下了。我們總是認真過的……顯明的事屬於人，隱密的事屬於神，誰又能明白呢？……

……你也不用不甘心的，我知道你一直想出去，但出去，我們也沒有家。你走不出去反倒少了苦惱，不用面對了。我走得出去，就不得不面對沒有家，沒有親人……

王慕真斷斷續續地自言自語著，眼淚就止不住地流下來。

她的親人們給監獄回信，表示已經與她劃清了關係，拒絕接她回家。也許她們是怕牽連，也許她們是不願她回去後分那已經剩下不多的家產，也許……

王慕真想到她的幾個尚活著的親人們，他們也是基督徒，曾經受惠受恩於自己，也曾以自己為王家的驕傲。但此刻，他們無論是站在人民的立場，還是站在基督徒的立場，都可以理直氣壯地拒絕接納自己。

李姐，這個世界上，唯一不得不接納我們的，就只有監獄和勞改農場了，我們是註定當囚徒的。你就閉眼吧……

當王慕真收拾安置好一切後，她感覺到李姐的眼睛還是沒閉，她不得不鼓足勇氣向她的眼睛望去，當她同時伸出手要揉閉上她的眼簾時，她驚訝地發現李如是的雙眼竟然仍閃著天堂般寧靜、釋放、喜樂的光。

這完全不是一對死者的眼睛，這雙眼睛似乎是不肯死去，要最後告訴自己些什麼。王慕真看著它們，似乎明白，又似乎不能明白。她猶豫著，不敢相信地，還是點了點頭，對著這雙眼睛說，李姐，我知道了……他在。

李如是眼睛中的光熄了，好像是那個熟悉的、光的靈，轉過身，飛去了。

生命只是一縷氣息。有人認為是人的氣息，有人卻相信是造物主的氣息。

## 5

兩天后，當王慕真跨出監獄大門時，一輛小卡車等在大門外，它把她送去了上海郊縣的一個勞改農場。

李如是死的那一年，張惠雯在上海一家醫院的走廊裡死去，因為沒有病房。她這位曾經的北大校花、上海交際名媛，結婚後幾乎沒有提過什麼要求。臨終時她提出想吃一碗青菜，但等青菜端來時，她已經去了天國。

頂著"反革命分子"帽子，獨自生活了十九年的張惠雯，實在是一個讓人無法理解的女人。無論是在一場又一場的李夜聲批鬥會上，還是在眾信徒因著李夜聲的私德而崩潰的展覽會場，她始終是無語的。即便是被紅衛兵關在小房子裡晝夜謾罵恐嚇，還是被闊皮帶抽打得眼睛腫得像個青饅頭，又或是頭頂紙尖帽，手上套著鞋子，脖上掛著牌子時，她始終都是無語的。不僅默默無聲，甚至她的表情和身體語言，都保持著一份令人不可思議的端莊與嫻靜。

我問過許多人，也查過許多歷史文獻，幾乎都沒有記載她說過什麼豪言壯語，甚至沒有抗爭，大家回憶她時都是她的默默無言。真就是《聖經》裡對耶穌的描述：像羊被牽到宰殺之地，又像羊羔在剪毛的人手下無聲，他也是這樣不開口。

沒有人知道她心中在想什麼，或者說她什麼都沒想，只是"信"著，信上帝，也信她的丈夫。她比關在監獄中的丈夫受了更多的苦，早晚兩次打掃弄堂時，成為路人和孩子們任意發洩和作弄的對象。

她默默無聲地承受著這一切，在那個瘋狂的年代，保持了一個真正的名媛淑女的風範。但因為她是個基督徒，因為她丈夫的案情複雜，她默默無聲地被定罪，死後十五年又默默無聲地被平反，從來不為世人紀念。

張惠雯一直有高血壓、糖尿病和心臟病，她沒有自己的孩子，她照顧並培養成才的同工的孩子們，卻是運動中揭發批鬥她的人。張惠雯知道，一旦自己中風，難有親人來照料，即便有也是對他們的拖累。所以她一直就禱告主讓自己走得快些。

從跌倒中風，到在醫院走廊裡離世，僅僅只有三天。這能算是上帝的恩典嗎？她一定認為是。

向張惠雯遺體告別時，去了許多文德里的老姊妹，她們在心裡都是為她委屈的，她們中間一些人懷著各樣的心情探詢地望著她的遺容，微微浮腫的面容，像一團夏夜的月光，平靜得沒有任何言說。

那天，她們都注意到了她的頭髮，《聖經》上說長髮是女人的榮耀，她們知道她一直在為自己的頭髮禱告。但在那個年代，沒有幾個女反革命不被剪掉長髮，甚至剃陰陽頭的，所以大家心裡其實只是一份無奈的同情，沒人相信這個禱告。

此刻，這個受盡折磨的女人走了，她昔日美麗的容顏仿佛是一塊丟入湖水的紅寶石，需要你藉著尚末褪盡的紅光和水上的漣漪去想像和尋找，但她的頭上卻盤著一頭烏黑濃密的長髮。

老姊妹們中有的已經離開上帝很久了，有的心裡充滿了苦毒的不平，但那天望著上帝留給張惠雯的這頂長髮的冠冕，都哭了！心上的乾裂的殼大多被這淚浸軟了，甚或融化了。

張惠雯離世的第二年，李夜聲在安徽的一個勞改農場裡也安息了。

王慕真在郊縣的農場裡得了不治之症，拖了二年，就死在了那裡。她的親人沒有來農場給她辦後事，也沒有來領她的骨灰。

大約三個月後，來了個儀態端莊，表情靜得如月光的女人，拿著王慕真弟媳寫的條子，領走了她的骨灰。

這人就是廖文君。

誰也沒有想到廖文君會長壽，沒人理解她經歷了這麼多，怎麼還能活得那麼長，活得那麼平靜。

她足足活滿了一百零一歲。她一直住在上海，她一生沒有結婚，一直和繼母住在一起。她先後葬了李如是、王慕真，她想把她倆都葬回金陵，但遺憾的是她在南京找不到一塊可以看見玄武湖的墓地。

最後，她把她們葬在了上海開往無錫公路邊不遠處的那個湖邊。在那裡，她和李如是最後一次與李夜聲在一起。也是在那裡，李夜聲的最後一句話，“我得罪了神，也得罪了人”，深深地刻在了她的心中。

這句話使她直到死都沒有恨過他，因為不必恨他，也就不必恨神。廖文君一生都沒有改變過信仰，沒有停止過禱告。無論別人怎麼看她，她每個主日都會去一個無人認識她的教會禮拜，安安靜靜地去，安安靜靜地離開，低著頭不和別人多言。她心裡是感激他的，因為沒有恨，她就沒有離開上帝。

她承認與李夜聲的私情，她甚至不否認那影片裡的是自己，雖然她知道那裡面的人不是自己也不是他，但那一切在她心中都真實得遠超過影片，因此她不想否認。無論別人猜測她是出於懼怕而自保，還是出於恨他而陷害他，她都沒有做解釋，她覺得那些不重要，他們愛過，錯過，悔過，最後也受了罰。

在肉身上，她還了債。在靈魂上，她不曾欠債。

每年，廖文君都會去上海西南郊的精神療養院接出趙心潔，一起去李如是和王慕真的墳前掃墓，沒有祭品也不用香火，只是拔掉幾棵野草，用手帕彈彈灰塵，在墳前默默地坐一會。

每年她倆也會去李夜聲和妻子張惠雯的墓前，也做同樣的事，但不在清明去，清明人總是太多。

從五六年她將趙心潔送到這個精神衛生中心後，她每次來看她時，她都是笑個不停、說個不停，好像一個長不大的小女孩。療養院的人都很喜歡她，因為她像天使般單純而有愛心。廖文君曾一心想治好她，但醫生說她只是得了一種選擇性的失憶症。但她要接她出去住時，醫生又說她還是需要留在療養院裡。

原因是她離開藥物就不能安靜，她好像非常害怕安靜，不停地唱歌、說話，這樣一是讓別人無法睡覺休息，二也會耗盡她的精力。她發病的時候不多，總是在深夜。

每年只有這兩次掃墓的時候，趙心潔會像醒過來般，安靜地看著遠方，也會靜靜地、柔和地看著廖文君。廖文君是需要這難得的相視的，只有這時她可以痛痛快快地流淚，因為她不會問她為什麼流淚，也不會來勸她。

她們坐在她們或他們的墓前，不需要交談。言語在他們這幾個死了或活著的人中間，實在是笨拙而粗魯的，甚至"真相"在他們中間似乎也已經不重要了。十年，二十年，三十年……幾十年過去了，外界對他們的事猜測爭論不斷，各種新的心理研究發現都被適當或牽強地應用到他們身上。質疑當然集中指向了沒有死，也沒有瘋的廖文君。廖文君一邊經歷著"肯定"與"懷疑"的反復，一邊卻感到 "真相"已經無法抓住地遠離了。時間似乎將他們一個個疏離成了個體，又將他們融成了一體，唯一能肯定的只有此刻自己心裡的真實與平安……

在年逾百歲的廖文君心中，天堂的景象已經完全覆蓋了往昔。唯有趙心潔在世時那孩子般的一聲聲"阿們"回蕩在她的生命裡。

# 第三部 跟隨者

## 張家父子

二十世紀最後一個秋天，我見到了文德里張家的兒子，張茂良。

那時，我剛信上帝，而我的丈夫還在將信將疑中。一九九九年，在美國聖地雅哥這個極美麗的海濱城市，有個大型的福音聚會"CHINA 1999"。那個大會是美國幾個教會聯合舉辦的，但我在聚會中認識了許多中國人，這些人中至少有五六位對我以後的信仰人生都有很大的影響。

這其中原本是不會有張茂良這個老人的，因為他不是講員，我們這些年輕學子完全不知道他。他獨自來到會場中，只是在後面的一個角落裡坐著，卻正好被我"發現"了。

我從小就是一個無法長時間坐著聽講的"壞學生"，總是坐在課堂或會場的後面，以便眼睛可以東張西望，心思也可以東遊西逛。於是，我就看見了他。

會場裡很少有老人，每個老人大都被慎重地介紹過，都是屬靈前輩。唯有這個老人坐在那裡，前前後後沒有一個人介紹他。當我看見他時，我才依稀想起之前好像就有這個人的存在，但人群，甚至是時空似乎都忽略了他，他顯然也不是某個學子的祖父，他好像與誰都不相干。

從我的眼睛真正"發現"他的那一秒開始，就很難離開他，因為他平靜、祥和的面孔，和他放鬆、靜態的身姿，都仿佛是水面上的冰山一角。他，是個有故事的人。這大大地引發了我這個寫故事的人的興趣。

我的眼睛一直跟隨著他，尋找可以結識他的機會，我相信他是感覺到的，但他卻沒有給我一個接納的眼神，甚至我感到他拒絕我的探究。當他離開人群，獨自向海邊走去時，我也從人群中遛出來，跟上了他，並回頭用眼神制止丈夫跟過來。

這個老人的身材偏高，身板很寬，近乎正方的國字臉上，殘留著歲月抹不去的正直與單純，我猜他屬於一點一劃，比較較真的人。

我跟在他身後走了挺長一段路，離開了草坪上的人群，穿過了一小排高高的棕櫚樹，越過一條灰白的營區內的水泥路面，然後深一腳淺一腳地踏過不算寬的海灘沙地……

秋已經深了，雖然是聖地雅哥，海風也已涼了。海灘上沒什麼人，海裡更是一個人都沒有，灰藍的海面，一排排浪湧過來，起初看是不規則的，看一會、聽一會就發現它們是很規則的。

夕陽仍將一團團豔麗熱情的紅雲拋向大海。這次，大海卻不接受，紅雲像棉絮般翻動著浮在海面上，海仍是冷冷靜靜的、越來越深的灰藍。這讓我想起上海春天的大馬路，無論柳絮如何飛舞滿天的浪漫，無論她們如何像現在的夕陽般堆聚在地上，大馬路卻總是毫不受擾地沉默著，拒絕情感的滲透。

您是來參加聚會的嗎？

我不得不用一句毫無意義的問話，來將老人隔在我們中間的牆刺穿。

不是，這是為你們年輕學生開的聚會，我是個將近八十的老人了……

在他的尾音裡我聽出了回憶，還有這回憶所包含著的很複雜的感情。

您也信耶穌嗎？

信的。

他回頭看著我，語氣裡有一種極樸實的溫暖。停了停，又補充說：

很小的時候就信了……


## 1

張茂良的記憶是從他三歲開始的。那時，他已經會唱許多首讚美詩，也學會禱告了。張茂良的父親張恩榮是個傳道人，他很慎重地將家裡飯前的感恩謝飯禱告，交給這個三歲的小兒子負責。

小茂良將這事看得很神聖，每天都在小腦子裡想詞兒，要為每個人，每個菜來謝謝天父爸爸。於是，一天三頓吃飯的時候，就是這個頑皮的小東西最安靜、"嚴肅"的時候。媽媽一方面對小茂良從不浪費食物，吃什麼都很珍惜很認真而開心，覺得丈夫這個點子真不錯。另一方面卻心疼他才三歲就要動腦子，於是她就教了他一首謝飯感恩歌：

感謝慈悲天上父，
賞賜飲食養我們，

懇求耶穌教我們，
自己有的分給人。
阿們！

　　這首"謝飯歌"只有四句話，小茂良很快就唱熟了，甚至熟到想也不用想就唱完了，飯前禱告這件事漸漸就變了味。有客人時，就成了傳道人兒子小茂良的表演；沒客人時，小傢伙甚至只是含含混混地哼一遍就算完事。父親對此開始覺得不妥，要他自己禱告。可是母親攔著，堅持說唱歌就是禱告。於是小茂良仍然以"謝飯歌"代替禱告，有時他唱完後也會加幾句禱告，但那通常是有"求"於父親的時候。

　　那時，他們家住在杭州清波門真神堂的第三進房裡。

　　第一進房是禮拜堂，管風琴的聲音將平常的紅磚房融化了真實的樣子，讓人踏進去就像是踏入了一片海，天就在頭上，天也在腳下。紅磚砌成的鐘樓上，十字架高高地立著，睜著憐憫的眼睛，看著綿延的民居、網織的街道、和螞蟻般的人群。

　　鐘聲間隔著飛出去，沒有人懂得它們，沒有人因此而傲醒，更不會有人佇立禱告。即便有人注意到了它們，也只是把這鐘聲當成天空上的鳥兒，最多是有點洋派的海鳥吧。

　　這是西風漸入的杭州，教堂的鐘聲在城市民居中，與山間寺廟的鐘聲呼應著。

　　第二進房是惠中女校和宿舍，教會學校的女生面孔和神態都天使般樸素，但她們的齊耳短髮、露出小臂小腿的白衣黑裙，讓她們在三十年代的杭州成了一道風景，總有些男人甚至是女人，直接或稍加掩飾地向二進院裡張望，想看看她們的"閨房"。

　　第三進房就是傳道人張恩榮的家了。建教堂的西人傳教士恩泉師母常來，杭州當地和全國各地的中國傳道人、西方傳教士也常來他們家，大家都很喜歡四歲的小茂良，特別喜歡聽他唱"謝飯歌"，並沒有人在意父親張恩榮的擔憂。

　　他們總是問他長大以後想做什麼。小茂良就會毫不猶豫地大聲說，大起來，像爸爸一樣做傳道。大家就會齊聲稱讚他，父親在一旁也是一臉的欣慰與滿足，唯有媽媽的笑意中夾著無奈的憂愁。

　　她的內心實在是不願意兒子也像丈夫一樣，走上這條窮傳道的路，何況是那麼小就開始。但這心思是說不出來的，甚至不能理所當然地在心裡存著，畢竟在兒子出生才第八天，她就抱著他，跟在丈夫身後，去醫院給他做了割禮，把他獻給了上帝。一切早就定了，她又能說什麼？

張恩榮出生在紹興的一個鞋匠家裡，因為子女多，家裡就格外貧寒。小腳的母親和許多江浙女人一樣，靠著一根繡花針支撐著家裡一多半的日常開支。除了長孫，其他孩子是沒書念的，無論愛讀書的恩榮如何哭求，他還是被送到了一個外國人家裡當小弟。

他跑回家，大哭著不願當傭人，要去當學生，並表示自己會比哥哥讀得好，結果卻遭到了祖母的一頓打罵。父親不在家，就是在家他也只會低著頭沉默。內院繡花的母親在整個打罵的過程中連頭都沒抬。小恩榮跑出這個家時，心裡就與這個家徹底斷絕了。

上帝仿佛是聽到了這個男孩心裡的哭泣，他當小弟的主人家是外國傳教士，知道他想讀書後，就將他送進紹興唯一的西方傳教士辦的中學讀書。

中學畢業後，他成了教員。沒有了家，他就想著要為自己多多賺錢，他在城東、城西兩個學校教課，每天疲於奔命。張恩榮從小缺乏營養，加上用功讀書，他年紀輕輕就有點病弱，細細長長的身材像根豆芽菜。

好在不久他就聽說上海郵政總局要招考郵務員，他讀的是教會學校，英文很好，中英文字寫得都很好，他就順利地被錄取了。過了兩年，當上了分局的局長，郵局是英國人辦的，工資很高。又一年，他經人介紹娶到了紹興基督教內地會的教友費小姐。費小姐是個才女，不僅會英文，還能讀羅馬文的《聖經》。

新婚夫婦日子過得很好，張恩榮每月的薪水有八十幾銀元，而兩人的開支十個銀元就足夠了。可惜兩年後，他卻意外染了傷寒，病得很重，三個星期高燒不退，中醫西醫看了無數，醫士們都不肯再接這個病人，只囑咐他吃點好的，好好休息，意思也就是等死。

人到這個時候也就只有求上帝了，費小姐當了張夫人後再也沒去過教堂，也沒有禱告過，這時才跪下來為丈夫求她的神。長久不禱告便覺得與上帝不太通了，心裡禱告著，卻沒底氣，像是對著空氣在說話。

張恩榮躺在那裡氣若游絲，但實在是不甘心死的。他想起曾去上海聖公會的聖保羅教堂裡聽過唱詩，感覺很有神的同在，想著大教堂大牧師禱告總是能更有能力吧，就讓妻子去請個牧師來為自己禱告。

妻子跑去了，卻找不到牧師，而是遇到了一個美國人，他不是西國傳教士，只是個《聖經》印刷廠的排字工人。他一聽就說請張太太等一下，轉身跑開了。她以為他是幫忙去找牧師或傳教士，誰知幾分鐘後他竟然帶著鋪蓋站在她面前。他說要去為張恩榮禱告，住在他屋裡，一直禱告到他好起來。

張太太一邊跟著他走出了禮拜堂，一邊仍四下張望著，希望看見個牧師。

她是沒法相信這個排字工的，但他的信心和他的熱誠卻讓她無法拒絕他。排字工到了張家，自己先跪下來禱告，寬厚的背伏著，讓躺在床上的張恩榮心裡一下子就踏實了。他看著那寬寬的背，像是看見了一個避難的屋頂，一個懷抱般的家，他的眼淚就流了下來。

當排字工起身來握著他的手，問他要不要接受耶穌基督為生命救主時，他立刻就答應了。他想接受上帝的救恩總是沒錯的，對於現在的自己甚至是必須的，好了故然是好，好不了走了，在天上也還可以有個家。

張恩榮接受耶穌後，自己又加了一條，他對上帝說，如果他醫好了他的病，他就將自己全部獻上做傳道人。他為什麼要加這條，是出於聖靈的感動還是有點交換的心，誰也不知道，但上帝聽了這話。第二天早上，他的熱度全退了。

拉開窗簾看見晨光時，張恩榮像個重新活過來的人，他心裡像是要飛出一群群鴿子般的笑聲。回頭拉開一個個抽屜找《聖經》，但《聖經》沒找到，卻找到了一把木頭手槍。手槍做得很粗糙，用墨水塗黑的。他對著這把槍，跌坐在了地上，嚎啕痛哭起來。

哭聲吵醒了排字工，他見他已經自己離開了床，心裡很驚訝，見他大哭就更驚訝。

你怎麼了？哦，神跡，要哭的。

排字工的中文並不是太好，他拍了拍他的肩，表示理解。

你好了。我走了。要上班。

他說著就回身收拾了鋪蓋準備走。

這麼多年，我，我都想著要買把真槍。

張恩榮說，他很怕他現在離開，怕他走出門去，只留下自己。

真槍？For What？

他在門口，回過頭來。

殺一個人！

張恩榮的聲音劇烈地顫抖著。

誰？

我，我祖母。他放聲地哭了。她不讓我讀書……

張恩榮像是回到了孩子的時候，他好像一輩子都沒有這麼暢暢快快地哭過。他想著自己在上海這麼高的薪水，卻一分錢也不肯寄回去贍養老人……

她不讓讀，上帝讓讀，天父的心是好的。你讀了英文，工作好。感謝主！

排字工說著，又怕他不明白，就用英文重複著一個舊約人物的名字"Joseph"，張恩榮讀過《聖經》，對當上埃及宰相的以色列祖先約瑟當然不陌生，他知道他的意思是說，自己要像約瑟那樣來原諒傷害過自己的親人。

約瑟的哥哥們出於嫉妒將他賣給人，帶到埃及去當奴隸，後來約瑟卻對他們說，不要因為把我賣到這裡自憂自恨，差我到這裡來的不是你們，乃是神。他安慰驚怕的哥哥們：……從前你們的意思是要害我，但神的意思原是好的，要保全許多人的性命，成就今日的光景。現在你們不要害怕，我必養活你們和你們的婦人孩子。

那天，排字工走後，張恩榮翻開《聖經》，把約瑟的故事讀了一遍又一遍，他開始對中國人的“宿命”有了新的認識。傍晚的時候，他對太太說，我是要順服上帝對我的“命定”的，太太含著淚點頭，丈夫剛剛得了上帝的救命之恩，獻身當傳道好像是理所當然的。

張恩榮寫信回紹興老家道歉，家裡人聽說他信了耶穌，就不高興。因為那時人們都認為信了洋教的人就不是中國人了，不會再孝敬長輩，連百年後都無法指望他們披麻戴孝地送終，逢年過節也得不著他們磕頭跪拜……

不過張恩榮原本就不回家，這次來信附了錢，還說要養他們的老，月月寄錢來。看在錢的份上，他們覺得他信上帝也還不錯，生前的養生總歸要比死後的喪葬更迫在眉睫。

張恩榮出生寒苦，原本是最在乎錢的，即使錢再多，心裡也覺得沒有安全感，總是恨不得立刻存出一二輩子用的錢來。但信主後，他一下子好像忘了賺錢存錢的事，碰到人就傳福音，說上帝是如何叫他從死裡復活的。他向郵局的總稽查傳，也向郵遞員傳。坐人力車時也向車夫傳，到地方下車後，要二角，給四角，總是竭力地勸他信耶穌。

回家在門口看見乞丐，他也向他們傳，若有人表示願意信，他就不僅給錢還請人進家來，洗澡、吃飯，並給他新衣服。不過飯也不能白吃，要耐心地聽他講耶穌。有個乞丐騙了他三次，每次都是過了幾個星期，錢用光了，新衣服當掉了，又到他家門口來。他卻還是幫他，給他講耶穌。於是，知道的人就都笑他信迷掉了，太太也不免臉上有了不悅。

不過，張太太雖然知書達理、讀過洋學堂，卻很傳統，心裡有不滿也不會說，一切都聽丈夫的。她心裡其實最擔心的，就是丈夫真的扔下這麼好的差事，去當窮傳道。好在丈夫病好了以後沒再提這事，想想，舍點財、熱心傳福音、做見證、聚會、幫助人，應該也就對上帝這救命之恩有個交代了。

不過，上帝卻沒有忘記張恩榮的承諾，就在他平步青雲，從二等局長升到一等局長，薪水也一加再加時，神的呼召就臨到了，要他實現諾言，出來做傳道。張恩榮自然是不肯，連平日不發表意見的太太也在枕旁嘀咕說，哪有這麼傻的人，丟掉金飯碗去做窮傳道的？他倆商量了覺得，不如我們多捐點錢，供沒有差事幹的人當傳道，不是兩全其美嗎？

可是沒過多久，因為他剛剛升任一等局長，力圖表現，身體沒恢復好就操勞過度，於是患了初期的肺病和神經衰弱症。這下，他什麼都做不成了，被送進了肺病療養院。他看著一個個比他年輕，身體看上去比他白胖的人，也都陸續被送到了太平間，這才想起《聖經》裡的一句話：人若賺得全世界，賠上自己的生命，有什麼益處呢？人還能拿什麼換生命呢？

想起這話，他就哭了，一個人對著空空蕩蕩的療養院的長廊哭。哭完了，他對上帝說，你若要我放下工作出來當傳道，你至少要讓我的太太願意，你還要給我個去處，不然，我去哪裡當傳道呢？

幾天後，太太來療養院看他。他說上帝呼召自己，要放下工作當傳道人。見太太低著頭沒出聲，就說自己若再硬著頸項，只怕也要被送進太平間去。女人就驚慌了，抬頭很肯定地說，如果真是神召你，你就出來做主的工吧，將來就是討飯，我也總歸是跟著你的。

那以後，他的身體就漸漸好了起來。

療養院的一個西國傳教士去杭州拜訪恩泉師母，聽她說蓋好了禮拜堂，就缺個中國的傳道人，便說起了張恩榮。一封邀請信就讓他們一家離開上海，在杭州清波門禮拜堂後面的第三進裡安了家。

上帝也實在是有憐憫，仿佛是知道從小吃苦的他最怕挨餓，所以等他離開郵局時，正好已經做了十二年，可以拿到一千多銀元的養老金，加上平時的積蓄，他把錢長期存在銀行裡，每個月一家人就可以靠銀行利息生活。雖然生活過得很緊巴，但他已經很滿足、很感恩了，畢竟全家有了著落，還能時常省出點錢來接待外地來的基督徒，或是幫補有缺乏的人。

張恩榮從一九二三年奉獻做傳道到一九四三年，二十年中他沒有拿過教會的工資。到了抗戰時期，貨幣大貶值，通貨澎脹，銀行裡的積蓄一下子揮發掉了大半。眼看著無以為繼，日子過不下去了，卻正好大女兒已經可以出去工作，貼補家用。到了四三年，兒子茂良大學畢業，也可以自己掙錢了。

## 2

搬到杭州當了傳道人的第二年，張恩榮和太太去上海江灣基督徒查經祈禱處，聽余天慈小姐講道。去的人很多，他們就在那裡認識了王慕真。

王慕真那時才二十多歲，佈道已經大有能力。後來有一次，李夜聲去杭州，當時他的名字還叫李述先，他在禮拜堂講道，王慕真就邀請他們一同去聽。李述先講道非常與眾不同，雖然才二十出頭，對《聖經》的講解卻很獨到，有開啟，有亮光。

許多公會的老牧師也都去聽，聽完後都說這個青年傳道人前途無可限量，上帝要大用他。張恩榮就在那次認識了他，並且把老牧師們說的話記在了心裡。後來，一遇到在解經或神學上的問題，他就會給他寫信，他的回答總是很簡單，但切中要害，讓他釋懷。漸漸地，雖然李夜聲比他小好多歲，他卻誠心誠意地在心裡視他為屬靈的導師了。

一九二八年，王慕真來杭州告訴他們李夜聲的病情，請求他為了文德里的基督徒聚會處，也是為了李夜聲，搬到上海去照顧他。張恩榮一點猶豫也沒有地同意了，他覺得是上帝聽了自己的禱告。一方面，自己也可以脫離西方差會，避開漸漸與恩泉師母間生出的矛盾；另一方面，他很感恩可以近距離地接觸、瞭解這個上帝大用的年輕人。

小茂良到上海後就進了小學，之後又升了中學。到一九三四年，他十二歲，見姐姐得救要受浸了，就也要受浸。父親卻說他沒有改變，不能受浸。他便哭了，說，自己還沒得救，那麼如果今天死了，就要到地獄裡去了。

父親聽著心裡震動，雖然兒子極調皮，並且有點虛榮，但卻真的那麼相信靈魂的得救。想想就是受浸的大人們又有多少是真正打心眼裡著急，怕晚一天就會跌入地獄的？但他還是讓兒子自己去向上帝禱告，讓天上父爸爸來幫他改掉身上的壞毛病。

小茂良就去用勁地禱告，一二個月過去了，卻什麼也沒發生，他還是忍不住地頑皮、闖禍、撒謊、不順服父母。於是他就洩了氣，對父親說，得救比上天還要難！我禱告了這麼久，神都沒有聽我禱告。

父親用《聖經》的話回答他，叩門的，必給他開門。你的禱告，神一定聽的，你不用著急。

又過了一陣，一次父親和他一起靈修禱告，突然上帝的靈就讓他想起了一件事，幾年前他曾偷過父親一塊銀元。聖靈要他向父親認罪，並賠償這一塊銀元。

張茂良從小就喜歡集郵，父母給他的零用錢，他都積蓄下來買郵票。銅仁路口有間俄國女人開的郵票店，他放學回家正好路過，常常會進去看看。一次，他看到一套很漂亮的郵票，但價錢很貴，要一塊銀元。茂良的零用錢沒那麼多，買不起，但又眼饞心癢得忍不住。他突然想到新年時，自己收到過用紅紙包的一塊銀元，父親放在櫃子最上面的一隻抽斗裡。他終於想辦法趁父親有一次沒把櫃子上鎖，就將那一塊銀元偷了出來，買下了這套讓他心裡像貓抓般癢癢的郵票。

現在上帝提醒他這事，要他認罪悔改，還要賠這一塊錢。他有點不樂意，心想這是我的錢，不能算偷的。但神聖潔的靈卻不放過他這個小小少年。又說，是你的錢，為什麼你要偷偷拿？你為什麼至今都沒有告訴過父親呢？而且你還撒謊。他這下就啞了口，只好認了這罪。

這個口子一開，面前的牆就崩塌了，他一下子看見了自己的許多過犯，他就抱著爸爸哭了，說，對不起，我偷了你的錢。

從那次認罪開始，小茂良認了一個月的罪，去一個個賠理道歉，想方設法地賠償被他弄壞弄丟的東西……到那年秋天的時候，父親終於同意他接受浸禮，正式成為基督徒。成了基督徒後，小茂良突然像是變了個人，再也不瞎鬧了，反而是積極地找活幹，每個主日都是一大早就去擺凳子，當小招待。

小茂良從小就在文德里的兒童訓蒙組受教，教導兒童和青少年的王慕真孃孃很喜歡他。無論是過去在杭州，還是現在在文德里，他們家總是有很多牧師和傳道人來訪，甚至是借住，文德里的一個長老康慕靈就住在他們家的亭子間。

康長老原來是公會一個大牧師的兒子，人長得儀表堂堂，普通話說得像播音員，不僅標準，而且有磁性。他聽了李夜聲的講道，接受了他的神學和建立地方教會的理念，就毅然放棄了在公會裡當大牧師的好前程，來文德里跟隨李夜聲，建設符合《聖經》的、中國人自己的、不分宗派的、一城一處的基督徒聚會的地方，他們並不叫這個聚會的地方為“教會”，而是就稱為聚會處。但雖然他們這麼自稱，外面的人看他們卻是一個新的宗派，稱他們為“地方教會”。

張茂良雖然從小在文德里長大，卻並不像大多數文德里聚會處的人那樣有優越感，也不覺得只有他們這群人才是得救的，他甚至常常悄悄跑去聽公會組織的佈道會和奮興培靈會，並覺得很有得著。

他雖然不明白康慕靈為什麼要離開父母所在的教會，但他非常高興他能來文德里。這個年紀不老的長老幾乎奪了他的心，他喜歡他文詞優美的禱告，喜歡他謙和的笑容和身姿，特別是喜歡他動人心魄的講道，就連他夾著《聖經》上臺的姿式，都是那麼地與眾不同……

特別是在他高中畢業是否繼續上大學的事上，他覺得他比自己的爸爸更知心、更溫和。父親張恩榮執意要他出去找工作，像姐姐一樣賺錢貼補家用。但張茂良很喜歡讀書，他一心要讀大學，他不理解為什麼少年時為了讀書不惜一切代價的父親，今天卻不讓自己唯一的兒子讀大學。

他們父子為此鬧翻了，雖然沒有大吵，但他不想和父親說話。住在他們家的康慕靈一直勸張恩榮讓孩子讀書，讀書總是好的。但不管他怎麼勸，張恩榮就是不說話，也不解釋為什麼他不想讓兒子讀書。這讓茂良更是覺得父親不可理喻，或者就是他根本不愛自己。

那天，他們父子又吵了起來。所謂吵，其實就只有張茂良一個人在大聲地嚷嚷。

你為什麼不讓我讀書？你是我親生阿爸嗎？

......

當年你要讀書，你服侍的主人家還送你去讀呢！你就把你兒子當個小男傭吧！

......

你是傳道人，你不是總是禱告，總是最聽上帝的話嗎？是上帝讓你不允許我去讀書的？

......

你是個父親，連親生兒子要讀大學都不讓，你就知道要我去工作，你就知道錢、錢......

張茂良從小就伶牙俐齒，特別能說，這次一來是氣憤，一來也是覺得自己完全佔著理，對著父親一股腦兒地把話甩過去。父親張恩榮卻鐵青著臉一言不發。

康慕靈聽見了從樓上急急地下來，從旁勸道，恩榮，孩子要讀書也是好事啊，有學問了才能更好地服事主嘛！雖然日子緊一點，總也不能耽誤了孩子......

他一勸，張恩榮鐵青的臉立時漲紅了，回頭看了他一眼，卻又低下頭去，仍是一聲不吭。康慕靈有點尷尬，就說正好有點事要處理，對茂良說不可以這樣和父親說話，然後自己出去了。

茂良見康叔叔都勸不動父親，心裡的委屈就近乎絕望了，嘴裡一邊急不擇言地質問父親，一邊拿眼睛去看母親。母親坐在一邊，手裡做著針線活，和往常一樣聽著他們的爭吵，只是把頭低得更低。茂良看到她紅紅的眼圈，心裡反倒恨她無能，竟不肯幫兒子說句話。

那天晚上，母親來到兒子的房間，他已經睡了，正翻來覆去地自怨自艾著，見母親進來，就翻個身，臉朝著牆，不願理她。母親在床沿坐下，明知他沒睡著，還是習慣性地幫他披披被子。

她的手就留在了被子上，感受著兒子已經像個男子漢的寬肩厚背，心裡湧著說不出的千般滋味。她低低地抽泣，手也抖個不停。

張茂良對母親的手和她的哭都很不耐煩。心想，你若愛我，就該像個母親那樣為兒子爭取！明明那個男人錯了，女人也要順服嗎？你既然要做那個人的順服的好妻子，你就做不了一個好媽媽！

……

張茂良終於忍不住，翻身掀了被子，也掀掉了那只顫抖的手，坐起來說：

你在我這哭有用嗎？不如你去他那裡哭，求他讓你的兒子去讀書！他當年不想當男傭，要讀書求前途。我今天也不想去工作，我也要讀書！為什麼不讓我讀書？姐姐不是在工作嗎？我們家不是還有錢去幫助這個幫助那個嗎？那就先幫幫自己的兒子吧！……

張茂良說著也哭了起來。

母親卻突然收了淚，正了正臉色說：

兒啊，你要讀書，爸媽當然希望讓你讀。但你想想姐姐多少歲了？她一直做工貼補家用，她不嫁人嗎？你為了讀書，就忍心再耽誤姐姐那麼多年？你怎麼那麼自私？你是兒子，是男人，養家難道不應該是男人的事？……供你高中畢業了，父母的義務盡到了，你就該自己養活自己。

爸爸當年不是存下了退休金？說是夠吃一輩子，還，還差這幾年？

茂良想到姐姐，聲音開始有點虛了，但他心裡實在是太想讀書了。

這些年戰爭已經讓銀行的存款幾乎蒸發沒了……感謝主，還有一點換成了美金，保了值。但那點利息遠遠不夠家用啊，何況你要上大學？

母親的聲音輕了許多，聲音裡飄著一絲無奈。茂良看了她一眼，她圓團團的臉有點黃，有點微微的浮腫，心裡不由地想起照片上新婚時的父母，還有自己百日時的全家福……那些時光他們家是福裕的、完美的，姐姐有時會回憶自己童年時候的生活，小茂良沒什麼記憶，反而常常批評她"愛世界""不屬靈"。

此刻，他心中卻不由地飄過一個念頭，嘴裡就自言自語地嘀咕了一句：如果爸爸沒有出來當傳道，還是郵電局長呢？

母親在這句問話前沉默了一會，她的目光直直地望著前方，仿佛是把這一生在心裡重播了一遍。

那也不知道？甚至不知道我們還活著嗎？若上帝沒有救你父親的命，又哪有你？更別說上大學了。你不也從小就說要像爸爸那樣當傳道嗎？

我？那至少我們家別再接濟別人了……

不是別人，那些都是主裡的家人。何況……每次也只是一點點的救急，救命不比你上大學重要？

……

那晚，他們母子談了很多。張茂良從來沒有想到總是一言不發、低眉順目的母親能講出這麼多話。她的話裡並無多少大道理，語氣也沒有加強，卻讓他無言以對。天亮後，在早餐桌上，他對父親說，我不念大學了。

父親卻改變了主意，同意他去念大學了。後來他才知道，那晚姐姐去找了父親，她說做工不會影響自己嫁人，真愛上她的人，也會願意幫她一起養父母親的。何況，她不想嫁給世俗的人，她要嫁一個非常愛主的基督徒弟兄。

康慕靈有個學生是東吳大學畢業的，東吳大學本來在蘇州，抗戰期間遷來了上海。經他介紹，張茂良就進了東吳大學的化學系預科班學習，但很快就聽別人說化學系畢業將來會進藥廠作化學師，化學毒性多，容易中毒。

父親就有點緊張，勸他還是換系，他就改讀了經濟系。想著經濟系畢業後，海關、郵政、銀行都可去報考，也可以在商行作會計等。抗日戰爭期間東吳大學遷往內地，經濟系卻留在了上海，改為勤學補習班，借了北京西路一個中學的樓上上課，張茂良也就因此沒有離開上海。


四二年，文德里聚會處起了風波，具體情況張茂良並不知情，作為長老和重要同工的父親張恩榮和康慕靈叔叔，兩個人每天臉上都是烏雲密佈，但他們在家裡一句也不多說。

不久，教會裡的幾位重要負責弟兄和同工紛紛離開了上海。李如是和趙心潔回了無錫，福音書房關了門。王孃孃去了杭州。黃愚志回了江西。最讓張茂良不捨的是康長老也離開上海去莫干山休養了。

文德里一下子冷清了。那段時間，原本不常來的于華恩長老常常來他們家，和父親竊竊私語，都是憂心忡忡的樣子。張茂良聽到大家都在議論李弟兄辦生化廠的事，聽說是因為他辦生化廠，不專心傳道事奉，教會停了他的講道。

對此，年輕的他很不以為然，他覺得若是教會有錢，當然李弟兄不用去開工廠。可是他每天都看著這些教會的領袖們，各地來的傳道們日子過得那麼困難，有的生了病都沒錢醫，孩子也讀不了書。難道傳道人就不是人？傳道人的家人就不該過上至少是溫飽的日子？

當他看見文德里那些有錢的會友侃侃而談聖潔服事，評說傳道人應當聖俗分開時，他忍不住忿忿不平地在家裡發牢騷，罵他們是宗教徒、假冒偽善的人。父親聽見了卻制止他，只是淡淡地說了一句。當傳道是上帝的揀選，也是人的自願。

四二年也正值上海淪陷期，市面混亂，上海物價飛漲，家中生活十分困難，能拿上桌子的東西越來越少了。父親不得不和兒子說，無法再支付他的學費，讓他找工作，半工半讀。

張茂良拼了命，把四年的課程三年就讀完了。第二年，張茂良畢業了。接下來的五年中，他與人合夥開過西藥行，辦過廣告公司，當過會計，幹過推銷，他一心想賺錢養家，想成功，早就忘了童年時想當傳道人的志願。

他賺了又賠了，經歷了許多的危險和引誘，發財的心終於漸漸地死了。

當他總算在一個工廠裡，從會計升到副經理，準備積存點錢結婚過日子時，四八年，李夜聲回到上海，恢復了在聚會處的領袖地位。文德里聚會處大復興，人數從幾百人一下子擴增到數千人，其中一大批是青年學生。張茂良的心也再一次被上帝抓住。

一次聽道時，他突然發覺自己離神已經那麼地遠，在世界和金錢的海洋裡他努力地拼搏了五年，有時好像是得意地乘風破浪，但在下一分鐘就遭滅頂之災。即便現在平穩了，渴求的也不過是存點錢過日子，好像人生已經成了只是為活著而活著。他決心再一次將自己交出來，將自己的人生和職業都交給上帝。當他和父親分享這個心思時，父親的眼圈也紅了。

張恩榮向兒子認罪，說這些年自己沒有阻止兒子在世界上打滾，甚至心裡期待他在世界上成功，希望他有份好工作，生活得好，這實在也是自己心裡的軟弱。自己看著飛快消失的存款，心裡沒了依靠，雖然自己不敢離開傳道的職份，但潛意識中卻不希望兒子步自己的後塵。

那天，聖人般高不可攀的張長老，在兒子面前突然成了一個可觸、可摸、可理解的父親。他和他一起禱告時，哭著向主承認，有段時間自己甚至是後悔的，是想回頭去當郵局局長的，只是離開得久了，加上人事變遷，自己找不到適合的工作。是上帝關了自己的門，才使自己沒有離開神。

父親說，當年上帝出於憐憫，讓他有一筆存款。今天上帝終於拿去了這筆錢，讓他能夠真正不是依靠眼見的財物，而是依靠眼不見的信心。這對傳道人來說是必過的一關，而同時，對於從小受窮，沒有安全感的他來說，是一種醫治和釋放。人的才能和財務可以成為人的依靠，但同時，也就成了人的捆綁和囚室。


## 3

張茂良把自己"交出來"，獻給上帝，也交給教會來安排。那次文德里聚會處的"交出來"運動中，首先交出來的是李夜聲。他把生化廠交給了聚會處，教會就安排馬春平、張茂良等六位基督徒一起進入上海生化廠，馬春平任總經理，單一信任副總經理，孫信文任廠長，張茂良負責財務，他們接收了李夜聲兩個弟弟的權力。身為化學家的二弟，還是負責產品研發，不再參與工廠的管理。這個家族式的企業，從管理人員的角度看是完全轉為教會企業了。

但教會適合並應該辦企業嗎？沒有人來仔細想過這事。從奉獻的人來說，把工廠獻給了上帝，是好的。從教會來說，福音事工和教會建堂、文字出版等都需要錢，這事也是好的。從工作的弟兄來說，又找到了生計所需要的工作，又是在為上帝工作，當然也是好的。

最重要的是，他們都認為既然工廠算是教會的了，也就是上帝的，又是由信上帝的人管理，那麼理所當然，神就會看為好，就會一帆風順地運營，並為主工作。甚至當時沒有一個人，對這樣把企業、教會、上帝攪在一起，有什麼擔憂。上帝也沉默著，並未發聲，又或者上帝之靈的聲音過於輕微。至少從後來的批判會發言中，從揭發反省材料中，以及再後來的許多正面的回憶見證中，並沒有那時上帝發聲的記載。

對各個方面、各種人都好的事，自然是好的，是令人興奮的！就算有人略感不妥，也不適合說什麼。當我看這段歷史時，我一邊感染著他們的興奮，一邊也突然心驚。人，是何等愚昧可憐，無論是信上帝，還是不信上帝，都不由自主地以自我為中心，甚至自信地替上帝發聲。

該撒的物當歸給該撒；神的物當歸給神。耶穌說這句話時，人們只是稀奇，然後離開。

當時，生化藥廠已經瀕臨破產，職工們大多不信主，但進入生化廠的弟兄們仍堅定地相信主必祝福主自己的工廠。他們這麼相信著，並沒有什麼新的經營方針，也沒有去考查市場，探討工廠虧損的原因。他們認為要從"屬靈"的角度來拯救瀕臨破產的現狀，當然，他們也沒有覺得需要研究、探討，因為他們對李弟兄的信任並不比對上帝的信靠少，或者說其實是合一的。

那天，是他們六個進廠後第一次接到李弟兄的見面通知，他們興奮地從不同方向走向江西路生化辦事處，他們是希望聽到李弟兄的具體工作安排，然後就可以開始為主大幹了。

但那天，李弟兄的表情卻有一種行色匆匆的淡漠，只是問他們是否交接好了，並把一些帳本等交給他們，好像從此這個廠子就與他無關了。其他幾位看著，就沒有開口問什麼，只是等著。

最年輕的張茂良卻忍不住了，問，你以後不管了？

廠子已經交給聚會處了。

李夜聲的語氣很誠懇平靜，他的目光卻從他們身上一滑而過，並沒有與他們期待中溢出疑慮的目光相接。他的目光從室內掃向窗外時，張茂良看見了一份疲憊，但他以為是自己看錯了。

他心裡莫名地有點驚惶，口氣就急了。你不就是聚會處的帶領者？不還是應該你來管？你不管，我們怎麼辦？

四周靜了一會兒，李弟兄的目光才從窗外收回，投在他的臉上，眼中的神情恢復了一種屬靈權柄式的穩定。聚會處既然交給你們管，你們就是這個廠的管理者，目標只有一個，就是讓工廠為神的事工提供經費上的保障。

我們怎麼管得了？馬春平有點驚惶地說。

還是要李弟兄你說怎麼辦，我們執行就好。新任的孫廠長進門時還是信心滿滿、抱負滿滿，此刻不僅眼中的堅信搖晃起來，語調中已經有了懇求的成份。

我不領導你們，但聖靈會帶引你們！就這樣吧！李夜聲的語氣是肯定的。

對，神一定會祝福他自己的事工！張茂良年輕的臉上重新明亮起來，旁邊一言不發的單副總經理，仍是將眼睛定定地盯著李弟兄的臉。李夜聲顯然是感覺到了，他一邊轉身準備離開，一邊像是不經意地經過他時拍了拍他的肩。說，我沒什麼要求，將原料加工好，賣了產品，還了這三萬元的原料錢就可以了。

單一信雖然心裡還是忐忑不安，總覺得事情沒這麼容易，但他的肩上被李弟兄溫暖的大手一拍，又想這三萬元應該是事工的急需，再說工廠還清原料債款也合情合理……他便不能說什麼，只得低垂下了目光。

李夜聲和他們道別時，一一看了他們的眼睛，雖然停留的時間都不長。當他把辦事處的鑰匙交給他們，走出房門時，小聲地像是自言自語地說，我是有限的。

這也許就是李夜聲自己承認自己不是一個善於經營企業的人，但聽到這話的六位弟兄，都將這句話當成他慣常的屬靈教導。一來是因為李弟兄常常教導人的有限，甚至是人的絕對敗壞和無有；二來也是因為他們太相信他了，以至無法將他口裡說的人的“有限”實實在在地應用到他自己身上。

上海生化藥廠裡一直有黨的地下組織，四八年解放前，廠裡就悄悄成立了工會，開始組織工人學習政治。黨的地下組織在廠裡很有群眾基礎，早就一邊組織工人運動，一邊傳播，並在工人中樹立和資本家鬥爭的階級觀念。

李夜聲是生化藥廠股份有限公司的董事長，百分之九十的股份是他的，他等於是這個藥廠的獨資老闆。他將藥廠交給了教會，他認為這個廠本來就是為教會開的，是為上帝賺錢，賺來的錢理當為神工作。例如，幫助同工和傳道人的生活，用於教會的事工、培訓等。但他要從廠裡取款卻受到了很多限制，抽調較大筆的資金更是會被工會監視和反對。

張茂良進入生化廠後被委以重任，擔任審核主任，並兼任財務經理，實權比總經理還大，每一筆進出款子都需要他來蓋章，據說這個圖章過去是李夜聲自己掌管的。張茂良因此很感激李弟兄和教會的信任，年輕的心中充滿了赤誠的忠心和為主賺錢的雄心。

父親張恩榮畢竟是在社會上工作過的人，他心裡有份莫名其妙的擔憂，與其說是莫名其妙，不如說是他不願也不適合對自己承認心中擔憂的原因。張恩榮堅決反對兒子承擔這個責任，甚至為此他去找過李弟兄。張茂良不知他們之間說了什麼，反正他很高興這次父親出面也沒能干涉成。他覺得父親總是小看他，這更讓他決心要幹出一番事業，來讓父親看看。

四五年抗戰勝利後，李夜聲就結束了重慶的生化藥廠，後來又把價值三萬餘美金的滴滴涕原料運來上海。為了將這些原料生產成成品，以便賣掉後，還原料的錢給李夜聲，讓他用在教會的事工中。新走馬上任的這幾位弟兄就一面在市場上大做廣告，一面向銀行和有錢的富商基督徒借款，以便投入生產。

但那是一個動盪的時期，幣值不斷下跌。基督徒富商們即使肯為了主的緣故借錢給生化廠，但都要求將借款按當時的金價換算成金子的重量來出借，並寫下借條，以後生化廠也要按金子的重量和數目來還。

借條寫出去了，錢借到了，滴滴涕也順利地生產出來了，廠子沒有破產倒閉，甚至生機勃勃起來，工人們也拿到了工資，那一段時間是短暫而美好的，上帝似乎真的行了神跡，祝福著生化廠。

起初，在全力的廣告和促銷下，滴滴涕銷售也還不錯。但管賬的張茂良卻是第一個發現形勢不妙的人。因為無論滴滴涕如何漲價，都沒有金價漲得快，再加上工廠的日常開支、發工資，還要陸續撥款歸還李弟兄三萬美元原料的債，錢不停地在流出去，而原料卻一天天消耗用掉了。

貸款到期的銀行開始來逼債，還不出錢就要求拿藥品作抵押。工會就發動工人把守著原料倉庫的門，不許出賣原料，因為原料賣掉了，工廠就無工可開，工人自然就有可能會被解雇。但不賣原料，生產的越多，其實工廠也就賠得越多。

那段時間李弟兄不在上海，他們禱告時，好像上帝也沒有什麼話。在沮喪中回頭想想，似乎上帝之前就沒說什麼話。上帝一直沉默著，一直能聽到上帝說話，也替他傳話的李弟兄不知道在哪裡，而他們卻不能沉默，需要面對。

月底，工人們又開著卡車到江西路的總經理辦公室來，要求如期發工資，不能少一分錢。馬春平的臉色有點發白，他望著樓下馬路上黑壓壓的人群，聽著他們喊要鬥爭自己的口號，搖著頭。

這些工人真是太野蠻！太不講理了！當時我就說不能再生產了，必須停工，若把原料作抵押，至少不會弄到這個境地。他們當時來跟我談，求我們不能停工，說他們不願離開廠子，還說什麼他們是廠子的主人，要守著工廠共渡難關……

他們求的不是工廠不能停工，其實是不能砸了他們的飯碗。單一信一臉的懊悔。當時我就說不能心軟，現在好了！工廠主人來要錢了，呵呵……

張茂良聽著單副總冷嘲的語氣，心裡十分彆扭，覺得他這樣哪像基督徒呢。

不管怎麼說，上帝是大有憐憫的，工人們一家都指著這份工資活命，他們自然是要為自己打算的。我們當時決定繼續生產，也是出於愛……

現在他們體會到你的愛了？他們要的是貨真價實的鈔票！單副總看了眼樓下的人群，眼裡的一絲冷嘲褪淨了，替代的是一份疲憊的無奈。

若是，若是，一開始賺了錢不馬上還李弟兄的原料款，也許好些。馬春平說，當初他就不太贊成張茂良按李弟兄的要求，一有錢就把原料款給他，並分幾批讓人送去鼓嶺培訓基地。但他的不贊成於情於理又都說不出口……

我們來開工廠就是為了神的事工！若不是為了事工需要，我們為什麼要開工廠？就僅僅是為了養活這些不信主，並且自私的工人？

孫信文嘴裡說得理直氣壯，心裡卻在打鼓，他想著工人若要是批鬥他們，說是批鬥馬總經理，最後一定會捎上自己。廠裡地下黨員的活動很頻繁，他悄悄監視過他們。其實自己也沒有奉誰的命令，只是作為廠長，他覺得有必要瞭解廠裡的動向。雖然他和廠裡工人的關係一直不錯，常常還送醫送藥，甚得人心，被稱為"好人孫廠長"，但他總擔心黨員工人們會記仇，不放過自己。當他越來越領教共產黨的厲害後，他越來越相信，自己的秘密監視一定早就被他們發現了，只是因為他沒告密，所以沒來處理他。

茂良，你去下面和工會代表談話吧，答應他們會發工資的，只是請他們體諒廠裡的難處，緩兩天。馬總經理一邊吩咐張茂良，一邊用鼓勵的眼神看著他，說，我們在上面為你禱告！相信上帝與你同去。

張茂良二話沒說就出了房門，他一邊下樓梯一邊禱告神，他求上帝來改變工人們的心，也安靜下面沸沸揚揚的情緒。走下樓後，在展售廳裡見沈弟兄正苦口婆心地勸說著激動的人群。

那天的調解出人意料地順利，工會的代表答應緩三天等廠裡發工資。其實工人們也知道廠裡沒錢，他們不過是要逼廠裡再去向銀行貸款，因為大多數工人也確實是家無餘糧的。

讓張茂良和沈弟兄沒有想到的是，第二天就不見了馬總經理、單副總的身影。原來當夜馬春平就偷偷逃往了臺灣，單副總經理聽說馬總經理跑了，怕工人鬥爭自己，也連夜逃去了香港。他倆後來對教會的解釋是，不是不相信上帝，而是因為工人們都是無神論的外邦人。

又過了一天，孫一信也逃出了上海。江西路生化辦事處裡，就只剩下張茂良和另外兩個弟兄。萬般無奈之下，家裡開藥房的沈弟兄，只好將自家藥房的藥拿到銀行去作抵押，貸出款來給工人們發了當月的工資。沈太太也是文德里聚會處的姊妹，奉行絕對順服丈夫的教導，只敢背著丈夫默默垂淚。極愛家庭妻女的沈弟兄並非看不到妻子紅腫的眼睛，也不是不知道這些藥品都會被收去拍賣掉，是拿不回來的，藥房也有可能就此關門。但他沒有別的選擇，他只能不去看她的眼睛。沈家媽媽卻終於知道了這事，又驚又急，罵了一聲"敗家子"，就中風倒在地上。她被送進醫院搶救後，醒了過來，除了嘴角有點歪，竟然沒事。他們一家都為此感謝神，只是沈姆媽很長一段時間不願和兒子說話。

財務總管張茂良則也是焦頭爛額，一天到晚和銀行打交道，大多是做些銀行之間拆借還貸的事。他拼命地禱告著，形勢卻越來越不利起來。隨著美國本土生產的藥品進入中國市場，市面上的國產藥品價格都在跌。一方面生化廠的藥品賣不出去，降價後因為藥效不如進口藥，還是賣不出去。另一邊，黃金卻仍是飛漲不斷，以至到後來沒有一家銀行肯借款，反倒是天天上門來逼債。不僅逼債的銀行越來越多，生化廠的情況傳到了文德里聚會處，借錢給藥廠的弟兄們也來要債，按當初借據上寫的要藥廠還黃金。

銀行的人張茂良可以躲得了，但教會裡的這些人都是文德里的，都認識張茂良的家，就天天到家裡來逼債。父親張恩榮是文德里聚會處的年長弟兄，身份和性格都不允許他拒人門外，於是他家一樓的客廳就天天坐著要債的人。

張茂良既不敢到廠裡去，又不敢回家，白天晚上地在公園和馬路上遊蕩，總是要等到深夜才敢回家洗個澡、吃口飯。但後來，深夜他們家門口都有人守著了，他就只能在公園裡過夜。好在已經快入夏，夜裡也不冷。

當他躺在公園的長凳上，望著頭上高高的星空時，他在稀疏的星星間尋找著神的眼睛。主啊，我把自己獻給你，我是要為你為教會賺錢的，為什麼我會落到這個地步？

僅僅四個月不到，信心滿滿的他就成了無處藏身的逃債者。

七月，當李夜聲結束了在福州的第一期鼓嶺同工訓練，回到上海後，張恩榮去找了他。從二八年，張恩榮一家搬到文德里以後，他跟隨李夜聲二十年，無論是作為私人朋友，還是作為教會的負責同工，他從來沒有向他抱怨過一聲，更沒有為自己和自己的家要求過一次。但這次，為了這個露宿在公園的兒子，他站在了李夜聲的面前，他沉默了許久，終於開口說：

李弟兄，我這孩子還嫩，不能將生化經濟的重擔壓在他身上。

李夜聲也是剛聽說了一點藥廠的事，一來這幾個月他人一直不在上海，二來他心裡有一種摧逼，就是要儘快地完成各地聚會處的同工訓練，仿佛是風雨將臨前要快快堅固帳棚。為此，他在福州的一個小山上買下了西國傳教士回國前住的十幾間小洋房和田地，並舉辦了第一期的同工訓練。也是為了這次的同工訓練需要錢，他讓生化廠將滴滴涕原料製成產品出售，以至造成這樣的局面。

他看著面前這顆低著的已經花白的頭，心裡一陣酸痛，他不由地想到他們家剛來文德里的時候，那時小茂良還只有六七歲。他想伸手抱住這個忠心的老同工，想請他原諒，但他抬起的手只是拍了拍他的肩。

嫂子一定擔心了。他說。放心，這事我一個人扛，不會讓弟兄們為難的。

他見張恩榮抬起頭望著他的眼神充滿了感激的淚光，心裡就更難受了，轉過身去望著窗外。

恩榮，你讓茂良回家吧，我這就來處理。

張恩榮離開後，李夜聲一直望著窗外，直到看見張的背影一步一步地走遠，他的步態仍然是沉穩持重的，卻透著一份輕鬆。

李夜聲知道，所有的事最後都只有自己是逃不脫的，只能自己扛著。自四零年生化藥廠開辦就屢經波折，不僅造成了同工對他的誤會，而且最後紛紛退出藥廠。當他因四二年風波離開上海後，他就將上海生化藥廠交給了自己兩個不信上帝的弟弟來經營，結果虧損很多。他想這也許是上帝的管教，信與不信的不能同負一軛。於是，四八年春，又將生化藥廠交給教會，讓教會安排人去經營。結果，現在更糟，一個爛攤子再次被扔回到自己手裡。

李夜聲讓張茂良和另外兩個弟兄，關閉了江西路的生化辦事處，並自己想辦法弄來錢還掉了所有的債務，然後就允許他們三人辭職了。四八剛入秋，李夜聲請來了新的總經理和副總經理，他再次將生化藥廠完全交給了不信主的人去經營。

可是半年後，到了四九年的春天，李夜聲又準備在鼓嶺進行同工培訓時，經費從哪來？他知道不可能從上海生化藥廠取錢，就想了一個辦法，在江西路原先的生化辦事處裡辦起一個生化渝廠，他又將張茂良幾個召了回來。

生化渝廠就是四五年關閉的重慶生化藥廠的廠名，當年用的也是上海生化的牌子，只是商標上加個"渝"字。抗戰時期，李夜聲離開教會講道的執事，在大後方重慶和內弟合辦過一個"峨嵋科學社"，是專門經營化學原料的商行。抗戰勝利後，就結束了。剩下的原料運到了上海生化藥廠，就是為了將這批原料生產成產品而四處借款，最後造成了上海生化廠危機的直接起因……

僅事隔大半年，張茂良和從香港回來的單一信，又坐在了江西路的辦公室裡，仿佛一切都轉了一圈轉回原地。他倆儘量不談去年的事，也不交談各自心裡的忐忑，他們都相信李弟兄，相信他超群的才智，事實上所有的麻煩他都能解決，也總是能弄到錢，來供應教會事工的需要。

李弟兄信心滿滿地對他們說，內弟從香港來信，說美國新出了一種肺病特效藥，這種粉劑裝成小瓶出售可以賺大錢，這樣第二期同工培訓的錢就有了。何況近來教會建南陽路大教堂、福音移民等，都需要很多錢。我們既然完全是為了教會、為了上帝的事工來做，這次上帝一定會祝福的。說的話幾乎和一年前是一樣的，但張茂良和單一信卻沒有懷疑，他們仍然相信著，只是興奮度減低了不少。

李夜聲從香港的陳氏富商處借了幾萬美金，用於購買原料和加工。上海江西路的生化渝廠其實只是掛了塊牌子，既沒有廠房也沒有設備。於是，就由生化渝廠委託上海生化廠將這些原料，加工作成粉劑和片劑，再運到江西路的辦公室來銷售。江西路生化門市部改換一新，一面大作廣告，一面在門市部內設了肺病診所，請一位醫生每天來看病並解答服用此藥後的一切問題。加工後的成藥取名為"生化鄙雅士"，張茂良他們等於就是當了銷售員。

"生化鄙雅士"的銷路很好，頭幾天就賺了許多錢。李夜聲的心都在教會的事工上，完成新一期的全國聚會處同工培訓是他做這一切事的目的。見銷售不錯，有錢賺進來了，他就滿意而放心地離開上海，去福州帶領鼓嶺的同工培訓。他叫張茂良他們定期將款子送到福州轉交給他，用於培訓的費用，交給他的錢算是還香港美金的借款。

但生化渝廠需要註冊登記，"生化鄙雅士"也需要經過衛生局化驗後才能批准出品銷售，江西路正式開業了，外人還認為是老的上海生化藥廠門市部重新開張，銀行、廣告公司、包裝材料廠等，都找上門來要和他們建立商業往來……這一切李夜聲卻顧不上管，甚至也沒作交代。

他們幾個人商量後，張茂良就又做了經理，後來請了個姜小姐來做美金帳戶，幾個月後，她成了張茂良的妻子。

"生化鄙雅士"生意興隆，生化渝廠賺了很多錢，但只付給上海生化廠一點製造費用，這就引起了上海生化廠工人的不滿，認為這是李夜聲虛設字號，侵吞資產，風波再起。這時上海已經解放了，工會和工人們都成了這個國家的主人，他們的不滿就不容忽視了。

終於熬到年底，李夜聲結束了第二期的鼓嶺同工訓練，回到上海。他這才叫張茂良去工商局補登記"生化渝廠"的字號，工商局說需要工會蓋章，生化渝廠沒有工人，哪有工會？他們也不敢和正氣憤難平的上海生化廠的工會工人們去商量。於是，張茂良他們就只好自己刻了一個"生化渝廠工會"的圖章，將登記表繳了上去。當時他們並沒有意識到這樣做是在犯法，因為當時工會也才剛剛從地下非法的轉為合法的。登記表交了，營業執照卻始終沒有批下來。

李夜聲為了想自己大量製作鄙雅士的原料，就托人買來一個高壓鍋，定價三萬美元。高壓鍋買來後放在上海生化藥廠內，由李夜聲指定幾位廠裡的基督徒來製造鄙雅士的原料，但製造出來的產品卻屬於生化渝廠，而不屬於上海生化廠。為了這事，上海生化廠工會幾次動員工人要鬥爭他。

與此同時，"生化鄙雅士"因價高、副作用的反應較大，當同類產品進入市場後，便開始銷量大跌，被迫降價，工會卻支持工人們一再要求加工資。

正當李夜聲再次為上海生化廠心煩心疼時，東北藥廠龍廠長來上海參觀幾家生化廠，也來了膠州路的上海生化。李夜聲和龍廠長達成協議，將上海生化和東北藥廠合併，生化的工人、職員、技術人員，連同機器、原料，一併遷往瀋陽。不願去東北藥廠的人，就發給三個月的解散費，上海生化廠徹底清理關閉。

生化渝廠的機器、原料也一同賣給了東北藥廠。那個一直放在上海生化藥廠廠房裡的高壓鍋是屬於生化渝廠的，龍廠長也願意買下來。李夜聲說這只高壓鍋是用三萬美金買進來的，錢是向香港富商借的，必須還美金，而現在美金官價換不到，只能照黑市一美元合十元人民幣來計算，因此這個高壓鍋要三十萬人民幣。龍廠長居然同意了這個價格，將高壓鍋買下了。

至此，開辦近十年，幾盛幾衰，造成多次社會和教會風波的上海生化藥廠，終於完全交由國營東北藥廠經營了。聚會處的許多人都大大地鬆了一口氣，認為是拋掉了一個大包袱。

只有李夜聲在感到輕鬆的同時，卻對生化廠心存不捨，因為只有他知道生化廠這些年賺的錢都去了哪裡。有人批評他不會經營，說別人是點石成金，而他是點金成石。也有人說他長袖善舞，將錢都裝進了自己的口袋，過著極奢的生活。對種種評說，他都不置一詞，他不解釋也無法解釋。

從《聖經》上說，"你施捨的時候，不要叫左手知道右手所做的，要叫你施捨的事行在暗中。你父在暗中察看，必然報答你。"從經營和法規上說，他所做的事合情理，但難合法理。

張茂良作為生化廠管賬的人，他比別人知道的多，他對李夜聲讓他做的事的理解，都是建立在"合情理"上。甚至李夜聲讓他將于華恩、李如是等人作為顧問加到工資名單上時，他也認為這是顧念同工。更何況，這廠不是李夜聲開的嗎？開廠賺錢不就是為了供給教會事工和同工需要嗎？更何況李夜聲是獨資老闆，資本都是他的，賺的錢不也是他的嗎？那時，上海才剛剛解放，誰都還沒有意識到，人民當家作主的國家是什麼意思。

不知為什麼，辦生化廠就像是一根刺，始終扎在李夜聲的心裡，疼痛卻拔不掉。也許是他心裡的不服輸？又或者是因為只有這個賺錢的管道是他所熟悉的，當然更重要的是他有一個化學家的弟弟。每次需要錢時，李夜聲就會想到辦生化廠。

很多年後，有反對他的人認為李夜聲開工廠是為了自己過奢侈的生活，其實那是完全不瞭解當時情況的一種妄斷。以李夜聲的家世、才能，特別是以他當時的名氣，即便要過極奢的生活，也無需自己來辦生化廠。一個人的生活能用掉多少錢？李夜聲需要錢，確確實實是為了事工，為了他心裡的異象。

但令人不解的是，上帝給了他負擔，給了他預見性的異象，卻似乎沒有為他預備好充足的經費。李夜聲就只能一次次地使用這條自己似乎熟悉的管道——辦生化廠，從他對屬靈事物的規律來看，他認為上帝應該祝福生化廠，但事實上卻不完全是。雖然生化廠解決了一次次事工的急需經費用項，但最後的虧損卻花費了他更多的精力，甚至是資金。

雖然幾經波折，李夜聲並沒有一絲一毫懷疑自己對屬靈事物的認知，他相信自己是摸得很準的。這個準確已經超越了神學，超越了對《聖經》神話語的理解，而進入了靈裡體驗性的認知。李夜聲在很多場合講過這種"靈"的知道，但他覺得說不清，別人也聽不懂。

李夜聲認為完全是因為生化廠有不信耶穌的人在作梗，所以經營不順利。現在上海生化已解散，可以完全由弟兄們自己來開工廠，只要在心思意念和生命中都潔淨了，在工廠的人員和目標上純粹了，就是向上帝絕對了，這樣神就沒有可能不祝福。

一次，他在福音書房樓上的編輯部辦公室，召集康慕靈、張茂良和他的化學家二弟等幾個人開會，商量如何開弟兄藥廠的事。當下除了他二弟，康慕靈和張茂良心裡都十分吃驚。康慕靈的吃驚是因為他主要是負責聚會處裡的教導和文字事工，從來沒有參與過李弟兄的生化廠事務。而張茂良的吃驚，當然是因為他在短短三年中，已經參與了上海生化廠和江西路掛牌的生化渝廠，兩次的失利風暴，剛剛為著一切的結束而讚美主，沒想到李弟兄又要辦生化廠。

廠址就租用膠州路上海生化的舊址，資金我來出，還是由教會的弟兄們頂名作股東，藥廠是為主的事工辦的，不是我個人的。李弟兄說。

張茂良知道老的上海生化廠也有許多頂名作股東的弟兄姊妹，所以對此他倒沒覺得不妥。

康弟兄來做經理。

我不行！我一直都是做屬靈上的事，沒有碰過社會上的事……怎麼會經營一個工廠。

康慕靈是公會牧師的兒子，自己長大成人後，可以說唯一做過的事就是傳道當牧師。進入聚會處系統後，聚會處反對有牧師的稱呼，說是《聖經》中沒有這個職份，但做的事其實還是一樣的。雖然他被外人稱為聚會處的外交家，專門負責聚會處與別的機構、教會和社會的關係，為人極為成熟穩重，但這些關係與在社會上開工廠子實在是毫不相干。

請你當這個總經理，就是要把弟兄藥廠這事當成一個屬靈的事來管，按照屬靈的原則。過去，過去……的失敗，不蒙主的保守，就是因為混雜了，辦成了世界的一個事務。

李弟兄只是寥寥數語就讓在坐的都仿佛是茅塞頓開，他們一邊點頭，一邊對他的靈裡的看見極為佩服。

化驗室的幾位有技術的化學師和藥劑師，我都將他們留在了上海，沒有隨老生化廠遷往東北，算是保存了技術力量。李弟兄的二弟李懷先說。

我和二弟研究了一下，弟兄藥廠的第一個產品就做肺病新藥"結核安"吧，他已經從國外購得了這個配方。

我，我管不來帳的。還是幹幹活跑跑腿吧。張茂良見一切似乎都決定了，心裡一邊壓住了半信半疑的許許多多問號，一邊想只要不管帳務，跟著幹活就不會有那麼大的壓力了。

李夜聲原本是打算讓張茂良繼續管財務的，一是他誠信可靠，二是他對前前後後生化廠的帳最瞭解。但他看著他時，不由地想起了張恩榮那垂在自己面前的一頭花白頭髮，心裡不由酸了一下。就說，好，那你就負責弟兄藥廠的採購銷售吧。

弟兄藥廠的營業執照也申請出來了，"結核安"生產出來了，衛生局也批准了，一切似乎都很順利。但就在他們心中都感謝上帝的祝福，並認為這次是行在了主的心意中時，新藥“結核安”投放市場後卻是沒有什麼銷路，報紙上竟然說這個肺病新藥毒性重，臨床試驗沒有把握，國人慎用。

雖然國外已有出品，並早就開始使用在臨床了，但無論張茂良他們跑斷腿，說破嘴皮，國內的醫院不肯進，醫生也不敢用。

李夜聲知道這情況後，他認為重要的不是產品如何，而是商標品牌。弟兄藥廠是新辦的，許多人不信任，而過去的上海生化卻是名牌，當初為“生化”兩個字曾經花了幾萬美金的廣告費，所以要想解決目前的困境，還是需要用“生化”這個牌子。李夜聲親自去了趟東北，說服了國營東北藥廠的龍廠長，由弟兄藥廠來租用“生化”的牌號出品。龍廠長同意了。

李夜聲從瀋陽回到上海後，馬上召集了康慕靈、張茂良他們開會，說是膠州路的上海生化藥廠可以重新開起來了。老生化廠的帳也不必清理，帳冊接下去做就行了。生化牌號的幾隻名藥仍可以生產。

於是，清靜停產多日的生化廠又熱鬧起來。“長效西林”、“愛美納真”、“滴滴涕”等藥又重新開始生產了。這次藥廠工人全部雇用信主的人。一批從青島聚會處來上海的青年弟兄姊妹，還有本地的和別省來的人。北京大學、上海交大等不少基督徒的技術人才也加入了其中。上海老生化廠搬遷時，未去東北的工人因為是熟手，也都又請了回來。

至此，僅僅一年，生化藥廠又死灰復燃了。


五一年底，政府開始“三反”運動，主要是針對國家機關和企業的“反貪污、反浪費、反官僚主義”。聚會處的基督徒們大多沒在國家機關和企業中任要職，所以和社會上的私營業主一樣，認為這個運動是政府內部的，是黨內的，與他們無關。

李夜聲卻似乎有某種預感，運動剛剛有點風聲，他就找來張茂良他們，讓弟兄藥廠的會計自查有沒有偷稅漏稅的地方，若有，趕緊向稅務局補交稅款。管財務的弟兄就說，弟兄藥廠剛成立不久，財務很簡單。李夜聲沉默了一會兒，抬眼看著張茂良，但他什麼都沒說。

那天，張茂良獨自回家時心裡開始忐忑起來。想想，他又不該有什麼不安，他管的帳目早就結清了，新開始的弟兄藥廠的帳目自己完全沒有插手。那麼李夜聲擔心的是什麼呢？他為什麼不說清楚？他看自己的那一眼又是什麼意思？

隨著“三反”運動的進行，沒多久報紙上就開始說，大量國家機關和企業中的貪污盜竊，是與不法私營資本家的行賄、偷稅漏稅、盜騙國家財產、偷工減料、盜竊國家經濟情報，這"五毒"行為密切相聯的。政府認為要徹底剷除政府中的"三害"，就必須反掉社會中的"五毒"。為此，五二年一月二十六日，中共中央發出了《關於在城市中限期展開大規模的堅決徹底的"五反"鬥爭的指示》，要求向違法資本家開展一場大規模的"五反"運動。就這樣，在私營資本家還事不關己地旁觀時，運動的火焰一下子燒向了他們。

那段時間，信徒中私營資本家最多的上海南陽路基督徒聚會處，仿佛一下子沒了宗教的圍牆，同時也沒了屬靈的圍牆，動盪不安起來。隨著局勢的驚人發展，驚恐甚至是絕望的情緒，從四面的破口刮進來、滲進來、席捲進來。雖然他們主日在南陽路新堂聚會時從不談外面的事，雖然他們用切切的禱告試圖為自己建一道牆，讓自己看不見也聽不見，上海這坐城市的大街小巷和弄堂裡正在發生的事，他們仍是無法避開那些不時傳入耳中的新聞，和不時意外遇上的自殺現場。

那天，張茂良一出家門，就聽到哈同路口上有點騷動。他趕過去一看，人群在圍觀一個剛從三層樓上跳下來的男人。這男人是一家麵粉廠的老闆，有點胖，很多年了都住在這裡，這幢臨街的小洋樓既是住家，也是談生意的辦公室。前幾天，曾見有公家的人進出，門口站了些工人。聽說只是要查一查，顯然是還沒查出什麼吧，人沒抓走，但守著大門的工人也沒撤。沒想到，胖老闆今天就從三樓上面的閣樓視窗爬出來，有人說是跳下來的，也有人說是摔下來的。

平時秀氣的小個子女人，總是一絲不亂地將頭髮盤在腦後，聽說是個山東大戶人家的小姐。她以前來過文德里聚會一兩次，解放了就沒再來過，她丈夫不信上帝，好像和政府家的人關係不錯，很積極的樣子。沒想到……

此刻，女人披頭散髮地坐在地上大哭，一口咬定丈夫是摔下來的。有個工人說反動資本家就是自絕於人民，以自殺來反抗人民政府，來破壞革命運動。她不敢回嘴，就更大聲地哭訴著丈夫是不小心摔下來的。

還敢不老實！好好在屋裡呆著，怎麼一不小心能掉到外面街上來？一個麵粉廠的工人，上前打了她一巴掌，打得並不重，卻帶了點不顯眼的調戲。

旁邊有個鄰里的女人好心地上前攔在她面前，對工人們解釋說，金老闆是個好人，不會自殺的。估計是想從閣樓窗子翻出來，想逃走，一滑腳摔下來的。他人胖，總是腿腳不……

她還沒說完，就被坐在地上的女人躍起來一把推開去。她用一對瞪成虎狼般神態的杏眼怒盯著她說，我家老金是革命的，是清白的，是跟著共產黨走的。他是經得起檢查的，為什麼要逃？

然後又返身跌坐在腦漿进裂的屍體旁，大哭起來。她並不解釋，只是一個勁地叫怨……

張茂良不忍心繼續看，穿過馬路，貼著街的另一邊匆匆走開去。他不知道上海這是怎麼了，人的生命好像突然就不值錢了。以前死個人還要在報上放個訃告，死前也總要在醫院裡來來回回好多次，現在卻變得突然而且隨意。

後來具統計，上海從五二年一月下旬到三月底僅僅二個多月中，因三反五反運動而自殺的人就達到了八百七十多人，平均每天的自殺人數幾乎在十人以上，其中有很多私營資本家是全家數口人一起自殺的。

三反五反運動的不斷擴大化，造成了大量工廠和商店的停工歇業，上海和其它工商業城市的工人大量失業。

張茂良到老都無法忘記自己最後一次見到李夜聲。那是五二年的早春二月。那天，李夜聲把張茂良他們幾個叫到江西路辦事處樓上，他的私人臥室內。屋內有點亂，和所有李夜聲住的地方一樣，屋角、桌上，甚至是床上都堆著各種中英文的書和期刊。

李夜聲顯得有些疲憊，眉頭深鎖，目光深得像漆黑的夜色，讓人完全看不清裡面的情形。他的一隻手扶在書桌前的籐椅椅背上，手背上有了縱橫細密的皺紋，皮膚不再飽滿地撐起，顯出力量，而是略略鬆軟地塌下來了。

張茂良看著這雙曾經多次抱過自己的手，突然有種溫暖和酸楚湧上來，他想到李弟兄也年近五十了。在聚會處三四萬的會眾心裡，李夜聲不僅是無所不能的，而且是沒有年齡的。但此刻，從小就在文德里長大的張茂良眼中，他似乎一夜間進入了時間，老了，不再是他心裡二十多年不變的神人——李弟兄。

那天，李夜聲用很平和的聲音，向他們交代如何應付五反檢查的事宜，並將賣高壓鍋所得的三十萬人民幣的用途一一告訴他們這幾個負責生化廠事務的同工。他們這才隱隱感到繼續沿用舊帳本這個圖一時便利的方式，讓上海生化廠成了蹲伏在暗處的一道魔咒。可他們誰都想不出究竟能有什麼危險？他們做的每件事都是坦坦蕩蕩的，是做在神 面前的。良心無虧又有什麼可憂慮的？

李夜聲的聲音和往常沒有什麼不同，臉上也仍一如以往的安靜，但大家卻仍是感受到了一種黑雲壓城的凝重，只是誰也不明白這凝重來自於哪裡，他們並不覺得生化廠具備這“五毒”中的哪一毒。他們希望李弟兄能明確指出，但他不說，他們也就習慣性地沉默了，不敢向他提出要求。

其實就算提了，李夜聲也未必能說明白。他若知道有什麼具體的隱患，有什麼毒可以清除或補救，他早就做了。他並不覺得做錯過什麼，但也不認為是可以經得起一查再查的。會查什麼？如何來查？以何標準？他和所有等著被查的私營老闆一樣，完全弄不清，他只是有一個靈裡的直覺，他們不會放過自己。但誰不會放過呢？是人？是政府？是這場運動？還是靈界爭戰中的撒旦？

當大家志忑地走出房門時，李夜聲特別讓張茂良留下來。隨後他交代張茂良將保留著的過去生化渝廠的帳冊，從江西路辦事處移到工廠倉庫裡去。

張茂良什麼也沒問，他答應後，轉身拉開了並未關嚴的門。卻見辦事員正好在門外，他匆匆從他身邊過去，走進屋去找李弟兄。

## 4

中國這次的三反五反運動是在五一年末，始于東北地區。因此東北也一直走在運動的領先地位。二月上旬，東北藥廠開始了五反運動。

從上海北遷到瀋陽的原生化藥廠管理人員揭發李夜聲，說他將經營不善的上海生化藥廠扔給國家，強行解散和北遷工人和職員；並且他沒有清理帳目，反而又在老廠址上再辦弟兄生化藥廠，全部由聚會處的基督徒掌管；他藉口要還美金借款，以高價將高壓鍋賣給國營東北藥廠後，並沒有以美金還款，而是用所得款買化工原料，分別在上海、武漢開化工廠、藥廠、顏料廠，並將多餘的款項在銀行開了許多戶頭……

這些行動都被定性為嚴重盜竊國家資財罪。於是，東北瀋陽公安局就派人到上海將李夜聲押往東北藥廠審查、批鬥。

文德里聚會處早已經搬到了南陽路，張恩榮、李如是、王慕真等仍然住在文德里，聚會處的人只有他們幾個知道李夜聲去了東北，但也不清楚去做什麼，以及那邊的情況。公安是在火車上正式逮捕李夜聲的。

還沒等張茂良他們弄清情況，七月，五反檢查隊就衝進了江西路辦事處搜查。這個五反檢查組的成員組成很特殊，是由上海衛生局、東北藥廠、上海公安局、稅務局，和上海宗教事務局組成的。當張茂良看到宗教事務局的人時，他詫異的同時就想到，這次的行動估計不是純粹的五反，而是意在教會。

他們幾個高級職員都不准回家，一個人一間屋，分開審訊，個別交代。檢查隊讓他們交代李夜聲和生化廠的問題，張茂良他們都表示並不清楚李夜聲的經濟情況，而這也是事實。檢查組向張茂良要的主要是生化渝廠的帳目，他想到李夜聲特別的交代，也想到那帳目上確實有些不合規範的地方，就堅持說交給了香港股東，李夜聲的內弟拿去查帳了。檢查組不相信，但也找不到，便嚴厲地威脅他說"抗拒從嚴，坦白從寬"。

"發動群眾鬥群眾"這一運動策略，實在是深知人心黑暗的"高段位"招術。檢查隊說這些高級職員要歸隊，就讓他們回到膠州路的生化廠裡參加運動。那時，廠裡的工人基本上都是聚會處的基督徒，互相稱作弟兄。他們就發動弟兄們起來控訴李夜聲，也要檢舉揭發張茂良等經理和管理層的高級職員。檢查員還替工人們算出了一筆賬，來讓工人們知道他們受了多大的剝削。

面對這筆賬，互稱弟兄的工人們就突然懵了，原來是感謝工廠和李弟兄給他們生計，現在才發現自己竟然創造了這麼高的產值，而所得到的工資只有這麼一點。於是，他們就看清了資本家和狗腿子們的"本質"，加上檢查隊對李夜聲奢華生活的渲染，對高級職員"不勞而獲"的揭露，工人們便如夢方醒。轟轟烈烈的批鬥會上，口號聲雖然還不夠響亮，但人心裡已經失去了平衡，鳴響著不平、怨忿的呼聲。雖然還沒有人敢站起來控訴李夜聲，但有兩個讀了不少《聖經》的弟兄就站起來，批判他們這些管理的人，是像《聖經》裡聖職服侍上帝的利未人，卻拿起刀來殺自己的兄弟。

張茂良他們被關在一個房間裡進行交待。一天，他在心裡悄悄禱告時，突然感到自己應該交待帳簿放在倉庫裡，而不該撒謊。他就跑到檢察隊那裡說了這事，他們卻陰冷地看著他說，不用他交待，他們已經知道了。張茂良心中就閃過了那天辦事員的身影，會是他告發的？但這個並不能幹、也沒技術的辦事員，是李夜聲因為心痛他生白血病的孩子，而執意招他來的，並且給了他超過工人的工資。

張茂良因為沒有一早就交待，還是被定為抗拒運動，說他是李夜聲的狗腿子，是與人民和政府為敵的頑固分子，但他還是自動交待了，所以免了皮肉之苦。

檢查隊查帳，就查到"美金借款"的帳號，還有空設人頭的工資單。他們要張茂良交待說這是偷竊國家資產的行為，之後，更是逼著他們幾個管賬的簽字，說從香港進來的錢款是來自帝國主義的、是給教會的錢。

張茂良這才確定檢查隊表面上是查弟兄生化廠，實質上是要查有沒有帝國主義的錢進到聚會處，這就是為什麼五反檢查隊裡有宗教局的人。

新中國成立不久，就要求教會完全斷絕與帝國主義的關係，驅逐外國宣教士，收回西方教會和宣教士在中國建的醫院和學校。政府曾要求教會填報接受帝國主義津貼的數目，聚會處一直是反對西方公會和差會的，所以就說他們教會是自養的，沒有接受帝國主義的錢。

但政府認為聚會處很有錢，否則怎麼能建南陽路大禮拜堂？他們不相信這些錢是中國信徒捐的。他們要借著五反運動，從生化的賬裡查出有沒有從香港進來的，帝國主義的錢，經過生化進到教會。他們要從生化打開缺口，否定聚會處一直是自理、自傳、自養的說法。

張茂良他們當然不肯簽字承認說這是帝國主義的錢，因為事實上這就是李夜聲向香港富商借的錢，而且在香港就購成了原料，並沒現金進入上海。因為需要還美金，所以開的美金帳戶。雖然他們還不能明白檢查隊為什麼要這樣做，但他們一個都不肯違背良心說謊話。張茂良越想越覺得事情詭異，他看不清下一步會有怎樣的陷阱，便違反檢查隊規定，將此事告訴了父親張恩榮。

父親覺得事關教會，便請來了曾住過他們家一段時間的康慕靈長老，再說康長老本來就算是弟兄化工廠的總經理，但不知是不是因為他平時並不過問廠裡的事，或是因為他早前已經任命了張茂良代理經理之職，這次檢查隊並沒有找他來簽字和交代。

過了一天，康長老就讓張茂良他們幾個生化廠的高級職員到他家裡去，詳細詢問這事。其中一位就說他昨天去了和平飯店，參加民主評議會，他在會上反應五反檢查隊強迫高級職員簽字的事，受到了政府同志的鼓勵。

大家聽了，有的人認為這是檢查隊的工作偏差，應該不是政府有意針對教會，可以去反映、上告。於是，大家推舉張茂良，明天以生化廠經理的身份再去和平飯店反應這事。康長老也認為，人民的政府為人民，高級職員不是資本家，也是人民，政府是會管的。何況憲法上寫明瞭宗教自由，這次五反只是針對違法的資本家，應該與教會無關。

走出康家的小樓，張茂良心裡忐忑不安，他想想大家說的話都對，他把這些話又對自己說了幾遍。但一種莫名其妙的不平安，就像這夜色般摸不著，又散不去……


第二天一早，張茂良沿著銅仁路走，太陽已經升到頭上坐定了，晨曦濕潤的馨香卻還絲絲縷縷地滲在已經發白的空氣裡。張茂良用力地呼了幾口，好像是人生第一次品嘗到這晨曦的滋味，他突然就有了一種難捨的心，回頭向文德里的方向看了一眼。

他向右轉彎到了北京西路，準備乘電車到和平飯店去。突然有人從身後拍了拍他的肩。他轉頭看時，一輛轎車滑到他的身邊，車頭向路邊微微一斜就擋住了他的去路。身後那人是檢查隊裡的一個，沒和他說過話，所以他也不記得他是誰，他叫張茂良進車去談談。上了車，後座還坐了一個人，就給他看了一下逮捕證，白紙上有些字，還有一個紅圈的章。張茂良沒看清，就伸手想接過來細看，他卻收回了紙，一臉不屑地甚至哼了一聲，對方熟練地將一隻手銬銬在張茂良伸出來的手上，然後把他另一隻手也拉起來銬上。

張茂良是五二年十月十日這天被逮捕的，汽車直接開到了盧灣區建國西路的華東公安部。華東公安部比上海公安局級別高，管的不光是上海，而是整個華東地區，並且完全由解放軍管。車開到華東公安部後，立刻是三天三夜不准睡覺的疲勞審訊。一排寫字臺後面坐著三個審訊員，一個主審，一個陪審，一個記錄員。

主審的人一口東北口音，他說自己是東北公安部來的。那人聲音不高，但雙眼極為厲害，好像是一個天生的審判者，他一言不發地盯著張茂良看，在他雙眼的逼視下，他就忍不住戰戰兢兢地把自己跟著李夜聲，在生化廠裡做的一切又想了一遍。憑心而論，是有一些手續和處理的方法經不得公開檢查，但那都是為了教會和弟兄姊妹的需要，而且絕對不是偷竊國家財產。於是，張茂良決心什麼也不說。

你知道這裡是什麼地方？

我不知道。

你在外面要民主，在這裡就是要對你專政！

主審員停了停，觀察著張茂良的表情，但他臉上並沒有他希望看到的驚慌和恐懼，這讓他心中暗暗發怒。但他的聲音卻一點也沒提高，語速也仍是平穩、冷漠，帶著一種權威性，繼續說：

李夜聲的路走直了，而你的路走彎了。你知道是誰批准逮捕你的？是潘漢年。

潘漢年當時是上海市副市長，張茂良知道他是領導三反五反運動的。既然是他批捕的，那就意味著案情重大，無可翻案了。

但張茂良此刻在意的卻不是這個，他被"李夜聲的路走直了"這句話震驚，並抓住了。什麼意思？是李弟兄認了罪？配合交待得好？但若是這樣，為什麼還要審自己，自己只是按他的要求做事。"路走直了"究竟是什麼意思呢？

現在要你交待李夜聲經濟的來龍去脈。

聽他這麼說，張茂良的心又放平了，想來李弟兄並沒有配合他們交待所有的事，若是交待了，就不用來問他了。

他經濟的來龍去脈我不清楚。

張茂良這樣說的時候也不完全是出於維護李弟兄，雖然他想到自己與神人般的李弟兄可以同受牢獄之苦，心裡湧出一種熱烈的興奮，覺得這是在"為主受苦"，但其實他也確實不清楚李夜聲經濟的來龍去脈。他暗自想了想，估計沒有一個人清楚李弟兄經濟的來龍去脈，只有神知道。而自己就算是知道得比較多的，可見李弟兄對自己的信任。這樣想著，他在心中更是決心至死也不能背叛他。

雖然張茂良決心不能背叛信任他的李夜聲，但作為基督徒他也不能撒謊。經過三天三夜密集的、昏天黑地的審訊，最後一天，那個東北口音的主審員給他看了李夜聲交待的一大疊材料。張茂良困得腦子都難轉動，但他也沒有非常吃驚，他認為李弟兄這樣的人當然也是不會說謊的，實事求是地向政府說明一切，政府也不會枉加罪名。於是，他就把自己經手的，生化渝廠和弟兄生化廠的帳目問題一一寫清楚，這一寫沒想到竟然寫了幾個禮拜。

張茂良認為自己只是寫明事實，何況這些事李弟兄已經交待了，所以自己這樣做沒有違背一個基督徒的良心，沒有背叛上帝，也沒有背叛李弟兄。但他並不知道父親張恩榮卻在教會中因為他，而承受著極大的壓力。政府拿著他的"認罪書"，進一步發動工廠裡的工人來揭發控訴李夜聲，因為這些工人都是聚會處的，所以南陽路教會裡的弟兄姊妹們，很快就都知道張茂良因為做假賬而被逮捕。

那時大家都還很維護李夜聲，所以議論和傳話時都儘量避免提及他，張茂良反倒成了最遭鄙視的人，甚至有人說是他做假賬，連累了李弟兄，現在又背叛、陷害他。一時間，風言風語，雖沒有人敢當面責備聚會處的元老，張恩榮老弟兄，但弟兄姐妹們看他的眼神就如同萬箭穿他的心。

張恩榮仍是天天忙著教會的事，無論是禱告會還是主日聚會，他都參加。兒子的被捕、交待、和大家的流言，他仿佛都無動於衷。即便在家中，面對不停哭泣、甚至不願走出門去的妻子，他也只是說：兒子是上帝的，我們只是替上帝養大他。他究竟做了什麼，為了什麼，上帝都知道！我們父母不知道，也不必知道。我們只要自己對得起主就好了。

六十多歲的他在那些日子裡始終沒有流一滴淚，事實上也沒有一個角落可以供他流淚。而他木雕般平靜的面容上，不知不覺地增添了許多深深的皺紋，仿佛是這木雕突然乾裂了。

張茂良終於離開了審訊處，被關進看守所，可以閉眼睡覺了。晚上，他習慣地跪下禱告，被站在鐵門外看守的解放軍戰士喝止：

你這是做什麼？站起來。在這裡不許搞這一套。

他站起來，屋裡並沒有床，被子就鋪在紅漆地板上。他只好坐在地板上，閉上眼睛剛想默默禱告一下睡覺，解放軍又喝道：

眼睛睜開，不准搞迷信活動。

張茂良那晚是第一次睜著眼睛禱告的。從小父母教他禱告時都是閉上眼睛的，雖然誰也沒有告訴過他為什麼禱告一定要閉著眼睛，但在教會長大的他看大人們都是閉著眼睛的，也就有樣學樣了。

那晚他睜著眼睛禱告時，屋裡沒什麼東西可以盯著，沒有《聖經》也沒有基督畫像或是十字架，除了自己的鋪蓋就是地板。但那晚，監房中昏暗燈光下的紅漆地板在他眼裡突然成了一地的鮮血，靈魂中似乎有個聲音在對他說話。

等他能聽清那聲音時，那聲音在說：

你是個交出來的人，但你在結婚的事上鋪張浪費。

他能感受到這是主在對自己說話，但這種時候，他等待的是上帝溫柔的關愛、撫慰，或是信心的激勵，萬沒想到主會提結婚的事。

四九年秋天，張茂良和妻子結婚時，南陽路會所已經落成。因為女方的親戚朋友多，教會裡的弟兄姊妹也多，並且都送禮，就必須有個像樣的婚宴來還禮。張茂良就前後請了二次客，辦了二十幾桌酒席。當時父親張恩榮很反對，但張茂良覺得女方家是大家族，很有錢。自己婚禮若辦得差一點，他們家就看不起自己。而他畢竟也是個藥廠經理，總得辦得體面一點。當時父親責備他這是愛面子、出風頭。

現在，在這看守所裡，上帝竟然讓他想起這事。

心裡的聲音又對他說，你在外面住洋房，睡紅木床，現在讓你住看守所，睡地板了。

張茂良心裡卻無力辯解，更無力抗議。雖然他還是覺得慈愛的上帝不該在看守所裡來光照他、責備他，但仿佛是流滿鮮血的地板，讓他說不出話來，只有一首古老的聖詩，輕輕地、時斷時續地在他心中迴旋。

你孤單嗎真孤單嗎　　耶穌比你更孤單
他曾降生成為人子　　受盡凌辱和棄嫌
他曾孤單在城裡面　　曾孤單在山野間
未見一人予他同情　　試想他心何淒慘

你困倦嗎常困倦嗎　　耶穌比你更困倦
他曾經歷一切苦難　　背十架往加略山
他曾困倦在那晚間　　他曾困倦不能眠
大聲祈禱汗如血點　　跪在客西馬尼園

你貧窮嗎真貧窮嗎　　耶穌比你更貧窮

飛鳥有巢狐狸有洞　　惟有他常奔西東
從未安身走遍鄉城　　宣傳天道人不聽
想他生在客店馬棚　　葬在他人墳墓中

你擔重嗎真擔重嗎　　耶穌比你擔更重
他能擔當你我憂傷　　安慰你我苦心腸
他曾親身背負重擔　　他曾戴過荊棘冕
十字架上他曾被懸　　為救你我到父前

　　那一夜，張茂良始終坐在鋪蓋上，他也不知道是睡著了還是醒著，但這首歌無數遍地迴旋著，一刻也沒間斷。在這旋律裡，他一遍又一遍地想著耶穌的一生，他好像是透過一片紅紅的血色在看著他，看著他的眼睛，也看著他的背影。他的心就沒了一點點要與上帝評理的勁頭，而是俯伏在這溫情的歌聲中，一邊哭泣一邊像被重生般地透亮起來。

　　生化廠的問題交代清楚後，在看守所裡的審訊主要都是問張茂良有關教會的事，特別是解放前夕的"交出來"運動和"移民"運動。這樣經過兩年半的時間，最後，審訊員終於說，現在要根據你的態度給你處理。你現在對"交出來"怎麼看？

　　張茂良說，我那時把全部身外之物都交出來了，合起來差不多有兩根金條，但我不是交出來給李弟兄的，我是交出來給上帝的。

　　審訊員聽了很生氣，他說，給你這麼長的時間考慮，到現在你的覺悟還沒有提高。

　　回到監房後，張茂良的心裡卻越來越平靜，他想自己也許是要將這牢坐到底了。他想到被捕時結婚才三年的妻子，還有二歲的女兒和僅幾個月的兒子，但他想上帝是會替他照顧他們的，就像照顧坐牢的自己一樣。他心裡有種莫名其妙的平安，想急都急不起來。

　　華東公安部的看守所跟上海第一、第二看守所不同，住的房間寬敞，吃白米飯，一星期還吃三頓肉。張茂良因為心裡輕鬆，人反而一天天胖了起來，帶進來的衣服都穿不下了，只好要求家裡送新的來。管理的人就懷疑他是得了病，有一天把他提出監房來檢查，用手指捺他的臉和手，看他是腫，還是胖。發現他真的是胖了，而不是浮腫，就嘀咕說，沒見有人關在這裡關胖的呢！

　　這樣，又關了一個月，法官的宣判才來，判張茂良三年徒刑。但其實他已經坐了二年半的牢，所以又過了幾個月，他就被放出去了。回到家，母親喜極而泣，弄來好多東西讓他吃，他笑著說，已經太胖了，不能再吃。

父親在旁說了一句，你不像是從監獄出來的，倒像是從療養院出來的。你身上一點沒有火燎的氣味。

張茂良卻高高興興地感恩說，這是上帝的恩典。舊約《但以理》書中，說到沙得拉、米煞、亞伯尼歌三個因為不肯拜國王立的金像，被扔到火窯裡。上帝卻行神跡使他們活著從火窯裡出來，而且身體、頭髮沒有燒焦，衣裳也沒有變色，並且沒有火燎的氣味。自己的經歷也是如此。

父親張恩榮聽著，動了容。那夜，他久久地跪在上帝面前，聽著兒子從隔壁傳來的鼾聲，流著淚感謝上帝。那夜，他真知道，上帝才是自己兒子真正的阿爸父，他比自己懂他，也比自己愛他，更比自己能改變他。

教會中的弟兄姊妹看到張茂良這樣又白又胖，大部分都是滿心感謝神，將榮耀歸給神的，但也有人旁觀著卻神情複雜。張茂良出獄後，原本被安排在福音書房謄寫要交給區宗教局的學習材料。後來李夜聲的妻子和姐姐都說，他被那麼快放出來，一定有政治任務，李如是他們就不讓他再寫了，也沒有再給他安排教會裡的服事。

張茂良沒有工作，一家四口住在父親家裡。他在獄中時，妻子的母親賣了一套房子，給女兒錢幫他們渡過了這三年，現在眼看錢就用完了，再找不到工作，他們這個小家和父母姐姐的大家都將日子無以為繼。

張恩榮卻仍是只向神說，不向人求，也是因為他覺得向人求也沒用。

從小看著他長大的教會裡的一個年長弟兄知道了這情況，就讓張茂良去自己開的廠子裡當了臨時會計。

## 5

五六年一月二十九日晚，幾個公安衝入了張恩榮的家，宣佈李夜聲反革命集團已經被破獲，李如是、王慕真、黃愚志等都被捕了。張恩榮有記日記的習慣，他保留了這幾十年的日記，一本不少。他沒有燒毀這些，他認為基督徒是應該行在光中的，自問自己沒有做過一件虧心事，對得起神，也對得起人。他交出了所有的日記，他們沒有帶走他，只是不准他離開家，隨時等待傳問。

可能是日記記得很清楚，與兒子張茂良在獄中的供述也吻合，不久，政府發還了所有的日記本，並且沒有逮捕張家父子。對此，張茂良卻很不開心，因為他一心盼著像李如是他們那樣被逮捕。他覺得上次坐監，因為做假賬的事在人前很蒙羞辱，這次總算可以堂堂正正地為主坐監，甚至殉道了。

他做好了一切準備，政府這次卻不想逮捕他。

他在上帝面前禱告的時候很難過，問他為什麼不肯除去自己的羞恥，是不是覺得自己不配。

五二年生化廠檢查隊的隊長，五六年又成了南陽路基督徒聚會處肅清反革命運動的工作隊隊長。可見生化的五反運動，就是教會肅反運動的前奏，政府是要從經濟方面打開缺口。

張茂良更是覺得這次自己不能被捕，等於就證實了別人在背後對他的議論。他跑去對肅清運動隊長說，我是一個反革命，我有反革命的罪行。我請求你們為人民除害，將我逮捕。

政府要教育你，改造你。你這種表示證明你每一個細胞裡都充滿了帝國主義的毒素，只要你肯將毒素除掉，你還是一個善良的人民。

隊長說這些話時，隱隱地透出不耐煩，眼睛都沒有認真看著張茂良。張茂良鬱悶地回了家，當他向父親說這一切時，年近七十的張恩榮平靜地看著兒子，淡淡地說：

主知道就行了。

二月一號，《解放日報》登載了反革命分子李夜聲的罪行，看著那些白紙黑字，張茂良開始懷疑自己是不是愚忠。許多事是他不知道的，他就去問父親，父親病在床上，看了他遞給他的報紙，仍只是淡淡地三個字：主知道。

父親這樣說，張茂良就認為這些罪行必不是空穴來風，若是假的，父親一定會反駁，於是他開始氣憤起來。但對於李如是和從小教他讀《聖經》的王孃孃，他還是無法相信她們也是反革命分子。當看見徐聞音他們幾個上臺控訴，並且這些控訴登在報紙上時，他心裡想，這些人這麼快就變了節，賣主賣友了，之前還說我是背叛者。

那時，張家父子和其他的教會裡的同工等七八十人，都被關在南陽路教堂裡脫產學習，交待問題、檢舉揭發、轉變思想，思想轉不過來的，就被個別幫助。每個人都不知道明天會不會被抓，會不會連家人的面都見不到就轉送進哪個看守所或監獄。

參觀李夜聲反革命分子罪證展覽會時，張茂良對李夜聲的罪行已經是毫不懷疑了，等聽到李如是和王慕真自己承認自己是反革命，他心中就絕望得如同從冰雪的懸崖上掉了下來，掉進黑黑的冰封的深潭中，一直地墜下去。那晚，他求主讓自己死掉，或者就讓這一切成為一個夢。

可是，他醒來了，這一切卻不是一個夢。

他那天早上翻開《聖經》看，看到一句話，“不要作糊塗人，要明白主的旨意如何。”就恍惚覺得自己清醒了，那一刻，他仿佛看見了審判台，看見了上帝聖潔、公義的威嚴。他想，上帝是恨惡罪的，並且是要顯明和審判罪惡。他在上帝火焰般的目光中顫慄。

張茂良對上帝審判的敬畏，和對罪的恨惡，全部指向了李夜聲，這個過去被他當做神的代言者的人。他後悔五二年沒有好好揭發他，讓自己白白坐了三年牢。二月十一日，工作隊隊長放大家回去過年。並對他們說，政府絕對不干涉他們的宗教信仰，而是要肅清教會中隱藏的反革命分子，讓教會更加純潔。

張茂良做夢都沒想到政府會信任自己，放自己回去過年。大年三十的晚上，他對父親張恩榮說，從這次的親身體會中，他認識到政府實在是在貫徹宗教信仰自由的政策，的確沒有一絲一毫的意思來搞垮教會，破壞信仰。由此看來，反革命分子李夜聲他們散佈謠言，說共產黨雖然不藉武力來消滅宗教，但他們要將教會內部搞垮，讓教會只剩一個外殼，失去裡面的見證，這實在是個謊言。這是要讓我們這些真正信基督的人，成為他們一小撮反革命反子的陪綁人。

他見父親一言不發地看著自己，目光中越來越冷，嘴裡還是只吐出三個字：主知道！然後就上了床，翻身面向牆，躺著不再理他。張茂良的心裡就真是起了怒，心想這老頭怎麼就是死忠那個李夜聲呢？這不是崇拜人、崇拜偶像嗎？

張茂良提高了聲音，大聲地在父親背後嚷著說：

你這是跟從人，不跟從神！你的偶像就是李夜聲，但他騙了你，他騙了所有的人！他做了這麼多的壞事，私德這麼墮落、敗壞，有的你還知道，但你卻仍昧著良心包庇他。你不知道上帝是最恨惡罪的嗎？你不敬畏上帝嗎？我是決不肯和這些反革命分子一樣，成為祖國的叛徒、人民的敵人……

父親沒有再回過頭來看他一眼，張茂良因此心裡就有點忐忑，夜裡他向神禱告，想讓神為他印證一下這個"覺醒"是不是對的，上帝卻沉默無言。上帝沉默著，他的心卻沉默不了，一個又一個的質問，怒氣衝衝地在他四周奔走呼叫。

今天這些反革命分子的罪行被揭發，難道不正是上帝出來審判罪惡？

這難道不是神聽了我們多年以來復興教會的禱告，將這一批罪大惡極的人從我們當中趕出去？

這些人天天講權柄，壓在我們弟兄姐妹頭上，這些私德敗壞的人難道不是封建、帝國主義的代表，而是神的權柄？

神的僕人怎麼可能背叛祖國、與人民為敵？

難道自己走到今天，還捨不得和這批反革命分子劃清界線嗎？

......

太陽還沒升起來，張茂良就徹底想通了，整個的思想都轉變了過來。他就起來寫控訴材料。一邊寫著，一邊心裡就很喜樂，因為終於覺得自己和共產黨之間的距離沒有了，自己終於站到了政府這一邊。他覺得上帝也終於和政府是一邊的了，這個矛盾一消失，自己就可以在欣欣向榮的新中國大幹一番了，可以好好愛人民政府也可以好好愛國了。

張恩榮從那天之後都一直躺在床上，請了醫生來看，也看不出病因，只說是人老了，老人過冬總是危險的，要好好調養。沒到正月十五，他就過世了，他一直沒有再看兒子一眼。

張茂良為父親辦了喪事，他問母親，父親有沒有留下什麼遺言，他心裡真是希望父親臨走之前能醒悟過來。母親說，她只聽到他向上帝的最後一句禱告，主啊，這孩子是你的。

張茂良認為是李夜聲反革命分子們害死了老父親，而自己也已經五十多歲，一生大半輩子幾乎也就斷送在了這場騙局中。他對反革命集團產生了無比的憤恨，他在控訴大會上說：

我終於認清了這批反革命分子是非常狡猾的，他們非常巧妙地披著宗教外衣，如果不是經過這一次的揭發，我們就會被蒙蔽到死還以為自己是在那裡事奉神。同時，我對於自己因著受蒙蔽、被利用，給其他信徒的毒害有了深刻的認識。我看見了我已往一切做的、說的，不只得罪了政府，也得罪了人民，更是得罪了神。為了一切的罪惡，我痛哭、憤恨、懊悔！我要向神承認我的罪，我也向政府誠懇地認了我一切的罪行。

......

張茂良得到了政府的寬大處理，他心裡非常感謝神，他認為自己是行在上帝旨意中的。他不僅沒有覺得自己得罪神，反而自己感覺與神的交通更親密了，讀經更有亮光了，內心更輕鬆愉快了。他的身心一下子都輕鬆起來，他認為這是來自聖靈的喜樂與平安，他的整個思想、情感都起了變化。他不再害怕政府，他與工作隊的同志無話不談，無事不說。他把他所知道的，有關反革命集團的事，都毫無保留地向政府坦白交待了。甚至不斷禱告，求主讓他能想起許多混亂或已經模糊的記憶。他在教會做見證說，上帝行了神跡，讓他記起許多原本想不起來，和記不清楚的事。

五六年四月，德高望重的于長老從監獄送至醫院的當晚就死了。這位曾在他們家住過，極為和善的醫生長老，也給小茂良看過許多次病。知道了他的死訊，母親在屋裡偷偷地哭泣，張茂良卻憤憤地說，這是又一個向李夜聲愚忠的人，到死都沒醒悟。

那晚，一直柔弱，且寵愛這個兒子的母親，伸手狠狠地打了兒子一個耳光。兒子沒有還手，他覺得自己能理解母親的婦人之心。

教會因為原來的十大長老只剩下任崇心和康慕靈還在監外，所以需要重新增補幾位元長老。張茂良被提了名，但雖然他的思想轉變得好，揭發、控訴也有功，但因為做假賬被判過刑，所以在教會外沒有好名聲，最後決定他增補為助理長老。政府稱蕭反後的教會為新生的教會，可惜這新生的教會和新生的長老、助理長老的領導班子只存在了兩年。

到五八年秋，南陽路基督徒聚會處被合併到陝西北路的懷恩堂，同時合併的還有其他十九個宗派的禮拜堂，成立了“聯合禮拜”。李夜聲一直執著於一個城市一個教會，不分宗派，但他並沒能實現。人民政府卻將這事做成了，但政府沒有允許占地近五畝，建築面積二千二百多平方米，至少可容納三千人的南陽路聚會處做聯合聚會的禮拜堂，而是選擇了相對較小的，最多容納二千人的懷恩堂。好在已經沒有多少人還來聚會了，所以座位就綽綽有餘。

南陽路這所完全由中國基督徒捐款修建的，上海最大的禮拜堂，被政府佔用做了新安會堂。七六年，被改建為靜安體育館。裡面的三層小洋樓住進了許多戶居民，後來又被美容院、餐廳佔用。六六年到七九年，中國所有宗教活動均被列為“四舊”而被禁止，信徒遭受歧視和迫害。八十年代，康慕靈等人恢復上海地方教會的聚會後，曾多次向有關部門要求落實政策歸還南陽路的教產，但終未成功，直到他去世。

## 6

張家父子的故事我並不是一個晚上就聽完的，斷斷續續地聽張茂良老人講了近一個月，每次我們都約在聖地雅哥的那個海邊。

最後一次他講完時，我們都沉默了，似乎不敢相信這些事那麼快就能講完。我心裡有很多的問號，有很多的想法，但面對著年近八十的老人，面對著夕陽下的大海，我無法說出口。

就在我倆告別了一次，又告別了一次，終於站起來，遠處來接他的孫子已經推著輪椅走過來時，我突然對著老人寬寬的後背問了一句：

那現在您怎麼看李夜聲？我遲疑了一下，又加了一句。怎麼看您自己？

老人沒有轉過頭來，他臉轉向大海，沉默了一會說：

那些人都過去了，那些事也過去了，那個時代也過去了……那塊土地都遠了……現在，對於一個八十歲的老人，最重要的只有永生。

老人坐上輪椅，被孫子推著走向停車場，越走越遠。我感到海風開始變涼了，濕濕地向後背撲來。我狠了狠心，跨前一步問道：

您覺得您是對了？還是錯了？

話一出口，我就後悔了，我有什麼資格來問他呢？真希望海風淹沒了這句話，希望他沒有聽見，我的聲音並不大……老人的耳朵應該不靈了……

老人卻在輪椅上轉過身來，我真真切切地看見了他孩子般燦爛的笑容，他說：

主知道！

# 才子的生死

在聽八十歲的張茂良回顧那些事、那些人時，我記住了一個人，就是康慕靈。雖然他每次提到他，總是一閃而過，但我還是感受到了他對於他的少年式的崇拜。可是，對這個在他一生中的幾個重要環節都起了決定作用的人，他卻不肯多一點描述，即使我追問，他也只當沒聽見，不肯給我講講他的故事。

從歷史資料中我知道康慕靈是個了不得的才子，文學和音樂的修養都很高，但對於這個才子的一生，正史、野史、官方、地下的評價卻都不一樣，而且閃爍其詞。這人的面目就在我心裡忽而清晰、忽而模糊起來。雖然張茂良說“那些人都過去了”，但在我心裡，這個才子卻過不去。何況他活到了九十年代，那時我應該正在上海和北京寫著詩句亂飄，可惜卻沒見過他。

多年以來，我一直在收集李夜聲的故事，康慕靈總是如影隨行地在白紙黑字間浮浮沉沉，許多事與他有關，但又好像只是與他的名字有關。作為才子的他對我有著極大的吸引力，我渴望能直接面對這個人，而不是透過李夜聲和他的事。

去年，我遇到了兩個人，一個是從上海到美國來讀神學院的年輕傳道人，說年輕，其實只是相對這段“歷史”而言。他認識這故事中的許多人，並從小跟著他們長大，最後看著他們回天家。他讓我資料中的人都一個個地活了。前後七次採訪他之後，那些原本活在我精神世界裡的人，就一步跨了出來，有血有肉、又哭又笑地出沒在我面前，不分白天和黑夜，也讓我難分是夢非夢。

當他說到康慕靈時，他的眼睛是發亮的，他和張茂良一樣，面孔上散發著少年人癡迷的傾慕，他說他這一輩子都沒見過像康慕靈那樣講道的人，他是那樣地才華橫溢、儀表堂堂，並且他的每個姿勢都流露出敬虔與謙卑。他寫的讚美詩歌至今流傳，讓無數信徒感動流淚……他說著，就忍不住唱起了他的歌：

> 咒詛他受，祝福我享，苦杯他飲，愛筵我嘗。
> 如此恩愛，蓋世無雙，我的心哪，永志不忘。
>
> 看哪神子，身釘十架，代我罪人，備受刑罰。
> 以血以命，作我贖價，神人和好，稱神阿爸。
>
> 並非因我，有何特長，也非因我，脫離死亡。
> 願獻此生，全歸我主，任他支配，是我所慕。
>
> 主愛激勵，主愛催促，我的心哪，惟有順服。

他唱著，他哭了。我聽著，我哭了。

那一刻，我們都被這首詩歌的詞和旋律帶到了自己的心中，帶到了替罪羔羊的面前，也帶到了寫這詩歌的年輕的康慕靈心中。那一刻，唱的、聽的、寫的，我們向著上帝的心是完全的，誰能否認這一刻的完全呢？有什麼能隔絕基督的愛呢？時空的變遷，命運的波折，人性的軟弱……

然後，他向我說起了他的一生。

詩歌的旋律仍在我的心中、耳邊迴旋，在這個背景下，聽康慕靈的一生，聽他的跟隨與背叛，聽他的執著與妥協……

當我聽到康慕靈人生的最後八年是癱在床上度過時，我的震驚、憤怒、質疑和分析……也都一同癱了下來，癱在十字架的蔭下，不能起來。

哦，上帝啊，面對真實的人生，除了你，誰能評判？

他是一個叛教者嗎？

我想問，卻已經無法問出口。但他卻彷彿聽見了，他掙扎著抬起頭來，看著我說：

他……他是被他的學生任崇心利用了！

他的語氣努力地堅定著，但他的眼神卻猶豫了，掠過我的注視，飄向遠處。

258

## 1

康慕靈是蘇州人，出生在一個牧師家庭，從小就接受了西式教育，對文學和音樂有特別的愛好。二十年代末，他從東吳大學畢業，就開始在上海的一個中學執教。他彈得一手好鋼琴，會用江南人中極少有的標準普通話講課，並且用中英雙語朗誦那些美妙而聖潔的西方聖徒詩歌。

於是，這個年輕的才子教師就成了青年學生的偶像，在他的學生中有好幾位都跟隨他進入了文德里，成了上海聚會處的重要同工，甚至是長老、負責弟兄。其中有一個學生就是任崇心，他原本並不在康慕靈所教的中學讀書，但他是康慕靈的弟子黃愚志的好朋友，也是遠房表兄弟。

康慕靈和黃愚志的父親都是公會的牧師，中國公會的牧師由西方總會發工資，所以他們父母家的生活很穩定，基本上屬於小康，兩個人都蒙了上帝的呼召，決心事奉主。從父母和親朋看來，他們無論是在社會上工作，還是進入公會當牧師，生活都是有保障的，並且前途平坦。但這對師生卻在三一年，去了文德里的那次特會，他們聽了李夜聲的講道，當時他還沒改名為李夜聲，而叫李述先。

李夜聲的教會觀震動了他們。是啊！為什麼教會是基督的身體，卻要分成各種宗派？為何中國人信上帝拜上帝卻要在西方人的公會裡？教會就是一群被呼召出來敬拜上帝的人聚會的地方，為何要被冠以各種宗教的名稱？

他們離開了原先所屬的臨理會（現代稱衛理公會），來到文德里，坐在簡陋的木條凳上，追求脫離宗派的，更純潔的信仰生活。

父親們非常失望，因為兒子脫離了他們所認定的正確軌道。何況，他離開了“名門正派”、有根有基有歷史的西方公會，卻去跟隨一個被人質疑，且無出處、無根基、無遮蓋，比他僅大了三歲的“李弟兄”。

母親們也很失望，並且極為擔憂。她們擔憂的不僅僅是兒子走的路正確與否，更是擔心兒子以後的成家和生活。父親們並沒有趕走兒子，但母親隱忍的哭泣、哀傷憂鬱的眼神，終於讓兒子們逃離了家。康慕靈和黃愚志都搬到了文德里，暫住在張恩榮家的亭子間。

就是在那間小小的、冬冷夏熱的閣樓裡，他們這對年輕的師生合作完成了《論宗派》，來批駁那些抵毀李夜聲和文德里聚會處、反對脫離宗派的論調。

黃愚志也為此與其父親有過激烈的爭論，他靈裡的敏銳一絲不掩地如火焰般燒著。康慕靈喜歡這個學生的忠誠與勇氣，甚至內心有點自愧不如，但他還是一再地勸他要學習謙卑柔和，否則會得罪許多人，甚至會造成教會和同工團隊的分裂。

　　黃愚志非常尊重自己的老師，但他學不會他謙卑柔和的樣子，他是個簡單的人，他喜歡《聖經》裡耶穌的那句話：你們的話，是，就說是；不是，就說不是；若再多說，就是出於那惡者。

　　起初幾年，黃愚志隨老師一起在文德里服事。才華橫溢的康慕靈和李如是一起負責福音書房的文字出版，同時因為他總是能直能曲、語言柔和，所以康長老也就漸漸成了文德里聚會處的"外交家"，專門負責與其他公會、政府，還有一些西方差會和傳教士的交往。

　　但耿直的黃愚志在協助他做這些事時，很受了些磨練。他不擅長這些，更無法勝任當李弟兄的秘書。二年後，等他從東吳大學畢業了，那時他父親已經正式同意兒子來當李弟兄的同工，善於用人的李夜聲就將這位如疾風烈火般燃燒的人派往各地。他也不負所望，分別在福建、廣州、香港、新加坡等許多城市，建立了基督徒聚會處，也就是後來被稱作"地方教會"的各分會。每到一處，他都嚴格按照他從李弟兄和《聖經》中的所領受的教會觀，來建立一城一個教會。


　　黃愚志離開上海前，曾將自己的遠房表弟也是好朋友任崇心介紹給康慕靈。康慕靈和任崇心見了幾次後就很驚訝他的才華，甚至認為任的文筆比自己還要好。他一心想邀任崇心離開所在的公會，進入聚會處，來當李夜聲的秘書。但任崇心雖然每次都趕著來聽李弟兄講道，讀李弟兄的每篇文章，但就是不肯從公會轉到聚會處來。

　　對此，康慕靈是百思不得其解。雖然任崇心不肯進入聚會處，康慕靈卻還是忍不住多次在李弟兄面前提起他，誇讚這個年輕弟兄的才華在自己之上，說上帝一定會大大使用他，每次他都很惋惜地遺憾他不肯來文德里與他們同工。

　　隨著文德里聚會處的不斷擴大，並且各地的聚會處也紛紛建立起來，報紙、書刊等文字事工，成為聯結各地聚會處，統一並提高負責弟兄和同工觀念，推行李弟兄的神學思想和教會理念的重要管道。李夜聲對文字人才的重視和渴求越來越強，他看了一些康慕靈推薦給他的任崇心的中英文文章，決定要和他見一面，談一談。

　　康慕靈知道李弟兄願意自己和任崇心談談，心裡高興極了，覺得這下子這個人才就肯定會進入文德里了。

　　那時已經到了一九四零年，全國範圍的聚會處系統已經不再僅僅是基督徒擘餅、禱告、讚美的聚會地，而成了外人眼裡最大的一個新宗派，並被稱為"地方教會"。聚會處的核心人物，李夜聲已經不再僅僅屬於上海的聚會處，他從一九三五年結婚後，就不曾再住在文德里，誰也不能確知他的行程，即便是張恩榮、康慕靈這樣的長老，也不是常常能見到他。

這些日子李夜聲在上海，他連續傳講"基督身體"的資訊，任崇心聽了很激動，當他和康慕靈一起討論"教會是基督的身體"這個"合一"的原則和啟示時，康慕靈忍不住再次邀請他來一起跟隨李弟兄。任崇心這次好像動了心，但最後卻還是猶豫著，彷彿有道難以逾越又難以言明的坎。當康慕靈說李弟兄要見他時，他想了想，像是下了個決定，說明天就去見他。

第二天，李夜聲約他們去江西路剛開張的生化股份有限公司辦公室見他。他倆一路走去時，心裡都各懷了忐忑。

康慕靈對於李弟兄不是約在文德里教會見面，而是去生化辦公室見作為董事長的李夜聲，心裡有點不舒服。自從聽說李夜聲要和他弟弟李懷先一起辦化工藥廠，他心裡就不贊成這事。

雖然他也知道各地聚會處的同工們和負責弟兄們的生活大多很困難，因為沒有像西方公會那樣固定發工資，而是完全靠信心生活，所以就有孩子上不起學的，有病拖著耽誤的等等。但奉獻給上帝不就是要走這麼一條絕對的路嗎？跟隨耶穌不就是要走一條貧窮、孤獨、犧牲的路嗎？為什麼要用屬於世界的方式，來解決教會的事呢？但以康慕靈的性格和情商，他是不會當面對李弟兄說什麼的。

他們走進董事長辦公室時，見李夜聲正坐在大辦公桌後面，他的桌上一如繼往地堆滿了翻開的書和稿紙，以至於桌子顯得就不那麼大了。任崇心留意看了眼桌上的書，有化工和經營方面的，但更多的還是基督教方面的英文書籍。

李夜聲穿著嗶嘰呢的高檔西裝，但那身筆挺的西裝在他身上也就像是便裝，他身上發出來的氣場，完全壓得西服和豪華的傢俱都失了色、遁了形。只有他的眼睛睿智而樸實、犀利而平和，這雙眼睛把各種截然不同的氣質和特徵都納入其中，並攪在一起，既不是融在一起，又相互交織著、重疊著難以分辨。

他請他們坐下，康慕靈遲疑了一下，用眼睛看了看李弟兄和任崇心，表示自己可以回避。雖然他這樣表示，但他心裡其實並沒有覺得有回避的必要。李夜聲沒說話，只是微笑地看著任崇心。沒想到任崇心卻回頭感激且懇求地看著他，說了聲"謝謝"。

康慕靈只好走出門去，他從外面帶上門。走了兩步，在走廊靠窗的那頭，一張小沙發椅上坐下。隨手從小茶几上拿起一本袖珍《聖經》，打開了，只是把目光放在上面卻沒看，耳朵跑去貼到三步遠的門上。什麼也聽不見，其實他也沒打算聽什麼。只是，他為什麼要單獨和他談話呢？

李夜聲等康慕靈走了出去，就把目光放在任崇心的臉上。任崇心心裡上上下下得更劇烈了，想想剛才實在不該要康老師避開，這多沒禮貌啊，何況還是康老師竭力推薦自己給李弟兄。這下，康老師會怎麼看自己，李弟兄又會怎麼看呢？

他的心後悔得搖搖晃晃起來，恨不得找個地縫鑽進去。滿屋子掃了一圈，目光就還是被吸了回來，直直地對著李夜聲。李夜聲的目光極為安靜，沒有任何雜質，好像靜靜的高山湖，此刻什麼想法都沒有地等待著他。任崇心就安靜了下來，心裡像有道晴天的光吹散了剛才的種種顧慮。

李弟兄……我很贊同您的教會觀，我覺得上帝的靈在你們中間。我去過文德里很多次，同工們和弟兄姐妹們真是熱心愛主，禱告、讀經、追求聖潔……和公會裡的屬靈氣氛完全不一樣。

李夜聲不答話，既沒有謙讓的意思，也沒有得意的神情，只是安安靜靜地聽他說，這讓他一下子就覺得再說下去就是廢話了。

康老師也曾邀請我來文德里一起服事。

好啊，你很有文字恩賜，事工需要你這樣的年輕人。

但，我有困難。

有困難就說。

李夜聲的回答簡單而平靜，讓任崇心無緣由地產生了一份信任。他忐忑的心終於也安靜了下來，以同樣平和的口氣，說出了心裡一直糾結，卻說不出口的話。

我知道聚會處奉獻出來全職服事的同工，都是過信心生活的。但我身體不好，常常要去醫院，藥也沒停過。我，我過不了信心生活。

李夜聲沒有想到他會說這話，他看著他，任崇心的眼睛是坦白而誠懇的。所有從公會轉入聚會處的傳道人、牧師和全職同工，都知道聚會處是不發工資的，新約《聖經》裡描述的教會其實也是這樣，傳道人是自己做工，或依靠上帝感動會眾捐獻錢和物來生活。

這條信心的道路應該是一個傳道人必須經歷的，但李夜聲自己一路走來，深知在今天的中國是很難的，中國人仿佛天生就是守財奴，把錢看得比命重，即便是信了上帝，也總是最好握緊自己手中的錢財，仿佛信仰的人生是比不信的人多了一種保險。會眾捨不得奉獻，不肯心甘情願地按《聖經》中規定的十分之一來奉獻，這就讓傳道人常常陷入經濟，甚至是生存的困境。

李夜聲看著任崇心，他心裡十分愛惜這個有點病弱的才子，他想一個人信仰生命的成長豈是由人來決定嗎？還是讓上帝來決定他的時間吧。李夜聲因為惜才而決定妥協，他說：

好，相信上帝會帶領你，聚會處可以給你發工資。

任崇心總算說出了他心裡的掙扎，他並沒有想要李弟兄答應自己的請求，因為他知道他是一個在屬靈的事情上非常嚴謹的人，一直傳講的就是"絕對"。他說出來是因為他無法自己戰勝自己，他甚至暗暗希望被李弟兄嚴嚴地痛斥一頓。但他卻同意了。任崇心有點發愣地站在那裡，不知道該怎麼辦。

你去請康長老進來吧！

康慕靈進屋後，任崇心留在了外面。

李弟兄對康慕靈說了三件事：

第一件，安排任崇心負責整理自己的講章；第二件，安排會計給任崇心每月定時發工資；第三件，給任崇心的工資從化工廠的賬裡出，不必和其他同工說了。

李夜聲原本不必將第二第三件事告訴康慕靈，只需自己安排化工廠的會計就行，但任弟兄是康長老推薦的，他不想瞞著他。康慕靈自己是沒有工資的，他雖然有點詫異任崇心會提這個要求，而李弟兄竟然願意在這麼重要並且基本的事上妥協，但他絲毫沒有為自己感到不平，因為走這條信心的路是他自己的選擇。

並且，康慕靈也是個極愛才的人，還沒走出江西路辦公室的樓，他就完全理解了李夜聲。


## 2

任崇心進入上海文德里聚會處後，充分顯示出他的才華，他那支筆真是比千百條舌頭更有力量，能把什麼事情都說得有情有理，叫人折服。在聚會處與公會之間的筆戰中，康慕靈總是暗暗慶幸李夜聲的"大度"，收了這員大將。

自從任崇心來了以後，康慕靈更多時間關注在教會的各項事務上，特別是"外交"事務，而將福音書房的許多事交給任崇心來和李如是同工。任崇心為李夜聲的書籍和他的神學思想撰文介紹推廣，並寫了不少文章來護衛聚會處的教會路線，反擊來自其他教會和傳道的質疑與批評。

任崇心和老師康慕靈一樣非常佩服，甚至是崇拜李弟兄。能夠體恤他的軟弱，破例給他發工資，這當然讓他更是感激他對自己的器重。他並不清楚這筆錢其實不是從教會出的，他在同工中絕口不提此事，甚至也沒有對康慕靈說過，越是這樣懷著個秘密，他就越是覺得與李弟兄有了一份私密的情誼。

　　這情意到了兩年後，一九四二年的文德里風波時，就成了他心裡的迷茫和痛苦。他雖然和老師康慕靈一起贊同停止李夜聲的服事，但在黃愚志、許聞達他們堅持要革除李夜聲，李如是甚至將李夜聲的書稿等扔出福音書房，扔到弄堂裡時，他心裡是不以為然的。

　　他心想，沒有了李夜聲，這個聚會處也就真不過是個聚會的地方了，沒了生氣也沒了主心骨，無論李弟兄辦生化廠是對是錯，也無論他做了什麼，他都是聚會處的靈魂人物。

　　四二年，李弟兄離開上海後，由不同意革除他的于華恩來負責講道和教導。任崇心旁觀著聚會處領導層中發生的一切，他曾寄希望於老師康慕靈，但發現康慕靈心中的灰心冷淡遠比他更甚。

　　李弟兄一走，王慕真、李如是、黃愚志等主要領袖紛紛離開，就連康慕靈也丟下這一大堆不清楚原委、議論紛紛的會眾，跑到莫干山去療養了。總算等到他從莫干山回來，他住到了于華恩開診所的亭子間裡，並做起了生意。

　　那時上海成了孤島，物價漲得像是坐了飛機，教會中的風波，讓這個信仰的方舟門戶大開，就成了透風漏雨的小舢舨。弟兄姊妹們沒了心中的踏實，再向外一張望就更慌了，於是都開始忙著買東西，設法保住口袋裡不多的財物。

　　那天，任崇心去找康慕靈。診所已經關門了，于家的人都不在。客廳裡卻站著坐著好些個人，都是文德里聚會處的弟兄。今天是主日，估計是聚完會留下來的，任崇心本來就沒事，只是對近來聚會處靈性的低落不滿，來找康慕靈聊聊。現在見還有這麼多弟兄不是單顧自己的事，而願意聚在這裡，心裡突然就熱了。

　　可是還沒等任崇心開口，他就發現自己根本開不了口，他發熱的心就像是出了桑拿房一下子跳入冰湖般。再仔細看看說得正起勁的這幾位都是做生意的，他們聊得不是聚會處屬靈的行情，而是上海灘物資的行情，說白了就是商量著應該囤積什麼物資，什麼物資最緊俏，最有可能幾倍的漲價。

　　任崇心怎麼也想不到基督徒竟然可以和社會上的人一樣囤積物資，做投機生意，發戰爭的財，甚至如此公開地討論，還說是上帝的看顧讓他們有條活路。即使在社會上，囤積物資，做投機生意也是遭市民憤恨的，每次遊行都在喊打倒奸商的口號。

　　那天任崇心覺得自己過不了信心生活，要求給基本生活費，這實在是沒什麼可羞恥的。而這些人才是在上帝殿中做買賣的人，是耶穌要趕出去的人。當他正要發義怒，要揮動"耶穌的鞭子"，要推翻他們銀錢的桌子時，他的手被康慕靈抓住了。他握緊了他的手，拉著他，把他引著上了樓，一直上到頂層，進了亭子間。

進了亭子間，他鬆開了他。他倆突然就都沒了力量，任崇心也沒了要拉高聲音的必要。他只是用手指著樓下，用正義的目光盯住康慕靈。康慕靈突然低了頭，自言自語地說，大家心裡都沒了火……沒了火就頂不住了。他抬眼看他時，竟然有一份祈求原諒的神情。他，他們也都是人，也要活……

任崇心是有一肚子話要說的，而且每一句話都是康慕靈無法反駁的。但當他看到他眼中的祈求原諒，他突然像是被一隻大手摀住了嘴。他沒有做投機生意，但他在替他們祈求。而自己是上帝嗎？自己有什麼資格來原諒誰？

任崇心雖然不能再說什麼，但他離開那裡回家時，心中深深地替康慕靈惋惜，他甚至也對于華恩感到失望，因為他猜想這些人一定不是第一次聚在這裡聊這些，于華恩估計是避了開去。

漸漸地，聚會處一些蒙上帝的呼召，奉獻當了全職傳道人的同工的，也開始做起了生意。那時寄售商行是剛剛興起的一種不需要本錢的生意，在這兵荒馬亂的年代，所有的奢侈品、珠寶衣物、傢俱鋼琴都不再擁有原先的價值，寄售商行在上海格外地興旺起來。差不多每天都有大大小小的寄售商行新開張。

不久，張恩榮和康慕靈這兩個聚會處的負責同工家裡，也都開了一間小小的寄售商行。

大家的心先是都被生存的恐慌搖動，繼而就被實實在在的錢財佔滿。聚會處的弟兄姐妹們也和社會上的人一樣，各自顧各自，為了亂世中的生存，愛主愛教會和彼此相愛的心，都漸漸冷淡、麻木了。但身處在當時的上海，誰能責備這事呢？即便是屬靈上很自律嚴格的于華恩，也開不出口來責備，畢竟他自己開著一個診所，他又豈能對別人的自救求存有什麼異議？

有時同工們在一起聚會時，也會感歎和內疚，但又想，現在有血緣的兄弟姐妹尚且不能相顧，何況這沒有血緣的兄弟姐妹呢？這一切事的發生都似乎是合情合理的，畢竟文德里不是末世的方舟，可是當文德里和整個上海灘之間無形的界線漸漸模糊，甚至幾乎要消失的時候，他們各自的心裡便有了一聲來自聖靈的歎息……

這極輕的歎息在白日是可以讓人忽略不計的，但在夜晚卻將一種神聖的憂傷，鋪展在他們靈魂的面前，好像寒雨後積了薄冰的路面，讓人看著跨不出腳去。他們的步子越來越重，越來越難踏入文德里的弄堂……

正在這時，又出了件事，日本人要求聚會處加入日偽宗教組織，並要求他們遙拜天皇，說天皇是上帝在大東亞的權柄。文德里的公開聚會就不得不停了，決定停止的那天作為全國聚會處的領袖同工們和上海的負責弟兄們都不說話。一切外面的環境的變化，都是上帝允許的，現在這事是逼迫還是懲罰？沒有一個人問出這句話，但也沒有一個人能信心昂揚地說這次的停止聚會是一種殉道。

康慕靈的鼻樑中湧起一股細細的卻尖銳的酸，刺到眉心散開。他透過模糊的眼幕看于華恩，于華恩的目光看著地，但康慕靈仍感覺到了地面反射起來的無奈與茫然。上帝，你的旨意是這樣嗎？

無論如何，上帝在眾水之上坐著為王。康慕靈話出口後，突然覺得自己像是在仿照李弟兄在這種情況下有可能說的話，但他又覺得這話從自己口中出來飄飄地不著力。他補充了一句，但我們還是不可停止聚會！這是《聖經》上說的。

任崇心旁觀著這一切，他篤定了，這一切不正是印證了自己的想法極為正確嗎？沒有人能像李弟兄那樣有政治頭腦，能掌管大局。雖然道理上說，教會是上帝掌權，是與世界分別的地方，但沒了一個有能力的靈魂人物，聚會處就會垮掉，教會也會垮掉……任崇心是聰明的，他不想繼續去推論上帝與教會與領袖人物之間的關係，他聰明地將神學理論與實際踐行分開了。

他望著一屋子都比他年長的弟兄姊妹，心裡從李夜聲想到了自己，他對心裡的神說，也許有一天，我甘願不惜一切代價為你保住教會。上帝沉默無語。

文德里聚會處停止聚會後，于華恩在自己家的客廳裡繼續有擘餅聚會，人不多，只有四五十個人。因著康慕靈的邀請，任崇心也去過。雖然他打心眼裡承認于華恩是個人品極好，對主有忠心、對人有愛心的帶領者。但他有一次對康慕靈說，可惜他不是個領袖式的人物，上帝可以使用他的忠心，但上帝無法使用他來帶出上海聚會處的復興。

四八年，王慕真和常受宜精心安排，在福州上海等地積極推動，串聯同工一起來簽名，促請李夜聲恢復教導的執事，回到聚會處的領導位置。對此，任崇心是很贊同的，並努力說服與他關係較為親近的康慕靈、張恩榮和李如是。他很明確地表述了自己的理由：無論如何，現在這個局勢只有李弟兄能力挽狂瀾，要想保住聚會處，就只能依靠李夜聲。

若是較真起來，他這個想法其實與基督教的信仰是違背的，因為基督教信仰靠的是一個"信"字，信神而不是信人，靠神而不是靠人。聚會處講臺上常常講《詩篇》中的兩句：

他不喜悅馬的力大，不喜愛人的腿快。

耶和華喜愛敬畏他和盼望他慈愛的人。

不過，在四八年那個人心惶惶、難知前路的時刻，沒有一個人敢負起聚會處這個重擔。於是，這些一慣靈性敏銳的負責弟兄和同工們，都沒有較真地反思一下自己的動機和心態，最後一致決定請李夜聲回來帶領聚會處。

果然，李夜聲不負重望地帶來了上海聚會處的大復興。在"交出來"、"福音移民"、建南陽路會堂，這一件件轟轟烈烈的事件中，任崇心越來越在心中相信，教會和任何一個公司、團體、甚至是國家一樣，需要運作！他決心為了將聚會處做大做好，自己要學習李夜聲，做一個有頭腦、有膽識、會識時而運作的人。

他有時也會把這種想法和康慕靈交流，只是他是語言的高手，他在闡述這套想法時，很巧妙地蒙上了一層屬靈的、正確的衣飾，或者他也可能是從心中自己相信了這些巧言。康慕靈因此更是讚歎這個叫他老師的年輕人實在是個奇才！而且對聚會處如此熱心、忠心。

早在四一年前後，文德里聚會處因為聚會的人越來越多，地方就不夠坐了，主日來聽講道的人都坐到了弄堂裡，引來了文德里其他住戶的不滿。於是，弟兄姐妹們就開始為蓋新會所奉獻金錢，當時共收到的奉獻款有一萬多銀元，可以買一塊較小的地。

當時，有一個趙氏老太太要將她在愚園路和膠州路口的地和房子都賣掉，她也同意賣給聚會處來蓋新會所，但她有一個要求，就是死後要在這塊地上替她豎立一塊碑。這件事李弟兄和教會的負責弟兄都不同意，因為基督徒聚會敬拜上帝的地方怎麼可以為人立個碑呢？

因為沒有找到合適的地方，蓋新會所的事就擱下了。聚會處將這一萬多銀元借給了李夜聲的生化藥廠，李弟兄表示如果今後聚會處找到可蓋新會所的地皮，生化藥廠將加倍償還這筆款子給教會。

四八年的"交出來"運動在中國教會史上是史無前例的，聚會處的弟兄姊妹們交出來的財物總共有三百七十兩黃金。當時正好秘覺彌小老婆的花園洋房，南洋路 145 號要出售。弟兄姊妹所奉獻的錢只夠買這塊地和房子之用，但若要在花園空地上再蓋新的會所，還需要二百七十兩黃金。

一天，李弟兄交給常受宜長老三十七根金條，每條十兩，一共正好是二百七十兩黃金作為蓋新會所之用。他說這是生化廠之前借了教會蓋新會所的錢，現在他履行諾言，加倍償還給教會。那時生化廠經營不善，正瀕臨破產，但常受宜和聚會處的其他人並沒有去關心這些，比他們年紀大不了多少的李夜聲仿佛就是聚會處的父親，大家總是覺得他能解決一切問題，也總有地方弄來錢。

常長老是個非常能幹的人，行政執行能力超強。他很快就設計好了會所的圖樣，並托人購買建築材料，積極準備蓋南陽路新會所。地皮買下來後，聚會處就從銅仁路的文德里搬到了南陽路 145 號的花園中，暫時在搭建的棚子裡聚會，福音書房門市部也遷到了院子門口的小屋內。

文德里原有的聚會的房子就作為教會辦公樓、福音書房編輯部和接待外地來上海的弟兄姊妹住宿之用。弟兄們在花園空地上，積極進行蓋造一個可容三千余人聚會的新會所，按照圖樣的設計，聚會大廳的東、南、北三面各有三個大門，西面是一個大講臺，講臺下面是受浸池。那段日子大家都特別興奮，幾乎完全沒有注意到這個古老的中國正在進行著巨大的變遷。

在建新會所的過程中發生了一件意外。一位馮姓的弟兄是個建築工程師，說是能以合適的價格買到建材，常長老就給了他十根金條托他去買。誰知，他卻將這筆錢拿去作投機生意，想打個時間差，自己賺上一筆，結果卻全都輸掉了。不僅材料貨沒到，甚至連建築工人的工資都發不出來。常受宜只得與幾位負責人商量後，又借給他黃金、美鈔等共折合六千三百多美元，這才勉強讓新會所完工。但不久此人竟不知去向，徹底從上海消失了，這筆巨額的超支款分文未還。一時間，知情或不知情的人都在議論紛紛。

常長老焦急萬分，只好向青島一個公司的老闆，也是一個基督徒弟兄，借了十根金條來保證後面裝修工程的正常進行。後來，當張恩榮、康慕靈他們向李弟兄詢問此事時，李弟兄說他知道，他會負責。李夜聲後來交給張茂良五千美金，讓他按對方要求的換成中紡股票還給青島的富商弟兄。那時，常受宜已經離開上海，飛往臺灣了。

四九年下半年，南陽路的聚會處新會所終於建成了，新會所可容三千個座位，在會所外還可放置二千個座位。新會所落成後，會所裡共放了二百四十張四人坐的長的靠背木椅。主日聽道的會眾有二千餘人。南陽路聚會處的會堂總共花了二十萬五千美金，合四百一十根十兩一條的黃金。花園裡原有的小洋樓，成了辦公樓。辦公樓樓上是長老室、同工室和接待外地弟兄姊妹來住的宿舍，還有執事辦公室。辦公樓進門邊上一間是福音書房門市部。樓下的客堂間可以做食堂，也可進行擘餅禱告聚會。

這麼好的一個會堂，因為都是大家傾囊捐獻、集腋成裘而建成了，就自然成了聚會處領袖及會眾們的驕傲和心之所繫。正如耶穌所說的，"你的財寶在哪裡，你的心也在那裡。"

　　康慕靈作為聚會處的"外交家"受李夜聲的委託，與新中國的政府和政府領導下的三自愛國委員會有多次聯繫。三自愛國委員會在一九五零年成立時全名為"抗美援朝中國基督教三自革新委員會"，在當時的環境下，其主要工作當然是反對帝國主義。因為聚會處與西方差會公會無關，所以李夜聲認為聚會處原本就是自治、自養、自傳的，與政府的"三自"運動並無衝突，甚至可以說聚會處早就"三自"了。

　　李夜聲和康慕靈他們商量，將原先為了保留福建教產而收集的，全國聚會處弟兄姐妹四萬多人的簽名，當作擁護"三自"運動的簽名上交政府時，康慕靈和任崇心都十分佩服李弟兄對政治和時勢的把握。當時王慕真、李如是等也都沒有什麼意見，因為一方面李弟兄說按《聖經》的原則，就是要順服在上執政掌權的，另一方面他又說，贊成"三自"的原則，不代表就要參加"三自"的組織。

　　大家都認為李夜聲的方法實在是最有智慧的，在給了政府"面子"的同時保存聚會處的獨立。但政府統戰部的同志們實在是比他們更懂政治也更聰明，一方面向其他教會宣佈了聚會處和李夜聲擁護三自運動，願意加入三自組織；另一方面則要求他們開展反帝控訴運動，並特別要李夜聲帶頭控訴曾與他們有交往的英國和美國的教會與傳教士，特別是英國的弟兄會。並且，還要他們控訴解放前夕"逃"去臺灣的常受宜長老，和與他同去的那些聚會處的同工和弟兄姐妹。

　　李夜聲只肯擁護國家的"三自"宣言，卻不肯控訴任何一個人。即便是對他們多有批評，最後與他們不歡而散的英國弟兄會，他也不願置一詞，何況是那些去臺灣發展聚會處的親密同工。但他心裡是明白局勢的，一天，他與康慕靈和任崇心在一起校對新版的《人的破碎與靈的出來》時，突然若有所思地抬頭看著窗外，自言自語地說，他們是不會放過的。

　　任崇心第一次發現他所崇拜的李弟兄臉上，有了一種疲憊的不確定。當他看著他的不確定時，他一下子感受到了山雨欲來的滿屋寒風。他想，若是李弟兄都不能確定，不能掌握明天，那明天就實在是可怕了。他看著他的側臉，高高的寬額頭上，那縷熟悉的黑髮灰了少了，飄搖著像支孤零零的蘆葦……那一刻，任崇心想過上帝，但上帝似乎躲在了身後，他面前的只有"政治"。任崇心年輕的心中湧起份激情，他想與這個自己崇拜的人並肩……

　　康慕靈也記住了那一刻，他的目光順著李夜聲的目光跨出窗外，溫情地撫摸著園子裡巨大美麗的會堂。幾年後，他想起這一刻時，他認為自己是從李弟兄那裡領受了一個使命-，守住南陽路會所。他不惜成為別人眼中的猶大，迂迴曲折地要守住這座上海市中心的，用中國信徒自己的捐款建造的大教堂。但最後，這幢全國最大的教會聚會所就在他的面前，一點點被白蟻蛀掉了。

李夜聲的政治頭腦在教會中是數一數二的，但到社會上，到以政治為事業的人群中就幼稚得可笑了。上海宗教事務局認為"三自"是要在反帝基礎上的，在黨的領導下的，因而認定李夜聲的"三自"不是真"三自"，而是篡奪領導權的反革命陰謀。

李夜聲五二年因東北藥廠的檢舉而被捕，一年後聚會處的長老和帶領同工們才得到比較確實的消息。

任崇心一聽說就立刻來找康慕靈。他直截了當地說，康老師，我們是絕對不能和政府玩心眼的！李弟兄再聰明，也聰明不過政府。唉！我一直佩服他有政治頭腦，但現在看來，他就是栽在政治上了。

康慕靈那時完全沉浸在悲痛和迷茫中，他有點反感學生任崇心此刻說話的語氣，但又不得不承認，他說的是對的。"政治" 好像一下子成了他們這群自閉在宗教裡的孩童必須學的一門功課，甚至等不到學習，就要交卷。

近來，聚會處的領袖們因為知道李夜聲被捕，雖然聽說完全是因為經濟問題，但還是讓他們對政府產生了不信任，形勢變得一觸即發，充滿了對抗的張力……

康慕靈沉著臉一言不發。任崇心看了他一眼，感覺到他對自己的不滿，就轉身把放在書桌上的茶杯替老師移到茶几上。他過去拉了康慕靈在沙發上坐下，然後並上雙膝，用一種畢恭畢敬的學生姿態說：

康老師，這種時候，您是一定要穩住的！您若穩不住，南陽路就亂了！……您想，李弟兄是打算順服政府以保全聚會處的，只是他順服得不完全，心裡藏了私，就被政府看出來了。現在要想保住教會，保住南陽路會所，就只有參加三自，完全順服執政掌權的，只有這一條路。

有什麼可怕的？李弟兄都被捕了，難道我就是膽小鬼？我是不怕為主殉道的。

康慕靈這樣說時是真心的，想到自己一生跟隨的李弟兄被關進了監獄，他真就恨不得自己也去與他同受苦。

康老師，真正的殉道有時不是死，而是活。我們若能保住南陽路聚會處，就是保住了神的家，就是完成了李弟兄未能完成的心願。

任崇心一邊說著一邊自己心中就越來越確信了，他甚至要把"識時務者為俊傑"這句話說出口來，但這是一句不屬靈的話，雖然說的是事實，自己卻不便此刻說它。

……

任崇心走後，康慕靈想了很久。那一夜他幾乎沒睡，南陽路的新會堂越來越清晰地顯在他面前，還有那黑壓壓聽道的人群，如眾水之聲的讚美聲和禱告聲……

在五三年到五四年一年的爭論中，康慕靈和任崇心一直堅持要順服政府，加入三自組織。而李如是、王慕真、黃愚志他們卻堅決地反對教會參加政府的三自組織，最後甚至說，若聚會處參加三自，他們就要退出聚會處。

康慕靈最後接受了政府的邀請，代表聚會處去北京參加基督教全國會議，並被安排坐在了主席團的席位上。李如是他們就對會眾宣佈說康慕靈叛教、出賣教會，並阻止弟兄姊妹去聽康慕靈從北京回來後的傳達報告。

康慕靈和任崇心從政府三自愛國機構領取的，一千四百份"告全國同道書"，也被李如是、王慕真、黃愚志三人要求，強迫他們退回給了政府。李如是他們還要聚會處的長老們一同寫信給宗教事務局聲明，全國聚會處退出政府的"三自"組織，並表示康慕靈只能代表自己，不能代表聚會處，他若做三自委員就不能再做聚會處的長老。

那些日子裡，康慕靈一直失眠，各個方面都在施壓於他。李如是他們是與他有著二十多年同工之情的人，無論是強硬的言語，還是私下的勸說，都讓他於情難捨。而宗教局羅處長的談心也是有情有理，特別是他溫和話語背後的"政治"，仿佛是一頭雖然蹲伏著卻隨時會龍捲風般撲過來的猛獸，讓他膽戰心驚。

貼心的學生任崇心更是分析得頭頭是道，清楚地向他顯明，他絕不能聽李如是他們的話，這是自絕於人民政府的死路一條，現在唯有他康慕靈可以拯救大家千辛萬苦建起的南陽路會所，還有全國聚會處四萬多會眾的龐大體系。

五五年，上海市基督教三自愛國運動第一屆代表會議召開，政府請聚會處派代表去參加，卻被黃愚志長老堅決地拒絕了，並通知各城各地的聚會處不准派代表出席會議。

康慕靈希望緩解政府與教會的矛盾，就請羅處長來南陽路和大家談談，李如是他們卻不讓弟兄姊妹來與羅處長見面，反而要大家將不參加三自的幾點理由都理解並背下來，以便當政府來詢問時大家都會回答。

這幾點理由是：1、教會是基督的身體，是屬靈的，不能參加任何組織。2、信與不信不能同負一軛，所以我們不能參加三自。3、參加三自是政教合一，我們反對政教合一。4、聚會處早已經脫離宗派，不能再加入宗派，所以不能參加三自。5、我們只能到工作崗位上去愛國，到里弄去愛國，不必在教會裡愛國，因為基督的教會不受地上國的限制。……

康慕靈看著這幾條，心裡其實也猶豫了，他覺得這幾條都是對的，但若不按政府的意思加入三自，上海南陽路聚會處，甚至全國的聚會處，也許都會被取消，四萬多基督徒會眾們去哪裡敬拜？從哪裡得到信仰的教導？這些小羊豈不流散？

正在他猶豫之時，學生任崇心的話又一次點醒了他。

你看看他們讓大家背的這幾點最後的二句話："參加三自就改變了我們的信仰。參加三自如魚入網，跳死為止。"這是確確實實的反革命言論，他們現在所做的已經構成了破壞反帝愛國運動。聚會處一定要與他們切割，政府絕對不會坐視不理，任憑這麼大的一個系統，這麼多人的教會，獨立在他們的掌握之外。……任崇心一邊分析著，一邊後悔當初對李弟兄的崇拜使自己沒能當好他的高參，否則，也許李夜聲就不會被捕，聚會處就會被政府所用，作為典範而倖免於難。

不能不說任崇心是聚會處最懂政治的人，他的話音似乎還沒落定，五六年一月底，李如是、王慕真、黃愚志等多位原聚會處的領袖全部在一夜被捕，對他們的定性果然是反革命集團。接著，那頭一直蹲伏著令康慕靈莫名膽寒的"政治"，就像龍捲風般席捲了一切，又像怪獸般吞吃了無數個毫無準備的、如羊羔般的人。


### 3

康慕靈成了肅清李夜聲反革命集團思想毒素小組的負責人，然而他內心卻仍然十分崇拜李弟兄，他甚至能背得他的講章。李夜聲寫的詩歌和康慕靈自己寫的詩歌常常混在一起，隨時隨地在心中流淌著，是他情感的一種基調。但康慕靈和任崇心作為留在上海，並且沒有進監獄也沒有進醫院的二位長老，無法回避地被政府一步步推上去，被委以各種職位和頭銜。

即便是在五六年肅反之後；即便大家已經看過了李夜聲的反革命罪證展覽；即便是經過了一系列的批判控訴大會，大多數人都已經批判、控訴、揭發了李夜聲等反革命集團成員的種種罪行，但人們還是無法理解康慕靈的行為。這個翻譯過《荒漠甘泉》的人，這個彈著吉他，用磁性的嗓音唱出無數動人詩歌的人，竟然背叛最為信任、器重他的李弟兄，背叛信仰，成為逼迫教會的肅反幫兇？

這些讀著《聖經》、唱著讚美詩生活的人們，像是被一陣莫名其妙的狂風掃過，避難所般的信仰之家沒有了，美德之衣沒有了，甚至自己的皮膚也像是被揭去了，他們面對著一個被撕開的血淋淋的自己，面對著自己罪性的惡臭……他們將對自己的厭惡和憎恨，全都加倍地轉移到康慕靈的身上。

當然，也有一大批在狂風中驚恐到渴望沉睡，渴望繼續躲在宗教裡的信徒們，他們寄希望於康長老，能保住這個美輪美奐、壯觀肅穆的南陽路會所，恢復一個讓他們可以忘記這個世界，也忘記李夜聲的，新的聚會處。他們一心盼望這一切快快過去，讓他們可以忘記世界，也忘記自己，繼續唱詩讚美、仰望天國。

康慕靈和他們的想法有點相似。他從來不認為自己背叛了教會，背叛了李弟兄。恰恰相反，他認為自己正委屈求全來保全教會，也儘量保全李弟兄的著作。他甚至有時會自憐地感到自己是和耶穌同行的人，是一個獨自背十字架的人，是一隻在剪羊毛人手下默默無聲的待宰的羔羊。

經過八個多月的清理工作，到五六年底，肅反工作隊長同意福音書房復業了。康慕靈覺得這是他的"犧牲"換來的一個成功，福音書房一直是聚會處和李弟兄最為看重的事工，神話語中的亮光都是通過福音書房的工作輻射到各地的。但沒有人因此感激他，沒有人因此改變對他的看法，甚至也極少有人走進恢復營業的福音書房門市部。這些屬靈的，可以堅固人靈魂的書籍，原本是這個世代中人們最需要的東西，卻靜靜地呆在書架上，像是一群被封了口的靈魂。

在康慕靈的努力下，福音書房封存了李夜聲解放前後的講章集，但並沒有銷毀和失散。雖然取消了李弟兄著的十首詩歌，福音書房還是出版了聚會處《詩歌》選本的五線譜本。這是康慕靈多年來一心想完成的事，之前只出過歌詞本和簡譜本，對於熱愛音樂的他來說，沒有五線譜本怎麼能建立教會的詩班和樂隊呢？可惜聚會處和公會不一樣，並不太重視讚美敬拜的形式，主日崇拜時就是一個風琴或鋼琴，會眾拿著歌本一同吟唱。於是五線譜本就一拖再拖，一直沒有出版。

任崇心提醒康慕靈，《詩歌》本中的"世界"是貶義的，其中的思想就是李夜聲的思想毒素，要基督徒"向世界死"，從"世界"中分別出來歸給上帝。但現在是新中國、新政府，所以就是新世界，再這麼唱只怕是會引起政府的不滿。

康慕靈聽了也就擔心因這兩個字又造成《詩歌》五線譜本夭折，他就寫信徵求全國各地同工意見，要把歌詞中的"世界"二字都改成"世俗"，可是大家都不同意，而且反對的情緒很激烈，康慕靈只好照原詞出版了。好在政府的人並沒有來仔細研究歌詞，他和任崇心這才悄悄鬆了口氣。

福音書房恢復營業一年半中，又出版了兩期講道集《十二籃》和《《聖

273

經》提要》 的第四卷。到五八年下半年，聚會處併到懷恩堂去以後，福音書房也就關門了。所有的書籍，連同未出版的兩箱原稿，還有幾千本李弟兄留下的外文屬靈書籍，都一併移交給了"三自愛國委員會"。康慕靈也被政府安排去"三自愛國委員會"機構工作，編譯有關基督教和帝國主義的關係這類書籍。

康慕靈最終並沒能真正保住福音書房，同時，他也沒能保住南陽路聚會處。

五六年肅反以後，來南陽路聚會處聚會的人數逐漸減少，從二千多人降到了幾百個人。弟兄姐妹給教會的奉獻也少了，難以維持整個教會的日常開支。長老和同工們就決定聚會廳在週間不用時，可以租給社會上的其他單位開大會，租金半天四十元人民幣，以維持教會的開支。

每到主日的清晨，天還沒亮透，康慕靈和幾個同工就會早早來到南陽路會場，將周間開大會留下的各種大紅橫幅和五彩標語清理掉，希望弟兄姐妹們來聚會時，能夠看到一個清清潔潔的、敬拜上帝的會堂。

康慕靈每次清理會堂時，都忍不住有流淚的衝動，但即便是在暗淡的天光下大家不會注意到，他也不敢流淚。一來會被報告，然後就要被挖思想根子；二來會被人心裡嘲諷，因為是他最後決定出租神的家，出租聖潔的敬拜之地的。

但他真想痛痛快快地哭一場，想問問天上一言不發的上帝，這都是為了什麼？你在這滔天的眾水之上，還坐著為王嗎？他無法忘記為了建堂，弟兄姐妹們像瘋了似地把存款、地契、房產、家中值錢的東西，甚至是養老金、棺材本都拿了出來。他忘不掉那些幸福感恩的淚水，也忘不掉控訴會、展覽廳裡那崩潰的嚎啕。他也忘不了李弟兄多次從瀕臨倒閉的生化廠挪出鉅款，他知道李夜聲許多說不清楚的生化經濟賬都與教會有關……這一切不都是為了這個中國最大的禮拜堂嗎？大家不就是為了建這個榮耀的上帝居住的聖殿嗎？上帝啊，你難道就這麼輕易地棄了它？

任崇心做清理時卻總是馬馬虎虎，因為一來覺得下週還是會貼上各種標語；二來敬拜上帝是用心靈和誠實，不必在乎外在的環境；當然還有第三個隱隱的擔心，就是生怕大家清理時撕壞了毛主席語錄或別的神聖不可侵犯的字詞。他越來越覺得這個清理行動，隨時有可能被扣上現行反革命的帽子，因此，他不止一次地提醒，甚至是向康慕靈這些毫無政治頭腦的人發怒。他覺得只有自己是真愛這些人的，他歎息他們信耶穌信得不食人間煙火，在一個充滿政治的年代，不懂政治的人等於是在夢遊著走鋼絲。

這樣到了五八年的下半年，在政府的要求下，康慕靈和任崇心就向聚會處的弟兄姐妹說，南陽路這麼大的一個可坐幾千人的會所，平日空著不用，主日來聚會的也只有幾百人。而國家為了開大會很需要這麼大的會議廳，我們應該將這會所捐獻給國家，我們可以並到懷恩堂去聚會，這樣既是表示愛國家愛政府，也是愛教會，真正實行不分宗派、合一敬拜。

兩年下來，會眾大都或是有了點政治覺悟，或是已經真正成了待宰的羔羊，誰也沒有異議，因為都知道這絕不是康任兩人的主意，這一定是政府的意思，政府的意思是絕對不能違背的，也違背不了。

搬離南陽路的那幾天，康慕靈常常在無人的時候，久久地坐在空空蕩蕩的聚會廳裡，他感到上帝真是棄了這裡，棄了這個堂，好像也就棄了自己和建堂的人。

一次，他獨自坐在裡面時，來了一個中年婦人，那婦人用黑紗圍巾蒙著頭，蒼白的臉藏在影子裡有點模糊不清，他一時認不出來，就看著她從門口背著光走進來。她背後的夕陽紅得像血。

來人是秦朝聖的妻子。秦朝聖原名叫秦朝塵，是青島有名的富商，在京津滬都有生意。他原是青島聚會處的長老，在"交出來"運動中，他是屈指可數的幾位交出全部身價財產的富人之一。交出了京津滬自己名下的所有生意和房產，包括他們全家自己住的青島海邊的大花園洋房。他們搬回了上海父母留下的小公寓裡居住，並在南陽路聚會處熱心服事。

五六年一月二十九號晚上大逮捕時，秦朝聖重病躺在床上。三十號下午天蟾舞臺的大會，他被強制要求參加，他躺在輪椅上聽公安局宣佈"上海基督徒聚會處以李夜聲為首的反革命集團"的罪行，聽徐聞音等幾位聚會處代表的控訴。其中特別渲染了李夜聲貪污腐化、生活奢靡……

秦朝聖躺在輪椅上睜著空洞的眼睛，他心裡如同高峰雪崩般寒氣漫天，他很慶幸自己是重症肝炎，不必上臺，不必站著喊口號，他知道自己喊不出口號，也站不住。他癱在那裡不由地問自己，我這是怎麼了？我把一切獻給了誰？帶領自己的常受宜據政府說是捲了一半錢逃去臺灣，神人李弟兄竟然是個如此揮霍無度、毫無私德的人……

接下來的幾天，秦朝聖不顧妻子的阻攔，一定要天天讀每張報紙上有關聚會處的批判揭發文章，他不能全部相信，但這些揭發的人也都是他熟知的弟兄姐妹，他們不是無品無德的惡人、騙子，所以他也無法不信這些白紙黑字。

二月三號晚上，在南陽路聚會處召開的全教會會眾的控訴大會上，上臺控訴的人有十個，都是長老、執事和同工，最後一個就是張茂良，他控訴李夜聲要他將帳冊藏起來抗拒交代，以及許多不清楚的帳目。他的控訴都是實實在在的事實，就像是壓上駱駝身的最後一根稻草，秦朝聖倒了下來，並且心被戳了個大窟窿。

當晚他跪在上帝面前苦苦地禱告，他心裡很清楚，此刻需要上帝做點事，伸手拉住他。只有一個神跡，才能讓自己越過常受宜，越過李夜聲，越過聚會處，與上帝自己發生聯結。

那天下午他剛去過醫院，GTP4000，黃膽都出來了。他禱告求上帝顯個神跡醫治自己，只要明天 GTP 能降下來，自己就不管李夜聲和聚會處發生了什麼，都堅定信仰，並相信是上帝呼召他奉獻一切，也喜悅自己的奉獻。

妻子在旁嘀咕了一句，我們不可試探神。

秦朝聖揮手怒聲道，我這不是試探，我也不是怕死！我就是要一個神跡讓我可以信他！哪怕，哪怕之後死掉也沒關係。

那一夜，他睡著了，他相信上帝必有神跡。

第二天下午化驗報告出來了，他的 GTP 不僅沒降，反而升了。他來回看了三遍報告單，就從床上翻身跳下地，大喊著：

神在哪裡？神是假的！

他的 GTP 上升了，但他卻沒死。

他因為沒死，且不需要臥床了，就被逮進了第一看守所。他在看守所裡，面頰燒得通紅，卻失心瘋般地興奮和激動，逢人便說"耶穌是假的""上帝不存在"……因為他的積極表現顯得十分異常，審查組的人就一致得出結論，說秦朝聖是個隱藏很深、極為狡猾的反革命分子，為了逃避審查，假意叛教，卻不肯真實深入地交代問題。

秦朝聖在看守所裡住了不少日子，他並不覺得太難過，他很積極地學習馬列主義毛澤東思想。等他終於出獄了，迎接他的卻是一個噩耗。他唯一的兒子，也是他們家因為他的叛教得著的唯一好處，被分配到工廠當了工人的兒子，出了工傷事故。兒子的右臂被捲進機器裡，最後截肢了。

從那一刻起，秦朝聖不再說"耶穌是假的""上帝不存在"了，而是深深地恨耶穌恨上帝。他更恨的是家裡這個始終還在禱告的妻子，因為他無法將自己的恨發洩到耶穌和上帝身上去，但他可以將這恨發洩在這個女人身上，他完全忘了自己曾經是如何感恩上天給了他一個溫柔的好妻子。

他想不通這個一切都對他唯命是從的女人，怎麼現在就不肯聽話了？當他的拳腳打在、踹在這個女人身上時，她不反抗，卻更切切地跪在地上禱告，這讓他心中的憤恨無以復加地熊熊燃燒……

康慕靈聽說了秦家的一些事，但現在各家都在發生著令人難以面對的事，甚至有過去的同工從樓上跳下自殺，有傳道人的妻子無法面對"真相"而瘋了⋯⋯秦朝聖積極的明確的叛教，讓大家不再去注意他們家的事了。

今天，秦太太來了，她走過來坐下，康慕靈就看見了她臉上手上的傷，他的心一陣緊縮，他不知道她要對他說什麼，他更不知道自己能有什麼話可以回應。

秦太太只是向康慕靈微笑了一下，就在同一條長凳的另一頭坐下了，隔著三個座位。她抬頭環顧了一圈，然後就直直地看著講臺。講臺上零零碎碎地扔著些垃圾，康慕靈隨著她的目光看過去，不由地想起這臺上講過的一篇篇道，分享過的一個個生命見證，唱過的一首首讓人流淚的讚美詩。

這裡曾是我們的天堂，講臺上講的話都帶著光，敬拜的歌聲像是《啟示錄》裡描寫的天上的敬拜⋯⋯

她的聲音像是浸在夢中的。

康慕靈以為她會哭訴丈夫的逼迫，卻沒想到她會說這些。他就無語了。

負責建這會所的常長老曾說，這新會所是因主的工作的需要而蓋起來的，如果有一天主的工作不需要了，就可以將它拆掉。康長老，現在就不需要了嗎？蓋好這堂還沒到十年，今年是第九年吧？上帝就不需要了⋯⋯

她轉身看著他，眼裡有淚，也有怯怯的迷茫。

你說，是上帝只需要九年？還是當初上帝就沒有要我們建堂？我家朝聖心裡一定是懷疑自己把全部家當拿出來，究竟是聽了人的話，還是聽了神的話⋯⋯

康慕靈的心中一震，他語氣堅定地對她說。

不管當初是不是上帝讓我們建的，我們都知道每個奉獻出來的人，都是為了上帝的，上帝那裡一定是算數的！

但這堂，還有我們這些人⋯⋯上帝都不要用了⋯⋯為什麼呢？

為什麼？我也不知道。但我想，不管上帝現在用不用，或者以後都不用了，至少他是用過這個堂，用過聚會處，用過我們每個人的，在上帝那裡，是算數的！

真的算數？朝聖現在都不信了，怎麼會算數呢？若是救恩都失去了，那怎麼辦？豈不是我們家朝聖一生都白活了？奉獻、愛主、服侍，一切都突然間成了枉然⋯⋯

秦太太說著，眼睛裡流下了淚。她的語調是沮喪的，但康慕靈聽著卻像是被打了一針強心針。到了這樣的境地，這個女人竟然還一點不懷疑有永生，她不是為那些失去的財產哭，不是為兒子失去的手臂哭，竟然是為打罵她的丈夫有可能失去救恩，失去永生而哭。

相信上帝會看重你的信心，你為丈夫禱告吧，上帝一定有辦法讓他回轉的。

秦太太聽了，眼睛裡開始泛出一點點光。康慕靈卻覺得需要努力支援，才能保持堅定的目光，來承受她的信任和感激。秦太太臨走出大門時，最後回頭看了一眼聚會廳，輕輕自語了一句，若不是傾家蕩產地來建這個堂，也許朝聖受的刺激不會那麼大……

這句話說得很輕，卻一字字砸在了康慕靈的心裡。一塊巨大的罪疚的石頭從此壓在了他的心頭，他對自己說，有生之年，我一定要把南陽路要回來。

康慕靈走出南陽路會所大門時，他不由地問自己，也是問上帝：

他，他們能回轉嗎？那些愛上帝愛教會愛得最深的人，卻也是被傷得最深的人，能回轉嗎？上帝啊，為什麼會這樣？難道這一切的愛都是虛謊？都是枉然？你不紀念嗎？

國家接收了南陽路聚會處的這所大房子，上海聚會處被合併到懷恩堂，靜安區的其他幾個教堂裡的人也都被合併到那裡，成立了一個聯合禮拜。聚會處去禮拜的弟兄姊妹越來越少，只剩下三十幾個人了。

上海宗教事務局為了照顧聚會處的一些特殊信仰要求，就讓他們在懷恩堂旁邊的小房間裡，繼續有擘餅聚會、禱告聚會和交通聚會，每星期一次。所有該有的聚會都有了，靈裡的感動卻沒有。

任崇心政治上始終保持著積極敏銳，他善於寫大字報和學習報告，跟形勢跟得很緊，後來就去政府已經接管的金陵神學院，進修學習神學。康慕靈堅持著帶領每一場乾巴巴的、人數很少的聚會，一直維持到一九六六年八月，紅衛兵衝進了懷恩堂，所有的聚會就都停止了。

六六年，文化大革命開始，所有基督徒聚會均被禁止。無論是五六年肅反中立場不堅定的人，還是堅定站在政府一邊揭發控訴的人，一個不少地全部被抄家和衝擊了，紅衛兵衝進懷恩堂，燒了《聖經》和讚美詩的歌本，砸了桌椅器具，康慕靈等人都被戴上高帽子遊街。

在學習班中，大家互相批評、鬥爭，起先任崇心讓康慕靈在他寫的材料和大字報上簽名，一起批鬥別人。後來，他就開始鬥爭康慕靈並貼他的大字報。最後政府要求大家批判《聖經》時，連任崇心也積極不起來了。

但當懷恩堂改為第四印刷廠時，任崇心的積極終於得到了回報，他成了廠裡的職工，成功地變成了一個站在人民立場上的工人階級。

一九七七年文革結束後，任崇心一個個去向他鬥爭過的人認罪，別人都赦免了他，唯有康慕靈表示赦免他，但拒絕再見他的面。

## 4

康慕靈後半生中最讓他放不下的就是南陽路的聚會處會堂，他一心就是要向政府要回這個會堂。他後來在政府的基督教三自愛國機構裡，官做到很高，他鍥而不捨地要求政府落實宗教政策，將南陽路禮拜堂還給聚會處。

一天，秦朝聖和妻子突然來探訪他，康慕靈一看到秦朝聖，就說自己正在努力要回南陽路會所，不讓大家的付出白費。

秦朝聖卻突然跑過來握住他的手說：

給上帝的一點都不會白費。即便南陽路會所沒了，上帝也存留了大家擺上的每一點滴。

他很驚訝，就用目光去問站在門邊的秦太太，秦太太一個勁地點頭，一副喜極而泣的樣子，卻說不出半句話來。

我真是個罪人！

秦朝聖突然跪下了，他長得很高大，這一跪仿佛震得樓板都顫了顫。他說了這幾個字，就開始嚎啕大哭。哭了好一陣才開始說他昨晚的經歷。

我離開主已經二十多年了，我不信他，我恨他，然後我就刻意忘記他。這二十多年中，我努力學馬列，一心要讓自己從裡到外地變成新中國的好公民，但沒有人相信我，政府也不相信我……後來我就開始抽煙喝酒了……

這兩年政府不太管了，妻子他們就又開始聚會。而我，我總是打她，也打兒子，因為他娘倆總為我禱告，我一看到人禱告就生氣，特別是看不得他們娘倆禱告。昨晚，我又揍了他們，揍完了，心裡就痛，痛得熬不住。我想我這生是完了，既成不了個基督徒，也成不了個好人民，我還是死了吧！至少我死了，可以放他們娘倆一條生路。

聽他這樣講，門邊的太太哭得更厲害了，嘴裡卻喃喃著，誰都不知道，但他知道，主知道啊，感謝主……

秦朝聖用康太太遞過來的小毛巾擦了一把臉上的鼻涕眼淚，繼續說。

我打開了窗子，我們家在三樓，我就有點猶豫，怕跳下去死不了，若殘了就更麻煩了。但不跳也沒有別的路，我想只要頭朝下應該就是可以死的。就在我要一頭栽出去時，我聽到有人敲門，我就過去開了，外面卻沒人。我走回來又要跳，又聽到敲門聲，回去開了還是沒人。我就對自己說，一了百了，別猶豫了！這次我迅速地一條腿跨到了窗臺上，卻又響起了敲門聲。我氣得要命，想自己要尋個死都不容易，就怒氣沖衝地罵：要死了！還要敲門？啥人？

　　然後就聽到一個很輕的聲音說：是我。不知道為什麼我就一下子想到了在耶穌墓門的馬利亞，我心裡就認出了這個聲音。主，是你？我覺得自己像是在夢裡，甚至恍惚著不知道自己是不是已經從樓上跳下去了。這個聲音又說：是我，我二十幾年都在敲你的門。

　　太真實了，比真實還要真實，我知道這是主耶穌的聲音，說不出為什麼，按理我已經不信多年了，二十多年來都沒有禱告過，我不應該還能認出主的聲音，但那一刻，我就是認得，想否定都不行……

　　秦朝聖突然摀著臉嚎啕痛哭起來，哭聲中充滿了愧疚也充滿了幸福。康慕靈不敢出聲，他的心也仿佛和昨晚的秦朝聖一樣咚咚地被擂響，好像一面馬上要被敲破的大鼓。他只能等著他哭停繼續說下去。

　　我，我，我知道是主，就哭了，說，你沒離開我啊？

　　主怎麼說？康慕靈見他又哭，就急著問了句。

　　他，他就說，沒有，我只是讓你知道你是誰。這下我就站不住了，回身從窗臺上跨下來，匍匐在地大哭。我對主說，主啊，現在我知道我是誰了，我真是個罪人，我一直以為自己愛你，我以為我敬虔，是捨棄一切跟隨你的。這二十年，我真知道自己是個怎樣的人了……

　　秦朝聖的每句話都砸在康慕靈的心裡，他不由地向主歎息，主啊，我是個什麼樣的人？

　　上帝卻默然無語。

　　……

　　秦朝聖的來訪原本是可以卸掉康慕靈心中對南陽路的負擔的，但他卻不肯放下，也許他只有天天想著這事，只有牢牢地讓這個負擔壓著自己，才可以不去想更多的事吧？


　　一九八五年後，康慕靈和妻子雙雙中風癱瘓在床，任崇心接替了他在政府裡的所有工作和職位。雖然他們一生都在一起做事，很多他簽名的檔都是任崇心寫的。是任崇心以卓越的政治頭腦為他這個老師保駕護航，使他沒有受過太多的苦也沒進過監獄，甚至一直能夠講《聖經》、帶領禱告……但到康慕靈的晚年，他最不願見的正是任崇心。

　　只要有政府的人來看他，康慕靈還是要提歸還南陽路教產的事，他甚至在心裡覺得，只要能要回這所凝聚著老聚會處人所有心血的禮拜堂，自己這一生背的罵名、心裡的罪疚就都得償了。但直到他過逝，他也沒有為聚會處要回這所曾經是聚會處所有人的驕傲的大會堂。

　　康慕靈是一九九三年的初秋死的，死前的那個晚上，有過去聚會處的老同工來探訪，他們告訴他七六年被改建為靜安體育館的南陽路會所，後來生了很多白蟻，教會要回來也不能用了，聽說政府要推倒重建，已經列入了市政規劃。那兩座三層小洋樓當時住進了許多戶居民，現在被改成了美容院和餐廳……他們說這些的意思是想讓這個老人放下這個重擔，不必再為一個已經不能用的會堂揪心了。

來訪的人走後，康慕靈對著窗外秋夜高高掛著的月亮，吐出一口氣……又一口……漸漸只有出氣沒有入氣了。到天亮時，家人發現又高又胖的康慕靈已經冰涼了，但他的臉上卻沒有痛苦，是一種坦然的靜默。

追悼會來了很多人，這些人有許多是文德里聚會處的老人，他們懷著各樣的心思來看看他最後的樣子，但沒有一個人能走進這張靜默的臉，去窺視他最後的心思。

追悼會結束時，大家一起唱了一首康慕靈年輕時寫的讚美詩。

哦，主耶穌，每想到你，我心便覺甘甜。
深願我能立刻被提，到你可愛身邊。

世上並無一個妙音，能把你恩盡唱；
人間也無一顆情心，能把你愛全享。

但那最能使我歡喜，尚非你愛你恩。
乃是你的可愛自己，最滿我情我心。

你比美者還要更美，你比甜者更甜。
除你以外，在天我心何歸？
除你以外，在地我心何戀？

一週後，同樣癱瘓在床上的康師母也過逝了，過逝前一天，她輕輕地反復唱著這首歌的副歌。這首歌是丈夫年輕時寫的，他們倆第一次在張恩榮家相遇時，他就唱了這首歌。

主，你如一棵美麗鳳仙，顯在山野葡萄園
殊姿超群，秀色獨豔，我心依依戀戀……

康師母的臉上不是面具般的靜默，而是戀愛中少女的甜蜜。她一生都愛著，愛著耶穌，愛著丈夫。

康慕靈死後的三年中，任崇心拼盡全力做的一件事就是完成了《基督徒

281

聚會處》，這本書的初稿他早就寫完了，但老師康慕靈一直勸他不要出版，康慕靈的理由是事情已經都過去了，不要再控告那些逝去的人。

任崇心卻始終不能放下，最後這十多年中，他眼看著上海乃至全國的聚會處再次興旺，眼看著李夜聲再次被年輕一代捧為神一般的人物，而他這個為保住聚會處不惜背負各種罵名的人，卻被刻意地忽略，甚至被人們在心中釘上了恥辱柱。

難道造成聚會處大崩潰、大失敗的不是李夜聲，反而是自己嗎？難道李夜聲因為死在了監獄，就成了完美無瑕的殉道者，那些私德和經濟上的污漬都可以被一杯黃土蓋住？而自己一生自愛，沒有違背《聖經》裡的律法，也沒有犯世間的法，反而成了個蒙羞的人？

康慕靈癱瘓在床的八年中，任崇心雖然出於尊重他，沒有出版自己寫的這本書，但他不止一次地在各種聚會中講李夜聲的私德問題，這引起了新一代信徒的震驚。他們和當年的康慕靈、任崇心一樣，因為讀李夜聲的文章，而覺得對《聖經》和上帝心意有如此透徹認識，對罪和私慾有如此剖析鞭撻的人，一定是個完美的人。何況上帝如此大用他，他必是合神心意的人，合神心意的人必是個聖潔的人……

這些年輕人因為任崇心的話而迷茫，繼而憤怒。不是對李夜聲憤怒，而是對任崇心憤怒，他們相信這一定是他編造的。常常有人來到康慕靈病床前，問他是否有此事。康慕靈只能說，我們都是罪人，除了神以外，世上沒有一個良善的，沒有一個是義人，完全人。李弟兄不是神。

雖然康慕靈堅持不再論斷弟兄，但他這樣說等於就是默認了任崇心說的事並非虛言，氣忿忿來問的弟兄就沮喪地回去了。康慕靈一直不願見任崇心，但為了這事曾特意請來任崇心，勸他不要再說這些事。這些事曾經讓那一代的許多信徒心裡冷淡，甚至有的因此離開上帝十幾、二十年，現在為何還要讓這些事影響年輕一代信徒呢？

任崇心說，這是為了信仰的真實，上帝最恨惡的就是崇拜偶像，因為聚會處高舉人而不是高舉神，所以上帝就顯出這人的本相來。

康慕靈無法說服任崇心，他不得不承認他說的都有道理，但這"道理"卻無法遮蓋他言語背後複雜的私心。康慕靈就不再看他了，黯了眼神，幽幽地看著窗外說：

我們做的事都有道理，但最後到上帝那裡交帳時，交的不是道理而是心。

康慕靈死後，他的學生任崇心還是出版了這本《基督徒聚會處》。又過了一年，他因病臥床不起了。

　　入秋後的一天，他堅持要求家人帶他去蘇州郊區的墓地看望了黃愚志，黃愚志是一九七零年以反革命罪在上海人民廣場接受萬人公審，遊街示眾後被立即槍決的。那次公審，任崇心藉故沒有去，之後雖然知道表兄埋在這裡，但也一直不曾來墓地祭拜。

　　文革結束後，任崇心積極地要幫黃愚志平反，但黃愚志的家人卻堅持逝者一貫遵行的原則不申訴。

　　秋天，不是掃墓的季節，荒草爬滿了小小的石刻墓碑。任崇心讓家人離開，獨自一人用力地推著輪椅的輪子靠近墓碑，翻身從輪椅上下來，也許是腳下無力，他一下子跪在了墓前。

　　愚之表兄，我來看你了。

　　任崇心覺得自己心裡的淚一下子流了出來，但其實他的雙眼空空地睜著。

　　愚之，你走得真好！我一直不敢來看你，我怕到你這來。但今天我可以來了，我知道自己的日子不多了……死後，也不知道能不能去你在的地方……我一定是要來看你的，再難也要來的……

　　愚之，我有時候在想，如果我那時一直呆在公會裡，你不介紹我認識康老師，我就不會來聚會處……不會，不會遇上李夜聲。若不遇上這個人，我的生命該是多少美好。不會有迷失般的崇拜，不會有絕望後的憤怒，特別是，特別是不會自以為聰明地去玩政治……

　　最後，我們都被政治玩了。他被玩死在監獄裡，他就成了殉道者，最後是他贏了。而我被玩得死不了，成了個人們避之猶恐不及的叛教者，是徹徹底底地敗了……這是上帝的選擇？還是我們自己？

　　任崇心的心突然像是被一隻鋼鐵的機器手抓住了，越抓越緊，就像個番茄被慢慢抓爛，但有著番茄沒有的巨痛。他仿佛聽見了二十多年前的那聲槍聲，看見了表兄眉心和胸口湧出的血。他突然就失去了聲音，一句話也說不出來。

　　墓地的荒草搖曳著，天很高很藍，墓碑微溫。他摸著摸著，像是在尋找那只熟悉手掌中的掌紋。還有什麼可說呢？

　　掃墓回來後，任崇心就一直沒能再說出話來，他自己反而安然了。家人卻很著急，看了幾個醫生，西醫查不出問題，說是心理性的障礙，中醫說是急火攻心。任崇心的病加重了，醫生說可能出不了這個秋。他按照政府給的級別住進了特護病房，但他所住的病房連續三個護士要求換人，她們都說白天這位病人一句話也說不出來，晚上卻總是大喊，捆綁！捆綁！而且那個房間和那張病床陰森森的。

　　女兒不相信，要求陪夜，到了晚上她卻嚇得也跑出了房間。護士要打針，她只好又陪著進去。夜燈下，屋子裡黑影憧憧，森冷森冷的，任崇心赤身躺在一條床單下，卻仍在喊，熱死了！熱！捆綁！捆綁！

　　她們趕緊打開屋裡所有的燈，即便這樣，她們走近那床時仍像是走進一個黑冷的山洞。護士說只能夜裡打開全部的燈，否則沒人敢走進去，女兒卻心疼父親，因為只要開著燈，任崇心的眼睛就睜得大大的，充滿了驚恐和不安，甚至白天也要關上窗簾。

　　這樣的日子拖了半個月，一天，醫院通知家屬說他昏迷了，估計要走了。他們就趕緊去醫院，和家人一起來的有幾個教會裡的人。護士說昨晚她要來給他打針時，在門口就見他從床上起來了，赤裸裸地站在落地窗前，窗簾拉開了，他雙臂高舉著趴在窗上。護士不敢走進去，而且也覺得不可能，因為他已經臥床一段時間了，根本不可能起床。

　　那你昨晚有沒有給他打針？

　　任崇心的兒子一把抓住護士問。護士就低了頭，吞吞吐吐地不知在嘀咕什麼。

　　那就是你們醫院弄死了父親⋯⋯我要找你們院長去。

　　弟弟還在吵，姐姐就拉住了他說。

　　別瞎說，父親還活著。再說，也不要為難醫院，父親是慢性病，少打一針並不會致命。

　　我，我沒有不給他打針，我只是想等天亮了⋯⋯護士輕聲辯解。

　　我父親趴在窗上做什麼？任家女兒問。

　　不，不知道。好像沒做什麼⋯⋯不，好像是想出去。對，我聽到他嘴裡說，出去，出去。

　　胡說！我父親好長一段時間不能說話了，這一切都是你編的！

　　兒子又憤怒起來，他已經看見了幾個教會裡的人眼中異樣的神情。

　　我沒瞎說，你問姐姐，她在這裡陪過夜。他白天不說話，晚上⋯⋯夢裡就一直會叫⋯⋯

　　好了，不用說了。女兒打斷了護士的話。

　　正在這時，另一個護士從房裡跑出來，對任崇心的兒女說，任主席醒了，他讓你們進去。

　　他們進去後，見屋裡竟然是一片明亮，窗簾拉開了，窗外的陽光濃濃地披著樹葉的金黃流進來。父親像是醒過來的人，目光清澈，他們看著他，很難相信護士描述的昨夜的情景。

　　他們一人一邊坐在父親的床邊，自母親過逝後，他們一家從來沒有這麼親近過。父親動了動手指，手背上插著的針頭管子都已經拔去了，修長的手指仍是那麼蒼白而充滿了書生氣。當雜誌編輯的女兒不禁想到，若是這雙手這一生寫的都是小說和詩句，以父親的文才一定能成為一個不錯的作家。但這雙手寫的所有才華橫溢的句子和文章，都在彼此否定，彼此覆蓋，最後又糾結著陸陸續續地投身於政治的洪流，被沖走了，屍骨無存⋯⋯

孩子，父親這輩子錯在了政治。你們，你們要好好信耶穌。

任崇心給他兒女留下了這句話，就走了。

這句話是他承認自己這輩子沒有好好信耶穌？還是表明他自己最後還是信耶穌的？各人都有各人的判斷，但這些判斷其實與走了的任崇心已經無關了。

任崇心最後在醫院裡的情景，被添油加醋地渲染傳播著，有人甚至很肯定地說他最後是被鬼附了體。人已經死了。還活著的，被他害過的，老聚會處的弟兄姐妹們都在心裡赦免了他。他們都老了，都忍不住穿過那個不願回憶的年代回到從前，只有這些被時代和政治的絞肉機絞過的人，能彼此明白吧？

但大家還是因為各種原因，或是沒有原因的情緒，而缺席了任崇心的追思禮拜。在他的追思禮拜上，他得到了一個政治性的蓋棺定論，這算是他一生追求政治正確的回報嗎？

無論如何，他走了。

# 殉道者的血

一九五六年一月二十九日晚上，李夜聲反革命集團被破獲。當晚逮捕的幾個聚會處領袖中除了李如是、王慕真，還有黃愚志，而當晚沒有被逮捕的聚會處領袖中有于華恩。

黃愚志和于華恩這兩位聚會處的長老，性格一個似火，一個似水，最後卻都成了"這個世界不配有的人"，他們以不同的方式將生命之血，全部澆奠在耶和華的祭壇上。

當這本小說終於要寫到他們時，我在以他倆為代表的這群殉道者面前顫慄，我像看"神"一般地來看他們，於是，崇拜成了我和他們之間的距離。我覺得自己無法成為他們，因此我也無法真正理解他們。

若將我扔進那個絞肉機般的時代，我最大的可能就是成為一個叛教者。

或者撒旦忽略我，或者撒旦吞吃我。難道我的命運，取決於魔鬼的心情？

難道我要持守對上帝的信仰，只能靠魔鬼的憐憫？

這本小說的寫作，將我帶入了一個時代的真實，和他人的真實中。而在這真實中，我看見了自己的真實。當我陷入痛苦，以至於無解時，我再次聽見耶穌在最後晚餐上對大弟子西門彼得及門徒們說的話。

耶穌說：西門！西門！撒旦想要得著你們，好篩你們像篩麥子一樣。但我已經為你祈求，叫你不至於失了信心，你回頭以後，要堅固你的弟兄。

難道我能像彼得一樣說，主啊，我就是同你下監，同你受死，也是甘心！捫心自問，我不能。

甚至此刻，在這風和日麗的中產階級"盛世"，信仰如春風般撫慰人心，如心靈雞湯般做成方便食品，以潤物細無聲的溫柔讓人舒適地酣睡，披著成功的變色彩衣讓你看見"榮耀"……我還是不能如彼得般，想像出自己能夠為愛而成殉道的英雄。

在寫這些"叛教者"的故事時，分分秒秒，我心底都迴蕩著耶穌安靜的柔聲：彼得，我告訴你，今日雞還沒有叫，你要三次說不認得我。

哦！我的主！

我能透過你肋旁的傷洞來看、來理解這些叛教者，但我該如何來理解這些信仰的勇士？這些殉道者難道不是與我們一樣性情的人嗎？他們是應該坐在你的荊棘冠上？還是與叛教者一樣，是被你撿來，藏在肋旁的傷洞中？

## 1

于華恩的父親是個鄉鎮上的鐵匠。雖然是個鐵匠，卻因為早就與西方傳教士接觸，而成了個基督徒，成了個鐵匠中的異類，愛作詩，愛說幽默的小笑話。他長得又高又瘦，禮拜天去教堂時就總是坐在最後一排，以免擋住了別人的視線。

他妻子有時會著急，說坐在第一排才能多得恩典，離上帝近些，鐵匠丈夫卻笑笑說，到天上會重排座位的。

義和團運動時，殺洋人、殺洋教，于華恩才剛滿周歲。母親看著家中的幾個孩子，特別是抱在手上的剛剛學話的小兒子，十分害怕。就對丈夫說，聽說，灶上貼個灶司菩薩，就可免殺身之禍了。

沒想到，平時溫和老實的鐵匠這次的回答卻像是在打鐵：殺就殺！就是不貼灶司菩薩！

他們一家做好了被殺的準備，卻都沒死。原來慈禧發了道命令：基督徒格殺勿論。電報發到南京，再由南京向江南各地張榜通告。南京的兩位報務員收電報後，卻大感良心不安，於是"筆下超生"，將"格殺勿論"改成了

"一律保護"。於是，江南一帶的千萬家基督徒，免遭像華北那樣的大屠殺。後來兩位報務員被清廷"腰斬"。小華恩長到了上學的年紀，還是常常聽父母親講耶穌基督替死的故事，和這兩位報務員替死的故事。

鐵匠的心願就是兩個兒子都能當醫生，因為他從傳教士那兒聽說，醫生是上與君王同坐，下與乞丐同行，社會接觸面最廣的職業。當時的許多西方傳教士是學醫的，他們認為醫生是向缺醫少藥的中國人傳福音最好的職業，西方公會也在中國辦了不少醫院。

于華恩與哥哥後來果然都成了醫生，一生都在醫治肉體，更救人的靈魂。

逼迫上海基督徒聚會處是從高校開始的。于華恩的小兒子于愛之和徐聞音在一個大學讀書，也在一個團契。從五五年六月開始，他們都被隔離審查，不准回家。五、六個月後，就是一九五六年一月的一天，他被允許回家。

于愛之當然極想回家，回到父親和大哥身邊，他就什麼都不怕了。但他又很怕回家，一來是怕自己牽連到他們，二來怕他們問。他不能和他們說什麼，因為無論說什麼，他第二天回學校都要一一交代。

那天晚餐，桌上的食物仍是很簡單，介於稀飯和乾飯之間的軟米飯，炒青菜上面趴了幾塊油麵筋，只有他面前放了個白底藍花的小碗，裡面是他最愛吃的鹹魚蒸肉餅。一張白菜葉上鋪了層肉糜，上面放了一小塊鹹鯗魚。

香味撲面而來時，二十出頭的小兒子笑了，又哭了。父親和哥哥故意裝作沒看見，母親也流下了淚，且流得止不住，但他們誰都不敢向他問一句。餐後是他們家慣常的家庭讀經時間，那天的經文是新約中《約翰福音》十四章。

父親近年身體都不好，這次回來一看，似乎更差了。人很瘦，因為高就更顯得像副空衣架子，他虛弱地坐在椅子上，聲音不高，卻清晰而有力地念著《聖經》上的話。

你們心裡不要憂愁；你們信神，也當信我。在我父的家裡有許多住處；若是沒有，我就早已告訴你們了。我去原是為你們預備地方去……

于愛之聽著父親讀《聖經》，卻好像他讀的不是書上記著的，耶穌死前對門徒說的話，而是父親自己對兒子們的交代。

……我留下平安給你們；我將我的平安賜給你們。我所賜的，不像世人所賜的。你們心裡不要憂愁，也不要膽怯。你們聽見我對你們說了，我去還要到你們這裡來。你們若愛我，因我到父那裡去，就必喜樂，因為父是比我大的。

現在事情還沒有成就，我預先告訴你們，叫你們到事情成就的時候就可以信。以後我不再和你們多說話，因為這世界的王將到。他在我裡面是毫無所有，但要叫世人知道我愛父，並且父怎樣吩咐我，我就怎樣行。起來，我們走吧！

父親念完了，卻沒有像往常一樣解說，似乎這些話已經不用解釋了。父子三人都沉默著，在上帝的這些話裡面，讓靈魂相擁、交談，相喜也相泣。只有母親一直在流淚，她甚至說不清自己在為誰流淚，但有一種莫名的悲傷隨著這些經句漫湧上來，浸透了她的心。

……

第二天，于愛之離開家時，他走到門口，父親送到門口。他背對著他，卻感受到父親濃濃的愛與不捨，他突然回身抱住父親，這是自從他長大後唯一擁抱父親的一次。他在父親的耳邊說，他們是要來整你和教會的其他負責人。

于華恩鬆開兒子，眼睛定定地看著他的眼睛，用昨晚讀的一句經文回答說：

他在我裡面是毫無所有！

于愛之和哥哥于信之知道這個"他"是指這世界的王——撒旦。他們一生都難忘父親那天說的這句話，難以忘懷那話裡的堅定、絕對，與超乎尋常的平安。

人生會遇見各種境遇，各種非理性的環境，甚至是非理性的時代。然而這一切和那些成功、富足的日子一樣，都可以成為撒旦在我們生命中得著領地的機會。若是撒旦在人的裡面一無所得、一無所有，那麼這人還有什麼可怕的呢，他是不屬於這世界的。

大約只過了二周，一月二十九日的夜間大逮捕就臨到了，于華恩並未被捕，而是和一批聚會處的長老、同工們一起被關進了南陽路的聚會處，一人一間隔離受審。

他被單獨關在作為基督徒聚會處接待部的小洋樓裡，在原來福音書房的樓上。房間靠著馬路，窗子並沒有封上，空氣流通，讓人並沒有被封閉監禁的感受。于華恩平靜地站在窗前，他有點想不通，政府為什麼沒有將自己和李如是和黃愚志他們一起逮捕？自己憑什麼得著這樣的"優待"？

但他也並沒有想太多，于華恩不是一個允許自己想來想去的人，他是聚會處裡唯一一位走"內在生命"靈修路徑的長老。多年的操練讓他本能地遇事安靜在上帝的面前，事情越大，越不合常規，他就越不去使用自己的判斷，因為他知道這時只要一用自己的邏輯和判斷來思想，就已經是給魔鬼留了侵入的位置。人的罪，不就是緣於要自己判斷嗎？

　　有句西方的諺語說：人一思想，上帝就發笑。于華恩認為那實在是不懂上帝的人說的。應該是：人一思想，上帝就哭了。因為人一用自己的邏輯思想，就陷入了自己的罪中，就離開了賜生命的天父。天父怎能不哭，反而發笑呢？

　　起初的幾天，審案子的人就是督促他在紙上寫交代和揭發，交代他自己的反革命思想和罪行，揭發聚會處別人的反革命思想和罪行。于華恩卻天天一字不寫也一句不說地坐在那裡，他在心中暗暗地感激這些年來的"內在生命"操練，這種操練讓自己的心仿佛是包在了聖靈的膏油和耶穌的寶血中，對外在的一切都感覺不到了。

　　四三年，抗戰中，上海文德里聚會處的聚會停止後，于華恩突然發現，離開了轟轟烈烈的群體性教會，和各種以形式和場地構成的宗教後，信仰回到了個人的、受造者與他的被造者之間的關係上。

　　經過四二年的文德里風波，加上孤島上海物價飛漲、人人自危的環境，無論是教會的會眾還是領袖，都被金錢以"生存"的名義捕獲了。信仰如何能夠成為一個人生命中的鐵和鈣，而不是一個人外面的盔甲？于華恩開始注意到"內在生命"的問題。

　　那段時間裡，他陸續翻譯了基督教奧秘派的幾本英文書，有幾本直到二十一世紀，仍是許多真正渴望與上帝天父有生命關聯的基督徒的首選屬靈作品。例如勞倫斯的《與神同在》，蓋恩夫人的《馨香的沒藥》和《簡易祈禱法》，還有《蓋恩夫人的信》等。

　　奧秘派是在十七世紀的天主教中興起的，代表人物有聖約翰、蓋恩夫人、勞倫斯、芬乃倫神父等人。他們都是天主教的神父與修女，他們都非常注意心靈中與上帝的相交與相連，追求個人的聖潔生活，並在苦難中來享受上帝的同在。

　　修道院中的廚子勞倫斯，是奧秘派中著名的與神同在的人，他在廚房裡的每件日常工作中，體會並享受與上帝的同在，進入一種在地若天的無人之境。于華恩一邊翻譯他的《與神同在》這本薄薄的小冊子，一邊仿佛偷嘗了靈魂之蜜，他心裡生出舊約《雅歌》中描述的情感來：

願你用口與我親嘴；因你的愛情比酒更美。
你的膏油馨香；你的名如同倒出來的香膏，所以眾童女都愛你。
願你吸引我，我們就快跑跟隨你。
王帶我進了內室，我們必因你歡喜快樂。
我們要稱讚你的愛情，勝似稱讚美酒。

……

那些日子，于華恩像是醉在愛情中的人，他第一次發現信仰是可以超越一切宗教的外在，可以暫時忘掉使命和神學，而忘我在愛情中的。一貫老成持重的于醫生、于長老，第一次與上帝陷入了熱戀。他甚至不願意去看一眼這個世界，只想一直譯不完《與神同在》。

……

一周沒到，審訊的人終於壓抑不住內心的憤怒。在他們的怒罵中，于華恩才知道原來這個通風的房子，這每天一杯的牛奶，這彬彬有禮的問訊，都是給他的特別待遇。因為政府看中了他，只要他願意配合就可以成為新的聚會處的領袖。

審訊他的人級別在不斷升高，目光犀利，很有威勢的工作隊隊長來過，但他那令張茂良等許多人不寒而慄的威嚴，在于華恩身上沒有作用。當他用仿佛是天生的審判者的目光，陰沉地看著他時，于華恩並沒有膽戰心驚。

他雖然和其他人一樣，不由自主地向自己的內心看去，但這自省是他常常在上帝面前做的。蓋恩夫人《馨香的沒藥》中記錄著她在聖靈的光照下，為罪為義自己責備自己的靈裡的經歷。從讀這書開始，于華恩就有意識地主動來體驗這經歷。

起初，他也有過震驚，震驚自己竟然是個如此虛偽敗壞的人，甚至每天的一言一行一思念中都藏著自我欺騙的虛假。震驚後必然是失敗，失敗以至無奈，于華恩也曾逃避過。他讀《馨香的沒藥》時，正是四二年風波剛過，在那期間，風波中自己所做的，教會所做的，自己言行背後人所不知的動機，都重新一幕幕亮晃晃地呈現在他面前。

當李夜聲自己要求教會將他除名時，在聚會處極具威信的于華恩卻沒有支持李如是和黃愚志的辦法：問明原由，要求正式悔改，或是除名。

他當時說，李弟兄要求聚會處將他的名字從名冊上拿掉，但事實上上海聚會處沒有信徒名冊，只有通訊卡片，況且李弟兄不屬於某一個城市的地方教會，因為他是全國聚會處的同工，通訊卡片上也沒有他的名字。況且我們也不知道真實的情況，既然他自己引退，那就讓他引退罷。於是，事情就這樣不了了之了。

在這其中誰也無法對他于華恩有一絲一毫的責備，在聚會處，他是人們公認的，有基督生命的人。但奧秘派帶人進入靈魂深處與聖潔之神的面對面，於是讓人對自己的罪有了超乎尋常的敏感與深究，這讓四二年之後的于華恩，根本顧不上追究他人的問題，而是癱軟在自己的罪中求上帝恩典的赦免。

現在當他面對人的審判時，竟然比誰都坦然，他不會在工作隊長這雙審判的目光下發抖、崩潰，因為他早已經在上帝聖潔之靈的目光下發抖、崩潰過無數次，並一次次得著了上帝的赦免與遮蓋。

最後，那個以沉默威逼受審者而出名的隊長自己崩潰了，他開始大聲地拍桌子嚎叫。整整一周多，每天晚上，關押于華恩的屋子裡都傳來他嚎叫的聲音。而屋裡的于華恩卻平靜地低垂著眼睛，在他面前的桌上，總是那疊雪白的紙，它端端正正地放在那裡。

于華恩一整天一整天地面對著桌上的白紙，心裡不住地感恩著：

你們的罪雖像朱紅，必變成雪白；雖紅如丹顏，必白如羊毛……主啊，你這話是真的。

他在審訊室裡享受著救主密室中的甜蜜，這是沒有進過靈魂密室的人所無法瞭解的。他唯一後悔和自責的，是沒有帶領更多的聚會處的弟兄姐妹進入密室，若是他們在密室中見到主自己，又豈會在乎李弟兄的聖潔與否？又豈會崩潰在人的審判之下？


## 2

于華恩在南陽路聚會處的接待處屋子裡關了二周後，這天，有個戴著金絲邊眼鏡，長相很斯文的人走了進來。此人就是上海宗教局，現在肅反委員會的一個年輕的領導——吳一丹。

于華恩看了他一眼，這人顯然四十不到，說不定是三十出頭，蒼白的面頰上有著文藝男青年的緋紅。雖然嚴肅，卻有著一種溫和的書生氣。他走到書桌的另一邊坐下，溫和地看著于華恩。于華恩卻在他茶色鏡片後的眼睛裡，看到了兩個陰森的陷阱。

于醫生，他尊敬地稱呼道。這些日子還好嗎？你身體不好，不適合這麼隔離審查，但這是程式，沒辦法！

……

于華恩一言不發，以不變應萬變，他要看看這個說客能有什麼高招。

唉，李夜聲出了這麼大的事，竟然一直瞞著你們大家，現在又連累了整個聚會處。看著單純愛主的聚會處的弟兄姐妹知道真相後的痛心疾首，甚至是信仰崩潰，真是讓人不忍心……

吳一丹停了停，他在于華恩臉上找不到任何回應，便突然問道：

你作為長老，對你牧養的小羊們應該負有責任吧？現在大家信仰崩塌難道不是因為你當年為李夜聲隱惡？

得赦免其過、遮蓋其罪的，這人是有福的！

于華恩用《詩篇》三十二篇裡的大衛的一句詩回答他。

那李夜聲是陳明了他的罪，不隱瞞他的惡嗎？他是心裡沒有詭詐，是耶和華不算為有罪的？

于華恩沒有想到吳一丹對《聖經》那麼熟，他竟然用三十二篇裡大衛後面的詩句來反問自己。他知道，他的反問也正是許多弟兄姐妹的反問，是四二年造成李如是、黃愚志等聚會處領袖離開教會的原因，也是今天知道"真相"者崩潰的原因……

我豈是弟兄的主？又豈是定罪的耶和華上帝？他有沒有認罪，上帝有沒有赦免，那都是他與上帝之間的私事，我只是個不知情的外人。

于華恩的臉上仍是平靜的，他覺得肝部正一陣陣刺痛，他知道雖然自己說的道理都沒錯，但內心仍是痛得要癱下去。只是于華恩決心不癱在人的面前，而要癱在神的面前，他深深地吸了一口窗外溢入的夜色，在心中將靈裡的眼睛舉起來望天。望夜空中的繁星，望繁星背後造物主的眼睛。主啊，人算什麼，你竟顧念我們。

你是一個真正的基督徒，政府是支持並保護宗教信仰的，我們絕對不是要你叛教，反而是要幫助你們基督教，幫助你把聚會處辦得更好、更大、更聖潔，成為中國基督教會的典範。因為你們的教會觀是與政府反帝國主義的立場一致的，李弟兄不也強調過你們聚會處是自治、自養、自傳的嗎？所以你應該和政府配合，一同為辦好教會而努力。揭發聚會處的問題，揭發李夜聲，就是教會進行自潔，潔淨的教會才是上帝所喜悅的，也是人民政府的良好願望。你不想出去辦好教會，繼續牧養上帝給你的羊群嗎？

于華恩聽著，心裡不得不承認這個年輕的共產黨官員是個人才，他這種混雜模糊的，似聖實俗的邏輯，確實對一心想辦大辦好"教會"的人很具誘惑，可惜他選錯了說服的對象。✓

從一九二九年第一次來到文德里，到一九三六年全家搬來上海，于華恩一面掛牌做醫生，一面在教會中做同工、當長老，他從來沒有把這個教會看成是自己的事業。也許是因為他的天性，也許是因為他一直還是個開診所的醫生，他只是按著需要在教會服事，卻從來沒有野心，或者說也從來沒在神面前立大志，要把教會做到多大規模。四三年以後的"內在生活"操練更是讓他關注自己個人與上帝的關係。

于華恩平平淡淡地回答吳一丹道：

教會不是一個組織或機構，只是一群被上帝呼召出來，得著神兒子生命的人。我不是屬於某個組織性"教會"的人，我是屬於基督的人。所謂"教會"，就是這群被呼召出來的蒙恩的罪人，因耶穌基督救贖寶血的遮蓋而被上帝算為義，成為分別為聖的一群。所以，我認為任何一個人都沒有能力使教會更聖潔。至於更大，更好？大和好的標準在哪？我沒有這個呼召，也沒有這個判斷力。我想政府是選錯了人。

吳一丹在這通不溫不火的話面前一時語塞，他恨不得把對面這個人打翻、撕碎，他可以這樣做，但他知道那就是自己徹底的失敗，因為消滅人的肉體實在是太容易了。吳一丹決心要打倒于華恩此刻完整並站立著的精神。

看來你是個有良心的人，寧死也不想做猶大。這樣吧，我成全你，你不用揭發別人了，也不用交待自己。你就按著李夜聲自己供述的錄音抄記一遍作為對他的揭發吧。這些都是政府已經瞭解的，也是李夜聲自己已經承認的，你以此作為揭發，良心和感情上都說得過去，也讓我們不必太為難。我還是很尊敬于醫生的人品，希望聚會處，乃至全國的基督教會有你這樣的領袖。

吳一丹說完，不讓于華恩有回答的機會，就起身向門口走去，他打開門，回頭幽幽地像是一個老朋友般對于華恩說：

知道你身體不好，我們每天給你喝牛奶，就是革命人民、党的幹部也沒這個待遇呢。你總不能一個字不寫吧？

從那天起，小屋裡天天播放李夜聲的自供認罪錄音。這聲音于華恩實在是太熟悉了，這聲音讓各個時期的李夜聲、各種表情的李夜聲都湧進屋來。特別是這聲音陳述的事件和事件中的人也都是于華恩熟悉的，往事一幕幕在他眼前浮現，更可怕的是李夜聲的供述仿佛是將一幅幅事件和靈魂的"真相"，疊印在他曾經眼見的"事實"上，心裡的記憶與認知都顛倒破碎了，一陣陣地刺痛，一陣陣地迷茫。什麼是真？什麼是假？

當他正一步步陷入這痛苦和疑惑中時，他用盡力量從各樣的思緒中抬起頭來，仰臉去問神，什麼是真？什麼是假？

突然有一個聲音，像一把利劍般劃裂了困住他的痛苦和疑惑。

我是真！

于華恩心中的蒙蔽猛地被撕開，他重新看見了眾水之上坐著為王的耶和華，他望著天父的臉，深深地呼吸著上帝臉上的微笑。

謝謝你！你以笑臉來幫助我。是的，只有你是真！

就如經上所記：沒有義人，連一個也沒有。沒有明白的；沒有尋求神的；都是偏離正路，一同變為無用。沒有行善的，連一個也沒有。

《羅馬書》中保羅的這段話從他心裡湧出來，將他突然從"什麼是真？什麼是假？"中釋放出來。

　　我沒有權利審判誰，也沒有權力判斷李夜聲的真假，因為《聖經》上早就說了，人都是虛謊的，都是偏離正路，行不出真正的善。那麼，李夜聲不也就和我，和無數個人一樣，是個蒙了恩典的罪人。他的失敗，無論是行為，還是心思；不論是他自知的，還是他自我蒙蔽而不知的，豈不都在基督的寶血底下？

　　若是這樣，我豈敢將救主寶血下的事，在世上官府面前揭發、控告呢？李弟兄如何向上帝向人交代是他自己的事，我若來揭發，豈不是對基督救贖的否認？

　　撒旦在神的面前晝夜控告我們，基督用替死將我們覆蓋在他的血中，我又豈能在怕個時刻，在撒旦差役的壓力下，為了自保而給自己藉口，作魔鬼的幫兇，來控告我親愛的弟兄？縱然弟兄有錯，基督豈不是已經為他死了？我怎能不藉著神羔羊的血來看弟兄？

　　一周後，于華恩終於顫抖著手，在白紙上寫下了他唯一的一句"交待"：

　　誰能控告神所揀選的人呢？有神稱他們為義了，誰能定他們的罪呢？有基督耶穌已經死了，而且從死裡復活。✓

　　那天，終於看到白紙上有了字的審訊者雖然看不懂，還是高興地當作收穫把紙交到了吳一丹手裡。吳一丹看了一眼，恨恨地扔在地上，用腳踩在上面說，這是《聖經》裡的話，看來他倒是真信……得換個辦法……

　　兩天后，一個在南陽路聚會處管理會所清潔的工人得到了政府的信任，來送他自己在家裡做的麵湯，給胃一直不好的于醫生吃。于華恩為他兒子和母親都看過病，送醫送藥，還救過他兒子的命，他是十分感激他的。

　　那天他放下麵湯和一杯牛奶後，猶豫著想對於醫生說點什麼，但進來前政府的人專門教訓過他，不准他對于華恩說任何話。那個戴著眼鏡，白著臉，有點陰沉沉的領導，還特別威脅他說，不准把其他十幾個也在隔離審查的教會領袖的情況對于華恩說。對那十幾個人的情況，他是知道的，因為他們也讓他負責送食物，做清潔。

　　他想來想去，若不告訴醫生，自己良心上實在過不去，他不能看著于醫生吃虧。他故意背過身去，意思是我沒有對于醫生說，只是自言自語。

　　他們都已經向政府交代了，政府全知道了。你一個人不交代沒有意思的，白吃苦，趕快交代吧！

　　于華恩沒有想到他會替政府來勸自己，但轉而一想便明白了這個人的心意，心裡不由地嘲笑策劃這事的一定是那個小白臉。

　　他坐下，輕鬆地享受著麵湯，吃得很香。那人吃驚地回過頭來看著。于華恩吃完面，抹了一下嘴，笑著對他說：

謝謝你的湯麵。我于醫生，飯吃得下，覺睡得著，良心平安！請你放心。

他又拿起桌上的那杯牛奶，說，這不是你送給我吃的吧？

不，不是。是政府照顧你的。

那就請你幫我還給政府吧，你告訴給你牛奶的人，說我還不了這個情，寫不出他要的字。


第二天，工作隊隊長說，政府為了進一步幫助他，將他押送提籃橋的監獄裡拘留審查，但這不算逮捕，是幫助他，所以沒有逮捕證，也不需要通知家屬。

從于華恩被押入這座遠東第一監獄後，車輪戰的日夜輪流審訊就開始了。審訊者從不同角度向他責問並求證聚會處歷史中的各種事，讓人一是覺得他們已經掌握的比你知道的更多，二是讓人不知道他們真正要問的是什麼。

于華恩並不知道，就在同時，李夜聲就被關在同一個監獄中。但其實他就算知道，也不會有什麼想法或感覺了。日夜不停的審訊，連續五十天不讓他睡覺，在換班間隙中，他稍一瞌睡，就被下一班的審訊者拍醒。這是一場意志和體力的較量，但于華恩是沒有體力的，他只能將自己所有的意志集中在上帝身上，哪怕這意志細弱到像隨時會斷的一根細線。

但它沒有斷。

于華恩在這五十天中，心裡除了上帝，不敢有任何一個人，即便這樣，他都很驚訝這根意志的細線沒有斷，他知道這不是靠他自己，而是上帝特別的恩典。這五十天中，他昏迷了三次，他甚至不知道自己的前言與後語，但一是他基本不說話，二是他不說一句假話，這使他沒有露出讓審訊者可以突破的破口。

從第三次昏迷中醒來時，他知道見主的日子近了，他沒有想到會這麼快。他在心裡一遍遍竭力回想天主教修士們，為了體驗與耶穌同受苦而自虐的情景，準備接受看來會無窮無盡的折磨，他決心要主動地在這苦難中來體驗十字架上耶穌的受傷與受死。

他沒想到這麼快⋯⋯

主啊，你的恩典是我實在不配的！我知道自己是個軟弱的人，你是因著我的軟弱而要提前將我接走了。你比我更知道我自己，我甚至不配來為你將牢底坐穿⋯⋯

于華恩的眼睛裡流出了隔離審查以來唯有的二行熱淚，他很想嘗嘗這感恩的淚，他想這淚會不會是甜的，但他已經連動一動手指的力氣都沒有了。

熱熱的淚緩緩地流出眼眶，一行滲入鬢角，另一行翻過眼窩鼻樑的高山低谷，去追那一行。他的頭腦極清醒，但卻感受不到周身傷口的疼痛，靜靜地仿佛是在旁觀這兩行淚，又像是回味自己一生的跟隨……主啊，我跟從了你……于華恩閉上了眼睛，一份無比的甜蜜讓他好像醉了一般。

監獄醫生對獄長說，這個人已經活不過二十四小時了。

于華恩的妻子和兒子收到了政府的通知，讓家人速速辦理"釋外就醫"的手續。

一輛黑色的監獄吉普車連夜將于華恩送到了醫院。

十幾個小時後，于華恩死在醫院的病房裡，他的親人簇擁在身邊。斷氣的那一刻，于華恩因肝病而又黃又黑的臉色突然白了，天使般反映著另一個世界的景象。

他至死沒有揭發、控告任何一個人，也沒在心裡怨恨誰。

過去在南陽路聚會的一位裁縫弟兄送來了一套做工精緻的料子衣服，這在當時是太貴重了。于太太不肯收，說這麼好的衣服現在結婚新郎都穿不著，燒掉可惜……她說燒掉兩個字的時候，突然噤了聲，停了一下，好像被自己口中的聲音驚到，但旋即她就收住了要湧出來的淚。

你家的情況我是知道的，你的心我們領了，衣服還是賣了吧！

不，師母，這樣的衣服只有于醫生配穿。這，這台縫衣機是我唯一的家當，當時我心裡感動也交出來了……是于醫生自己拿錢買下來，又送還給我，有了我們一家的生計……師母，讓于醫生穿著這身衣服走吧，登登樣樣地去見他。

他說著眼睛向上悄悄地一掃，于師母知道他是說去見主耶穌，眼淚就還是落了下來，心裡卻是一份釋然。

于醫生穿了它，我這個小裁縫和我這台縫衣機就是得了其所……師母……

于太太不忍心再聽下去，趕緊點了點頭止住了他。

在萬國殯儀館送父親最後一程時，大兒子于信之忍不住氣憤地大罵李夜聲，說父親都是被李夜聲害死的。

母親于夫人卻抬起淚眼瞪著兒子，厲聲喝止了他。她溫柔地回望著經過修飾，像往日一樣儒雅溫良的丈夫說：

你父親沒有恨過人，你是他兒子，也不准恨任何一個人。

她用手指輕輕正了正丈夫的領帶，然後讓微顫的十指，久久地停留在他的面頰上。

誰也害不了他，他是主的人。上帝接他回家了，我們也會去的。那是我們永遠的家，沒有眼淚的家。

于華恩作為一個耶穌的跟從者，他是蒙了大恩的，無憾地跑完了他當走的路。然而，作為一個父親，不知道他是不是在天上看著他的兒子們，他會感到遺憾嗎？也許不會吧，一個走內在生命道路的人，既然將自己都交在了上帝的手裡，又豈會不交出孩子？

## 3

作為一個出生在上海的人，除了自己家的弄堂，弄堂口的小吃店，人民廣場總是要佔據一點記憶空間的，因為它和外灘一樣是上海城市的標誌。

在我兒時的記憶中，人民廣場是大得沒有邊的。每次外公帶我去，都是從淮海中路走著去，或是沿著家門口的瑞金一路走到南京路，再右轉，向著外灘方向走。對於兒時的我，這路程遠得像是長征，所以每次走到後，我都有一種獲得巨大勝利的感覺。

一路上外公總是給我講講上海，也講他一生的奮鬥史：從帶著一雙筷子一把傘來上海學徒的泰興小弟，到上海的大老闆；再從擁護共產黨的民族資本家，到一無所有的老人。

那時，我們總是坐在人民廣場中央的一個水泥凳子上，曬太陽也聊天。他給我講了許多在這個廣場上發生的事，說這裡原來曾是一片水田，道光二十八年英租界擴大了，這裡被稱為"泥城浜"，所以小刀會在這裡跟清兵打仗，就叫"泥城之戰"。後來，這裡成了赫赫有名的上海跑馬廳，起初中國人是不可以進去的，到了宣統元年中國人才可以進入。外公說這裡和上海別的許多地方真的都掛過"華人與狗不得入內"。我覺得不可思議，問他憤怒嗎？是不是常有人去砸那塊牌子？他想了想臉上有點尷尬，說，好像也沒有。

一九四一年太平洋戰爭爆發，跑馬廳成了日本人的兵營。抗戰勝利後，跑馬廳又成了美軍的軍營和倉庫。一九四九年，這裡才真正屬於了中國人。一九五一年秋，上海市人民政府將跑馬廳改建成人民公園和人民廣場。一九五四年，跑馬總會大樓改為上海圖書館。之後又興建了上海體育宮、上海人民大廈、上海博物館等……

外公說這些時顯然是激動的，他的臉上呈現著由衷的對帝國主義的恨，和對新中國的熱愛。他講著迎接解放的遊行，還有各種發生在人民廣場上的事，他講的時候仿佛自己就是人民，就是從三座大山下被解救出來的人民。他曾不止一次自豪地對我說，陳毅市長當面說過他是一個革命的民族資本家。

他講這些的時候，有意忽略了他所經歷的被抄家、批鬥……反而在落實政策後感激地寫詩發表在《文匯報》上。被沒收、被剝奪了一生努力成果的外公，是我無法理解的。

多年後，外公已經去世，我在收集這部小說的材料時，發現外公不知是有意還是無意地略過了發生在上海人民廣場上的一件大事：一九七零年四月二十五日，在上海人民廣場舉行了萬民大會，公審了兩位基督徒的叛國投敵反革命案，並由電視實況轉播。大會上萬民高呼口號，"打倒帝國主義" "打倒叛國投敵分子" "人民當家作主" "無產階級專政萬歲" "嚴懲反革命分子"……大會當場宣佈死刑立即執行，在遊街示眾之後，這兩位基督徒和另外四十九位被定為死刑犯的人，一同被執行了處決。

不經過嚴格的法庭審判，一下子槍斃了這麼多人，這事外公不可能不知道，不可能不記得，甚至當時他這個資本家不可能不膽戰心驚，但他選擇了忘記，至少是不希望我知道。也許，他和很多善良的人一樣，希望孩子的記憶裡只有陽光和鮮花。

四十年後，我在大洋的彼岸，面對著那個熟悉又陌生的人民廣場。仿佛是二千年前耶穌受審的那個場景，眾人在高喊"釘死他""釘死他""把他釘十字架"。為什麼眾人會激烈地要求處死並不曾危害過他們生命或財產的人呢？人民廣場上萬民湧動的口號聲中，有多少是組織的安排？有多少是真實的情感？又混雜著多少罪惡的興奮、自義的判斷、求同的惶恐、冷漠的自保？

透過我自己的人生和信仰，透過片段而真實的史料，透過眾多當事人的自辯與懺悔，透過外公的愛恨，我看著那個時代，更看著被"眾人"處死的兩位殉道者……

一九七零年，我七歲，正在上海。就在那年那月，甚至那個禮拜，我一定去過人民廣場，但我看不見那血……

我把黃愚志的故事放在最後，因為他的血仿佛四十年前就滲入了我的血管，今天突然被喚醒，奔湧起來，沸騰起來……使我這個如此凡俗、平庸的小資女，似乎能體會到一點他神聖的激情。

我真是渴望這種體驗能再長些，只怕是我一寫完，他和他那殉道的光，就會從我生命中褪盡，我會回到這個悲涼而麻木、世俗而猥瑣的末世。

黃愚志是一個性如烈火的人，個子不高，濃密的頭髮根根豎著。他是李夜聲非常器重的人，他講道的資訊像火一般燃燒，讓聽到的人猛不丁地，被灼傷、被點燃、被燒盡偽飾，也被燒盡草木禾秸搭建的"成功"。

被黃愚志灼傷得最厲害的就是李夜聲。黃愚志是最早進入文德里聚會處的弟兄之一，後來因著他有傳福音和講道的恩賜，被李夜聲派往中國各地及香港，佈道並建立新的聚會點。

在一九四二年的文德里風波中，黃愚志是聚會處十多位領袖中，最堅持要求教會革除李弟兄的一位長老。如果說李如是對李夜聲之事的劇烈反應，有很大程度夾雜著個人情感，那麼黃愚志則完全是因為"正義"。

在他的信念中，奉獻就是全然的，怎麼可以一手拿《聖經》，一手拿帳本呢？既然李弟兄放不下帳本，那他就不能再站上講臺。《聖經》上耶穌明確地說了：一個僕人不能事奉兩個主；不是惡這個愛那個，就是重這個輕那個。你們不能又事奉神，又事奉瑪門（瑪門：財利）。

當黃愚志從外地趕回上海，聽到有人甚至誇李弟兄是個神人：可以合上帳本下樓來，拿起《聖經》就可以講道，而且就能讓下面的人哭著悔改。他聽了這話就有一股火在胸中燃燒，冷冷地說，若是這樣，那麼要悔改的人首先是他自己。

站在講臺上講的豈是人自己的道理和智慧？讓人悔改的力量豈是人的口才？雖然黃愚志被稱為開口就能讓人悔改信耶穌的人，但他自己從不這樣認為，他每一次講道前都不僅認真準備，而且久久地跪在上帝面前，求潔淨求能力，為那些要來聽福音的靈魂求憐憫。

他為此去找過李夜聲，問李夜聲是不是一手拿《聖經》，一手拿帳本，放下帳本就講道？李夜聲仍是以一貫的不解釋的方式對他，他微笑著耐心地聽他指責，不回答。最後他一個勁地逼問，有沒有放下帳本就下樓講道的事？李夜聲說，有。黃愚志憤怒地指著他說，上帝使用一頭驢也可以發聲的，被使用的器皿若不自潔，必遭棄。李夜聲聽了，沒什麼反應，只是輕輕點了點頭表示同意。

黃愚志不常在上海，對趙心潔的事並不清楚，他召集長老和同工們開會討論如何處理李弟兄的事，李如是從無錫來了上海，雖然很氣憤，卻不肯再多說，只說了一句話，為著弟兄姊妹，我不說的好。她就走了。

於是，于華恩用含混的話讓這事不了了之。當晚，黃愚志就衝到于華恩家裡和他大吵一場，臨走時他嚴厲地瞪著他的眼睛說，這事，我們都要在主面前交帳的。

一九四八年，李夜聲又被請回到上海聚會處成為帶領者。四月特別聚會的前一天，黃愚志在哈同路上遇到李弟兄，李弟兄看見了他，主動走過來，臉上仍是那不變的似有似無的微笑。性如烈火的黃愚志很想責問他悔改了沒有，但馬路上人很多，他扭過臉去不理睬李弟兄。李弟兄從他身邊走過時說，你走你的路，我走我的路。

他一走過去，黃愚志就幾乎要哭出聲來，他不禁想起他倆一路走來時，靈裡相通的陪伴。此刻，他從他身邊走過去，空氣一下子就涼了，身側空蕩蕩的，半個世界都空了……

主啊！我走的是什麼路？他走的是什麼路？你的路不是只有一條嗎？

第二天，黃愚志去參加了特別聚會，心裡空寂的世界仿佛一下子又花木蔥蘢起來，臺上的李弟兄在講，"撇下一切跟從主，作一個自願貧窮的人"，然後，他說自己過去辦生化藥廠是逼不得已的。他說，今天弟兄姊妹將一切都交給教會，他也將生化藥廠交出來，交給教會……

黃愚志一下子就哭了，他沒有一絲念頭要再想一想，再問一問，他迫不及待地沖上去與李弟兄擁抱，向他道歉，與他和好。

當他一九五六年一月二十九號晚入獄後，當他面對著李夜聲生化藥廠的賬務問題和他自己承認的種種私德劣跡，他雖然大都不相信，但他還是反省了一九四八年四月那天自己的感動。他發現不是李夜聲當時一句話就解釋了一切，這句話也無法成為各種質疑的答案，但大家只是在等這一句話，只要他肯給個理由，他們就願意不追究一切地與他和好，甚至向他認錯。因為他們其實都離不開他，他們不僅個人離不開他，而且也相信聚會處離不開他。

一個基督徒，一個教會，唯一離不開的應該只有上帝，只有耶穌基督。然而，他，他們，離不開的竟然是一個人，一個"神人"……

黃愚志大大地痛哭了。

得罪上帝的痛苦厚厚地包裹住了他的心，使他幾乎不知道自己正在受審、受刑。黃愚志最後被判刑十二年，他沒有認罪，也沒有揭發任何一個人。

雖然他心裡認定李夜聲在上帝面前是有罪的，但他不認為他犯了反革命的罪。在生化藥廠的問題上，他認為李夜聲沒有在恩賜中服事神，要用人的辦法來解決教會的經濟問題，最後公司沒辦好，還牽連到教會。他相信張茂良說的，這些錢有的用在了同工的培訓上，有的用於幫助貧困的家庭，也有的經營不善虧失了，也有被騙掉的。但他絕對不是一個經濟貪污犯。

其它幾條反革命罪：破壞土改、要求保留鼓嶺土地、白衣遊行、反共禱告等，幾乎條條他自己都有份，他一點都不覺得這是罪，因為在上帝面前他良心平安，誰又能來定此罪呢？

當審訊者要他交待他自己的罪行時，他坦然地回憶著一九四八年上海聚會處復興後，弟兄姊妹們身穿福音背心，排隊到馬路上去傳福音。因為福音背心是用白布製作的，上面寫了福音字句，外人稱這是"白衣遊行"。又因是在解放前夕，故被認為是反對上海解放，但其實中國基督教的教會一直都是去政治化的。

耶穌曾在受審時，回答當時的政府官員彼拉多說：我的國不屬這世界；我的國若屬這世界，我的臣僕必要爭戰，使我不至於被交給猶太人。只是我的國不屬這世界。

就像當時的政府聽不懂一樣，今天的政府同樣不理解也不相信，教會不是組織，神的國不屬這世界，也與政治無關。

因為黃愚志不肯認罪，於是開始被車輪戰地輪番審訊，不准睡覺，甚至不給他水喝，他的身體迅速地垮了下來。黃愚志不僅是白衣遊行的組織帶領者，也是在李夜聲被捕後，堅決帶領全國各地聚會處，退出政府組織的基督教三自革新運動的聚會處長老。因此，肅反工作隊對他的定性是頑固的反革命分子，隊長氣惱地吩咐，要用嚴刑打垮他的意志，讓他真正來認識一下人民民主專政的偉大力量。

一次放風時，黃愚志走到院子裡，監獄的廣播室裡不斷播放著犯人的認罪錄音，學馬列心得，擁護政府的誇張的詩朗誦……他坐在院子一角的一塊石頭上聽著，腦子裡、心裡迴蕩的卻是李夜聲、李如是、王慕真的認罪和學習報告，還有張茂良、徐聞音他們的控訴；有康慕靈、任崇心他們的臉，也有聽說已經死了的于華恩的臉。

上帝啊，求你憐憫我吧，讓我可以乾乾淨淨地去你那裡。現在就接我走吧，你知道，我是個軟弱的人……

一道反光晃了一下他的眼睛，他發現有片尖利的碎碗片半壓在石旁的土裡。這？這一定是上帝賜給我的！他的心狂喜地跳著，環顧周圍，一個人都沒有。他在想是現在悄悄切割手腕上的血管，假裝躺著曬太陽讓血流乾？還是偷偷將這片碎碗片帶回監房，晚上悄悄死？

他正在想哪一種方法更能保證自殺成功，突然聽到頭上砸下一個聲音：

你是我的。

抬頭一看，沒人，明亮的太陽把雲都燒融了，他依稀知道這是主說的，但他不敢去想，因為殺死自己固然違背賜生命者的美意，但也許還可以懺悔。活著成了猶大，背叛上帝、出賣弟兄，豈不比肉體的死更不堪？叛教者的靈魂豈不要嘗永死之刑？

他將碎碗片從土裡挖出來，緊緊地握在手心中，手心感到了刺痛，仿佛有一種力量要讓他丟掉它，但他捨不得，這也許是他解脫痛苦的唯一機會……他正在掙扎著，心裡竟然浮起一個聲音，對他說：

你們所遇見的試探，無非是人所能受的。神是信實的，必不叫你們受試探過於所能受的；在受試探的時候，總要給你們開一條出路，叫你們能忍受得住。

這是一段《聖經》中的經文，他背過很多段經文，但自從被捕後，他的力量完全用於抵抗酷刑，根本沒有一絲力量和空隙讓他可以想起某段上帝的話……此刻，這段話卻自己找到了他，抓住了他。丟下碎片的那一刻，他覺得才真正瞭解了什麼是放棄主權，這不僅是放棄生的主權，也是放棄死的主權……

那天晚上，剛烈的黃愚志突然虛弱了，他的心靈弱到像小孩子一樣，他被許許多多"叛教者"的臉和聲音，一層層地覆蓋著，好像被活埋。他越來越喘不過氣來，這些聲音他是那麼地熟悉，這些臉是那麼地親愛。

主啊，我們不過塵土，是蟲子般的人。這一切又豈是我們能受的？你是知道的……主啊，我和他們是一樣的人，甚至不如他們……我的父啊，難道你是要看著你的孩子掉到撒旦的口中？難道你就不顧念我們這些原是被你贖回來的人？……原本我們就是要死的，就是要丟在永死的火湖中的，你又何必領回了迷羊，又……又拋回曠野，甚至拋回到獅子的口裡？

你不知道我們是如蟻如蟲的人嗎？你不知道我們裡面充滿了惡與背叛的靈嗎？主啊，你難道不知道……

黃愚志人生第一次對上帝有了怨懟，也第一次對自己絕望灰心，即便不想自己，他也捨不得、也不甘心，難道李弟兄、李姐、慕靈老師……這些所有他愛的人都失去了永生？

他哭了一夜，上帝一言未發。

他覺得自己在那場徹夜的哭泣中死了，在上帝的沉默中死了……

在黃愚志被捕的第一年中，他被提審了三百多次，但上帝奇妙地恩待了他，讓他平安度過了。最後，政府對這個死硬派毫無辦法，怕他影響上海第一監獄的犯人改造，把他送往遙遠的大西北——青海勞改農場，並且不准家屬探望。

## 4

大西北的寒冷，最低溫度能達到零下三十度，對於一直生活在南方的黃愚志是致命的，特別是現在經過一年三百次的提審和酷刑，他瘦弱到紙人一般。沒有血色的臉，仿佛是幾根骨頭架著一身不夠厚實的衣服，風一吹就隨時能倒下來。

在寒風凜冽的青海高原，黃愚志覺得不管是全身的衣服，還是勞改農場的土坯房，都薄得像是不存在的，寒風直接吹進他的身體，注滿了骨節與骨節之間，甚至血管裡的血都凝固了。

一到農場，他這個死不悔改的反革命，就被派去在戶外製磚瓦土胚。這是個重體力活，僅一週他就病倒了。高燒四十度，但他仍得隨隊出工，他堅持著走到了工地，卻在紛飛的風雪中怎麼也站不住，一下子跌坐在地上。

看守員過來，斥罵他逃避勞動改造，有同監的勞改犯就報告說黃愚志發高燒了，看守員不信，罵罵咧咧地過來核實，發現他是在高燒，額頭燙得像火爐。就還是踢了他一腳說，不能幹活，就在這裡坐著，別想逃避改造！

大雪中四周都是白茫茫的一片，看守員的斥罵和犯人們夾雜著呻吟的勞動號子，都好像遠得在天邊。黃愚志實在支援不住，終於躺下了，他望著飄滿了鵝毛大雪的天空，望著這天地一色的潔白，心裡想著《聖經》裡的那句話：

你們的罪雖像朱紅，必變成雪白。

主啊！是你看我在地上的使命已經完成了嗎？是你要釋放僕人，接我回天家了嗎？主啊！求你憐憫，就讓這漫天大雪把我埋沒了吧！

黃愚志仿佛在白茫茫混沌的空中，看見了天父那隱約的笑臉。

他昏迷了。


但他沒有在天堂醒來，而是被一靴子狠狠地踢在腰背上，醒了。身上已經麻木到不知道痛，他站起來，一邊跟著大隊收工回監房，一邊在看守員罵他裝死時，自己也感到納悶和驚奇。

他像是走在雲朵上一樣，飄飄地借不著力，他不知道該不該感謝天父又一次救他。看這樣子，自己總是要死的，必定要死在這個大西北的勞改農場，父啊，你為什麼還要孩子熬下去呢？

黃愚志被允許到監獄醫院看病，也許是勞改農場的領導覺得他快死了，所以也允許他給家裡親人寫信。他在第一封信上告訴妻兒自己已入病監，根據所用的藥物，他知道自己是得了肺結核。他在信中寫道，我感到自己是那麼無力，只能把一切交在主的手中。

妻子楊天悅並沒有來青海勞改農場看他。黃愚志知道從上海到青海僅乘火車就要三天三夜，大女兒剛十歲，最小的才五歲，還有自己的老父老母，一家六口都需要妻子做工來養活，她是沒有一天能不工作的，何況自己這個反革命一定已經給她造成了極大的政治壓力。

這樣一想，他就後悔寫信告訴她自己的病，他甚至都能看得見她在深夜孤獨、心酸的哭泣。從此，他決定再寫信一定只報喜不報憂，也許這就是現在他這個丈夫和父親，能為妻兒做的唯一的事了。

　　顯然是上帝覺得黃愚志在地上的使命還沒有完成，就為他預備了一位心地良善的護士，把他送到重病房去治療。當他病情略有好轉時，管教隊長又來叫他出工勞動，那位護士就說，他是活動開放性的肺病，會傳染別人，不能勞動。

　　有一天，監獄衛生所需要一名注射護理員，他們在勞改隊裡問誰會注射，黃愚志雖然從來沒有受過這方面的專門訓練，但他的妻子天悅是護士，有一次她在家中臥病不起，他曾在她的指導下試著給她進行過幾次肌肉注射。他想，也許這是上帝存留他性命的一次機會，經過禱告後，他接下了這個任務，成了監獄衛生所的注射護理員。

　　黃愚志每天要進行約二百四十次肌肉注射和近四十次靜脈注射，當時勞改農場條件差，且視這些犯人、反革命為不配活著的人。他們用二十 CC 的針筒，一次就給十名患者注射同樣的藥液，並且不更換針頭。每一次注射，黃愚志都在心裡急切地向上帝禱告，神是信實的，即便在那樣的狀況中，也沒有丟開他。上帝竟然保守黃愚志，從頭至尾沒有出過事故，身體也因此而漸漸恢復過來。

　　五九年，人禍引至的"自然災害"來臨了，勞改農場裡大量的因犯餓死，每個囚犯一天只能得到二個青稞餅，每個只有二兩重。所以他們把能弄到手的東西都塞進嘴裡、填進肚去，甚至有些不能想像的東西，也都充作了食物。

　　那時，黃愚志被安排去看倉庫，這個活一般不是犯人幹的，因為之前派去管倉庫的農場工人，甚至是看守，都偷偷高價盜賣倉庫裡的留種，領導一商量，覺得還是派黃愚志這個基督徒犯人去看守倉庫比較可靠，最多是他自己偷吃一些，問題不大。

　　倉庫裡存著一筐留種的花生米，黃愚志和所有的犯人一樣餓得頭暈眼花，也許是想著他可以偷吃點花生米吧，隊裡說他現在不出工幹活，所以每天的青稞餅減為一個了。他實在是餓極了，餓得不能看那筐花生米，但他的腳和他的眼睛總是把他引到那筐花生米面前，每一顆花生米都紅潤潤地香極了。

　　黃愚志面對著這筐花生米也想過很多。他想過吃幾顆也看不出來，但馬上想到背著人做的事，卻無法背著神。然後他又想，也許是上帝要用這個方法來救活自己，但馬上想到立定十戒，視貪慾、偷竊為罪的上帝，豈會讓人通過犯罪的方式來領受他的恩典？

　　黃愚志把青稞餅一點一點地擘碎，他仿佛是在進行一個人的擘餅聚會，每擘一點他都思想著主耶穌在最後晚餐上所說的，"你們拿著吃，這是我的身體"。沒有葡萄汁，他就把擘碎的青稞餅泡在清水裡，每吃一小口，他都想著這是在吃主為我破碎的身體。

他的淚一滴滴一串串地落在碗裡……

漸漸地，他終於不再想那筐花生米了。

有嫉妒的囚犯和看守想抓住黃愚志的把柄，他們不相信一個迷信能讓即將餓死的人不偷吃幾顆花生米。總有人躲在倉庫外面偷看，白天晚上都有。有的人是想告發，更多的人是想一旦抓住他偷吃就可以要脅他也給自己吃點。

不管出於什麼目的，他們都成了黃愚志的見證人，他們在完全不理解，甚至嘲笑他的同時，也悄悄流傳著這不是個正常人，這是個"神人"的說法。派黃愚志去看倉庫的領導因此覺得自己的決定非常英明。

勞改農場缺糧的情形越發嚴重了，囚徒們都絕望了，每天除了需要埋死人，其它時間就都奄奄一息地躺在屋裡，仿佛是列著隊，等著輪到自己被埋掉。政府顧慮到可能會引起國際上的抗議，也是為了減輕農場的負擔，決定把囚犯中的老弱病號，及一些一直比較老實，家在農村的犯人假釋回鄉。

黃愚志也因此而得釋放回家，但只准回到老家浙江蘭溪的農村，沒有公安局的批准，不准他到上海去探望他的妻兒。

他回到蘭溪沒多久，當地的公安局就派人上門來，要求他為提前釋放而感恩人民政府的寬大，所以必須為政府工作，就是向他們彙報基督徒的活動情況。

黃愚志當時就說，那你們還是馬上把我送回勞改隊吧。公安局的人說這他們管不了。於是，黃愚志又寫信給青海勞改農場的領導，表示願意繼續在那裡改造，但這個報告退了回來，沒有被接受。

勞改農場的領導回信說，農場不能再接收你，除非你重新觸犯了法律。但那也不一定被送到這裡來。

三年"自然災害"結束後僅僅五年不到，還沒完全吃飽肚子的人們又開始了文化大革命，現在被定為中國的"十年浩劫"。到一九六八年，文化大革命達到了最瘋狂的高潮，上海紅衛兵搜查了許多基督徒的家，搜出的《聖經》和信仰書籍都焚燒了，並且焚燒了許多間教堂。

有一位陸弟兄在醫藥研究中心工作，他生長在一個貧困的基督徒家庭，父親自幼就把他獻給了上帝。因為是長子，父親對他的要求特別嚴，不但要他刻苦讀書，而且讓他在自己服事的山村小禮拜堂裡學習講道分享。

陸弟兄最後以優異的成績，五六年從東北藥物學院畢業後，分配到了上海的一家醫藥研究中心工作。那年正是肅反運動,上海聚會處的領袖大多被抓,會眾大多軟弱懼怕,或是迷茫絕望,紛紛離開教會,主日的人數只有過去的十分之一不到。就在這時,陸弟兄因為新婚妻子在聚會處,經過禱告和瞭解後,決定來到聚會處聚會。

因為出身貧寒,一生的經歷比較坎坷,陸弟兄很珍惜上帝給他的每一個機會,也比較能體貼在困苦中的弟兄姐妹,所以很快就成了這個家裡的一員。他因為在外面工作,對越來越惡劣的形勢就比較有警惕。那些日子他常常對來他們家的弟兄姐妹說:

主今天所呼召的乃是時代的見證人。人若不肯為主的緣故撇下父母、妻子、兒女、房屋和自己的性命,就不配做主的門徒!主今天在這時代中所要特別揀選、呼召的乃是一班不顧一切為主而活的人。主今天要得著的,乃是為他擺上一切,撇下一切的時代見證人!

一天,陸弟兄回到家,鬱鬱地坐在那裡發呆。妻子問他好多遍,他才說是單位領導要求每一個批鬥對象都要向毛主席像鞠躬請罪,他拒絕了。第二天他下班沒能回來,三天後,他滿身是傷地回到家。他說工宣隊的老師傅們強逼他跪在毛主席像前叩頭,他心裡就是過不去,覺得這是違背自己信仰的,於是,被他們拷打了三天。

那天晚上,陸弟兄的妻子一邊哄著孩子睡覺,一邊聽著丈夫在另一間房內輕聲地唱讚美詩:

這些人乃是不顧得與失,
隨地成戲景,到處受藐視,
心中仍能湧美詞,因有羔羊血洗淨。

這些人乃是忠心直到死,
為求主笑容,湯火都不辭,
雖經苦難仍堅持,因有羔羊血洗淨
……

她聽著,淚一滴滴落下,落在已經睡著的孩子身上。她似乎已經能預知丈夫的"結局",她不是不想求他為了自己,為了孩了,就跪下吧。但她開不出這個口,她不由地在心中掂量著,主啊,我真能看著他與你同釘十字架嗎?

接下來的日子,丈夫每天回來都有新傷。

陸弟兄終於經不住不斷加碼的拷打,於六八年三月底撇下了一個六歲一個四歲的二個幼兒和妻子逃了。他在逃離前曾冒險到幼稚園向他一對年幼的兒女告別。他輕輕地、久久地擁抱著他們，在心中默默地祝願他們平安長大成人，他對他的主說，我不是一個英雄，我甚至當不了一個好父親了，但我把他們交給你。

妻子上完夜班回家，在桌上看到丈夫留下的一張紙條，上面寫著：

我是不得已！你不要來找我了。我帶走了一點糧票和一點錢。對不起你和孩子！

女人握著那紙條悲痛欲絕，她癱坐在地上嚎哭，她不知道前面該怎麼辦。天，真的塌下來了，而那應該為她和孩子頂住天的男人竟然逃了。她甚至沒有力氣來想該不該恨這個男人，也沒有力氣來怨上帝，因為她和孩子以後只剩下上帝了。

女人看著一雙兒女，實在擔不起這麼沉重的擔子，第二天一早，她就把丈夫出逃的事和那張便條一起交給了公安局。但他們還是認為是她與丈夫同謀策劃並幫助他逃走的，為此，她被關進了隔離室審查，為交代男人逃離的事而受盡折磨。

陸弟兄離開家後的當天晚上，他悄悄來到了黃愚志的家，那時黃愚志還在浙江鄉下不准回上海家裡居住。他問黃師母可不可以進屋來，黃師母知道若讓他進來，被政府知道了，他們就會也給她在"反革命家屬"之外再扣上一個"支持反革命分子"的罪名。但面對被迫害的弟兄，她又怎能拒絕他進門呢？

她請他進來，讓他坐下。

他一直在發抖，他對她說，自己只能出逃了，否則會被他們打死的。

她端了一杯紅糖水給他喝，猶豫了一下，還是對他說：

你不能逃，你逃了，他們總會想法抓住你的，那樣一來事情會變得更糟，在人民專政底下，你是無路可逃、無處可躲的。你一逃，不僅會失去工作，會失去家庭，還會，還會牽連你的妻兒。

我受不了他們的迫害，研究所已經有專家、同事為我吃苦，受牽連了。所裡跳樓自殺的已經有好幾位，我覺得是自己害死了他們，心中比死還要難過。

黃師母不明白他自己不跪叩主席像，為什麼會牽連同事，以至跳樓自殺。她想可能是逼迫和恐懼已經破壞了他的神經。她柔聲勸他說：

最多就是坐牢，也比你現在逃了的好。

在監牢裡也要拜像的……

他說這話的時候眼睛並沒有看她，外面的一點響動讓他的屁股緊張地移到了椅子的邊上。

我不知道，我沒有聽說。

她不知道他究竟是怕坐牢，還是怕在牢裡要跪拜主席像。她甚至沒有覺得跪一下主席像就是背叛信仰。她想上帝是有憐憫的，會赦免這個情況下人的軟弱。這些話她說不出口，但她還是決定不能幫他逃跑。

最後，陸弟兄答應她不跑了，但其實他卻沒有回家。他去了浙江，找人替他傳信給正在受監視的黃愚志。信中說了自己的情況，請求他為自己禱告，並為他調換一些全國糧票。

黃愚志深知在酷刑中人的絕望與痛苦，他很同情他，就想辦法為他換了全國糧票，和一點不多的錢，讓一個弟兄偷偷帶給他。

陸弟兄第一站逃到了溫州，然後輾轉各地。一家又一家的基督徒以上帝的愛來接待他，為此他們有的受到牽連被批鬥、被酷刑審訊、被判刑入獄，第一位接待他的弟兄被判刑二十年，還有一位弟兄為了保護他被活活打死。

一年多後，因接待他的家庭的親戚告密，他在溫州礬山被捕。他身邊攜帶的只有一本《聖經》，一本讚美詩歌本，和簡單的換洗衣服。當地政府卻派了一大隊民兵去抓捕他，並誣告說他攜帶了發報機、顯影紙、壓縮餅乾等，從而將叛國投敵特務的罪名加在了他的頭上。

不知是誰向政府交代，陸弟兄的逃跑是得到了黃愚志的幫助，他不僅給了他全國糧票，而且還安排了他逃的線路和接待他的人。於是，反革命分子黃愚志作為幕後黑手，罪行更重大。黃愚志和楊天悅夫妻因這事，一起被公安局抓起來，檢查院批准對他們隔離審查。

不久，楊天悅被放回家。一來，是因為陸弟兄交代說楊天悅當初一直不讓他逃跑，也沒有給他任何幫助；二來，她確實不知道在蘭溪的丈夫做的事，她甚至不知道陸弟兄去找了黃愚志；還有一點就是幾個孩子也需要她照顧。楊天悅在醫院當護士多年，人緣很好，醫院和病人中有點權的來為她求情的不少，既然抓不著她的錯，公安局在拘留她八個月後，只好放人了。

## 5

七零年初春的一天，楊天悅從小學接回一雙小兒女，走在早春的街道上。灰白的馬路，灰白的天，她越走越冷，手不禁把兩個孩子的小手攥得太緊。小兒子叫了聲痛，驚醒了她，她低頭看了看他們，眼淚就莫名其妙地要掉下來。忙抬頭睜大了眼睛，讓冰冷的風吹進眼框裡，凍住自己的淚。

我這是怎麼了，怎麼沒來由地就想哭呢？我是不能哭的，連心酸一下也不能。老得老，小得小，我必須當"鐵姑娘"……三十出頭的楊天悅在心裡自言自語著。

最近全國女性都被要求學習"鐵姑娘"精神，單位裡也在學習，她第一次覺得這個政治學習實在是自己需要的。她不是為了黨和國家當鐵姑娘，也不是為了女性解放要當鐵姑娘，而是這個時代逼著她為了這個家，一定要當鐵姑娘……

大女兒抬頭看了看母親。

媽，你手那麼冷？是不是病了？

沒有。放心！媽媽是鐵姑娘。媽媽是不會病，也不會倒的。

她不知道是在對女兒說，還是在對自己說。

她彎腰抱起剛上小學的兒子時，看了女兒一眼。她的小臉上是讓母親辛酸的"懂事"，她就想起了《紅燈記》裡的唱詞，"窮人的孩子早當家"。她帶著孩子們迎著風走進了弄堂，心裡暗暗地決心無論多麼危險，自己也要和他們講講上帝天父，她不忍心他們被這個世界奪去孩童的純真與依靠的幸福……

居委會的張大媽在弄堂口的煙紙店裡看見他們，眼神有點奇怪地打了招呼，然後說，晚上不要出去哦，公安局的同志要來找你談談。

楊天悅從公安局放出來後，這幾個月，公安局的人常來找她，但從不事先打招呼，這次的反常讓她心裡忐忑起來。她早早地讓孩子們吃完飯，安撫他們在屋裡睡了，反手關上門，坐在小小的客廳方木桌邊等著。

她的眼睛一直看著門，在等叩門聲。但等叩門聲真響起來時，仍似乎嚇了一跳。


來的公安同志是她已經認識的，態度還算客氣，但坐下良久，也沒喝她端上的茶。

你……對你丈夫的事是怎麼想的？

楊天悅看到了他眼裡的一絲隱隱的憐憫，就突然地慌了。

他，他是政府的人。這次是他糊塗，他不知情，他只是好心幫忙換了點全國糧票，他沒有參與謀劃姓陸的逃跑……

算了，你不用再替他說話了！他自己都認了。那人有點不耐煩地搖了一下頭。又說，你別管他了，還是說說你的立場吧。

不，不……他在勞改農場表現是好的，接受改造的。從青海回來，他就一直住在農村，服從政府管理，奉公守法。他，他還自己買了一把掃帚，天天掃大街……政府同志，如果你們認為他改造得還不夠，請你們批評、幫助他。

他看著她，側頭又望了望關著房門的臥室。

孩子們都睡了？你要站在人民的立場，和你丈夫劃清界線。你是個好護士，我，我媽住院時你照顧過她，她說你針打得輕……你只要和反革命分子劃清界線，你就是可以改造好的，政府會分別對待的。

楊天悅的心更慌亂了，她在他的話中聽出了不祥。

同志，黃愚志也是可以改造好的，我支持政府好好改造他，或者，或者再把他送到青海去勞改，他能改造好。他，他是好人……

女人說著，眼淚一串串落下來，她心裡充滿了委屈。這個世界是怎麼了？愚志這麼好的人，有什麼可以改造的？但現在，現在要求他們繼續來"改造"他，都像是在求一份難以得到的"恩典"。

那人的臉卻變了色，剛才的一絲同情全都沒了，他狠狠地道：

好人？沒有什麼好人和壞人，只有人民和敵人！與人民為敵只有死路一條！你丈夫是個屢教不改的人，再幫助也沒有用。我勸你還是拎拎清得好！

他站起來，開門，走了出去。

她跟過去。門被他反手甩回來，關上了。

她伏在門上。劇烈地，卻是無聲地痛哭。她知道他們要對親愛的丈夫下毒手了。

……


醫院和弄堂裡的人都開始紛紛議論黃愚志的罪案，過去有時還背著她，現在卻常故意大聲地使她聽到。他們說公安局已經將黃愚志定案了，他是一個十惡不赦的反革命，是個叛國投敵者……真沒想到他是個這樣的人，他騙了人民和政府那麼多年，他辜負了人民和政府對他的寬大與相信……不殺，實在不足以平民憤！必須槍斃！……

每當聽到這些，楊天悅的心都如刀割，她只能逃到沒有人的地方，跪在她的神面前，她一遍遍地問神：

他在你面前如何？

神就一遍遍地回答她：

誰能控告神所揀選的人呢？有神稱他們為義了，誰能定他們的罪呢？有基督耶穌已經死了。

這句從小就背誦過，卻並沒有什麼特別體會的經文，因為此刻是上帝對她說的，便有了一種神奇的力量。竟然能一次次將她從絕望、屈辱的深淵中，救拔出來。賜給她出人意料的，連她自己也不曾奢望、無法理解的平安。

日子就這樣一天天地挨著過去，直到執刑前的一天。

二名公安人員來問她有什麼要求，她回答說沒有。他們一再地問，她就說，我能不能見他一面。他們卻沒有答覆地走了。

天悅向上帝天父禱告說：

主啊，什麼時候執行，讓我知道吧！我，我可以為他禱告。

四月二十四號，禮拜五。楊天悅在下班的公共汽車上，聽到了明天要在人民廣場開公審大會的消息。她剛下車，就有單位保衛科的車來把她接走了。他們把她帶回到醫院的一個護士值班室，將她關在裡面，說是為了怕她想不開，出事。

她不知道自己的兩個孩子怎麼辦，但她此刻也顧不得了。她的心中想著她的丈夫，想著他們的聚少離多，也想著他們親密的靈裡的同行⋯⋯她想為丈夫戴孝，但她知道這是不被允許的，而且屋裡的剪刀已經被拿走了。

楊天悅坐在牆角，把白紗布的繃帶一卷卷解開，堆在自己的身上，她不停地想著被從十字架上解下來的耶穌，想著裹屍布一層層地裹在他身上。那個夜晚她整夜地唱著一首從心裡流出的詩歌：

⋯⋯
親愛的弟兄，現在你睡去，
安然可高臥，救主的胸懷，
親友雖愛你，莫及耶穌愛，
再會啊再會，天堂再相會！
⋯⋯

第二天是二十五號，禮拜六。保衛科的人沒有讓她回家，一早就把她送到專案組，還派了二個人看守她。

她站在窗前，看著天邊的最後一絲朝霞。她知道在並不太遠的人民廣場上，那裡佈滿了紅旗和大標語，一隊隊的群眾由單位和居委會組織著正在有序入場。他們將要一同來審判五十一名罪犯，其中就有上帝的兒子、自己的丈夫——黃愚志，和他願意捨命相愛的陸弟兄。

楊天悅已經不再埋怨陸弟兄了，她想丈夫既然能像耶穌一樣為這個弟兄捨命，自己豈能不愛他呢？

她靜靜地流著淚，但卻不覺得自己在哭。她為他們倆禱告：

主啊！你將命傾倒，以至於死，死在十字架上。
你也曾被民眾公審，被你所愛的人們棄絕，定下死罪。
你也曾被列在罪犯之中，懸掛在人類最殘酷、最羞辱的刑具上。
你真是看得起他們。
因為，你竟願意揀選他倆，以和你一樣的方式，受審、受死⋯⋯
主啊，感謝你，你要接他們走了，歇了他們在地上的勞苦重擔⋯⋯

你已經在天上預備了宴席，天使已經列隊歌唱。你要用你釘痕的手擁抱、撫摸他們，弟兄的傷都被醫治了……

主啊！求你將喜樂充滿他們，讓他們看見天上的門為他們打開。

求你替我……替我……陪我的弟兄，走好最後這一程

……

天悅的心隨著禱告飛出了專案組的囚室，她靜靜地，隔了幾步，跟在她的丈夫身後。民眾消失了，城市消失了，聲音消失了……她隨著她的男人，安安靜靜地向前走，仿佛走在上帝的花園中……

黃愚志雙臂被綁，站在卡車上，胸前掛著的牌子上寫著"叛國投敵反革命"。警車開道，中間四輛卡車上，沿著邊站著被綁的罪犯們，每個罪犯身後都有一名荷槍實彈的解放軍戰士。

車子緩緩開進人民廣場，汪洋大海般的人群高聲呼喊著"打倒""槍斃""自絕於人民"等字眼。

罪犯們都嚇得面如土色，只有黃愚志和陸弟兄安詳寧靜。下車的時候，他們互相看了一眼，這是他們被捕後的第一次相遇。陸弟兄的眼神裡有份歉疚，黃愚志就向他笑了笑，用眼睛向天上示意了一下，陸弟兄也就釋然地展開了笑容。

是啊，他們是應該笑的。當跑的路跑盡了，當守的道守住了，他們就要離開這個黑暗污穢的世界，回到天父家裡。

黃愚志這些年來從來沒有像今天這麼輕鬆，他不由地唱起了聚會處的讚美詩歌：

自從當年橄欖山前一別離，至今你仍未向我們呼召；
歷時歷代我們都求看見你，但你好像不聽我們禱告。

主阿，我們等待已久真焦灼，不知還要等待多少時候；
從每次日出直到每次日落，我們都在期待你就回來。

你來！就來！我們呼求你快來！
我們的心，所有盼望是你來！我們等候你快來！
……

起初，他只是在心裡唱，沒想到唱著唱著，不由地就唱出了聲。雖然當時現場口號聲很響，但還是被發現了。一個員警衝過來，用穿著軍靴的腳，猛踹他的右腿。一陣鑽心的疼痛伴著惡聲訓斥，將黃愚志從甜美的期盼中拖

回到人民廣場。

你要死了，還開心什麼？

猛然間，好像一切的聲音都停頓了，這吼罵聲讓周圍的人都注意到了黃愚志，注意到了他和身邊陸弟兄倆人臉上安寧的微笑。他們驚奇著，竊竊私語，但立刻就有人衝過來，重新組織他們大喊"打倒"和"槍斃"的口號。

陸弟兄想過來扶他，但被一槍托打了回去。

黃愚志一瘸一瘸地繼續向前走，他憐憫地看著或麻木或憤怒地喊口號的人們，高音喇叭裡宣讀著每個犯人的罪名，但喊著"死有餘辜""不殺不足以平民憤""堅決鎮壓反革命"的人們，沒有誰聽得清，沒有誰分得清，也沒有誰在乎要殺的是什麼人。

父啊！赦免他們，因為他們所做的他們不曉得。

黃愚志望著天，用耶穌在十字架上的一句禱告，為這些與他生活在同一座城市的，今天判他死罪的人們禱告著。

然後，他就不看、也不想他們了。他要在最後的時間裡，專心地預備見主面的心，他即將要見著他心愛的救主了。

當雨每次滴瀝，海每次澎湃，風每次吹動，月每次照明，
我們都望就是你已經回來，何等失望！至今尚無動靜。

主阿，求你紀念日子已長久，應許已過多年尚未應驗；
希望又希望，一直希望不休，要來未來，可否來在今天？

你來！就來！我們呼求你快來！
我們的心，所有盼望是你來！我們等候你快來！
……

黃愚志在心裡唱著，越唱越甜蜜……多年的期盼啊，主來就在今天！今天他就要來，來接自己去天父的家裡，他在那裡為自己預備了住處，他也準備好了來聽自己的傾述，他會用釘痕的手為自己擦去眼淚……

整個被遊街示眾的過程中，黃愚志都好像已經離開了這個世界的喧鬧，他感覺不到傷腿的疼痛，雖然血正慢慢滲出褲子來。他覺得自己好像是被主抱著走的，他在心裡為此感恩著……感恩著……

主啊，我不配做個殉道者，我只是被你一路懷抱到底的，那隻最弱的羊。

走到刑場時，他突然想到剛才那首最後陪伴他的歌，是李夜聲五一年寫的，是他留給他們的最後一首詩歌……

他心中就猛地湧滿了熱淚，他不由地想到聚會處裡的許多人，他們一同經過了許多的事，在無數個擘餅聚會上，在無數個禱告中，他們有多少的淚流在了一起⋯⋯

主啊！你知道他們每一個人，求你一一抱他們走過⋯⋯

他不知道該怎麼為他們禱告，他也不知道他們最後真實的景況⋯⋯但他知道，主知道這一切！主是受過死的⋯⋯主是有憐憫的⋯⋯

他在心裡迫切地求告著，以至憂傷⋯⋯

當槍聲響起來的一瞬，他看見天的門打開了，一大束鴿形的光向他噴湧而來，他聽到一個聲音說：

我的羊一個也不會失落。

⋯⋯

黃愚志倒在血泊中的臉，讓走過來驗槍的人多年後都不能忘記，那微笑仿佛是天堂在人間的倒影。

二十年後，這人跪在上帝的面前痛哭悔改，歸信了基督。


這些人都是存著信心死的，並沒有得著所應許的；
卻從遠處望見，且歡喜迎接，又承認自己在世上是客旅，是寄居的。
說這樣話的人，是表明自己要找一個家鄉。
他們若想念所離開的家鄉，還有可以回去的機會。
他們卻羨慕一個更美的家鄉，就是在天上的。
所以神被稱為他們的神，並不以為恥，因為他已經給他們預備了一座城。

《希伯來書》11：13-16

# 第四部 擘餅者

不知道因為什麼，自從我第一次聽到李夜聲寫的歌，我的心就被深深地吸了進去。十多年過去了，有意無意地，我收集了許多有關他的資料，遇到許多被他直接或間接影響過的人。

他在我裡面形成了一個幽黑的、表面平靜、內裡湧動的深潭。更準確地說，是一個湧動著各種氣流般的對話、面容、身影和心思的時空之洞。我越來越頻繁地在某個瞬間跌入其中，在或濃稠或稀薄的思緒裡蹣跚跋涉。

我總是走不出他的歌，以至那歌聲漫出了心裡的洞，濕透整個的人——靈和體。讓蘆葦般風中搖擺的魂，濕淋淋地垂下腦袋。

當我拿到這疊抄寫整齊的稿紙時，我很懷疑這真的是李夜聲的獄中書簡嗎？我的十指緊緊抓住了這疊紙，也許只有這些字能將我從那個黑洞中釋放出來，讓我可以和這個人、這些事有個了斷。

我抬頭看他時，我很清楚自己的目光中含了懷疑的問詢，老人在我懷疑的目光中很安然，他平平靜靜地看著我，說，你先看吧！

這個姓童的老人曾是個監獄裡的看守，李夜聲人生的最後十年是在他的目光下度過的，他也是李夜聲在獄中結的“果子”，他成了一個基督徒。他原來是上海第一監獄的獄警，後來為了想照顧李夜聲，主動要求調到安徽的勞改農場。這反常的行動遭到反復審查，等他終於調到勞改農場後，沒到兩年，李夜聲卻死了。

他難以再從安徽調回上海，一直對他離開上海不滿的妻子終於決心和他離婚了。他後來就辭了職去了西寧，他在那裡傳福音，建立了好幾個聚會點和教會。他建立的教會並不稱為聚會處地方教會，但他自己一生不肯被按立，不肯被稱為牧師。有人問他是不是承續了李夜聲的教會觀，不按立牧師，他卻沒說是也沒說不是，只說自己就只是個弟兄。

　　九十年代初改革開放了，童老弟兄響應"將福音傳回耶路撒冷"的運動，隻身向西，成為一名燃燒著靈火的傳福音的人。

　　是他主動輾轉托人找到我，讓我去見他的。當我知道他就是李夜聲獄中生活見證人時，我立刻從美國的西海岸飛回中國，最後來到西寧，跨入他的小院。當我懷著一肚子問題終於站在他對面時，他卻不肯接受我的採訪，只交給了我這些文稿。

　　他說這些是李夜聲陸續交給他收藏的，李夜聲臨死的那晚，再三叮囑他要燒毀這些年所有的文字，一頁紙都不要留。他覺得這些文字實在是太寶貴了，每一頁他都讀過，他這些年也看了許多作為罪證的李夜聲過去寫的書，但那些都不如這些碎片的文字更貼近這個有血有肉的"屬靈人"。

　　他的眼睛盯著手中的文稿，好像是看著那個早已經不在這世上的人。

　　……那些天，我一直勸他千萬不要毀掉這些，因為這些文字太寶貴了。不僅是他人生和信仰最深也是最後的記述，而且也能為他被誤解作個解釋。

　　他仿佛是自言自語地說著，我卻立時感覺屋裡多了一個人，我像是被他的神情帶回到三十多年前的那一刻，那個屋子……不知為什麼，我心裡有點不安，甚至是害怕，怕一回頭就看到他，高大的身板，寬額頭，厚嘴唇……我還沒有預備好，還沒有準備好面對他的目光……

　　我用一句問話讓自己回到了現實，回到西寧的小屋。

　　那他怎麼說？他為什麼要你燒毀這些獄中的書簡？

　　他只說，不用解釋，主知道。

　　即便不需要解釋什麼，但他是最注意文字的。他入獄前的三十年中所寫所說的都完整記錄了下來，成了中國教會極寶貴的財富。怎麼反倒不願留下最後這二十年獄中的思考呢？

　　我也不明白，何況，我看守他的這十年中，他幾乎每天都在寫。提籃橋他住的牢房長有三米多，寬只有一米五六，三面都是牆，沒有窗，他就只能坐在鐵門的門口，就著外面走道裡的光寫……

　　那他寫了很多？

　　很多！但有的被其他看守搜走了。

　　那給你的都在這裡？我懷疑地看了一眼手中並不厚的這疊稿紙。

　　沒有，我按他的意思都燒了……

　　燒了？為什麼？你不是說不能燒嗎？那這些是？

　　燒了！因為……他對我說，他早就讓福音書房不要再加印《屬靈的人》了，他說自己仿佛把主和屬靈的事都寫明白了，但這個"明白"是不對的，是可怕的，人豈能以為可以全明白上帝的奧秘呢？

　　我想起自己看過的其它材料中，是記載說李弟兄四一年時就說不要再出版《屬靈的人》。他說，雖然自己沒有寫錯什麼，此書在真理立論方面相當完全，而這卻正是它的弱點。因為當一個人讀完了它，就會覺得不再有什麼問題了，完全都掌握了。將屬靈的事物系統化的危險就是使一個人，不需要借著聖靈的幫助而領會屬靈的事情。

　　這段文字我當時讀過，心裡確實有過認同，因為信仰的事，實在是一種經歷，且是人人不同，日日不同。上帝對每個人的帶領都不同，甚至對一個人的帶領也總是常新的，屬靈的經驗固然寶貴，但卻不能成為指導明天的"律"……可是我還是在記憶中忽略了這段話。畢竟，人是很怕"單純跟隨"的，世界上有那麼多神學院，不就是想研究掌握"屬靈的律"嗎，靠什麼？不可能靠尚不知的"明天"，只能靠"昨天"的經驗……難道……

　　這樣想著，我心裡就有些莫名的緊張和煩躁，於是口氣中就帶了點怒氣。

　　所以你就真的燒了這些寶貴的屬靈思想？李弟兄可是世界公認的中國本土的神學思想家啊！

　　我看著面前這個老頭，心裡恨恨地想，這都是中國傳統教會"反智""反知"的結果。可是，不提倡讀神學院的聚會處究竟是"反智""反知"的？還是以一套極細密有亮光的系統，自信"真理在握"？……

　　兩個"我"在彼此代替、糾纏，作為小說家的我看重史料和故事，作為神學博士的我卻一思考就進入了判斷體系……

　　我是複雜的，李夜聲是複雜的，聚會處是複雜的……李夜聲建構的這套，他自己不稱為神學的體系，究竟是出於牧養的父母之心？還是自負的領袖之心？……除了上帝，誰能清楚呢？他自己能嗎？我的目光掃了一眼手中這疊薄薄的紙。

　　老人的面容像秋天的樹林般平靜，讓我突然為自己心中的喧囂嘈雜羞愧起來。

　　他的目光定睛在遙遠的那個時刻、那個人。李弟兄說，人的思想或領受，無論大小、深淺，與基督並他釘十字架相比，毫無意義。他說，他一生的著作都沒有留存的價值。宇宙間最大的事實就是：基督是上帝的兒子，為人類的罪死了，三日後復活。

　　面對老人轉述的李夜聲的話，我無語。內心的羞窘反而散了，面對基督的復活，人所有的一切，無論是驕傲自信，還是羞窘謙卑，豈不都像天上的輕薄無根的浮雲般，被風吹淨？我也秋高氣爽起來，那一刻甚至覺得手中的稿紙不重要了，小說也不需要寫了……但我還是個小說家……

　　那，這些……

我用眼睛示意手裡的稿紙。

這些是我燒掉前抄的，不是他的思想，不是他的領悟，更不是神學，只是有關他情感的一些片斷。我捨不得燒掉它們，燒了，好像就讓他這個活生生的人，從這個世間徹底消失了⋯⋯我認識的他是個很多情、很溫暖的老人⋯⋯

童老弟兄的話斷斷續續，這些沒有邏輯的歎息、微笑和隻言片語，像一支神奇的筆，在空中為我構畫出一個溫情的老人，這顛覆了我十多年形成的"屬靈人"李夜聲的形象，但同時，也點燃了我小說中的人物李夜聲，他開始燃燒，亮起來，熱起來。我忽然就嗅到了他的呼吸，甚至隱隱約約開始感受到另一個心跳在我裡面的衝撞。

李夜聲從各種的遙遠，走向了我⋯⋯成了個可以坐在我對面聊聊的人。

那夜，我在西寧高遠的夜空下，開始讀李夜聲零散的獄中文字。老人給我的這些文字互相並不連貫，也沒像通常的日記那樣標注時間，只是隨意地或長或短地記述著述寫者心中對一些人和事的回憶和情感。

因為閱讀時，一首歌由始至終地縈繞在我心中、耳邊，我就以這首李夜聲年輕時寫的詩歌為引子，用一段段歌詞來將這些零散片段的文字抄錄在此。

希望這樣寫，能夠讓你們和我一樣，坐在高天下的孤獨中，坐在深沉傾倒的旋律中，靠近一個被上帝聖潔之靈洗過的男人。

他是兒子，是丈夫；是被捧成偶像的人，也是被咒詛的人；是被女人們愛慕的情人，是被男人們跟隨的領袖，卻也是被基督揀選出來，孤單行路，直到死地的人⋯⋯

我這樣做，已經不能算是在寫小說了。好在前三部分，該講的故事都已經講完，最後記下的這幾段，就像是讓一聲情思悠長的歎息，越過時空，吹入我寫的故事。

或者，它就活了。

或者，活了的它，就可以離開我了⋯⋯


**1**

讓我愛而不受感戴，

讓我事而不受賞賜；

讓我盡力而不被人記，

讓我受苦而不被人睹。

\*\*\*

在外面時，我是自由的，自由的時候人就會數算時間，數算日子，數算許多東西。到了裡面，就沒了自由，沒了自由就不算了……算不清。

起初，覺得總該記準禮拜日，記准主日。這是聖日，是敬拜上帝的日子。但後來也記不清了，"聖日"就這樣沉到了一大片模糊難分的日子裡。

再想，這卻是好的，是真正的不分聖俗，全然歸主。七日，原來就沒有一天是不歸上帝的，也原本就沒有一天不會被我們悄悄偷出來，送給自己或世界。

……

自己在外面其實就不該是"自由"的，既然是上帝的僕人，是受聖善的靈管束的，怎可隨己意私慾而"自由"呢？身體作了自己的僕人，於是就數算起來，"珍惜"時光的"價值"。

好像自己是個不同尋常的人，自己的時光也就不同尋常了，自己做的事也不同尋常。盤算、稱量、斟酌地一路過來，兢兢業業地積累起來，一夕之間，上帝全部拿走了。才知道在主眼裡，地上的一切都是不可積累的，上帝要的不是個不同尋常的人，而只是個合用的器皿。

究竟在這牢裡多久了？斷斷續續，偶爾是知道的。知道的，也不過就是季節和年份，是不能精確到時間的。

關在牢裡，失去了價值和時間，十字架和主就格外寶貴起來，只有這個是真的，是永恆的。主耶穌曾對彼得說：我實實在在地告訴你，你年少的時候，自己束上帶子，隨意往來；但年老的時候，你要伸出手來，別人要把你束上，帶你到不願意去的地方。

外面的人若不破碎，裡面的靈就被困住出不來。外面的人總要被環境捆上，才能被動地被上帝破碎。我的天然人是太不易被捆住了，病的要死了也能逃脫出來，情感上和生化廠的事，都多次把我逼到死角，我卻也是自己走了出來……

現在終於好了，被捆住了，一動不能動，上帝終於可以在我身上動工了。突然就不能動了，心裡卻是放鬆下來，沒了許多責任，他的羊都還給他了……現在只剩一件事，就是等待著自己的靈能出來，得自由。

但就是這"等待"，我也開始懷疑了……我的"等待"裡，有多少是自己的意志？到了這一刻，我好像還要不由自主地用力氣……但好在我的力氣幾乎是快沒了，力氣沒了，意志沒了，心裡卻莫名地喜樂起來，這才是回到小孩子模樣吧？天父竟然是要用這種方法來對付我這個過於強大的天然。

感謝主，讓我所受的啟示沒有只是教導了他人。

\*\*\*

最近這半年他們不來提審我了，想必是已經得到了他們需要的，或者就是根本沒有什麼需要從我這裡得到的。

他們和我都知道，我是不可能放棄信仰的，不是血氣的堅強，而是沒法放棄，這個信仰並不在我的外面，可以背起或放棄。我也沒什麼需要隱瞞的，就像耶穌說的：你們的話，是，就說是；不是，就說不是；若再多說，就是出於那惡者。

過去沒說，是沒有人問……還是，我自己裡面住著一個惡者？也許一說，就會解釋，一解釋就會有謊言。但不說，事實上也是一種自我掩飾吧……

今天他們給了我一張報紙，上面是教會幾個人對我的控訴。從報上看，李姐和王慕真他們都被抓了起來，大約就和我在一個監牢。我從東北轉到這裡有些日子了，這裡號稱遠東第一監獄，聽說一共有十幢樓，每幢有五個樓層，每個樓層有九十個房間。他們，我親愛的弟兄姊妹，他們在哪呢？

給我報紙的人說南陽路的人都知道了我的醜行……無論他們知道的是什麼，多少是真的，多少是政府的謊言，又有什麼區別？總之是終於可以讓弟兄姊妹知道我是個罪人了，其實我也說過多次，只是他們不信。

……我外面的人要被上帝撕裂，為了我自己也是為了他們。他們外面的人也要被擊碎、撕裂……

這四年我所經歷的，他們，這些和我一路走來的人也要經歷。

也許世人和教會都會判定我該為這些人的悲慘負責，但我卻知道責任不在我。我是誰？他們又是誰？他們不是我的門徒，他們是主的門徒。主擊打，主纏裹……主為著他的揀選而來破碎這些人，就像破碎我一樣，這是出於他的定意和他的愛，而我，不過是上帝隨手拿來一用的棍子。

但，但……他們的血肉卻沾在了我身上，我的血肉也沾在了他們身上……

早知道要這樣，我們一個個都要被打碎才能真正相互有關，我們會選擇在一起嗎？

是我們揀選與對方同工嗎？當然不是，但回頭看，我們在心裡似乎一直依靠的是自己的選擇。過去的信任與爭執、失望與和解、甚至是相互的堅固與遮蓋，究竟多少是出於聖善的靈？多少是基於自己的選擇？

我曾一再強調每一個事奉神的人，都能夠使用他的靈，都能夠用靈與神同在，用靈認識神的話，用靈摸人的情形，用靈將神的話送出去，也能夠用靈摸著和接受神的啟示。整個聚會處都在努力用靈與神相交，用靈摸人也摸事……但人真的能分清靈與心，靈與魂？

　　我們不能說沒有經歷過破碎，甚至為了外面的人被破碎，主動地去經歷苦難，以至有一種以苦為樂為榮的風氣。但，親愛的同工們，特別是王慕真和李姐，還有長老們，他們的靈始終都沒有出來嗎？若沒有，我們以什麼來與神同在的？以什麼來服事上帝的？又是，……又是以什麼來判斷他人的？

　　若出來了，他們早就該摸得清我的情形，早就該摸清彼此的情形，那還會有這樣的崩潰嗎？為什麼我之前沒有這樣反問過自己……此刻，我坐在這裡，被南陽路弟兄姊妹實實在在的、崩潰的失望和悲憤所淹沒。上帝啊，你竟然用這麼極端的方式質問我？若我們沒有那麼相信自己的判斷，若是他們真的能一直看我為一個罪人……會有這樣的崩潰與絕望嗎？

　　後背的脊椎一節節地漏出絲絲涼氣，我對屬靈的事曾經是清晰的，現在竟然模糊了。主啊，你要打破的竟然不僅僅是我外面的人，也是我裡面的嗎？是我全部對你、對自己的認知嗎？那我還有什麼？

　　突然空了，空的像寒夜一般，這種空是我不熟悉的，不是我過去追求的倒空自己的空，因為連"我"這個器皿都沒了……主，我不注重"所做"，而注重"所是"，現在你卻連我的"所是"都奪去了。你不再需要使用我這個器皿了……

　　我讓愛我的人都失望了。我沒有了"所是"嗎？我是沒有了所有過去苦心追求建造的屬靈的"所是"，人現在看我也許一無所是了。但，主啊，我覺得我還有一個所是，你並沒有拿去，我是你的孩子。

　　哦，天父，我的主，為什麼到現在我才真在乎，也真的滿足於這個"所是"呢？

　　人豈有可能不讓他人失望呢？他們若對我不失望，也就對人，對人自己的認識，不會失望。若我不被打碎，他們怎麼能真認識你，我怎麼能真認識你……

　　若從這說來，發生的一切竟都是有益的……

　　＊＊＊

　　連續幾天都能看到報紙，他們給我看報的意思我當然明白，但我還是高興又恢復了與外面世界的相通。

　　我為什麼不能真正熱愛與世界隔離的，獨自享受與主靈裡相通的生活呢？我這個一直以沉默和獨居示人示己的人，其實並不肯真的完全享受密室……

　　報上都是控訴我和批判我的文章，不知道為什麼，自己心裡並沒有被這些弟兄姊妹的話刺痛。自己不感到受傷是自然的，因為我比他們罵的還要污穢，還要不堪。從早年常常會因人的誤解和定罪而痛苦，到真看見自己是個罪人而不在乎他人的評價，這是一個外面人破碎的過程，也是一個靈裡的成長。但這些年來，當我不再容易被他人的指責擊中時，神似乎也沉默起來……

直到進了監獄,沒了外面的事務，就只能更是專注地坐著……被耶穌的十字架光照。我的卑污和敗壞真是不需要別人來控訴的……天上的審判比地上的審判更重，更無所可藏。我預先領受了天上的審判，但也預先領受了恩典與釋放。

但我不能原諒自己的是，我竟然對弟兄姊妹的撕裂和痛苦沒有感覺。我的心像是在旁觀著，甚至有所期待。我期待這破碎能為他們帶來靈的自由？他們打破我的時候，仿佛是與上帝同工在打破他們自己外面的人，這個外面的人包括了人的宗教和人的崇拜……當然還有我的"假像"。

哦，我的神！我竟是這樣地遮蔽了你的榮耀？若這些人不是這樣崇拜我，以我為"神人"，你會如此徹底地拆毀我嗎？若我不是用恩賜、啟示、事工，一點點完善自己，雕琢自己，堅固自己，修飾自己，我會成為這樣一個偶像，以至於困住了自己和他人的靈嗎？

當我這樣問的時候，我的自愛自憐和自救的心竟然還是這麼明顯。

……

他們每一個都被我實實在在地愛過，他們也真正地愛過我。很多很多的片刻，飄浮在記憶裡，我卻不敢再細看了。因為那些我給他們的愛，和他們給我的愛，此刻都成了一片片鋒利的刀片，將他們刮割得遍體鱗傷。

我已經讓他們不信任了，他們認為自己崇拜了一個騙子，我成了他們人生中的羞辱。

沒有人記得他們信的是耶穌啊！沒有人此刻願意想起，他將自己交給的是天父，是基督耶穌！不是我李夜聲……

這是我的罪嗎？我該對這些人負責？該負什麼責？

若是為了自己的益處，主啊，我真是想問你，當初為什麼要揀選我？

你這個人哪，你是誰，竟敢向神強嘴呢？受造之物豈能對造他的說，你為什麼這樣造我呢？窯匠難道沒有權柄從一團泥裡拿一塊作成貴重的器皿，又拿一塊作成卑賤的器皿嗎？倘若神要顯明他的忿怒，彰顯他的權能，就多多忍耐寬容那可怒預備遭毀滅的器皿，又要將他豐盛的榮耀彰顯在那蒙憐憫早預備得榮耀的器皿上。

主，這是你的回答。

我其實一直都在關心器皿，過去是自己想努力成為一個貴重的器皿，現在只能問你將我做成了個怎樣的器皿……

可是，今晚，在這個監禁的囚牢裡，你卻對我這樣一個裡外都被剝奪的人說，你要稱我為父。

*当他真如 ...此基督如样式，他的朋友们就不愿他了。*

## 2

只知傾酒，不知飲酒，
只想擘餅，不想留餅；
倒出生命來使人得幸福，
捨棄安寧來使人得舒服。

***

主的身體、主的血，就放在我面前。

……

十幾年了，我沒有一天不在等，沒有一次擘餅聚會的時候，不是眼睜睜地看著這餅和杯，但他的手一直在我身上，重重地在我身上。

我信仰中最大的渴望就是擘餅，我講的最動情的也是擘餅，甚至因著這種人看為形式的堅持而遭到宗派的排斥……

你卻就在這個要緊的地方，顯明審判，你讓我無法擘餅。

一個禮拜又一個禮拜，一個月又一個月，十幾年中，我儘量避開擘餅聚會，但無論是避得開，還是避不開，我都面對著這餅和杯。

聚會時、獨處時，讀經時、禱告時，我比誰都更頻繁地面對著，以各種“餅”的樣式，橫呈在我面前的……主耶穌，基督的身體。

我不敢掀開他壓在我頭上的釘痕手，仿佛會重新震裂那傷口，仿佛那血就要流我一頭一臉。我不能走上前去，無法像擘一塊餅般擘他的身體，雖然大家都在這麼做，雖然我知道有許許多多憂傷或疑惑的目光都期待我這麼做……但我卻不能。

他就在那裡，好像荊棘的火。我是那麼地渴望他，就像是飛蛾的心思，但我卻不能就這麼硬著頸項走上去，因為這是聖地，我脫不下污穢的鞋子，我不敢跨前一步……

十幾年了，不少人在問，為什麼我不肯與弟兄姊妹們一起擘餅，他們好像很喜愛我關於餅杯的教導，但我卻知道並沒有人真在意主說了什麼，我說了什麼。

《聖經》裡明明地寫著：所以無論何人，不按理吃主的餅，喝主的杯，就是干犯主的身體、主的血了。人應當察驗自己，然後吃這餅，喝這杯。因為人吃喝，若不分辨是主的身體，就是吃喝自己的罪了。

這話擺在那裡，再清楚不過了，人的心裡卻不真在意。或者有明白的，也許是看不見自己的罪，也許是為了一個禮儀，或就是為了個"屬靈"的面子，就寧願干犯主的身體、主的血了。又或者……我希望他們都是無罪的，是察驗、分辯了自己的，是不至於因罪而受審的……

我卻不能，只要我一看這餅和杯，就格外清楚地看見自己的罪，就有一個聲音在我耳邊問我：你要用你的罪污來干犯救主的身體嗎？

他的身體是那樣的潔白、完整，好像就是天堂……

此刻，在牢房的鐵門前，我突然就又看見了他的餅和他的杯。雖然這只是一個粗糧的饅頭，是有酵的；雖然這只搪瓷杯裡的液體不是葡萄酒也不是葡萄汁，只是大半杯清水，但我靈裡卻看見了主的身體和主的血。

最最讓我驚奇的是，我頭上的那只審判的手離開了。荊棘熄了火，化成了一架天梯……

我怎能不流淚。你竟然是在我成為囚犯後釋放了我，竟然是在我成了眾人唾罵的私德敗壞的人時潔淨了我。這麼多年，我向你求的釋放與潔淨，現在突然就成了。我像被人當場捉住的淫婦般，真真切切地體會了你的赦免……

原來，這麼簡單、基本的一個道理，這麼熟悉的《聖經》中的一個場景，要經過如此痛苦、漫長的過程，你才能刻進我的生命，成為生命中一個屬於你的符號。

求你赦免我，我說了寫了那麼那麼多的"道理"，以為自己比別人更知道你，但其實就我以為知道的，我仍是無知……

現在，讓我來吃你的肉、喝你的血吧！我如今知道這是難的了，在這之中享受安息更是難的，但你做成了。

我幾乎是要感謝這牢獄了，若不是在這裡，我又怎能這麼安安逸逸地，坐在你的同在中，吃你設立的晚餐呢？

現在，滿有安息的味道。心裡再也沒有了忙亂，不是在那裡思想要做這個、要做那個，而是在你面前享受安息。主，我現在撕下一塊你的身體，吃下去，就不再是我活著，而是你在我裡面活著。並且，我在靈裡，回到了一塊完整的餅中，在完整的基督的身體裡面活著……

我曾在各地自由走動，與各地地方教會的同工們在一起，坐在幾千人的聚會中，都難以除去內心深處的孤單。現在，我獨自坐在牢房裡，因為終於可以吃你喝你，與你有份了，我才終於體會到了自己講了多年的道——基督的身體。

我在基督的身體裡。

這感覺是那麼幸福，讓我回到了十九歲的那年。

那是我第一次擘餅喝杯，就在王君兄長臨時的家裡。屋子很小，天熱，知了叫個不停……我和他們夫婦，三個人都很緊張、很興奮，仿佛新約裡的初代教會，聖靈裹在一團火焰中，從開著的窗外，撲進來……

我們分不清自己在哪裡，擘餅的時候我們都哭了。一切的奧秘都不再是道理，而是可身在其中的樸素的真實。那一刻，我相信我們都在你裡面成了一個身體一個靈，十九歲的我覺得這一生自己和王君是分不開的，因為我們兄弟同一刻與你合一了……

但二年後，他去接受了西方公會的按立。

主啊，你知道，我不是出於固執或是嫉妒，我是不能接受他的決定。我們有了你，怎麼還要別的呢？他和我一樣，在那個夏夜，那麼清楚地有了你，進入了你。

甚至從那一刻起，我有很長時間不能想到人的宗教，也不能去思想宗派的事。宗派，就像是把你的身體，那麼完整的一個餅，撕成多塊……

我那麼愛他，那麼依戀他，但我們分離了。

一生中，你似乎很少讓我得到友情上的滿足……

我激烈地反對他，而他卻趁我不在時將我除名……那是我們建立的第一個地方教會，我卻被自己最親愛的弟兄們，被自己的教會棄絕了。一個人坐船離開福州時，我甚至開始懷疑那個最美的夏夜……你說，因為人吃喝，若不分辨是身體，就是吃喝自己的罪了。因此，在你們中間有好些軟弱的，與患病的，死的也不少。

我們是不夠敬畏嗎？是沒有分辨這餅是你的身體嗎？是吃喝了自己的罪嗎？

那時，我病得很重，之後，反反復複地纏綿病榻……我以為自己是要死的。但我雖然有懼怕，有懷疑，卻還是捨不得不去嘗你的餅杯……

我在教會設立了獨有的擘餅聚會，甚至這成了我們信仰重要的一個標記，但我自己再也沒有嘗到十九歲那年，完全、單純的相信與享受了……

今天在這監牢裡，你要藉著這世俗的食物和水來恢復我嗎？

神所潔淨的，你不可當作俗物。

我知道這是你在對我說話，我將太多事物定為俗物，竟然看不見你的潔淨。是我將你的羊帶到了狹窄之地嗎？我知道在寬闊之地也能遇見你、與你同在、受你保護……但我的信是小的，我愛你交給我的羊，愛到要自己保護他們，愛到了讓遮蓋成了遮蔽。

主，求你赦免我！感謝你拆除了我，讓羊們看見了他們的大牧人……但他們能適應這靈裡的寬闊嗎？或者，他們中的一些人還是會呆在那個狹窄之地，不肯走出來……主啊，我何等虧欠了你。

但我還是有不明白的地方。我和王君他們在一起時，我常去和教士那裡訴苦，我們爭吵，各執己見，但我分明感到我是在基督身體裡的。從什麼時候開始，我靈裡成熟了，成熟到將自己包裹起來，不再輕易說出我的判斷，向自己的感覺死，不再承認心裡的氣憤與委屈……可是我越來越感覺不到在基督身體裡的真實。我在講道時最為強調的就是基督的身體，我以為這種看見是可以，也是完全應該靠著信心的……

是我錯了嗎？包裹我心的是聖靈的膏油？還是自愛的虛謊？當越來越沒有親密的同伴可以進入我的靈裡碰痛我時，是不是你也就無法用一頭驢子來對我說話？但你不是可以自己來對我說話嗎？

信仰的道路究竟應當追求屬靈的成熟？還是真的歸回小孩子模樣？我真的懂自己最常引用的保羅書信嗎？

\*\*\*

今天，監獄裡的高音喇叭中放出的是李姐的聲音。已經不是第一次聽見她的聲音了……

我竟然不在乎她在說什麼，只是一味貪心地聽著，像是要把她的每個聲音都吞進肚子裡，藏起來。我不知道今生還有多少機會能聽到她的聲音了……

即便她說的是認罪的話，即便她在罵我，批判我，她那總是平靜、堅定的女中音仍是我的安慰，這聲音是我的魂也是我的靈所熟悉的。

我不相信我和李姐在靈裡的連接會隔斷，我也不相信她和主的靈會隔斷。

……即便有一天，她的意志不能再抓住主了，即便她的思想要欺騙她，要用一道帕子蒙上她靈裡的眼睛，讓她再也看不見主，我相信主耶穌也不會棄了她。

因為主知道她，主知道每一個愛過他的人。她是愛過的，是深深愛過的，是用情感也用意志來深愛過主耶穌的人。我也是愛主的……今天的苦難沒有人能解釋，也不需要解釋。我是不肯讓自己來思想來解釋的，只怕是一解釋就誤會了主，就得罪了主。

只有一條是肯定的，主是完全的愛。從主而來的苦難都是剝奪，都是洗禮，也都是祝福。雖然這祝福似乎不是對著這一生來的，但必定是向著永生傾倒的。我們被主領到最深的苦難中，最深的剝奪中，總是因為，他容不得佳偶對他的愛中有蒙蔽吧。

無論是願意還是不願意，上帝是要揀選人來真認識他的。

從第一次見到李姐時，她的聲音對我就有一種奇妙的安慰，她就像我的屬靈姐姐，甚至是母親，只要一聽到她的聲音，我裡面的人就剛強起來，煩躁的心就平靜下來……

自從四二年，她把我的書稿和行李扔出福音書房，扔在文德里的弄堂中，我心裡就有了慌張。好像是後背靠著的牆裂了縫，時不時地有涼風吹進來，甚至要擔心這牆會不會塌下來……

李姐，慕真，還有她和她，是繼王君之後，讓我最難忘懷的和我一起擘餅的人。雖然慕真一直是我最得力的助手，也是一直最維護我的姊妹，四九年我重新出來帶領教會都是因為她和常長老的努力……但我內心最親密的卻是另外三位……

我們一同擘餅就一同成了你的一部分，但我竟然對她們動了私情……我的主，你是知道我的，這私慾從何而來啊？你深知我的掙扎，我一遍遍地呼救命般地呼求你，你竟然袖手旁觀……看著我干犯了你的血、你的身體……看著我在污黑的泥潭中打滾，幾次爬到邊上又跌回去。

我即使能控制住身體，我也控制不住我的心，我的心是完全地、自顧自地、不知羞恥地背叛了，好像是在刻意嘲笑我裡面住著的聖潔的靈。我甚至自暴自棄地求你的靈離開我，你怎麼可以住在我這污穢的人裡面，這樣長年累月地被羞辱呢？

但你知道這情慾不出於我。它是惡者口裡吐出的煙氣，每次我千辛萬苦、恨不得撕裂自己地刮乾淨心思和情感後，它只輕輕鬆鬆地一張嘴，就讓污黑的情慾湧動在我裡面，拔出我的錨，掀翻我的船……我能做什麼呢？

我使最疼愛的青梅竹馬之妻忍受羞恥，讓最美好聖潔的女人成為淫婦，令靈裡與我合一的人心被刺透……主啊！我要知道後來會這樣，我豈敢，我怎肯與她們一同擘餅一同喝杯。甚至，重新回到起初，我都不敢來服事你，但那也不是我的選擇……如今我算是真知道，"是神選擇了我們，不是我們選擇了神。"這句話是有大憐憫的。

這麼多年，我仿佛是被仇敵騎在脖子上，別人以為我在跑，其實我連走的力氣都沒有，我是爬著的，但我還是跟著你的。我不知道這是怎樣的經歷？是基督徒真實的"正常"？還是，我只是一個特例？但我相信，我的魂也許是爬在地上，我的靈卻是站立的，是千方百計躲在你裡面，拒絕被擄的。

無論如何，雖然這樣的我是不正常的，是沒有得勝的，雖然我那麼渴望過一個得勝的生活，而讓我更不能放棄的是過一個在你裡面的生活。我只能一直不顧自己外面人的光景，讓裡面的人貼近你……雖然不配，但還是定意要讓你的揀選不落空的，我說了你要我說的，做了你要我做的……

當你讓我傳講"得勝""聖潔"的資訊時，你知道我心中是何等的軟弱與絕望，我只能像一個空殼般擺在那裡，隨你來用。主啊，我交給你的是一個死人，你竟然用這個死人傳遞了復活的真理，也傳遞了復活的能力。

我這個死人，這個器皿，被你這麼一用再用，被復活的能力經過了一次又一次……我曾經也是期待外面的人得救的，期待外面的我的完善……但你是斷然地讓我對此絕望了。而我裡面的人就像一根管道，是靠被你這麼一直使用著，被你的靈和你的話一遍遍經過著，而死不了，活下來。

我的靈，我的魂，都是因為你特別強力地抓著，才沒有被惡浪卷走。

半生已過，我是真知道了，你為什麼說你來是召罪人的，有病的人才需要醫生。人看我是獻上一切被你使用；而我自己知道，我是一無所有被你所救……

今天，我在這監牢中喝這杯，杯中的水被你變成了酒，變成了殷紅的血。

我終於被潔淨了，我的情慾也被潔淨了。我一直竭力希望的，就是不再愛她和她，甚至寧可你讓我不會再愛人……

但你今天潔淨了我的"愛"，讓我終於敢在心裡"看"她和她了，敢在心裡透過你來欣賞她們，愛她們，回到我初見她們時，回到我們第一次在文德里擘餅……

教會裡有許多姊妹心裡明白或故意不明白地在愛著我，我從來不敢想到這些愛，也不敢想到她們。我仿佛也背負了這些染了罪污的私慾，甚至不能為她們禱告。今天，求你也潔淨她們的這些愛吧，求你來成為她們心中的滿足，成為她們的良人……因為，原本這些愛就是向你生發的。

人，實在是沒有一點好的，沒有良善。人的愛和美，人的善和智慧，若不透過你，竟都能與私慾調和，變成污穢……

即便是造物主上帝你放在人心中的神聖的饑渴與崇拜，也同樣會射偏，投射到各種偶像與物質上……這就是人的原罪。仿佛真是有種天然的力量，讓人偏行己路……

我也實在是沒有辦法不被破碎而得生的，外面的人徹底地碎了，我就遇見了我裡面的人，裡面的人出來才能遇見你的杯餅，才能真看見你的身體和你的血，才能讓這靈的吃喝產生功效。

在人的監獄中，我承認自己十幾年沒有擘餅喝杯，也是在人的監獄裡，我被主恢復了擘餅喝杯。

這豈不就是那句話：我們若認自己的罪，神是信實的，是公義的，必要赦免我們的罪，洗淨我們一切的不義。

## 3

不受體恤，不受眷顧；
不受推崇，不受安撫；
寧可淒涼，寧可孤苦；
寧可無告，寧可被負。

\*\*\*

今天，我得到了一個撕裂我心的消息。于長老，于醫生被主接走了。

整整過了六個月，我才接到這個消息，我就不能哭了。因為已經六個月了，想他現在必定是坐在主的腳下，甚至是被抱在主的懷裡了。他身上的傷、心裡的眼淚，都必定是被主用釘痕的手抹去了……

我怎麼能悲傷呢，他和主的眼睛一起看著我，我是應該為他高興的。

可是我的心裡卻是悲傷的，他一走，好像我就更孤單了。

我裡面也有了一點點的嫉妒，華恩兄啊，主真是愛你、也滿意你，竟然就那麼快地把你接走……你要原諒我心裡起的羨慕，知道你走了，突然這苦難就變得讓我難於忍耐了。

我知道主是對我不滿意的，要把我放在這爐裡繼續煉淨。

我想起自己寫過這樣的句子：我的時候在你手，不論或快或慢，照你喜悅來劃籌，我無自己喜歡。你若定我須忍耐，許多日日年年，我就不願早無礙，一切就早改變……

如今許多時候，我只能沉重地面對著自己往昔的禱告。主啊！你實在是聽禱告的神，不過，人禱告時又有多少是自己真明白的？我是實在承受不起自己口中說過、筆下寫過的。那些都出於你，並沒有一句是出於我的，我摻雜在裡面的血氣與自義，求你不看吧！

　　我以為我知道的，這些年，卻越來越發現自己不知道；我以為我能揣摩出神的心，這些年卻發現那並沒有真正的用處，要緊的還是讓神能隨時觸摸我的心⋯⋯

　　華恩的心是軟的，想必是常常被你觸摸的緣故。他是十大長老之一，卻沒有什麼高言大志，也許就是為此，他的心更乾淨，不需要像別人那樣，讓你坐下來守著爐子來煉淨？

　　主啊，今天我格外地軟弱，監牢的生活突然變得不堪忍受，我不禁要放膽問你一聲，為什麼你揀選他過那樣一個人生，得那樣一個榮耀的結局，卻揀選我過這樣一個人生，得這樣一個結局？我不如他愛你嗎？⋯⋯

　　但我知道這樣問是沒有道理的。

　　***

　　今天宗教局的人來監獄了，最近他們應該是常來的，但不來和我談。今天來和我談，卻並不想問什麼。

　　他好像有份得意，背挺得很直⋯⋯在他們，好像這是和我的一場鬥爭。據他們說，南陽路的人，我李夜聲的人，一個不剩地背叛了我，他們鬥贏了。我卻覺得這事與我已經無關。這些人不是我李夜聲的人，教會也無所謂是南陽路的，人和教會都是基督的。

　　屬於基督的人背叛了，基督的信實也還是會顯出來；不屬於基督的，也就最多是背叛了他自己的一種宗教，於基督無關⋯⋯

　　我這樣說時，被他們打了個耳光，說我到這時候還在狡辯，他們說我是說謊的高手，自欺更欺人。他們這樣說，我反倒不能說什麼了，想來他們也是說對了的，這一生我自欺的成份和欺騙了他人的，確實有很多。我努力不說謊，為了不說謊甚至凡涉及自己的事就儘量不說，也不解釋。

　　但這也回避不了說謊，人說謊真不是靠嘴的，而是出於心的，有了心，全身每一處都可以代替嘴來說謊，甚至包括沉默⋯⋯唉！我真是得罪了人，更得罪了你。

　　***

　　華恩一九四二年那次托人到北京對我說，我們不真知道你的事，你不說我們也就沒必要知道了，因為主是清楚的，主清楚就可以了。你要求教會將你除名，但通訊卡上並沒有你的名字。是我決定同意你引退的，負責弟兄和同工們只是同意了我的意見。

　　我知道他這麼說是想承擔一切，是不要我心裡怨恨那些堅決要求開除我的弟兄姐妹。雖然那時我在北京，但文德里的事我都知道。其實我是不想知道的，但沒法不知道，好多人來說……我並不怨恨李姐，更是不可能怨心潔……我只是覺得對不起她們，對不起大家。越是愛我的人，我就越是傷了他們。

那次原本是我的一次解脫的機會，那晚，在北京小院的槐樹下，和妻子對坐，她剛從上海來，什麼也沒說。我們靜靜地坐著，我就幾乎是要流出眼淚了，心想，終於是被揭開來，私情曝在光中，私情就無法再捆綁我了。那麼多年，被這事壓在心上，被它壓住的那一小塊心，就陰濕地長出苔蘚、長出黴菌來……終於這石頭可以被掀掉了。

那時以為因為趙心潔的揭發，文君會比李姐更恨我，她……卻什麼也沒說。後來聽說，王慕真用了耶穌對那些要用石頭打死一個淫婦的人說的那句：你們中間誰是沒有罪的，誰就可以先拿石頭打他。基督徒是知罪的，何況長老執事們？於是誰也無法堅持與我對質，無法堅持定我的罪了。

而我……也就失去了一次申辯和被曝光的機會。

其實我一直想對慕真說，那段經文在那個場景她是應用錯了。我心裡是不是也曾希望裡面的罪被抓獲，被顯於人前，被帶到耶穌面前……然後，可以得個了結？

當然，我隨時可以公開認罪，但我知道這份私情是罪，卻仍留戀這罪的迷惑之美，更無法將與廖趙的感情一廂情願地在公眾面前如實道來……我實在是需要一種外力，將這塊石頭掀開，將這層似乎已經長在我臉上身上心上的外衣和面具撕開……

但，人的"愛"阻止了這事，我仍拋不開這重壓。從四二年到四八年，我是自己審判自己、監禁自己，卻沒有勇氣公開罪狀。上帝的選民若有勇氣揭示自己的罪，若有能力自己回轉，上帝豈會需要用外邦人的擊打，又豈會讓驢子發聲？我豈會是例外？不過是你悖逆之民中的一個，但我心裡是感恩這擊打的。

華恩是有愛的，一九四九年我回到文德里後，他對我說的第一句話就是告訴我李姐是愛我的。我知道她，她們，他們都愛我，但是我心裡真是希望他們是更愛上帝的。否則，我就不能肯定，他們讓我復出，來帶領教會，是出於人意？還是神意？

若是人意……今天我就無法讓人來負責，甚至連忠誠和同情也是要不到的，一切就都成了枉然，這一生也就真是雲霧了。但若是神意，那一切就可以篤定，他總是不會錯的，一切也都由主來紀念，來負我的責。

我當如何來分辨這一生中的人意與神意呢？

也許，不分辨的靜默，是此刻你的喜悅吧？

\* \* \*

在新約中有四個人代表著四種執事，雅各是第一個，他是耶穌最親密的三個門徒之一，卻沒有寫任何一卷書信收到新約裡。我一直有話語的執事，如今卻感歎雅各的隱藏，于醫生就是個在基督耶穌裡隱藏的人吧。

這種隱藏恐怕也不僅僅是靠人自己能做到的，更是神的揀選。于華恩在教會裡當長老，講道不少卻沒有顯出來，做了許多事卻仍能藏身在主裡面……這真是一種恩典。

如今他就和雅各一樣，顯出了他身上最大的特點，就顯出了上帝把他藏在內室是要做成一個怎樣的器皿，那就是"殉道者"。他真是一個被揀選來得榮耀的器皿，因為在信仰中，殉道是最為基礎，也最為重要的執事。

基督教中所有的恩賜，所有的服事，所有最美的品德，甚至是福音本身，都是建立在這個執事上的。基督耶穌就是首先以殉道的犧牲來成就天父的旨意。

藏身在基督裡的器皿，一顯出來就有基督的樣式，祭壇上的樣式……華恩，我沒能看你最後一眼，不知道你死時的樣子，但我能看見你現在在天上的樣子，榮耀的樣子，和往日所有時候一樣平靜安穩的樣子。

是不是，當初我也該走這條內在生活的，更多藏身於基督的執事之路？若讓我按天性揀選，這個是適合我的，但執事的路和方式又豈是我們自己能選的？

這樣說，好像又把自己的過犯，推諉於主了，但誰又能為自己負責呢？

好在，現在我不必發表什麼，不必教導什麼，我只是個被教會再次除名的人，是個罪大惡極的反革命，又是經濟犯，又是私德犯姦淫的人……終於可以真正地回到個罪人的地步，來多想一想了。

想到底，人就是塵土。

基督徒可以服事上帝的，可以表明愛的最寶貴的一點就只剩下"受苦"了，因為愛的基督也是受苦的基督。可是號稱愛主的人們，向主禱告的都是不受苦，離開苦地。我真能像我的禱告一樣，為了愛，不願提早跨出苦難嗎？

若我今天能真愛你。那麼過去我魂裡的、身體上的一切過犯，就都能成為煉我的爐火中的柴。可是，若我今天仍不能甘心與你同釘在十字架上，那我就不過是被自己的罪燒成灰燼。

這牢房的四牆是我的煉爐嗎？若是，你就使我不想早離開。

無論我一生中有多少次是憑了自己的意行，在我生命的最後時日，求你讓我憑爾意行。

\*\*\*

于醫生總是可靠的，也一直在身邊支持我，但我心裡當初最愛的卻不是他。我那時心裡最愛的是康慕靈和任崇心，特別是年輕的崇心，他實在是天賦很高，文筆好，心思又聰明……

可是，我愛他們是出於神的愛嗎？還是摻雜了己意？是不是有惺惺相惜的驕傲？

我那樣包容、姑息了任弟兄的不願受苦的心……是不是就害了他。但那時，聚會處急需人才，特別是文字事工的人才，只有文字才能把我們的理念傳遞出去，也才能讓散於全國的聚會處合一……

但用一個錯的人，能成就對的事嗎？《聖經》中也有這類例子，但即便是事成就了，錯的人卻終究失落了。我一直以為自己是最愛崇心的，現在一看卻是害了他。我一慣教導看重一個人的所是，而非看重所做，但如今看來，我在乎的真是人的靈魂？是工人的生命？還是事工的擴展？

我是一心愛主，也為了主的，但我真的如自己一直所相信的那樣知道主嗎？我只能是如彼得般對你說，你知道。只有你知道我裡面對你的愛是怎樣的情形，你定然知道我的忠心，也定然知道罪的摻雜……誰又能真知道自己呢？除了造我們的神，誰能全然分辯和判斷自己的心思意念？

但我相信無論到了何種地步，你也斷不會讓你的孩子放在你身上的愛浪費一點的，雖然是這麼地不完全，但你總是寶貝的。

看著任崇心和康慕靈兩位新長老簽名，宣佈革除我的信，我能說什麼呢？他們難道不是我的徒弟？不是學了我的樣子？他們也是一心保住聚會處，保住南陽路這個大堂吧？

主啊！你憐憫他們，就像你憐憫了我，讓我醒過來。你也讓他們看到無論是一個稱為"教會"的組織，還是一個最華麗的教堂，你若不保守，誰能保得住？你若是走了，保它何用？當初你不惜讓外邦人拆了所羅門建的聖殿，甚至一塊磚都不能在另一塊磚上，何況今天小小的南陽路會堂？

一九五零年，我是為了保住教會，從香港飛回上海的。我是想以一己之力完成一個壯舉，與新中國的政府盡力斡旋，贏得聚會處生存和大發展的空間。甚至，我想自己當如母雞般將小雞們保護在翅膀下……但，我沒能保護他們，反而成了傷害他們的一支矛。

革除我的信已經發向全國，裡面複述了政府加給我的所有罪狀，甚至包括那些政府都無法放進審判書裡的事，我不相信康慕靈和任崇心兩個那麼聰明的人，是真的相信了這所有的罪，他們這麼做，定是有他們的考量。

若是聚會處的弟兄姊妹，能藉著背叛我而不必入牢獄，不必受逼迫背叛上帝，我能說什麼呢？若是教會能因為拋棄我而被允許繼續聚會，我豈不是樂意的，甚至是盼望的？若真是那樣，康任兩位也算是替我完成了心願。

主啊，你是知道我的，我已經不知道該如何為他們禱告了，因為我已經真的不知道前面的道路。他們真能靠這樣做而得到政府的首肯，保住教會？更重要的是保住信仰純正的教會嗎？

誰又能知道呢？

這些年來，主越來越讓我看見"聰明"是不可靠的，甚至是誤事的，但我卻每到關鍵時候，順手一抓的"救命稻草"總是"聰明"。如今，我是要和保羅一樣來感歎了：我先前以為與我有益的，我現在因基督都當作有損的。哦，耶穌，只願你來牽我們的手。對於政治，對於世事，我承認我是愚拙的……

《箴言》裡說，你要保守你心，勝過保守一切，因為一生的果效是由心發出。而人怎麼就偏偏要保住一切，勝過保守自己的心呢？總是覺得心是不會丟的，是安全的。一直到被剝奪了一切，才開始注意自己這一顆心。這時還保守得住嗎？

你若願意，就可以的！


……

我是愛他倆的，我甚至至今無法忘記他們的一舉一動、他們的文字，他們實在是有才華的，我一直私心裡以為，他們是聚會處的未來……看來，我也是個依靠人力人智的人，卻還自以為最懂主的心……

因著自己心裡總是無法脫離罪，我暗暗地常在心裡與犯了姦淫和殺人罪的大衛相比，但現在才知道自己無法比。

他說耶和華上帝不喜悅馬的力大，不喜愛人的腿快，而是喜愛敬畏神和盼望他慈愛的人。他是真懂上帝心的，因此他犯了罪，最後落在主的手裡；而我犯了罪，卻落在了人的手裡……

主啊，在你總是可以的，總是不晚的。你若願意，就可以！

334

**4**

願意以血淚作為冠冕的代價，
願意受虧損來度旅客的生涯；

因為當你活在這裡時，
你也是如此過日子。
欣然忍受一切的損失，
好使近你的人得安適。

\*\*\*

政府的人不斷給我送來外面批判我的報紙和材料，特別是南陽路的人和各地同工寫的揭發信。其實，這些信大都已經整理列印在材料裡了，但他們還是特意複印了這些手寫的信件，遞進監牢裡讓我看。

我知道他們的用意，無非就是要將我擊垮。可笑的是他們不知道，我的信仰其實與我和人的交情是無關的。無論他們對我怎樣，又或我對他們是否在心裡產生了不好的情緒，都不是最要緊的。這些根本無法導致我放棄信仰，我信的只是耶穌基督，這只關係到我和主的交情。

再想，就覺得自己以為在用心用力地服事神，其實卻是虧欠了神，太多精力和心思關注在了與人的關係和交情上，卻沒有盡心、盡力、盡意地愛主，和主建立交情……好在，現在有得是時間了。

我是不可能去恨揭發批判我的弟兄姊妹的，即便有誤解和漫罵在裡面，我也恨不了，甚至怪不了他們。經歷過這麼多恐怖的無人性的提審和酷刑，還有這些行之有效的“洗腦”學習，我怎麼會不懂他們呢？而我這樣一個罪污的人，又怎麼有資格論斷人，甚至是恨人呢？

不過，我還是不能真正把眼睛放在這些熟悉的字體上。這些內容我不在乎，我好像是自然地就將這些文章與記憶中的那些人分開了，但這些字卻一個個地帶著他們和她們的體態、性格……這些字一個個地跳出來，連成別的句子，他或她曾經寫過說過的另外的句子……

我一直回避看這些手寫的複印本，這是我的軟弱，撒旦是知道的，他就攻擊了我。

當我拿到二姐寫的批判書後，我心裡的聲音比以往更大聲地提醒我不要看，但這特別強烈的聲音反而讓我起了更強烈的慾望想看。看來，直到現在，我外面的人其實還是那麼強，感覺和心思都那麼強大。外面的人真的可以破碎嗎？可以藉著上帝的擊打而破碎？我外面的人明明是一次次地被打碎了，這次更是碎得徹底了，卻轉眼就為著這一頁信紙而活了，重新起來囚禁我裡面的靈。

我突然覺得自己教導的，這個邏輯和神學上都完美的法子，並不是個累積式的修煉，而是每一分鐘都有可能回到原點的爭戰。此刻，這段字句就刻進了我的心裡，像一道撒旦的封條，封住了我……

> 成聖之路就是不斷 向罪死．向神活．
> 不斷 來到十字架前 認罪．悔改．得救贖的平安．沒有捷徑．只有拒絕咱福音

……

蕭反的時候，我正病倒在床上，神開了我的眼睛，給我看見這是神在教會中審判人的罪惡。給我看見我以往錯誤的嚴重。我以往不認識神在這一個時代中的心意和祂要我們走的路，我沒有服在神所設立的權柄之下，我把自己錯誤的感覺以為是神的引導，我把一些"超政治"的毒素也當作是我的信仰，所以我會落到這麼嚴重的錯誤裡，使神的教會受了污損。

在蕭反的階段中，我裡面深深地受責備，要死死不了，要活活不成，真是痛苦到極點。我恨自己太愚昧、太黑暗，以前滿心以為是為著主，是忠心，是要爭取為主受苦，要作一個"殉道者"。但結果都是得罪了主，得罪了人民！我看見了我的錯誤，我就在主面前憂傷、痛悔，也在政府面前交待問題。感謝主，赦免我的罪；感謝政府，使我得著了寬大。

……

看著這一個個熟悉的字，就好像看見了二姐的臉，她那雙有點分開的單鳳眼。我是不敢細看這雙眼睛的，生怕眼睛裡有了從來沒有過的陌生的東西。那會是什麼呢？認真的憤怒？驚訝？鄙夷？是迷茫與疑惑？還是就像報紙上的人民的眼裡有的那種革命的忠心？

不知道，其實也是不想知道。我不敢透過這張紙去看她，甚至不肯去想這是她一筆筆寫的，是一句句在她心裡想過，嘴裡念過的話……

其實她的信裡沒有一句提到我，但我寧願她罵我，而不是這樣隨意地提到"神"，她怎麼會這樣隨意解讀或刻意編造"神"的心意呢？我無法不反反復複地猜想她寫這些是假意還是真信？

我知道不該這樣苟求她，但我揭不開眼前的這張紙去，這些字一個個地來貼著我，遮在我的眼前。我只能努力穿過它，看二姐給過我的其它的紙條……

我記得她給我的第一張紙條上寫著。弟弟，小心！母親發現了。別惹她

發火，快認錯。姐姐的字一直寫得不錯，雖然這上面的字還很稚嫩，但字架子已經在那裡了。我沒想到自己一直記得它，更沒想到它一直就躺在我記憶箱子的最上面。

記不得那次自己究竟闖了什麼禍，兒時在家裡，我總是惹母親生氣。母親是個極講規矩，極要整潔的人，我卻無論怎麼小心，仍會弄亂一切。

我的個子從小就長得太大，胳膊和腿都太長，實在是容易碰到周圍。好像只要我一開心，稍稍地放鬆一下自己的四肢，就會掃落桌上櫃上的東西，身後若是有一二聲碎裂聲，迎面就會碰上母親責備的臉。在怒斥之後，有時還會有杖。

二姐因此常會跟在我身後，幫我“善後”。我在母親身上從來沒有享受過的溺愛和縱容，卻在二姐那裡得到過。她看我的眼神總是喜歡的，總是以我為傲的。她為我擦傷藥的時候，總是不敢看我，卻有眼淚滴在我的傷處……

後來，我大了，我成了傳道人，建了基督徒聚會處……她也是家裡唯一一個來文德里聚會的。有時我甚至想，二姐一生都跟著我，是不是就為了怕我闖禍。我也確實總是碰倒、碰碎許多東西……母親雖然沒有再打過我，但她責備的眼神卻總是跟著我……

直到一九五零年，母親回了天家，那雙責備的眼睛才仿佛離開了我的頭頂，我感受到了一份從來沒有過的自由，和對自己完全的認可。

我回到了上海，決心把地方教會發展到全中國，我當時相信政府要中國教會斷絕與西方公會的聯繫，要自治自傳，這對於原本就獨立於公會之外的聚會處是個機會。

確實有過大復興，確實年輕人都湧入了各個聚會點，大批的同工受培訓，被造就出來，聚會人數也達到了鼎盛……然而，這一切竟然在瞬間就徹底地塌陷了。

母親，如果你沒有走，如果你責備的眼睛一直還懸在我的頭頂，我還會那麼自以為是嗎？我會那麼自信地以為自己讀幾本書就懂得共產黨？和幾個政府裡的熟人聊聊就瞭解他們的政策嗎？

母親，如果你還在，二姐會寫這個嗎？……不，我不是怪她，我能明白，我應該要明白她的……但這根矛，真的扎進我了……

母親，也許，幸好，你是走了。

\*\*\*

337

如果沒有母親，就沒有我。這句話是個大實話，放在每個孩子身上都適用，但放在我身上，卻是真實到了不能允許我忽略的地步。

如果沒有母親，就沒有我。

不僅僅是沒有我這個人，這個肉體的出生，而且是在我生命中的每一步，她都實質上地替我選擇了⋯⋯

她為了要一個男孩，一個能讓她在李家揚眉吐氣、直起腰來的男孩，就向上帝要了我，並在我還沒有在她子宮裡孕育的時候，就許願將我獻給了上帝。

她一定不是為了要我而要我的，她要的是她自己，有時我甚至想，自己不過是她和上帝之間交易的一個附帶產物。

然而，在她要我之前，我這個生命是不是已經存在了呢？應該是在她要我之前，就已經被上帝知道了、預定了的。若是這樣，那就僅僅是因為她許了這個願，所以上帝把我放在了她的腹中？

這樣想，我和她之間的母子情確實就算不得什麼了⋯⋯我似乎就不能怪她一直忙她的服事，不能怪她不像別人家的媽媽。母親對弟弟們是怎樣的？我竟一點都不記得了。我只記住了她對我的嚴厲⋯⋯在我病得要死的時候，她也沒有一次守在我身邊，她總是在為天下的事，或是天上的事操心，總是匆匆地一句問好後就踏上遠行的旅程。

但我卻不能像一個平常的兒子般，怨責母親，甚至，過去一直不能讓這心思浮上來⋯⋯因為我是一個傳道人，是一個獻給上帝的人，怎能責怪一個在四處傳福音，四處佈道的，人人稱讚的，了不起的母親呢？

現在，我就想放鬆一下自己，在這裡讓一直壓著的心思顯露出來。畢竟，現在我不是教會的帶領者，又不能繼續執事的工，我只是一個年過半百，身體軟弱的坐在牢裡的因犯。

我是有權力怪一下你的吧？就簡簡單單地作為一個兒子來怨一下母親⋯⋯

你總是在安排我的事，隨意地處理我的東西。原本是用來做教會同工培訓的地方，你卻拿去開了孤兒院。原本信與不信的不能同負一軛，你卻要求我幫那時還不信上帝的弟弟一起經營化工廠。

無論我如何用心調和這屬世與屬靈的事，用心將這屬世的化工廠辦出屬靈的意義，但最後耗盡了心力，仍成了一個破口。母親，你一定沒有想到這事對我和弟弟後來的結果都是你不忍見的。前天，聽來探監的惠雯說，二弟也被鬥得很慘。鬥他的人讓他在臺上彎著腰，雙臂向下垂到地，不准動，一動就被打。說他這樣連續站了九個小時，然後，他，他就在臺上公開宣稱放棄了信仰……

二姐這樣告訴我時，聲音有點顫抖，她知道政府一定給我看了她的悔罪書，雖然我沒問，她也沒提。她看著我的眼神是乞求的，好像在乞求我的原諒。我一言不發，二姐的眼神就黯了。但我有什麼資格來原諒呢？

她也許是誤會了……下次，下次她再來的時候，也許我該說點什麼……

母親，你在天上是一定都看見了，看見你的兒女個個都軟弱了。母親，你是比眾人都要剛強的，此刻你的心裡一定是痛極了。我們都辜負了你……但你必定還是愛惜你的孩子的……哦，這樣一想，我的心就得了極大的安慰。無論我們這些人是多麼地軟弱和敗壞，天父對孩子們也總是心痛而不會恨的，縱然孩子們有一天或口上或心裡，或真的或假的否認了與父的關係，棄絕了這個天上的父親，為父的也斷不肯放棄自己的孩子……

到了這個時候，似乎我才有點明白我稱為阿爸天父的神，才真知道什麼是世界奪不去的平安。這個信仰不是存放在我們人自己手裡的，若是放在人手裡，那是必定不可靠的，但這個信仰是存放在神手裡的……好多屬靈的事，因著這個啟示，都要重新想過了……

母親，連兒子對你的心思也要重新想過了，覺得自己是一直有點忽略了，或是故意回避去體會你的母愛。是不是，我過去對神的恩典和愛也沒有足夠多的認知和支取呢？

\*\*\*

婚姻的事，我是反抗過你的，甚至挺長一段時間我們沒有聯繫。那時我知道你心裡難過，也知道你是好意，但我就是想讓你多難過一會，想讓你感覺到自己對我的無奈。但後來，為了娶惠雯的事，鬧出那樣大的一場風波，還是你來擺平了一切，幫我辦了婚事，結婚的日子就定在了你和父親的結婚日。我是再不能怪你的，但卻覺得又一次被罩住了……

我們是母子嗎？母親，你現在是在天上的人了，我卻還在地上，還是在不明白中，你對我一生那麼多的影響，是好？是壞？

……也許，就是因為要反抗你，就是因為看見了父親的懦弱，就是因為你總是對的，總是強的，總是愛主的……而這個家卻並不自由，也不快樂……

所以我後來在聚會處的家裡，就特別壓制了姐妹們……

我不是看不到她們的恩賜，不是不知道她們的寶貴。我自己信仰的啟蒙、復興、寫作、建教會，沒有一件是離得開她們的，但我卻說了、寫了許多的話，限制姐妹們……

她們卻一直愛我，甚至愛慕到把我放在了她們和神的中間……

我對不起她們……

母親，這些話我是沒有人可以說的。就是心愛的妻惠雯，這些年我也是極對不起她的，讓她的才華和恩賜都被埋沒了……若她不是被我壓制到這樣一個地步，我應該不會走到這一步，至少她可以勸誡我。

記得，我們少年時在一起玩，直到我和她分手之前，我倆在一起，我都一直是喜歡聽她命令的……現在想著，真是美好。

可是她後來變了，變成了一個深深隱藏的人，她甚至從來不問我什麼，更不過問教會裡的事。我一直認為這是她的"屬靈"，現在想想卻覺得心裡有了難言的痛。她實在是愛我的，愛主的……而我卻委屈了她，也使自己沒能活在這二人成為的一體中。

我總是獨立的，也是孤立的，我最強調肢體的原則，強調要活在弟兄姐妹中間，要處在同工肢體般的配搭中……但我卻總是做不到。我不知道如何與另一個人真正融合，更不知道如何隨時隨地地生活在群體中。

母親，你沒有教過我，沒有讓我可以向你敞開的機會，你更不肯讓我真正靠近你……

我其實一直就很想知道你在哪，在想什麼，在做什麼。有幾次，你甚至帶惠雯和你一起去傳道，你們很親熱。我和你也一起去佈道過，卻只是同工，只是兩個傳道人同工而已。

……

母親，向你抱怨了那麼多，但我還是知道你是愛我的，也許你最愛的那個孩子就是我了。

那次英國客人來上海，大家要一起擘餅聚會，我看著你一夜未眠，在擦那些剛剛運到、擺好的椅子。我看見你的腰背瘦瘦地塌下來，你的身體不再是我記憶中的樣子，我突然就找到了心裡的母親。那時，我甚至有點慶倖你老了。後來我要你留下來，留在文德里……但你還是走了。

那次以後，我沒有再和你吵過，我儘量地不違你意，因為我知道你是愛我的……

我是無法像耶穌那樣說，誰是我的母親？誰是我的弟兄？凡遵行我天父旨意的人，就是我的弟兄姐妹和母親了。

你在我的心裡，始終無法與別的上帝家裡的人一樣。你讓我顧及血緣親情時，我無法對你說，婦人，我與你有什麼相干？

於是，就有了一九四二年的事和以後的事……

我是你的長子，我一直想靠自己的能力，把血緣的家和主的家，把兩邊的事一肩挑，但最後我卻都沒做好。母親，我對不起你，我沒能帶好弟妹們。你把他們都交給了我，現在我只能把他們都交給天父了。現在，他們受了我的連累……我能做的，真只有禱告了，為他們，也為自己。

母親，你就多在天上禱告吧！你現在離耶穌確實比我近多了，我這樣承認，你會高興的吧？依禮（注：福州對媽的稱呼）……

## 5

我今不知前途究有多遠，
這條道路一去就不再還原；
所以讓我學習你那樣的完全，
時常被人辜負心不生怨。

***

監牢裡的犯人越來越多，每頓給的食物越來越少，連之前咽不下去的糙麵加糠的粗饅頭也看不見了。

犯人們原本一日就等著吃飯的時候，現在饑餓讓人的五官都極敏銳起來。炊場通向各棟樓的小鐵軌剛一有動靜，樓層裡就起了一種騷動，大家都擠在監房的門口急急地等著。過去聽不見的聲音現在都能聽見了，大家側著耳朵聽小鐵軌上的聲音，辨別出推近自己這棟樓來的，甚至會忐忑地憂愁這堆推來的大木格子是不是比昨天輕了。

我住的這層樓小鐵軌在修，只好讓勞役犯背過來，送到一個個監牢門口。一個木格要放三四十只洋銅罐，一百多斤，堆在背上，勞役犯的腰就要被壓得彎到九十度。這些日子，囚犯們總是緊盯著走過來的勞役犯，總覺得他們的腰越來越彎得不到九十度了，好像背得輕鬆些了，那也就是說食物量又變少了。於是，雖不敢出聲抗議，卻發出一種絕望的歎息似的呻吟。其實送飯的人背得是否輕鬆，腰彎到哪裡，與許多因素有關，但饑餓讓人的心思完全聚集在食物上了，達到了一種變態的脆弱。

這種場景，讓我突然想起耶穌在曠野禁食禱告四十天後，魔鬼撒旦來試探他，說，你若是神的兒子，可以吩咐這些石頭變成食物。耶穌卻回答說，經上記著說：人活著，不是單靠食物，乃是靠神口裡所出的一切話。現在想起這段經文，才真正體會食物對人的誘惑與摧毀可以達到怎樣的地步。饑餓給人造成的絕望可以吞沒人的思想和理念……

感謝主，我現在身體不好，吃不了多少，照得見影子的小米粥，對我卻是最好的。心裡沒了壓力，再不會因為吃得慢或剩下了而被打罵。飄著野菜葉的湯也是極香的，沒有油，想來也是對我這個心血管病人好的。

過去，要始終相信凡事都是好的，總還要用一點點血氣的力道，現在習慣了牢裡的生活，反而不用血氣了，是真正從心裡感受到一切都是好的，一切都是上帝天父允許的，是對我有益的。

聽醫生說，我的心臟問題很大，比原先該有的腫大了一倍半。心臟時不時地要痛一陣，提醒我它的存在。我又不能用力和發急，凡事都要慢慢來，心思和情緒也要慢慢的……原來人是可以這樣慢慢地來生活和思想的，而且緩慢中自有一份美妙的敏感，對聖靈的敏感也增加了許多。

我現在和主的心思交往，比在外面寫書時還要多得多。那時的交往有時只是為了寫出來，或者好一點說，也是為了更多地認識主。現在卻不是，現在和主交往是不為什麼的，甚至也沒有要更認識主的想法了。只是和他，我這一生最重要的親人待在一起……也只有他可以和我待在一起，其他親人都是不能的。

\*\*\*

每天都有新來的犯人，放風時，總要驚訝現在監牢裡住的人真是多。我住的牢房，原來一個走了，又多安排進來兩個人。先來的一個是弱智的，頭總是禁不住神經質地搖顫，話講不清楚，卻一直要講，哦哦哦地說個不停。看我不懂，他就著急，頭搖得更屬害。

但他的性格極為快樂，若見我領會了他的意思就樂呵呵地笑，就算我不懂，他急一下也就忘了，仍是開心地哦哦著，在屋裡走來走去。時間久一點，我倒也不難猜懂他的意思。只是覺得奇怪，這樣一個人，能犯什麼罪呢，聽說也是反革命。或者是犯了事後嚇傻的？打傻的？現在是弄不清了……問了一次，他一臉的疑惑，頭搖得更屬害，然後還是笑……

後來進來的人三十多歲，是個中學老師，姓烏。進來的時候很憤怒，一直向我說他不是反革命。他說他沒有殺人，沒有放火，沒偷沒搶，不是國民黨，不是特務，不是地主，他什麼壞事都沒做過……

按規定我們犯人間不能談話，何況我也回答不了為什麼定他為反革命，就只能看著他不響。他就更大聲地喊叫，我只好勸他安靜，以免被獄警聽到吃苦頭，他倒是更憤怒了。從他眼神裡能看得出來，他是不甘心和我們這種犯人呆在一個屋子裡的。

他不認罪，我呢？我是早就認罪的，但我是個反革命嗎？若按政府的劃分，不是革命者就是反革命，不是戰友就是敵人，那我就只能算是反革命了。至少我沒有帶領教會弟兄姊姊妹妹積極迎接解放軍，沒有號召他們在保家衛國的朝鮮戰爭中捐槍炮……

在教會與新政權的關係中，我是努過力的，希望站到人民的立場去，我寫過也講過這種立場的轉變，甚至要求各地的同工也要轉變過來，但最後還是被定罪為反革命。冤嗎？

經過這些年的監禁，我反倒覺得不冤了。因為我是為了保住教會而要轉變立場的，我知道不轉變立場，在新中國是存活不下去的，但我信的卻是亙古不變的福音。而且最終，當我被抓之後，李姐和王慕真等負責弟兄們就決定全國聚會處都退出了三自系統，五六年的衝擊與此不無關係。

可見我和聚會處同工們的立場並沒有真正轉變成革命的。不是革命的，也就是反革命的了……

康長老他們選擇了政府的立場，成了三自教會的領袖。最早，是因為我有了加入三自，保護聚會處的想法，派他去北京，我們還用了三萬多弟兄姐妹為保住鼓嶺教產的簽名，作為加入三自的簽名。

但後來，不僅鼓嶺教產全部沒收，鼓嶺同工被打成集體地主，加入又退出三自也最後造成了教會的分裂和混亂。

每想到這個簽名，我都覺得無顏面對他們，我以為是在保護小羊們，卻犯了最致命的罪——以己為神！我是誰呢？我竟然以為，靠我的聰明機智能保護教產、保護小羊？那麼緊急的時候，我卻不肯停下人的手段，服在上帝的掌管之下……

在我心裡，那時，我真的還完全相信神的掌權嗎？

一個人的靈出來時，他的魂也就出來，難得看見人有乾淨的靈，我又豈能例外？

我被你啟示，知道越有能力的天然人，攙雜就越多。可是，我卻沒有被這啟示潔淨、拯救。你賜下的這個“看見”若不能夠看守住我不犯罪，又有什麼用呢？難道只是為了此刻讓我服下來，此刻可以得釋放？

若是這樣，你是做到了！現在我是負不了一點責任的，對別人不能，對自己也是不能。想想之前我魂裡做的工作，攙雜著血氣建造的，已經被你一點不剩地拆毀乾淨了……而我，卻只能承認你是公義的。

\*\*\*

之前，監獄裡開對我的批鬥控訴會都沒有要我參加。這次卻要我和犯人們一同坐在下面聽，我現在這個樣子是沒人認得出我的，我也就像是個外人般，旁聽著對我的控訴。但沒有想到的是我看見了李姐和慕真……

她們在臺上控訴我的話，我一點都不稀奇，聽過許多遍了。她們的聲音抖得厲害，結結巴巴地，想來是監獄裡告訴她們這次我會在吧？我很希望能與她們的目光對上，我想用目光對她們說點什麼……說什麼呢？對不起？安慰？其實，我也不知道能說什麼，但我知道自己真的一點都不怨恨她們控訴我。

我沒有想到她們都已經是這麼羸弱的老人了，李姐一直不高，但她瘦小的身子過去是那樣地發出光來，總是讓人一看就安心，像根定海神針，現在卻輕得像片在秋風裡打顫的枯葉……

我閉上了眼睛，不敢看她們……雖然我真是很想多看她們幾眼，想從她們身上找回往昔同工的歲月，我想也許這是最後一次看見她們的機會了……

不，主啊，我相信我們會在天上相見的。你是不會放棄這兩個曾經那麼愛你，與你有靈裡深交的女兒的。

……

我仍渴望她們的聲音，畢竟她們是我那麼熟悉的同路人，真是比親人還要親的。但我不想聽清她們口中說的一切，我也和她們一樣認過罪，也說過得罪主的話……人口裡說的話算得了什麼？甚至人心裡想的又算得了什麼？我們都將自己完完全全地交給過你，那麼即使是我們丟棄了自己，你也不會丟棄我們的，這才是恩典吧？

若不是相信你這樣的恩典，人又能有什麼盼望呢？

主啊，你要恩待她們！豈可因為我的緣故，讓親愛的姐妹受虧損。親愛的救主，你斷不會看著愛過你，更是被你愛過的兒女淒淒慘慘地下到陰間。你定是有法子拯救我們的。

\*\*\*

姓烏的這個人果然被看守的訓斥了幾回，又被打了幾次。他嘴上雖然不敢再喊了，但眼睛裡仍是憤怒和委屈的，他心裡想不通，以至飯也吃不下。

我想對他說，耶穌說恨人與殺人同罪，貪戀他人的財物與偷搶也是同罪的，這樣我們就不能說自己沒殺過人，沒偷過搶過，就不是罪人了。但我知道這對他是說不通的。

我可以從人的審判中，因著信，而領受其中上帝的審判。他沒有這個超越的"信"，就只能在人的審判中被囚禁著，要一個難以得到的公平。

他實在是比我要苦許多倍的。

***

我一直是個書癡，感謝主的是即使被關進監獄，我也還是一直有書看的。有好幾年因為身體太差，算不上個勞動力，就被安排在"翻譯科"裡做些事，不過身體略好，就要被"改造"的。但書還是多讀了不少，只是讀什麼書是沒得選的。

其實我很早就讀過馬克思、恩格斯、列寧的著作，一九五零年還從香港買了，打包寄給國內的同工。我也讀過不少毛澤東的著作，當時就想到，若要在新政權下發展教會，瞭解共產主義是必須的。

現在想想，錯就錯在讀這些書了。我一生都愛讀書，卻沒想到，在這個"主義"上，讀書只能讓我懂主義，不能懂政權。

但在獄中，我也只能得到這些書，於是也就只能讀它們。不過，我也還是讀明白了一些，知道自己這一生仍是只可能有一個信仰，就是基督。

監獄裡要求犯人定期政治學習，我因為讀得多也讀得認真，就被指定為政治學習小組長。同監房的烏奇友卻因此對我充滿敵意，總覺得我會常去打他的小報告。

外面的世界已經變成什麼樣我也不知道，不過，常常在讓我們學習的報紙上看到大義滅親的揭發控訴。而且這種非人性的階級鬥爭已經不僅是在敵我之間，更多是在人民內部了。

現在看來，即便當時真轉到了人民的立場中，甚至進入了人民的陣營，現在也是一樣要被控訴、批鬥的。沒轉成倒也算是神的保守了⋯⋯

我現在趴在這裡寫字，背後又是小烏怨毒的眼光。我知道他一定又是認為我在寫揭發他的材料，這也怪不了他，現在各個監房裡都是這樣的。但我也不能告訴他我在寫什麼⋯⋯

這一生，我無法解釋、也不想解釋的事，實在太多了。

***

小烏的妻子來探監了，他很開心地出去。出去前，還擦起搪瓷缸裡喝的水，擦了擦臉。

但沒多久，他很快又回來了。人搖搖晃晃地進來，好像是要找個什麼支撑一下。牢房裡沒有桌子、沒有椅子，也沒有床，他只能走到牆角，把自己還挺壯實的身板縮進去。他壓抑著流眼淚，我想定是家裡出了什麼事……或是妻子要離開他？這事在牢裡是最多的，卻也是監牢裡的人最受不了的。

我知道他討厭我，但我卻不能不管他，這個時候最要緊的是知道有人在乎自己……

我走到他身邊，抓住了他的一隻手，他在極度的痛苦中，卻仍能摔過來一個氣憤鄙夷的眼色。這眼色好像是一口唾沫吐在我的臉上，但我卻鬆不開手，莫名其妙地感到他心裡是祈求我握著他的。

他用了幾次力，整個人就軟了下來。

我就這麼握著他的手腕，在心裡為他切切地禱告我的神，因為我不敢開口寬慰他，也知道他看不起我，也不會聽我的。我只是在他耳邊說，哭出來吧，哭出來好一點，舒服一點。

這話一出口，我心裡也是一抖。才想到監獄裡是不准哭出聲的，更是禁止大聲哭出來。獄警聽到聲音肯定要來處罰，不僅哭的人，監牢裡別的人也有可能被牽連。

他已經放聲大哭了，哭得不管不顧，真好像是此刻不要說被打被罰，就是死了也是不在乎的。他哭得驚天動地，我握著他的手卻不能放開，只能一邊禱告，一邊聽著走廊裡的聲音，等著獄警來。

那天來了一個獄警，卻正好是那個一直看守我的，他只是從門口走了過去。神把他安排在獄中，給他預備了一顆對福音柔軟的心，讓我得著機會給他傳了福音，這實在是對我的極大憐憫。這幾年我偶爾寫的這些都是讓他幫我轉給惠雯，只是惠雯來看我時從沒提起過，不過，都有人看著，也不能提。

又或者，他根本沒轉給她？即便他沒轉給她，也不能怪他，他能為我存著就已經是冒了很大的風險了。

    \*\*\*

小鳥竟然和我成了好朋友。他問我那天怎麼能握得住他的手腕？他可是練過拳擊的，竟然不僅甩不脫我的手，舉了三次都舉不起來自己的手。我不能說什麼，只說了三個字：不是我。他就好像懂了。

他問我是不是反革命，基督教是不是反革命組織。我說一個基督徒是不會反對國家領袖的，因為國家領袖是上帝讓他做的，上帝要我們尊重世上執政掌權的。他就說，哦，原來你也是被冤枉的。

我並不覺得坐這個監牢是被冤枉，凡事都有神的美意，但這意思卻和他不能說，也說不清。他現在覺得我和他一樣，就親熱起來了，為了他的益處，我也不便再解釋。我一生中太多不做解釋的事了，有的是講不清，有的是為了別人的益處，有的是主讓我閉口不說，但也有的卻是自己的逃避，甚至現在想想算是一種詭詐……這樣看來，人的一個行動，背後是有無數種可能的動機，並且許多善的和惡的，屬靈的和屬血氣的動機都絞在一起……

我們經常悄悄地談話，談信仰的事，也談外面的妻子。漸漸他就不再想不開了，青黑的臉紅潤了許多。而我卻因為有個人可以和我說說惠雯，反而越來越難忍等待見她的日子了。

***

今天，妻惠雯來探監了。

左眼的青腫還沒消淨，她特意用頭髮披下來遮著。天很熱了，她還穿著長袖，袖子特別長，遮了手背。我想必定是她身上到處都是傷，卻不肯讓我看見。

心裡極痛，卻也不能說穿，說穿了又能怎樣？反倒是辜負了她的心意。

這些年只有她和二姐被允許來看我，也不是常能來，二姐最近幾年都沒來過，我也不好問。我盼得心急，甚至很多時候有種再難一見的絕望。但見了，卻也只有這句問候，你還好嗎？

她也總是僅僅點一下頭，看著我，輕輕說一個"好"字，有時連聲音都沒有，只是個口型，我就被震得心臟都好像負擔不起。

我知道這個"好"字的份量，這是一個太沉重，代價太大的承諾。對上帝，對丈夫……

她又給我帶來了些食物，我上次已經告訴她不要帶東西來，我吃不了。何況，我知道她弄這些食物，是很困難的。

她說，外面總比裡面容易些。

然後，她就哭了。我問她，她也不說話。再問，她就告訴我二姐走了。

她說二姐這幾年一直覺得對不起我，寫了那樣的文章。我就趕緊說自己沒有怪過她，那樣的時候，說什麼寫什麼，都是可以理解的。她望著我的眼睛，問，你真的一點都沒怪她？

我一下子就沉默了，想起了那時的失望……

近年，我每次來看你，你都沒有提到過二姐。

惠雯這麼說時，眼睛垂下去，並沒有責備的意思。她實在是美的，溫婉馴良的美，和新婚之夜的她一樣美，卻和少女的她判若兩人。

　　惠雯告訴我這幾年都是二姐省吃儉用，並四處想辦法籌借準備東西，讓她可以不至空手來看我……

　　每次收到她帶來的東西，雖然知道不容易，卻不知道那麼不容易。想到這些東西背後的二姐，我就禁不住地難過起來。

　　惠雯說，二姐始終叮囑她不可以告訴我是她準備的，一是怕我不肯接受，二更是不肯讓我因此而原諒她……

　　她這麼說的時候，我就忍不住流淚了，我說自己是不配去原諒別人的。

　　我很想對惠雯說，這一生是我對她不起，娶了她卻始終讓她陷在各種的困難裡。她身體不好，我知道，但我一生卻沒能伺候過她一次，如今更是害了她……

　　我說不出口，好像一說出口就輕了，找不到合適的話來和我心裡的愧疚相當，就只好不說，看著她。她卻懂，輕輕地搖頭，免得我因說不出來而難過。我們就只說二姐的事。

　　她說二姐不肯放棄信仰，也不肯再寫批判我的材料，就被紅衛兵批鬥。這次比一九五六年三反五反時，要厲害得多，不是宗教局的幹部來組織批鬥，而是紅衛兵們來破四舊，何況我們不僅僅是四舊，更是反革命。

　　藏在家裡屋簷下的《聖經》是被一個小偷發現的，小偷以為是值錢的東西，卻不是，就揭發了。這是藏著的最後一本《聖經》，要扔進外面火堆裡時，一直躺在床上病得很重的二姐突然衝出了房門，撲上去想從火堆裡搶出那本《聖經》。紅衛兵，那些還是孩子的人，竟然一把就把她也推入了火裡。

　　她雖然被鄰居救出來，卻被扣上了"裝病"的帽子，被抬到弄堂裡連續地批鬥，二天后，她就死在了弄堂裡……

　　我實在想不到二姐就這樣走了，回了天家。甚至走前也沒能和我見一面，也沒能聽到惠雯傳遞一二句我對她說的話。我想，她雖然不讓惠雯對我說她，卻一定是等著惠雯告訴她，我提到她的話……

　　可惜，惠雯並不真瞭解二姐……也要怪我這個當弟弟的……

　　我對自己的最親的人怎麼心就那麼硬呢？


## 6

求你在這慘澹時期之內，
擦乾我一切暗中的眼淚；
學習知道你是我的安慰，
並求別人喜悅以度此歲。

\*\*\*

　　我的刑期像是與惠雯的生命在賽跑，如果我能在她還在世的日子出去，去到她的身邊，就可以好好服侍她。主啊，她為我受了太多的苦，她讓我可以專心地服侍你……她所受的一切，你比我更知道。

　　現在，我每每想到她，就像是看著一隻在剪羊毛人手下，默默無聲的，待宰的小母羊……

　　你是剝奪了她的一切，她沒有孩子，沒有了智慧和才學的榮耀。那年她獨自一個人經歷了流產的喪子之痛，並且被告知不能再懷孕，而我卻遠在英國，我並沒有儘快回到她的身邊，而是繼續主的工作，繼續我的講道和交通的行程。我從來沒有後悔過，因為那段時間我釋放的資訊是極為重要的，是完整地闡述了一個基督徒應當有的正常生活。但，事隔二十多年後，我卻心裡搖晃起來，我突然體會到了妻心裡的痛了。

　　這次的風暴中，我也不能在她身邊，這次是主你限制了我，讓我在這個囚禁中來體會她的痛。婚後這不到二十年的時間裡，我這個丈夫不僅常常不在她身邊，還連累她受辱……

　　主啊，她甚至也沒有健康……早早就得了高血壓，現在心臟又不好……

　　你以剝奪來製作了她，讓她成了可以澆奠你的香膏，她是你煉製的沒藥。

　　但求你，讓我在餘下的日子裡，能盡心服侍她，就像我服侍你一樣吧。

　　她是我的最愛，是上帝曾奪去又賜還給我的。我這一生都被她吸引，可卻一直在抵禦這吸引……她的眼睛是那麼地美，我總生怕去多看、多想這雙眼睛，生怕自己跌進去，以至讓基督的目光在心中變得模糊。

　　我總以為我們會有長長的晚年，會有很多很多用不完的日子……總想著要拼盡全力做主的工，來先讓基督的心得滿足……可是，我真知道基督的心嗎？

　　我也不知道你的心……惠雯，早知道並沒有多少日子，我真該多看一眼你的眼睛，多知道一點你的心……

　　是我對不起你。


　　最近，自己的身體也越來越差，心臟一直不好。惠雯，我總在想著你的情形，心裡有個不切時宜的浪漫，想著我倆是不是能一起走完最後的日子。其實我是有點擔心，不敢去見把你給了我的神，雖然你自己從來沒有向我抱怨過。

　　我心裡能記得從小到大你的各種表情，有嬌嗔也有霸道，父母們總看那時是你跟著我，但你是要我聽你的，我也是願意。現在回想起來，連你後來流露出驕傲和虛榮的面容，還有我執意離開你時，你臉上的刻意藏著的委屈和失落……這許許多多的你都是那麼地讓我心動……

惠雯，我是靠想著你的種種，來讓你在這裡陪我的。

但大多數千姿百態的表情都是你嫁給我以前的，之後，你的臉上似乎只有愛，只有微笑，只有柔順……這樣一想我就不安了，我想你是不會沒有委屈的，你也不會對我都滿意吧？但我竟想不出你不滿的痕跡，在和你做夫妻的日子，我竟然是篤定你對我都滿意，甚至是崇拜的……我怎麼會這樣？我過去是有點太篤定了，對好多事……如今回頭想想，真覺得自己是忽略了你，神會怎麼看呢？

我是巴不得早一天歇了地上的工，脫離了世上的苦難去見神的，但卻有點怕獨自去見把你給了我的天父。我這一生給你的幸福多？還是委屈多？我是成就了你的生命價值？還是耗費了珍寶般的你？你給我的總是幸福、肯定、平靜的面容，但這些年離開你的獨處，這些年別人的控訴，都讓我忍不住去想你心裡的真實感受。

我怕獨自見到天上的爸爸後，他會不會為他寶貝的女兒申冤呢？當然，還有很多人和事，我都有虧欠，我是要一一認的。但似乎我心裡此刻最負擔不起的就是對你的虧欠……

惠雯，若是我們能一同回天家，我相信你是要替我說話的，你總是維護我的，就像我們兒時一樣。


\*\*\*

終於滿了十五年的刑期，我以為日子滿足了。惠雯，我一直在感謝你的支撐，我也感激上帝將你的命留著，等到我可以去你身邊的日子……

但，現在這一切都破滅了。

前些日子，他們又來和我談，要我公開聲明放棄信仰。我不肯，就被換了牢房，和兩個小流氓住在一起。他們用各種方法施虐，你上次送來的棉背心也被打爛了，但我還是捨不得脫下來。

那時我想，不管怎樣，上帝是不會讓我被打死的，總是沒多少日子，就可以出去見到你了。

但今天，我被提審到監獄長的辦公室裡，還有兩個犯人，其中一個我過去見過，是天主教的一個神父。不過他老了，被折磨得已經認不出來了，若不是監獄長叫他名字，我肯定不敢相信是他。另一個，說也是一個基督徒，還是一個縣長，他是悄悄信的，後來被人揭發出來，也已經坐了好幾年牢。

監獄長要我們放棄信仰，說否則就不能出去。他倆臉上的驚恐我實在是懂的，誰也沒想到會這樣……我是天天都在想再見你的事……但我怎麼能不再見耶穌呢？

惠雯……

下午大喇叭就響了，監獄長親自宣佈他們倆通過政府的教育改造，思想轉變了，表現很好，願意公開放棄他們過去的信仰，放棄反動立場。

然後，是他倆一個個講話，他們把自己臭罵一通，痛哭流涕地說是受了帝國主義的欺騙，等等。

犯人們常聽到這種悔改的控訴，沒人在乎。以前，像這樣批判自己，放棄反動立場的人，也大都沒能走出監獄。但這次，他倆一說完，監獄長當場就宣佈他們兩人提前釋放，今天就回家。

然後，大家就看到他們真的被押著走出去了。

整個監獄裡的犯人都震驚了，其實我心裡也是有一點驚訝。如果我和他們一樣，是不是今晚就已經可以抱住你了？……但那樣，我倆以後的日子會是怎樣呢？

原來監房的小鳥和我是一個學習小組的，他的眼睛直直地盯著我看，我知道他不理解，他用目光在問我為什麼，我也在問自己為什麼。我是不夠愛你嗎？

詩人說，生命誠可貴，愛情價更高；若為自由故，兩者皆可拋。在我們基督徒卻是行不通……世人知道的生命不過是肉體的生命，那個，我是可以為你拋下的。

但惠雯，在我裡面，在你裡面的生命，並不是那必死的，而是永生的。而且，也不是我們自己的，是基督耶穌的。拋了這個生命，愛情和自由豈不也都陷在了必死的肉體中？

我也知道政府早就對外面講我被改造好了，說我已經放棄了信仰。我一天不放棄，一天就不能走出去。我不走出去，我就沒有機會為自己辯白；但我走出去，他們的謊話就成了真實。

惠雯，你知道，我一生都不想去辯白什麼。人加給我的罪有許多不實，但在主面前，我裡面的罪卻一點都不少，讓我發不出喊冤的聲音……只是，只是委屈了你……

求我們的主，求耶穌基督來陪你吧！他是你的良人，也是我的……

我看來是出不去了。

這次，我不能明白主的心意，也不知道該對你說什麼。但，就讓我們清心順服吧！

\*\*\*

自從被送到這個農場來，就沒再見到你，惠雯，你好嗎？

這些天特別地想念你，我連著寫了兩封信，想請你來農場看看我，我真是覺得日子近了，只怕是再也見不到你。也不知道你收到信沒有，我想你若收到信是必定會來的，可是你沒來，我就又擔心了……不知是你的身體還是別的原因阻攔了你來。聽說外面的環境也不好，變化很大，不知道何時災禍臨到。倒是在這裡安定，也不能再壞到哪去……

我的身體越來越差，連自己走到食堂去打飯也做不到。我們勞改農場的食堂建在公路邊，從住的地方過去有六七十米，要爬兩個陡坡。感謝主，小烏也被送到了這個農場，還是和我住在一處，不過現在一間房裡住好多人。他幫我打了幾次飯，就被發現了，獄警通知說誰都不許幫我打飯。

他真是愛我，很著急，問我怎麼辦。惠雯，其實我並不著急，凡事順其自然吧。或生，或死，總是神的安排。

何況，我沒法出去見你了，最後一件事，就是求主接我們一起走吧。

\*\*\*

今天獄警讓小烏帶給我上海來的信，惠雯，你竟然從桌子上摔了下來，跌斷了肋骨，中風。小烏說按照規定，勞改農場的人不是犯人，每年可以回去探親一次的。

他拉著我去場領導那裡要求回上海探親時，我就知道不可能，但我還是心裡切切地禱告著，盼望主有憐憫，行個神跡。

他們說要討論、要考慮，讓我等著。

惠雯，你要等等我，你要好起來。

主啊，若是你允許，就讓我們最後見一面吧！

\*\*\*

一拖就拖了半個月，今天，場裡正式通知我不能回上海，不批。他們說你的病情已經好轉了，我回去也沒用。

我什麼也沒說，我不相信他們的話，但這次我又很想相信，惠雯，我想相信你的病都好了……

我現在能為你做的只有禱告了，我不在乎被他們看見，惠雯，若我一停下禱告，好像就摸不著你了，好像你就要從我心裡飛掉了……

\*\*\*

惠雯，今天才收到惠琴姐的來信，知道你竟然是已經走了……

她是來上海看望你的，卻成了為你送終的人。她安慰我說，主實在是愛你的，沒讓你多受苦，摔倒送醫院後，只住了三天，主就接你去了天家。

雖然你只能躺在走道裡，但你的身邊有親人……

只是，只是……沒有我。

惠雯，不知道你臨走時有沒有怨我……大姐說你沒提到我，只說想吃碗青菜……

她很內疚，說青菜燒好送來時，你已經走了，沒吃到。但我知道你為什麼想要一碗青菜……那是我最愛吃的。

你燒的味道最好。油少，菜葉卻綠綠的，菜梆子糯裡帶了一點香甜。你總勸我，說我心臟不好，要多吃青菜。

我一直有個心願，就是出去了要學做這道菜，燒給你吃……也要勸你，青菜好……

妻，我這一生，真是沒有為你做什麼。

手裡拿著惠琴姐的信，下面的字大都看不清，模糊的。只還記得她那時來對我說，要我向你求婚。現在想想，還是那次不向你求婚的好，你就不會吃那麼多苦。

那次，我可以開輛車就帶你去雲南，讓你離開那些流言的難堪……現在，惠雯，我一點力量都沒有，一點辦法都沒有……只有主能帶你離開了……但主為什麼沒有把我一起帶走呢？

五零年，我把你留在香港就好了。可你一定要陪我回來，我說過，我回來不是被提就是殉道……可你還是要跟著我。妻，惠雯……但我實在也沒有想到，真正成為祭品，殉道的竟然先是你。

……

我還記得福州古橋上，你總是跟在我身後，好奇地看牙醫當眾拔牙齒，你只有在那一刻才會把嘴閉得緊緊的……

我記得你們家從天津搬回福州的那天，你一下子成了個讓我不敢盯著看的美麗的人。那時你是驕傲的，對這個世界充滿了野心。我對你嘴裡說的一切索然無味，但我卻怎麼也逃不開你美麗的眼睛……

當你從燕京大學畢業回到上海時，你讓整個上海都轟動了，我實在沒有想到這麼優秀的你，會是上帝為我預備的……

惠雯，也許你不該走進文德里……我更不該再去愛你。

惠雯，我從來沒敢問過你，你這一生幸福嗎？但我知道你愛我，你為我幾乎是完全忘了你自己。

……

這些日子我一直在禱告，向主禱告，也向你說話，你們是在一起吧？都在天上。但，上帝沉默不語，我也感覺不到你的回應，你甚至不肯來我的夢裡一次，我手上也沒有一件你的遺物……

我，我，一個人落在這裡……也不知還要多少時候，我的日子才能滿足？

……惠妹，我妻！每每思想往昔，都覺五臟俱摧，過日為難，不能自己……

求你為我，在天上求情吧，求主能早早接我到你那裡去。

……

哭千聲，喚千聲，

卿聲我慣聽，緣何卿不應？

……

## 7

我從別的資料中看到，張惠雯逝世之後，李夜聲曾有幾封短信輾轉陸續到了大姐張惠琴的手中，信中的字句讓她不忍讀，卻一讀之下就難從心中抹去。

他向她要妻惠雯最後用過的衣褲、頭巾、舊襪子、手帕、牙刷等，惠琴收拾了寄去。半月後又來一信，再向她要惠雯的舊物作紀念。她看著信中他要的東西，淚就止不住地流，寫這紙條的人似乎怎麼想也不像那個被數萬人崇拜，又被數萬人唾棄的李夜聲，而只是一個極度思念亡妻的老人。

他仔細地寫著向她要的東西：

我要她最近穿過的舊鞋二雙，及她穿過的舊的絨布的內衣褲。請你替我尋出，至為感謝。千萬尋出！

字句裡的憶妻之痛是她能預料的，但她不敢去想他獨自在勞改營的夜晚，如何抱緊這些舊物，如何將臉埋在這些似乎還有著惠雯的氣味和體溫的舊物中……

惠琴帶著他要的東西和一縷妹妹惠雯的頭髮，還有一條毛巾，去勞改農場看了李夜聲，他摸著這條妻常為他擦汗的毛巾竟然一點聲音都發不出來，臉色蒼白。這反倒讓惠琴有點後悔自己將這些觸動他心痛的東西帶來。

那以後，李夜聲的病越來越沉重了。

半年後，李夜聲的勞改期限也滿了。但他要到哪去呢？誰願收留這個服刑二十年，一身重病的老人？他給可以聯繫的親人去信，想讓他們幫助自己離開這個勞改營。惠琴手裡拿著新收到的信，心裡酸痛難當。沒想到一直獨來獨往的他，卻說在病中實在想念自己的親屬，極想回到自己親人身邊，渴望落葉歸根。

惠琴拿信給李家的弟妹們看，大家也是唏噓，卻不知如何是好。

又來一信，說是農場領導說北京上海不能去，但小地方或農村可以去。希望他們代為聯繫福州的遠親，若有人可以收留，要請公社開了證明，勞改農場才可以放人。

他說不想麻煩到他人，自己吃得很少，病重，日子不多，糧票問題可以解決的。

他又說，病中仍喜樂，讓他們不必掛心。

又說，仍盡力促使自己，不要難過。

……

從信裡看，他的病已經很重了，他卻一心要出來。惠琴心裡知道，他是為了什麼。他托她處理好惠雯的後事，說終歸是一定要來和她說句話……

他們幾個盡力聯繫安排，有親朋的地方，當地公社不肯接收。有些邊遠的地方，又難找到可靠的人相托。

每到夜晚，惠琴總是想著李夜聲信上的那四個字流淚——"紙短情長"。

人生好像比一張信紙還要短，情，卻極長極重，讓人生承載不了。人越老，就好像越回到了兒時，李夜聲重新回到了兒時的那個叫述先的小小少年，那個叫她大姐的小弟弟……

當終於安排得有點眉目時，卻收到了農場的來信。

李夜聲死了。

李家的弟妹不敢去，張惠琴帶了一個侄女趕去勞改農場。卻沒看到他，他們只交給她一個簡陋的小鐵盒，說是他的骨灰。

他同屋的難友烏奇友是個急脾氣。她們去他屋裡時，他就衝上來告訴他們，那天李夜聲的心臟病發作得厲害，他們卻把他放在一輛拖拉機上，拖去四十里外的農場醫院。

他說，平常人都吃不消這四十里山路的顛簸，何況是心臟病發作的人。人還沒到醫院，就走了。又原車拖了回來。

張惠琴就哭了，好像也被扔到了拖拉機上。

述先弟弟這一生，真正就是這四十里的坎坷山路……

她問他，李夜聲有沒有留下什麼，他說遺物都被農場幹部收走了，其中有好多本筆記本。他說他的枕頭下有一張寫了字的紙，但他沒看清上面寫的是什麼，他懊惱自己沒能先發現，藏起來。

惠琴就向農場要李夜聲的遺物，要那些筆記本，農場幹部說那些都是反動日記，不能給家屬。

她們捧著那個小小的鐵盒要離開農場時，一個從上海調來的姓童的農場幹部給她倆看了那張小小的紙條。

紙條上寫著兩句話：

——基督是神的兒子，為人贖罪而死，三日復活，這是宇宙間最大的事實。

——我信基督而死。

字寫得很大，筆劃顫顫抖抖地，卻極用力，有幾處戳破了紙。

……


## 8

李夜聲的那些獄中筆記本在哪裡？還在嗎？

我在西寧小屋裡看到的這些，真是童老弟兄抄錄的？或者，根本就是他自己寫的？

他又為什麼要編這些日記呢？

太多的疑問，太多弄不清的事了。雖然有許多爭議，我還是選擇把這些我看到的獄中自述，收錄進了這本小說。

好在這是一本小說。這也只能是一本小說，因為那個人活在世上時，尚且不肯開口解釋，現在就更是沉默了。

歷史其實是由沉默組成的，假借歷史的述說，不過是當下的自述。

但最後這兩句話，卻是真真實實的存在，是非虛構的記實。

——基督是神的兒子，為人贖罪而死，三日復活，這是宇宙間最大的事實。

——我信基督而死。

其實有了這兩句，還需要別的嗎？我仿佛突然明白了李夜聲……

夜，總是漆黑……打更人的聲音已經不常有了……

天乾物燥，小心火燭。

防賊防盜，閉門關窗。

……

大鬼小鬼排排坐，又豈會平安無事？

2015 年 8 月 24 日初稿完成于洛杉磯東谷書屋

2016 年 3 月 23 日第二稿

2016 年 4 月定稿

哪怕是教会令领袖. 作为个普通男人.

大概都需要在福音的根基上去处理他和

神.

家庭　　——符合圣经的家庭观吧

事业 的关系.　　和事业观（服待观）

# 施瑋出版作品：

詩集：
《大地上雪浴的女人》
《生命的長吟》
《銀笛》（香港）
《被呼召的靈魂》
《十五年》
《創世紀》
《歌中雅歌》


詩文集：
《天地的馨香》
《以馬內利》（香港）


長篇小說：
《柔若無骨》（初版）　《柔情無限》（再版）　《世家美眷》（三版）
《放逐伊甸》
《紅牆白玉蘭》
《叛教者》（美國）


學術論著
《在大觀園遇見夏娃——《聖經》舊約的漢語處境化研讀》（香港）


畫冊
《靈——施瑋隨筆油畫集》

Made in the USA
Columbia, SC
21 June 2017